Die Liebe der Skelette

STEFAN GYÖRKE

DIE LIEBE
DER SKELETTE

ROMAN

STEIDL

DER KRAN

Lily kam.

Da unten baumelte sie am Kranseil in der klaren Luft der kalten Aprilnacht. Johnny war fassungslos, dass er dazu Ja gesagt hatte. Den Bund der Jeans im Haken eingehängt, schaukelte Lily sachte vor und zurück, das Kranseil fiepte schleppend im Takt. In letzter Zeit hatte Lily wegen der Krankheit nochmals abgenommen, dachte Johnny. Trotzdem brachte sie die Nase des Krans leicht zum Nicken, und Johnny, der oben auf den Metallstreben saß, schwebte langsam auf und nieder. Lily hatte die Angst verlernt, und er tat sein Bestes, ihr nicht nachzustehen.

Von seinem Platz zuvorderst auf dem Baukran sah er über den schwarzen See, im Osten die hellgrauen Alpenwände, nordwestlich das schlafende Zürich. Am Seeufer waren die letzten Züge längst gefahren, und droben in der Luft würden die Schneisen zum Flughafen Zürich noch für zwei, drei Stunden leer bleiben. *Giiip*, nur das Kranseil war zu hören, *giiip*, das leise Fiepen der gewundenen Stahlstränge, die sich im Haken zusammenfanden, und am Haken, wohl zehn, fünfzehn Meter über dem Boden, ihre Hand zwischen den Schenkeln und die Beine gestreckt, hing Lily –

Ein Orgasmus mit gespreizten Beinen ist wie Jonglieren mit gekreuzten Armen: bestenfalls eine athletische Leistung. Das gehörte zu den Dingen, die Johnny inzwischen von Lily wusste. Obwohl Lily davon nie wirklich gesprochen hatte. Johnny verstand das, es gab dafür ja auch nur hässliche, dümmliche und wunderliche Worte. Die anatomischen Bezeichnungen waren nicht besser als die alltäglichen Ausdrücke, und die waren nicht besser als die Metaphern: *Schammund, Liebeskolben, kleiner Tod*, unhandliche Begriffe allesamt und umso spröder, je mehr sie sich den Anschein von Ungezwungenheit gaben, und wie so oft, fand Johnny, fand auch Lily, musste man, um etwas richtig sagen zu können, auf die Innigkeit der Vulgarität zurückgreifen.

Vor lauter Dunst war der Boden von hier oben nicht zu sehen, darüber war die Luft frisch, der Himmel sternklar. Vor einigen Tagen hatte Lily es schon mal vorgeschlagen, zu allem hatte Johnny in der letzten Zeit Ja gesagt, aber dazu nicht. Als sie am nächsten Tag wieder an dieser einsamen Baustelle vorbeikamen, wo irgendein dreister *Reichwanst*, wie Lily sagte, seinen herrschaftlichen Wohnsitz hoch über der goldenen Zürichseeküste errichten ließ, da hatte Lily fast gebettelt, hatte ihren mageren Arm um seinen Hals gelegt, den Rand seines Ohrs geküsst: »Lass es uns dort oben machen. Na komm.«

Der Spaziergang, den sie seit einer Weile wieder allabendlich unternahmen, hatte sich in den vergangenen Tagen länger und länger in die Nächte fortgesetzt. Johnny sagte: »Lily, das nächste Mal sag ich Ja«, und jetzt war es das nächste Mal, und da unten am Haken hing Lily und ihre Haare fielen in den Nebel hinab.

Lily kam.

»O Nein – …«, ein Raunen hatte Lily immer wieder von sich gegeben, aus ihren schmalen Augenschlitzen hatte sie zwischen schweißklammen Haarsträhnen in sein Gesicht geschaut wie der bare Teufel.

Lily raunte nicht *Oh*, sondern *O*, so wie in den Gedichten von Else Lasker-Schüler, die sie liebte:

O, ich lernte an Deinem süßen Munde
Zuviel der Seligkeiten kennen!

Lilys Lieblingsgedicht von Else Lasker-Schüler war das, wo am Schluss der Skalp der Frau am Gürtel ihres Liebsten flappt.

Happy End.

Jetzt war von ihr kein Ton zu hören.

Lily schwieg.

Diese Nacht, dachte Johnny, wie still, als verfange sich der Schall da unten im Nebel. Nur das Hubseil setzte sich darüber hinweg wie das uralte, störrische Fahrrad seines Großvaters, Schweizer Armeegerät aus der Kriegszeit, ölen konnte man das, so viel man wollte, *Ordonanzesel* nannte Lily das liebe Gefährt. Diesem Esel hatte Johnny es zu verdanken, Lily wieder getroffen zu haben, nachdem sie sich einige Jahre aus den Augen verloren hatten. Vom Sattel des Fahrrads war er gesichtlings vor ihre Füße gestürzt, und sie hatte gelacht, während er einen Kieselstein ausspuckte. Das war der Anfang.

Jetzt war es das Ende. Weil Lily sterben würde. Lily würde in den Tod stürzen, während Ausläufer des letzten Orgasmus in ihr verebbten, begraben unter Trümmern ihres Beckens.

»Das ist deinetwegen«, hatte Lily letzthin zu ihm gesagt.

»Was?«

»Dass ich das kann. Dass es geht.«

»Ich mach ja nichts«, sagte er.

»Deshalb«, sagte sie.

Wie lange waren sie jetzt hier oben? Die kalten Metallstreben zwischen Johnnys Beinen fühlten sich allmählich an wie ein Teil von ihm, ein Gerüst, in dem sich seine Knochen fortsetzten, ein gewaltiges Tier mit einem riesigen Gestänge statt Beinen, darauf er selber als kümmerliches Körperchen, der Leib eines armseligen Mollusken im Vergleich zur stählernen Extremität, und Lily eine Beute, die sich da unten in seinen Geißeln verfangen hatte.

Wie lange konnte so eine Jeans halten? Immerhin Denim, dachte Johnny, ein robuster Stoff, dazu mit Nieten verstärkt. Dann aber kam ihm der Bericht aus *Le Monde diplomatique* in den Sinn, über die Textilindustrie in Bangladesch, und seine

Hoffnung verflog. Lilys Jeans war mit billigsten Fäden zusammengenäht, von den müden Händen einer Mutter in der elften, zwölften Stunde ihres Arbeitstags, kurz bevor sie endlich nach Hause zu ihrer Familie aufbrechen konnte, spätabends, durchs lärmige, rußschwarze Verkehrsgewirr von Dhaka.

An Lily würde es nicht fehlen, soviel war klar, stundenlang konnte sie so weiter machen, ein *perpetuum mobile*, nein, ein *perpetuum accelerantur*, dachte Johnny, mit der Dauer nahm die Leichtigkeit zu, auch die Frequenz. Wenn Lily aufhörte, war das ihre Entscheidung, und was Lily jetzt entschieden hatte, wusste er.

Lily ging.

Und wenn es alles gar nicht stimmte? Wenn es nicht der Abschied war? Wenn Lily sich irrte, und alle anderen Ärzte auch? Das war ja keine Seltenheit. Wie viele promovierte Kurpfuscher liefen da in ihren wehenden Mantelfahnen durch die Krankenhäuser? Lily hätte niemals Ärztin werden sollen, er hatte es immer gesagt. Was, wenn sie falsch lagen, falsch und nochmals falsch mit ihrem Ultraschall, ihren Mikroskopen und Magnet-Resonanzen? Wenn sie hielt, Lilys Jeans, wenn versehentlich stärkerer Faden angeliefert worden war, die allererste Naht im Arbeitstag, wenn es in Dhaka noch kühl war, die Augen der Näherin genau, die Finger frisch? Wenn es nun Morgen würde über den östlichen Bergen, wenn die Flugzeuge eintrafen im Landeanflug nach ZRH, der Nebel sich verzog und das frühmorgendliche Volk auftauchte, der Postbote, der Bauer, der Maurer – der Kranführer?

Wer es auch war, er würde die Feuerwehr rufen.

Und Lily würde zum ersten Mal dabei erwischt werden.

Sirengeheul und Blaulicht, das Feuerwehrauto unterm Kran gebremst in einer Staubwolke, die Leiter auf dem Einsatzwagen, Sprosse um Sprosse erklommen so schnell es ging von Feuerwehrmännern mit Helmen und leuchtenden

Anoraks, angespornt von der feuerwehrmännischen Brisanz, die Lilys lebensgefährliche Lage hatte – mehr noch von feuerwehrmännischer Neugier.

Nein, dachte Johnny, das wollte Lily nicht. Lily wollte dem Tumor zuvorkommen, Lily wollte, dass es hier endete, ohne Postbote, ohne Bauer, ohne Feuerwehr, ohne Ärzte sowieso – nur mit ihm allein, in der Geborgenheit seines Blicks.

Schwer von Begriff war er gewesen, wie so oft, »wie naiv du bist«, hatte sie immer wieder zu ihm gesagt, »und wie durchtrieben!«, und wenn Lily so etwas zu ihm sagte, dann entwischte ihren Augen diese Verwunderung, die auch während jener Zeit noch ihre Liebe zu ihm verriet, als sie das nicht mehr wollte, eine liebevolle Überraschung, die unversehens an ihre Lider stieß, sich dort einen Moment aufhielt und von der Johnny Notiz nahm, obwohl er von Lily gar keine Notiz mehr nehmen wollte. *Glückskeksphilosoph*, hatte Lily zu ihm gesagt, damals auf dem Balkon, als sie sich getrennt hatten. Sie hatte es ohne Wut gesagt, in Ruhe und im Ernst, er sei nicht nur naiv, sondern dumm, »im Sinn von halbschlau, du bist nicht schwer von Begriff, du bist schwer von Verstand«, hatte sie gesagt. Kaum zu glauben, nicht einmal ein Jahr war das her.

Wie recht sie hatte, dachte Johnny. Auch jetzt wieder, er hatte es nicht einmal gemerkt, hatte ihr über die Wange gestreichelt, als Lily sich anschickte, den Flaschenzug des Kranseils hinabzuklettern, die Füße bereits um die Drahtstränge geschlungen, sich an der Strebe festhaltend, auf der sie zuvor eine Weile nebeneinander gesessen und schweigend über den dunklen See geschaut hatten. Bevor Lily sich zum Haken abseilte, ließ sie ihn nochmals ihr Gesicht sehen, ihre Augen, tannenschößlinggrün, wie dunkles Flaschenglas nachts, drunter ihre Wangen, ihr Mund, ihr Kinn, *Capitosaurier-Gesicht* hatte Johnny es genannt.

Er hatte sie angelächelt, als sei es nichts als eine Probe, ein Stunt in Lilys Film, eine Fantasie, wie die mit dem Mähdrescher oder auf dem Zuggleis – ein gemeinsames, verschworenes Wagnis. Als Lily aber seinen kleinen Finger küsste, auf den Fingernagel wie immer, und ihr Scheitel dann aus seinen Händen glitt und sie vorsichtig hinunterrutschte, wurde ihm kalt. Sie würde die Stahlseile nicht wieder zu ihm hochklettern.

»O Nein«, raunte die stumme Lily im Ohr seiner Erinnerung, wie hatte sie doch ihren Kopf immer ins Kissen gedrückt, wenn es losging. Der elfte Orgasmus, Lily, der zwölfte? Den Hals gereckt, um lange, lange Luft zu holen, wie hatte er es genossen, zuzusehen, zuzuhören, manchmal hatte sie auch leise *Hilfe* gesagt, *Hilfe* ... –

Hier und jetzt blieb Lily still. Hier und jetzt ertönte gerade nur der Riss durch ihre Jeans.

Lily und Johnny hießen nicht immer Lily und Johnny. Bevor ihnen Ignaz Zunder die Namen gegeben hatte, wurden sie in der Schule Lise und Hannes genannt und auf ihren Geburtsscheinen hießen sie *Lise-Catherine Damiani* und *Johannes Jakob Zinn*.

Was kümmerte es den Roten, wie die beiden hießen?

Am Sims im zweiten Stockwerk lehnte seine Holzrampe, die Zlatan ihm vor Jahren gebastelt hatte, eine Querleiste für jeden Katzenschritt. Morgen für Morgen marschierte der Rote da hinab in den Innenhof und wenn er auf halbem Weg vorbeikam am Balkon von Lily und Johnny, entbot er ihnen den beiläufigen Gruß wahrer Freundschaft, Lily morgens um halb sieben, Johnny etwa eine Stunde später, manchmal auch zwei, je nachdem, wie gut er aus dem Bett kam.

Helios-, Ecke Lunastrasse.

Hier wohnten lauter Leute wie Lily und Johnny, gebildete obere Mittelschicht, Anwälte, Professoren, Leute im gesetzten Alter, die Ende der 60er Jahre revolutionär gesinnt waren und sich inzwischen damit begnügten, sozialdemokratisch gesinnt zu sein, aber auch viele junge Leute, die Ende der 60er Jahre noch nicht auf der Welt waren und mit der Revolution nichts am Hut hatten, es aber als eine Frage der Pietät erachteten, gegen die Globalisierung zu sein und für den Vaterschaftsurlaub, und obendrein für ein Bundesgesetz, das in allen öffentlichen Gebäuden ein drittes Toiletten-Abteil für nicht näher bezeichnete Geschlechter vorschreibt – in diesem Quartier wohnten smarte junge Unternehmer genauso wie arrivierte, jung gebliebene Unternehmer, Programmierer, die sich *Senior Software Engineer* nannten, und Bankangestellte, auf deren Visitenkarte

Executive Director stand. Und eben Ärztinnen, wie Lily, und geowissenschaftliche Präparatoren, wie Johnny, Leute, die es urban mochten, lebendig, gut an den öffentlichen Verkehr angebunden, die aber eben auch den nahe gelegenen Dolder-Wald schätzten, das historische Utoquai-Bad am Zürichsee, das Quartierleben, das Persönliche, Nicht-zu-Persönliche, das Café Attila um die Ecke oder den kleinen italienischen Laden mit den stadtbekannten hausgemachten Ravioli, Spargel im Frühling, Kürbis im Herbst, Schwarzwurzeln im Winter. Nicht zu vornehm, nicht zu gewöhnlich. Jugendstilglas, eingelassen in dicken Holztüren, Stuckatur an den hohen Wohnzimmer-decken und direkt dran befestigt, in Efeuranken oder einem sauber verputzten Gipsgehäuse verborgen, ein Beamer, der niemals läuft, weil man sehr darauf bedacht ist, nicht zum Fern-sehen zu kommen vor lauter Karriere und Kindern. Vielleicht plant man mal eine Film-Soirée, Woody Allen oder Almodóvar, aber auch dazu kommt es meistens nicht. Altbau-Charme, Gasgrill und Garage, womöglich einen Oldtimer fürs schöne Wetter und einen Audi, Volvo oder auch VW für den Alltag – was so dazugehörte zum Zürcher Eidmatt-Quartier, wo Leute wie Lily und Johnny wohnten.

Und eben der Rote, der seine Augen überall hatte. Und sein Herz. Und sein Gehör, das noch den Herzschlag in der Brust eines durch und durch empfindungslosen Menschen hören konnte und daran alles ermaß und verstand – ein Innehalten, ein Stolpern, eine bange Beschleunigung, den Schlag der Liebe und den Schlag der Enttäuschung – wie ein genialer Dirigent, dem niemals ein Patzer seines Orchesters entgeht, aber auch kein Glanzlicht.

An jenem Morgen im April 2016 wusste der Rote, es sah für Lily und Johnny nicht gut aus. Bevor die Nacht kam, sollten sie kein Paar mehr sein.

Johnny saß auf seinem Weg zur Arbeit beim morgendlichen Espresso im Café Attila. Drüben am Stammtisch saßen wortkarg die alten Herren. Sie sahen nicht aus wie die üblichen Pensionärsrunden in den üblichen Zürcher Cafés, im Wilden Mann, im Weißen Kreuz, im Café Ketli, Männer, die beige Windjacken trugen, im *Blick am Abend* vom Vortag blätterten, mit der Zungenspitze den Bierschaumrand am Schnurrbart prüften und es zu ihren Aufgaben zählten, den Sexappeal von Nachrichtensprecherinnen zu evaluieren.

Die Pensionäre im Café Attila sahen aus wie eine müdegespielte Vaudeville-Truppe. Der eine trug eine schäbige Frackjacke und einen tuschegewichsten Schnurrbart, der zweite einen schwarzen geknickten Zylinderhut auf seinen blondgrauen Locken, der dritte, ziemlich adrett gekleidet, sah aus wie das Ladenhütermodell eines Schwiegermuttertraums. Etliche Stunden taten sie nichts als Zeitung zu lesen und Schnapskaffee zu schlürfen, und morgens brachten sie von ihrem Croissant dem Roten eine schöne butterglänzende Ecke dar. Gelegentlich erzählte einer einen Witz, der keinerlei Reaktion hervorrief. Heute waren die Herren nur zu dritt. Der eine fehlte, der mit dem Tirolerhut, Leonhard hieß er, soweit sich Johnny erinnerte. Er fehlte öfters, hatte gesundheitliche Probleme. Nicht, dass man es ihm angesehen hätte, dazu war sein Schalk zu stolz und zu trotzig. Je kränker er wurde, desto besser sah er aus.

Johnny verstand was hier lief, er war ähnlich veranlagt. Je witziger ihm etwas erschien, desto weniger lachte er. Wenn er etwas erschütternd lustig fand, war er ruhig, seine Züge gesammelt und glatt.

»Treffen sich ein Bild und eine Sprache:
Ein Bild sagt mehr als 1000 Worte, sagt das Bild.
Du sagst es, sagt die Sprache.«
Stille.

14

Zwei Tische weiter am Fenster saß ein Paar, die beiden hatte Johnny noch nie hier gesehen. Er war es gewohnt, sich ungeniert im Café umzuschauen, es war sein zweites Zuhause. An diesem Tisch hatte er vor vielen Jahren mit Lily gesessen, als sie zusammen Anatomie lernten. Der junge Bursche hatte einen Balkanschädel, eckig und aufgeweckt, dachte Johnny, und sie war eine sehr junge Blonde und machte auf unbeschriebenes Blatt. Der Mann trug seine schwarzen Haare sorgfältig zurechtrasiert und geschwungen über den Scheitel geliert. Sein zweireihiger Mantel und sein Sakko hingen an der Stuhllehne, er trug ein gestreiftes Hemd, Krawatte und kleine silberne Manschettenknöpfe. Er hielt seine Hände auf dem Tisch gefaltet und drehte dezent einen dicken Ring an seinem kleinen Finger. Es sah ein wenig nach gutem Zureden aus, wie er sich immer wieder zur Blondine vorbeugte, bemüht um Haltung.

Johnny fuhr morgens mit dem alten Ordonanzesel ins Institut, keine zehn Minuten Arbeitsweg. Vor dem Café schloss er das Fahrrad ans Treppengeländer, 2-0-0-5 der Code am Schloss, 2005, das Jahr, in dem sie zusammengekommen waren, elf Jahre war es her. Er musste den Code am Schloss endlich ändern.

Seinen Espresso trank Johnny doppelt und zweimal. Er hatte es nicht eilig, bei der Arbeit erwartete man ihn nicht zu einer bestimmten Zeit. Meist traf er gegen halb zehn im Atelier ein, so nannte er die Werkstatt im paläontologischen Institut der Universität Zürich. Dort erweckte er die Ausgestorbenen zu neuem Leben, Ur-Fische und Meeressaurier aus der Trias-Zeit vorwiegend, Fossilien und Knochen aus der Fundstelle am Monte San Giorgio in der Südschweiz. Vor einem Jahr wäre es ihm beinahe gelungen, einen sensationellen Fund zu modellieren, einen Riesenwal, dessen mannsgroße Zähne man in der peruanischen Wüste gefunden hatte. *Moby* hatte Sedran ihn genannt. Das Ganze scheiterte an der Finanzierung. Am Kleinmut des Direktors. Stattdessen biss sich Johnny die Zähne aus an Shuvuuia, einem prähistorischen Rebhuhn mit einem Knickschnabel und einfältigen Raubkrallen an den übergroßen Klumpfüßen.

Der schwarze Starke bei Attila kostete stolze 7,90 Franken und war es auf den Rappen wert. Attila hatte Johnny anvertraut, er beziehe sein edles Bohnenmaterial aus einer Privatproduktion, unweit Bratislava – oder *Pressburg*, wie Attila sagte –, eine kleine Plantage in einem alten Gewächshaus, »südost-ungarischer Terroir-Kaffee«, meinte Johnny, und Attila nickte. Er war ein kompromissloser Meister an den polierten Bügeln und Hebeln der Kaffeemaschine, presste mit geduldigen Fingern aus dem Bohnenmoor den *Fekete*, den Schwarzen Starken ab.

Das Wasser für den Kaffee hatte er jahrelang frühmorgens am Brunnen auf dem Hürlimann-Areal geholt, mit einem Kunststoff-Bottich, der gerade in den Kofferraum passte, das beste Wasser der Stadt, wie er schwor. Dann war die Quelle plötzlich geschlossen worden. Man wollte im Brunnenwasser ein Bakterium gefunden haben, *Pseudomonas Aeriugenosa*, Attila waren Tränen über seine hohlen Wangen geronnen. Woher er das Wasser für den Kaffee seither hatte, das wollte er nicht verraten, offenbar schämte er sich. Johnny sagte, der *Fekete* schmecke ja immer noch genau gleich, doch davon wollte Attila nichts hören, er hielt Johnny für einen rücksichtsvollen Menschen.

»Swiss Property«, schnaubte Johnny, »das Hürlimann-Areal ist nicht das Einzige, was sich diese Halunken unter den Nagel gerissen haben. Die würden noch aus der Sixtinischen Kapelle einen Büro-Komplex machen. Dieser Sorte Mensch fällt selbst beim Brunnenwasser nur Profit ein. Schon der Name, *Swiss Property*, wieso nicht *Schweizer Liegenschaften?* Englisch ist die Sprache der Heuchler, jeder Pinsel kann sich hinter englischem Branding verstecken.«

»Wer im Glashaus sitzt«, sagte der eine Herr am Stammtisch, der mit dem Frack und dem gepinselten Schnurrbart, »wenn ich im Bild bin, sagt man *Johnny* zu Ihnen.«

»Gut aufgepasst!«, sagte Johnny, »ich kann nichts für den Namen, den hat man mir angehängt. Wo war ich?«

»Swiss Property«, sagte Attila.

»Wenn die Swiss Pinsel sehen«, fuhr Johnny fort, »wie Kreti und Pleti auf ihrem *property* mit dem Krug aufkreuzt und sich von ihrem feinen Wasser bedient, da bekommen die den Herzkasper.«

»Ich bitte Sie, Johnny«, sagte der Herr am Ecktisch, »Dr. Wettstein hat den Befund ja bestätigt.«

»Wettstein?«, fragte Johnny.

»Der Stadtarzt. Er hält die Schließung des Brunnens für das einzig Richtige.«

Johnny nickte:

»Ärzte sind Lügner, meine Freundin ist Ärztin, ich weiß, wovon ich rede.«

»Da ist ein kaputtes Abwasserrohr«, insistierte der Herr, »Dr. Wettstein meint, sobald es repariert ist, kann man den Brunnen wieder öffnen.«

»Dann werden Sie mal selig mit Ihrem kaputten Rohr. Kennen Sie eigentlich den Wert des Immobilien-Portfolios von Swiss Property? Liegt irgendwo zwischen fünf und zehn Milliarden Franken. Denen gehört halb Zürich. Der feine Doktor Wettstein, der unterschreibt doch den eigenen Totenschein für einen spendierten Espresso.«

»Apropos Doktor, was ist eigentlich mit Ihrem Auge los?«

Johnny winkte ab:

»Ein Hagelkorn. Wurde mir gesagt. Ich glaub noch nicht ganz dran.«

Am anderen Tisch hatte die blonde Frau aus irgendeinem Grund leise zu weinen begonnen und der feine Typ redete ihr gut zu. Sie flüsterte und zischte manchmal zurück und schüttelte den Kopf. Johnny verstand nichts, er hörte nur den Tonfall des Mannes, eine slawische Färbung mit einem Anklang von Baslerdeutsch, eine Mischung, dachte Johnny, die einen in Zürich nicht weit brachte. Johnny schaute sich sein Profil jetzt genauer an, Mazedonier wahrscheinlich.

Lily hörte niemals zu, dachte Johnny, was an einem anderen Tisch geredet wurde, oder eine Reihe weiter vorne im Tram. Seine Ohren waren immer gespitzt, sie seien so gewachsen, sagte er.

»Unerzogen«, sagte Lily.

»Ist doch öffentliches Geschwätz«, sagte Johnny.

»Wenn es Geschwätz ist, wieso interessiert es dich?«

Lily, immer Lily. Die Alten und ihre Sprüche wären ihm jedenfalls durch die Lappen gegangen, hätte er nicht hingehört, es wäre ein Jammer gewesen. Morgen für Morgen wartete Johnny ab, bis er mindestens einen Witz gehört hatte.

»Heißt es auf einem Grabstein: *Hier ruht Kurt Kakurratz, der große Hütchenspieler.* Und auf den Nachbarsteinen links und rechts: *oder hier – oder hier.*«

Das alles konnte Johnny gut gebrauchen. Seit geraumer Zeit schon. Ohne die zwei Starken Schwarzen gingen seine Gedanken an Krücken, das Gemüt ein gebeuteltes Neutrum. Die erste Stunde nach dem Aufstehen war unerträglich, verkatert vom eigenen Leben, von bisherigen Taten und Werken, ein einziges, ehrliches Bedauern.

Wenn er die Augen aufschlug, war er für einige Augenblicke wieder Künstler, spürte Ideen und Impulse nachwachsen, Kitzel von Vorfreude, von Aufregung in den Fingern. Doch er brauchte nur die Decke wegzuschlagen, und wenn er dann aus dem Bett stieg, war er ausgebrannt, gebrochen und gescheitert.

Spätestens beim Zähneputzen wurde ihm übel, die beiden Zigaretten auf dem Balkon halfen längst nicht mehr, also ließ er sie seit ein paar Wochen bleiben. Wenn er das Haus verließ, hätte er am liebsten jeden Schritt rückwärts gemacht, zurück ins Schlafzimmer. Widerwille packte ihn, auf das Fahrrad zu steigen und in seinen Tag zu radeln. Erst auf der Treppe bei Attila wurde ihm leichter zumute, und wenn er den ersten Schluck des ätherischen Kaffees in den Gaumen dampfen spürte, ging es ihm ein bisschen besser.

Die Herren waren jeden Tag hier und ihre Gelassenheit tat Johnny wohl. Dann und wann setzte sich einer auf dem Stuhl zurecht, griff nach einem Zahnstocher. Beim nächsten Witz horchten die Männer auf, doch der Witz konnte noch so brillant sein, urwüchsig, zündend, nobel, mit der Pointe lässig und satt den Nagel auf den Kopf treffend – die Kerle machten keinen Mucks.

Für Lily eine unmöglich zu bestehende Prüfung, dachte Johnny, keinen einzigen Witz würde sie überstehen, für eine Weile konnte sie das Lachen zurückhalten, doch es rottete sich in ihrem Bauch zusammen, um durch Brust und Hals zu schießen, und wenn es hochplatzte, kam es noch schlimmer und Lily hatte den Lachkasper.

Lily.

Was hatte sie für einen Anspruch, ihm andauernd einzufallen? Es gab keinen Zweifel mehr. Lily war mit Ignaz Zunder im Bett gewesen. Sie konnte es nicht eingestehen. Gar nichts konnte sie jemals eingestehen.

Aber, ja, lachen konnte sie. Lily konnte lachen wie ein sehr dummer Mensch und wie ein sehr gescheiter Mensch. Lily lachte nicht aus Gaudi, es war ein Lachen wie das Echo von Verzweiflung und Trauer, brachial, existenziell. Sie konnte sich nicht nur in die Hose machen, dachte Johnny, Lily konnte sich beim Lachen fast ums Leben bringen. Die schmalen Jochknochen über ihren Wangen verschwanden unter lauter Runzeln, die Augen hinter den zerknautschten Lidern, die Zunge zeigte sich zwischen den Zähnen, den Mund versuchte sie vergeblich geschlossen zu halten, dann der ohnmächtige Gesang ihrer wimmernden Stimme, die beim Lachen eine Oktave fiel, ein unheimliches Seelenbeben mit ungewissem Ausgang, bis sie schließlich erschöpft in sich zusammensank mit gerötetem Gesicht.

Ja, und?

Einmal hatte Johnny ihr einen der Witze erzählt. Das war damals, als sie noch miteinander spazierten.

Johnny war meist um halb sechs zu Hause und bereitete das Essen vor. Wenn Lily heimkam, schnürten sie die Wanderschuhe, fuhren mit Bus oder Tram hinaus aus der Stadt und marschierten an Flüssen und Bächen entlang zurück bis zur Wohnung. Sie hatten ein gutes Dutzend Stammwege, hinzu kamen Routen, die sie hie und da begingen. Für die ersten paar Schritte gab der Rote sein Geleit, die Lunastrasse hinab bis zur Böcklinstrasse, oder den kleinen Steig zwischen den Gärten bis zur Eidmattstrasse. Nicht, dass der Kater da an die Grenze seines Reviers gestoßen wäre, nein, die Gefilde, die er zu durchstreifen pflegte, sind unergründlich wie der Reigen der Galaxien. Es ging ihm nur darum, den beiden seine guten Wünsche mit auf den Weg zu geben, eine der zahlreichen Verpflichtungen, denen er in seiner animalischen Mühelosigkeit nachkam. Wenn sie sich nach ihm umschauten, war er weg, verschwunden durch die Latten eines Gartenzauns oder im Dickicht einer Ligusterhecke.

Sie wanderten an der Limmat und der Sihl entlang, der Töss und der Glatt, am Wiesenbach, Wehrenbach und Riedbach, am Katzenbach, Elefantenbach und Vogelbach, an den Waldbächen des Adlisbergs, des Zürichbergs, des Hönggerbergs und des Üetlibergs, Hornbach, Wildbach, Stöckentobelbach, im Meilener-Tobel, Küsnachter-Tobel, Felsenegg-Tobel, am Schwamendinger Dorfbach, entlang am schmalen Gerinne des Nebelbachs, am Biotop des Albisrieder

Dorfbachs, auf Treppen, Traversen und Holzbrücklein am wilden Lauf des Erlenbacher-Tobelbachs. Wenn sie an einer Kirche oder Kapelle vorbeikamen, machten sie manchmal Halt für ein gemeinsames Gebet, das sie nicht sprachen, das sich an niemanden richtete. Johnny setzte sich neben Lily auf die Bank und ließ sein Knie gegen ihr Bein. Sie wussten um die Geheimnisse ihrer Wege. Bis hin zu den Geheimnissen jener Vögel mit der weißen Brustschürze, deren Verstecke, die Nischen ihrer Nester, den Halbschatten, der ihnen zum Gesehenwerden diente.

Beide hatten sie nicht den Hauch einer Ahnung von Vögeln und das gefiel ihnen. Sie kannten Spatzen und Amseln und Krähen und damit hatte es sich. Daran wollten sie auf keinen Fall etwas ändern, lieber gaben sie ihnen eigene Namen – *Sturzbachsegler* –, Namen, die zu passen schienen nach Art und Gattung – *Mauerlöffelstelzler* –, über die Jahre entwickelten sie mit dem Almanach ihres Gutdünkens eine eigene Ornithologie. Die *Steppdrossel*, die mit ihren Stelzen daherkam wie Fred Astaire ohne Hut. Der Zaunkönig war der *Buschwinzling*, die Blaumeise hieß *Azurscheitler*, zum Distelfink sagten sie *Zierschilper*. Sahen sie eine Bachstelze über die Steine stöckeln, sagten sie, schau mal, Lily, schau mal, Johnny, ein *Sumpfrohrpieper*, ein *Meisetreter*, ein *Lauersegler*, ein *Teichelhäher*.

Meistens aber schwiegen sie und genossen es. Dann und wann sang Johnny einen kleinen Fetzen Melodie und erklärte Lily, wie er daraus eine Skulptur machen würde, wie sich die Noten plastisch umsetzen ließen. Lily konnte wunderbar zuhören und es war ihm, als entstehe durch ihre stille Aufmerksamkeit eine Gussform, die bloß noch mit der Substanz seiner Ideen ausgegossen und gehärtet werden müsste.

Als Johnny ihr den Witz erzählte, wanderten sie gerade wieder mal auf jener Strecke an der Sihl, wo die *Latzlachse* wohnten, braun mit weißer Federschürze. Behäbig schwebten sie über den Steinen im Flussbett, dann und wann tauchten sie wie Fische unter Wasser.

Der Urologe sagt zu seinem Patienten, »Sie müssen aufhören zu masturbieren« – »Wieso?«, fragt der Patient – »weil ich Sie sonst nicht untersuchen kann.«

Lily brach zusammen, ihr Gesicht knautschte und weitete sich wie eine Handorgel. Auf einer Sitzbank am Wegrand mussten sie Halt machen, was sie sonst beim Spazieren für gewöhnlich vermieden. Nur sehr selten, wenn ihnen ein Ort besonders gefiel, eine Böschung im Wald voller Schachtelhalme, lindgrün wie zerstäubtes Chlorophyll in einbrechenden Sonnenbahnen, ein kleiner Wald im Wald, *Fersenpleite*, sagte dann einer von beiden, oder auch *Traut, Haglich & Anwälte*.

Als Lily sich endlich erholt hatte, rieb sie ihr rotes Gesicht mit beiden Händen, richtete sich von der Sitzbank auf.

»Nimm mich mit.«

»Zu Attila?«

»Ja, zu den Witzen. Wie in alten Zeiten.«

»Kommt nicht in Frage.«

Das fehlte noch, dachte Johnny jetzt, erhob sich und legte einen Zwanzig-Franken-Schein auf den Tresen.

»Jóóhannes Jáákob, schöne Táág wünsche dir!«, rief Attila und winkte gravitätisch mit seiner dünnen Hand. Menschen mit ihrem vollen Namen anzusprechen war für Attila eine Frage der Pietät. In seinem magyarisch gepflegten Übererernst und in den gedehnten, unverschämt farbigen Vokalen des ungarischen Tonfalls sang er, was die Namen seiner Stammgäste anbetraf, jede Silbe sorgfältig aus.

Lily und Johnny nannten sie sich seit der Schulzeit, seit dem Gymnasium, und zwar wegen Ignaz Zunder. Anfangs war es nur Spaß, sie hatten sich damit geneckt, *Lily und Johnny*, ein schrulliges Gespann aus einer Sitcom, die Nachbarn der

Hauptfiguren, die immer an der Tür klingeln und nicht merken, dass man sich nur über sie lustig macht, herzerfrischende Komparsen, vielleicht ein bisschen sinister und abstrus, vielleicht ein bisschen blöd, meistens liebenswürdig, Steve Urkel bei den Winslows, Rose bei Charlie Harper, Howard Joel Wolowitz bei Leonard und Sheldon. Inzwischen nannten sie sich mehr als zwölf Jahre *Lily und Johnny*, die Namen waren gewöhnlich geworden, und so ganz ohne Augenzwinkern waren es unbefriedigende Namen für ein unglückliches Paar. Immerhin, statt Sitcom-Idioten konnte man sich ja einen Tom Waits-Song vorstellen, der hätte Lily und Johnny in seiner Kehle schön zurechtgeraspelt:

Lily and Johnny
Not as bad as all that
Irrevocable anyway
Lily and Johnny

Johnnys Großeltern, bei denen er aufgewachsen war, hatten ihn jedenfalls auch nicht *Johannes Jakob* genannt, sie hatten sich geeinigt, den Jungen *Hannes* zu rufen.

Deine Großeltern, Johnny, die waren allerdings ein vollkommenes Paar, Louise und Ferdinand Zinn. Verhalten war zwar ihre Liebe, aber aufrichtig und tief seit jeher. Rasch und ohne Umstände hatten die beiden in ihrem Zusammensein zu einem lupenreinen Einverständnis gefunden, das sie sehr füreinander einnahm und einander sehr gerne haben ließ, wie Tanzveteranen, ein Leben lang darauf angewiesen, Rücksicht zu nehmen, Fehltritte auszugleichen. Von der bitteren Resignation jahrzehntelangen Zusammenseins waren Louise und Ferdinand Zinn recht unberührt geblieben.

Das kopflose Ungestüm frischer Liebe hatte vielleicht eine Handvoll Stunden gedauert. Und diese Stunden hatten sie nicht etwa im Bett, sondern in einem verstaubten Lokal bei Kaffee und Kuchen verbracht, im Café Neumarkt, das ein blechgoldenes Teekannen-Service in einem runden Aushängeschild führte, unter dem sie sich den ersten Kuss gaben. Noch am Abend desselben Tages, der sich irgendwann in den frühen 1950er Jahren ereignet hatte, schliefen sie miteinander in Ferdinands Wohnung, die er sich mit einem alten Brieffreund und schwulen Dissidenten aus St. Petersburg teilte. Dieses geschlechtliche Aufeinandertreffen legte Zeugnis des fabelhaften Einvernehmens zwischen Louise und Ferdinand ab, der weiß Gott kurze und unspektakuläre Akt hatte sogleich eine Schwangerschaft zur Folge. Es blieb das einzige Mal, dass sie miteinander Sex hatten, worüber beide erstaunt und erleichtert waren. Dieses eine Mal hatte ihnen vollauf genügt. Eher war es ihnen zu viel gewesen, wie sie sich später eingestanden. Sie gefielen sich doch sehr viel besser, wenn sie ihre Kleidung ordentlich trugen und aufrecht am Tisch saßen. Die Erinnerung an das gedämpfte Keuchen und Ächzen, das sie einander damals schuldig zu sein geglaubt hatten, während vom Nebenzimmer die näselnde Rezitation dessen zu ihnen herüberdrang, was der russische Dissident gerade in eines seiner Pamphlete tippte und mitmurmelte, versuchten beide so gut es ging zu vergessen. Haut auf Haut, Gerüche, Geräusche – Louise und Ferdinand Zinn bevorzugten eine gepflegte Intimität.

Die gesunde Tochter kam ein Dreivierteljahr später zur Welt, wurde Penelope genannt und gebar ihrerseits nach weiteren 23 Jahren ihren gesunden Sohn Johannes Jakob, dessen Heranwachsen in ihrem Körper die Prozedur eines aufgehenden Grauens für sie gewesen war.

Penelope Zinn hatte nicht geplant, ein Kind zu bekommen. Eben erst hatte sie an der kantonalen Hochschule für Gestaltung und Kunst einen der begehrten Studienplätze erhalten, und von einem allenfalls zugehörigen Mann fehlte jede Spur. Dennoch, als sie in der Toilette zusah, wie sich die beiden rosa Linien langsam im Teststreifen einzeichneten, empfand sie eine warme, wenn auch unsichere und verhaltene Freude. Tag um Tag aber, da der kleine Mann größer wurde mitten in ihrem Körper und ihre Übelkeit gar nicht mehr aufhören wollte, nahm ihr Widerwille zu. Ihr war, als fehle ihr selber jedes Gramm, das der Eindringling sich zu seiner dreisten Entwicklung aneignete. Ohne ihre Zustimmung und ohne ihr Zutun versorgten ihre Organe den unscheinbaren Räuber mit dem existenziellen Diebesgut. Sie begann, ihr Becken zu hassen, das ihn barg, ihre Gebärmutter, die ihn umfing, und ihre Nieren, welche die Abfälle des kleinen Lebens über ihr Blut willig ausschieden und den Parasiten aufwändig an seiner eigenen Vergiftung hinderten.

Die Geburt war eine Erlösung. Nicht im Traum wäre es ihr in den Sinn gekommen, sich über einen Namen für das Kind Gedanken zu machen.

»Immer dieses Moderne«, sagte eine der Hebammen in der Frauenklinik, »niemand gibt seinem Kind mehr einen ordentlichen Namen. *Johannes.* Oder *Jakob.*«

»Sie hätte uns den Bengel wenigsten überlassen können, bevor sie ihn getauft hat«, sagte Ferd Zinn später zu seiner Frau. Nachdem Penelope nämlich das Geburtsanzeigeformular zu Händen des Standesamtes ausgefüllt hatte, verließ sie mitten in der Nacht das Spital und suchte das Haus ihrer Eltern auf, bei denen sie sich seit gut vier Jahren nicht mehr gemeldet hatte.

Die Zinns waren längst im Bett, als es klingelte. Louise machte Kaffee und die drei saßen im Esszimmer am Tisch. Ernst, tränenlos und blass bat Penelope ihre Eltern, das Kind an ihrer Stelle großzuziehen. Louise und Ferdinand waren nicht einmal über die Schwangerschaft im Bild gewesen, hatten aber längst aufgehört, sich über Penelope und ihr Leben zu wundern.

Johnnys Mutter Penelope war immer ein stilles, unergründlich verbittertes Kind gewesen. In den ersten Jahren verwechselte man ihre Zurückhaltung und Scheu noch mit Genügsamkeit. Es war ein monotones junges Dasein, das sie ganz für sich alleine und sorgfältig abgewandt von ihren liebevollen Eltern führte, als sei ihre trotzige Verbissenheit ein Geburtsfehler. Die Zurückgezogenheit wurde allmählich grimmig und härtete sich in der Pubertät zu Argwohn und Feindseligkeit. Noch während der Schulzeit fand Penelope ein neues Zuhause im Gartenschuppen. Der war für die Gartengeräte zu groß und zum Wohnen ungenügend ausgebaut. Sie richtete sich darin eine Art Atelier ein und malte ohne Unterlass Selbstporträts, in denen sie sich bis zur Unkenntlichkeit entstellte, indem sie mit akribischer Lust die in ihren Augen unvorteilhaften Einzelheiten ihres Gesichts herausstrich und den Gesamteindruck mit hässlicher Strahlkraft dominieren ließ. Als sie eines Tages zu entdecken meinte, es hätte jemand, während sie in der Schule war, das Atelier betreten und ihre Bilder angeschaut, packte sie ihre Sachen und verließ den Ort ihres einsamen siebzehnjährigen Aufwachsens für immer.

Die passgenaue Übereinstimmung zwischen Louise und Ferd ließ die Eheleute mit traumwandlerischer Sicherheit zu ein und demselben Ergebnis gelangen, mochten ihre Erwägungen auf dem Weg dorthin auch voneinander abgewichen sein. Die Zinns brauchten keinen Blick zu wechseln:

»Selbstverständlich nehmen wir das Kind«, sagte Louise und versuchte, die Hand ihrer Tochter zu nehmen, doch Penelope zog sie weg. Darauf war Louise gefasst und fragte:

»Wo ist er denn, der kleine … – Herr?«

Aus Entsetzen über ihre Mutterschaft übersiedelte die Tochter nach wenigen Wochen in die USA, wo sie ihr Künstlerglück versuchen wollte, von wo sie niemals wieder von sich hören ließ, wo sie aber, so erfuhren die Großeltern auf Umwegen, immerhin recht glücklich war …

»… und wo sie uns gestohlen bleiben kann«, fügte schon der achtjährige Hannes an, wenn die Rede von seiner Mutter war. Louise und Ferd hatten ihm die Geschichte nicht vorenthalten, und Hannes war ein wenig stolz auf die beiläufige Abgebrühtheit, die er seinem Verwaisen entgegenbrachte.

»Würden Sie etwa einen Sohn wie mich wollen?«, fragte er seine Primarschullehrerin, die Louise und Ferd zum Kaffee nach Hause eingeladen hatten. Die Lehrerin lächelte befremdet, und Hannes, der keine Miene verzog, genoss es. Ferd legte seinem Enkel die Hand auf den Rücken, um ihn zugleich zu bestärken und zu mäßigen.

»Er schickt sich gerade an, altklug zu werden«, entschuldigte er den Jungen, »Immerhin hat er das Talent von der Mutter geerbt. Sie sollten mal sehen, er formt Gesichter aus Brot, unser Hannes.«

Lily hingegen wurde sehr wohl Lise-Catherine genannt. Dafür sorgte ihre Mutter, Evelyn Damiani-Bachteler, eine Frau, die sich seit dem Tod ihres Mannes mit weißen Lilien umgab. Sie hatte stets größten Wert darauf gelegt, dass ihre Tochter mit vollem Namen angeredet wurde, eigens dafür hatte sie der Primarschule einmal einen Besuch abgestattet. Die hellgepuderte, trauerversehrte Witwe stellte sich vor die Klasse und sagte:

»Nicht Lise, nicht Cathy, sondern *Lise-Catherine*«, Lilys Mutter hob den Zeigefinger gegen vereinzeltes Gekicher in den Schulbänken, bevor der Lehrer hinter ihr die Tür schloss und ebenfalls lächelte.

Lilys Mutter war Galeristin, Lilys Vater war Zahnarzt gewesen. Silvan Damiani hatte eine Praxisgruppe betrieben und ein kleines Vermögen gemacht mit Anleihen einer Firma, die Zahn-Implantate entwickelte. Evelyn Bachteler hatte das Geld ihres Mannes nicht nötig, der Betrieb ihrer Galerie blieb von Damianis Dental-Millionen strikt getrennt. Evelyn war immer unabhängig gewesen und in der Ehe wollte sie daran erst recht nichts ändern. Das konnte sie sich insofern ohne Weiteres erlauben, als sie die Tochter einer eingeheirateten und nach überaus kurzer Ehe wieder geschiedenen Bachteler war und somit von einer der reichsten Familien des ehemaligen Zürcher Oberländer Textiladels abstammte. Die Auflösung der Ehe von Lilys Großmutter wurde zu einem Zeitpunkt vollzogen, als noch nichts auf das desaströse Scheitern der Betriebsreformen im Familienunternehmen Bachteler hinwies und die Oberhäupter der Ansicht sein durften, über Mittel zu verfügen, die burleske Scheidung nach einem Ehebündnis von vier Monaten Dauer ohne Aufhebens großzügig zu erledigen. Der geschiedenen Braut und ihrer Tochter Evelyn wurde ein weitläufiges Grundstück in der Gemeinde Erlenbach am Zürichsee überlassen. Die Villa auf einer Anhöhe mit Ausblick über den nördlichen See hieß wie die Tochter: *Evelyn*. Darüber hinaus wurde Evelyns Mutter ausgestattet mit einigen Anleihen, die sich über die Jahre als so einträglich herausstellten, dass es den unglücklichen Bachtelers im Nachhinein als allzu großzügige Abfindung erschien.

Lilys Mutter Evelyn war ein verträumtes Kind gewesen, das seine Zeit mit Geigenspiel und farbenverliebter Aquarellmalerei verbrachte. Zielstrebigkeit zeigte das Mädchen nur in entrückten Ambitionen, dem Geist von Cézanne nacheifernd, wenn sie die prächtigen Blütenkragen des Weißdornbusches vor ihrem Fenster malte. Als aus ihr dann eine verträumte junge Frau geworden war, ereilten ihre tapfere Mutter, wie ehedem bereits deren Mutter und Großmutter, die ersten Anzeichen eines fortgeschrittenen Brustkrebses und sie verschied überraschend und plötzlich. Wie ein neugeborenes, binnen Augenblicken auf den eigenen Füßen stehendes Huftier fand Evelyn Bachteler zu einem sittsamen und selbstbewussten Auftreten und verbat sich fortan jegliche musische Flause, ihre Geige, ihren Weißdorn, ihren Cézanne. Sie setzte sich in Kurse an der Hochschule für Gestaltung und Kunst, hörte an der Universität über Unternehmensführung, Verkauf und Buchhaltung, nahm teil an Führungen des Kunsthauses, besuchte Vernissagen, Künstler-WGs, Bars und Cafés, wo sich die jungen Maler trafen, denen sie erste Werke abkaufte. Nebenbei kümmerte sie sich um das Anwesen *Evelyn*, wo sie nun ganz alleine residierte, um es laufend um modernste Ausführungen von Mobiliar, Zierrat und Designgeräten zu erweitern wie ein Ausstellungshaus.

Auf der Suche nach geeigneten Räumlichkeiten für die Galerie, die sie zu eröffnen plante, traf sie im Zürcher Niederdorf Silvan Damiani, ihren zukünftigen Mann. Sie besichtigte eine leerstehende Parterre-Etage an der Froschau-Gasse. Als sie ins Gespräch mit dem Makler kam, sah sie den jungen Damiani, der den ausgehölten Altbau betrat, wo er die erste seiner Praxen einrichten wollte. Aus jenem Augenwinkel, der den Frauen Notiznahme erlaubt, ohne den Blick wirklich bemühen zu müssen, bemerkte sie sein Interesse an ihr, das ihn seinerseits zu einer gespielten, fast poetischen Gleichgültigkeit veranlasste.

Das zweite Mal trafen sie sich erneut in der Froschau-Gasse, weil beide sich vorgenommen hatten, den Besitzer zu beknien und notfalls zu schmieren. Dabei gerieten sie in einen Streit, der erst durch den Heiratsantrag Silvan Damianis beendet wurde.

Er hatte Evelyn Bachteler in ihrem einsamen Anwesen besucht, lobte ihren Geschmack und ihren furchtbaren Kaffee, verkündete feierlich, auf die Froschau-Gasse zu verzichten und fragte mit einem wundervoll jugendlichen und doch charakterfesten Glanz in den grünen Augen, ob sie denn nicht seine Frau werden wolle.

Evelyn nahm den Verzicht auf die Liegenschaft an, den Antrag schlug sie aus.

Einige Monate später aber lief sie dem jungen Damiani vor dem Escher-Denkmal auf dem Bahnhofplatz wieder über den Weg und rief ihm in einer Anwandlung überheblicher Nonchalance zu: »He, mein Froschau-König!«, worauf Silvan Damiani, um seine royale Natur zu offenbaren, sich voll verwegener Komik wuchtig gegen die Wand des Bahnhofgebäudes warf, sodass er sich die Schulter auskugelte und Evelyn den jammernden Mann sofort ins Spital bringen musste.

Die Schulter wackelte von da an, und Damiani musste dauernd aufpassen, dass sie ihm nicht wieder aus dem Gelenk sprang, besonders wenn er einen seiner heftigen Lachanfälle erlitt. Die Liebe zu Evelyn aber hielt. Lilys Eltern waren eines jener Paare, die mit dem Verliebtsein kein Ende zu finden scheinen und stets ihrem Glück über die Schulter schielen, um jenes Unheil zu erspähen, das sie als Vergeltung erwarten. Und eben als sie sich an ihr schönes, erfülltes Leben zu gewöhnen begannen, bereichert inzwischen um die Tochter Lise-Catherine, geriet Silvan Damianis roter Mercedes SL 300 Cabrio, Baujahr 1958, auf der Überlandstraße von Fällanden nach Maur unter ungeklärten Umständen von der Spur, prallte gegen den Stamm einer stattlichen Rotbuche, sodass er sich die Schulter aufs Neue auskugelte und zudem auf der Stelle tot war.

Lilys Mutter bereitete sich vor, ihre verbleibende Lebenszeit dem reglosen Dasitzen auf dem weiten weißen Sofa im Wohnzimmer zu widmen, Kamillentee zu trinken und ihre Trauer angemessen zu umrahmen mit passendem Blumenwerk und zwei weißen Siamkatzen, eine stumme Frau mit vom Schmerz getrübten Linsen, ein weißlicher Schimmer in leblosen, langsamen Augen. Mindestens dreimal in der Woche telefonierte sie mit Dr. Nievergelt, ihrem Hausarzt unten im Dorf, um ihn über ihren beschleunigten Puls zu informieren, über das Gefühl der Enge in ihrem Hals, die Beklemmung in ihrer Brust, das Stechen in ihrem Rücken.

»Alles in Ordnung, Frau Damiani«, sagte der Arzt, dessen Hausbesuche zu einer Routine wurden, »Hals, Lunge, Herz, einwandfrei, kerngesund, wie letzte Woche.«

Die Galerie verkaufte Frau Damiani an Hans Vogt, einen arrivierten Händler und Agenten, und außer einigen Skulpturen, die ihrem Mann besonders gefallen hatten und die sie im Garten auf Betonsockel stellen ließ, veräußerte sie auch alle ihre Bilder und Kunstwerke. Die einzige Arbeit, der sie noch nachging, war die Berechnung des Zinses, der sich aus ihrem Vermögen ergeben musste, um den Unterhalt des Hauses und die allgemeinen Auslagen zu decken, Lise-Catherines Zukunft zu sichern und den Nachschub an weißen Lilien, von denen Silvan eine im Revers seines Hochzeit-Jacketts getragen hatte.

Lily war vier Jahre alt, als ihr Vater starb, und konnte sich die Erinnerungen an ihn an einer Hand abzählen: Wie er immer sagte, ihre Augen seien Tannenschößlinge, seine großen warmen Hände, die breiten Hosenträger rechts und links vom Bauch, sein haltloses Lachen. Da lief im Fernsehen ein Film mit einem dicken bärtigen Mann und einem schlanken blonden. Die beiden gingen in ein Restaurant und schlugen sich voll, was das Zeug hielt. Zum Dessert wollte der Kellner den Pfannkuchen am Tisch flambieren. Da stand der Dicke auf, goss sofort einen Krug Wasser übers Feuer und packte den verdutzten Ober am Kragen. Auf dem Sofa, wo die Mutter später den größten Teil ihrer Tage reglos zubrachte, war der Vater vor Lachen zwischen den Sitzkissen versunken, ein herzzerreißendes, echtes Lachen, atemlos, kindlich, aber in einem schweren, brummenden Bauchbass. Bud Spencer und Terence Hill seien das, sagte er zu Lise-Catherine.

31

Wenn er von der Arbeit nach Hause gekommen war, hatte er manchmal mit seinen kräftigen Fingern in Lise-Catherines Jeans gegriffen. Er hob sie daran in die Höhe und schwang sie im Kreis herum wie im Karussell, den biegsamen Kinderrücken gekrümmt, die Haare waagrecht in der Luft, die Arme und Beine weit ausgestreckt, das Lachen der Mutter hob und senkte sich, wurde lauter und leiser in Lises kreisendem Flug.

Darüber hinaus blieben Lise vom Vater nur Vorstellungen, wie es wohl gewesen sein könnte. Hatte er sie morgens jeweils besucht, bevor er das Haus verließ, während sie noch schlief? Hatte er sie auf die Stirn geküsst? Hatte er sie gestreichelt? Hatte er mit ihr zusammen die Holzrampe vom Fenster ihres Zimmers bis zum Gartensitzplatz gebastelt, als ein roter Kater ihnen vom benachbarten Bauernhof zugelaufen war?

Ihr nennt Euch immer noch *Lily und Johnny*, nicht wahr? Obwohl es nach dem seifenopern-saloppen US-Amerikanismus klingt, der das jugendliche Lebensgefühl eines halben Welt-Jahrhunderts durchseucht hat.

Lily und Johnny hatten sich immer als das Gegenteil davon verstanden, links, sozial-liberal, neugierig, weltoffen, aufmerksam Zeitung lesend, auf Papier, nicht auf dem Handy, den *Tagesanzeiger* und die *Neue Zürcher Zeitung*. Gratisblätter in der Straßenbahn verachteten sie, den einen oder andern Blick warfen sie nur hinein, um sich über leere Blödsinnigkeiten und unzulängliche Verknappungen und faschistoide Meinungsuniformismen aufzuregen, die man sich inzwischen gefallen ließ – und manchmal warf Johnny auch eine andere Art von Blick in ein solches Blatt, verstohlen, beschlichen von der Furcht, Zeichen und Geist der Zeit zu verpassen, den mentalen Kanal aus den Augen zu verlieren, in dem sich die Strömung der Überzeugungen und Meinungen sammelt und fortbewegt, die Sprache, die Mode – jene Schalung, in der sich der Zeitgeist abbindet und härtet zu Kult und Kultur – die Gesichter und die Typen, die Freaks und die Stars, die Sündenböcke und die Tunichtgute, Idiötchen und Idioten, Idölchen und Idole – Johnny meinte, ja, auch des Kaisers neue Kleider müssten in Textur und Schnitt begriffen werden.

Einmal im Monat lasen sie die alternative *Wochen-Zeitung*, nämlich, wenn die ausführlichen Reportagen von *Le Monde diplomatique* darin erschienen. Selbstverständlich waren sie gegen die US-Außenpolitik, im Frühling 2003, da waren sie sich seit der Schulzeit drei Jahre lang nicht mehr begegnet, hatten sie sich auf einer Demonstration gegen den Irak-Krieg gesehen, von Weitem, hatten einander mit der Regenbogen-flagge zugewinkt, mit der man kurze Zeit zuvor Schwule und Lesben unterstützt hatte und jetzt den Frieden in Nahost, bei Lily stand *peace* drauf, bei Johnny *pace*. Lily war sogar einige Wochen Teil eines Studentenkomitees: das nannte sich *Koalition der Unwilligen* und wandte sich in der Hauptsache mit allerlei Wortmeldungen und Vorstößen an die Univer-sitätsleitung, die Presse und sogar an den Bundesrat. Später kritisierten Lily und Johnny die US-Allianz mit den Saudis, auch Barack Obama, Träger des Friedensnobelpreises, sport-lich leger im Auftritt, sportlich leger am Exekutionsknopf, Obamas Drohnen, Obamas unzählige Morde, von ihm di-rekt angeordnet, unter Umgehung jeglicher Autorisation des Kongresses.

Selbst als es schon schlecht um Lily und Johnny stand, so schlecht, dass sie auf Krippenpartys gingen, eine kritische Dis-tanz behielten sie sich vor. Zu den Krippenpartys traf man sich in irgendeiner Wohnung, wildfremde Leute luden wildfremde Leute ein, die es nach kapriziöser Exklusivität verlangte, Leute, die sich in den Bars und Clubs der Stadt langweilten, weil da inzwischen die Herrschaft der Sechzehnjährigen angebrochen war, das öde Gesetz gefälschter Ausweise, Zahnspangenmäuler, domestizierten Balkanslangs. In den Krippen war man unter sich, ohne zu wissen, wer man war. Singles die meisten, und wer kein Single war, ließ sich nichts anmerken. Auch Lily und Johnny nicht. *Krippenpartys* nannte Johnny die Veranstaltungen, weil er fand, die Teilnehmer benähmen sich wie erwachsene Kleinkinder in ihrem Geltungsdrang, ihrem Schmalspurgeist, ihrem ideologischen Gewäsch, ihrer handzahmen Empörung über Themen, von denen sie kaum eine Ahnung hatten. Zudem gab es immer jemanden, ganz wie in einer Kinderkrippe, der einen durch die *location* führte, einem zeigte, wo die Toilette und die Küche waren, und der Balkon mit dem einzigen Aschenbecher.

Früher hatten Lily und Johnny mit Ed Snowden gelitten und vergeblich gehofft, die Schweiz würde ihm politisches Asyl gewähren. In der amerikanischen Herrschaft des Unfriedens, dem *american sway of strife*, wie Lily und Johnny sagten, erkannten sie die Dekadenz der angelsächsischen Vulgärkultur. »Bei einem Bollywood-Film lachen wir uns kaputt«, erklärte Lily einmal an einer Krippenparty, »aber wenn Brad Pitt auf der Leinwand weint, lacht kein Mensch. Das ist Kulturverblendung«, und Johnny meinte, das Leben sei Hollywood, nur ohne Drama und ohne Sex und ohne Action. Ausnahmen könne man an einer Hand abzählen, die subversiven Simpsons, der gelassene Seinfeld, der rotzfreche Eddie Murphy in seinen frühen Stand-ups …, Bob Dylan, Tom Waits, Oliver Stone, Michael Moore.

Johnny war zuständig, am zweiten Donnerstag des Monats die *Wochen-Zeitung* am Kiosk zu besorgen, wegen *Le Monde diplomatique*. Johnny war auch sonst zuständig für den Einkauf, zudem für das Abendessen, während Lily Frau Saepha organisierte, die einmal in der Woche die Wohnung putzte. Lily machte auch die Buchhaltung und ihre beiden Steuererklärungen, Ansatz für Alleinstehende, sie hatten sich geschworen, in guten wie in schlechten Zeiten nicht zu heiraten, und – nicht wahr, Lily? – wahrscheinlich ist deshalb die Begeisterung deiner Mutter geschwunden, anfangs hatte sie in Johnny ja noch den talentierten Künstler vermuten dürfen. Inzwischen drehten sich die Telefonate zwischen Lily und ihrer Mutter immer wieder um den Sinn der Ehe. Lily sagte, es sei das 21. Jahrhundert und die Heirat ein patriarchales Relikt.

»Im 21. Jahrhundert gehören die Füße auf den Boden«, sagte dann Frau Damiani-Bachteler, »wie in jedem anderen Jahrhundert auch.«

Abends war Johnny immer als Erster zu Hause, meist zwischen fünf und sechs. Wenn er auf ein originelles Rezept stieß, konnte er sich ins Zeug legen, machte mit Gurken und Prosecco eine eiskalte Suppe, mit Morcheln einen Cappuccino, oder Lilys liebstes Gericht, ein Risotto mit Brennnesseln, die Johnny auf dem Spaziergang sorgfältig mit Gummihandschuh und Schere erntete.

»*Chez Johnny* gibt es zwei Plätze«, sagte er damals noch.

»*Chez Johnny*«, hauchte damals Lily noch vergnügt mit französischem Anklang.

Es beruhigte ihn, abends nach dem Spaziergang in der Küche Kartoffeln zu schälen, Zwiebeln zu hacken, ein kleines Bier zu trinken. Das Rezept legte er neben den Herd und würdigte es keines Blickes, *Künstlergutdünken*, dachte Lily.

Pünktlich war er dann bereit und hatte zuvor den Tisch gedeckt. Lily musste nur noch den Kerzenhalter holen, ein Stück aus dem Arbeitszimmer ihres Vaters mit einem weit geschwungenen Messinghenkel. Sie zündete eine Kerze an, die musste rot sein. Sie stießen an mit einem Glas Chablis vom Genfersee. Die schmalen Weißweingläser legte Johnny zuvor eine Weile ins Gefrierfach, damit sie schön beschlugen. Er zog den Korken aus der kühlen Flasche, Lily saß am Tisch und schaute ihm zu. Der Korkenzieher war uralt und ganz

einfach gefertigt, kein IKEA-Kunststoff, eine ehrliche Stahl-
winde mit einem Holzgriff, davon war die Hälfte abgesplittert.
Auch der Korkenzieher kam von Johnnys Großvater, wie das
Fahrrad – sentimental konntest du auf einmal sein, Johnny,
wenn es um solche Dinge ging –, Lily wusste, Johnny hätte
den Korkenzieher selbst dann nicht weggeworfen, wenn der
Holzgriff ganz abgebrochen wäre und er die Wendel mit einer Zange hätte in den Korken drehen müssen, oder mit den
Zähnen. Das konnte Lily gut nachfühlen, sie selber konnte
nämlich überhaupt nichts wegwerfen. Hatte ein Gegenstand
sie eine Weile lang begleitet, erschien ihr ein Abschied davon
allzu elend. Alleine ihre Sammlung von gebrauchten Handta-
schen, die hingen allesamt in ihrem Schrank, beanspruchten
inzwischen fast die Hälfte des Platzes. Früher hatte Johnny
dafür Verständnis gehabt, mehr noch, es gefiel ihm an Lily,
dieses Durcheinander, dieses Gewimmel von Zeug um sie
herum, wie eine Zeugkönigin mit einem wimmelnden Staat
von lauter Zeug. Inzwischen regte sich Johnny auf und machte
ihr Vorwürfe, und Lily meinte, manche Leute hätten Ordnung
in den Schränken, andere im Kopf.

Früher hatten sie beim Essen die über Mitternacht gehende
Zeit vergessen, hatten über den Tag geredet, über die Politik,
die afrikanischen Flüchtlinge auf dem Weg übers Mittelmeer,
die Asylpolitik in Europa, die Katastrophe in Fukushima. Sie
hatten über ihre Spaziergänge geredet, über Ordnung in den
Schränken und in den Köpfen – über Ignaz Zunder redeten sie
nicht. Manchmal aber über Sex, darüber, was sie miteinander
vorhatten drüben im Schlafzimmer.

Was gab es jetzt noch zu reden? Alles war meistens schnell
bei der Sache und schnell wieder aus und vorbei. Wie war es
für Johnny? Für Lily? Geheimnisvoll brauchte es nicht mehr zu
sein, aber war es liebevoll? Sanft? Berührend? War es aufregend?
Manchmal wenigstens? Gar ein bisschen aufwühlend? War es

mild und vertraut wie ein Zuhause für beide Körper? Oder war es vegetativ und vage? Es blieb ihnen immer das nächste Mal, das konnte wieder anders sein, es konnte überraschend sein, es konnte ihnen etwas zustoßen, etwas Schönes, etwas Außergewöhnliches –

Auch abends beim Spazieren entlang den Flüssen und Bächen hatten sie manchmal darüber gesprochen, früher, damals, als sie die Spaziergänge noch nicht gebraucht hatten, dachte Johnny, um besser miteinander zu schweigen.

»Aber denkst du denn nicht, dass du das gemerkt hättest?«, fragte Lily.

»Na ja, du bist jetzt nicht meine zweihundertste Frau«, sagte Johnny.

»Die meisten machen einander etwas vor.«

»Den Männern? Oder sich selber?«

Lily zuckte die Schulter.

»Beiden wahrscheinlich. Also, zum Beispiel mit einem Mann schlafen und dabei einen Orgasmus haben«, Lily lachte, »das ist wie gleichzeitig Nähen und Auftrennen.«

Johnny nagte auf der Lippe, setzte an und sagte:

»Mit mir also noch nie – ?«

»Nein, du Spaßoptimist. Aber das ist egal.«

Nun war es draußen. Johnny blieb stehen, doch schon war er wieder gleichauf mit Lily.

»Aber. Das gehört doch dazu«, meinte Johnny, bereits hatte er wieder damit angefangen, sich leidzutun.

»Nein, Johnny«, sagte Lily, und er schaute nach, ob sie lächelte oder ob ihm sonst etwas entging. Wenn davon die Rede war, gab es für ihn offenbar nicht viel zu holen, er wusste nicht, ob es an Lily lag oder an ihm.

»Wozu soll das gehören?«, sagte Lily, »das gehört zu sich allein.«

»Dann soll ich mich also raushalten?«

»Das hab ich nicht gesagt.«

»Sondern?«

»Ach, Johnny.«

»Es hört sich an, wie die kleinste Matroschka zu streicheln, ohne all die Holztanten drumrum anzurühren«, sagte Johnny.

Lily lachte. Im Winkel ihres Auges sah Johnny ein grünliches Funkeln, verwegen und plötzlich, etwas, das ihm immer wieder völlig neu an ihr war, wie ein Versprechen, an das er sich niemals erinnerte und das Lily deshalb nicht halten konnte. Ein paar Schritte lang dachte Johnny nach. Das Gefühl vom falschen Film, als sei er hier auf diesem hübschen Kiesweg entlang der Limmat zum allererstem Mal auf diese Frau getroffen, mit ihren roten Haaren und ihrem netten, schiefen Lächeln, diese seltsame, zugleich schmale und satte Gestalt, und rede mit ihr mal eben zum Kennenlernen über ihren Orgasmus.

Wer war Lily? Er dachte daran, wie sie miteinander schliefen, wie er auf Lily lag und umgekehrt, er bekam Lust, mehr herauszufinden, es kam ihm vor wie ganz am Anfang und er dachte, vielleicht sei es erstmal eine gute Idee, Lily nach der Farbe ihres Vibrators zu fragen – und Lily musste wieder lachen.

Wie froh du doch heute bist, Lily, zehn Jahre später oder so, dass ihr beide euch an dieses Gespräch nicht mehr erinnert. Dass es zumindest zur Menge des Gesagten und Gesehenen und Gehörten und Berührten zählt, dessen verblassende Erinnerung man als Paar gegenseitig stillschweigend vorwegzunehmen lernt.

Ihren türkisen Vibrator jedenfalls bewahrte Lily in der mittleren Schublade ihres Schranks auf, dort war ein solches Gewühl und Durcheinander, dass niemand ihn finden konnte außer ihr.

Bald einmal gefiel ihnen am Spazieren am besten das gemeinsame Fortkommen, das Gleichmaß der Schritte, das Gefühl, auf einem Weg zu sein, nicht auf der Stelle zu treten, auch wenn man nichts sagte. Das Schweigen im Ausschreiten fiel so viel leichter, fast ging es vergessen, da es angebracht schien im Geräusch ihrer Schritte und im sehr leichten Zugwind ihres Gehens. Es war einmal diese zauberhafte Zutat, dachte Lily, dachte Johnny, die sie früher ihr gemeinsames Spazieren und Schweigen hatte genießen lassen. Eine Lappalie, eine Winzigkeit. So wie jenes Teilchen ihrer Kaffeemaschine, das Johnnys Arbeitskollege Sedran vermisst hatte, als er sie zu reparieren versuchte.

In letzter Zeit tranken Lily und Johnny keinen Weißwein mehr zum Abendessen. Manchmal wärmte Johnny etwas im Ofen, eine Falafel oder eine Pizza, und sie aßen ohne Tischtuch und Kerze. Stattdessen lag ein Kreuzworträtsel auf dem Tisch, und sie machten sich Konkurrenz, wer das Lösungswort im Kopf herausbrachte, ohne einen einzigen Buchstaben mit dem Kugelschreiber einzutragen. Lily mit ihrer Ordnung im Kopf war im Vorteil.

Es war immer ein Rätsel gewesen für Johnny, Lily konnte ihren Blick über die Zeilen eines Buches schweifen lassen wie ein Wal, der seelenruhig mit offenem Maul durch Plankton gleitet, sie verinnerlichte jeglichen Sinn in einem Augenschein. Für eine Buchseite brauchte sie einen Zehntel der Zeit, die Johnny brauchte. Er begann, andere Leute beim Lesen zu beobachten. Im Institut schaute er Sedran zu, der las in der Paläontologischen Zeitschrift *PalZ*, und Ferd schaute er beiläufig beim Frühstück zu, wenn er die Großeltern Sonntagmorgens besuchte, und in der Straßenbahn schielte er nach der Lektüre der Leser auf dem Nebensitz. Seine Nachforschungen ergaben, dass er selber in einem durchschnittlichen Tempo las, eigentlich sogar etwas flotter als die meisten Leute. Es musste also an Lily liegen, und Johnny fragte sich, ob Lily wohl im Innersten eine autistische Savante war. Wenn er sie aber darauf ansprach, verstand es Lily, in ein schelmisches Lächeln zu verfallen wie jemand, der sich über einen Zaubertrick ausschweigt.

»Es gibt nichts Gutes, außer man tut es verstehen«, meinte Lily, »dafür kann ich nicht zeichnen.«

Der Vergleich hinke, fand Johnny. Er musste sich damit abfinden, dass Lily einen Satz wahrnahm wie eine zwischen die Interpunktion gespannte Saite, und sie zupfte daran mit ihrem Blick. In Frequenzen denkst du, Lily, die leiseste Schwingung übermittelt dir, was es zu wissen gibt.

Den Akkord des Schweigens hatte Lily längst vernommen, vor einigen Wochen aber erst hatte sie sich eingestanden, dass es ein hässlicher Akkord war, ein schmerzlicher Klang. Wie war es dazu gekommen? Wenn einer von ihnen zwischendurch etwas sagte, klangen die Worte eigentümlich und hart und verdichteten noch das Schweigen, das sie unterbrachen, drängten es über dem Tisch zusammen. Längst war ihnen auch die gemeinsame Sprache abhandengekommen. Sie mieden ihr Vokabular, machten einen Bogen, trampelten ihn nach und nach aus, den Pfad um ihren einstigen Slang, ein Pfad aus Wörtern, die allgemein gebräuchlich waren, die jedermann verstand. Und wenn aus Versehen einer der Ausdrücke ihrer ehemaligen Verschworenheit herausrutschte, genierten sie sich.

Lily faltete ihre Papierserviette und schob das Rätsel beiseite. »Wir sagen ja kaum noch was. Zueinander. Meine ich.«

Davon willst du nichts wissen, Johnny.

Wie sie denn darauf komme, antwortete er und nahm das Rätsel wieder zur Hand. »Früher haben wir einfach überflüssiges Zeug daher geredet«, sagte er, verschob Kiefer und Mund, um Reste zwischen den Zähnen vorzufischen.

Johnny wollte nicht, dass sie etwas über das Schweigen sagte, und Lily wusste es. Er empfand wohl, dass es an ihm lag und ihm vielleicht einen Vorteil einbrachte. Für Johnny war es eine Plage, er wollte sich darüber keine Gedanken machen, und Lily spürte, wie ihre eigenen Gedanken in sich zusammensanken. Ihr Inneres war wie ein feuchtes Gehäuse, die Schaltungen jederzeit zu einem Kurzschluss bereit, Schwäche, Schwindel, leicht und plötzlich.

»Lösungswort«, sagte Johnny.

»Was?«, sagte Lily.

»Das Lösungswort.«

»Ja?«

»LOESUNGSWORT – ist das Lösungswort. Scherzkeks in der Rätselredaktion.«

Johnny stand auf und räumte den Pizzakarton in die Küche, und Lily knipste mit Daumen und Zeigefinger die rote Kerze aus, die hatte sie heute wieder mal angezündet und hatte Johnny gefragt:

»Weißt du noch?«

Damals in der Schule, als Johnny den riesigen Sumoringer töpferte, hatte Lily noch *Lise* geheißen und Johnny *Hannes*.

Der Sumoringer hockte in tönernen Schenkeln, maßstabgetreu, 1:1, Kampfstellung, vom kahlen Scheitel über den gewaltigen Bauch bis zu den Plattfüßen, den Rücken vorgelehnt, Arme auf die Knie gestützt, ein Gesicht, das in aller Ruhe dem Moment des Überfalls harrte.

Neugierig drängten sich die ersten Schüler um die Skulptur im Foyer, stutzten einen Augenblick, bevor sie ihre gymnasiale Lässigkeit zurückerlangten und Sprüche klopften. Hannes hielt sich hinter der geöffneten Tür seines Schulschranks verborgen. Er tat, als suche er etwas zwischen Büchern und Heften und schielte hinüber ins Foyer, wo die Diplom-Arbeiten des Faches Kunst und Gestaltung seit heute Morgen ausgestellt waren. Sein riesiger Tonringer kauerte genau in der Mitte auf einem niedrigen Podest und war sofort umringt von Schülern und Lehrern.

Hannes hatte alles geplant, solange sie den giftgrünen Wintermantel trug, konnte er Lise nicht verpassen. Jeden Moment musste sie auftauchen, in fünf Minuten begann ihre Stunde, Latein im Zimmer 204, gleich den Korridor hinunter. Hannes wusste Bescheid, er war im Bild über die Stundenpläne der Mädchen, in die er gerade verliebt war, genauso wie über ihren Nachhauseweg, ihre Klavierstunde, ihr Volleyball-Turnier. Oder ihren Nebenjob: Lise half Donnerstag abends in der Hausarztpraxis Dr. Nievergelt in ihrem Dorf.

Im vergangenen Semester hatte er Lises Namen am großen Anschlagbrett vor der Bibliothek im Wahlfach Poesie eingetragen gesehen. Er hatte abgewartet, bis noch ein paar weitere Namen eingeschrieben waren, dann setzte er seinen Namen darunter.

Der Poesie-Unterricht war langweilig, und weil Hannes zu spät zur ersten Stunde erschien, musste er in der ersten Reihe sitzen, wohingegen Lise, wie er aus dem Augenwinkel gesehen hatte, ganz hinten links beim Fenster saß. Der Lehrer hieß Wullschleger und wurde alle vier Jahre erfolglos von der Partei der Arbeit für die Kantonsratswahlen aufgestellt. Er bemühte sich, mit seinem Bärtchen und seinem scharfen Blick wie Lenin auszusehen, und alles, was ihn an Gedichten interessierte, war ihre politische Deutung. Als er sich einmal mit einem selbstgefälligen Schmunzeln über Else Lasker-Schüler äußerte, ihre Gedichte als süßlich und subjektivistisch bezeichnete, rief Lise durchs Klassenzimmer, um Lasker-Schüler zu verstehen, brauche es ein Herz und kein Parteibuch.

In der letzten Semesterwoche musste jeder ein Gedicht auswendig lernen und vortragen, und Hannes fasste den Entschluss, ein eigenes zu schreiben. Ein paar Verse zu drechseln, so schwer konnte das nicht sein. Längst hatte er die ersten Gehversuche als Künstler hinter sich, hatte Hunderte Köpfe aus feuchter Brotmaße geformt. Verglichen damit war es bestimmt ein Kinderspiel, ein paar Worte miteinander zu reimen – allerdings mussten sie so klingen wie die von Else Lasker-Schüler. Zwei Nächte schlug sich Hannes um die Ohren, probierte wieder und wieder *Engel*, *Nächte* und *Wogen* miteinander, färbte sie mit *Bläue* und *Gold*, mit *Trost* und *Brombeer*, versuchte, die Reime zu *umarmen*, *aufzublühen* und *weichzulieben* – bis er schließlich aufgab und dem Lehrer Wullschleger insgeheim Recht gab.

Hannes suchte seinen Großvater Ferd in dessen Arbeitszimmer unten im Keller auf und fragte ihn um Rat. Papa Ferd war Lektor für wissenschaftliche Publikationen, ein belesener Mann.

»Hier«, sagte Ferd und griff zielsicher aus einem Regal ein Buch mit rötlichem Einband, »der größte Dichter aller Zeiten:

Conrad Ferdinand Meyer. Autodidakt, Zürcher, Schulabbrecher, Melancholiker.«

Hannes öffnete das Buch. Mit Else Lasker-Schüler hatte das leider herzlich wenig zu tun, »Veronas Bettlerschaft« hieß das erste Gedicht. Vielleicht konnte er es gebrauchen, so wie Hannes sie einschätzte, lagen Lise die Schwachen und Elenden am Herzen:

Auf edlen Marmorsesseln im Saale thronen sie,
Durch Riss und Löcher gucken Ellbogen, Zeh und Knie.

Nach einer weiteren durchwachten Nacht konnte Hannes *Veronas Bettlerschaft* nicht nur auswendig, sondern hatte vor dem Badezimmerspiegel eine formvollendete, mimisch und deklamatorisch bis in jede Einzelheit ausgefeilte Darbietung in poliertem Bühnendeutsch einstudiert.

Als er die ersten Mitschüler ihre Gedichte vortragen hörte, bekam Hannes einen heißen Kopf und ihm wurde mulmig. Keiner der Auftritte dauerte länger als eine halbe Minute, die meisten Gedichte hatten nicht mehr als sechs Zeilen. Eichendorfs *Wünschelrute* wurde genuschelt und *Wandrers Nachtlied*, ein Spaßvogel hatte sogar den alten Spruch von Erich Kästner gebracht:

Es gibt nichts Gutes
Außer man tut es

– schon saß der Schüler wieder an seinem Platz.

Klar, du Idiot, sagte sich Hannes, während ihm das Herz im Hals klopfte, im Wahlfach den Streber markieren, das ist garantiert der beste Weg, ein Mädchen zu beeindrucken …

Immerhin waren von Else Lasker-Schüler keine Zweizeiler überliefert. Lises Gedicht hatte sogar drei Strophen, es hieß

Weihnacht. Als sie fertig war, wandte sich Lise an Herrn Wullschleger und erinnerte ihn daran, heute früher loszumüssen wegen ihres Jobs bei Dr. Nievergelt. Auf dem Weg nach vorne kreuzten sie sich, sie hatte ihren Blick gesenkt. Dass sie nach Nadelholz duftete, brachte Hannes ein bisschen aus dem Konzept und während sie ihre Sachen packte und das Schulzimmer verließ, begann er zaudernd den Vortrag seiner Ballade. Kurz bevor Lise zur Tür hinaus verschwand, warf sie ihm doch noch den ersten Blick zu, hellgrün und lieb. Hannes blieb kurz im Vers hängen, fing sich aber gleich, als die Türe leise hinter Lise zuging. Gekicher in der Klasse, am Ende spöttischer Applaus. Herr Wullschleger lobte die Wahl des Textes von Meyer, der darin schon sehr früh »gewissermaßen eine ironisch-utopische Solidarität über die Klassengrenzen hinweg« zur Darstellung gebracht habe.

Hannes ging hinter der Schranktür in Deckung. Da kam sie endlich die Treppe hoch. Er beobachtete, wie Lises Blick auf den Ringer fiel, wie sie stehen blieb, sich der Skulptur langsam näherte. Sie war gerade dabei, den giftgrünen Wintermantel auszuziehen, doch jetzt, indem sie vor den Ringer trat, hielt sie inne, den Kragen hinterm Rücken, die Arme noch halb in den Ärmeln …

Das Verlieben passierte Hannes binnen Fingerschnippen. Die Welt war voller begehrter Perlen, Anna Bachmann, die frühlings ihr frisches Frauenzeugs in ganz unscheinbaren und anständigen Kleidern schön bündig und satt zu präsentieren gelernt hatte. Das reichte ohne Weiteres, um ihn zu beeindrucken. Yvette Vogler, die immer lächelte und die Zungenspitze in ihre schmale Zahnlücke drückte. Patrizia Kilchsperger, eine großgewachsene Stolze, die vor lauter Gewissheit ihres unerschwinglichen Preises ein Schmollen im Gesicht trug, zusammen mit diesem Kastanienglanz ihrer Augen, dem Siegel des unbergbaren Schatzes.

Man hielt sich zur rechten Zeit am rechten Ort auf, um ein kurzes Kreuzen des Weges herbeizuführen, vielleicht mit Glück ein Kreuzen des Blicks, der dem Mädchen wahrscheinlich nur zufällig unterlief. Nachts beim Einschlafen blieben Hannes ausbleibende Lächeln, ausbleibende Küsse, unberührte Brüste, Bauchnabel, Schamhügel und Schleimhäute, die er zu kleinen geträumten Pornos zusammenschnitt. Nur die Leidenschaft wegen dieser beliebigen Mädchen verbrauchte sich rasch. Hannes wusste, es ging vorbei, es war trivial, im Grunde langweilig. Hatte man eben eine Weile lang ein Flirren im Bauch, es legte sich sehr bald wieder. Wie immer, dachte Hannes, hatte Caravaggio den Durchblick, der Held seines frühen Künstlerlebens, auf Caravaggios Gemälde von Amor konnte sich jeder, der es noch nicht wusste, davon überzeugen, dass der Schütze der Liebespfeile nichts als ein von stupider Unzurechnungsfähigkeit beseelter Idiot ist.

In Lise verliebte sich Hannes nicht auf diese Weise, da waren keine Pornos. Nichts als ein bezaubertes Zögern, das nicht verging, obwohl er sich kaum daran erinnerte, wann er sie zum ersten Mal gesehen hatte. Eine aufregende Verwunderung, dass es so etwas gab wie dieses Mädchen, Lise-Catherine, Klasse 6b, ein Versprechen, Aufruhr und Wollust und Kitzel, ein intimes Schicksal.

Hannes kam es vor, als wolle Lise näher herantreten an seinen Sumoringer, als wolle sie ihn berühren. Sie war in Bann geschlagen, und Hannes sah, dass ihre schmalen Lippen sich bewegten, und er fragte sich, was sie wohl sagte.

»Mir geht einer ab!«, hatte Herr Burger gerufen, als er Hannes tönernen Sumoringer zum ersten Mal sah.

Das war nicht das Ordinärste, was er Herrn Burger jemals hatte sagen hören. Der Lehrer im Fach Kunst und Gestaltung an der Kantonsschule Rämibühl pflegte in der ersten Stunde vor einem neuen Jahrgang seine Erstklässler lauthals darauf hinzuweisen, Kunst und Gestaltung sei kein Freifach, es werde benotet wie Latein und Mathematik, und was ihn als Lehrer angehe, so könne er vorwegnehmen, dass er »die Klasse solange durchficken« werde, bis die ersten zwei Reihen aus der Schule geflogen seien, eine gewisse Arbeitshaltung sei also in seinem Unterricht durchaus ratsam.

Ganz so schlimm war es dann doch nicht, die meiste Zeit über war Burger mit seinem eigenen Werk beschäftigt und ließ die Klasse mit einer endlosen Arbeit alleine. Er zog sich in sein, an das riesige Klassenzimmer angrenzende Atelier zurück, das er sich eigentlich mit seinem scheuen Lehrerkollegen Gfeller teilte, den er jedoch bis auf ein beschränktes Besuchsrecht daraus verdrängt hatte. Burger trug entweder einen marineblauen oder einen bordeauxroten alten Pullover. Es schienen seine einzigen Kleider zu sein, abgesehen von der verwaschenen Jeans, die er mit einer Kordel zusammenband. Seine Füße staken nackt in Flip-Flops, und den halben nackten Hintern sah man über dem Hosenbund, sobald er sich vorlehnte, um seine breiten Fäuste auf die Arbeitsplatte eines Schülers aufzustützen und eine Zeichnung zu begutachten.

Hannes liebte Herrn Burger, er fand, einen besseren Lehrer könne es gar nicht geben. Burger wiederum war von Hannes begeistert, er siezte ihn sogar. Alle anderen Schüler nannte Burger beim Vornamen, ob sie nun dreizehn oder gegen zwanzig Jahre alt waren. Sogar Mondrian verstand Hannes, wenn Burger ihm nur einen Hinweis gab, er sah in den farbigen Vierecken die Komposition, den Mangel an Verlegenheit. Er verstand, dass Picasso die Rücken der Menschen und Tiere wie kein Zweiter darstellte und dass Rembrandt eigentlich der erste Filmregisseur gewesen war, weil er Bewegung und Bild versöhnte. Wie man Caravaggios Gesichter verstand, das Licht, die Blicke, die ungerührte Mimik menschlicher

Abgründe, das wiederum brachte Hannes Herrn Burger bei, und Burger ließ es sich gefallen, auch wenn es sonst nicht seine Gewohnheit war, einen Schüler überhaupt zu Wort kommen zu lassen.

Zum Jubiläum seines zwanzigsten Amtsjahrs als Zeichenlehrer an der Kantonsschule Rämibühl hatte Hannes ihm eines seiner aus Brot modellierten Gesichter geschenkt. Burger war von Anfang an von Hannes' Talent überzeugt gewesen und räumte der Brotskulptur vor seinem Atelier in der Vitrine, wo die besten Arbeiten der Schüler ausgestellt wurden, einen prominenten Platz ein.

Von da an machte es sich Burger zum Ziel, Hannes vom Getreide weg in die klassischen Materialien der Bildhauerei einzuführen – Stein, Holz, Metall. Hannes aber betastete die fremden Stoffe, als wären sie voller Dornen und konnte von seiner Zuflucht in gewohntes weiches Backwarengewebe nicht lassen. Ein Jahr vor Schulabschluss reichte es Burger. Anlässlich eines Seminars zum Thema »Götter und Mythen« stellte er seinem Meisterschüler die Aufgabe, fünfundzwanzig Gesichter von Kali, der indischen Göttin des Zorns anzufertigen, und zwar jedes aus einem anderen Material und kein einziges aus Brot. »Wenn Sie das nicht hinkriegen, Zinn, können Sie sich Ihre Matura sonstwohin stecken.«

Also verbrachte Hannes jeden Abend und jeden freien Nachmittag bei Burger im Atelier, kämpfte mit Kali und mit der Materie, bis ihm die wilde Göttin mit der herausgestreckten Zunge nachts in den Träumen erschien, in Aluminium, Bronze, Eiche, Kork, Styropor, Wachs, geleimten Glassplittern, Gipslaken und ja, auch in giftgrünen Textilfasern. Als er mit den Gesichtern endlich fertig war, wollte Burger eine gebührende Diplomarbeit mit Hannes planen. Überzeugt davon, seinem Lieblingsschüler die Flause mit dem Brot ausgetrieben zu haben, bat er ihn für eine Besprechung nach Schulschluss zu sich.

Hannes betrat das leere Klassenzimmer, Burger war noch nicht da. Die Kali-Köpfe standen in einer Reihe auf der Ablage vor dem Fenster. Hannes fand sie furchtbar, eine Kali misslungener als die andere. Von der Arbeit hatte er schlimme Kopfschmerzen bekommen und seine Finger fühlten sich taub an vom fremden Stoff, den er ihnen zumutete. Sie spürten das Material nicht. Wie konnte Burger davon keine Ahnung haben? Die Finger hatten das Sagen und die Finger waren stur. Seine Finger waren Brot gewohnt, feuchte, fügsame Krumen, alles andere sagte ihnen nichts.

Auf einmal hörte Hannes einen Lärm. Es kam von nebenan aus dem Atelier. Er hörte Burgers Gebrummel und eine Frauenstimme, die er zu kennen meinte, rief laut und deutlich *Lassen Sie mich in Ruh!*

Hannes eilte aus dem Klassenzimmer. Da erschien Burger in der Tür seines Ateliers, die er schnell wieder hinter sich schloss, im hochroten Gesicht ein Maul zwischen Grinsen und Zähnefletschen.

»Da lang, Herr Zinn«, sagte er laut und ging voran den Korridor hinab. Im Klassenzimmer setzte sich Burger an seinen Schreibtisch vor der Wandtafel und räusperte sich ausgiebig. Hannes setzte sich zögerlich seinem Lehrer gegenüber und starrte ihn an:

»Was war denn da los?«, fragte er halblaut.

»Was war wo los?«, polterte Burger, kramte Notizpapier aus seiner Mappe hervor und einen winzigen Bleistift.

»Da drin«, sagte Hannes, »in Ihrem Atelier. Gerade eben.«

»Ach«, lachte Burger, er lehnte sich zu Hannes vor und seine buschigen Brauen tanzten, »das Fräulein Damiani war los.«

Hannes spürte Eis über seinen Rücken laufen.

»Lise-Catherine Damiani?«, fragte er.

»Was für ein Name, was? Hohe Nase, tiefer Dünkel!«, sagte Burger und gab sich zu Hannes' Erstaunen ganz wie sonst zum Spaßen aufgelegt.

»*Ad rem*, Zinn! Ihre Abschlussarbeit, ich habe mir Folgendes überlegt. Die Kali-Figuren gefallen mir sehr gut! Ich finde, Sie sollten das Thema ausbauen, Sie sollten sich unbedingt weiter vorwagen, Neues kennenlernen. Experimentieren!«

»Experimentieren …«, wiederholte Hannes tonlos.

»Talent allein ist so viel wert wie ein leerer Hodensack. Wagen Sie etwas! Ihre Abschlussnote wird wichtig sein für die Bewerbung an Kunsthochschulen.«

Hannes' entsetzte Augen fanden den Lehrer und blieben ungläubig an dessen Gesicht hängen. Er schluckte, stand langsam auf.

»Was ist denn los, Zinn, Karbunkel am Arsch?«

»Ich gehe jetzt«, sagte Hannes.

»Wohin?«

Burger runzelte seine Stirne und verzog den Mund so weit, dass im Eck ein halber Goldzahn zum Vorschein kam.

»Zinn?«

»Ich gehe hinüber in Ihr Atelier«, brachte Hannes heraus. Als er sich aber umdrehte, hörte er hinter sich den Lehrer in plötzliches, markerschütterndes Gelächter ausbrechen.

»Zinn, bleiben Sie stehen, Sie Idiot!«, brachte Burger johlend hervor. Er trottete Hannes hinterher bis zur Tür, legte den Arm um seine Schulter und schob ihn zurück vor den Schreibtisch.

»Zinn«, sagte er und drückte Hannes mit beiden Händen auf den Stuhl nieder, »das Fräulein Damiani hat ihr Testat für den Kunstgeschichte-Kurs bei mir geholt.«

»Nein!«, sagte Hannes und wollte wieder aufstehen, »ich habe es ja gehört!«

Burger schloss die Augen und schüttelte den Kopf:

»Hören Sie doch mal zu, Zinn! Als ich ihr den Testatbogen geben wollte, kam ein Käfer angeflogen, einer dieser schwarzen Brummer. Ich hab ihn mit dem Blatt Papier verscheucht. Da hat sie mich am Arm gepackt. Sie klettert hoch und fischt den Mistkäfer aus den Spinnweben oben beim Fenster im Eck, wo ich ihn hinbefördert habe mit meinem Blatt Papier. Ich verreck! Sie bettet den leblosen, eingepuppten Käfer auf einen Zeichentisch und reißt alle meine Schubladen auf. Ich sage *Schluss mit dem Klamauk!* Da hat sie schon eine Stecknadel gefunden, sie richtet die Lampe wie am Operationstisch und beginnt, die Spinnweben vom Käfer loszulösen mit der Nadel. Ich sehe ihr eine Weile zu und sage schließlich, *wir haben hier jetzt Sitzung, der Zinn und ich*, das Vieh sei sowieso mausetot. Da schaut sie mich an und schreit *Lassen Sie mich!*«

Hannes senkte den Blick. Burger aber begann zu grinsen:

»Ritter Zinn ohne Furcht und Tadel, was?«

Burger gab Hannes einen ordentlichen Klaps auf die Schulter.

»Schön wärs, Zinn, schön wärs! Eingebildetes Ding, dieses Fräulein Damiani, aber nicht schlecht, gar nicht schlecht!«

»Entschuldigen Sie«, sagte Hannes.

»Ach Zinn, so heikel bin ich nicht. Gibt ja eine ganz passable Anekdote ab, finden Sie nicht?«

Hannes nickte.

»Ich habe eine Schwäche für Anekdoten«, fuhr Burger fort, »und sie haben eben eine blühende Fantasie.«

»Ja, ja«, nickte Hannes, der die Sprache wieder gefunden hatte, »wissen Sie, die ist übrigens so blühend, dass ich meine Abschlussarbeit schon vor mir sehe.«

»Sehr gut, Zinn!«, feixte Burger.

»Ja, sehr gut«, sagte Hannes, »das wird nämlich ein Gesicht, Herr Burger, und zwar eins aus Brot.«

Burgers Miene verfinsterte sich und in seinen Augenwinkeln lief die Haut rötlich an.

»Jetzt haben Sie mich aber genug verarscht für einen Nachmittag, Zinn«, sagte er leise.

Hannes hob den Blick und schaute dem Lehrer trotzig in die scharfen Augen. Schließlich schüttelte Burger den Kopf. Er stand auf, verstaute Papier und Bleistiftstummel in der Mappe und schloss den Reißverschluss.

»Wissen Sie was, Zinn, schreiben Sie Bewerbungen als Bäckerlehrling«, sagte Burger, »geben Sie mich als Referenz an.«

Hannes wartete, bis Burgers Schritte verhallt waren. Dann stand er auf und ging zurück vor die Tür des Ateliers. Es war vollkommen still im Schulhaus. Lautlos öffnete er die Tür einen Spaltbreit.

Tatsächlich. Lise-Catherine Damiani stand über einen der Zeichentische gebeugt, auf dem das Insekt lag. Auf ihrem blauen Shirt zeichnete sich die gekrümmte Wirbelsäule ab. Ihre roten Haare fielen rings um ihr Gesicht, umgaben das Operationsgebiet wie ein Vorhang. Wahrscheinlich hätte Hannes die Türe zuknallen können, sie hätte es nicht gehört. Ihre Finger schienen reglos und wie gemalt, das Abendlicht fiel vom Fenster auf ihre Gestalt. Sie kauerte in der Hocke vor dem Zeichentisch, die Arme gewinkelt auf dem Tisch.

Unter der linken Achsel sah Hannes durch den Ärmel einen Träger, einen Rand mit der Andeutung von Spitzen, den Ansatz ihrer Brust, lose in leichter Bewegung – Hannes sah die in ihre Arbeit vertiefte Lise mit seinen Fingern. Er spürte, wie sich das Brot zu verwandeln begann. Es wurde flüssig und schwer und zäh wie Lehm. Vorsichtig schob Hannes die Tür etwas weiter auf, tastete sich vor, seine Finger nahmen Lise die Haare aus der Stirn, befühlten die Härchen an ihren Schläfen, die Rundung einer dichten Braue, seine Finger fuhren an den hohen Wangen entlang, am Jochknochen, am Rand ihres Ohrs. Der glatte, blasse Hals, länglich und kräftig, wandelte sich waagerecht zur Schulter, Hannes' Finger schoben sich unter ihr Shirt, strichen über ihre Schultern, ein bisschen zu kräftig für ihre sonstige Gestalt, er fand den Schlitz unter ihrem Arm, Rippenmulden und Rippenhügel dicht bei dicht, Vorboten der warmen Handvoll fleischweichen Polsters, das sich in seinen Fingern formte. Er spürte in Lise eine Kraft, alles an ihr war zu breit für ihre schmale Statur, die Wangen, die Schultern, selbst die Hüften, und es war unklar, wieso man sie überhaupt als schlankes Mädchen wahrnahm. Ein kräftiger Urwuchs, erdmassig, satt, als hätte man eine feiste Matrone mit Klammern und Korsetts in ein Viertel ihrer Größe gezwängt, die üppigen Lippenbetten gepresst, das Kinn geschrumpft, den Hals verengt, die Taille eingeschnürt, die Haut gerafft.

Kraft als Körper. Gewalt als Gestalt.

Da schoss Lise auf einmal hoch, wich zurück und schaute zur Decke auf, Hannes sah, wie der dicke Käfer sich erhob und in fahrigen, aber gesunden Ellipsen auf die Scheibe zuflog, an der er hin und her zu tanzen begann. Lise stürzte zum Fenster, öffnete es, mit der flachen Hand geleitete sie das Insekt hinaus. Sie schaute dem davonziehenden Käfer nach, draußen über dem Zürichsee teilten sich die tiefen dunklen Wolken und der leere rötlich graue Abendhimmel erschien.

Hannes schloss lautlos die Tür.

Zwei Monate später schlich Hannes um den bebuschten Römerhügel vor dem Schulhaus herum. Es war eiskalt in Zürich und winterlich grau. Der Römerhügel erhob sich zwischen der Kantonsschule und den Turnhallen. In der Pause trafen sich dort die Schüler, die Pot rauchten. Studenten kamen herüber

von der Universität, sie verdienten sich etwas als Zwischen-
händler, die Gymnasiasten vertrauten ihnen. Der Römerhügel
hieß so, weil es zuoberst eine steinerne Rundbank gab und auf
Antike gemachte Säulen, eine Statue von Ceres, der gelockten
Göttin des Ackerbaus und der Ehe, aus weißem Stein. Hannes
wusste, Ignaz Zunder trieb sich da herum in der langen Pause.
Er wusste auch, dass Ignaz Zunders Eltern Pferde hielten.

Ignaz war die Sorte Jüngling, deren Lebensgeister für dreimal Erwachsenwerden reichen. Er konnte es sich leisten, Gras
zu rauchen wie er wollte, seine Spannkraft ließ sich so leicht
nichts anhaben. Sein Gesicht war niemals blass, seine Züge
niemals müde. Hannes wusste, dass Ignaz seine Zigaretten
auf den Falten von Ceres' Stola ausdrückte und dass man mit
solchen Kerlen nicht um den heißen Brei herumreden durfte.
Sie hatten es nicht nötig, jeden zu respektieren.

Als Hannes näher kam, machte sich Ignaz gerade an irgendeinem dicken Seil zu schaffen, drei andere Typen aus seinem
Rudel halfen ihm. Sie rauchten alle und trugen viel zu leichte
Kleidung für die Kälte, einer trug einen hälftig abgeschnittenen Trenchcoat.

»Ich brauche Hilfe von einem, der kein Hasenfuß ist«, Hannes hatte den Satz geprobt, doch kaum hatte er ihn aufgesagt,
verbrannte sich Ignaz den Finger an seiner Zigarette, während
er mit dem Seil hantierte. Es sah aus wie eines dieser Taue, die
in der Turnhalle von der Decke hingen.

»Wie heißt du?«, fragte Ignaz und klopfte sich die kleine
Brandschramme der Zigarette vom Finger ab, steckte gleich
eine neue an.

»Hannes Zinn.«

Ignaz blies den Rauch durch die Nase und lächelte.

»Hannes Zinn. Schieß los.«

»Es geht um eine Fracht. Die steht in meinem Gartenschuppen«, sagte Hannes, »sie muss aufgeladen und zum Friedhof

Sihlfeld gebracht werden«, gut einstudiert, Hannes, gut geliefert.

»Hast du jemanden getötet?«, fragte neben Ignaz der Typ im halben Trenchcoat.

»Nein«, sagte Hannes, ohne ihn eines Blickes zu würdigen.

»Relax, Hannes«, sagte Ignaz, »du kommst daher wie Charles Bronson ohne Eier. Willst du mir nicht zuerst mal sagen, was du vorhast?«

»Es ist eine Skulptur. Sie ist aus Ton.«

»Aus Ton?«

Hannes drohte jetzt, den Faden zu verlieren, er wollte alles auf einmal sagen: »Sie ist im Rohzustand, also das heißt, sie ist noch nicht gebrannt, und sie ist – etwa so schwer wie ein Pferd. Ein Herr vom Krematorium Nordheim hat mir gesagt, er lasse das Tor offen, vom Ofen, und den Ofen lasse er an, also nachts lasse er den Ofen brennen, aber mehr könne er nicht für mich tun.«

Ignaz Zunder lächelte, der Rauch verzog sich um seine Lippen.

»Der Herr vom Krematorium …«, er nickte, runzelte die Stirn und drehte sich nach seinen Kollegen um, »nennt man den nicht Aschermeister? Hast du den etwa bestochen, den Aschermeister?«

»Ich habe ihm nur meine Skulptur skizziert. Er hat auf seinem Schreibtisch Postkartenabzüge von van Gogh-Bildern und so, er mag Kunst. Meine Skulptur hat ihm gefallen …«, als Hannes sah, dass Ignaz geduldig zuhörte, fügte er an, »sie ist auch ziemlich gut.«

Ignaz Zunder kratzte sich mit dem Daumennagel am Kinn, da wuchs ein kleines wirbliges Kinnbärtchen.

»Hannes Zinn: Kunst aus dem Krematorium. I like it«, nickte Ignaz Zunder und sagte versonnen, »wir brauchen einen Pferdeanhänger.«

Längst hatte es zur ersten Stunde geklingelt und Lise stand immer noch reglos vor seiner Skulptur. Den Mantel hatte sie inzwischen ausgezogen und über den Arm gelegt. Sie wollte dichter heran, das ging aber nicht, das wusste Hannes, es wirkten die Wechselkräfte, die seine Finger im Ton angerichtet hatten, Nähe und Distanz, Geborgenheit und Stolz, der Ringer war auch ein erotisches Ereignis und Hannes wusste, dass es seinen eigenen Verstand, den eines Jungspunds, weit überstieg – aber nicht Lises Verstand. Auch das wusste er.

Komm schon Hannes, geh endlich zu ihr hin und sprich sie an, sieht sie etwa aus wie ein Mädchen, das einen netten Kerl wie dich einfach abserviert?

Hannes schloss den Schrank zu und hing sich seine Schultasche um. Als er fast schon bei Lise angelangt war, kam ihre Freundin Florence die Treppe hochgerannt.

»Lise«, rief sie, »los Lise, wir sind zu spät!«

Hannes blieb stehen, duckte sich, stellte seine Tasche auf den Boden, begann darin zu wühlen. Aus der dürftigen Deckung sah er, dass Lise sich immer noch nicht regte, als Florence neben sie trat.

Eine Woche später ging Lise auf eine Party, von der ihr bloß haschischneblige Halberinnerungen blieben. Hannes, der am anderen Morgen neben ihr unter einem fremden Esstisch in einer fremden Küche aufwachte, trug eine Socke als Stirnband.

Es war das Fest von Ignaz Zunder, der seinen Schulabbruch feierte.

Tags zuvor war er eine Viertelstunde zu spät zum Unterricht erschienen, er trug Krawatte, Sakko und Shorts. Ignaz Zunder ging in die 6b wie Lise. Alle waren sich einig, er war blitzgescheit, der schlauste Kerl der Schule. In den späten Neunzigerjahren befand er sich mit seinen außergewöhnlichen Computer-Kenntnissen allein auf weiter Flur. Von den Zuständigen der Rechner-Zentrale der ETH-Zürich war er schon vor zwei Jahren extra mit einem Mobiltelefon ausgerüstet worden, das war damals groß wie eine Bongo-Trommel.

An jenem Morgen, als er zu spät zum Englischunterricht erschien, wurde er vom Lehrer Herr Sullenberg zurechtgewiesen, freundlich, in einem leicht süffisanten Ton, den Ignaz Zunder nicht zu ertragen gewillt war.

»Mr. Sunder, may I ask: where do you come from?«

»Entschuldigen Sie, ich habe mir nochmals den Sumoringer angeschaut, haben Sie den gesehen? Eine fucking sensation, ich sag es Ihnen, Hannes Zinn wird der neue Jack O'Metty.«

»Do you know what time it is, Mr. Sunder?«, fragte Sullenberg.

»Es heißt *Zunder*, nicht Sunder. Ich sag auch nicht *Trauerberg* zu ihnen.«

Lise schaute Sullenberg an, der hob die Braue:

»Sullen doesn't mean *traurig*, it means *missmutig, düster*, and that's what I'm about to get!«, sagte der Lehrer.

»Well, Herr Düsterhügel, that's great, weil mir wird nämlich auch ganz sullen zumute.«

Sullenbergs Augen wurden kleiner.

»I asked, what time it is?«

»So um halb neun, glaub ich. Hinter mir hat's doch eine Uhr über der Tür. Sie sehen gradewegs drauf.«

Die Klasse kicherte. Lise nicht.

»I do not care for the way you speak to me, young man. Have a seat.«

»No, I won't«, sagte Ignaz Zunder locker und löste den Knoten seiner Krawatte, »I'm going to jump out of that window over there, and if I shall touch down safely, I'm not going to fucking set one fucking foot in this fucking classroom again. Thank you for your kind attention.«

Nunmehr verstummt, schaute Sullenberg zu, wie der Schüler auf den nächsten Schreibtisch in der ersten Reihe sprang.

Schweiß trat ihm auf die Stirn, und Lily sah, dass Ignaz Zunders Schneid nicht angeboren war, wie alle dachten, sondern dass er sich wirklich Mühe geben musste.

Sullenbergs Blick durch die Reihe der Tische endete bei Lise, die ganz außen beim Fenster saß. Es rumpelte unter den Sohlen Zunders, dessen hagere Beine weit über die Tische ausgriffen und sie wackeln ließen, Schulbücher und Schreibhefte fielen herunter, die Schüler wichen zurück, nur Lise nicht, »Miss Damiani!«, rief Sullenberg entsetzt, denn flugs hatte Lise dem Unterfangen Zunders assistiert und warf das Fenster gerade rechtzeitig für den Waghalsigen weit auf, der an ihr vorbei aus dem Schulzimmer flog.

Sein Sturz war elegant, er schwebte durch die Luft dahin wie eine Schwalbe.

An einem dicken Ahornast, der gegenüber vom Römerhügel zum Schulhaus herüberwuchs, war das Seil befestigt, das Tau aus der Turnhalle. Zunder flog daran hin und her durch den leichten Nebel, pendelte sachte aus. Im Schulzimmer war es still, es wurde rasch sehr kalt. Um Lise herum drängten sich die anderen Schüler, »der ist lebensmüde«, hörte sie Florence neben sich sagen. Lise sah, wie Zunder sich nun zwischen Haselsträucher fallen ließ. Einer der Schüler begann zu applaudieren, bald schrie und jubelte die Klasse.

Zunder hatte ein Angebot von *Google Inc.* Das Unternehmen gab es gerade mal ein Jahr, kein Mensch hatte je davon gehört. Kein Renommee, kein Geld, genau Zunders Kragenweite. Er hatte den Vertrag tags zuvor unterschrieben, der war per Fax gekommen. Zunder war der zweite Angestellte im Betrieb.

Auch Hannes war natürlich auf die Abschiedsfeier eingeladen. Er war sehr nervös. Hinter dem Badezimmerspiegel von Papa Ferd fand er das Eau de Toilette seines Großvaters, eine edle eckige Flasche, da stand *Knize Ten* drauf. Eigentlich roch es furchtbar, wie karamellisierte Mottenkugeln, aber Hannes dachte, es könnte ihm ein exzentrisches Flair verleihen.

Ignaz Zunders Eltern waren verreist und das Anwesen in der herrschaftlichen Gegend zwischen Zumikon und Forch glich einem Jahrmarkt. Es waren wohl an die hundert Leute in dem riesigen Haus. Als Hannes eingelassen wurde, kam Zunder ihn begrüßen und klopfte ihm auf die Schulter.

»Mein Jack O'Metty«, sagte er und gab ihm ein Heineken mit einem schönen, grünlich durchschimmerten Frostfilm. Lise kam zur gleichen Zeit wie Hannes.

»Und du bist eine Wucht«, sagte Zunder zu ihr und Lise sah ihn an mit ihren Augen. Hannes stand ihr so nah wie noch nie, sein Mund trocknete aus. Ihre Augen waren noch heller, als er gemeint hatte, fein die Rinne unter der Nase. Befangen von der Aufmerksamkeit warf sie die herbstroten Strähnen mit einem Halsschwung aus dem Gesicht.

»Wäre sie nicht gewesen«, wandte sich Zunder an Hannes und gab auch Lise ohne zu fragen ein Bier, »ich läge jetzt mit Genickbruch im Spital. Ganz zu schweigen vom blamablen Eindruck. Ich wär voll gegen die Scheibe gerannt! Der Mensch scheitert an den simplen Dingen, merkt's euch fürs Leben.«

»Darauf stoßen wir an«, brachte nun Hannes heraus und hob sein Bier und Lise und Ignaz taten es ihm gleich.

»Das ist Johnny«, sagte Zunder zu Lise, und zu Johnny sagte er, »und das ist Lily.«

Und Lily und Johnny waren verlegen über ihre Taufe, deren Weihwasser, sollte Johnny später sagen, wie glückliches Pech an ihnen haften blieb.

Im Wohnzimmer standen überall Lautsprechersäulen, darin liefen die 4 Non Blondes und Linda Perry sang:

I realized quickly when I knew I should, that the world was made up of this brotherhood of man, for whatever that means …

Zunder führte Lily und Johnny in den Tumult des riesigen Wohnzimmers. Ein Trampolin wurde aus dem Keller nach oben geschleppt, und es gab allerlei halsbrecherische Wettbewerbe. Zunder nahm Lily und Johnny bei den Händen und führte sie auf die Springfläche. Zunders Blick verriet, dass seine Aufmerksamkeit ein rares Gut war, und Johnny fühlte sich geschmeichelt. Zunder füllte Lilys und Johnnys Bier in ein Glas und sich selbst schenkte er auch ein, und dann zählte er den Rhythmus vor und die drei sprangen auf und ab im Takt, ohne einen Tropfen zu verschütten, bis Zunder sein Glas in einem weiten Bogen davonschleuderte, um die Leistung mit Applaus zu würdigen.

»Sag mal, bist du das, der so nach Zuckerpisse riecht?«, fragte Ignaz Johnny, als Lily gerade eine Kameradin begrüßte. Johnny schnupperte verlegen am Kragen seines T-Shirts.

»So wird das nichts mit Lily«, sagte Zunder.

Johnny versuchte, etwas Schlagfertiges zu sagen:

»Hat ein Künstler im Leben für die Liebe Platz?«, rief er über die Musik hinweg in Zunders Gesicht. Zunder begann zu grinsen und meinte:

»Frag Picasso – tanz doch mal mit ihr!«

Zunder gab Acht, dass Lily immer ein neues Bier bekam, sobald sie bei der Hälfte war. Johnny sah ihr den Schwips an, Lily kam ihm vor wie ein wunderbares Gelächter, das niemals ermüdete. Sie schaute Johnny immer wieder an, als säßen sie zusammen in einem Kinofilm, der Szene für Szene zu *ihrem* Film wurde.

Auf einmal lagen alle auf dem Boden und formten Sterne mit ihren gestreckten Körpern, die Köpfe in der Mitte, Scheitel an Scheitel, dicht an dicht. Man bekam Schnapsflaschen, eine nach der anderen, und musste dann reihum im Liegen daraus schlucken und durfte den Stern nicht verlassen. Wenn jemand es nicht mehr aushielt und aufschoss, hustend und mit tränenden Augen, wurde *Supernova!* geschrien und der Schwächling wurde von den Sternen am Boden getreten und des Universums verwiesen.

Johnny brannte der Schnaps in der Nase, und an der hohen Wohnzimmerdecke schien sich der Leuchter zu drehen und zu wachsen wie eine Sonne, die jeden Moment implodieren musste. Ja, dachte Johnny, als er da so lag, wieso eigentlich nicht, Zunder hatte recht, er würde Lily fragen, ob sie tanzen wolle, wann wenn nicht jetzt? Er war kein Niemand mehr, er war der neue Jack O'Metty. Er würde Lily gar nicht erst fragen, er würde sie mir nichts, dir nichts bei der Hand nehmen und auf die Tanzfläche im Wohnzimmer führen und dann würde er sie in den Arm nehmen und mit ihr tanzen, was lief noch gleich?

Yo, remember back on the boogie
When cats used to harmonize

Lauryn Hill, bestens, sagte sich Johnny.

Wave your hands in the air
Lick two shots in the atmosphere!

Als er vom Boden aufstand und sich nach Lily umschaute, gerieten ihm die Bilder durcheinander, als seien sie bereits die Erinnerung einer lange zurückliegenden Nacht, und in den Bildern lag Lily nicht mehr am Boden, Scheitel an Scheitel mit ihm, sondern sie stand in der Diele und ging davon, durch die Sterne, Hand in Hand mit Zunder.

Hielt Lily Zunders Hand? Oder war es Zunder, der ihre Hand hielt? Sah er Lily die Treppe hochgehen? Mit Zunder zusammen, in ein oberes Stockwerk? Auch die Stufen der Treppe gerieten durcheinander, und die Treppe schwamm aus dem Geländer und aus seinem Blick. So besoffen er sein mochte, Johnny sah es Lily an, es war nicht ihr erstes Mal, im Gegenteil, sie kannte sich darin aus! Kerle wie Zunder bei der Hand zu nehmen, oder sich von ihnen bei der Hand nehmen zu lassen, sie ins obere Stockwerk zu begleiten und mit ihnen in einem Zimmer zu verschwinden. Johnny kam sich in seiner Unerfahrenheit vor wie ein Kind mit Milchzähnen, die ihm alle gleichzeitig aus dem Mund fallen wollten. Ihm wurde schlecht.

Girls you know you'd better watch out
Some guys, some guys are only about
For that thing, that thing, that thing

Am anderen Morgen erwachte Lily in der Küche der Villa Zunder und sah lange in Johnnys Gesicht. Sie lächelte. Johnny konnte seine Stirne nicht runzeln, er trug die Socke um die Stirn gebunden. Lily sah, wie Johnny sich langsam aufrichtete und mit dem Kopf gegen die Tischplatte schlug, unter der sie offenbar geschlafen hatten, der Tisch war aus dickem Holz und Lily hörte, wie es *pock* machte.

»Guten Morgen. Johnny«, sagte sie. Johnny hielt sich den Kopf und sagte:

»Tag. Lily.«

Und wenn sie nicht trabte oder lief, da war immer ein auf-
müpfiger Elan in Lise-Catherines Schritten, ein zweigeteiltes
Hüpfen, die Ferse in der Schwebe, während die Fußspitze
durchwippte wie ein empfindliches Pedal, ein schwungvolles
Allegretto-Fortkommen. Dazu auf ihren schmalen, knaben-
haften Schultern ein Kopf, der sich auf dem Eulenhals nach
allen Richtungen umschaute, um ja nichts zu verpassen. Lise-
Catherine konnte nicht anders, sie brachte jede Strecke so
geschwind es ging hinter sich, und wenn sie kein bestimmtes
Ziel hatte, genoss sie den Zugwind, der ihr Gesicht kühlte.
Spielplätze hatte sie immer langweilig gefunden. Die Klet-
tertürmchen waren ihr zu niedrig, die Seilbrücken öde, die
farbigen Rutschbahnen zu wenig steil und viel zu kurz. Sobald
sie einen Fuß aus dem Haus setzte, wurde sie zu einem wilden kleinen Mädchen, hitzköpfig, raufboldig, abenteuerlustig,
Lise-Catherine, die jeder im Dorf ihrer Courage und wirbligen
Lebendigkeit wegen kannte, stets einen feinen Schweißschim-
mer im Gesicht, in vollem Flug unterwegs von einer Mutprobe
zur nächsten.

Auf dem Weg nach Hause versuchte sie sich zu beruhigen,
drosselte den Drang, auf Mauern und Bäume zu klettern, um
aus möglichst großer Höhe hinunterzuspringen. Wenn sie
durch die Haustür kam, war der Schweiß trocken. Leise betrat
sie das Wohnzimmer, küsste die still zu ihr gebeugte Mutter
und setzte sich in ihrer Nähe auf den Boden.

Gegen Abend erhob sich ihre Mutter für gewöhnlich von
der Couch und ging mit kleinen Schritten zum Esstisch. Lise-
Catherine schaute ihr zu, wie sie im Erker einen der Stühle
gegen das große Panoramafenster drehte und sich dort ebenso
auf den vorderen Rand niederließ, um nunmehr über den See

und in die Glarner Alpen zu blicken. Manchmal sah es so aus, als würde die Mutter in Gedanken die Namen der Berggipfel aufsagen, eine Beschäftigung, die so ganz und gar nicht zu ihr passen wollte und die wohl umso mehr zur Linderung ihrer Trauer beitrug, als sie sich dabei selber wie eine fremde Frau vorkam, dachte Lise-Catherine.

Sie legte sich dann auf den kühlen Marmor und überließ sich einem seichten, traumreichen Schlummer, der seit dem Tod ihres Vaters nie mehr zu einem tiefen Schlaf wurde. Für den Rest ihres Kinderlebens war sich sicher, dass der Vater früh am Tag seines Unfalls zu ihr ins Zimmer gekommen war und sich wie jeden Morgen noch kurz aufs Bett gesetzt hatte. Je älter sie wurde, desto tiefer nistete in ihr die Überzeugung, er habe ihr noch etwas sagen wollen, bevor er losfuhr in seinem roten Mercedes SL 300 Cabrio, etwas Kleines nur, ein Kristall eines Vermächtnisses, den sie immer hätte bei sich tragen wollen, den er ihr aber nicht überlassen konnte, weil er sie wohl nicht hatte wecken wollen aus der nutzlosen, blinden und tauben Bewusstlosigkeit ihres Kinderschlafs.

»Da kommt sie ja!«

»Lise!«

»He! Sie heißt nicht Lise!«

»Da kommt die L-I-S-E C-A-T-H-E-R-I-N-E!«

»Lise-Catherine! Lise-Catherine!«

Drei Jungs aus ihrer Klasse gingen rasch im Kreis um sie herum und sangen hämisch ihren Namen, Silbe für Silbe.

»Weißt du was?«, sagte Lise, »Tobias ist Lateinisch und heißt Idiot.«

»Was du nicht sagst!«, rief Tobias.

»Ja, Tobi, Mütter merken bei der Geburt, ob es sich um einen Idioten handelt.«

»Ho, wie sie redet, ›dass es sich handelt‹, wie eine Lehrerin«, sagte Gregory.

»Wie eine Klugscheißerin«, sagte Andreas.

»Sag mal Klugscheiße-Catherine, du glaubst, du bist mutig, weil du ›Idiot‹ zu uns sagst und weil du auf die Bäume kletterst, aber vom Pflugstein zu springen traust du dich nicht!«

»Woher willst du das wissen?«, sagte Lise, »Schläfst du etwa beim Pflugstein?«

»Wieso?«

»Weil ich nur vom Pflugstein springe, wenn es dunkel ist.«

Einen Augenblick schwiegen die Jungs.

»Wenn es hell ist, hast du wohl Schiss!«, sprang Tobias ein und merkte gleich, so schlagfertig war das wohl nicht.

»Beweis es!«, rief Andreas.

»Ja, beweis es!«, riefen alle.

»Idioten muss man nichts beweisen«, sagte Lise.

Als es dunkelte, sah der Rote, wie die kleine Lise ihm auf der Rampe entgegenkam. Sie benutzte diesen Weg nur, wenn sie sich aus dem Haus schleichen wollte. Lise hielt sich an den Zweigen der Birke, deren Stamm von Efeuranken langsam erstickt wurde. Der Rote machte ihr Platz, sprang zur Seite auf einen Ast. Er sah Lise an mit seinen Bernsteinaugen und horchte mit seinen Ohren nach ihrem Herzschlag. Er wusste ja, heute würde sie springen.

Oft schon war sie aufgebrochen, wild entschlossen, hinaufzuklettern auf den riesigen Stein und die seeseitige Flanke, die steile, fast senkrechte Wand vier oder fünf Meter hinab in die Brombeerbüsche zu springen. Bis jetzt hatte sie es nicht gemacht.

Der Kater wusste ansonsten nichts über den Pflugstein, er wusste nicht, was ein Findling ist, dass er aus Vulkangestein bestand und auf dem geduldigen Rücken eines Gletschers aus den Glarner Alpen bis hierher an die Zürichseeküste getragen wurde auf einer jahrhundertelangen Reise. Er wusste aber, dass Lise heute nicht wieder von diesem riesigen Stein hinabklettern würde. Es waren wahrscheinlich die gleichen Jungs, denen sie schon etliches gezeigt hatte. Wie man es anstellte, sich von der Strömung einer Schiffsturbine im See mitziehen zu lassen, ohne in den Strudel gerissen zu werden, dass man auch als Mädchen ein Glas Bier in einem Zug austrinken konnte, wie man, ohne mit der Wimper zu zucken, in einen Brennnesselstrauch hineinfasste, und wie man dem Turnlehrer laut und deutlich ins Gesicht sagte, gemessen an seinem Monatslohn sei er ein fauler Sack.

Einige Schritte folgte er Lise, dann setzte sich der Rote am Ende des Gartens auf die weiße Mauer und schaute zu, wie sie hinabrannte auf dem geschlängelten Kiesweg zum kleinen Lindenwäldchen, das den Pflugstein verbarg. Es war schon fast dunkel, bald war das Mädchen nicht mehr zu sehen und der Rote machte sich auf den Weg.

Mühelos findet er sich überall zurecht. Schließlich ist das Revier, das er zu durchstreifen pflegt, unermesslich wie der Reigen der Galaxien. Die Strecke bis ins übernächste Dorf zum Bezirksspital, wo er Lise in den kommenden Stunden zu erwarten hatte mit ihrem gebrochenen Bein, war für den Roten – nun ja, ein Katzensprung.

Lise biss auf die Zähne. Sie lag ausgestreckt auf der Liege in der Notfallstation. Sie hatte einen Sirup bekommen gegen die Schmerzen, aber ihr Bein, das man inzwischen mit einer Schiene fixiert und bandagiert hatte, tat immer noch höllisch weh. Die Mutter hielt sich die Hand vor den Mund, wandte sich ab. Sie sagte, hier rieche es furchtbar nach Desinfektion. Jedes Mal, wenn ihr Blick auf den Schlauch in der Armbeuge ihrer Tochter fiel, zuckte ihr bleiches Gesicht in die andere Richtung.

Endlich erschien ein junger Assistenzarzt hinter dem Vorhang der Koje, der eine beachtliche, rechteckige Brille trug und dessen weißer Mantel ihm viel zu groß war. Er blätterte in den Unterlagen:

»So, Lise-Catherine Damiani, elf Jahre alt, Sturz von einem Stein.«

»Sprung«, sagte Lise, »ich bin gesprungen, nicht gestürzt.«
Die Mutter verdrehte die Augen, und der Arzt schob die weiten Ärmel des Kittels über seine haarigen Ellbogen zurück. Er fixierte zwei Röntgenaufnahmen im Leuchtschirm an der Wand. Mit sanfter Stimme erklärte er Lise, wie das Röntgengerät durch die Haut hindurch bis auf die Knochen sehen konnte.

»Ist es gebrochen?«, unterbrach ihn die Mutter.

»Es ist nur das Wadenbein, Mama«, sagte Lise, die sich auf der Liege etwas aufgerichtet hatte, um die Bilder zu begutachten.

Der Arzt nickte.

»Da kennt sich aber jemand aus!«

»Gehört das Wadenbein etwa nicht zum Bein, Lise-Catherine?«, sagte die Mutter.

»Es ist nur angefügt an das richtige. Wie der Blinddarm.«
Der Arzt freute sich, nahm kurzerhand sein Stethoskop aus der Tasche und hängte es Lise um. Sie schielte nach unten auf den schwarzen Schlauch um ihren Hals. Sie lächelte die Mutter an, die den Kopf schüttelte.

Der Sirup begann doch noch zu wirken, die Schmerzen ließen nach und Lise wurde ein wenig schwindlig. Sie fühlte, wie Ärger aus ihrem Bauch aufstieg, darüber, dass sie sich von den Jungs hatte nach Hause helfen lassen müssen. Immerhin, sie hatte nicht geweint.

Als Dr. Nievergelt die Mutter das nächste Mal zu Hause besuchen kam, sah er Lise auf dem Diwan liegen und fragte nach ihrem Bein. »Der Nerv ist nicht betroffen, sehen Sie?«, sagte Lise und bewegte ihre Zehen, die vorne aus dem Gips lugten.

»Das weißt du also auch schon«, nickte Nievergelt, »wenn du möchtest, kannst du mal bei mir in der Praxis vorbeikommen. Sobald du wieder ganz gesund bist natürlich. Wir können kleine Hilfskräfte immer gut gebrauchen.«

Damit war die Mutter ganz und gar nicht einverstanden. Aber Lise ließ nicht locker.

»Das ist nichts für ein Mädchen in deinem Alter«, sagte Evelyn.

»Du musst ja nicht mitkommen«, sagte Lise.

Aus den matten Augen der Mutter stach ein harter Blick und ihre Mundwinkel senkten sich.

»Lise«, sagte sie, »setz dich zu mir.«

Lise stand einbeinig vom Boden auf. Sie ließ die Krücken liegen und humpelte zu ihrer Mutter auf dem weißen Sofa. Evelyn legte der Tochter ihre kühle Hand aufs gesunde Bein.

»Du kannst das noch nicht begreifen, weil du zu jung bist.«

Lises Bein wich ein wenig zurück. Wenn die Mutter davon zu sprechen begann, tat sie immer so, als wäre es zum ersten und einzigen Mal, als hole sie zu diesem einen wichtigen Gespräch aus, an das sich Lise lange erinnern sollte und für das ein gebührender Rahmen geschaffen werden musste. Für die Dauer ihrer Ansprache würde sie sogar ihre immerwährende Trauer ablegen – für dieses Thema war ein eigener Ernst reserviert.

»Wir Bachteler-Frauen bekommen Brustkrebs«, sagte die Mutter, »den hatten deine Urgroßmama schon und deine Großmama.«

Die Mutter hatte dieses Lächeln auf den Lippen, gleich einer Erleichterung, nicht alleine zu sein mit dem drohenden Schicksal, ein getröstetes Lächeln, die Erbfolge des Krebses.

»Was hat das mit Dr. Nievergelt zu tun?«, sagte Lise.

»Lise-Catherine, wir landen früh genug bei den Ärzten.«

Als einer ihrer hinteren Milchzähne zu wackeln begann, spielte Lise am Esstisch andauernd mit der Zunge daran herum, riss den Mund auf, schob den Zahn aus dem Zahnfleisch heraus, so weit es ging.

»Lass das jetzt sein!«, rief ihre Mutter und ließ einmal sogar ihren Löffel auf den Suppenteller fallen.

»Vielleicht«, sagte Lise, »lerne ich bei Dr. Nievergelt, wie man ihn vom Zahnfleisch kappt.«

Es machte Lise überhaupt nichts aus, ihren freien Nachmittag zu opfern. Sobald Mittwochs die Turnstunde aus war, rannte sie hinab zum Bach, durch die kleine Schlucht brauchte sie nur fünf Minuten bis zur Praxis.

Nach einem halben Jahr kannte sie alle Patienten von Dr. Nievergelt und nach einem Jahr wusste sie auch, was ihnen fehlte. Sie durfte in den dicken Büchern lesen, die hinter dem Schreibtisch auf dem Regal standen, und schaute die Illustrationen an. Sie richtete das Zubehör für Blutentnahmen, Rachenabstriche und Wundversorgungen. Dr. Nievergelt erklärte ihr, wieso das Bein ausschlug, wenn man mit dem Reflexhammer unter die Kniescheibe klopfte, und wieso der Gamma-GT-Wert in der Blutuntersuchung für die Leber unzuverlässig war.

Als Lise dreizehn war und nach Zürich ans Gymnasium wechselte, konnte sie nur noch donnerstagabends aushelfen, da war die Praxis bis zwanzig Uhr geöffnet. Einmal rief Dr. Nievergelt sie nach Feierabend zu sich ins Untersuchungszimmer und legte ihr ein EKG an, die Näpfe saugten sich an der Haut ihres Oberkörpers fest und neben der Liege zuckte die Nadel mit der schwarzen Tinte übers Millimeterpapier.

An jenem Abend machte Lise einen weiten Umweg über die Kirche beim kleinen Weiler, bevor sie nach Hause ging. Sie schaute sich den gezackten Schlag ihres Herzens auf dem

Millimeterpapier an. Sie hatte ein heißes Gesicht. Oben auf dem EKG-Bogen war ihre Herzfrequenz angegeben: 124. Sie fühlte ihr Handgelenk, der Puls war noch nicht wieder normal.

Auf dem Fußballfeld neben der Kirche saßen Tobi und Gregory im Tornetz und teilten eine Zigarette.

»Habt ihr eine übrig?«, sagte Lise, und Gregory streckte die Hand zu Tobi aus, der aus der Tasche seines Pullovers ein Päckchen hervorfummelte, da stand *Marocaine Extra* drauf.

»Siehst ein bisschen gelb aus«, sagte Lise zu Tobi.

»Ihm ist schlecht von der Zigi«, sagte Gregory stolz und gab Lise Feuer, »sag mal, darfst du eigentlich rauchen? Du bist doch jetzt Frau Doktor.«

Lise warf Gregory einen Blick zu und kreuzte mit dem Zeigefinger ihre Lippen. Gregory lächelte. Den leichten Schwindel, der Lise beim ersten Zug immer befiel, war sofort überwunden, sie musste nur kurz die Augen schließen. Die Übelkeit kam beim zweiten Zug. Sie ließ sich einfach nichts anmerken, und beim dritten Zug war es ausgestanden.

»Was meinst du Tobi«, fragte Gregory, »sollen wir es ihr sagen?«

Tobi hatte sich auf den Bauch gelegt und gab keine Antwort. Er stützte sich auf seine Ellbogen und verhielt sich so ruhig er nur konnte. Lise tippte mit dem Zeigefinger auf die Zigarette und schaute zu, wie die Asche von der glühenden Spitze fiel. Das hatte sie beim Freund ihrer Mutter gesehen, der zwei Päckchen am Tag rauchte. Evelyn hatte ihn vor einigen Wochen mit nach Hause gebracht, er hieß Bruno und machte Scherze. Er trug ein Hörgerät, das er immer wieder versehentlich ausschaltete. Er liebte englische Worte, die er mit einem starken Akzent aussprach und mit seinem ganzen Mund auskostete, *Tröbelshooter* oder *Headhönter*. Wenn er sie besuchen kam, war die Mutter sehr aufmerksam und verzichtete auf das Weinen. Sie hatte neue Kleider gekauft. Nächstes

Wochenende wollte sie mit Bruno an den Gardasee verreisen, sie hatte Lise gefragt, ob sie allein zu Hause bleiben oder zu einer Freundin gehen wolle.

»Also?«, sagte Lise und gab sich den Anschein von Langeweile, »was liegt dir auf dem Herzchen, Gregy?«

»Ach«, sagte er und lehnte sich an den Torpfosten, »vergiss es!«

Lise zuckte die Schulter und schüttelte den Kopf.

»Kindergarten«, seufzte sie und drückte mit zwei bloßen Fingern schnell die Glut ihrer Marocaine aus. Gregory lachte nur, und sogar Tobi brachte ein Schmunzeln auf seinem fahlen Gesicht zustande.

»Na schön«, sagte Gregory, stieß sich vom Pfosten ab, kam einen Schritt auf Lise zu, »hast du gewusst, dass mein Bruder auf dich steht?«

»Remo?«, fragte Lise leichthin.

»Willst du dich mit ihm treffen?«, fragte Gregory. Er hatte aufgehört zu lächeln und kaute auf einem Fingernagel.

»Wie alt ist er?«, fragte Lise, »15?«

»16.«

»Wieso nicht«, sagte sie, »gib mir noch eine.«

Tobi drehte sich auf den Rücken und versuchte ein Ächzen zu unterdrücken.

»Du weißt«, sagte Gregory, »mein Bruder macht mit Mädchen alles, was er will.«

»Vielleicht will sie das ja«, sagte Tobi.

»Na, du wirst es wissen«, sagte Lise und nahm einen tiefen Zug von der Zigarette, jetzt machte es gar nichts mehr.

»Meine Mutter fährt morgen Abend mit ihrem Freund nach Italien«, sagte sie, »sag deinem Bruder, er kann mich zu Hause besuchen, wenn er will.«

Dann sagte sie Tschüss und ging über den Fußballplatz davon. Gregory und Tobias schauten ihr nach.

Am anderen Abend ging es Tobias wieder gut, nachdem er sich die Nacht über ein paar Mal erbrochen hatte. Die Zigaretten hatte er zu Hause gelassen, als er Gregory beim Pflugstein traf. Die Sonne sank, es lag ein tiefroter Schimmer über den Feldern, als die beiden Buben den Kiesweg zum Kamm hinauf gingen. Sie redeten nicht miteinander und hatten die Hände in den Hosentaschen vergraben.

Als sie bei der weißen Mauer ankamen, wollte sich Tobi ducken, aber Gregory zog ihn am Kragen hoch.

»Lass das!«, flüsterte er, »es ist halb sieben, wieso sollten wir hier nicht vorbeigehen?«

Doch vor der Garageneinfahrt begann auch Gregory zu schleichen, und sie gingen schneller. Auf der Mauer neben der Haustür lasen sie in geschnörkelten Buchstaben: *Evelyn*. Niemand war zu sehen. Einige Schritte entfernt stand eine Zeile von Birken auf einer kleinen Anhöhe, dahinter legten sich Gregory und Tobias ins hohe Gras.

»Wenn es dunkelt wird, sehen wir sowieso nichts mehr«, sagte Tobias nach einer Weile.

»Es hat doch Laternen entlang der Einfahrt«, meinte aber Gregory, »außerdem, wenn wir durch ein Fenster sehen können, dann …«

»Da kommt er!«, sagte Tobias und reckte den Kopf aus dem Gras. Sie sahen drei Gestalten die Einfahrt hinabgehen.

»Wer ist denn das alles?«, flüsterte Tobias.

Die Jungs grölten, und einer nahm die beiden anderen in den Schwitzkasten, bis sie sich lachend befreiten und ihre Jacken ordneten. Sie hatten tiefe und laute Stimmen.

»Remos Kumpel«, sagte Gregory.

»Aber …«

»Ich weiß, Tobi. Er hat mir nicht gesagt, dass er sie mitnimmt.«

Gregory und Tobias sahen zu, wie die drei Burschen ironisch

Pantomime machten, sich die Haare und den Kragen ordneten und mit angefeuchteten Fingerspitzen über die Brauen fuhren. Dann klingelten sie an der Haustür. Eine Weile geschah gar nichts und Gregory sagte erleichtert:

»Niemand zu Hause.«

Dann aber ging das Licht im Foyer an. Die Tür öffnete sich, Musik drang plötzlich aus dem Haus.

She's got a club on the moon
And she's telling all her secrets
In a wonderful balloon

»Roxette«, sagte Tobias, und Gregory sagte: »Schsch!«

Die drei Gäste wurden eingelassen, die Tür schloss sich und im Foyer ging das Licht wieder aus. Für eine Stunde rührten sich Gregory und Tobias nicht, obwohl sie rein gar nichts sehen konnten. Vor den Fenstern waren die Jalousien heruntergelassen, kein einziges Geräusch drang aus dem Haus. Zwischendurch tauschten sie kurze, mulmige Blicke aus und mit der Zeit wurden sie unruhig. Die Sonne war verschwunden, es war jetzt dunkel und es wurde kalt.

»Was meinst du«, flüsterte Tobi, »wollen wir unter der Hecke durch? Versuchen, durch die Rouleaus zu sehen?« Gregory schüttelte den Kopf.

»Wenn Remo uns erwischt, gibt's Prügel.«

Er stand auf und stellte sich hinter eine Tanne zum Pinkeln. Da öffnete sich unten plötzlich die Haustür, *Come on join the Joyride* … tönte es zu ihnen hinauf. Gregory machte die Hose zu und warf sich neben seinen Freund. Sie sahen, wie Remo und seine Jungs in der Einfahrt erschienen und rasch von dannen zogen, ohne sich noch einmal umzuschauen. Remo ging seltsam aufrecht wie auf Stelzen und schien es ziemlich eilig zu haben.

»Es war einfach keine gute Idee«, sagte Tobias leise. Dann aber erschien Lise in der Haustür. Sie hatte ihre roten Haare zu einem dicken Zopf geflochten, der in ihr Rücken fiel. Sie schaute den Dreien in aller Ruhe nach. Dann verschwand sie wieder im Haus.

Am anderen Montag kam Gregory ein bisschen zu spät zur ersten Stunde. Es gelang ihm, unbemerkt in die Klasse und an seinen Platz neben Tobi zu schlüpfen.

»Mach schon, erzähl«, flüsterte Tobi, doch Gregory schüttelte den Kopf.

»Nichts«, sagte Gregory.

»Was nichts?«, fragte Tobias.

»Er hat mir nichts erzählt.«

»Dieser Arsch. Ich glaub's einfach nicht!«

»Er«, sagte Gregory, »er ... hatte einen schlimmen Kratzer, von der Stirne die ganze Wange hinab, bis zum Hals«, flüsterte Gregory.

Tobias schaute ihn mit seinen großen Augen an. Dann begann er zu grinsen:

»Sie hat es ihm so richtig besorgt!«

Gregory schüttelte den Kopf.

»Doch«, flüsterte Tobias, »so ist sie. Sie hat es ihm gegeben ...«

»Nein, du Idiot«, sagte Gregory, »wenn ich es dir doch sage, die Verletzung war gar nicht von einem Fingernagel ...«

»Hatte sie ... ein Messer?«

»Nein.«

Es war ein warmer Frühsommertag im frühen neuen Jahrtausend. Ein zartes Junilicht fiel in den Irchelpark, Lily war auf dem Weg zur Tramstation und trug ziemlich schwer an einer Tasche voller Anatomie-Bücher, die brauchte sie im vierten Semester des Medizinstudiums.

Den Nachmittag hatte sie im Präpariersaal verbracht, mit vier anderen Studenten um eine Chromstahl-Bahre vor einem kalten Körper. Einer der Kommilitonen hatte mit seinem Übungsskalpell einen Jazzgroove auf dem bloßgelegten Schienbein des Toten getrommelt, als sie die Muskellogen der Wade freilegten. Rundherum wurde gekichert. Lily starrte den Nichtsnutz nur ungläubig an.

In der Einführungslektion zum berüchtigten Anatomiekurs hatte der Professor vor dem versammelten Jahrgang eine salbungsvolle Rede gehalten, sprach von tiefer Dankbarkeit denen gegenüber, die ihre sterblichen Überreste der Wissenschaft vermacht hatten, mahnte Respekt und Pietät an. In der ersten Lektion war es auch wirklich still gewesen im Saal. Ein formalingetränkter, grobmaschiger Lappen hatte das Gesicht des Toten verborgen. Inzwischen aber war der Lappen weg und die Stimmung unter den Studenten gelöst. Lily sah dem Mann ins Gesicht und dachte, dass er wohl wehrhaft gewesen sei, wahrscheinlich auch schlagfertig und witzig. Jetzt konnte er mit seinem eingefallenen Mund diesen Flegel nicht von seinem Bein wegschimpfen. Lily hätte das Milchgesicht selber zurechtweisen sollen. Aber sie gestand sich ein, als sie die langen flach abfallenden Tritte zum Parkteich hinunterging, dass sie selber an Wehrhaftigkeit eingebüßt hatte, zu Lebzeiten, mit ihren zweiundzwanzig Jahren schon. Widerstand gegen Ungerechtigkeiten spielte sich seit Längerem nur noch in ihrem Kopf ab, in ihren Vorwürfen an sich selber.

Sie holte tief Luft, wechselte den Riemen der schweren Tasche auf die andere Schulter und hob den Kopf. Ihr Blick fiel geradewegs in sein Gesicht. Johnny kam ihr auf dem Fahrrad entgegen. Ein kleiner Junge ging vor ihm auf dem Weg, ganz versunken in die Beschäftigung, einen lang gezogenen Kaugummi von seinem Zeigerfinger wie ein Pendel sachte vor- und zurückbaumeln zu lassen. Der Bub ging zickzack, dicht dahinter. Dicht dahinter zitterte Johnny auf dem Fahrrad mit der Lenkstange links und rechts, versuchte vorbeizukommen. Johnnys Miene blieb unbeweglich und ruhig, kein Anzeichen jener Grimasse, die eine plötzliche Konzentration im Menschengesicht gewöhnlich anrichtet.

Endlich gelang es ihm, sich am Bub vorbeizumanövrieren. Über die Schulter schaute sich Johnny nach dem verträumten Kind um und stieg aus dem Sattel, um in die Pedale zu treten. Lily sah das Unheil kommen, wusste aber nicht, auf welche Seite sie ausweichen sollte, also hielt sie einfach die Luft an. Als Johnny sich wieder in Fahrtrichtung umwandte, war es zu spät. Die Reifen kratzten im Kies. Lily schaute in Johnnys Gesicht. Johnnys Gesicht schaute zurück, aufgeräumt selbst im Schreck, gesammelt selbst in der Überraschung.

Allmählich begann sich das Fahrrad im Stillstand zu neigen. Der Sturz fast geräuschlos, die Klingel gab ein dumpfes *Bimm* von sich. Passanten blieben stehen. Johnny lag neben dem Kiesweg im Gras, saß aber immer noch ordentlich im Sattel, die Lenkstange fest im Griff, die Füße bündig auf den Pedalen. Die Räder drehten leer in der Luft.

Als Lily ihm beim Aufrichten des Fahrrads half, fielen ihr zwei Bücher aus der Tasche.

»Hallo«, sagte Lily.

»Hallo«, sagte Johnny.

»Johnny?«

»Ja«, sagte Johnny, »Lily.«

Lily lächelte.

»Ich helf dir mit den Büchern«, sagte Johnny.

»Ich halt solang das Rad. Nichts passiert?«

»Nichts passiert, danke. Zwei Speichen verbogen, da an dem Stein wahrscheinlich.«

»Was machst du hier?«

»Und du?«

»Medizin studieren«, seufzte Lily und nahm eines der dicken Bücher entgegen, die Johnny aufhob und ihr überreichte, darauf ein Mannskopf, dessen Haut und Muskeln sich eins nach dem andern aufblätterten, illustrative Schichten, bis der Knochen übrig war.

»Anatomie!«, sagte Johnny, »davon kann ich dir ein Lied singen.«

Das konntest du ganz und gar nicht, Johnny. Du warst eben unterwegs zur Bibliothek gewesen, dir einen Atlas ausleihen gehen, um endlich mit dem Lernen zu beginnen, es blieben zwei Wochen bis zur Prüfung.

Lily kannte sich in der Bibliothek aus, doch die Bücher waren alle weg, Prüfungszeit, sagte Lily, und die Bibliothekarin rollte mit den Augen wegen der Trödelnatur der Studenten. Johnny bot Lily an, ihre Tasche zu tragen.

Sie gingen schweigend nebeneinander her, die Straße hinab bis zum Universitätsspital. Vor der Terrasse der Polytechnischen Hochschule bestiegen sie die Polybahn, *das kleinste Mitglied im Zürcher Verkehrsbund«,* las ein deutscher Fahrgast auf der kurzen Reise belustigt aus einer Broschüre seinem Kollegen vor, Studenten im ersten Semester vermutlich, *»eine meterspurige Standseilbahn«.*

»Schweizer lieben Meterspuriges, das wirst du bald merken«, sagte der andere. Der nostalgische sienarote Waggon sah aus wie der erste Karren eines Zirkuskorsos und ratterte die hundert Meter Fahrstrecke bis zur Talstation am Central hinab. Lily und Johnny stiegen aus.

»Wir könnten ja mal zusammen lernen«, sagte Lily und erschrak. Johnny antwortete nicht gleich, und auf dem Weg über die Brücke zum Hauptbahnhof fragte sich Lily, wieso in aller Welt sie ihm das vorgeschlagen hatte, und sie sagte sich, vielleicht, weil sie sich immer noch unbefangen *Lily und Johnny* nannten, obwohl sie jetzt befangen waren. Und Lily erinnerte sich, dass sie miteinander in der Schule schon befangen und schüchtern gewesen waren, zumindest seit dem Fest bei Ignaz Zunder, und vorher hatten sie sich ja gar nicht wirklich gekannt. Doch es war eine seltsame Art von Befangenheit, irgendwie sehr bereit, sich ins pure Gegenteil zu verwandeln, wie eines dieser Flip-Spielzeuge aus buntem Aluminium, das in die Luft schießt und als muntere Vertrautheit wieder herabfällt:

»Ich würde dich nur aufhalten«, sagte Johnny schließlich, »du bist sicher fortgeschritten.«

»Ich schlag es ja nur vor«, sagte Lily.

»Ich nehme es ja nur an«, meinte Johnny, Lily lachte und sagte:

»Ein schönes Fahrrad.«

»Nicht wahr?«

»Ein Ordonanzesel.«

»Ordonanzesel«, nickte Johnny überrascht, »ganz genau. Der gehört meinem Vater, der Esel. Und der Vater ist eigentlich mein Großvater.«

Wenn der kleine Hannes von der Schule nach Hause kam, stand er vor der Frage: Hoch zu Lou, oder hinab zu Ferd?

Durch den Garten führten vier kurze Treppen und ein Mosaikweg aus Granitplatten mitten im Rasen. Der Gärtner,

Herr Loro, kam aus Portugal, er hatte ein dreirädriges Auto mit einer Ladefläche, und sein Laubbesen war größer als er selber. Hannes betrat das Vestibül, schloss die Haustür und stellte die Schuhe ins Abteil. Er trödelte absichtlich, um die Entscheidung hinauszuzögern.

Großmama Lou spielte nachmittags im Wohnzimmer oben Klavier. Sie sagte, sie sei eine Amateurin, eine Profi-Amateurin, widersprach Ferd. Von Ferd war kein Geräusch zu hören, er machte keine Musik, er schrieb von Hand seine akribischen Lektorate wissenschaftlicher Publikationen, das Kritzeln seines Druckbleistifts, mit dessen harter Mine er zwischen die Textzeilen schrieb, konnte Hannes nur hören, wenn er sich in Ferds Arbeitszimmer aufhielt. Papa Ferd arbeitete für die NZZ-Wissenschaftsredaktion und für die Eidgenössische Technische Hochschule. Ferd meinte, er würde sich auf der Stelle erschießen, sollte ihm jemals ein Mensch einen Rechtschreibefehler nachweisen.

Im Vestibül gab es einen Spiegel, Hannes musste sich auf die Zehenspitzen stellen, um hineinzuschauen. Der Spiegel hing hoch über dem Blumenstrauß, den Lou jede Woche nach Hause brachte, Jugendstil, sagte Ferd, das sehe man am bunten Glas und den floralen Formen. Unten am Spiegel lachte ein gläsernes Frauengesicht mit einem Haufen Locken auf der Stirn. Der Mund war feuerrot in ein hellbraunes Kinn eingelassen. Hannes duckte sich und schielte durch die Schleierscheibe neben der inneren Haustür. Im Korridor war niemand, das Klavier war dumpf zu hören. Hannes' Herz machte einen Sprung, er stellte sich schnell wieder auf die Zehen, küsste den kalten, feuerroten Glasmund, und als er wieder zurücktrat, verblieb ein Hauch auf dem Lachen der Frau.

Am Ende des Korridors zwei Treppen: eine zum Klavier hinauf, eine zum strengen Bleistift hinab. Die Großeltern hatten keine Zeit für ihn, das war Hannes schon recht so, denn er hatte ja Zeit für sie. Er spielte mit dem Reißverschluss seiner Jacke.

Mama Lou spielte die Intermezzi von Brahms. Hannes hatte einmal gefragt, was das bedeute, *Intermezzi*, Lou sagte, das heiße so viel wie *kleine Stücke zwischendrin*, aber das sei eigentlich Koketterie.

»Ko-kett-er-ie?«, fragte Hannes.

Lou brauchte ihre Finger nicht zu beobachten, die wussten alleine, was auf den Tasten zu tun war. Lous Blick ging zur Decke, die war fast so hoch wie in einer Kapelle, Holzlatten wölbten sich von der einen bis zur anderen Wohnzimmerwand.

»Ein Wunder tut, als sei es nur grad gut genug: Koketterie«, erklärte Mama Lou.

Lou hatte viele, viele graue Haare, die wölbten sich von ihrer Stirn aus über den ganzen Kopf. Wieso blieben Lous Haare den ganzen Tag so wie sie waren? Der russische Dissident Graf Nikolai, der ehemalige Mitbewohner von Papa Ferd, war inzwischen Schweizer geworden und Klarinettist in einer Jazz-Combo, die jeden Donnerstag in einem noblen Zürcher Hotel auftrat, er sagte über Lou, sie sehe aus wie Ella Fitzgerald ohne Pigment. Und doch hatte sie ziemlich dunkle Haut, das Lämpchen mit der scharlachroten Glasblüte auf dem Klavier ließ Lous hohe Wangen im bronzenen Licht wie geröstete Kartoffeln glänzen.

»E-Dur, siehst du?«, sagte Mama Lou, »und jetzt f-moll. Bei Schubert ist Dur traurig, Moll aber dramatisch, manchmal auch heiter.«

Lou verschleppte einzelne Töne, sie ließ die einen liegen und die anderen mussten sich gedulden, bis sie drankamen. Das müsse so sein, sagte sie, diese Stücke seien keine Skulpturen, sie seien in Bewegung, vor allem bei Brahms, dazu sage man Agogik.

»A-go-gik?«

Johnny hörte Mama Lou so gerne zu, während sie spielte, wenn sie sprach. Sie konnte beides gleichzeitig. Sie wiegte ihren Rücken manchmal, wenn sie ihren Arm wie einen Schwanenhals aufrichtete, während sie den Finger weiter auf einer Taste verharren ließ, um die Note zu schleppen und Agogik zu machen, Akkorde zu brechen, dann ließ sie los und ihre Hand ging in einem weiten Bogen hoch über alle Tasten und sank von Neuem nieder.

»Wo bricht ein Akkord?«, fragte Hannes.

Lou hatte einen sehr breiten Daumen, den legte sie immer seitlich auf die Tasten, mit der Wange des Daumens, anders als die anderen Finger, die Gesicht voran aufkamen. Hannes saß neben seiner Großmutter auf dem breiten Klavierstuhl, und sie berührte im Takt mit ihrer warmen Flanke seine Schulter. Sie trug immer ein geblümtes Kleid und eine Perlenkette, die war ein bisschen grau und roch nach ihrer nussigen Handcreme.

»Fangenspielen mit dem Metronom. Agogik«, sagte sie.

Manchmal war der Rote zwei Wochen unterwegs. Wenn er aber da war, folgte er Hannes auf Schritt und Tritt, lag auf dem Klavier, wenn er bei Lou war, und bei Papa Ferd im Bücherregal, wenn Hannes sich unten aufhielt. In Ferds Arbeitszimmer gab es einen grünen, alten, fleckigen Teppich, und an den Wänden stapelten sich doppelt und dreifach die Bücher. Wenn Ferd sich mit einem Autor, einem Verleger oder Dekan traf, setzte er einen Hut auf mit einem glänzenden Band, das rundherum lief. Auch zu Hause trug er stets längsgestreifte Hemden mit weiten Ärmeln und eine Kragenklammer unterm Krawattenknopf. Als Hannes jünger war, hatte er immer befürchtet, der goldene Bügel der Klammer stecke dem Großvater quer in seinem Hals und könnte leicht eine Pulsader treffen. Ferd saß an seinem Schreibtisch mit einem

Rücken so gerade wie der Stil von Herrn Loros Besen, dazu schmatzte er mit dem Mund und manchmal brummte er, das konnte heißen, dass ihm auf dem Schreibblatt etwas sehr gefiel oder dass er sich darüber den Kopf zerbrach.

»Kopfzerbrechen?«

»Mühe bereiten«, sagte Papa Ferd, ohne mit dem Schreiben aufzuhören.

»Wie Haare spalten?«, fragte Hannes.

Ferd war ziemlich groß und hatte die Eigenschaft, je nach Haltung und Blickwinkel schlank und kräftig zu wirken, oder untersetzt und gedrängt. Jedenfalls war sein Kopf zu groß für den Rest, was aber zu ihm passte. Eine schüttere Welle elfenbeinfarbener Haare hob sich aus seiner Stirn über den Scheitel, sein Mund war spitz, klein und unbeweglich. Immerhin, wenn Papa Ferd lachte, dann sah man, dass einer seiner Schneidezähne wie ein übergeschlagenes Knie schief vor dem anderen stand, was ihm einen Teil der Gutmütigkeit erstattete, die ihm seine scharfen Züge absprachen.

Neben Ferds Arbeitszimmer führte die Treppe weiter hinab und es wurde dunkler und feuchter. Bis ins vierte Geschoss hatte sich Hannes hinabgetraut. Undeutlich konnte er den Schimmer der Glühbirne noch erkennen, die nicht reagierte, wenn man den klobigen Schalter umlegte. Einmal hatte er Ferd gefragt, wie viele Keller es da unten noch gebe. Ferd hatte langsam seine mageren Schultern angehoben.

»Der vierte könnte der letzte sein, Hannes.«

Hannes lächelte seinen Großvater ungläubig an. Ferds Blick aber blieb ernst und sorgenvoll. Er nickte seinem abgründigen Gedanken nach, seufzte unmerklich und drehte sich auf seinem Arbeitsstuhl wieder zum Schreibtisch um. Der Großvater beherrschte dieses Spiel besser als alle anderen. Scherz oder Ernst?

Der Keller bereitete Ferd Sorgen. Jedes Jahr beauftragte er eine neue Firma damit, ihn zu inspizieren wegen der Entfeuchtung. Die einen bohrten Löcher in die Kellerwände und füllten sie mit einem speziellen Baustoff. Andere wiederum priesen Geräte an zur Trocknung der Luft. Jeder Experte aber, den Ferd kommen ließ, schüttelte ungläubig den Kopf über den guten Zustand der Bücher, die sich von den widrigen Bedingungen offensichtlich nichts anhaben ließen.

In den Kellerzimmern roch es nach Laub und nach Stein. Es war vollkommen still. In den ersten beiden Untergeschossen lag derselbe grüne Teppich mit den Noppen wie im Arbeitszimmer. Weiter unten gab es groben Kies auf dem Boden, im Sommer ging Hannes barfuß darauf kreuz und quer, ein schönes kühles Gefühl. Auch die anderen Kellerzimmer waren ringsum voll mit Büchern. Ferd hielt sehr auf die Ordnung. Er schimpfte nie mit Hannes, doch wenn er ein Buch unachtsam einsortierte, rief er »Ah! Ah!« und schüttelte unwirsch seinen Zeigefinger.

Im vierten Untergeschoss befanden sich die historischen Bände, Erdgeschichte und Menschengeschichte. In den Winkeln des engen Treppenschachts führten selbstgebastelte Regale die Bücher weiter in den nächsten Themenbereich eine Etage höher. Die Regale bogen sich in der Mitte und buckelten den lehmigen Putz an der Wand. Die Werke führten quer durch die Jahrhunderte, sie waren der Zeit nach geordnet, vom heißen Präkambrium bis zum Kalten Krieg, meinte Ferd.

Der Großvater machte höchstens einmal Pause am ganzen Nachmittag. Er schien sich von seinen Korrekturbögen Glied um Glied losreißen zu müssen, und Zug um Zug hellte sich sein finsteres Arbeitsgesicht auf. Er zupfte Hemd und Hose zurecht, wenn er sich aus seinem Bürosessel erhoben hatte, und strich sich übers Haar, das halblang, spärlich und seidengrau unordentlich wurde, wenn er sich bei der Schreibarbeit seitlich auf die Faust aufstützte. Er ging dann in die Küche, machte im Winter heiße Schokolade und im Sommer Eiswasser mit Orangenschnitzen und Pfefferminze. Dann setzte er sich in den riesigen britischen Ohrensessel, der unter seinem Gewicht eine Weile ausatmete. Wenn der Großvater ganz unten im Sessel ankam, war die Pause vorbei, dachte Hannes. Vom Beistelltisch nahm der Großvater den Bildband, den Hannes inzwischen aus der Bücherwand gegenüber ausgewählt hatte. Meistens ging es um die Tiere in Afrika. Wenn er sich mit Ferd die Geparde anschaute, meinte Hannes im Gesicht des roten Katers einen Anflug von Missfallen zu beobachten.

Hannes kletterte über die Armlehne auf den Schoß des Großvaters. Auf glänzenden Seiten standen Fotografien der Geparde mit ihren brillanten, lieben Gesichtern und ihren schlanken Schulterblättern, die arbeiteten auf und ab wie die Eisenarme eines Schiffsmotors, sagte Ferd, mühelos und kraftvoll. Hannes sah ihre Bewegung durch die Bilder, verfolgte sie zusammen mit dem Großvater, der manchmal ungeduldig war mit den großen glänzenden Seiten, die seine knorrigen Finger zusammen mit den kleinen Stummelfingern von Hannes beim unteren Rand hielten. Die Raubkatzen verharrten in einem Augenblick, kamen und gingen durch das Bild, ließen es hinter sich, entflogen im bodennahen Streckgalopp. Es reichte dem kleinen Hannes der Wimpernschlag des Bilds und schon entfaltete sich vor seinem inneren Auge das panoramische Schauspiel der Raubtierkörper, das Ballen und Strecken der Muskeln, das Schrumpfen und Weiten der eleganten Pelzzeichnung. Auf dem Daumen des Großvaters lag die kleine Kinderhand, die sicherstellte, dass er auch ja nicht zu früh umblätterte. Die Seiten waren glatt, ziemlich starr und machten beim Umblättern ein glucksendes Geräusch. Von der Lampe, die über die Lehne des roten Ohrensessels lugte, fiel auf den Buckel jeder neuen Seite ein schimmernder Streifen von oben bis unten.

»Die führen immer etwas im Schild«, hatte Ferd über die Geparde gesagt. Hannes aber wusste vom Roten längst, dass Ferd unrecht hatte, Katzen führen niemals Dinge im Schild. Menschen führen Dinge im Schild, Katzen führen Dinge im Schild aus.

Wenn Ferd wieder an die Arbeit ging, blieb Hannes auf dem Sessel, fing von vorne an und las in den Gesichtern der Geparde. Da war keine störende Mimik wie bei den Menschen. Wenn Ferd wieder am Schreibtisch sass, konnte Hannes zu ihm sagen, was er wollte, Ferd brummte dann nur.

»Papa Ferd, im Gesicht von einem Menschen sind immer Grimassen.«

»Mmh«, machte Ferd.

»Alles was wirklich ist, wird von den Gesichtern der Menschen versteckt, weißt du, obwohl alle Menschen meinen, mit dem Gesicht zeigt man etwas. Aber hier schau mal«, Hannes hob den Bildband auf die Lehne des Sessels und zeigte auf die Großaufnahme eines Gepards, der über seine Schulter in die Ferne blickte, »da sieht man, was ist. Man sieht es in der schwarzen Fellträne neben der Nase.«

»Mmh.«

Die Tiermienen ließen ihm keine Ruhe. Ferds harte Bleistifte eigneten sich, die Tiere auf dem dünnen Druckerpapier durchzupausen. Stundenlang lag Hannes auf dem grünen rauen Teppich. Bald konnte er die Gesichter der Geparde freihändig zeichnen.

Manchmal begleitete Hannes den Großvater in die unteren Geschosse auf der Suche nach irgendeinem Buch. Ferd stand versonnen zusammen mit seinem Enkel zwischen den Regalen. Dann zog er ein Buch heraus, packte es am Rücken mit seinem starken Zeigefinger, winkelte es aus der bündigen Reihe hervor. Er schlug es irgendwo auf und las eine Passage vor. Hannes verstand kein Wort, fragte – Pangäa? Kult? Scholastik? Depesche? – und Ferd sah sich erinnert, es mit einem Knirps zu tun zu haben, der über die Raubtiergesichter hinaus nicht viel verstand. Er schloss das Buch, stellte es wieder zurück, warf Hannes einen ratlosen Blick zu und wanderte weiter am Regal entlang.

»Lass uns mal sehen, bestimmt finden wir wieder ein Buch mit ein paar Bildern.«

Wenn Hannes alleine hinab zu den Büchern ging, brauchte er die Trittleitern, die in jedem der Geschosse standen. Obwohl er Angst davor hatte, denn sie knarrten und schaukelten, kletterte er bis zum obersten Tritt. Von dort konnte er über die Rücken der Bücher hinweg auf ihre Scheitel schauen, und wenn zwischen den hellen breiten Schichten dunklere schmale Bildpassagen eingelassen waren, nahm er das Buch hervor.

Manchmal waren Bilder noch rätselhafter als Wörter. In einem Bild gab es keine unbekannten Zeichen, sondern gar keine. Die Buchstaben hatte Hannes vom Großvater schon gelernt. Es nützte aber nichts, zu wissen, dass ein Buch *Der Dreißigjährige Krieg* hieß. Darin gab es ein Bild, da hatten sich einige Männer in bunten langen Gewändern, weitkrempigen Hüten und seltsamen Schuhen mit großen Schnallen dran einen Mann geschnappt, der mit den Armen fuchtelte und halb überm Sims eines geöffneten Fensters lag. Hannes dachte, der Mann habe vielleicht das Gleichgewicht verloren und die andern Männer seien ihm zu Hilfe geeilt, um ihn festzuhalten und seinen Sturz aus dem Fenster zu verhindern. In der Nähe war ein Stuhl umgefallen, vielleicht hatte der Mann da draufgestanden, um eine Glühbirne auszuwechseln. Ferd aber sagte, hier gingen die Protestanten gegen ihre kaiserlichen Gegner vor und drängten den Mann zum Fenster des Prager

Statthalteramts hinaus, um eines der furchtbarsten Gemetzel der Menschheitsgeschichte loszutreten. Damals habe es noch gar keine Glühbirnen gegeben. Das vergaß Hannes nicht.

Ein anderes Buch hieß *Der Untergang der Habsburger.* Auch darin gab es Bilder, und Hannes vermutete die längste Zeit anstatt der Pistole des Attentäters Gavrilo Princip einen Kelch, den dieser in einer tumultuösen Jubelszene dem königlich-kaiserlichen Thronfolgerpaar in der durch Sarajevo paradierenden Kutsche prostend entgegenhob. Die Schreckstarre Franz Ferdinands in seiner weißen Livree, seine starr gespreizte rechte Hand und die linke, die zum Kopf aufschoss, all das hatte zwar nicht recht zum überschwänglichen Trinkgruß des Attentäters passen wollen, aber dieser Erzherzog mit seinem grünen Federbausch auf dem Kopf kam ja auch sonst daher wie ein sehr seltsamer Mensch.

Im dritten Untergeschoss waren die Romane, Gedichte und Erzählungen untergebracht, im zweiten lauter Bücher über Sprachwissenschaft, Grammatiken, Wörterbücher, Dialekt-Sammlungen und so fort. Das Arbeitszimmer selber im ersten Kellergeschoss aber war zweigeteilt, auf der einen Seite die zoologischen Bildbände, auf der anderen die Bücher über Kunst. Später sollte sich Hannes unschlüssig sein, ob in dieser thematischen Anordnung eine Art Rückgriff seiner Zukunft auf die Bücherregale seiner Kindheit zu sehen war, oder ob, vielmehr umgekehrt, sein weiterer Lebensweg durch Ferds Bibliothek in seinem Unterbewusstsein vorgezeichnet wurde. Wenn er als Erwachsener daran zurückdachte, kamen ihm die Regale jedenfalls vor wie Gefängnismauern einer unabänderlichen Vorsehung, oder wie vorausgeworfene Schatten des Verhängnisses seiner vernünftigen Lebensplanung, seines Gehorsams gegenüber Ferd, der ihn einen anständigen Beruf erlernen sehen wollte. Ein gewitzter Kompromiss, Johnny, Biologie zu studieren, Präparator zu werden, nebenher Kunst zu machen.

An der gegenüberliegenden Wand des Arbeitszimmers blätterte sich Hannes durch die Geschichte der Malerei und Bildhauerei. Bis er hängen blieb beim hübschen Gesicht eines Mädchens auf einem Buchdeckel, *Caravaggio, The Complete Work* las er darunter. Ja, das Gesicht war schön, die zarte Haut wie mit einem Polster aus Licht unterfüttert, die zartrosa Lippen klein und voll, die milde Mädchenmiene eingerahmt von rotblondem, leicht gekräuseltem Haar. Hannes spürte die Bedrohung, in der sich die junge Frau offensichtlich befand. Ihre Augen gingen nämlich ängstlich aus dem Bild, wo sie wahrscheinlich von jemandem bedrängt wurde, vor dem sie vorsichtig zurückwich. Hannes spürte einen wohligen Schmerz, wenn er in ihr feines Gesicht sah. Er vergaß nach und nach, dass das Mädchen in einem Gemälde war, und begann sich elend zu fühlen, ihr nicht helfen zu können. Er war traurig über die Jahrhunderte, die ihn von ihr trennten. Diese unbekannte Welt, in der sie ohne ihn lebte und in der sie sich fürchten musste. Welcher Rüpel wagte es? Welcher bärtige Grobian, das Gesicht voll breiter Kanten und Runzeln, ein stinkendes Maul voll Geifer, die schmutzigen Finger ausgestreckt nach dem zierlichen Gesicht.

Hannes begann, im großen Bildband nach dem Porträt des Mädchens zu suchen, konnte es aber nirgends finden. Endlich kam er auf die Idee, im Einband nachzulesen, welches Gemälde vorne abgebildet war. Hannes verstand zwar nicht, was da in kursiver Schrift stand, alles war in Englisch, *Judith Beheading Holofernes*, immerhin aber wusste er nun, wie das Mädchen hieß und konnte im Verzeichnis nachschauen, wie es ihm Ferd gezeigt hatte, wo das Bild im Buch zu finden war. Er blätterte die angegebene Seite auf, fand aber wieder nicht das Porträt, das ihn so beschäftigte, bis er plötzlich merkte, dass sein Mädchen vorne auf dem Buchdeckel nur ein Ausschnitt war aus einem größeren Bild, in welchem es sich zwischen zwei anderen Figuren vor einem roten Vorhang aufhielt. Da war wirklich ein bärtiger Mann, der nackt und wehrlos auf dem Bett lag, wo ihn das Mädchen wohl im Schlaf überrascht hatte, um ihn an seinem Haarschopf festzuhalten und ihm den Kopf abzuschneiden. Mit geübter Hand führte sie ein großes Eisenschwert leicht wie einen Federkiel durch den Hals des Mannes, aus dessen Schlagadern das Blut herausschoss.

Er ließ das Buch zuklappen.

Einige Tage lang dachte Hannes, er hätte etwas Unerhörtes über die Welt herausgefunden, was niemand außer ihm wusste. Das Geheimnis dieses furchtbaren Malers ließ ihn nicht mehr los. Die grausame Judith mit dem satten Schmollmund und den weichen runden Schultern suchte ihn in seinen Träumen heim, und er vergaß den armen Holofernes. Das Mädchen erschien im bald steinharten, bald flaumigen Licht- und Schattenspiel des Meistermalers und kam auf ihn zu. Langsam löste sie rechts die Schlaufe, die ihr weißes Blusentuch vom Bauch her über ihre Brüste gebunden hielt. Hannes wusste, dass sie das für ihn tat, aber sobald er sein Traumgesicht in ihre üppige, weichhäutige Traumgestalt hineindrücken wollte, war sie auf einmal wieder eine flache Figur, kalt und unerreichbar hinter dem Glanz der Buchseite.

Hannes achtete darauf, dass Ferd in den Tiefen seiner Korrekturen versunken war, bevor er Judiths Gesicht zu zeichnen begann. Dieses neue Tier, das mordende Mädchen, wollte Hannes ganz für sich alleine haben. Er lag am Boden vor dem großen Polstersessel und hielt mit seinem Oberkörper das Buch und sein Blatt Papier mit der Zeichnung verborgen, falls Ferd sich doch einmal unvermittelt auf seinem flinken Drehsessel nach ihm umsehen sollte. Hannes nahm sich jedes Mal vor, wenn er von Judiths Kinn den Hals hinab zu ihren Schultern vorstieß, ihr mit seinem Bleistift die Träger der Bluse abzustreifen. Er sah sich nach Ferd um. Immer aber, wenn es auf seiner Zeichnung ans Eingemachte ging, bekam er es mit der Angst zu tun.

»Dir gefällt Caravaggio«, sagte Ferd auf einmal ohne aufzublicken, als er sich das Buch aus dem Regal holte. Hannes stammelte irgendetwas von *chiaroscuro*. Das Wort hatte er in dem Buch gelesen, wusste aber nicht, wie man es aussprach.

Wenn Mama Lou ihm Gutenacht gesagt hatte und aus dem Zimmer war, nahm er seine unvollendeten Judith-Zeichnungen hervor und breitete sie vor sich auf dem Leintuch aus. Aber es war einfach nicht das Gleiche, und Hannes verzweifelte bald über sein Unvermögen. Seine Gesichter von Judith fügten der wirklichen Judith Dinge hinzu, die da nichts zu suchen hatten, außer ihn daran zu erinnern, dass sie nur gezeichnet war – eine zu dunkel geratene Schraffur, ein zu scharf gezogener Nasenrücken, ein schiefer Schatten im Augenwinkel. Ob Ferd es wohl merken würde, wenn er den Bildband in sein Zimmer schmuggelte? Er war gezwungen, ein makelloses Abbild zu schaffen. Wenn er es nur richtig anstellte, würde auf einmal alles von selbst gehen, es wäre nur noch sein schönes, grausames Mädchen auf dem Blatt Papier und kein einziger seiner Bleistiftkritzel mehr.

Als ihn nach Wochen vergeblicher Versuche eines Nachts im schwachen Licht seiner Nachttischlampe auf einmal Judiths dunkle Augen ansahen und ihm klar machten, dass es ihm endlich gelungen war, floss eine leichte Elektrizität durch seine Leisten. Wie das Surren am Finger, wenn man den kaputten Knopf der alten Kaffeemaschine gedrückt hielt, der etwas Strom führte. Hannes meinte, Dankbarkeit zu sehen in Judiths Zügen, eine Reinheit und Verletzlichkeit, die er ihr zurückgegeben hatte. Sie sah ihn an, als hätte er sie aus ihrer furchtbaren, jahrhundertfernen Welt befreit, als sei sie zu allem bereit.

Jetzt hatte er es heraus. Nur nichts überlegen, es genügte ein leerer Kopf. Er brauchte sich Judith nur anzuschauen, den Rest konnte er seinen Fingern überlassen. Und die machten sich sofort daran, das Mädchen in zügigen Strichen auszuziehen. Hannes verbrachte die halbe Nacht mit ihr unter der Bettdecke, wo er sich mit der Nachttischlampe verkroch, endlich den unvorstellbaren Prallelast ihres Körpers zwischen seinen traumerprobten Fühlern.

Sobald Hannes' Finger ihre Selbstständigkeit erlangt hatten, waren sie nicht mehr aufzuhalten. Erst winkelten sie nur den rechten Schenkel an, dann etwas mehr, noch ein bisschen mehr. Wie die leicht gelockte Strähne aus dem Scheitel des Mädchens wurde auch der Haarstreif ein Stück unter ihrem länglichen Bauchnabel vom seitlich einfallenden Licht getroffen, und Hannes' Hände legten nach und nach offen, wie es darunter weiterging. Judith ließ ihr Schwert aus der Hand fallen und führte ihre Finger zwischen die Beine. Sie schloss die Augen und auch den kleinen Mund, ihr Gesicht war jetzt nicht mehr ängstlich und nicht mehr grausam, es war gesammelt und gelöst, manchmal zuckte eine Mulde über ihrer Nase.

Erst setzte sie sich aufs Bett, wo ehedem ihr Opfer gelegen hatte, dessen Platz aber inzwischen freigeräumt war. Dann legte sie sich auf den Rücken, und Hannes konnte zwischen ihre Beine sehen, wieder und wieder wurden die bloßgelegten dunklen Rinnen zwischen der hellen Haut von Judiths Zeigefinger durchfahren, der allmählich einen feinen Schleimbeschlag wie Tau auf ihr leicht krauses, rotblondes Haar auftrug. Auf einmal drehte sie sich auf den Bauch, kniete sich auf dem Bett hin, beugte ihren elastischen Rücken durch und reckte sich hinten in die Höhe. Die Reste der Schürzenschöße fielen von der seidenen Haut ihres Hinterns, die Backen teilten sich breiter. Dazwischen machte sie weiter mit der Hand in feuchtglänzendem Zartrosa. Plötzlich streckte sie sich der

Länge nach auf dem Bett aus, und Hannes hörte ihr Stöhnen, vom Kissen gedämpft, in das sie das Gesicht hineindrückte. Ihr Rücken begann zu zucken, sie hob den Kopf und wurde wieder und wieder von Krämpfen heimgesucht, sie wimmerte einen unaufhörlichen, dumpfen Laut tief aus der Brust.

Hannes schlug die Decke weg und schnappte nach Luft. Dann hörte er Judith lachen. In seinen Zeichnungen fand er sie nicht mehr.

Als er in der Schule von einem Kollegen in die Kunst des Daumenkinos eingeführt wurde, war es um Hannes geschehen, und Mama Lou begann sich Sorgen zu machen, weil der Junge morgens kaum mehr aus dem Bett kam und wie ein bleicher Geist aus übernächtigten Augen blickte.

Es waren die späten Achtziger, es gab noch keine Smartphones, dachte Johnny Jahre später. Zumindest nicht solche, auf denen sich mit einem Wisch des Fingers alle Geheimnisse der Frauen auflösten, und was sich mit ihnen anstellen ließ. Damals hatte Hannes mit seinen neun Jahren schon Künstler werden müssen, um auch nur eine Ahnung zu haben. Heute in der digitalen Welt kundschaftet ein Primarschüler mit seinen im Bildschirmwischen geübten Fingern die ganze Welt der Pornografie aus. Wahrscheinlich war es ungesund, dachte der erwachsene Johnny, wahrscheinlich nährte es unbehagliche Triebe. Mit seiner Bleistiftmethode war Hannes zeit seiner Jugend ein Gespräch über Sex mit seinen Großeltern erspart geblieben, die darüber wohl ebenso erleichtert waren wie er selbst. Sicherheitshalber hatte er seine gezeichneten Daumensexfilme verbrannt, sobald sie ihm verleidet waren.

Heute musste die eine oder andere Vorsichtmaßnahme getroffen werden. Wenn Lily Dienst hatte und er alleine in der Wohnung war, setzte er sich routiniert an den PC. Porno interessierte ihn nicht: Proportionsfaschismus, Sichtbarkeitsterror, Silikonkarikaturen, Solariumbräune und Versehrung durch tägliche Rasur.

Johnny war dem Unverhofften treu geblieben. Dem verbotenen Blick. Wenn der weibliche Anstand mitten im Alltag vom Griff der Lust durchfahren wurden, plötzlich und hinterrücks. Die selbstgemachten Videos auf den Amateur-Homepages waren öde wie Aufnahmen von Kindergeburtstagen, wäre da nicht der Sex. Meist steckte wohl ein gekränkter Kerl hinter der Veröffentlichung. Manchmal widmete sich Johnny einige Augenblicke lang der verletzten Privatsphäre einer in allen möglichen Stellung entblößten Frau, die man ja bedauern musste. Dann klickte er Play, schaute sich ein Filmchen nach dem anderen an. Am besten gefiel ihm das Vertrauen im Gesicht der Frauen, ihr offenes Visier. Sie schenkten es ihrem Freund, und Johnny wusste es missbraucht, weil er es sich ansehen konnte. Er war in der intimsten Sphäre, ohne in Erscheinung zu treten. Er hatte seinen unsichtbaren Blick. Er genoss das missbrauchte Vertrauen in den hübschen Gesichtern, die sich behütet glaubten, die sich preisgaben in der vermeintlichen Geborgenheit und die am Ende der Filme, wo Johnny manchmal im Schnellvorlauf hingelangte, sich in ihrer Hübschheit darboten für die immer gleiche Porno-Pointe …

Du hast das immer wahnsinnig gut hingekriegt, Lily. Du bist da nicht heikel gewesen. Manchmal hast du nicht mal die Augen geschlossen. Lily hatte Johnny ins Gesicht hinaufgeschaut in jenem Moment, und wenn er fertig war, hatte sie selber die Schlieren überall auf ihrem Gesicht verteilt wie eine wertvolle Pomade, dass es rot davon wurde und ein bisschen aufgedunsen.

Manchmal schloss Johnny den Browser und die Augen und dachte einfach nur daran, wie schön es einmal mit Lily gewesen war.

In jener Zeit, als Hannes Judith gezeichnet hatte, war auf dem Nachbargrundstück ein Haus abgerissen worden, und in einigen Baracken zog für eine Weile die Baufirma Wildermuth ein. Hannes machte Bekanntschaft mit einem Maurerlehrling, der sich in der Mittagspause für eine halbe Stunde auf dem Rasen in die Sonne legte.

Remo Reber war etwa fünf Jahre älter als er. Er war klein und bullig und von seiner Stirne lief eine feine Narbe über die linke Wange bis zum Hals. Reber hatte winzige Äuglein, schwarz und blank. Seine Hände aber waren riesige, raue Pranken, wenn Hannes ihm die Hand gab, war es, als verschwinde sie in einem Felsspalt. Reber trug ein ärmelloses Shirt, das seine kräftigen Oberarme bloßlegte, und in seinem Gesicht hielt sich ein linkisches Lächeln. Er rauchte schneeweiße Zigaretten aus einem gelben Päckchen, *Mary Long* stand vorne drauf.

»Wie alt bist du eigentlich?«, fragte Reber.

»Elf«, log Hannes, eigentlich war er zehn.

»Willst du ein Kraut?«, Reber streckte ihm die Schachtel Mary Long hin und Johnny fummelte eine Zigarette heraus.

»Warst du schon mit einer Frau im Bett?«, grinste der Maurer.

Hannes hustete den Rauch aus. Reber lachte laut. Er schüttelte seine Faust vor dem Hosenlatz auf und ab, und seine Augen verschwanden in Grinsefalten.

»Pass mal auf, ich hab was für dich«, sagte Reber und verschwand in einer der Baracken. Als er wiederkam, hatte er einen Stapel bunter Hefte unterm Arm.

»Sie sind alle in Jugo. Aber du musst sie ja nicht lesen«, meinte Reber und überreichte Hannes die Magazine.

Auf den Titelseiten waren Frauen, die hatten kein Schwert, aber die Finger im Haar oder im Mund. Drüber stand *Kasanova* oder *Mega Grudi*.

Hannes wandte sich von Judith ab. Wenn er Schuldgefühle hatte und die Zeichnungen der fernen Freundin hervornahm, kam er sich lächerlich vor. Da waren jetzt richtige Frauen. Wenn er die Hefte durch hatte, konnte er bei Reber Nachschub holen.

Kein Wunder, dass seinen Fingern langweilig wurde. Die mussten nur in den Magazinen blättern und dann geballt zur Tat schreiten, die weiß Gott monoton und fade war und von der sie selbst überhaupt nichts hatten. Vielleicht begannen die Finger deshalb, am Mittagstisch das Brot zwischen den Rinden auszuklauben, Gesichter zu formen, zu Caravaggio zurückzukehren.

Die Finger brachen das Brot, sie feuchteten sich an und formten die ausgeklaubten Brocken, pressten und modellierten sie. Im Brot war die Idee, im Brot war das Gesicht, nach dem sie nur zu suchen brauchten. Gesichter mit seltsamen Augen, versonnen und versunken wie Jesus beim *Abendmahl in Emmaus*. Es waren diese ungerührten Gesichter, die auf einmal in Hannes' Fingern entstanden aus dem Brot am Mittagstisch.

Die Brotmasse zwischen der Rinde war das Fleisch der Gesichter, und in seinen feuchten Fingern entwickelten sich rasch Züge von Andacht und von gelassenem Wahn. Hannes tropfte ein wenig Wasser aus dem Glas auf seinen leergegessenen Teller, während Papa Ferd etwas aus der Zeitung vorlas, tunkte er die Brotmasse hinein. Als Hannes in seinen Brotgesichtern den Papa Ferd erkannte, war er selber überrascht. Lou hatte es längst gemerkt und schielte amüsiert nach ihrem Mann.

Wenn Ferd mit dem Essen fertig war und die Zeitung durchgesehen hatte, fragte er seinen Enkel nach der Schule. Aber Hannes erzählte dann von Mike Tyson oder er fragte etwas, worüber Ferd sich freuen würde, was *anaerob* bedeute oder was ein Stieglitz sei.

»Stieglitz!«, sagte Ferd zufrieden, »Familie der Finken.«

Ferd war nicht besonders aufmerksam bei Tisch. Während des Essens konzentrierte er sich ganz auf seinen Teller, und wenn er fertig war, lehnte er sich zurück, faltete die Hände auf der Tischkante und schloss die Augen. So döste er etwa fünf bis zehn Minuten, ohne dass man ihm beim Sprechen etwas anmerkte.

»Was soll das«, sagte Ferd plötzlich hellwach und nahm Hannes das Brot aus den Fingern. Der Großvater setzte die Brille auf und schaute in das Gesicht, sein eigenes, wie auch er augenblicklich feststellte. Er legte das Knetwerk wieder auf den Tisch, nahm die Brille ab, schluckte.

»Nicht mit Essen«, sagte Ferd sanft, »nicht bei Tisch.«

Hannes schaute ihm in die Augen. Er nahm das Brotgesicht vom Tisch auf und zermalmte es, dass die Knete langsam zwischen seinen Fingern hervorquoll. Dabei blickte er ungerührt, wie von Caravaggio gemalt, in Ferds richtiges Gesicht.

Ferd und Lou ergriffen ihre Serviette.

In Streit und Wettkampf waren sie ohne jede Erfahrung. Trotz war für sie etwas Peinliches, eine Blöße sowohl für den Trotzer, als auch für jenen, gegen den sich der Trotz richtete. Hannes aber hatte ihnen kaum jemals widersprochen, fast hatte es den Anschein gehabt, er verschone sie absichtlich, voller Verständnis für ihr mangelndes Talent zum elterlichen Auftritt. Selbst in jenen schweren Momenten, wo noch das bravste Kind auf eine Probe gestellt wird, wenn es kein Geld mehr gibt für Jahrmarktbahnen, wenn der Zeltausflug verboten wird oder wenn man ins Bett muss, obwohl die zweite Halbzeit vom Europa-Cup-Spiel läuft, Hannes entsprach den wenigen Anweisungen seiner Eltern mit einer fast mönchischen Artigkeit.

»Ich mache mit dem Brot, was ich will!«, hörten die Großeltern ihn jetzt sagen. Da war plötzlich dieses wilde Bubengesicht, über das Lou und Ferd vielleicht gelacht hätten oder sogar darüber erleichtert gewesen wären, wenn es nur nicht so unerbittlich und unheimlich dahergekommen wäre, wie bei ihrer Tochter Penelope.

»Hannes?«, sagte Lou halblaut. Der Junge hob seine flache Hand und wies Lou ab. Er starrte weiterhin ins Gesicht des Großvaters, dessen brotgeformtes Abbild er nun als platte Masse in der Hand hielt. Ferd erwiderte diesen Blick nur deshalb, weil er nicht wusste, wohin mit seinen Augen. Lou erlöste ihn fürs Erste. Sie stand auf, strich Hannes seine hellbraunen Fransen aus dem Gesicht und stellte die Teller zusammen.

»Ich habe heute frische Erbsen gekauft auf dem Markt, die gibt es zum Abendessen. Oder gehen wir heute Abend ins Riedhof?«

Die Erbsen glänzten in der Schüssel und dampften. Daneben auf dem Holzbrett lag Brot. Ferd behielt den Brotlaib im Blick. Hannes war aufgeräumt und freundlich wie immer, als wäre die Episode vom Mittag vergessen. Er nahm in aller Ruhe das Messer und das Brot, schnitt drei Scheiben ab und verteilte sie, eine für Lou, eine für Ferd, eine große für sich, und begann dann, an der Rinde zu nagen, während Lou aus der Schüssel schöpfte. Sie aßen schweigend.

Als Hannes fertig war und Mama Lou Kaffee machte, nahm er das übrig gebliebene Brot und begann, sich daran zu schaffen zu machen. Ferd konnte nicht hinschauen. Das Licht der Lampe über dem Tisch schlug einen harten Schatten auf die Hälfte von Hannes' Gesicht. Der Großvater brachte es schließlich fertig, den Kopf zu schütteln. Mama Lou blieb mit der Kaffeekanne im Eingang zum Esszimmer stehen. Hannes bearbeitete sein Brot, ihr Mann schaute betroffen in die Saucenschlieren auf seinem Teller, die er mit der Gabelzinke wieder und wieder kreuzte.

»Hannes!«, rief Lou endlich. Der verzagte Ferd tat ihr jetzt leid. Sie war überzeugt, dass das Ganze nur eine pubertäre

Marotte war. Doch zu ihrem Erstaunen war sie es nun, die den bösen Blick zugeworfen bekam. Und was sie noch mehr erstaunte, es war nicht der Enkel, dessen Augen sie streng und abweisend trafen, sondern jene ihres Mannes. Hannes brauchte nicht einmal von seiner Arbeit aufzuschauen. Er schien zu wissen, dass es sein unterlegener Großvater war, dem die Schmach zufiel, seiner Frau die Einmischung zu verweigern und sie spüren zu lassen, dass dies eine Sache zwischen dem Jungen und ihm war.

Am anderen Mittag fand Hannes ein Walliser Sauerbrot auf dem Brett in der Mitte des Tisches vor. Die Augen des Jungen leuchteten belustigt auf. Zum Abendessen brachte er sein eigenes Stück Brot mit, das hatte er in der Bäckerei Hecht auf dem Schulweg gekauft. Er nahm es am Tisch unter dem Pullover hervor, ein Pfund Weißbrot. Lou verachtete Brot aus Weißmehl, ungesund und kraftlos sei es.

Mit dem weißen Brot wurde das modellierte Gesicht von Ferd noch besser, Hannes konnte es schattieren mit den dunkleren Spuren von Schmutz, der auf Kinderhänden nach dem Händewaschen nachzuwachsen schien. Es war wenig schmeichelhaft für den Porträtierten, das dünne Gesicht mit den auffälligen Längsfalten.

Daraufhin kam wiederum Ferd einige Tage lang nicht zum Essen aus seinem Büro. Und Hannes ging nicht in den Keller zu ihm, wenn er abends heimkam. Er ging auch nicht zu Lou ans Klavier, sondern in sein Zimmer. Er fuhr fort, mit seinem Taschengeld in der Bäckerei sein eigenes Brot zu kaufen und seine Plastiken zu machen, und Lou schwieg ohnmächtig.

Nach drei Tagen kam Ferd schließlich abends immerhin zum Dessert und bat um Kaffee. Er stellte sich neben Hannes und hob die Figur auf, die dieser eben fertiggestellt hatte. Sie war groß wie eine Faust. Ferd sah in sein verzerrtes Gesicht, ein Spiegel gebackenen Getreides, die Lippen zum Gelächter gefletscht, die Augen in ein Schielen verbohrt, die Längsrunzeln stark gefurcht über die kleine Fratze, vom Scheitel bis zum Hals.

Ferd schluckte. Dann begann er zu lächeln. So, wie er es sich vorgenommen hatte. Die Werke waren ja bemerkenswert, soviel hatte er sich in den Tagen seines Rückzugs eingestehen müssen. Sie waren auch witzig. Der Enkel hatte Talent.

Als Ferd sein gequältes Lächeln über die Bühne gebracht hatte, fragte er Hannes, ob er die Brotplastik behalten dürfe, um sie unten auf seinen Schreibtisch zu stellen. Hannes aber verlangte sein Gesicht zurück.

»Ich trockne sie über den Herbst. Dann schenke ich sie dir alle zusammen.«

Von da an stellte Hannes keine Gesichter von Ferd mehr her, dafür aber von allen möglichen anderen Leuten. Außer von Mama Lou, die nicht wusste, ob sie deswegen stolz oder beleidigt sein sollte.

Als Hannes siebzehn Jahre alt war, wollte Ferd seinem Enkel mehr über seine Mutter Penelope erzählen. Hannes aber interessierte sich nur dafür, dass sie offenbar im Gartenschuppen ihre Zelte aufgeschlagen und mit dem Malen begonnen hatte.

Im Garten der Zinns gab es dieses Häuschen mit Ziegeldach, eigentlich war es für einen Geräteschuppen zu groß und für eine Unterkunft zu wenig ausgebaut. In einem Abteil stellte Herr Loro einige Geräte ab, ein paar Säcke Erde, Düngerflaschen, und gleich daneben gab es eine Dusche, die war an eine Regentonne angeschlossen und gehörte zur Umkleidezelle für den Pool.

Die Idee seiner Mutter leuchtete Hannes sofort ein, und eines Nachmittags räumte er alle Gartengeräte und den sonstigen Kram beiseite und begann, sich ein Atelier einzurichten, wo er weiter an seinen Brotgesichtern knetete und das

Trocknungsverfahren perfektionierte. Mit Reber zusammen zimmerte er ein ganz ordentliches Badezimmer und eine Kochnische mit einer Gasflasche. Der Maurer trieb sogar einen alten Kachelofen auf, zum Nulltarif, wie er sagte.

Zu der Zeit schließlich, als der Lehrer Burger Hannes verzweifelt vom Getreide abbringen wollte, und als er Lise bei der Operation des Käfers beobachtet hatte, bis sie sich in seinen phantasierenden Händen in eine schwere, feuchte Maße verwandelte, trieb er mit Reber in Zwanzig-Kilo-Portionen einen riesigen Block Ton im Schuppen zusammen.

Der graue Quader maß zwei Meter nach allen Seiten. Als er mit Reber und seinen Männern zusammen im hinteren Teil des Schuppens vor dem gigantischen Klotz stand, kam es ihm so vor, als sei ein heiliger Monolith ins Atelier gefallen. Langsam ging er um seinen Block herum, einen kleinen Schritt nach dem anderen, und staunte über die Substanz wie ein Komponist über eine ihm plötzlich einfallende, einmalige Melodie. Schließlich legte er seine flache Hand auf den kühlen Ton. Seine Finger, gespannt wie ein Rudel Windhunde vor dem Startschuss, senkten sich augenblicklich hinein. Hannes stieß ein erstes Armierungseisen hinein und machte sich an die Arbeit.

War das deine Zeit, Johnny? Kann man sich in deiner heutigen Gemütslage überhaupt noch an eine solche Phase erinnern? Oder ist da nur noch ein dunkles, gefühlloses Andenken?

Hannes verlor jegliches Zögern, jede Verlegenheit. Seine zehn Finger, ganz unter sich, kamen voran, worin sie begabt waren. Sie waren ganz in ihrem Element, und das war von einer Beschaffenheit, von der er nur wusste, dass sie ihm fremd war. Sein eigentliches Talent bestand darin, so begann er zu ahnen, keinen Anspruch darauf zu haben, selbst Ursprung seiner Kunst zu sein. Es war ihm egal, keine Einfälle zu haben, die Werke nicht beeinflussen zu können, solange er nur seine

Finger machen lassen und das unergründliche Zusammen-
spiel ihrer müßigen Tüchtigkeit beobachten konnte. Ohne das
letzte Wort zu haben – sprachlos zu sein.

Als der Ringer nach etwa zwei fast gänzlich durchwachten
Wochen fertig war und Hannes das Werk in seinem Schuppen
Reber zeigte, nickte der sehr langsam mit dem Kopf:

»Und wie willst du den Fettsack jetzt brennen?«

5 – CAFÉ ATTILA

Als Johnny zwei Jahre später, nach dem Sturz vor Lilys Füße, auf dem Ordonanzesel von der Stadt nach Hause fuhr, langsam und vorsichtig wegen der kaputten Speichen, war ihm eine Sache klar: Auf keinen Fall würde er tags darauf zum vereinbarten Treffen mit Lily erscheinen.

Wie der größte Idiot hast du dich verhalten, Johnny, wie gewohnt.

Er hatte sich so gefreut, sie wiederzusehen, mit ihr zu sprechen, in ihrer Nähe zu sein. Mehr als drei Jahre waren vergangen, seit er sie auf ihrer Diplomfeier zum letzten Mal gesehen hatte, in der Aula hatte er ihr befangen gratuliert zum Schulabschluss, und sie hatte sich befangen bedankt.

Als sie ihn fragte, ob sie nicht zusammen lernen könnten, spürte er seinen Puls für einen süßen Schlag aussetzen. Ignaz Zunder hatte er ganz vergessen, und alles andere auch, die Socke um seine Stirn, die Blamage, die Art, wie sich Lily damals den Anschein gegeben hatte, es sei gar nichts passiert.

Im Gegenteil. Als sie einander unter dem Tisch in Zunders Küche Guten Morgen wünschten, hatte sie ihn angelächelt, und dann hatte sie gesagt, sie könnte jetzt einen starken Kaffee gebrauchen. Und er hatte nichts Besseres gewusst, als sofort Kaffee machen zu gehen und sich nochmals seinen dämlichen Schädel – *pock!* – an der massiven Tischplatte dieses teuren Eichentisches zu stoßen – um Lily zum Lachen zu bringen. Der Kaffee war furchtbar, irgendeine sündhaft teure italienische Espresso-Maschine, lauter Bügel, Hebel und Knöpfe, die konnte man nur bedienen, wenn man reich und gerissen war wie die Zunders. Johnny brauchte eine Weile, bis er überhaupt den Knopf zum Bohnenmahlen fand, und als die Maschine Bohnen mahlte, hörte sie nicht mehr auf. Die ganze Ladung fräste sie durchs Werk. Als die Maschine endlich Ruhe gab, zog Johnny vorsichtig den Filteraufsatz aus dem braunen Pulverhaufen hervor.

Von Zunder fehlte jede Spur. Lily schien wenigstens nicht nach ihm Ausschau zu halten. Als Johnny seine Tasse mit der sandigen Kaffeebrühe ausgetrunken hatte, sagte er Ciao und machte sich aus dem Staub.

Wer weiß, dachte Johnny, als er in der Garage Ferds Fahrrad aufbockte, um die Speichen zu richten, vielleicht war Lily ja noch immer mit Zunder zusammen? Vielleicht verbrachte sie die Ferien im Silicon Valley, vielleicht ließ Zunder sie einfliegen, Business Class natürlich, über Zunders Erfolge in Kalifornien waren Berichte in der Zeitung zu lesen. Vielleicht fuhren sie, Lilys Kopf an seine Schulter gelehnt, in einem Oldtimer-Cabrio der orangen Sonne entgegen, die riesig im Pazifik versank, oder nein, vielleicht beugte sich diese Schlampe von Lily hinüber in Zunders Schoß und gab ihm einen Blowjob, während er den Wind in den Haaren genoss … Wenigstens hatte Johnny es unterlassen, Lily nach Zunder zu fragen, oder danach, was in jener Nacht passiert war.

Beim Abendessen war Johnny schweigsam.

»Fehlt dir etwas, Hannes?«, fragte Mama Lou.

»Nein«, sagte Johnny, »alles bestens.«

»Es ist zu feucht in diesem Gartenschuppen, später wirst du Rheuma haben.«

Wie jeden Abend ging Johnny durch den Garten ins Atelier. Seit dem Sumoringer hatte er nichts mehr fertiggebracht, zwei Jahre lang, kein einziges Werk, nicht einmal ein kleines Brotgesicht. Die paar Sauriergestalten für *Dino-Art* zählten natürlich nicht, das war ihm von Anfang an klar. Johnnys Blick fiel auf die verlorene Staffelei und auf den Zeichentisch, den ihm Herr Burger zum Diplom geschenkt hatte. Er setzte sich hin, stellte die Platte ein, richtete das Licht. Er holte den Bildband der Anatomie aus der Tasche und blätterte eine Weile durch die Organgebiete. Als er zur Wirbelsäule kam, mit Schulterblättern, Kreuzbein und Becken, hatte er einen Bleistift in der Hand, vor sich ein weißes Blatt Papier, und er merkte, dass er zeichnete. Er wusste, wessen Rücken das war. Er hatte Übung darin, Lily unter die Haut zu gehen, Schicht um Schicht unter ihre Hüllen, die Lagen ihrer Muskeln, ihre Bänder und Sehnen, ihre Weichteile …

Als Johnny sich auf die Couch legte und einschlief, war es bereits früher Morgen. Auf dem Tisch lag ein kleiner Stapel mit Bleistiftzeichnungen. Die Erinnerungen an Zunders Party waren weit weg. Dennoch schwor sich Johnny nochmals, Lily nie mehr wiederzusehen, und fand keinen Schlaf, weil ihn die Frage plagte, ob Lily es wohl aufdringlich finden würde, wenn er seine Zeichnungen zum Treffen mitbrachte, um sie ihr zu zeigen.

»In Bibliotheken lernen nur die Schwachköpfe«, sagte Johnny zu Lily, »der schlaue Student studiert im Café.«

Er kenne genau das richtige Haus, meinte Johnny und führte Lily zum Café Attila in der Englischviertelstrasse. Sie nahmen einen Tisch in der hinteren Ecke in Beschlag, direkt unter dem Fernseher, der ständig lief. Für zwei Wochen trafen sie sich jeden Nachmittag. Attila Lángolcs, der, wie zu hören war, das Kaffeehaus seit mehr als zwanzig Jahren betrieb, war ein Kauz. Mit Stammgästen verkehrte er innig und zärtlich wie ein Bruder. Mit Lily und Johnny brach das Eis in den zwei Wochen immerhin so weit, dass er in seinem unverschämt farbigen Magyaren-Akzent *Grüß Gott* zu ihnen sagte, wenn sie sich an ihrem Tisch einrichteten.

Johnny erzählte Lily von seinen ersten beiden Semestern an der Eidgenössischen Technischen Hochschule, Biologie und Paläontologie. Auch vom Job bei *Dino-Art*. Die Firma stelle für Dinosaurier-Fans weltweit maßgefertigte Modelle her, lebensecht auf Wunsch, ein Raptorenrudel fürs Atrium, ein Mammut für die Gartenlaube oder einen hübschen Pteranodon, der mit weiten Flügeln von der Kinderzimmerdecke segelt.

»Anatomie des Menschen hab ich im Wahlfach«, sagte Johnny, und die beiden fanden heraus, dass seine Prüfung einen Tag vor Lilys stattfand.

Lily war begeistert von Johnnys Zeichnungen der Gliedmaßen, Blutbahnen und Nervenbündeln. Auf dem kleinen Kaffeehaustischchen entfaltete sie die Papierbögen, auf denen Johnny die Schichten und Zusammenhänge des Körpers so sinnfällig und plausibel mit dem Bleistift eingefangen hatte, dass Lily sich in einem einzigen Blick alles merken konnte.

»An dir geht wirklich ein Künstler verloren«, sagte sie.

»Wieso denn verloren?«

»Wieso schlägst du dich herum mit dem Zeug?«

»Man muss halt was Rechtes lernen.«

»Sagt wer?«

»Sag ich.«

»Glaub ich nicht.«

»Und mein Großvater.«

»Weiß dein Großvater, weiß er, wie du zeichnest und bildhaust und so?«

»Er findet es gut«, sagte Johnny.

»Solange du es bleiben lässt.«

»Ich soll nur ein Diplom machen, Berufsaussicht und so fort, da hat sich das mit *Dino-Art* ergeben und mein Großvater hat vorgeschlagen, wenn ich studiere, unterstützt er mich solange.«

»Und jetzt wirst du also ... Archäologe?«

»Ich würde sagen, ich werde ein paläontologischer Bildhauer.«

Lily lachte los. Zugleich war es ein Seufzen. Sie schüttelte den Kopf, ließ ihren Blick nochmals über die Schlingen der Neuronen und die Spiralen der Gefäße schweifen, in denen sie las wie in einer Partitur.

»Also wenn du mich fragst, vergeudest du dein Talent.«

»Freut mich, dass du das sagst.«

»Sollte es aber nicht. Die Betonung liegt auf der Vergeudung.«

Johnny nickte, er dachte, Lily erwarte von ihm jetzt wohl ein betretenes Schweigen. Dann fragte sie:

»Ist eigentlich der Sumoringer jemals wieder aufgetaucht?«

Am Sonntag nach Ignaz Zunders Abschiedsfest war Johnny zu Fuß durch die Kälte den langen Weg nach Hause gegangen. Mehr als einmal hatte er keine Ahnung mehr, wo er sich befand. Es war bereits Nachmittag, als er endlich über die Granitplatten durch den Garten ging und sich im Schuppen erschöpft und halb erfroren aufs Sofa fallen ließ, auf dessen Lehne der Rote lag und nicht mit der Wimper zuckte.

Johnny deckte sich zu mit den beiden Wolldecken, die ihm Lou gebracht hatte. Er versuchte sich einen Reim auf die vergangene Nacht zu machen, einen Weg zu finden, wie um alles in der Welt man die Geschichte anschauen konnte, damit Lily nicht als beliebiges Flittchen dabei herauskam.

Mit den Kopfschmerzen verging auch die Enttäuschung. Am anderen Morgen regte sich bereits der Stolz, und als Johnny aufstand, hatte er Lust auf eine kalte Dusche. Dann wählte er Rebers Nummer und bat ihn herüberzukommen auf ein Bier.

»Wie stellst du dir das vor?«, rief Reber, als er sich Johnnys Bitte angehört hatte.

»Wie – wie soll ich denn das anstellen?«

»Komm, komm«, sagte Johnny, »ihr reißt ganze Häuser ein und du willst nicht fertig werden mit dem bisschen Keramik?«

»Zinn, die Schule wird doch abgeschlossen über Nacht, Mann!«

»Ihr geht nachmittags rein, solange noch Betrieb ist.«

»Mit all dem Werkzeug? Meißel? Presslufthammer? Fräsen?«

»Sagt, ihr seid vom Amt für Tiefbau und ihr müsst einen Zugang spitzen für Internet oder so, lass dir was einfallen.«

»Zinn«, sagte Reber und legte ihm seine derbe Hand auf die Schulter, »warst du je auf einer Baustelle? Weißt du, was das für einen Lärm macht?«

»Reber, verdammt nochmal«, sagte Johnny und schaute dem Maurer in die winzigen Augen, »machst du es oder machst du es nicht? Es ist ein Gefallen, um den ich dich bitte.«

Reber schüttelte den Kopf und drehte sich um.

»Wieso muss der arme Kerl eigentlich dran glauben?«, fragte er.

Johnny blieb stumm, sein Gesicht gesammelt und ernst. Reber holte tief Luft.

»Gut. Ich mach es, Zinn. Und wenn wir erwischt werden, sage ich die Wahrheit … – dass wir im Auftrag eines Idioten handeln.«

Am anderen Morgen war das Podest des Ringers im Foyer der Kantonsschule leer. Von der tönernen Figur fehlte das feinste Stäubchen einer Spur. Es war Burger, der Alarm schlug. Außer Atem stürzte er ins Büro des Hausmeisters im ersten Stock und schnaufte, man solle die Polizei rufen.

Johnny gab sich keine große Mühe, den betroffenen Kunstschaffenden zu geben, es war gar nicht nötig. Das Rätsel um den mutmaßlichen Diebstahl war in der Schule mindestens ein ebenso heißes Thema, wie es die Skulptur selbst gewesen war. Johnny war einfach nur froh, den elenden Fettsack los zu sein. Auf keinen Fall hätte er es ertragen, weiterhin Tag für Tag vorbeizugehen am schändlichen Monument seiner nutzlosen

Schwärmerei für dieses Mädchen, das Käfer aus Spinnennetzen rettete, aber nach ein paar Bier für irgendeinen Wichtigtuer die Beine breit machte.

Als ihm Reber und seine Männer die sieben Zementsäcke voll zerbrochenen Tons wie vereinbart in seinem Schuppen abgeliefert hatten, merkte Hannes, dass mit seiner Begeisterung für Lily und mit der Zerstörung des Sumoringers das Leben aus seinen Fingern gewichen war.

Am anderen Morgen trat Johnny ans kleine Fenster des Schuppens. Es fiel ein frühlingshaftes, leichtes Licht in den Garten, und er merkte, dass sich etwas verändert hatte. Als schwebte eine neue Art der Inspiration auf ihn herab, ein flüchtiger Zusammenhang, winzige Maschen von Ideen und vagen Vorstellungen, über ihn geworfen wie ein feines Gespinst, das er unbeholfen abschütteln wollte. Es dauerte einige Tage bis er realisierte, dass es der Zweifel war.

Wieder wollte ihn Johnny einfach beiseite schieben. Doch der Zweifel kam wieder und war jedes Mal etwas kräftiger. Bald glich er nicht mehr dem Leuchten von geheimnisvollen, viel versprechenden Gedanken, sondern mehr und mehr einem einzigen Einfall, der in eine plumpe Frage mündete. Diese Frage aber war an alles und jedes gerichtet, und jede denkbare Antwort nur gerade der Anlass, sich erneut zu stellen.

Damit kannst du umgehen, Johnny, so weit, so gut, musst halt Charakter haben und jedes Mal, wenn der gestärkte Zweifel wiederkommt, mindestens das gleiche Maß an Kraft zulegen! Wieder einige Zeit später begann er, sich den Zweifel herbeizuwünschen. Wann immer er sich einen Augenblick seinen Fingern überlassen konnte, blitzte ihm einer seiner Sinne dazwischen und er wurde von einer traurigen Leere heimgesucht. Was er gerade hielt, fiel ihm aus der Hand, eine schwere Müdigkeit überkam ihn wie das Einbrechen eines

Wellenscheitels. Manchmal schleppte er sich noch bis zur Couch. Wenn er dann viele Stunden später erwachte, plagten ihn schlimme Kopfschmerzen, und die große plumpe Frage hatte sich zerschlagen in lauter kleine plumpe Fragen, die, kaum bis zur Hälfte gestellt …

Zu jedem seiner Entwürfe fiel ihm ein Werk der Kunstgeschichte ein, das viel treffender, witziger, gekonnter und relevanter war. Er hatte die Vision eines anderen Ateliers irgendwo auf der Welt, wo ein synchroner Entstehungsprozess vorangetrieben wurde, treffender, witziger, gekonnter und relevanter als alles, was er je würde schaffen können, natürlich ohne genau zu wissen, worin die Überlegenheit gegenüber seinem Versuch bestand.

Dann traf er Lily, und in den zwei Wochen, in denen er für sie Anatomie malte, fielen die Gedanken sofort durch die nutzlosen Windungen seines Hirns hindurch direkt bis in seine Finger. Er hatte immer noch das Gefühl, Lily mit den Händen zu sehen, ihre Kraft zu ertasten, die sich in ihr unscheinbar still verhielt, nur hier und da zum Vorschein kam, zum Beispiel wenn sie lachte.

Während dieser zwei Wochen wusste Johnny manchmal nicht, ob es Tag war oder mitten in der Nacht. Er musste Ferds riesigen alten Wecker ausleihen. Vertieft in seine Arbeit hörte er den Alarm seines Handys auch dann nicht, wenn er auf volle Lautstärke eingestellt war. Um zwölf Uhr mittags bimmelte Ferds Ungetüm los und Johnny erschrak sich halb zu Tode. Er zeichnete den ganzen Menschen mit Haut und Haar vom Scheitel bis zur Zehe, auf Herz und Nieren, ins Mark und aufs Blut – und immer war es Lily.

Es war Sommer 2002. Sie lernten jeden Nachmittag von 14 bis 20 Uhr bei Attila. Hinter ihnen an der Wand im oberen

Eck liefen ununterbrochen Nachrichten. Sie drückten Hamid Karzai die Daumen zur ersten Ratsversammlung der Stammesführer in Afghanistan. Sie reckten die Faust mit den Demonstranten in New York, der Handvoll Leute, die gegen den *Patriot Act* von George W. Bush auf die Straße gingen. Und sie teilten sogar die Bestürzung über den allerletzten Flug der Swissair, der in Zürich Kloten landete, während die Leute auf der Flughafenterrasse weinten …

»Jedem die Bank, die er verdient«, sagte Lily.

»Du meinst die UBS?«, fragte Johnny.

»Die waren das doch, die haben die Swissair gegen die Wand gefahren.«

»Aber die *Polybahn* haben sie gerettet.«

»Polybahn.«

Polybahn hieß: alles klar. Bereits nach zwei Tagen waren Lily und Johnny ihr eigenes jüdisches Viertel. Wer ihnen zuhörte, verstand höchstens die Hälfte. *Dizzy und Gillespie*: Entzücken über Verrücktes, *all-in*: klar bin ich dabei, und aus *Entenbanausen* kam, wer keinen blassen Schimmer hatte. *F-moll* hieß jetzt mal im Ernst, *Sapristi!* Gibt's ja nicht! – *Fersengeld*, los, weg hier! – *Fersenpleite*, hier bleiben wir eine Weile, *Traut, Haglich & Anwälte*, wie gemütlich es hier doch ist! – *Wucht* war großartig und *Unwucht* war Scheiße, und ein *Schlauding* schiss klug, aber hatte Recht. Der Superlativ des Klugscheißers war der *Klugschweißer* und ein Geldsack war ein *Reichwanst*. *Wutkasper* war ein Zornausbruch, aber es gab auch den *Zechkasper* (Hang-over), den *Brechkasper* (Magendarmgrippe) und den *Sparkassenkasper* (Geizhals).

Einige der Ausdrücke schnappte Johnny direkt auf vom Stammtisch drüben im anderen Eck, da saßen tagein tagaus vier Männer zusammen und tranken Kaffee mit Schuss. Sie wechselten kein Wort. Nur ab und an erzählte einer einen Witz, über den die andern nicht lachten.

Wenn sie abends fertig waren, bestellte Johnny für beide ein Bier, zu dem Lily immer Nein sagte, was Johnny nicht gelten ließ. »Ignaz Zunders Bier hast du auch genommen«, dachte Johnny und schenkte zügig ein. Lily trank ihr Bier immer noch wie ein Mann, als geschähe es zu gleichen Teilen aus Durst und Geselligkeit. Dann verabschiedeten sie sich. Es sei ja schon ein Zufall, sagte einmal Johnny, wie sie sich im Park wieder über den Weg gelaufen seien, über den Weg gestürzt, sagte Lily, und dann sagte sie noch, in Zürich würden sich alle Menschen mindestens dreimal treffen, das habe sie mal irgendwo gelesen.

»Gut«, sagte Johnny und nahm zwei Schluck in einem, »ist es eben Schicksal.«

»Es ist Statistik«, sagte Lily.

»Statistik ist Schicksal.«

Am Abend vor der Prüfung, als sie zum allerletzten Mal ihre Unterlagen in die Taschen steckten und Johnny bei Attila nochmals zwei Bier bestellte, tranken sie schweigend. Draußen vor dem Café verabschiedeten sie sich. Johnny kam ein bisschen näher und Lily wich ein bisschen zurück. Sie tätschelte flüchtig seinen Arm. Ciao, sagte er, und Lily lächelte und winkte kurz, bevor sie sich umdrehte und davonging mit ihren nunmehr erwachsen hüpfenden Schritten.

Auf dem Nachhauseweg trauerte Johnny zum ersten Mal dem Sumoringer nach. Er wäre ein Vorwand gewesen, dachte er, Lily nach Hause einzuladen. Aber einfach so, weil sie seine anatomischen Zeichnungen gut fand? Hey Lily, weißt du was? Willst du nicht mal zu mir ins Atelier kommen und dir meine anderen Werke ansehen? Ich kann nicht nur Mägen und Lebern zeichnen, weißt du …

Johnny bestand die Prüfung knapp, Lily hatte die Bestnote. Sie schrieb Johnny eine SMS. In ihrer Auswertung stehe geschrieben, null Prozent der Prüfungsteilnehmer seien besser gewesen als sie.

Alles wegen deinen Zeichnungen!

schrieb Lily noch, und das freute Johnny. Schließlich sah er darin aber eine Nettigkeit. Klar, er hatte längst begriffen, dass Lily anständig und mitfühlend war. Wahrscheinlich dachte sie, es mache ihm etwas aus, schlechter abgeschnitten zu haben als sie, und er gratulierte ihr zu ihrem

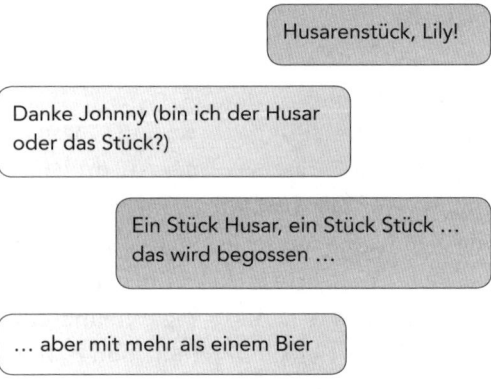

Husarenstück, Lily!

Danke Johnny (bin ich der Husar oder das Stück?)

Ein Stück Husar, ein Stück Stück ... das wird begossen ...

... aber mit mehr als einem Bier

Wozu es nicht kam, denn danach war Funkstille.

Einige Male war Johnny drauf und dran, Lily eine Mitteilung zu senden, ironisch sentimental, ich liebe dich oder aber Willst du mich heiraten?, selbst wenn er sich betrank, traute er sich nicht, die Mitteilungen abzuschicken, und auch von Lily kam keine Nachricht mehr.

Zwar zeichnete Johnny weiter, doch bald zerfielen die Organgebiete unter der Mine seines Druckbleistifts und bildeten unübersichtliche Areale. Wenn Johnny die fertigen Bilder anschaute, verstand er sie nicht mehr. Allmählich entstanden einfache Dinge rund um die Gewebe und die Organe – ein Tisch, eine Lampe, eine Flasche. Johnny sah, dass auch diesen Dingen in seinen Zeichnungen ein Innenleben wuchs. Sie anatomisierten sich, bekamen einen Kreislauf, einen Verdauungstrakt, ein Nervensystem, sogar einen Bewegungsapparat. Johnny fand sie halbherzig, vorläufig, effekthascherisch und immer, immer ungültig.

Sommer 2004, Anatomie bestanden, jetzt war Pathologie dran, und genau danach war Lily auch zumute.

»Lass mal deine Bücher sein, du trauriges Nachtschattengewächs. Der Film wird dir gefallen«, hatte Florence zu Lily gesagt, nahm Orangensaft aus dem WG-Kühlschrank und eine Büchse Red Bull.

»Worum geht es, Flo?«, sagte Lily, bemüht, anstandshalber Interesse zu zeigen.

»Ein französischer Film«, sagte Florence und trank aus der Büchse.

»Ach, Flo.«

»Ach, dich selber, Lise! Du sitzt seit zwei Wochen in deinem Zimmer, wahrscheinlich schimmelst du bald. Du sagst mir ja nie, was los ist. Bin ich gewohnt.«

»Ich weiß nicht.«

»Aber ich weiß es: Heute gehen wir ins Kino«, sagte Florence und mischte zwei Gläser mit Orangensaft und Red Bull.

»Eis?«, fragte Florence.

»Nichts, danke.«

Florence stellte ihr das Glas trotzdem auf den Küchentisch und holte Eis aus dem Kühler.

»Wäre ich nicht«, sagte sie, »in dieser WG würde man verhungern und verdursten.«

»Welches Kino?«, fragte Lily, »ist es in der Nähe?«

»Willst du nicht eher wissen, was wir uns anschauen?«

»Eigentlich nicht.«

»Kennst du Luis Buñuel?«

»Nein.«

»Ich weiß nicht, ob man es französisch oder spanisch ausspricht.«

»Kenne ihn nicht.«

Florence hatte das Programmheft vom Studio-Kino hervorgenommen und blätterte. Sie schlug eine Seite auf und legte sie vor Lily auf den Küchentisch. Lily warf einen Blick auf die Beschreibung und las vor:

»*Belle de Jour –* … *eine Bürgersfrau in Paris gibt sich sadomasochistischen Tagträumen hin* …«, Lily schaute mit gläsernen Augen fragend zu ihrer Freundin. Florence runzelte die Stirn, griff nach dem Programmheft und las nach.

»Ist das ein Kino mit Videokabinen?«, fragt Lily und lächelte matt.

»Das ist ein Klassiker«, sagte Florence, »15 Uhr, Kino Studio 4. Grad um die Ecke beim Kaufleuten.«

»Ich war noch nie im Kaufleuten«, sagte Lily, und Florence zog eine Grimaße.

»Aber du hast schon davon gehört, Lise, dass es in Zürich einen gut frequentierten Club gibt, der Kaufleuten heißt und am Pelikanplatz steht, oder?«

Florence hatte recht, dachte Lily. Aber ihr war nicht nach Kino. Ihr war nach nichts. Waren es wirklich nur zwei Wochen, in denen sie die Wohnung nicht verlassen hatte? Es kam ihr viel länger vor. In der Küche der WG ließ sie sich nur blicken, um Schokoriegel in die Taschen ihres Bademantels zu füllen und Kaffee aufzubrühen. Heute war sie unvorsichtig gewesen, und Florence hatte sie erwischt mit ihrem Muntermacher-Getränk und ihrem Buñuel.

Sommer 2004. Entzündung, Geschwulst, Sklerose.

Lily war zu Hause ausgezogen. Sie hatte es am Ende fast nicht fertiggebracht. Die Mutter war die letzten Tage über verstummt. Auf Zucht und Pflege von Gewissensbissen verstand sich Evelyn. Lily war zwar klar, dass sie Bruno schon längst hatte loswerden wollen und sich nur deshalb gerade jetzt von ihm trennte, um Lily doch noch am Ausziehen zu hindern. Leid tat sie ihr trotzdem. Seit einem halben Jahr wohnte Lily nun zusammen mit Florence und einer Jura-Studentin in einer WG in der Josefstrasse. Es kam ihr vor wie eine glückliche Fügung, diese Wochen über kranke Gewebe lernen zu müssen. So fühlte sie sich ein bisschen weniger elend.

Agonis Krasniqi, was für ein Name...

Lily wusste nicht einmal, ob er wirklich so hieß. Peinlich. Ja, peinlich war die ganze Geschichte. Vor allem aber undurchsichtig, verwirrend. Was war nur los mit ihr?

Agonis Krasniqi, Bäckerlehrling, Großkotz, Grobian. Lily war gerade vierundzwanzig Jahre alt geworden, sie hatte nicht gewusst, dass er erst sechzehn war, aber als Kiki es ihr sagte, fand sie nichts dabei, sie fand es interessant. Agonis Krasniqi, dieser Kerl hatte eine solche unbeschwerte Chuzpe-Fresse. Er hatte sie kaum drei Minuten gekannt und fragte, ob sie mit ihm Abendessen würde.

Les Gourmandises de Kiki, ihre Stamm-Konditorei an der Langstrasse. Bereits war es eine junge WG-Tradition, wenn es etwas zu feiern gab, eine der handgemachten Marzipankunstwerke zu bestellen. An jenem Tag ging es um eine kleine Geburtstagstorte für Sarah, die Jura-Studentin, sie wurde dreiundzwanzig.

Lily kannte Kiki gut und auch jede von Kikis Bäckerinnen. Die waren alle so angenehm amerikanisch profifreundlich und doch warmherzig. Kiki stellte eigentlich nur Frauen ein. Lily war also überrascht, als sie den breiten Burschen hinterm Tresen stehen sah, die Arme weit aufgestützt wie ein Orang-Utan. Scheinbar war noch keine Zeit gewesen, ihn mit einer ordentlichen Uniform auszustatten. Agonis Krasniqi trug ein ärmelloses Shirt aus Feinripp. Er fragte Lily, was er für sie tun könne. Sein Akzent gefiel Lily gleich. Es war nicht der übliche, auf dumpfen Bariton getrimmte Halb-Hip-Hop. Er hatte einfach eine raue Schnauze, mit der er freundliche Dinge sagte wie, *Kann ich Ihnen behilflich sein; Einen Augenblick Geduld; Haben Sie schon eine Kundenkarte?* Und als er Lily den großen quadratischen Papiersack mit ihrer Torte sorgfältig überreichte, beugte er sich weit über den Tresen, stützte sich auf und fragte, auf einmal ungehobelt und direkt, ob sie heute Abend mit ihm essen gehen würde.

»Nein. Danke«, sagte Lily.

»Ich bezahle aber«, sagte er, und Lily suchte nach einer Antwort, schüttelte stattdessen lächelnd den Kopf.

Nach dem gemeinsamen Abendessen fragte er Lily, ob sie tanzen wolle. Tanzen konnte er nicht, aber das war ihm so was von egal, er hatte Spaß und hielt Lily ohne Federlesens bei den Hüften fest. Als er sie nach Hause begleitete und mit ihr vor der Haustür stand, war es früher Morgen und er fragte, ob er mit hochkommen könne, ob sie mit ihm ins Bett gehe.

Viel hatte nicht gefehlt.

Selbst wie er sie um die Schulter festhielt, hatte ihr gefallen, und wie er sie leicht in die Luft hob, um sie ungefragt und unbefangen zu küssen mit seinem breiten Maul, und wie er sie dabei mit seinen Händen unterm Hintern hielt, damit sie schwebte. Sie hatte sich ja nicht verliebt in diesen Menschen, nein, er war nicht schön, nicht witzig, aber er hatte sie neugierig gemacht. Nicht auf ihn, sondern auf etwas in ihr selbst, das sie gerne entdeckt hätte, worauf sie auf einmal große Lust hatte. Andererseits: Er war es einfach nicht wert gewesen, er hätte wahrscheinlich nicht einmal gestaunt, obwohl es das einzige war, wozu sein Gesicht taugte.

Dann aber, als Agonis sie wieder auf den Boden stellte und sein Gesicht vor ihren Augen scharf wurde, trat ein dümmlicher Zug darauf zum Vorschein, der Ausdruck von zugleich staunenden und überlegenen Bubenaugen. Vielleicht hatten bis dahin sein Schwung und seine Beherztheit ein dichtes

Versprechen auf seinem Gesicht eingeschworen, das Lily den Durchblick verwehrte. Oder aber Lily hatte einfach, wie es ihre Gewohnheit war, nicht genau hingeschaut, denn Lily schaute nicht in Gesichter, solange ihr nicht vertraut war, was darin verborgen lag.

Nun aber, so nah nach dem Küssen, konnte sie nicht anders – und musste lachen.

Sie schloss die Augen, der Typ ließ sie los. Dann stieß er sie etwas von sich. Lily wollte aufhören zu lachen, kam aber wie immer nicht dagegen an. Sie wollte ihm eine Chance geben, nicht ungerecht sein.

Doch schon ereilte sie wie eine Stummfilm-Burleske die Szene in ihrem Kopf: Agonis Krasniqi in der Backstube um halb vier in der Früh, wie er in den Mehltopf fasste und den Tisch bestäubte und sich auf seine weiße Schürze klopfte und loslegte, wie er den Teig knetete und drückte, stieß, wendete und presste, wie er ihn befeuchtete und bestäubte, und wie sein Gesicht mehr und mehr in dieses einfältige Bubenstaunen abglitt, das sie in seinem nahen Gesicht entdeckt hatte – und wieder musste sie lachen.

Agonis verstand sich auf die Sprache der Belustigung und war sofort zur Stelle mit der Antwort des Beleidigten.

»Es tut mir leid, ich …«, sagte Lily.

»Weißt du was«, sagte Agonis und legte drei Finger unter sein Kinn und ließ die Finger in Richtung Lily schnellen. Jetzt, da er wütend war, sah er noch lächerlicher aus, wie kurz vor dem Niesen. Agonis kam näher. Er starrte Lily ins Gesicht. Sie spürte seinen Arm um ihre Taille. Er griff ihr von hinten zwischen die Beine, dort fühlte er einen Augenblick herum. Lily erstarrte. Dann zuckte er die Schulter, und während er ging, drehte er sich nach Lily um, spuckte aufs Trottoir:

»Hätte sich nicht gelohnt.«

Er ging weiter und drehte sich nochmals:

»Was sagt das über dich? Überleg mal. Dass du mit einem Pimp wie mir gehst?«

Dann war er weg und Lily hatte immer noch ihr Lächeln auf dem Gesicht. Sie spürte ihr Gesicht nicht mehr. Sie spürte nur seine Hand, den Druck seiner Finger wie von einem dumpfen Schlag mitten im Geschlecht, mitten im Gesicht.

Unter der Dusche sah Lily ihre Hände an, der rote Nagellack, wow Lily, glamourös! Sie holte Nagellackentferner aus dem Schrank über dem Spülbecken und ging damit wieder unter die Dusche. Sie traktierte damit die Nägel, dann goss sie das ganze Fläschchen über sich aus. Der scharfe Geruch stach in die Nase und es brannte furchtbar in den Augen.

Sie zog zwei Hosen und zwei Pullover an. Darüber den Bademantel. Florence war noch wach, als Lily durch den Korridor ging. Sie war in der Küche und hörte Radio.

When the working day is done
Oh girls, they wanna have fun

Cindy Lauper hatte Lily als Kind auf ihrem ersten Walkman gehört, stundenlang, ein gelbes Gerät, wenn die Klappe offen stand und man die Kassette herausnahm, sah man drinnen all die winzigen Schrauben und Federn und Metallplättchen, und um den Deckel zu schließen, hatte Lily ihre beiden kleinen Hände gebraucht. Sie hätte auch so struppige, wilde Haare haben wollen wie Cindy Lauper, ihre Haare waren immer dünn und fielen langweilig und gerade in die Stirn und in den Rücken.

Lily wäre gern zu Florence in die Küche gegangen, einen Moment in der Nähe der Freundin sein. Aber Lily wusste, Florence würde Cindy Lauper sofort leiser drehen und würde fragen, was los sei, also ging sie in ihr Zimmer.

Drei Tage später erkannte Lily sich selbst kaum wieder. Nochmals drei Tage später ging es ihr noch schlechter. Sie wollte morgens nicht aufstehen und trug ständig den hässlichen Bademantel mit den orangefarbenen Streifen.

Sie versuchte sich zu zwingen, die Prüfung vorzubereiten, aber kaum hatte sie einen Satz gelesen, war er schon vergessen und die Bildlegenden neben Proteinablagerungen und Infarktarealen ergaben keinen Sinn. Ein paar Mal stand sie plötzlich auf, für Augenblicke getrieben von einem starken Verlangen, nach einer Zugfahrt in den blauen Juni, Lieblingsmonat, junger Sommer, alleine unterwegs unterm blauen Sommerhimmel, den Geruch frisch gemähter Wiesen riechen, steile, eng geschlängelte Wege hinauf, Murmeltierpfiffe, die Welt dort im Tal unten, klein und klar und weit, weit weg, in der Dämmerung ankommen in einem kleinen Bergdorf, eine aus Arvenholz gezimmerte Kammer für die Nacht nehmen, erschöpft ins Bett sinken, morgens in aller Frühe wieder los. Lily packte einen Rucksack, schnürte die Wanderschuhe, cremte das Gesicht mit Sonnenmilch ein. In der Wohnungstür blieb sie stehen. Hereingefallen auf einen Streich, den sie sich selbst gespielt hatte. Vielstimmiges Gelächter hallte durchs Treppenhaus. Schnell zurück ins Zimmer. Lily schloss die Tür, ließ den Rucksack fallen. Den ganzen Tag über roch die Sonnenmilch nach Unternehmungslust.

Sie steckte fest im ersten Kapitel, *Grundlagen*. Lily war es gewohnt, an einem öffentlichen Ort zu lernen, in der Bibliothek, im Studiersaal der Anatomie – und einmal für die zweite Vorprüfung im Café Attila mit Johnny. Was war aus ihm geworden? Er hatte sich für sie interessiert, womöglich. Jedenfalls auf andere Weise als Agonis Krasniqi, vielleicht auch genau gleich, wer weiß, wieso neigte man so sehr dazu, die Männer zu überschätzen? Und die Frauen gleich mit?

Lily ging Florence und Sarah so gut es ging aus dem Weg, sie wartete, bis es ganz still war in der Wohnung, dann ging sie in die Küche um sich mit ihrer Ration Schokolade und Kaffee zu versorgen. Sie erschrak, wenn sie sich im Spiegel erwischte. Ihre Stirn glänzte, sie hatte bläulich unterlaufene Augen und ihre Lider waren verquollen, obwohl sie nicht weinte.

Aber gelacht hast du auch nicht, Lily, verflucht!

Das wäre das einzig richtige gewesen. Da kam ein Bursche daher, schnippte ein bisschen flott mit dem Finger … – Lily konnte es nicht fassen. Konnte es jemand wie Agonis in der Hand haben, wie sie sich fühlte? Mehr noch, ob sie sich überhaupt eines Gefühls würdig erachtete? Die Vorstellung, dass jemand sie umarmt und ihr im nächsten Augenblick den Rücken zugewandt hatte. Und die dumpfe Pranke. Was hatte sie erwartet? Agonis Krasniqi, mein Gott, Lily, hör dir doch das nur mal an … Er hatte es natürlich spannend gefunden, weil sie älter war als er. Alles um sie herum empfand Lily fettglänzend, schlierig, schimmlig, faul, und sich selber fand Lily inmitten des Drecks bestens aufgehoben, und erst recht gut aufgehoben war sie in den *Grundlagen* der Pathologie.

Hätte sie doch einfach die Augen geschlossen, den Bub mit hoch ins Zimmer genommen, ihm gezeigt, was es hieß, *when the working day is done* …

Gedanken an den 1. Juli begannen sie zu plagen. In einem knappen Monat flog sie nach London und begann ihr Praktikumsjahr im Royal London Hospital. Spätestens dann musste sie wieder unter die Leute, eine Kellerassel am Tageslicht.

Am Ende war es der Schrecken dieser Vorstellung, der sie Ja sagen ließ zu Florence und ihrem Buñuel. Immerhin Kino, dachte Lily, bis zur Haltestelle rennen, einige Stationen im Tram, dann Zuflucht in der Dunkelheit des Kinosaals.

Vormittags musste Florence zu einem Vorspielen. Sie konnte vor lauter Aufregung nicht einmal sagen, worum es ging. Jetzt hatte sie ihren Gitarrensack auf der Schulter und Lily wünschte ihr Glück.

»Falls ich nicht pünktlich bin«, sagte Florence und gab Lily einen Kuss, »geh einfach schon ins Kino. Ich komme auf jeden Fall nach.«

Als Lily im Tram saß, war es weniger schlimm als befürchtet. Die ausgiebige Dusche hatte ihr gut getan, ein frisches Gefühl auf der Haut, das sie sich nicht übel nahm. Immer noch Juni, der Himmel dunkelblau und wolkenlos, das Licht in den Straßen geschmeidig. Sie war fast ganz alleine im Tram, das half. Lily schaute an sich hinab, ihre Jeans, ihre Bluse, beides noch nie getragen. Es war in Ordnung, erste zaghafte Happen nach einer Magenverstimmung.

Am Pelikan-Platz stieg sie aus. Der kleine Park verströmte wilde Frühsommergerüche. Lily war viel zu früh dran, es war erst 14 Uhr. Sie spazierte durch die Gegend, versäumte sich vor den Schaufenstern, Blumen, Gebäck, Musikinstrumente, Brautmode. Unterwegs war das Volk der Bahnhofstrasse, Banker, Anwälte und andere Tunichtgute, die vom Mittagessen kamen.

Als Florence anrief und absagte, war das schon nicht mehr so schlimm. Florence flüsterte hastig, sie sei im TV-Studio des Schweizer Fernsehens, es gehe um einen Platz im Orchester von *Benissimo*, einer beliebten Sendung am Samstagabend, wenn es klappen sollte, sei sie für die nächsten Jahre ein paar Sorgen los.

»Toi, toi, toi«, sagte Lily und hörte Florence lachen, »was ist?«, fragte Lily.

»Nichts, Lise, manchmal bist du so volkstümlich.«

Im Fenster des Kinos hing das Filmplakat, *Belle de Jour* in weißen Lettern, darunter eine blonde Frau, Catherine Deneuve, man sah sie von hinten, sie war nackt und schaute über die Schulter zurück, verbarg sich mit ihren beiden bloßen Armen. Im Hintergrund eine Reihe von Männergesichtern, die ineinander übergingen, schemenhaft und schwarz-weiß.

Eine gutsituierte Frau.
Eine Prostituierte.

Daneben ein zweites Plakat, Bud Spencer und Terence Hill mit Revolvern in den Händen, *Vier Fäuste für ein Halleluja*, direkt im Anschluss um 18 Uhr. Lily dachte an ihren Vater, wie ihm vor dem Fernseher die Tränen in die Augen stiegen, wie seine Augen in lauter Falten verschwanden und er selber vor Lachen im Spalt zwischen den Sofakissen.

Lily war eine von drei, oder vier Zuschauerinnen in *Belle de Jour*. Schon als die Lichter gedimmt wurden war ihr klar, dass ihr Leben nicht mehr dasselbe sein würde, wenn sie wieder angingen. Von Anfang an kam sie sich vor wie die kleine Schwester von Séverine, die Komplizin, die am Schicksal der Älteren teilhat, die alles mit durchlebt, mitfiebert, versteht. Die Enttäuschung über ihren Ehemann Pierre, den gutaussehenden Arzt mit seiner ehrenhaften Rolle in der Gesellschaft, den Makellosen, den Todlangweiler, den Rollenspieler, der Séverine liebt, solange sie die ihr zugedachte Rolle spielt. Die große, stille Wut auf Pierre, dass er seine Séverine für ein frigides Frauchen hält, übersensibel halt, anstatt dass er sie, wie Séverine es sich in ihren geheimen Phantasien vorstellt, packt und fesselt und die rüden Kutscher mit der Peitsche auf sie hetzt, sobald er ihr die Bluse abgerissen hat. Pierre, du verständnisvoller Wallach in deinem unwiderstehlichen blauen Nachthemd.

Lily ging mit Séverine auf der Straße vor der Wohnung von Madame Anaïs auf und ab. Wieder und wieder die Versuchung, wieder und wieder der Widerwille. Dann endlich fand Séverine durchs Nadelöhr, fand Obdach bei der wissenden Madame Anaïs, eine jener Frauen, die alles mitempfinden und nichts mitfühlen. Lily lieferte sich mit Séverine der Bedrohung aus, der Ohnmacht, dem Missbrauch, der jähen Nähe in den

Armen der Freier, ohne Fragen, ohne Verständnis. Lily litt mit Séverine an ihrer Liebe für Marcel, den schönen hässlichen Mann, Marcel, den Kriminellen, der zu ihr wollte voller Verachtung, aber dann voller Herz und ohne Halt, aufrichtig und schutzlos, Marcel, der sie im Bordell besuchte und der am Ende erschossen wurde, weil er es ernst meinte.

Lily. Séverine. Belle de Jour.

Es war dir auf einmal alles klar.

Lily kostete in ihrem Innersten von den Nachmittagsstunden, der ehrlichen Erniedrigung, der groben, beliebigen Überwältigung, denen Séverine sich hingab, sie kostete auch von der Gewissheit, dass auf dem Spiel stehen durfte, worum es ging.

Manchmal ging Johnny anstatt zum Praktikum ins Kino.

Seit den zwei kurzen Wochen mit Lily im Café Attila hatte er wieder fast zwei Jahre lang ergebnislos vor sich hin gekritzelt. Er rauchte viel, aß wenig, schleppte sein Studium mit Müh und Not von einem Semester ins nächste. Mit Studenten traf er sich nicht, Frauen lernte er keine kennen. Er war zu scheu, um sie anzusprechen, und er fand sie langweilig – manchmal hielt er in der Straßenbahn nach Lily Ausschau, traf sie aber natürlich nie, nicht einmal in den kreuzenden Trams auf dem Nachbargleis, wo er sie unter den verschwommen vorbeiziehenden Gesichtern zu erahnen versuchte. Er begann den Studienstoff über die Lernplattformen herunterzuladen und verließ seinen Schuppen fast gar nicht mehr. Manchmal machte er einen Spaziergang. Die meiste Zeit saß er auf dem roten Sofa, eine Wolldecke über den Schultern, Mary Long zwischen den tatenlosen Fingern, den Laptop auf den Knien. Winters fror er in seinem Atelier.

Nach dem neuerlichen Abschied von Lily hatte er eine Weile lang weiter Gefäßsysteme für Autos gezeichnet und Magen-Darm-Trakte für Kaffeemaschinen, bis er auch das bleiben ließ. Von da an widmete er sich in seiner Tatenlosigkeit unzähligen Schattierungen von Selbsthohn, in denen er inzwischen erprobt war. Früher hatte er gedacht, der Zweifel sei ein notwendiger Weggefährte eines Künstlers, der es ernst meinte. Inzwischen war ihm sonnenklar, dass er kein Künstler war, doch die Plagegeister der Scham blieben ihm erhalten. Also verlegte sich Johnny darauf, wie ein alter Mann am Ende seines Lebens Rückschau zu halten, mit seinem Werk ins Reine zu kommen und mit sich selbst zu vereinbaren, was er davon gelten lassen konnte.

Gelten lassen!, dachte Johnny. Als ob irgendein Idiot von Künstler in der Lage wäre, die eigenen Erzeugnisse zu beurteilen. Wie ein Stück Luft, das dem Wind sagt, ob er gut oder schlecht geblasen hatte. Immerhin aber verschaffte es Johnny in seinem Elend eine gewisse Genugtuung, seine Werke zu verwerfen. Er verwarf mit der genussvollen Gleichgültigkeit des Hoffnungslosen, und eigentlich hätte er die Bilder und Skulpturen am liebsten zerstört wie den Sumoringer, zusammengeschlagen, zu Staub gehauen, getilgt, ausgemerzt. Aber dazu fehlte ihm die Kraft. Er ließ die Werke im Archiv verstaut, auf der einen Seite des Gartenschuppens, wo sie eingepackt waren in Tücher und Packpapier:

Auf leisen Pfoten. Eine Serie von Katzenbronzen. Allzu ungestüm war er da umgesprungen mit Metaphorik. Eine der Katzen flog in federleichtem Sprung fast ätherisch durch die Luft – geschaffen aus Blei, 300 Kilogramm schwer: ungültig. Eine andere Katze war sitzend modelliert, pechschwarz, und trug um den Hals ein dickes Hufeisen: ungültig. Dann hatte er einen ganzen grauen Katzenwurf aus grauem Plüsch gemacht, die spielten mit dem grauen Mond wie mit einem Ball.

Der Erzstorch Gabriel. Der Vogel war eigentlich ganz ordentlich gestaltet, fand Johnny, jede einzelne schwarze und weiße Feder mit Kiel und Lamelle aus wächsernen Materialien nachgebildet. Auch die Biegung des Halses war fein gearbeitet. Der Storch trug sehr schwer an seinem Bündel im Schnabel, in dem ein riesiges Holzkreuz lag, und an seinem Bein trug er eine Markierung, darauf stand INRI: ungültig.

L'amour de l'ameublement. Im Estrich seiner Eltern war er auf zwei alte Holzstühle gestoßen. Die hatte er zerteilt und ließ dann die Stuhlbeine wie Arme umeinander ranken, und die Lehnen berührten sich an einem winzigen Punkt, so knapp, dass nicht zu entscheiden war, ob die beiden Möbel ihrer Sehnsucht stattgaben oder im letzten Moment widerstanden.

Dasselbe machte er mit allerlei Hausrat, alten Sesseln, Tischen, Bettgestellen: ungültig! Von den hunderten Brotgesichtern ganz zu schweigen, und erst recht seine Kisten voller Zeichnungen: ungültig. Von den Geparden über die geile Judith bis zu den Organgeräten.

Selbstporträt. Wie er diese Betonplatte gemacht hatte, mit dem rosa Herz oben links, daran erinnerte sich Johnny am allerwenigsten. Eines Nachts stand er davor und es war fertig. Es war einfach und wirkungsvoll. In dem Werk war alles so wunderbar verdreht: Der Betonklotz hatte eine Wärme und Zartheit, während das kitschige rosa Herz grobschlächtig und lieblos wirkte. Der Stein war aufrichtig und echt, das Grau des Betons mit einem Sprayhauch von gelblicher Röte aufgewärmt, die harten Kanten diskret rundlich angeschliffen, die Glätte der Oberfläche durch eine feinste Maserung gemildert. Das Papierherz hingegen war sorglos ausgeschnitten, die Farbe war billig und falsch, ganz das Herz, wie es sich kleine Mädchen vorstellten, die man zu überkandidelter Verblödung erzogen hatte.

Den Steinblock mit dem Herz ließ Johnny gelten. Er beschloss seine Retrospektive, indem er *Selbstporträt* zu seinem Opus 1 erklärte, obwohl, da hieß es noch nicht *Selbstporträt*, weil Lily es noch nicht so genannt hatte.

»Ganz schön verraucht, hier drin«, sagte Ferd, er kam Johnny ab und zu in seinem Verließ besuchen. Gar nicht großväterlich hielt er sich im Großen und Ganzen zurück mit Ratschlägen, »deine Mutter hat auch immer geraucht hier, na ja. Auf Nachmieter muss man wahrscheinlich keine Rücksicht nehmen.«

An diesem Morgen aber war es anders, etwas in Ferds Art machte einen seltsamen Eindruck, ordentlich und maßvoll in der Sorge um den Enkel, und doch selbstbewusst und zielstrebig, wie Johnny es nicht von ihm kannte.

Der alte Herr hatte höflich angeklopft ans dünne Glasquadrat in der Tür. Ferd stand dann einfach mitten im Gartenschuppen mit seinen Bügelfalten, seinen gewichsten Hausschuhen, seiner leichten, olivgrünen Strickjacke, seinem längsgestreiften Hemd, seiner Kragenklammer unter dem Krawattenknoten. Ferd hatte etwas blendend Gesundes an sich. Das war Johnny früher schon aufgefallen, aber jetzt war es ihm, als verbrühe er sich beim Anblick dieses braven Menschen die Augen. Ferd kam näher, setzte sich auf das rote Sofa neben Johnny und faltete seine Hände.

»Hannes, du hast von mir nicht viele Standpauken gehört, hab ich recht?«

»Das hätte grade noch gefehlt«, sagte Johnny prompt, und Ferd lächelte. Er verzog den Mund, seine grauen Zähne kamen zum Vorschein. Er schaute vor sich auf den staubigen Fußboden, wo allerlei Kleider verstreut lagen. Er sah aus, als würde er einen tiefen Seufzer loswerden wollen, belastet von einer schweren Pflicht, die sich weder erfüllen noch missachten ließ.

»Na dann, bringen wir das hinter uns«, begann Ferd, »was ich jetzt sage, tut mir schon leid. Es steht keinem Menschen zu, einen anderen zu nötigen, ich habe es nicht gelernt, niemals vermisst, niemals begehrt.« Das klang nicht wie Ferd. Johnny hatte das Gefühl, dem Selbstgespräch eines Besoffenen beizuwohnen.

»Aber es bricht mir das Herz, was du hier treibst. Und ja, es macht mich wütend. Weißt du, ich selber war von dieser Arroganz in meiner Jugendzeit niemals befallen, diese Krankheit junger Menschen, zu meinen, sie lernten die Welt mit ganz neuen Augen und neuen Gefühlen kennen, jeden Tag, noch nie dagewesene Empfindungen, Einfälle, Gedanken, wie einzigartig, wie speziell, wie originell, wie individuell! Nun, das ist Schwachsinn. Glaubst du, ich wüsste nicht, wovon du redest? Glaubst du, meine Arbeit sei keine Kunst? Ich bin die subtilste Sprachfeile, die es auf der Erde je gegeben hat, wenn ich das mal so bescheiden ausdrücken darf. Was du hier vor dich hin leidest, das ist mein tägliches Brot. Ich schmiere Marmelade drauf und esse es zum Frühstück.«

Ferd hatte sich zu Johnny umgedreht und schaute ihn an, seine wasserblauen, liebevollen Augen waren fest, statt der ihnen eigenen Zögerlichkeit hatten sie jetzt einen Anflug von Geringschätzung.

»Jeder zweifelt an sich, Johnny«, sagte Ferd, »wer es nicht tut, ist nicht über den Zweifel erhaben, sondern er ist den Zweifel nicht wert. Nur Stümper sind von sich überzeugt, und den naiven Künstler gibt es nur im Märchen und bei Schiller. Man überwindet die Zweifel nicht, man diszipliniert sich, sie zu ertragen. So habe ich es jedenfalls gemacht. Ich weise mich zurecht, ich habe keinen Anspruch darauf, mich während meiner Arbeit auch noch gut zu fühlen, ich muss einfach nur froh sein, dass ich sie machen darf.«

Ferds Stimme wurde etwas lauter, und Johnny musste an sich halten, nicht ein Stück weiter wegzurutschen. Die Rede eines Mafiaonkels, der sich anschickt, den liebsten Zögling zu opfern.

»Wer fragt noch danach«, fuhr der Großvater fort, »ob Einstein seine Theorie einer schweren Depression abgerungen hat, oder ob er dabei fröhlich Zuckerwatte gefressen hat? Wen kümmert es, ob Kafka sich den Frust von der Seele oder auf die Seele geschrieben hat? Einstein spielt keine Rolle, Kafka spielt keine Rolle. Was zählt ist $E = mc^2$ und *Die Verwandlung*.«

»Das weiß ich«, hörte sich Johnny sagen, und er dachte daran, dass Caravaggio furchtbarer unter seinen Dämonen gelitten haben musste.

Ferd hob seine Augenbrauen und runzelte amüsiert die Stirn: »Ah ja? Das wundert mich. Aber umso besser. Jedenfalls bin ich hier«, sagte Ferd und hob kurz sein Kinn, um die lose Haut an seinem Hals aus dem Hemdkragen zu zupfen, »um dir einen Vorschlag zu machen. Präziser: Eine Anweisung. Sie besteht aus zweierlei. Zum Ersten wirst du dein Studium auf dem schnellsten Weg beenden. Keine Extrarunden mehr. Zum Zweiten möchte ich, dass du endlich weitermachst mit deiner Kunst.«

Ferd schaute seinen Enkel frohgemut an. Johnny sah sich, obgleich blind vor Wut, gezwungen, Ferd freundlich anzusehen.

»Unter diesen Umständen bin ich bereit, dir dein Leben bis zum Abschluss des Studiums weiterhin zu finanzieren, und zwar inklusive aller Auslagen, die du für deine Arbeit hier brauchst.«

Noch am selben Nachmittag machte sich Johnny auf zur Bäckerei Hecht ins Dorf. Unterwegs zollte er innerlich seinem Großvater Respekt. Johnny war zugleich ungehalten und erleichtert, er wusste, er würde Ferd nicht enttäuschen können, er würde einen Weg finden müssen. In der Bäckerei bestellte er ein zwanzig Kilogramm schweres Brot auf die Rechnung von Ferd. Die Frau an der Theke ließ ihn seine Bestellung unterzeichnen. Abends notierte er sich die Vorlesungen der kommenden Woche und bereitete für jedes Fach ein frisches Heft vor. Am Wochenende fertigte er aus dem Zentner Brot ein riesiges Gesicht von Ferd an, in der himmeltraurigsten und erhabensten Entstellung, die man sich denken konnte, groteske Züge der Souveränität, eine Fratze voller Würde.

Aus lauter Zorn, den seine bittere Achtung vor Ferd hervorgerufen hatte, spielten sich wieder einige der automatischen Abläufe ein, und Johnny wurde halb verrückt dabei sich einzugestehen, dass Ferd vielleicht recht hatte, dass es nur Disziplin brauchte, und schon ließen sich die tiefsten Abgründe überwinden. Er war beinahe erleichtert, als dann doch die nächste Müdigkeit über ihn hereinbrach, eine Schwärze, als hätte sie alles Licht der Welt geschluckt.

Die Wucht dieser neuen Krise war um genau jenen Teil stärker, um den er sie einige Wochen durch sein Versprechen an Ferd unterdrückt hatte. Er schaffte es gerade noch, im Dorf am Kiosk zwei Stangen Mary Long zu kaufen, nachdem er seine verbleibenden Zigaretten nach Ferds Besuch alle weggeschmissen hatte.

Wieder erstickte er sich im Rauch, wieder hungerte er, wieder erweckte es Übelkeit, auch nur an die Arbeit zu denken. Aber klar Johnny, abgemacht ist abgemacht, es war mit Ferd so vereinbart, und er zwang sich weiterzuhantieren.

Es war Sedran, der ihn auf die Idee mit den Cartoons brachte, Sedran, der untersetzte, scheue Assistenzprofessor, der die Vorlesung über Rekonstruktion in der Paläontologie hielt und später im Institut Johnnys bester Freund werden sollte.

Die ersten zwei Stunden seiner Vorlesungsreihe hatte Sedran in ein beschädigtes Mikrofon genuschelt, wie aus Skeletten auf die Gestalt ausgestorbener Tiere geschlossen werden konnte. Vor Lampenfieber brachte der Wissenschaftler kaum ein Wort heraus, er gab eine erbärmliche Figur ab, er schwitzte und seine Stimme zitterte. Wann immer möglich, zeigte er einen Film, und sei es *Godzilla* oder *Die fliegenden Monster von Osaka*. Einmal kam es zum Eklat, der Dekan stürzte in den Vorlesungssaal und machte das Licht an.

»Dr. Sedran, was soll der Unsinn? Wieso zeigen sie nicht gleich Disney-Filme? Sie haben einen Bildungsauftrag!«

Anstatt sich aber von nun an dem Stoff zu widmen, molekulare Ermittlungen von Oberflächenstrukturen zu diskutieren, über das Verhältnis von Augen- und Hautfarbe zu lesen, oder über Studien des evolutiven Stufenmodells der Echsenartigen, brachte Sedran in der darauf folgenden Woche eine DVD von *Ice Age* mit in die Vorlesung.

Sedran dimmte das Licht. Der Film begann, Auftritt Scrat, die Eichhörnchenratte mit der Hamsterschnauze: Scrat trägt eine Haselnuss im Mund – er möchte die Nahrung für den Winter sichern und vergräbt sie mitten in einem gigantischen Eisfeld – kurz darauf wird Scrat bewusst, durch sein Gebuddel die Welt des Pleistozäns aus den Fugen gebracht zu haben – ihm wird mulmig – ein gigantisches Gletscherbeben hebt an – und Johnny spürte im eigenen Mark Scrats Schrecken über die einstürzenden Eismassen.

Johnnys Finger wussten sofort Bescheid. Sie würden Scrat rekonstruieren. Umgekehrt natürlich. Sie würden aus Scrat, dem Cartoon, ein wirkliches Skelett machen, so, wie es nach Jahrtausenden in den Erdschichten aufgefunden worden wäre, hätte es diesen seltsamen Nager wirklich gegeben.

Umgekehrte Archäologie. Dekonstruierte Rekonstruktion.

Johnny stürzte aus dem Saal und machte sich ans Werk.

Eine Weile hatte Johnny sogar Spaß, doch wusste er von Anfang an, nichts von alledem würde er gelten lassen. Donald Duck, Karl den Kojoten, Nemo den Clownfisch, es war eine Spielerei, ein Zeitvertreib, der Johnny erlaubte, sein Gelübde gegenüber Ferd einzuhalten. Nach und nach wurde ihm die Subversion seiner selbst bewusst, als könne er sich mithilfe dieser Marotten endlich und unmissverständlich beweisen, ein mittelmäßiger Künstler zu sein. Mit sarkastischen Gesten und trompetendem Tonfall ging er auf und ab vor seinen erdaltertümlichen Cartoonskeletten und rezitierte fiktives Feuilleton:

»Zinns Auseinandersetzung mit dem visuellen Wesen der Zeit und den schnöden Implikationen moderner ›Kulturgüter‹ könnte nicht messerschärfer, zugleich doppeldeutiger, gleichsam gleichsamer sein, als dass sie es … – na ja, als dass sie es eben ist. Geschickt und wohl nicht bar einer gleichsam diebischen Freude gelingt es dem jungen Zürcher Künstler, Sehgewohnheiten gleichsam zu unterlaufen und zu subvertieren, indem man die gleichsam disneyesk harmlosen Kindergleichsamkeiten wie eine Zeichentrickfigur beim bitterernsten

Namen genommen und gleichsam organisch buchstäblich auf Herz und Nieren geprüft, auf die Knochen befragt sieht …«, wenn Johnny mit seiner Deklamation fertig war, schien ihm die Stille in seinem Schuppen vollends unerträglich, das ausbleibende Echo einer ausbleibenden Berufung, ein regloser, toter Schall, und ihm wurde wiederholt vor Müdigkeit und Kopfschmerzen schwarz vor Augen.

Die Paläo-Cartoons schienen ihm ein ehrlicher Epilog auf sein Scheitern. Er begriff es als Erlösung, im Angesicht der Gebeine von Goofy und dem rosaroten Panther seiner wahren Bedeutungslosigkeit überführt zu sein. Seine Kunst war faul und nichtig zur Welt gekommen, zur Mutter eine manische Kreativität, zum Vater ein kranker Ehrgeiz. Eitle, passionslose Kinderei, das schändliche Machwerk der Selbstsucht, ein Narziss, der sich von seinen törichten Geistesblitzen hemmungslos begeistern ließ.

Bei einigen der Praktika galt Anwesenheitspflicht. Eifrige ETH-Assistenten kontrollierten genau, dass auch jeder seine eigene Unterschrift im Kontrollbogen eintrug, der zwischen den Reagenzgläsern und Agar-Schalen unter den Teilnehmern herumgereicht wurde. Mindestens zweimal die Woche musste sich Johnny aufraffen. Er nahm eine eiskalte Dusche, stieg mühsam in ein paar frische Kleider, die ihm der Frische wegen abscheulich vorkamen.

Im Bus auf dem Weg in die Stadt hatte er immerzu das Gefühl, die Augen zusammenkneifen zu müssen, um nicht zu viele von diesen hellen Absonderungen der wimmelnden Wirklichkeit zu Gesicht zu bekommen. Beim Central bestieg er die Polybahn, die ihm völlig deplaziert vorkam auf ihrer Meterspur, die Erinnerung an die verschwundene Lily, das fröhliche Sienarot, die aufdringliche Nostalgie, ein Emblem Zürcher Selbstgefälligkeit, Traditionsbewusstsein, sorgsame

Pflege einstiger Pionierleistungen, blöd nur, dass eine Groß-
bank das Kleinod hatte retten müssen. *UBS-Polybahn* war
seither der offizielle Name. Immerhin, manchmal spielte vorne
ein Herr seine Ziehharmonika, ein großgewachsener Schlacks
mit halblangen braunen Haaren und einem schelmischen Pfer-
demaul voll langer Zähne. Der Mann hatte enorme Finger und
einen Daumen gebogen wie ein halber Wiener Kringel, sein
Instrument hielt er in Händen wie einen schönen Hintern.
Bevor er loslegte, rief er »Brüderinnen und Brüder, wir wollen
singen!« Er spielte lauter hochtragische Musik, himmeltraurige
Zigeunerweisen, sogar den Schlusschor aus der Matthäus-
Passion, dazu grinste er sich einen Schalk.

Manchmal schaffte es Johnny trotzdem nicht hoch bis zur
ETH oder mit dem Shuttle hinauf zum Hönggerberg ins Prak-
tikums-Zimmer QW-213 oder R3-15 oder wie auch immer.
Tut mir leid, Ferd, heut nicht, sagte Johnny zu sich, blieb in
der Polybahn sitzen und ratterte bergab ans Central zurück.

Er spazierte über die Bahnhofbrücke, an der Limmat entlang,
durch die Altstadt und hinüber zum Pelikan-Platz. Schließlich
kaufte er sich bei der bärbeißigen Billett-Dame am Schalter des
Studio 4 ein Ticket, schaute sich irgendeinen Film an. Von Hollywood wollte er nichts wissen, von Blockbustern, Schnulzen
und hohlem Melodram. Film war eine Kunst, wenigstens hatte
er genügend Stolz und Integrität bewahrt, sich dessen bewusst
zu sein. Doch für diesen Anspruch bezahlte er bisweilen teuer.
Was sich im Programmheft anhörte wie eine gute Story, bestand im Autorenkino aus tickenden Uhren und vom Wind
gebauschten Vorhängen. So wie dieser Streifen um 15 Uhr, *Belle
de Jour: Eine Bürgersfrau in Paris gibt sich sadomasochistischen
Tagträumen hin ...* Johnny sah schon die langen Szenen ohne
Musik, die Blicke, das Klacken der Schritte, das Getue. Er
schaute auf die Uhr. 15.35. Zum Glück zu spät. Laut Programm
waren danach Bud Spencer und Terence Hill an der Reihe.

Als Lily nach und nach wieder aus der Gedankenverlorenheit auftauchte und sich statt im Paris der späten sechziger Jahre im Kino wiederfand, lief auf der Leinwand schon die Werbung vor dem nächsten Film. Es war kühl und dunkel und Lily beschloss zu bleiben. Sie wollte hinausgehen zur Kasse, um sich für die zweite Vorführung ein Billett zu kaufen. Als sie sich aus dem Sessel erhob, stand Johnny vor ihr und drückte ihr ein Ticket in die Hand. Sie sei eingeladen.

Irgendwann in der Mitte des Films fragte Johnny, ob er die Ambulanz rufen solle. Lily bekam vor Lachen fast keine Luft mehr. Er hatte noch nie einen Menschen so lachen sehen. Die Hälfte des Lachens war Lachen, die andere war das Bemühen, nicht zu lachen, Keuchen, Wimmern, durch die Nase Stöhnen. Etwas Erlöstes hatte das und etwas Verdammtes. Dann und wann bog sie sich von der entfernten Lehne zu Johnny herüber, und für einen Augenblick krallte sie sich mit einem schwachen Griff am Ärmel seines Pullovers fest, ließ ihn auch gleich wieder los. Mit einem kurzen Blick sah Johnny ihr verquollenes Gesicht, das selbst im fahlen Lichterspiel wie ein Lampion glomm und viel mehr zu einer alles tilgenden Trauer zu gehören schien als zu einem Gelächter.

Es hatte angefangen mit der Szene im Gourmet-Restaurant, bei der Lily ihr Vater in den Sinn kam. Der Ober begrüßte die beiden Gäste:

TERENCE HILL: Also?

OBER: Bitte, Sir?

TERENCE HILL: Was gibts zum Einschmeißen?

OBER: Vielleicht würden die Gentlemen gerne beginnen mit …

TERENCE HILL: (*unterbricht*) Selbstverständlich würden wir gerne beginnen!

OBER: Ich verstehe. Dürfte ich vorschlagen …

BUD SPENCER: (*unterbricht*) Du hörst mit dem Vorschlagen auf und bringst was zu fressen, sonst qualmt's!

Lily wusste nicht, was los war, woher diese herrliche Erschütterung tief aus dem Bauch? Sie war wehrlos. Sie lachte nicht wirklich über den Film, er war lustig, aber nicht lebensbedrohlich lustig. Alles ging durcheinander, Agonis Krasniqi, Séverine, ihr lachender Vater, und sie schielte nach Johnny neben ihr, dessen Gesicht man das Lachen nicht ansah. In seinem Gesicht regte sich kaum ein Zug. Und doch kam es ihr vor, als dränge ihm das Lachen aus jeder Pore. Seine lachende Seele thronte in seinem stillen Gesicht, königlich, bescheiden, fand Lily, außer einer Träne, die er sich aus dem Lily zugewandten Auge herauslachte und die ihm über die ungerührte Wange lief, selbst darüber lachte Lily in diesem Moment.

Lily legte ihre Hand auf die Lehne, die er sorgfältig für sie freihielt.

Draußen vor dem großen Programmplakat im Fenster des Kinos sagte Johnny:

»Übermorgen läuft er nochmal.«

»Ich könnte den zehnmal ansehen«, hörte Lily sich sagen, und ihre Stimme klang hell und fremd wie eine frisch geputzte Flöte.

Am anderen Tag half Johnny seinem Großvater, eines der verwinkelten Bücherregale entlang der Kellertreppe auszubessern.

»Gerade halten, Ferd«, rief er, »das Regal muss an der Wasserwaage ausgerichtet werden, nicht umgekehrt.«

Ferd schmunzelte und gehorchte.

Fidel zeichnete Johnny die Markierungen mit einem spitzen Bleistift an den Putz. Er lief hin und her zwischen Kellertreppe und Werkzeugschrank, versenkte Dübel, Schrauben, metallene Regalprofile, und bereitete nachmittags im Nu einige belegte

Brote. Mama Lou lächelte und machte dazu besondere Agogik am Klavier.

Was hätte er ihnen von Lily erzählen sollen? Von Lily konnte man nicht erzählen, dachte Johnny, Lily musste man erleben, Lilys beschwingten Gang, Lilys rötliches Haar, das sie mit einer Mädchenspange rechts über der weit gewölbten Stirn flachgespannt und festgesetzt hatte, Lilys leicht verschobenes Lächeln, Lilys Röcheln, Lilys große grüne Augen, Lilys Rinne von der Nase zur Lippe, die sich in Erwartung des nächsten Lachanfalls rümpfte, und die kleine Narbe über dem rechten Mundwinkel, ein winziger Triangel, das einzige, was in ihrem Gesicht so blieb wie es war, wenn das Lachen sie überfiel.

Stattdessen erzählte er Ferd den ganzen Film, spielte Szene um Szene nach. Spaghetti-Western-Komik war jetzt nicht gerade Ferds Genre, aber er hörte seinem Enkel geduldig zu.

»Morgen Nachmittag läuft er wieder«, sagte Johnny, »ich geh ihn mir gleich nochmals anschauen.«

»Fabelhaft«, sagte Ferd, »ich komme auch mit.«

Johnny starrte den Großvater an, Ferd starrte belustigt zurück.

Zwischen den Gedanken an Lily schossen wie Pilze die Ideen und die Bilder und die Farben und Formen durch seine vernarbte Fantasie, und er spürte sie augenblicklich als knappe und präzise Epigramme in seinen Händen. Wie Schuppen fiel es ihm von den Fingern, und er musste alle paar Augenblicke seinen Vater um einen Moment Geduld bitten, damit er auf einem Zettel die nötigsten Notizstriche mit dem Werkbleistift vormerken konnte.

Kleine Nuancen nur waren nötig, und die Cartoon-Knochen würden funktionieren! Er musste dafür sorgen, dass die Qualität stimmte, die Einzelheiten. Sobald die Skelette fertig waren, würde er sie zurückrekonstruieren, würde richtige Tiere mit Haut und Haar daraus machen, als hätten sie wirklich gelebt in wirklichen Körpern. Es war ihm alles klar. Eine Art pfiffige Montageanleitung, die eine Reihe kompliziertester Handgriffe auf den Nenner eines bloßen Fingerschnippens brachte.

Johnny hörte es. Er sah es. Lilys Finger. Schnipp. Schnipp.

Lily erwachte am anderen Morgen zusammen mit dem Tag und glitt beim Aufschlagen der Augen aus dem Bett. Den Pathologie-Ordner mit den kranken Zelleinschlüssen, den entzündlichen Aggregaten, den kalkharten Gefäßquerschnitten schob sie beiseite und zog aus dem Bücherregal das blaue Lehrbuch der Kardiologie hervor, das zweite Fach, das im Zwischenexamen in einer Woche geprüft werden sollte. Im Badezimmer steckte sie sich die Haare hoch, schlüpfte in ein leichtes Sommer-Shirt. Den Weg in die Küche unterbrach sie mit einem kleinen Tanzschritt. In der Küche öffnete sie das Fenster zur Straße hin, der Soundtrack des Tages, ein Lieblingsstück. Sie machte sich eine Tasse Kaffee und viertelte einen frischen Apfel aus Florence Bioladen-Vorrat. Sarah streckte den Kopf in die Küche und lächelte. Lily gab ihr Geld, um die Torte bei Kiki abzuholen: Florence hatte die Stelle in der Fernseh-Bigband bekommen. Dann setzte sich Lily an den Küchentisch und widmete sich Herzrhythmen, Auswurf-Volumen, und Aortenklappen-Insuffizienz.

Als Lily und Johnny zum zweiten Mal zusammen aus dem Kino kamen, gingen sie nebeneinander her, als wüssten sie genau, wohin sie wollten, nach rechts die Nüscheler-Strasse hinab in die Bahnhofstrasse Richtung See.

Sie waren den ganzen Nachmittag und den ganzen Abend unterwegs, quer durch die Altstadt, über Hottingen und Seefeld ans Seeufer und an der Promenade entlang. Die Dämmerung senkte sich und die runden Laternen glänzten wie Perlen. Spät säumte das Abendrot die Zacken der Glarner Alpen mit unwirklichem Pink. Lily und Johnny gingen mitten unter den zahlreichen Sommerflaneuren, Eisverkäufern, Straßenmusikanten und erzählten einander abwechselnd das halbe Leben. Sie gingen um das Seebecken herum bis Wollishofen, dort stiegen sie in die Höhe und in den Wald, der Albisflanke folgend bis zum Triemli-Spital, dann an Badener- und Langstrasse entlang zurück in die Stadtmitte. Johnny hatte das Gefühl, sich erinnern zu können an seine eigene Kindheit auf dem Anwesen *Evelyn*, wie er vom Pflugstein gesprungen und sich das Bein gebrochen hatte. Er wusste, dass Lily ihm das Haus ihrer Mutter bescheidener beschrieb, als es tatsächlich war, und er wusste, dass ihr Vater am frühen Morgen seines Todestages noch bei ihr auf dem Bett gesessen hatte, während sie schlief, obwohl das zu der Hälfte von Lilys Leben gehörte, die sie ihm nicht erzählt hatte. Lily kam es vor, als hätte sie stundenlang bei Lou am Flügel gesessen und bei Ferd und seinem Bleistift, als wäre es ihre eigene beiläufige Tapferkeit, die sie ihr Verwaisen hinnehmen ließ, als wäre sie es und nicht Johnny, der über seine leibliche Mutter sagte: »Es war von ihr ja nicht persönlich gemeint.«

Als sie auf einmal wieder vor dem Kino standen, bemerkten sie es gar nicht. Zum zweiten Mal gingen sie die Nüschelerstrasse hinab, die Bahnhofstrasse bis zum See.

Das Café Odeon sei geöffnet bis drei Uhr nachts, sagte der Kellner, der trug weit gebauschte weiße Hemdärmel und einen einzelnen Ohrring. Sie setzten sich an einen der Tische draußen auf der Promenade. Ein mattes Lämpchen glomm auf dem Tisch. Am Eingang der Tödi-Gasse beim Café saßen Straßenmusikanten auf Klappstühlen, ein Streichquartett. Die Herren trugen abgewetzte Kleider, und alle einen dichten schwarzen Bart. Sie schienen sich nicht entschließen zu können, einen Tag arm an Ertrag zu beenden. Gerade begrüßten sie einen Kollegen mit einem Cello-Koffer. Spontan entschlossen sie sich zu einem gemeinsamen Nachtständchen, strichen gegen die Musik aus den Lautsprechern vor dem Café an.

»Schubert«, sagte Johnny.

»Quintett«, sagte Lily.

»Wir haben da noch was zu begießen«, sagte Johnny und nahm sein Handy aus der Tasche und zeigte Lily den SMS-Wechsel von damals nach der Prüfung. Lily hielt sich die Hand vor den Mund, Johnny bestellte Champagner statt Bier. Die Promenade und der Bellevue-Platz blieben lebendig als wäre es helllichter Tag. Das Quintett wechselte von E-Dur nach f-moll und aus dem Café sang Meredith Brooks:

I'm a bitch, I'm a lover
I'm a child, I'm a mother
I'm a sinner, I'm a saint

Johnny hatte seinen Kelch abgestellt und Lily über den Tisch hinweg einen Kuss gegeben, auf die Wange. Lily schaute in sein langsam zurückweichendes Gesicht und hatte das Gefühl, er habe einen Bissen von ihr im Mund. Nicht ihre Haut, nicht ihr Fleisch, irgendein tiefes Knöchelchen, das hinter Mund, Nase und Wange saß und keine Funktion hatte, als nur gerade auf das Gebiss eines lieben Menschen zu warten, der es von seinem nutzlosen Platz vorsichtig herausnagte und davontrug.

I'm your hell, I'm your dream
I'm nothing in between
You know you wouldn't want it any other way

Auf einmal sprangen etliche Leute von den Tischen auf und rannten davon. Es hieß, drüben beim Bellevue sei Roger Federer gesehen worden. Das Quintett packte die Instrumente in die Koffer.

Lily und Johnny waren schließlich die letzten Gäste, die Kellner putzten die leeren kleinen Tischchen rundherum. Sie standen auf und Johnny rückte ihre beiden Stühle an den Tisch. Er stand vor Lily auf dem menschenleeren Trottoir, und sie kam näher, als werde sie getragen, darüber schien sie selber zu staunen. Als er seine Arme um sie legte, kam Lilys staunendes Gesicht noch dichter heran, als löse es sich vom Hals ab und triebe weiter auf ihn zu, sie schloss die Augen, er spürte ihre weiche Wange auf seiner Wange ankommen, roch Sandelholz wie damals im Poesiekurs, und er sah dicht vor sich den Flammenschimmer ihrer Haare im orangen Licht der Straßenlaterne, und für einen Augenblick spürte er ihre Lippen auf seinen, zwangsläufig, folgerichtig, ohne sein Zutun, ohne Lilys, als habe noch jemand dabei gestanden und choreografiert, Lily und Johnny und noch jemand, ein Dritter, ein platonischer *threesome*, ihr eigener Heiliger Geist.

Ein Vogel flatterte neben ihnen auf und verlor sich im nachtschwarzen Himmel.

»Was war das?«, fragte Lily.

»Wer weiß«, sagte Johnny, »vielleicht ein Storch. Nur Idioten kennen sich aus mit Vögeln.«

Johnny lachte immer noch nicht, Lily lachte für beide. Sie spazierten weiter, nochmals durch einen ganzen Tag, bis es zum zweiten Mal Nacht wurde. Im Halbdunkel zwischen Buchen und Föhren auf dem Zürichberg verging die späte Junisonne, ein Schwelbrand im Geäst tilgte die Zweige im letzten zähen Licht.

»Fersenpleite«, sagte Lily, und Johnny wollte wieder ihre Hand nehmen, aber er traute sich nicht. Lily merkte es. Sie tat nichts, um ihn zu ermutigen, bald genug – und lange genug, vielleicht zu lange oder auch viel zu lange – würden sie Gelegenheit haben, einander zu berühren, wie es Paare eben tun, wenn der Sex ihnen erst die Flause der Vertrautheit in den Kopf gesetzt hatte, jedem die Flause des anderen, die man niemals versteht und die man nicht mehr los wird.

An der Josefstrasse verabschiedeten sie sich schließlich, Lily ging durch die Tür und Johnny zurück zum Hauptbahnhof, um den Bus nach Hause zu nehmen. Aber Jahre später, hoch oben auf dem Kran sollte es ihnen erscheinen, als hätte jener erste lange Spaziergang niemals aufgehört, als hätte er sie in einem Zug hierher gebracht, auf diese verlassene Baustelle, wo Lily ihr Leben lassen wollte. Damals an jenem Sommertag nach dem Kino wussten sie, sie würden von nun an, Segen oder Fluch, miteinander unterwegs sein. Ein Weg aus Kies, Waldboden, Asphalt, abgemähten Feldern, entlang an den Gewässern, sumpfnass und staubtrocken, unwegsam und unentwegt, asphaltiert, durchwurzelt, steil bergauf und bergab, flach, mäßig und gerade, wild, schwierig und steinig, kein Ziel, keine Richtung, nicht von Einsiedeln nach Santiago de Compostela, nicht von Flüelen nach Airolo, nicht von Donaueschingen zum Schwarzen Meer. Ihr Weg war nur in ihren Füßen sinnvoll. In der Landkarte ergab er nichts als eine Schraffur des Geländes, das Abbild der verworrenen Spur zweier ratloser Wanderer.

In den zwei Wochen, bis Johnny Lily zum Flughafen brachte, hatten sie sich fast jeden Tag zum Spazieren verabredet. Hinter ihnen lagen bereits viele Wege, an Waldrändern entlang, durch Tobel und Schluchten, über Felder, rund um die Stadt, manche gingen sie stumm, manche vertieft ins Gespräch – sie hatten noch nicht miteinander geschlafen.

Johnny küsste Lily vor der Passkontrolle. Sie umarmte ihn, sie rieb ihren Wangenknochen an seinem, es knirschte. Sie sagte ihm, sie habe ihn schon während der Spaziergänge vermisst, obwohl er da neben ihr ging.

»Ich komme dich besuchen«, sagte er.

»Es sind nur zwei Monate«, sagte sie und strich ihm mit dem Daumen über den Augenwinkel.

Lily hatte es einem fehlerhaften Dienstplan zu verdanken, dass sie als Neuling im Royal London Hospital gleich die ersten zwei Wochen im Nachtdienst eingeteilt war. Später fand sie heraus, dass man sich als Praktikantin gar nicht so genau an die Zeiten halten musste und in der Regel niemand etwas sagte, wenn man früher Schluss machte, oder erst nachmittags erschien. Die Angelsachsen gingen davon aus, dass ein Student sowieso nichts anderes im Kopf hatte, als möglichst viel zu lernen und sich zu beweisen. Lily begann ihre Arbeit um 20.30 Uhr und blieb mindestens bis zum Morgenrapport um 8 Uhr. Danach ging sie hinunter zur Notfallstation und fragte den *senior physician*, ob sie helfen könne. Sie schrieb sich alles in ein kleines blaues Notizheft, lernte englische Merksätze und Eselsbrücken, Strategien einer effizienten Anamnese, Guidelines der Notfallmedizin. Sie übte sich jede freie Sekunde an einem Stück Gummiwunde in Nahttechniken, verwandelte einhändig Nylonfäden zu ellenlangen Knotenschwänzen.

Im Wohnheim *John Harrison House* zwei Blocks vom Krankenhaus entfernt hatte Lily im Kellergeschoss eine Kammer gemietet, acht Quadratmeter, möbliert mit einem Bett und einem Schrank ohne Regale. An der Studiotür baumelte eine verkehrte 2, die am Holz hin und her kratzte, wenn Lily morgens die Tür hinter sich schloss und sich der Länge nach in ihrem weißen Spitalgewand auf die dünne Matratze fallen ließ. Meist hatte das Bettgestell noch nicht zu quietschen aufgehört, da war sie schon eingeschlafen und träumte davon, wie sie ihre Wege mit Johnny aus der Verankerung in Wiesen, Kies und Erde mit Skalpell und scharfem Löffel heraushob und wie sie die bloßgelegten Wege Knoten um Knoten verknüpfte. Wenn sie am späten Nachmittag erwachte, hatte sie einen viereckigen Abdruck auf der Brust von ihrem Namenschild, *Lise-Catherine Damiani, Medical Subintern.*

Die Mutter hatte darauf bestanden, dass Lily, wenn schon nicht in einem Hotel, dann wenigstens in einem ordentlichen Apartment unterkommen würde. Sie hatte ihr eigens ein britisches Konto eröffnet und 5.000 Pfund überwiesen. Lily aber rührte das Geld nicht an, sie wollte leben wie eine Studentin. Mit der Mutter darüber zu diskutieren, hätte keinen Sinn gehabt, also ließ Lily sie im Glauben, im teuren *Queen Mary Student Home* direkt beim Spital zu wohnen und Abendessen per Kurier kommen zu lassen.

Am Morgen nach dem Dienst schaffte sie es gerade noch, ihr Telefon aus der Handtasche hervorzukramen und Johnnys Nummer zu wählen. Trotz der Müdigkeit war sie aufgeregt, das Telefonsignal zu hören, das so fremd brummte, wenn man aus dem Ausland in die Schweiz telefonierte. Johnny gab ihr keine Zeit, dem Brummen zuzuhören, er nahm immer gleich beim ersten Mal ab und sagte, *Lily, Lily, wo bist du nur?* Und Lily lachte und sagte, *hier, am Telefon.* Johnny sagte, *ja, am Telefon bist du, wo du meinst, vor mir in Sicherheit zu sein,* und Lily lachte wieder.

»Vor dir bin ich immer in Sicherheit«, sagte sie.

»Wart nur ab«, sagte Johnny, »das nächste Mal wirst du mich gar nicht bemerken, du wirst einfach an dir hinabschauen und feststellen, dass alle deine Kleider weg sind.«

»Johnny? Derselbe Johnny, der sich kaum traut, mein Händchen zu halten?«

»Nicht jeder kann eine Schlampe sein wie du, Lily«, sagte er liebevoll, Lily lachte sehr, und Johnny fuhr fort, »ich nehme den nächsten Flieger«, Lilys Lachen verebbte allmählich. Müde und heiser hörte sie sich an.

»*Talk is cheap*. Hast du nicht gesagt, es läuft ganz gut mit deiner Kunst?«, fragte sie.

»Gut ist überhaupt kein Ausdruck«, sagte Johnny, »vielleicht bist du ja eine Muse. Ich habe das zwar immer für Schwachsinn gehalten, aber …«

»Jede Schlampe ist eine Muse, wenn sie 1.000 Meilen weit weg ist. Musen bewähren sich erst, wenn sie widersprechen.«

»Und Schlampen?«

»Schlampen widersprechen nicht.«

Und Johnny sagte, sein Wecker sei auf 20.30 Uhr gestellt, wenn ihr Dienst begann, und er erzählte ihr von seinen nächtlichen Wanderungen durch die Gänge des Universitätsspitals Zürich.

»So bist du vielleicht weniger alleine.«

Lily brachte einen Augenblick kein Wort mehr heraus. Was fängst du damit an, Lily, ergriffen und bedrängt zugleich? Vielleicht liebst du ihn ja? Klar, du wirst es erst wissen, wenn dir seine Berührung etwas bedeutet und seine Anwesenheit in diesem Augenblick, es wird sich zeigen, ob seine Hand langsam genug ist, nicht wahr, Lily?

Schließlich sagte sie zu Johnny, er bringe sich um seinen Schlaf, ob er eigentlich meine, das sei gesund, und Johnny fragte, ob das jetzt ärztliche Bedenken seien, und er drohte von Neuem, auf der Stelle zum Flughafen zu fahren. *Talk is cheap*, sagte Lily nochmals, aber dann fragte Johnny: »Denkst du wirklich, du solltest Ärztin werden?«

Als er Lily an der Passkontrolle in ZRH nachgewinkt hatte, und sie schließlich im Strom der Reisenden verschwand, war es ihm vorgekommen, als ziehe sie in eine Schlacht mit Kanülen, Nahtmaterial, Kathetern und radiologischen Apparaten. Lily gegen einen heimtückischen Gnom aus den Requisiten des Gesundheitswesens, ein Wesen, das stets dergleichen tat, das Wohl der Menschen sei sein einziger Zweck, während es eigentlich einem wissenschaftlich ausgeklügelten System des unbemerkten Schadens diente. Dieses Gesundheitswesen würde der gutgläubigen Lily zu Leibe rücken, soviel stand für ihn fest, statt sie zur Ärztin auszubilden eine unheilbare Kranke aus ihr machen, ohne dass sie davon etwas bemerken würde.

Johnny hatte sich noch nie um einen Menschen gesorgt. Das Gefühl war neu für ihn. Als Lily ihm schrieb, sie habe die ersten zwei Wochen Nachtdienst, konnte er nicht mehr schlafen. Zuerst ging er in seinem Schuppen auf und ab zwischen den Cartoon-Knochen und den anderen Werken, die er wieder aus dem Archiv hervorgeholt hatte. Sobald die Sonne untergegangen war, dachte er nur noch an Lily und war zusammen mit ihr nervös. Immer wieder schaute er auf sein Telefon, obwohl er ja wusste, dass sie ihres während des Dienstes ausgeschaltet hatte. Schließlich schnappte er sich eine Packung Mary Long, schwang sich auf den Esel, radelte in die Stadt.

Bis um Mitternacht fand er Unterschlupf bei Attila. Er setzte sich an den Tisch unter dem Fernseher und dachte daran, wie Lily die Bögen seiner Zeichnungen ausgebreitet und mit welcher Ernsthaftigkeit sie sich darin vertieft hatte. Inzwischen war Attila mit Johnny soweit bekannt und vertraut, dass er ihn mit seinem vollen Namen begrüßte in dieser

Intonation, die Ungarisch klang, selbst wenn er lauter deutsche Wörter sagte.

»Guten Abend, Johannes Jakob«, sagte Attila, irrlichterte hinter der Bar hervor und stellte Johnny einen Espresso auf den Tisch und einen Aschenbecher.

Das Rauchverbot kam näher. In Italien hatte es schon eingeschlagen – *vietato fumare* in den Cafés und Bars seit dem 10. Januar 2004 –, der Schweiz blieben noch wenige Jahre, im Sommer 2005 war das Café Attila abends immer noch wohlig rauchverhangen. Johnny las Zeitung, dachte an Lily am Bettrand bei den Patienten und lauschte den gelegentlichen Witzen der Stammtischrunde. Die Herren waren nur zu dritt, der alte Leonard Marx fehlte schon wieder, Probleme mit den Arterien. Wenn ein Ärztewitz dran kam, wurde Johnny melancholisch:

»Der Urologe zum Patienten: *Sie müssen aufhören zu masturbieren. Wieso?*, fragt der Patient, darauf der Arzt: *Weil ich Sie sonst nicht untersuchen kann.*«

Johnny rollte die Forchstrasse hinab bis Stadelhofen. Es waren warme Julinächte. Unter den großen Ahornbäumen und um den Brunnen mit den bösen, wasserspeienden Löwengesichtern lungerten verlorene Nachtgestalten. Johnny fuhr zum Bellevue und die Rämistrasse hinauf bis zum Universitätsspital. Es stellte das Fahrrad ab und setzte sich eine Weile auf die Bank der Tram-Haltestelle gegenüber dem Spital. Vereinzelt brannte noch Licht. Die automatische Schiebetüre des Haupteingangs öffnete sich gelegentlich für einen arbeitsamen Forscher, der nach Hause aufbrach, oder für einen Angehörigen, der zu seinem lieben kranken Menschen gerufen wurde.

Die Schiebetür öffnete sich auch für Johnny. Er wusste, Lily hatte schon einen Vertrag unterschrieben, sie würde im Anschluss an ihr Examen hier anfangen. Sie hatte den ersten

Teil ihrer Dissertation bei einer Professorin gemacht, die hatte wohl sofort gemerkt, was man an Lily hatte, dachte Johnny. Er wollte wissen, was es mit der Welt auf sich hatte, in der Lily nun ihr Leben verbringen wollte. Er verschränkte die Arme auf dem Rücken und trat durch die Schiebetüre ein. Es war vollkommen still, nur sehr dumpf und leise vermeinte er irgendwoher Klavierklänge zu hören, ein Intermezzo von Brahms am Ende?

Im Foyer saß der Nachtportier hinter einer Konstruktion, die aussah wie ein Bahnhofschalter. Johnny ging daran vorbei, nickte dem Herrn zu, ohne Erwiderung. Er betrat einen langen, weiten Korridor, düster, obwohl er hell erleuchtet war. Rechts gingen große schwarze Fenster hinaus auf den Park, der nicht zu sehen war. In den Fenstern führte der gleiche grell-düstere Korridor ein zweites Mal gespiegelt durchs Universitätsspital, und der gespiegelte Johnny ging mit seinen verschränkten Armen auf dem Rücken und bemühte sich um ein Gespräch mit der Frau, die 1.000 Kilometer weit weg durch ähnliche Gemäuer hetzte.

Wem willst du etwas vormachen, Lily? Du bist doch verloren in diesen kalten Gängen. Was willst du hier ausrichten mit deinem Herz, das warm ist und schwer, sodass du manchmal so lachen musst? Ärzte brauchen kalte, leichte Herzen, wusstest du das nicht? Und ein kaltes, leichtes Gewissen. Lily, du bist von einer faszinierenden Leichtgläubigkeit. Du denkst, du seist widerstandsfähig. Möchtest du vielleicht dafür sorgen, dass es auf der Welt ein bisschen einfacher wird für dich? Ist es das? Oder denkst du, dass du hier in dieser Düsternis ein kleines, warmes Licht sein kannst, das den Kranken leuchtet? Was gelingt dir im Royal London Hospital? Bist du sicher, dass du dich nicht abstumpfst? Bist du sicher, dass aus dir nicht eine dieser Ärztinnen wird, die ihre Patienten verachtet und die Not der Menschen insgeheim herbeisehnt?

Seltsam, dachte Johnny, wie einfach man feststellen konnte, ob es ein Arzt war, der einen kreuzte, oder Pflegepersonal. Es gab einen Gang, der war nur den Ärzten vorbehalten. Sie schienen ihre Füße gar nicht bewegen zu müssen. Ausgestattet mit einer solch unerschöpflichen Überzeugung, brauchten sie zum Vorwärtskommen nicht ihre Beine, sie schwebten ihrer Berufung hinterher, wobei sie nur aus Großzügigkeit jene Schritte federleicht nachahmten, die ihre Patienten einen um den anderen mühsam zustande brachten. Den Augen der Ärzte war anzusehen, dass sie nach dem Tod zu einer Spende an die Wissenschaft würden, um unter dem Mikroskop in tausend farbigen Scheibchen Zelle um Zelle studiert zu werden. Zu Lebzeiten aber erachteten diese Augen nichts als der Betrachtung wert, was nicht gebrochen, verwundet, infiziert, degeneriert oder wenigstens zur Untersuchung stillgehalten war. Immerhin merkte Johnny, wenn man diese Augen genügend indiskret anstarrte, blickten sie widerwillig zurück, ein halbes Gesicht verzog sich zu einem halben Gruß, Zen-Meister ohne Gelassenheit.

Dachte Lily etwa, sie würde davon verschont bleiben? Auch Ärztinnen kreuzte Johnny, die waren noch schlimmer, weil sie ihrem halben Gesicht ein halbes Lächeln anfügten.

Wer sagte es noch gleich? Paracelsus? Hippokrates? Hildegard von Bingen? *Die Menge macht das Gift*, Milligramme machen den Unterschied zwischen Arznei und Toxikum. Vielleicht bestand die eigentliche Meisterschaft dieser unheimlichen Zunft in einer fortwährenden, subtilen Überdosierung. Vielleicht waren die Wirkstoffe in den Tabletten, Kapseln, Lösungen und Sirups gerade um jenen winzigen Teil zu viel enthalten, der eine Heilung zum unwahrscheinlichsten aller Ergebnisse machte, sodass die Wirkung zwar merklich bis eindrücklich war, das Resultat jedoch ungünstig bis tödlich. Für die Fürsorge galt genau dasselbe, dachte Johnny, die hing genauso vom rechten Maß ab, umso mehr, wenn sie mühsam geheuchelt werden musste wie in einem Spital.

Würdest du das wollen, Lily? Alles so fein überdosieren, bis du es selber gar nicht mehr merkst?

Johnny wollte Lily warnen. Er hoffte auf einen Gang, der diese Korridore unversehens mit jenen in London verband, um sie in die Arme zu nehmen und ihr zu sagen, dass sie bis jetzt noch keinen Ärzteschritt hatte, sondern einen Lilyschritt, aufmüpfig und kindlich und ohne jede Erhabenheit. Johnny hielt Ausschau nach einem seitlichen, unbeleuchteten Treppenhaus, suchte eine Tapetentür in den Wänden. Eine Etage, auf die man nur hoffen konnte, die im Fahrstuhlmanual von keinem Knopf vertreten war.

Das Klavier wurde lauter. Es war nicht Brahms, es war Stravinsky, eine Serenade, die er Lou ebenfalls hatte spielen hören, ein schauriger, prächtig-leichter Walzer, unverkennbares f-moll. Um Johnny schienen sich die Kulissen zu verschieben, lautlos, von Geisterhand, die Beleuchtung wechselte, rundherum dunkelgedimmt, in der Mitte ein milder Kegel Scheinwerferlicht, in dem er ging – gleich würde Lily um die Ecke kommen, er würde sie in den Arm nehmen, zwei, drei Walzerschritte mit ihr über den Flur kreiseln, als begegneten sie sich, einer im Traum des anderen.

Es war einen Versuch wert, dachte Johnny, als er alleine weiterging im Universitätsspital Zürich, Lily die Flause auszutreiben, sie dazu zu ermuntern, Menschenrechtsanwältin zu werden, Stuntfrau, Zirkusdompteurin oder Filmkritikerin.

Niemand zwang sie, ihr Herz in diesem aseptischen Morast zu kühlen, niemand zwang sie, die Welt mit den Augen der Ärzte zu sehen, die wissenschaftliche Sicht, die alles beleuchtet und nichts erklärt und darüber in Wut gerät, wie ein Rumpelstilzchen, das aus lauter nervöser List den eigenen Namen vergisst.

Ein verglaster Aufenthaltsraum tauchte auf, da kamen die

Klavierklänge her. Johnny schaute sich um, er war im vierten Stock, Bettenstation D. Im Aufenthaltsraum sah er einen älteren Mann mit einem grasgrünen Tirolerhut und grauen Locken am Piano sitzen. Der Mann hatte Johnny bereits entdeckt. Er lächelte ihm verschmitzt zu. Johnny erkannte ihn. Schon aber klatschten stramme Schritte herbei, eine dralle Oberpflegerin öffnete die schwere Glastür. Sie trug tatsächlich eine Haube.

»Herr Marx!«, rief sie.

»Es war Stravinsky«, sagte Marx.

»Ruhe, Herr Marx!«

»Entschuldigen Sie, Schwester.«

»Es heißt nicht Schwester.«

»Entschuldigen Sie nicht, Schwester.«

Lily hastete die Nächte hindurch von einem Patientenbett zum nächsten. So schnell es ging versuchte sie, sich alles zu merken, wo die wichtigsten Utensilien untergebracht waren, Katheter, Nierenschalen, Wundversorgungs-Kits. Sie fand heraus, wie man den Operationsplan las, wie man Einträge im elektronischen Dossier vornahm, was die unzähligen Abkürzungen bedeuteten, von denen sie manchmal auch in der deutschen Übersetzung nur eine vage Ahnung hatte.

Alle eilten sie hin und her. Alles musste immer dringlich sein, auch der Kaffee in der Pause. Wenn man die Lippen am Pappbecher ansetzte, musste man sich zwar locker geben, jederzeit aber das Display des Pagers im Auge behalten. Beim Gehen durfte man die Hände nicht baumeln lassen. Irgendetwas musste andauernd damit gemacht werden, oder aber beide Arme mussten breit an der Seite ausschwingen. Das hatte Lily in den klinischen Kursen schon gelernt, als man in Trupps von vier bis acht Studenten durch die Korridore zog und unmerklich den Gang des vorauseilenden Arztes und

Kursleiters zu imitieren begann: Federn, Wippen, Schlenker mit den Schuhspitzen, und niemals die Arme vergessen, in den Taschen graben, auf die Unterlagen trommeln, an den Seiten ausschwingen … das mochte sich zunächst sonderbar anfühlen, aber, dachte Lily, auch wenn man sich vorkam wie ein schaukelnder Seelöwe, für die Patienten, die Angehörigen, die Besucher sah es aus wie ein Schweben. Lily achtete nun peinlich darauf, sich wie ein normaler Mensch zu bewegen.

Auch im Gespräch drehte sich alles um Rhythmus. Sobald man einem Patienten eine Frage gestellt hatte, *seit wann beste-hen diese Schmerzen? Besser oder schlechter im Liegen? Appetit? Fieber? Schweiß? Stuhlgang? Gewichtsverlust?*, musste man so-fort damit beginnen, *m-hm* zu sagen, und dann nochmals, und nochmals, *m-hm, m-hm, m-hm,* in einem Takt, der die Antwort so gut es ging konterkarierte, um dem Patienten anzuzeigen, dass sein eigener Bericht eher keine Verwendung finden würde und dass am Ende ganz andere Faktoren darüber entschieden, worunter er litt.

Lily wollte nicht *m-hm* zu den Patienten sagen, und doch ertappte sie sich, wie sie die Prosodie übernahm.

Es dauerte keine Woche und Lily fühlte sich in den Kran-kenhauskorridoren irgendwie heimisch. Sie vermisste Johnny, aber von alledem würde sie ihm nicht erzählen können. Sie war dankbar, hier eine Aufgabe zu haben, sich zu beweisen. Manchmal konnte sie sogar jemandem helfen. Lily dachte an Else Lasker-Schüler:

Den Fluch, der mich durchs Leben trieb
Begann ich, da er bei mir blieb,
Wie einen treuen Feind zu lieben.

Wenn sie mit Johnny frühmorgens telefonierte, schlief Lily meistens ein. Manchmal schreckte sie aus dem Tiefschlaf und es war Nachmittag. Ihr Telefon fiel vom Bett zu Boden, oder es verlor sich unauffindbar im Laken. Sie sah auf dem Display, dass das Gespräch bereits zwei Stunden dauerte. Sie sagte *Hallo, Johnny?* Und er meldete sich prompt, als wäre nichts gewesen. In jenen Momenten ertappte sie sich bei dem Wunsch, dass er seine Drohung wahr machen würde und sie besuchen kam.

Ihre Mutter rief an und sprach mit ihr zum ersten Mal überhaupt über Geld. Die Mutter fragte nach den unendlichen Telefonaten, die auf der Monatsrechnung aufgelistet standen und Lily erzählte ihr so knapp es ging von Johnny. Evelyn war neugierig. Ja, er sei ein Künstler, gab Lily am Ende zu.

Am 7. Juli 2005, als Lily zehn Nachtdienste hintereinander in der lebhaften Notaufnahme verbracht hatte, jagten sich vier Terroristen in der Londoner U-Bahn in die Luft, töteten mehr als fünfzig Personen. In der Nacht davor hatte Lily in einer unterbesetzten Station ausgeholfen, hatte Verschreibungen kontrolliert, Berichte aufgesetzt, Laken gewechselt und in einem Vierbett-Zimmer ein Gutenacht-Lied gesungen.

Später sollte Johnny in einer Zeitung lesen, an jenem Tag seien mehr als zweihundert Verletzte im Notfall des Royal London Hospital behandelt worden. Lily waren es vorgekommen wie zweitausend, ein nicht enden wollender Korso heulender Rettungswagen.

Lily hatte gerade Feierabend machen wollen, als die Ambulanzen sich ankündigten und hektische Vorbereitungen begannen, die ganze Station in einen Schockraum zu verwandeln. Niemand stellte mehr Fragen, niemand interessierte sich mehr dafür, dass sie nur eine Studentin war oder was im Dienstplan stand. Aus allen Richtungen wurden Anweisungen gebrüllt. Lily spürte keine Müdigkeit. Sie sah Kaderärzte ungläubig den Kopf schütteln. Sie hatte das Gefühl, Mitglied einer Familie zu sein, die sich gegen einen brutalen Feind zur Wehr setzte, dichter zusammenrückte, einfach funktionierte. Nach etwa zwei Stunden zerrte sie jemand mit in den Operationsaal, wo mitten in einem hastigen Kommen und Gehen ein Mann auf den Tisch festgebunden wurde, der Bauch diagonal von der Brust bis zum Becken aufgerissen. Die nächsten vier Stunden über musste Lily an einem riesigen stumpfen Haken ziehen, um das Operationsgebiet freigelegt zu halten. Rund um den Tisch war ein solches Gedränge, dass sie sich mit ihrem gesamten Oberkörper und mit dem ausgestreckten Arm von hinten um einen der Chirurgen herumgewunden halten musste. Immer wieder drohte ihr der metallene Griff zu entgleiten, und sie schob sich dichter an den Rücken des Operateurs, um nachzufassen. Auf einmal platzte ein großes Gefäss, der Blutdruck des Patienten sackte ab und die Anästhesisten pressten Beutel mit Noradrenalin durch die Schläuche. Nach fünf Stunden war es überstanden, und der Mann war tatsächlich außer Lebensgefahr.

Kaum aber hatte sich Lily in der Schleuse umgezogen, rief eine Pflegerin, sie solle sofort auf Station zwei Betten besorgen. Durch den Korridor vor dem Notfall war kein Durchkommen, eine Liege an der anderen, man musste außen herum durch die radiologische Abteilung. Lily schaffte Verbandsmaterial herbei, beschriftete Blutproben, schaute Laborwerte im Computer nach, erstattete Bericht. Manchmal hielt sie eine blutverkrustete Hand von jemandem, der weinte.

Als es Abend wurde, bekam sie von der eben zum Dienst angetretenen *senior physician* den Auftrag, in Koje 6 eine Blutgasanalyse abzunehmen. Dann aber blieb die Ärztin stehen, schaute sich Lily genauer an. Ob sie das denn schon mal gemacht habe, *arterial puncture*, fragte die Ärztin: Puls fühlen, Fingerspitzen spreizen, *Seldinger needle*, 45-Grad-Winkel. Lily schüttelte den Kopf, *never on my own*. Wieso sie das nicht gleich gesagt habe, wollte die Ärztin wissen, und dann fragte sie noch, wie lange Lily denn schon auf den Beinen sei. Lily überlegte und sagte, *maybe 22 hours*. Die Ärztin verdrehte die Augen und sagte *oh my God!*, sie solle sich umziehen und sich schlafen legen, hier würden keine Tapferkeitsmedaillen verteilt, *get out of here!*

Lily fand ihren Weg durch die Absperrungen und die Journalisten mit den Kameras. Am Straßenrand standen etliche Wagen von Fernseh- und Radiosendern. Eine Frau in einem eleganten Mantel hielt ihr sogar ein Mikrofon vor den Mund, das sie einfach beiseite schob.

Auf dem Weg ins Wohnheim blendete das sanfte Abendlicht. Es war ein wundervoller Sommertag, und Lily wünschte sich zum ersten Mal in ihrem Leben, weinen zu können. Sie spürte ihre feuchten Augen und sie dachte daran, dass im Physikunterricht von *Oberflächenspannung* die Rede gewesen war. Nur ein Film über dem Auge. Lily sah alles verschwommen, die Straße, die Ampeln, die Autos, das hässliche Backsteingebäude des *John Harrison House*, die Treppe hinab in die Kelleretage. Sie blieb stehen, schloss die Augen und rieb sie, es nützte nichts. In einer Weile würde die Flüssigkeit abfließen in den Verästelungen hinterm Auge, in den Tränengängen, *canaliculi lacrimalis*, davon gab es doch in jedem Auge einen oberen und einen unteren, in der Mitte, gegen die Nase hin. Lily hatte sich immer gefragt, wozu es einen oberen Gang brauchte, eine Flüssigkeit konnte ja schließlich nicht aufwärtsfließen. Jetzt aber, da sie an all die Wunden dachte, an das Leid, für das sie standen, sah sie ein, es gab wohl manchmal so viel zu weinen – wenn man weinen konnte –, dass die Tränen nicht auf die Schwerkraft angewiesen waren, vor lauter Druck unter den Lidern in alle Richtungen gepresst wurden und selbst dann noch über die Wangen rannen.

Auf den letzten Tritten der Treppe hinab ins Untergeschoss traute Lily ihren Beinen nicht mehr. Es kam ihr in den Sinn, dass sie jetzt zwei Tage frei hatte. Sie war zu erschöpft, um darüber froh zu sein.

Sie blieb stehen. Sie sah Johnny vor ihrer Kammer warten. Er trug einen kleinen Rucksack über der Schulter und drehte an der kaputten 2 der Zimmertür.

Wenn Johnny frühmorgens nach Hause kam, von seinen Expeditionen durchs Universitätsspital Zürich, wartete er auf Lilys Anruf. Sobald er merkte, dass sie während des Gesprächs eingeschlafen war, stellte er das Telefonat auf Lautsprecher, legte das Handy auf den Schreibtisch und ließ seine verwilderten, hungrigen Finger los, die umso entschiedener auf ihrer Selbstständigkeit beharrten, seit sie sich nach Lily sehnten. Sie tobten und tanzten und arbeiteten doch so präzis wie nie vorher. Sie begannen damit, die Skelette der Cartoons in richtige Lebewesen zurückzuverwandeln. Als hätte man die Knochengerüste tatsächlich irgendwo in urzeitlichen Erdschichten ausgegraben und gestalte nun die Modelle der Cartoons, wie sie tatsächlich ausgesehen haben mochten. Johnnys Finger rasten, als walte in ihnen die Inspiration und die Kraft der biblischen Schöpfungswoche. Darüber hinaus waren die Finger von einer rabiaten Pedanterie, die Johnny neu war, als könnten ihre Manipulationen noch die Stellung der Atome zueinander eichen.

Als er fertig war mit Scrat, Carl Coyote und Co. fanden seine Finger eine neue Aufgabe. Attila vom Café hatte sie wohl auf die Idee gebracht, als er Johnny haarklein die gesamte Schlacht von Hermannstadt im Ersten Weltkrieg erzählte, in der sein Großvater vor beinahe hundert Jahren sein königlich-kaiserliches Soldatenleben gelassen hatte. Aber auch ein zigarettensüchtiger Pathologe, der zugleich ein Waffennarr war und mit dem Johnny in den nächtlichen Gängen des Universitätsspitals Bekanntschaft gemacht hatte, trug seinen Teil dazu bei.

Die Schlacht von Hermannstadt fand auf einem halben Quadratmeter Gipsplatte statt, die das siebenbürgische Gebirge, das Bühnenbild der Auseinandersetzung, abgab. Stellungen, Formationen, Verbände, aufeinanderzu preschende Fronten, Soldaten, Reiter, Offiziere, Versorgungsmannschaften, alle diese wildentschlossenen, kriegerischen Winzlinge waren hergestellt aus den Krankheiten des menschlichen Körpers, aus Substanzen der Pathologie, Kanonen- und Gewehrkugeln bestanden aus Gallensteinen, die Apparatur der Artillerie aus Knochensplittern, Soldaten und Pferde geschnitzt aus verkalkten Gefäßpfropfen, deren unwirklich mattweißer Farbton an Leichenblässe erinnerte, die glänzenden Bajonettaufsätze bestanden aus eingewachsenen Zehennägeln, die Helmspitzen der Offiziere aus exzidierten Furunkeln.

Die Verletzungen aber, die inmitten der Schlacht zu Hunderten die Körper der Soldaten versehrten, diese stellte Johnny dar mit Materialien aus der Waffenproduktion. Die durch aufgerissenen Uniformstoff und bloßliegendes Muskelfleisch hindurchscheinenden, geborstenen Knochen waren aus einer galvanisch beschichteten Bleilegierung gemacht, die man zur Herstellung von Projektilen verwendet. Das aus den Wunden abfließende Blut war aus dem öligroten chemischen Kampfstoff Eisen-Pentacarboxyl. Die zwischen aufgespaltenen Schädeln vorschimmernde oder auslaufende Hirnmaße gab Johnny in Form von TNT-Spänen wieder und die violett-schwärzlich infarzierten Gliedmaßen mit fein aufgeleimtem Pech von Schießpulver.

Johnny hatte dem untersetzten Pathologen in Jeans und einem vernachlässigten Kittel eine seiner Mary Long spendiert und war mit ihm ins Gespräch gekommen. Der Pathologe war ein Fan von Jeff Koons und gern bereit, Johnny die Materialien mitzubringen, die er brauchte.

So entschied sich das Drama von Hermannstadt auf Johnnys Gipsplatte unter umgekehrten Vorzeichen – und obwohl der Betrachter seines Werks über die Vertauschung von Waffen und Wunden nicht im Bild war, sprang ihm doch auf den ersten Blick ins Auge, dass hier etwas nicht stimmte, dass etwas faul war im Staate Österreich-Ungarn. Dem ganzen Schauplatz haftete etwas Unwirkliches an, Textur, Farbton, Beschaffenheit, alles irgendwie befremdlich. Es verlieh sich nicht Ausdruck durch das, was man sah, sondern nur durch das, woraus es bestand, durch die Materie.

Auch am Morgen dieses 7. Juli kam Johnny erst frühmorgens nach Hause. Er hatte sich im Haus Kaffee gemacht und auf Lilys Anruf gewartet. Er hatte eine Weile über Hermannstadt gestanden, hatte einen winzigen Stacheldraht mit der Pinzette zurechtgerückt und einen der Dragonerhelme vorsichtig an einen winzig kleinen krummen Pfahl gehängt. Schließlich legte er sich aufs Sofa und deponierte sein Telefon lautgestellt auf der Lehne dicht bei seinem Kopf. Er schaute auf die Uhr, schon zehn. Vielleicht war Lily diesmal eingeschlafen, bevor sie es fertiggebracht hatte, seine Nummer zu wählen.

Gegen Mittag schlug er die Augen auf und sah Lou. Sie stand etwas unschlüssig vor Daffy Duck, der nur wenig kleiner war als sie. Lou schien sich ein wenig zu fürchten, die Ente mit dem cholerischen Blick könnte auf einmal von ihrem Podest herabwatscheln, um ihr wütend irgendwelche Leviten zu lesen.

»Mama?«, sagte Johnny und richtete sich auf. Lou schreckte herum.

»Oh, Hannes«, sagte sie, »das ist eine schöne … Ente.«

»Danke Mama Lou«, sagte Johnny und stand auf.

»Ich wollte nur fragen, weißt du, dieses Mädchen, mit dem du dich getroffen hast, die letzte Zeit über.«

»Lily«, sagte Johnny und fingerte nach seinem Handy, um nachzuschauen, wie spät es war, ob er eine Nachricht verpasst hatte.

»Lily, ja«, sagte Mama Lou, »sie ist doch in London, nicht wahr? Sie studiert dort, hast du gesagt?«

»Ja«, sagte Johnny kurz angebunden.

»Heute Morgen war es im Radio…«

Johnny hörte nicht mehr zu. Er stürzte nebenan ins Abteil und erschien wieder mit einem Rucksack, in den er ein paar Unterhosen steckte, eine Zahnbürste, ein Notizbuch, Bleisteifte.

»Hast du etwas Geld im Haus, Lou?«, fragte er.

»Zum Einkaufen, für diese Woche.«

»Ist Ferd da?«

»Er ist unten. Johnny?«

Doch er gab ihr nur einen Kuss auf ihre bronzene Stirn und strich vorsichtig über ihr Haargewölbe.

»Ich melde mich von unterwegs, Mama.«

Johnny kam zur Tür hereingestürzt, Ferd drehte sich um auf seinem Stuhl und kniff die Augen zusammen. Eine vergilbte Strähne fiel ihm ins Gesicht.

»Hast du Geld im Haus?«

Ferd erhob sich von seinem Stuhl und kramte hinter den Büchern im Regal auf der linken Seite eine mattgrüne Börse hervor. Er stellte die Blechkiste auf den Schreibtisch und nahm aus dem Regal auf der rechten Seite ein kleines Büchlein. Er öffnete es. Ein winziger Schlüssel lag darin in einem präzise aus den Seiten ausgeschnittenen Hohlraum. Ferd hob verschämt sein Gesicht.

»Tagebuch«, sagte er und öffnete mit dem Schlüssel den Blechbehälter.

Die Tausend-Franken-Note von Ferd hielt Johnny im Bus auf dem Weg zum Flughafen zwischen den Fingern. Ein violettes, breites Stück starken Papiers. Darauf Jacob Burckhardt, keine Zeit, um sich über diesen Idioten zu ärgern, dachte Johnny. Herr Burger hatte ihm in der Schule Texte von Burckhardt zu lesen gegeben, über die italienische Renaissance, und Johnny hatte sich damals geschworen, sein ganzes Leben lang niemals etwas mit einer Tausender-Note zu bezahlen. Jacob Burckhardt, dieser hohle Pedant – er schrieb, bei Caravaggio verkehre sich alles, was einer höheren Welt angehöre, in Vulgarität ... Bravo Burckhardt!

Johnny ließ sein Handy nicht aus den Augen und wählte immer wieder Lilys Nummer. Immerhin, so überlegte er auf der Fahrt zum Flughafen, die Explosionen hatten sich in U-Bahn-Stationen ereignet, es war unwahrscheinlich, dass Lily frühmorgens in der Stadt unterwegs gewesen war.

Eine Dreiviertelstunde später wollte Johnny im Terminal am Schalter von Easyjet ein Billet nach London kaufen, für 19 Franken. Es blieb eine halbe Stunde bis zum Abflug der nächsten Maschine, doch die Frau in der orangen Bluse wollte Ferds Tausender-Note nicht annehmen. Es lag nicht an Jacob Burckhardt.

»Eine Weisung, wissen Sie, wegen Fälschungen.«

»Sie ist von meinem Großvater«, pries Johnny die Banknote an, »er ist der anständigste Mensch der Welt!«

Die Dame am Schalter ließ sich nicht überzeugen. Also sagte Johnny, dass es um Lily ging und dass Lily ihn nicht angerufen hätte heute Morgen und dass sie unter Umständen in einer Notfallkoje des Royal London Hospitals lag, wo sie eigentlich für die Versorgung der Kranken zuständig war.

»Das war im Fernsehen«, sagte die Dame, »oh mein Gott.«

Wenig später fand Johnny einen Bankschalter, langte mit zehn frischen Hundert-Franken-Scheinen wieder am Schalter an und erwarb ein Billett für den Nachmittagflug vier Stunden später.

Als Lily im *John Harrison House* am Ende des Korridors bei Johnny ankam, hatte er den Rucksack auf dem Boden abgestellt.

»Hallo Johnny.«

»Hallo Lily.«

Sie lagen den ganzen Tag nebeneinander auf dem schmalen Bett. Lily konnte nicht schlafen, Johnny umso tiefer. Als er erwachte, war Lily gerade eingenickt. Er schaute sie an, ihr schlafendes, zerknittertes Gesicht im Halbdunkel. Seine Hände pochten, als säßen Herzkammern drin. Auf Lilys Wangen schimmerte ein rotes Licht, das weder dem Morgen noch dem Abend angehörte, eine Dämmerung, die nicht verging, ein Morgenrot, das nicht anbrach. Johnny versagte es seinen Händen, auch nur Lilys Wangen zu streicheln. Sie würden mit ihrem Tasten den roten Schimmer auf der Wange schwärzen. Was würden die Hände alles anrichten, wenn sie erst mal etwas Lebendiges zwischen die Finger bekamen? Schließlich schlief er wieder ein, und Lily erwachte und staunte über das rote Licht auf Johnnys schlafendem Gesicht. So ging das den Tag und die ganze Nacht über. Obwohl das Bett auch für eine Person schmal war, lagen sie beieinander, ohne sich zu berühren.

Drei Stunden bevor Johnny zurück zum Flughafen musste, brachen sie auf und machten einen Spaziergang. Überall standen Polizisten in schwarzen Uniformen. Alle sprachen über die Anschläge. Lily brachte kaum ein Wort heraus. Sie fürchtete, Johnny könnte es missverstehen. Dass er hier war! Sie war zittrig. Er sagte ihr, sie müsse sich keine Sorgen machen, sie bräuchten nicht zu reden, sie bräuchten überhaupt nichts zu tun.

Sie kamen an einen Park, der hieß *King-Edward-VII-Memorial*, ein brauner Rasen, ein paar alte Ahornbäume. Ein Mann jonglierte mit Keulen. Ein paar Jugendliche saßen um einen Ghetto-Blaster, hörten Gwen Stefani:

So it's not just gonna happen like that
'Cause I ain't no hollaback girl

Ein älterer Mann, er sah fast ein wenig aus wie Ferd mit seiner beigen Windjacke, begann mit den Jugendlichen zu diskutieren. Er rief über den Lärm der Musik hinweg, heute sei kein Tag um herumzusitzen und sich zu vergnügen, ob es ihnen eigentlich egal sei, was in der Welt passierte. Der Jongleur kam und wollte vermitteln.

Am anderen Ende des Parks tauchte der Fluss auf. Dort gab es einige Sitzbänke und ein mit feinem Moos bewachsenes Geländer. Eine Familie stand daran beisammen, indische Touristen. Sie waren in heller Aufregung und starrten hinaus aufs Wasser, die Kinder beugten sich weit über das Geländer und zeigten mit den Fingern. Lily und Johnny sahen, wie sich drei glänzende Delfinflossen im braunen Wasserspiegel hoben und senkten. Die Touristen warfen Münzen in den Fluss und schrien. Johnny schaute vorsichtig in Lilys Gesicht. Es war fleckig und gerötet, Grübchen im Kinn, gespannte, farblose Lippen.

»Hoffentlich finden sie zurück ins Meer«, sagte Lily, und Johnny wollte sie umarmen, den Rand ihres Ohrs küssen. Er wollte ihr sagen, er hätte auf dem Hinflug neben einem Meeresbiologen gesessen, der hätte ihm erzählt, in der Themse fühlten sich Delfine sogar am allerwohlsten und sie würden, wann immer es sie nach dem Ozean verlangte, spielend dorthin zurückgelangen. Er wollte ihr das Gefühl geben, das er selber hatte, nämlich, dass sie schon viele Jahre miteinander unterwegs waren. Doch es kam ihm vor, als würde Lily ein kleines Stück ausweichen, sobald er kurz davor war, seinen Arm um sie zu legen.

Eine Stunde später verabschiedete Lily Johnny unter den leuchtblau bemalten Stahlträgern am Whitechapel-Bahnhof.

»Morgen ist Praktikum«, sagte er, zuckte die Schulter, »obligatorisch, weißt du ...« Lily sagte Ja.

Die Leute auf dem Bahnhof waren auf der Hut, wie überall. Jeder musterte jeden. Bärtige Männer wurden besonders genau beobachtet. Es war Lily, als schaue sie überhaupt zum ersten Mal in Johnnys Gesicht.

»Hattest du immer einen Bart?«, fragte sie, als Johnny schon im U-Bahn-Wagon stand und sich zu ihr umdrehte.

»Ich muss meine Mutter fragen«, sagte er.

Traurig sah er aus, bevor sich die Türen schlossen, entmutigt – *Hammersmith & City Line to Edgeware Road.*

Lily winkte nicht. Sie sah dem Zug nach, bis er verschwunden war. Danach ging Lily einfach weiter durch die Stadt. Irgendwann kam sie wieder in den Park, den sie am Vormittag miteinander besucht hatten. Sie merkte es erst, als sie wieder in das trübbraune Wasser schaute, und stellte sich ans Geländer.

»Unbelievable, what all lives beneath this surface«, sagte ein Mann, der auf einmal neben ihr stand. Er trug ein riesiges Objektiv um den Hals und steckte vom Scheitel bis zur Sohle in einem schwarzen Neopren-Anzug. Er gab sich alle Mühe, seinen Worten Versonnenheit und Tiefsinn zu geben, doch ein starker deutscher Akzent machte den Effekt zunichte.

»Sie meinen Tiere?«, sagte Lily.

»Oh, Sie sprechen Deutsch«, der Mann kam noch etwas näher und stützte sich mit dem Ellbogen aufs Geländer, »Glück gehabt«, sagte er und zwinkerte Lily zu. Die enge Kapuze seines Anzugs knautschte sein Gesicht zusammen, und es gab eine tiefe Kerbe mitten in seiner Stirn, eine unfreiwillige Sorgenfalte in einem sorglosen Gesicht. Der Mann streckte die Hand aus und stellte sich als Peter Kiesinger vor. Er sagte, er sei Meeresbiologe.

»Dann schießen sie mal los«, sagte Lily.

»Bitte?«, fragte der Mann.

»What all lives beneath the surface …«

»Ach so«, sagte der Mann und brachte ein ungläubiges Lächeln zustande auf seinem bedrängten Gesicht, »nun, um es kurz zu machen …«, und er begann eine Viertelstundelang zu erzählen von Lachs- und Zanderschwärmen, vom Sibirischen Stör und zwei Meter langen Welsen.

»Heute Morgen schwammen hier Delfine«, unterbrach ihn Lily schließlich.

»Ich wusste es«, rief der Deutsche, »ich verfolge die kleinen Gauner schon seit Tagen! Ich erforsche, wie sich ihr Flussaufenthalt auswirkt auf …«

»Finden sie wieder zurück ins Meer?«, fragte Lily.

Der Meeresbiologe antwortete, seit sich die Wasserqualität in den sechziger Jahren deutlich gebessert habe, bedeute der Fluss für die Delfine keine Gefahr mehr. Und wieder referierte er lange über die Maßnahmen zur Verbesserung des Wassers in der Themse. Lily nickte vor sich hin. Sie dachte an Johnny und fragte sich, ob er schon abgeflogen war.

Auf einmal merkte sie, dass der Mann aufgehört hatte zu reden und offenbar eine Antwort von ihr erwartete. Er sah sie mit einer Mischung aus Ungeduld und kindlicher Freude an.

»Entschuldigen Sie?«, sagte Lily.

»Na ja, wenn die Tümmler vormittags hier waren, erwische ich sie heute nicht mehr, den Rest des Tags hab ich also frei, wie steht es mit ihnen?«

»Ich nicht«, sagte Lily, und als sie ging, drehte sie sich nochmals zum Meeresforscher um, zwinkerte und sagte: »Glück gehabt.«

Auf dem Weg zurück zum Wohnheim nahm sie ihr Handy hervor. Eigentlich wollte sie Johnny schreiben, dass die Delfine wieder zurückfanden. Doch dann machten ihre Finger auf dem Display, was sie wollten, eigenmächtig schrieben sie ihre Mitteilung an Johnny, und Lily ließ ihre Finger gewähren – *tip-tip-tip* – drei Worte waren es. Die Worte gefielen Lily und sie drückte SENDEN.

Als Johnny in Zürich durch die Passkontrolle kam, war es schon dunkel. Er ging vorbei an den riesigen Plakaten auf dem Weg zur Gepäckausgabe, Schweiz Tourismus, Credit-Suisse, Tag-Heuer. Er wollte sein Telefon hervornehmen, aber es war nicht in seiner Hosentasche, auch nicht in der anderen. Er kniete sich hin und durchsuchte seinen Rucksack.

Der Herr am Schalter des Fundbüros war neu in dem Job, er war sehr umsichtig und schichtete Formulare rund um seinen Bildschirm vorsichtig von einem Stapel auf den nächsten. Johnny bekniete ihn.

»Ich muss das wohl nachfragen, haben Sie einen Augenblick Geduld«, sagte der junge Mann schließlich und nahm den Telefonhörer in die Hand.

»Beeilen Sie sich bitte«, sagte Johnny, »das ist Easyjet, die fliegen in einer Viertelstunde wieder los.«

Dieselbe Mitarbeiterin in der orangen Bluse, die seine Tausender-Note abgelehnt hatte, begleitete ihn zum Gate und durchs Dock. Eine kleine Putzfrau mit durchsichtigen Plastikhandschuhen stand im Korridor des Flugzeugs und hielt sein Handy wie eine Trophäe in die Höhe. Johnny empfing das Gerät und umarmte die beiden Frauen, so diskret es ihm seine Erleichterung erlaubte.

Auf dem Weg zurück schaltete er das Telefon ein. Es brummten einige Mitteilungen herein, drei Voicemails, wahrscheinlich von Lou und Ferd. Dann eine SMS von Lily:

> talk is cheap

Jetzt hatte die Easyjet-Mitarbeiterin schon wieder den gleichen Weg wie er. Gemeinsam steuerten sie in der Halle auf den Ticket-Schalter zu. Johnny nahm sein Portemonnaie hervor. Von Ferds Tausend Franken fehlten etwa achtzig, die Auslagen für den Flug, den Falafel am Earls Court, zwei Bier, das

U-Bahn-Ticket und der Zehn-Euro-Schein, den er aus Blödsinn, den indischen Münzen nach, in die Themse geworfen hatte, um Lily aufzuheitern. 49 Franken wollte Easyjet diesmal für den Flug. Das sei der reine Wucher, meinte Johnny vergnügt.

Der letzte Gast war gegangen und Attila polierte geduldig den Stahl der Kaffeemaschine. Er sah den abgebrochenen Henkel der Tasse am Boden liegen. Er hob ihn auf, schüttelte den Kopf und ließ ihn in den Eimer unterm Tresen fallen. Zum Schluss wischte er mit dem Lappen über das Metallgerippe und ging hinüber in sein Zimmerchen. *Privat.* Am Kleiderständer beim Fenster war sorgfältig ein Husarenrock aufgehängt, Adjustierungsvorschrift 1910/1911, himmelblaues Tuch, über der Brust die goldenen Posamenten, auf dem Stehkragen links und rechts je drei seidenweiß gestickte Distinktionssterne der Zugführer.

Attila putzte sich die Zähne und knöpfte gerade das Hemd auf, da klopfte es im Café an der Tür. Einer dieser speziellen Tage, Attila war nicht sonderlich überrascht. Er machte Licht. Als er vor dem Eingang die Schlüssel vom Haken nahm, sah er durchs Glas Johnny mit den Händen in der Manteltasche vor der Türe stehen. Es war ein milder April, doch die Nächte waren immer noch winterlich und es hatte zu nieseln begonnen.

Johnny trat grußlos ein. Hinter ihm huschte der rote Kater durch die Tür. Attila schloss ab und folgte Johnny an die Bar.

»Siehst du nicht gut aus, Johannes Jakob«, sagte Attila und legte den Schalter der Kaffeemaschine wieder um, es zischte und gurgelte, der Stahl beschlug. Johnny setzte sich auf einen Hocker, hatte sich schon eine angezündet. Der Ungar brachte eine kleine Schale mit Wasser, seit dem Rauchverbot führte er keine Aschenbecher mehr.

Seit fast drei Jahrzehnten betrieb Attila Lángolcs sein Kaffeehaus inzwischen. Er war Mitte fünfzig, hager, kauzig, überernst, sehr auf würdiges Auftreten bedacht, humorlos und von einer salbungsvollen Umsichtigkeit. Die gehobene, spitze Braue, einen abgespreizten kleinen Finger bei jedem Handgriff, jeder

Geste. Wenn es ernst galt, sprach er perfektes Deutsch. Im gewöhnlichen Umgang aber setzte er das Verb konsequent vor das Subjekt, überzeugt, *dass steht es keiner Sprache der Welt zu, den vom Ungarischen festgelegten Satzbau zu hintertreiben.* Und am Ende jedes Satzes: *Weisdu?*

Besessen vom Verhängnis seines Volks und den finalen Jahren der Doppelmonarchie, wusste er in verzweifelter Akribie noch über abseitigste Kleinigkeiten des Ersten Weltkriegs Bescheid. Seit sich der Kriegsausbruch am 28. Juli 2014 zum hundertsten Mal gejährt hatte, gedachte Attila einmal wöchentlich eines mehr oder weniger wichtigen, auf den Tag genau hundertjährigen Ereignisses auf den Schlachtfeldern der Ostfront, auf einem der Adelssitze des Habsburgerreichs oder in einem Hinterzimmer eines Budapester Dichters und Arbeiterführers.

»Und«, fragte Johnny mit belegter Stimme, »was feiern wir heute?«

»14. April 2016«, raunte Attila und machte sich weiter an der Espressomaschine zu schaffen, »vor genau hundert Jahren wurde die breite Offensive von General Brussilow geplant, obwohl die anderen Frontbefehlshaber Ewert und Kuropatkin und sogar Generalstabschef Alexejew dagegen waren …«

Johnny nickte und zog an seiner Zigarette. Er schaute sich um. Es war nicht das erste Mal, dass er nachts herkam. Er gehörte zu den Eingeweihten, wusste, dass Attila die Nächte im Hinterzimmer auf seinem Diwan verbrachte.

Der Ungar reichte ihm den Espresso und kramte unterm Tresen eine durchsichtige Flasche hervor, *Barack* stand auf einem Zettel über dem Flaschenbauch mit Kugelschreiber geschrieben.

»Schuss Aprikose?«, fragte er, und Johnny sagte: »Ausnahmsweise.«

Attila schenkte ein bis zum Rand, ein süßlich scharfer Geruch strömte über der Kaffeetasse. Der Rote, der daneben auf dem Tresen saß, schloss die Augen. Als Johnny seine Tasse anheben wollte, griff er ins Leere. Er schaute fragend auf.

»Ah«, sagte Attila, »entschuldige, Johannes Jakob, die kaputte Tasse.«

Attila goss den Espresso mit Schuss in eine neue Tasse. Er wies nach hinten zu den Flaschenregalen. Da hing in der Mitte die Urkunde an der Wand, eingefasst in einem goldenen Florentiner-Rahmen:

Von Seiner kaiserlichen und königlichen
Apostolischen Majestät Oberhofmeisteramte

stand geschrieben, und es folgte in gekringelter Tinte die Bestätigung, dass

Herrn Lángolcs, Attila József den Titel
des k. k. Hoflieferanten verliehen

erhalte und dass damit das Recht einhergehe

in seiner Firma das Ah. Wappen zu führen,
nicht aber in seinem Siegel.

Das Glas, hinter dem das kostbare, 1872 in Wien zu Händen des Großvaters des Zürcher Attilas gezeichnete Dokument eingelegt war, hatte einen Sprung. Johnny wusste, was das für den Ungarn bedeutete, ging das Schriftstück doch auf seinen 1916 in der Schlacht um Hermannstadt gefallenen Großvater zurück. Johnny schüttelte den Kopf:

»Geht heute alles in die Brüche?«

Attila, der sich gerade eine Zigarette anzündete, hielt inne, das schon verlöschte Streichholz flammte in seinen Fingern nochmals auf. Seine schwarzen Augen erforschten

Johnnys Gesicht. Attilas Zigarette roch nach Schwefel und Lakritze.

»Gib mal her«, sagte Johnny und ließ sich die Packung zeigen. Da war das ausgebleichte Bild einer Schwalbe drauf. Attila konnte nur vier bis fünfmal am gelblichen Schwefelrauch ziehen, schon war die staubtrockene Zigarette bis zum Finger abgeglüht und verloschen. Attila nickte hinüber zu einem der Tische am Fenster und klopfte sich Tabakkrümel von der Manschette.

»Da war heute ein Mann und eine Frau«, begann er zu berichten, »der Mann war sauber fein geputzt, Anwalt oder Bankier, Balkan, weisdu, mit Frisur, mit Haarpomade, rasierte Streifen, Mazedonier, glaube ich. Die Kleine war ein junges Ding und hat den ganzen Morgen geweint.«

»Die beiden hab ich gesehen heute morgen«, sagte Johnny, »Mazedonier?«

Attila nickte und verdrehte kurz die Augen.

»Der hat ihr Händchen gestreichelt. Plötzlich stürzt eine große blonde Frau herein. Sie trägt einen Arztmantel, weisdu, schreit auf Slowakisch, geht los auf die weinende Frau. Der Mazedonier geht dazwischen. Die Ärztin nimmt die Tasse und wirft nach dem Mazedonier. Der duckt sich und die Tasse fliegt in meine Urkunde. Ping! Die Ärztin war natürlich die Freundin vom Mazedonier und hat gemeint, er habe Romantik gemacht mit der weinenden Kleinen. Dabei war die weinende Kleine nur seine Cousine, und sie hat geweint, weil sie schwanger ist. Vati vom Kind in ihrem Bauch ist über alle Berge. Der Mazedonier hat nur Trost gespendet, weisdu. Da hat die Ärztin alles verstanden. Den Mazedonier hat sie geküsst. Und die Cousine auch. Selbst Attila wollte sie küssen. Sie hat dem Mazedonier gestanden, dass sie ihm einen Tracking Trojaner im Handy eingestellt hat, oder so. Drum wusste sie, dass er den ganzen Morgen im Café Attila war. Natürlich hatte sie den Verdacht, dass Romantik dahintersteckt. Am Ende waren alle versöhnt.«

Johnny runzelte die Stirn und begann nachzudenken. Attila steckte sich noch eine Zigarette an. Johnnys müdes Lächeln erstarb plötzlich. Er stand auf, ging zum Eingang, schloss die Tür auf.

Tatsächlich. Neben dem Geländer lag sein treuer Ordonanzesel im Nieselregen am Boden – wie hatte Lily ihm das antun können …

Johnny hatte das Fahrrad abends als gestohlen gemeldet, es war vielleicht vier oder fünf Stunden her. Die Geschichte dieses verdammten Tags schien langsam einen Sinn zu ergeben. Doch inzwischen interessierte es ihn gar nicht mehr. Er ging nicht mal die paar Stufen hinab, um Ferds Fahrrad aufzustellen.

»Was ist los?«, fragte Attila, als er zurück an der Bar war.

»Nichts«, sagte Johnny, »die Zigaretten sind mir ausgegangen.«

Er ließ die zerknüllte Mary Long auf den Tresen fallen.

»Kann ich eine von deinen Schwefelschwalben haben?«

Attila reichte ihm die Schachtel, und Johnny schaute sie sich nochmals an: Die Schwalbe, schwarz mit schneeweißem Bauch, sie flog daher wie ein Tier, das die Zeit bis zu seiner ersehnten nächsten Wiedergeburt als Friedenstaube mit akrobatischen Flugstücken zubrachte, und mit weiterem Schabernack.

»Einem Ungarn kann man nichts verheimlichen. Wir haben die Psychoanalyse erfunden.«

»Freud war Österreicher, Attila«, sagte Johnny und schüttelte das Streichholz.

»Ah, ah«, sagte Attila, »er hatte Wurzeln in Galizien.«

»Galizien liegt in der Ukraine. Wer weiß, vielleicht inzwischen in Russland.«

Johnny leerte die Tasse und schob sie Attila zum Nachfüllen hin.

»Es ist Lily«, sagte Attila und Johnny nickte. Attila stellte die Flasche auf den Tresen und ließ den Kopf hängen. Johnny erriet, dass er aus dem Augenwinkel einen seitlichen Blick nach dem roten Kater warf, der seine Augen geschlossen hielt und wie eine ägyptische Grabbeigabe die rote Brust herausdrückte. Als Attila sein Gesicht wieder hob, sah Johnny, dass er Tränen in den Augen hatte.

»Was soll das, Attila«, sagte Johnny.

»Nein«, sagte Attila, »es gibt Paare, viele Paare, bei denen sieht man das kommen, lange vorher, und wenn sie dann auseinandergehen, dann ist es eben passiert. Aber bei dir und Lily …«

Johnny rieb mit den Händen über sein Gesicht.

»Na, immerhin hast du es erraten, so überraschend kann es nicht sein.«

Attilas schwarze Augen blitzten auf.

»Typisch und falsch! Johnny, Kerle wie du haben am Leben immer etwas auszusetzen. War nicht heute Morgen alles wie immer?«

Johnny leerte wieder die ganze Tasse Aprikose, klopfte mit der Tasse aufs Holz. Attila war mit der Flasche bereit, und Johnny hielt ihm seine Tasse zum Prost entgegen:

»Jawoll«, rief Johnny, verschmierte die Worte schon ein wenig, hob die Brust, Schulterzucken und tiefer Seufzer in einem, »bis auf die Tatsache, dass es der Morgen des Tages war, an dem wir uns getrennt haben.«

Am Morgen des Tages, an dem sich Lily und Johnny trennten, war Lily spät dran und eilte durch den Korridor des Universitätsspitals, rechts zeigten die großen Fenster auf den Spitalpark, auf die zwischen Rasen geschlängelten Wege, die uralte Blutbuche, die Platane. Ein Rollstuhl stand verlassen zwischen den Bäumen auf dem Weg.

Vom Roten bislang keine Spur, obwohl er sich an Tagen wie diesen schon im Spitalpark gezeigt hatte. Er saß auf einem Ast vor dem Fenster eines Patientenzimmers oder hockte in einer Selbstverständlichkeit auf dem ruckelnden Anhänger des Gärtners, der mit seinem Zwergtraktor durch die Anlage fuhr.

Lily stand mindestens zwei Stunden vor Dienstbeginn auf, seit sie nachts wieder so schlecht schlief. Am Ende lief sie doch immer der Zeit hinterher. Sie ging ins Bad, machte Kaffee. Am Haken vor dem Balkon hing ihre weiße Winterjacke, in der ihre Zigaretten waren. Sie setzte sich auf den Sessel links auf dem Balkon, der kein Geräusch machte. Der Ohrensessel von Johnnys Großvater jammerte, wenn man sich hineinfallen ließ, in letzter Zeit hatte sie das Geräusch nervös gemacht. Lily zündete sich eine an und wartete auf den roten Kater, der seinen Tag zur gleichen Zeit begann. Mit wogenden Schulterblättern marschierte das Tier auf einer hölzernen Latte vom oberen Balkon hinab in den Garten, gespannt, was ihm das Quartier da draußen zu bieten hatte. Auf dem Weg hielt er inne, kaum merklich, ein feines Zögern im Fluss seiner Schritte.

Manchmal rauchte Lily noch eine zweite Zigarette, in letzter Zeit oft eine dritte. Seltsamerweise hielt das den Schwindel fern, milderte ihn zumindest. Den Tag hindurch konnte sie nicht rauchen, ihre Kollegen hätten die Welt nicht mehr verstanden. Für Ärzte war das Rauchen inzwischen zu einer moralischen Frage geworden und Lily verzichtete gerne darauf, an ihrem Arbeitsplatz Verstimmung hervorzurufen.

Johnny hatte seit einer Woche mit dem Rauchen aufgehört. Es überraschte sie, als sich die Balkontür öffnete und er zu ihr heraustrat in seinem hellblauen Pyjama. Für gewöhnlich schlief er mindestens eine Stunde länger als sie. Seit einer Woche gingen sie sich aus dem Weg. Wahrscheinlich wollte er nur wegen der Schwellung unter seinem Auge von ihr beruhigt werden.

Johnny hatte es gleich beim Erwachen bemerkt. Gespannt fühlte es sich an, leicht schmerzhaft, verhärtet, etwas ragte von oben links ins Blickfeld. Er schlug das Laken weg, erhob sich vom grünen Diwan in seinem Atelier, öffnete die Tür einen Spalt, schielte hinaus. Er hörte Lily im Badezimmer Zähne putzen und setzte sich nochmals auf sein improvisiertes Schlafmöbel. Vorsichtig tastete er nach der Schwellung. Ein Horn, dachte er, über Nacht gewachsen, aus Chitin, ein gepanzertes Lid, Gregor Samsa, davongekommen mit einem blauen Auge.

Er hörte Lily in die Küche gehen und schaute wieder durch die Tür. Sie murmelte vor sich hin, offenbar streikte schon wieder die Kaffeemaschine. Auf den Zehenspitzen ging Johnny durch den Flur, hielt das Gesicht abgewandt. Im Badezimmer drehte er den Schlüssel.

Wie er vermutet hatte, sein Gesicht war entstellt, der Glöckner von Notre-Dame, Quasimodo, dem sein verfluchter Buckel über die Stirn ins linke Auge gewachsen war.

Woher willst du wissen, wie Quasimodo ausgesehen hat, Johnny, bleib doch ruhig! Gut, Sagengestalten sind von ausgestorbenen Gestalten gar nicht so verschieden. Woher solltest du auch wissen, wie eine prähistorische Echse das Maul gefletscht hat? Weil du es von ihren Zähnen abzulesen gelernt hast?

Den dicken Schenkeln sah er an, wie sie gesprungen sind, die Raptoren, und wie die Flugsaurier durch die Lüfte gesegelt sind, das zeigten die überlangen Fingerknochen.

Und Quasimodo?

Einige Dinge brauchst auch du nicht zu begreifen, Johnny, einige Dinge verstehst auch du einfach so, in dieser unbegründeten, anmaßenden Klarsicht, die du Lily zum Vorwurf machst.

Die Schwellung am Oberlid war nicht verfärbt oder unterlaufen. Jetzt war es soweit, dachte Johnny. Krebs. Das war ja gerade die Haupteigenschaft dieser Krankheit, dass man sie nie ausschließen konnte, selbst dann nicht, wenn kein Anlass dazu bestand, an sie zu denken, also dachte man am besten immer dran. Was sollte sonst da über seinem Auge wachsen?

»Ein Gerstenkorn«, sagte Lily.

Johnny hustete, schaute sich nach ihr um.

»Was?«

Lily stand vom Sessel auf. Johnny drängte sich gegen das Balkongeländer, um sie durchzulassen.

»Vergeht in einigen Tagen«, sagte sie, »ich mach Kamillentee, den tupfst du drauf. Mit Watte.«

Johnny prüfte verlegen sein Lid. Ihn verlangte nach einer Zigarette. Er wollte sich keine anzünden, es war jetzt eine Woche her. Er hört Lily in der Küche die Kaffeetasse in den Spültrog stellen, darüber hatten sie sich gerade vor einer Woche gestritten, kurz bevor sie mit dem Sprechen aufhörten. Wenn der Geschirrspüler halb leer ist, gehört das Geschirr nicht in den Abguss, sondern eben in den Geschirrspüler.

»Die Maschine ist halb leer!«, hörte Lily ihn vom Balkon rufen, seine ärgerliche Stimme. Sie nahm die Tasse wieder heraus, stellte sie in den Geschirrspüler und warf die Klapptüre zu. Wann hatte Johnny angefangen kleinlich zu sein? Seit einer Weile erging er sich förmlich darin. Sein Problem mit ihrer

Handtasche. Wo auch immer sie sie hinstellte, es war der falsche Ort.

Streit um Streit um Streit, kleinlich, unnachgiebig, unergiebig.

Früher hatten sie sich wenigstens über Dinge gestritten, die es wert schienen, dachte Lily. Über den Mietvertrag zum Beispiel. Den hatte er ganz alleine unterschrieben. Der gesamte Papierkram musste von vorne aufgesetzt werden, damit auch Lily in der Wohnung, in der sie lebte, als Mieterin eingetragen war. Sie hatte mit ihm gestritten, weil er sie seinen Eltern nicht vorstellte und weil er ihr nicht sagen konnte, weshalb. Und er hatte mit ihr gestritten, weil sie ihm vorwarf, er gehe ihrer Mutter auf den Leim wie ein Schulbub. Sie stritten, weil Johnny fand, Lily sei im falschen Beruf, und weil Lily fand, Johnny solle erwachsen werden und den Mut haben, sich auf seine Kunst zu konzentrieren.

Lily wusch sich die Hände, schüttelte sie über dem Spültrog. Einmal waren sie aneinander geraten, weil Lily ihm vorgeschlagen hatte, sie könne ja für beide verdienen, solange seine Werke sich nicht verkauften. Er war fassungslos. Und Lily konnte es nicht fassen, dass er damit tatsächlich ein Problem hatte. Das war jetzt fast zehn Jahre her, sie waren gerade zusammengezogen und Lily arbeitete seit einigen Wochen im Universitätsspital.

»Bist du jetzt wahnsinnig?«, Johnny zögerte eine dramatische Pause lang und blieb unter einer Trauerweide am Ufer der Limmat stehen. In der Ferne polterte ein Presslufthammer. Ein schwarzer großer Wasservogel schritt in sicherer Entfernung durchs hohe Gras am Ufer. Ein *Katamaran*, hatte Johnny früher gesagt.

»Wie bitte?«, jetzt blieb auch Lily stehen.

»Was ist los mit dir?«, Johnnys hohe Stimme, Streitregister, »denkst du, ich könnte das? Auch nur einen einzigen Tag?«

Lily drehte sich um und ging weiter.

»Wer weiß«, sagte Johnny nach einer Weile, er hatte aufholen müssen, ohne es wie Aufholen aussehen zu lassen, »so wie du im Spital deinen täglichen Kampf abziehst, wie lange du überhaupt noch arbeitest.«

»Was willst du damit sagen?«, blieb Lily wieder stehen.

»Ich kann es mir doch nicht leisten, mich auf dich zu verlassen. Du läufst sowieso in ein Burn-out.«

»Weißt du was«, setzte Lily an, er sei ein Wicht, ein Feigling, ein Drückeberger, es sei sein dämlicher Stolz, der es nicht zulasse, dass er ihr Angebot annahm, seine Stelle aufzugeben, um sich der Kunst zu widmen, und sei es nur für ein Jahr, während sie für beide verdiente, ein verkrampfter, kleinbürgerlicher Trottel sei er, und als Ausrede, weil er, Johnny, es nicht ertrage, zu seinen Zwängen und seiner blöden Verknorztheit zu stehen, mussten jetzt ihre Probleme im Spital herhalten, er sei ein solcher Idiot, ob er denn nicht einmal wisse, dass ihre Schwierigkeiten in der Klinik nicht von der Sorte waren, die einen in ein Burn-out trieben? Ob er sich eigentlich in seinem Leben schon jemals in einen anderen Menschen hineinversetzt habe, abgesehen von Gestalten aus Ton, Wachs und Holz?

»Wie bitte?«, fragte Johnny, seine Stimme schraubte sich noch etwas höher, »wie bitte?«

»Vergiss es«, sagte Lily und ging weiter. Der Kormoran war aufgeflogen und Johnny sah zu, wie er knapp über Lilys Kappe fortzog.

Kleinlich bist du geworden, Johnny, und manchmal einfach nur dumm.

Lily schaute auf die Uhr, schon Viertel nach sieben.

Johnny hörte das schmiedeeiserne Gartentor im Schloss scheppern, das schnelle Klacken von Lilys Absätzen auf dem

Trottoir. Er war es gewohnt. Früher ließ er sich von diesem Geräusch wecken, rollte sich hinüber auf den frei gewordenen Platz und überließ sich für eine halbe Stunde seinem morgendlichen Überdruss.

Gerstenkorn.

Hatte sie es etwa nicht genüsslich gesagt? Kein Wort, fast eine Woche lang, dachte Johnny, aber wenn es darum ging, ihn zu analysieren, ihm eine Lappalie um die Ohren zu hauen, dann konnte man sich auf Lily verlassen. Genauso wie man sich darauf verlassen konnte, dass sie ihre Handtasche herumliegen ließ. Sie kam nach Hause und ließ sie von der Schulter auf den Boden gleiten. Einfach wie es gerade kam, meist gleich neben der Wohnungstür. Die Schlinge lag dann am Boden und Johnny war sich sicher, eines Tages würde jemand mit dem Fuß hängen bleiben und stürzen, mit einiger Wahrscheinlichkeit er selber. Er hob die Tasche jedes Mal auf, legte sie auf die kleine Holztruhe unterm Spiegel.

»Wieso legst du sie nicht selbst dahin?« fragte er.

Das war unvorsichtig. Lily verstand sich darauf, aus harmlosen Bemerkungen lange Gespräche zu machen.

»Du setzt dich immer auf die Truhe«, sagte sie, »um dir die Schuhe zu binden.«

»Und?«

»Dann regst du dich auf, wenn meine Tasche da liegt.«

»Ich habe mich noch nie darüber aufgeregt, weil du sie noch nie auf die Truhe gelegt hast.«

»Du willst die Schuhe binden und meine Tasche fliegt dann einfach irgendwohin.«

»Deine Tasche ist noch nie irgendwohin geflogen.«

Johnny gab sich Mühe, ihr zu zeigen, wie dieses Gespräch seine Kräfte in Anspruch nahm.

»Häng sie einfach an die Garderobe, ja? Oder stell sie im Zimmer auf deinen Nachttisch.«

Dann war es soweit. Lilys Augen begannen zu glänzen und ihre Stimme sank einen Halbton.

»Worum geht's, Johnny?«

»Also gut, ja, klar, es geht …, eigentlich geht es gar nicht um die Tasche, die immer herumliegt und auch nicht um dein ewiges Chaos. Eigentlich geht es um etwas tief in meiner Seele, was ich aber nicht sagen kann, weil es in meinem unterbelüfteten Gärtank von einem Unterbewusstsein rumort … – räum doch die Scheiß-Tasche weg wie ein normaler Mensch!«

Von Lily kam ein gehauchtes, müdes Lächeln, dosiert sarkastisch, ein präziser Kitzel für seinen aufkommenden Zorn. Er hörte dann selber seine Stimme lauter werden, dünner und höher, Silben wie spitze metallene Einheiten, dazu sah er, wie seine Hände sich in der Luft bewegten, harte, abgehackte Gesten, sein Blick, ohne Lily anzuschauen, grub sich in ihrem Gesicht fest, alles sehr aufwändig, aufgebracht und völlig wirkungslos.

Lily hingegen blieb sparsam, deutete Bedauern an, manchmal leise Enttäuschung. Sie war geschickt, dachte Johnny. Ihm blieb nur übrig zu hoffen, dass ihr eine kleine Gemeinheit unterlief, etwas, das er dann im Raum stehen lassen konnte, indem er, verletzt und verstummt, die Wohnung verließ. Etwa, wenn sie sein Atelier ansprach, das Zimmer neben dem Bad, das er seit Monaten nicht mehr betreten hatte und in dem das Chaos herrschte – was etwas völlig anderes war.

Auf der Treppe in die Katakomben des Universitätsspitals kamen Lily aus der Garderobe Silke Hennings und Melanie Zizek entgegen. Die Kolleginnen waren schon umgezogen, die Schöße der weißen Mäntel umgaben ihren schlendernden Gang, der nach dem Morgenrapport in Ärztemarsch übergehen würde. Silke und Melanie lächelten und sagten »Hi«. Consuelo José folgte gleich danach, sie war diese Woche im Nachtdienst, hatte bald Feierabend, »Vamos! Hopp!«, lachte sie Lily nach.

Lily sah ihr Gesicht im kleinen Spiegelrechteck innen an der Tür ihres Garderobenschranks. Sie erschrak. Ihre Augen waren matt und fahl wie altes Moos. Nicht einmal ihr Schrecken zeichnete sich drin ab. Lily interessierte sich sonst nicht für ihr Gesicht, ihre Augen aber waren für gewöhnlich ziemlich hell, soviel wusste sie noch von ihrem Vater, »Tannenschößlinge«, hatte er gesagt, »die leuchten sogar nachts, wenn du schläfst und die Lider geschlossen hast.«

Davon war nun nichts mehr übrig. Seit einigen Tagen schon fühlte sie sich so, wie sie aussah. Nicht erst seit der letzten Hermès-Party, nicht erst seit Johnny sie abermals nach Ignaz Zunder gefragt hatte. Vielleicht fühlte sie sich so seit jener Nacht, als es in ihrem Kopf losgegangen war. Lily war am frühen Morgen erwacht, nach und nach hatte sich der Tag als grauer Streifen in der Jalousie eingezeichnet. Es schien ihr, eine sie betreffende Sache habe sich während ihres Schlafs zum Schlechteren gewendet, ein für alle Mal, ein Urteil, eine Entartung. Auch das Allmähliche beginnt in einem Augenblick. Eine kurze Störung im Halbschlaf. Das Stottern jener Zelle in ihrem Kopf, ein kleiner Fehlstrom, ein falsch übersetzter

DNS-Code, eine missratene Reparatur, Stein des Anstoßes mitten in ihrem Hirn.

Eine Zelle wilden Trotzes, die Abschied nahm von Lily, von ihrer Seele, von ihrem Sinn. Vielleicht fand die Zelle endlich den Mut, ein längst fälliges Verhängnis zu vollstrecken, einen längst fälligen Verrat an Lilys Organismus zu begehen. Jene Zelle, willig zum Martyrium in einem verlorenen Krieg. Lily hatte Verständnis für die Zelle. Und für die vielen unfügsamen Töchter, die folgen würden, die nicht mehr zu ihr gehören wollten, den jähen, amorphen Versuch unternahmen, einen Ausweg aus der Misere ihres schwachen Wesens zu finden.

Lily? Worüber will Frau Professor Heri heute mit dir sprechen? Bist du eine Ärztin? Bist du die Tochter von Evelyn Damiani-Bachteler? Die Schwiegertochter von Mama Lou und Ferd Zinn? Wenn es heute Abend mit Johnny zu Ende sein wird, macht es dir noch etwas aus? Bist du Séverine auf ihren haltlosen Wegen? Bist du noch Johnnys Freundin mit den wilden Schenkeln?

Unter dem Spiegelchen an der Tür des Garderobenschranks waren noch Reste von Klebestreifen zu sehen. Ein leeres Viereck. Bis vor Kurzem klebte ein Bild von Johnny darin.

Melanie Zizek hatte auch ein Foto von ihrem Freund an der Schranktür. Melanie selber war ebenfalls auf dem Bild, das gleiche wie auf ihrer Facebook-Seite, die beiden hielten sich umarmt, lächelten, an Deck eines Schiffes.

Ozan Strumica hieß er, die Eltern waren Mazedonier.

Johnny hatte dafür ein Auge, er sah fast jedem Menschen an, woher er kam, dachte Lily. Sie hatte Glück, wenn sie den richtigen Kontinent erriet. Ozan Strumica hatte die Karriereleiter in der Credit-Suisse erklommen. Melanie Zizek sagte, er werde bald nach London in die Vermögensberatung wechseln, nach dem Brexit würden dort erst recht Spitzenkräfte gebraucht.

»Warst du nicht in London? Zum Praktikum?«, hatte Melanie sie kürzlich gefragt.

»Ja«, sagte Lily, »ist länger her.«

»Es muss unglaublich sein. Du musst mir Tipps geben.«

»Ich war eigentlich die ganze Zeit im Spital.«

»Tell me about it«, sagte Melanie, verdrehte die Augen und verzog die Brauen, voller Ausdruck, ohne Bedeutung.

Melanie achtete darauf, dass man von den Geschenken erfuhr, die Ozan Strumica ihr machte, vergangene Woche hatte sie einen Frühlingsmantel bekommen, sie trug den Kragen ein wenig umgeklappt, damit man das Emblem sah: *Marc Cain*.

Auf Lilys Foto von Johnny war Johnny gar nicht zu sehen. Es war eines seiner Kunstwerke. Die rechteckige Betonplatte mit dem ausgeschnittenen Papierherz, befestigt in der oberen linken Ecke mit einem feinen Kupferdraht. *Selbstporträt* hatte Lily gesagt, als Johnny es ihr zum ersten Mal zeigte.

Den Dezember ihres Praktischen Jahres hatten sie zusammen in seinem Atelierschuppen verbracht. Lily war gerade zurück aus London und hatte drei Wochen frei. Es war eiskalt in der Hütte. Nur für das Allernötigste lösten sie sich einer aus den Gliedern des anderen, schlüpften unter den Wolldecken hervor. Im Eck lief ein uralter Fernseher, den hatte noch Remo Reber eingerichtet, eine Vogelscheuche von Antenne steckte oben auf dem Dach zwischen den Ziegeln. Der Bildschirm wölbte sich nach außen wie ein dicker Bauch, flimmerte und rauschte. Tag und Nacht liefen Sitcoms, Al Bundy, Seinfeld, Simpsons, Bill Cosby. Manchmal, auf dem Rückweg von der Toilette blieb Lily trotz der Kälte vor einem von Johnnys Werken stehen, verlor sich einen Moment in der Betrachtung, wie damals vor dem Sumoringer. Sie wusste immer noch nicht, was aus der Skulptur geworden war. Sie kriegte es nicht aus Johnny heraus. Noch jahrelang sollte Lily überzeugt davon sein, der tönerne Ringer werde irgendwann plötzlich wieder vor ihren Augen kauern, eine Überraschung, die Johnny sorgfältig inszenieren würde, die er sich aufhob für einen speziellen Moment.

»Ich möchte nicht, dass du meine Mutter bei mir zu Hause kennenlernst«, sagte Lily unvermittelt, als sie gedankenverloren vor einem der riesigen Brotgesichter stand, die auf stählernen Stangen staken und zu schweben schienen.

Johnny richtete sich vom Sofa auf. Er war sich nicht sicher, ob Lily mit ihm redete, oder mit sich selber. Er warf die Decke weg, bekam augenblicklich eine Gänsehaut von Kopf bis Fuß.

»Deine Mutter?«, fragte er.

Lily drehte sich um zu ihm. Sie hatte die Arme vor ihrem nackten Oberkörper verschränkt. Beim Sprechen dampfte ihr Mund:

»Sie kann vielleicht etwas für dich tun. Für deine Kunst.«

Johnny griff nach der Packung Mary Long, schüttelte sie, zündete eine an:

»Wie kommst du darauf, dass ich das will?«

»*Ich* will es«, sagte sie und schaute sich im Atelier um, die gestapelten und an die Wände gestellten Bilder, die Gipsschlachtfelder, die küssenden Stühle, der Storch, der unter der Decke segelte, »du bist wahnsinnig, du willst das alles hier einmotten. Wenn man Blödheit mit Stolz verwechselt …«

Lily rieb sich überkreuz ihre bloßen Arme. Johnny stand auf und kam näher. Er berührte leicht mit dem Zeigfinger ihre zusammengekrampften Brustwarzen, sie machte eine halbherzige Bewegung mit der Schulter, um ihn abzuschütteln.

»Willst du dir nichts anziehen?«, fragte er und legte die Decke um ihre Schultern.

»Lass uns mit ihr essen gehen«, sagte Lily.

Johnny nahm seine Hände von ihren Schultern, hob ein Paar Jeans vom Boden auf und stieg in die Beine.

»Versteh mich nicht falsch, Lily«, sagte er, »ich … mach mir einfach nichts aus Familien. Ich sehe auch keinen Grund, dich meinen Großeltern vorzustellen.«

»Ich würde sie aber gerne kennenlernen«, lächelte Lily.

»Wieso?«

»Immer ins Gartenhaus zu schleichen …«

»Wir schleichen nicht.«

»Johnny, hier drin sind es vielleicht zwölf Grad.«

Johnny schlurfte mit den Jeans um die Knie zum Fenster, wo ein Thermometer am Rahmen hing.

»Ganz genau vierzehn Komma null Grad haben wir«, sagte er. Mit einem Ruck zog er nochmals an den Jeans, ein dumpfer Riss ertönte und die Hose blieb um seine Oberschenkel stecken.

Lily trat von hinten heran und umfing Johnny mit ihren kühlen Armen, legte ihre Stirn an seinen Rücken. Johnny zog mit dem Daumen ins beschlagene Fensterchen einen Streifen, der sich rostrot färbte vom Rücken des Katers. Der Rote saß auf dem Sims und blickte in die stille, neblige Kälte des Zinn'schen Gartens hinaus.

Johnny drehte sich um in Lilys Umarmung und packte ihren Kopf mit beiden Händen bei den Wangen, dass sich ihr Mund zusammenknautschte. Er drückte sie grob nach unten, Lily ließ sich in die Knie fallen. Sie spürte seine Finger, die sich in ihren Haaren zusammenkrümmten, je einen Schopf zu fassen bekamen, ein bisschen daran zogen, noch etwas fester zog er ihr Gesicht zu sich heran. Sie versuchte, etwas zu sagen, unverständlich mit vollem Mund. Dann hob Lily ihr Gesicht, schaute herauf:

»Ich sagte, du hast meine Jeans kaputtgemacht.«

Lily und Johnny, dachte Johnny, als er vor dem Café das Schloss vom Ordonanzesel löste, 2-0-0-5, selbst ihre Kosenamen gingen auf Zunder zurück. Wenn Ironie verbraucht ist, wird sie bitter. Eins musste man Evelyn lassen, dachte Johnny, als er mit dem Fahrrad in die Freiestrasse einbog, sie fand die Spitznamen von Anfang an lächerlich.

Nachdem Lily ihn damals davon zu überzeugen versucht hatte, ihre Mutter zu treffen, war sie am anderen Morgen früh weggegangen. Sie sagte, sie müsse ein paar Formulare ausfüllen für die kommenden Praktika, Kram erledigen, der die letzten Tage über liegen geblieben war.

Am frühen Nachmittag wurde es wärmer und das Licht war frühlingshaft freundlich, wie es auf das gepuderte Gesicht von Evelyn Bachteler-Damiani fiel, das in der Tür von Johnnys Schuppen erschien. »Guten Morgen«, sagte Lilys Mutter melodiös und ohne Johnny eines Blickes zu würdigen. Lily trat hinter ihr ein, blieb mit verschränkten Armen stehen, während ihre Mutter schnurstracks auf die Skulpturen zuhielt. Johnny schaute Lily mit großen Augen an.

Evelyn ließ sich Zeit. Johnny hatte begonnen, ihr von einem Stück zum nächsten zu folgen, sie nicht aus den Augen zu lassen. Frau Damiani-Bachtelers Blick war mal skeptisch, mal forschend, mal belustigt, immer hochkonzentriert. Die Dielen knarrten unter ihren Absätzen, Johnny schlurfte laut hinterher. Schließlich seufzte Evelyn, drehte sich zu Johnny um, zupfte einen nach dem anderen die Finger ihrer cremefarbenen Handschuhe, die sie auf die Lehne des roten Ohrensessels legte, und klatschte bedächtig in ihre nackten Hände.

»Applaus, Applaus. Das ist etwas für Vogt«, sagte sie zu Lily gewandt.

»Frau Damiani …«, begann Johnny.

»Herr Zinn«, unterbrach Lilys Mutter und bot ihm ihre Hand, »Sie sagen also *Lily* zu Lise-Catherine?«

Die Mutter schielte während des gesamten Abendessens unter der Hutkrempe hervor, eine Braue hochgezogen, und darunter versteckt machte sie ein geistreiches und tadelsüchtiges Gesicht. Sie bestellte für alle drei, bevor der Kellner noch die Karte gereicht hatte, gegrilltes Gemüse, danach Ravioli mit Salbei, eine Flasche Piemonteser Rotwein. Sie habe das Bindella beim Paradeplatz schon für den besten Italiener der Stadt gehalten, als sie noch mit Lise-Catherines Vater hierhergekommen sei. Sie lobte vor allem die Brotgesichter. *B-rrr-ot-Gesichter, g-rrr-ossartig,* Lily stellte fest, dass ihre Mutter das affektierte Schnurren übertrieb wie noch nie, Evelyn kam ihr vor wie ein aus dem Winterschlaf erwachtes Tier.

»Das Beste ist die Betonplatte«, sie winkte ab, »ohne Zweifel.«

»Lily findet das auch«, nickte Johnny.

»Das finde ich nicht«, sagte Lily.

»Hast du doch gesagt«, sagte er.

»Nicht das Beste. Es ist – persönlich, innig.«

»Es gibt immer ein bestes Werk«, stellte Evelyn fest, »in jeder Sammlung.«

»Auf jeden Fall«, nickte Johnny.

»Mag sein«, sagte Lily, »darum ging es nicht.«

»Man hat das Gefühl«, sagte Evelyn, die ihren verblüffend roten Mund beim Sprechen tanzen ließ, »als ob sich das Material selbst in Form gestaltet hätte, als seien Sie nur dabei gewesen mit Ihren … Fingern.«

Sie lachte. Und Johnny lachte auch.

In der Froschaugasse war das Stimmengewirr aus dem Foyer der Galerie Vogt zu hören, dazu eine kuriose Musik. Männer in Jeans und Jackett hielten in der einen Hand den Prosecco-Kelch, mit der andern halfen sie sich beim Erklären. *Hoc est enim corpus* war der Titel der Ausstellung. Auf dem Cover des Bulletins eines der feixenden Brotgesichter. Der Galerist Herr Vogt folgte Evelyn Bachteler-Damiani von einem Besuchergrüppchen zum nächsten und gab die Lorbeeren charmant weiter an seine Geschäftspartnerin. Zwischendurch ließ er diskret kleine Aperçus über Charakter und Werk von Hannes Zinn fallen, als sei zuletzt doch er es gewesen, der dieses Talent aus der Taufe gehoben hatte. Ab und an, wenn er sich lachend zu einer Seite neigte, versuchte er beim Zurückpendeln seine Schulter jene von Evelyn berühren zu lassen, beiläufig und vertraut, was Evelyn geschickt zu verhindern wusste, obwohl sie einen weißen Blazer mit bemerkenswerten Schulterpolstern trug, und eng um den Hals eine Perlenkette.

Die hartgetrockneten Brotköpfe standen in den Ausstellungsräumen und wurden von den Besuchern von allen Seiten begutachtet. Auf einem kleinen Podium stand der Mann mit der Ziehharmonika aus der Polybahn und spielte aus der Matthäus-Passion. Unter den Besuchern – Zürcher Medienwelt, Verlagswesen, Kunst- und Kulturpersonal – hatte man sich bald geeinigt, mit gepflegter Belustigung auf die musikalische Untermalung reagieren zu dürfen. Ein berühmter Jet-Set-Kolumnist war auch da. Er würde den Akkordeonisten in seiner *Weltwoche*-Glosse mit einer spitzen Zeile bedenken.

Johnny stotterte, wenn er von jemandem angesprochen wurde. Er hielt sich an Lily und trank so viel Weißwein, wie er nur konnte. Jede Viertelstunde zog er Lily mit nach draußen. Abseits der nach ihm schielenden Leute steckte er sich gleich zwei Zigaretten im Mund an, gab eine an Lily ab.

Nach einer Weile wurde er von Herrn Burger entdeckt. Der steuerte auf seinen ehemaligen Schüler zu wie ein angreifender Hecht. Mit beiden Händen packte er Johnnys Finger, drückte zu und nickte voll neckischem Tiefsinn. Johnny aber kam es vor, als habe er den einzigen Freund seines Lebens in einem Kriegsgewimmel wiedergefunden, und fiel Burger um den Hals. Zusammen mit seinem Lehrer trank er noch zügiger drauflos. Drei Schlucke genügten für ein Weinglas, ein aufmerksamer Mitarbeiter des Caterings blieb den beiden mit der Chardonnay-Flasche dicht auf den Fersen.

Nach einer Weile merkten Herr Burger und Johnny, dass der Lärm der Gespräche sich gelegt hatte. Sie befanden sich im ersten Stockwerk und beugten sich über die Estrade, aus Burgers Glas tropfte Weißwein hinab in den Saal, verfehlte nur knapp einen der Gäste.

Auf dem kleinen Podium des Musikers hatte sich Vogt hinter dem Mikrofon platziert, räusperte sich und begann seine Laudatio auf den Künstler. Er sprach davon, dass in Zinns Brotgebilden im ersten Moment überhaupt keine Konturen zu erkennen seien. Man müsse sich schon, so Vogt, in diese ungefähre Kopfform *hineinbeißen*, damit man die Züge nach und nach *herausbeißen* und *heraussehen* könne, jeder Betrachter auf seine Weise – je nach Qualität des Kieferorthopäden, beziehungsweise Optikers. Gelächter.

Mehr bekam Johnny von Vogts Rede nicht mit. Er hatte Burger sein Weißweinglas überreicht und war die Treppe hinab in den Galeriesaal gestolpert. Unten neben der Treppe sah er Lily stehen und gab ihr im Vorbeigehen einen Kuss, mit dem er ihre Wange knapp verfehlte. Schwitzend stellte er sich vorne neben Vogt und wartete das Ende der Rede ab. Er nahm das Mikrofon entgegen, er hatte vor, sein Herz in beide Hände zu nehmen und sein Werk und sein Leben in einige wenige Worte zu fassen, trocken und pfiffig. Er wollte Ferd und Lou danken, die er nicht eingeladen hatte. Er hätte es einfach nicht übers Herz gebracht, sie alle einander vorzustellen: *Du weißt ja, eigentlich sind sie meine … Großeltern – na ja … Das ist mein Papa Ferd. Das ist meine Mama Lou. Das ist meine Lily, Lily …* Jetzt tat es ihm plötzlich sehr leid. Er sah die beiden braven Eltern vor sich, am Schreibtisch, am Klavier, Lou lächelte tapfer und spielte im zartesten f-moll, und Ferd fiel eine graue Strähne aus dem Scheitel, die er sorgsam zurück in die Frisur strich.

Sie waren nicht da und es war nicht mehr zu ändern. Johnny hatte auch Burger zu danken. Und vor allem Lily. Doch als er endlich den Mund aufmachte, war alles unsichtbar, tränenerstickt, er brachte keinen Ton zustande, spürte die dunkle, dicht gedrängte Maße der vielen Leute da unten. Er kniff die Augen zusammen und versuchte, unter dem Scheinwerferstrahl hindurch zu sehen. Die Blicke waren erwartungsvoll, ein unbegründetes Wohlwollen, das jederzeit in Befremden, dann in Feindseligkeit kippen konnte. Schließlich erkannte er ganz vorne im dunklen Schimmer Evelyns blasses Gesicht.

»Ich danke der wundervollen Evelyn«, brachte er schließlich heraus, »für alles.«

Die Leute begannen zu klatschen, von der Estrade gellten zwei Pfiffe. Johnny nickte und würgte das Mikrofon zurück in die Halterung.

Lily war alleine nach Hause gegangen an jenem Abend. Kurz nach der Galerie, als sie in den Neumarkt einbog, warf sie ihre teuren, glitzernden High Heels weg, die sie extra für diesen Abend gekauft hatte. Die warmen Pflastersteine fühlten sich verheißungsvoll an, zugleich war sie traurig, sie vermisste den roten Kater nun schon länger. Sie beschloss, nach Glenbach zu gehen. Vielleicht wartete er vor dem Fenster ihres Kinderzimmers.

Sie hatte Johnny für empfindsam gehalten, nicht für schwach. Die Prinzessin auf der Erbse war schließlich kein Schlappschwanz, nur feinfühlig. Lily hätte es nicht geschafft, neben dem betrunkenen Johnny herzugehen, sich weiß Gott welche sentimentalen Betrachtungen anzuhören. Sein schlechtes Gewissen wegen seiner Großeltern, Erörterungen zum leeren Respekt, der ihm gezollt wurde, zur Rolle des Künstlers als hohle Trophäe einer Gesellschaft, arm an Inhalt.

Als Lily die Villa betrat, war Evelyn noch nicht da. Vielleicht zog sie mit Vogt um die Häuser und ließ ihn im Glauben, er hätte seine Chance. Vielleicht war es auch Johnny, den sie im Glauben ließ.

Die Villa *Evelyn* war dunkel und still. In den weiten Fenstern des Wohnzimmers bot sich ein für die feuchtwarme Jahreszeit ungewöhnlich klares Panorama der Nacht, die scharf geschnittene Alpensilhouette, die schwarzen Linden unten um den Pflugstein, die perfekte Täuschung einer friedlichen Welt, in der alles an seinem Platz schien. Lily setzte gemessen einen Fuß vor den anderen auf dem kühlen Marmor. Sie fragte sich, als sie den Kühlschrank öffnete und eine Tafel Schokolade fand, ecuadorianisch, wunderbar bitter, ob sie jemals wieder etwas von Johnny hören würde. Sie war froh, mit den Vorbereitungen für das Staatsexamen bis über beide Ohren in den Büchern zu stecken, eine willkommene Ablenkung, zumindest für die nächsten Wochen.

An den ersten Teil seines Heimwegs hatte sich Johnny nicht mehr erinnern können. In den kleinen Morgenstunden kam er zu sich, auf den menschenleeren Wegen des Irchel-Parks, die sich zwischen den Teichen und Bäumen schlängelten. Er wischte sich einen Kieselstein vom Mundwinkel. Er hatte dort offenbar schon länger gelegen. Seine Knie und seine Hüften schmerzten. Er richtete sich auf, klopfte seine Kleider ab. Auch der Nacken tat ihm weh. Er schaute sich um im aufkommenden Licht.

Die Brotskulpturen verkauften sich rasch und übertrafen die preislichen Vorstellungen Vogts. Das Bankkonto, auf das Ferd die vergangenen Jahre über monatlich einige hundert Franken einbezahlte, füllte sich binnen Wochen mit knapp 200.000 Franken. Es gab Zeitungsinterviews, Einladungen zu Workshops, Anrufe von Agenten, Kommunikations-Experten,

Kunstsammlern. Evelyn überredete Johnny schließlich, Vogt ein Dossier erstellen zu lassen für die Bewerbung bei den *Swiss Art Awards*. Johnny wurde eingeladen, durfte an der Art Basel sein Werk vorstellen und erhielt einen der mit 25.000 Franken dotierten Kunstpreise.

Jeden Abend wartete Johnny vor der Zentralbibliothek, wo Lily ihr Examen vorbereitete. Er stand gegen einen der Bäume gelehnt, sodass er vom Haupteingang aus nicht zu sehen war. Er schaute sich die Rinde des Ahornstammes an, wunderte sich, wie glatt sie war. Er wartete, bis Lily aus dem Gebäude kam und die Treppe hinunterging. Meist war es kurz vor 20 Uhr, wenn die Bibliothek schloss. Johnny sah zu, wie sie am Café Zähringer vorbei die Spitalgasse hinabging, um die Schulter ihre schwere Tasche voller Bücher, die ihren hüpfenden Schritt mäßigte. Wenn sie um die Ecke in die Niederdorfgasse einbog, nahm er die Verfolgung auf.

Am Bahnhof Stadelhofen stieg Lily in die S6. Johnny schaute zu, wie der Zug im Tunnel verschwand. Eine Viertelstunde später bestieg er dieselbe Linie. Vom Bahnhof aus schlenderte er eine Weile am Seeufer entlang bis zur Anlegestelle Erlenbach. Am Ufer setzte er sich auf einen Stein. Da war ein Blässhuhn, von dem Johnny nicht wusste, dass es eins war. Er wusste nur, dass sich der Wasservogel mit ihm angefreundet hatte. Er erkannte ihn Abend für Abend wieder, weil ein fein rosa getünchter Saum um das blütenweiße Stirnschild zwischen seinen Augen lief. Zuverlässig verließ das kleine Tier jedes Mal seine Gruppe, wenn er kam, ruderte frohgemut direkt auf Johnny zu, schaukelte eine Weile vor seinen baumelnden Füßen im leichten Wellengang. Johnny begann, eins ums andere die kleinen Brotgesichter von Ferd mit auf seine Ausflüge zu nehmen. Im Zug zerbröselte er sie geduldig in seiner Hosentasche und streute die Krumen ins Wasser, sobald das kleine Blässhuhn angeschwommen kam.

Wenn es nach 21 Uhr dunkel wurde, machte sich Johnny auf den Weg hoch zur Villa *Evelyn*. Er schlich geduckt an der weißen Mauer entlang, ging vorsichtig das letzte Stück vor der gepflasterten Einfahrt am Hügel mit der Birkenzeile vorbei. Beim Briefkasten setzte er sich zwischen die Mauer und die Sanddornhecke, wo er im Dunkeln nicht zu sehen war und behielt geduldig das Fenster von Lilys Zimmer im Auge. Manchmal erschien sie für einen Augenblick, war mit ihrem Handy beschäftigt, wahrscheinlich im SMS-Verkehr mit Zunder, oder sie hatte eine Spritzkanne in der Hand, mit der sie die Zimmerpflanze beim Fenster goß.

Eines Abends schlug plötzlich die Haustür auf. Hans Vogt kam mit schnellen Schritten die Einfahrt hochgestapft. Auch in der Dunkelheit erkannte Johnny, dass er einen roten Kopf hatte. Der Galerist stieg in seinen an der Hecke geparkten BMW, knallte die Tür zu und rollte langsam den Feldweg hinab bis zur Straße, wo er Gas gab.

Während Vogt sich von Evelyn Bachteler in den Wochen der Vorbereitung zur Vernissage hatte bezirzen lassen, versäumte er es zu bemerken, wie vollkommen diese Frau in ihrer Witwenidentität aufging und dass sie ein etwaiges Techtelmechtel oder auch eine Partnerschaft nur zuließ, um durch deren abrupte und ungerührte Beendigung ihrer ewigen Treue zum vor nunmehr zwei Jahrzehnten verstorbenen Silvan ein weiteres Denkmal zu setzen.

Am anderen Morgen erhielt Johnny von Vogt einen Anruf. Der Galerist erklärte, Frau Bachteler und er hätten sich über eine Skulptur zerstritten, die auf dem Gartengelände *Evelyn* seit Jahren stehe, ein Frühwerk einer seiner Künstlerinnen, das diese für eine Retrospektive hätte ausleihen wollen. Doch Madame Bachteler habe das Stück partout nicht hergeben wollen.

»Für fünf Wochen!«, rief Vogt, »fachmännischer Transport, Versicherung, meine persönliche Bürgschaft, alles garantiert!«

Vogt ereiferte sich, und Johnny nuschelte etwas ins Telefon.

»Ich sehe mich unerfreulicherweise gezwungen«, schloss Vogt, »die Zusammenarbeit mit Frau Bachteler-Damiani zu beenden und, nehmen Sie es mir nicht übel, Herr Zinn, mit Ihnen auch. Die Rendite war ja ganz ordentlich, aber ich verrate Ihnen ja kein Geheimnis, es hat sich dabei eher um einen Gefallen gehandelt, verstehen Sie?«

»Klar«, sagte Johnny.

»Ihre Ideen sind gut, wirklich. Allerdings in der Kunst geht es nun mal nicht um Kalauer – meine Meinung – rein freundschaftlich gesprochen. Es sind ja die feineren Seelengefilde, die wir in unserem Metier ansprechen wollen, nicht?«

Johnny bedankte sich für die Betreuung. Er hatte keine Zeit, sich mit Vogt aufzuhalten. Er hatte sich auf die Suche nach einer Wohnung gemacht. Von ihrem gemeinsamen Zuhause hatte er eine genaue Vorstellung. Natürlich musste es in der Nähe von Attila gelegen sein, in der Eidmatt, wo lauter Leute lebten wie Lily und wie er, mit denen sie aber nichts zu tun haben brauchten:

Dolder-Wald, Utoquai-Bad, Quartierleben, Ravioli-Laden, Falafel-Bude. Unaufdringlich vornehm würden sie leben, nicht zu gewöhnlich, nicht zu exklusiv, Jugendstilglas, eingelassen in Holztüren, Stuckatur an hohen Wohnzimmerdecken und daran befestigt ein Beamer, der manchmal Sitcoms auf eine weiße Wand projizierte. Vielleicht planten sie mal eine Film-Soirée und luden die Langweiler aus der Nachbarschaft ein, Fellini, Hitchcock, durchaus auch Bud Spencer und Terence Hill, und immer wieder Luis Buñuel.

Johnny hatte einen Plan. Er wollte Lily überraschen, sobald sie ihr Examen bestanden hatte. Er streifte durchs Eidmatt-Quartier, hörte sich um, hinterließ seine Telefonnummer, schrieb Bewerbungen mit Strafregisterauszug und Vermögensnachweis.

Auch er war froh um die Ablenkung. Seit der Vernissage fühlten sich seine Finger wieder rau, knöchern und nutzlos an. Manchmal schmerzten alle diese kleinen Gelenke und versteiften sich, als seien sie beleidigt. Wenn er von seinen Streifzügen durch das Quartier zurück in seine Hütte kam und vor seinen rundum beschuppten Kabeljau Nemo trat, schämte er sich wieder in Grund und Boden – Effekt, Effekt, sagte er vor sich hin, schmale Empfindung, schmale Gesinnung, alles einfach unmöglich.

Schließlich begann er zu ahnen – und die Ahnung verfestigte sich rasch zu blamabler Gewissheit –, dass die Dürftigkeit seiner Werke auf seiner Neigung zur Schwärmerei beruhte. Auch für seine Verliebtheit schämte er sich. Es war letztlich dasselbe. Er schämte sich für das Glück der letzten Monate, die blinde Begeisterung, die Hingabe, die Fraglosigkeit.

Es dauerte nicht lange und er holte wieder die weißen Laken und die Kordseile hervor, band sie eilends um die Skulpturen und die Bilder. Er packte einen Teil ins kleine Archiv, das er in der einen Hälfte des Schuppens angelegt hatte. Was übrig blieb, konnte er bei Remo Reber im Werkzeuglager Wildermuths unterstellen.

Johnny begleitete Lily zu jeder ihrer Prüfungen, aber in sicherer Entfernung. Unter dem Sofa im Schuppen hatte er ein hellblaues Mäppchen mit einigen ihrer Unterlagen gefunden. Auch der Prüfungsplan war unter den Dokumenten. Johnny konnte nachts nicht schlafen. Am anderen Tag schlug er jedes Mal ein ausladendes Kreuz in der Minute, da ihre Prüfung begann, blickte konzentriert zu jenen Fenstern hoch, hinter denen er Lily jeweils vermutete. Auch eine Kopie der Gruppeneinteilung zum Ophthalmologie-Kurs fand er in der Mappe. Johnny wählte einen Kommilitonen Lilys aus und rief unter dessen Namen im Dekanat der medizinischen Fakultät an, wo sich die Sekretärin Frau Zenhäusern mit ungemütlich zischendem Z am Telefon meldete.

»Wofür schicken wir Info-Blätter in der Weltgeschichte herum?«, fragte sie.

»Entschuldigen Sie bitte«, sagte Johnny, »ich habe meine Notizen im Zug vergessen.«

»Vergessen, ja so, die Kernkompetenz der Studenten«, sagte Frau Zenhäusern, »und online? Über die Plattform? Zwei Klicks und Sie finden alles, was Sie wissen müssen, Herr Dahinden.«

»Wissen Sie, die bauen bei uns auf dem Nachbargrundstück und haben das Kabel gekappt. Ich bin seit einer Woche ohne Internet.«

»Mein Beileid. Also. Die Ergebnisse sollten Sie am 24. August mit der Post erreichen. Zufrieden?«

»Tausend Dank, Frau Zenhäusern.«

»Toi, toi, toi.«

In der Nacht auf Donnerstag, den 24. August 2006, war es im Schuppen bereits wieder ekelhaft kalt geworden, und schon deshalb war Johnny heilfroh um den Mietvertrag, den er in der Woche zuvor gerade rechtzeitig unterzeichnet hatte. In aller Herrgottsfrühe war er aufgestanden und hatte eine kalte Dusche genommen, um sich Mut zu machen. Er nahm sein Handy und begann nochmals, die unzähligen Versionen zu evaluieren, die er in den vergangenen Tagen ausgeheckt hatte. Am Ende entschied er sich für seinen ersten Einfall, der bekanntlich der beste sein soll. Er hatte das zwar immer für Schwachsinn gehalten, sagte sich aber, wer weder ein noch aus wusste, hielt sich am besten an die einfachste Weisung. Er hatte seine Finger noch nie zittern gesehen und musste lachen, als er sein einsames Fragezeichen los schickte, Lilys Antwort ließ keine halbe Minute auf sich warten:

»0% der Prüfungsteilnehmer haben eine höhere Punktzahl erzielt.«

Husarenstück! Lily!

Ein Stück Husar, ein Stück Stück …

Helios-, Ecke Lunastrasse

?

Eidmatt-Quartier, Nähe Hegibach-Platz, na los

Das Parkett knarrte unter Lilys Schritten, sie ging schweigend durch die Zimmer. Es war noch alles leer, aber im einen Zimmer neben der Küche stand ein frisch bezogenes Doppelbett. Von den Decken hingen nackte Glühbirnen. Im Wohnzimmer stand *Selbstporträt* auf einer spanischen Kommode. Lily öffnete die Fenstertür zum Balkon, da stand in einer großen, durchsichtigen Plastikhülle Johnnys englischer Ohrensessel. Lily stellte sich an die Balkonmauer und schaute hinaus auf einen weiten grünen Hof, Eichen reckten ihre starken Arme durchs nachmittägliche Augustlicht, in einiger Entfernung schlossen Fassaden anderer Altbauhäuser den Garten ab, über den Dächern breitete sich die Stadt aus, bis zum gemütlich spielenden Glitzersaum des Zürichsees. Vom oberen Balkon führte eine Holzrampe hinab in den Hof, die jetzt in eine leichte Schwingung versetzt wurde. Lily schaute nach oben.

Der Rote kam seine Rampe herabgeschaukelt. Auf der Höhe von Lily hielt er inne, sein Blick ging in die andere Richtung hinaus in den Garten, da bist du ja, schien er zu ihr zu meinen, ohne sie auch nur anzuschauen, Lily aber sah es ihm von hinten an, seiner Gestalt, seinem Rücken, das Wiedersehen war ein Anlass zu solchem Überschwang, solch überwältigender Freude, dass der Kater sein überschäumendes Herz bagatellisierte und rein gar nichts dergleichen tat.

Johnny stand im Wohnzimmer an der Wand neben einem mit weißem Tischtuch gedeckten Esstisch. Da stand auch ein silberner Sektkühler, je ein schöner Henkel auf beiden Seiten, *Krug Champagne* stand vorne eingraviert, das Metall beschlagen von zartem Tau.

Die Tröpfchen spritzten nur so davon, der Kühler schepperte mit der Flasche zu Boden, der Korken schoss ab, der Champagner pulsierte schäumend aus der rollenden Flasche und lief über den Boden aus.

Lily lag mit dem Rücken auf dem Tisch, fuchtelte unter Johnny mit den Armen. Sie schnappte nach seiner Wange, er wich zurück, packte ihre Handgelenke, schlug sie links und rechts auf die Tischplatte, *pock*, *pock*, hielt fest. Lilys Kopf schnellte von Neuem hoch, nun kriegte sie mit den Zähnen sein Gesicht zu fassen. Sie merkte, dass er es zuließ, einen Schrei unterdrückte, ihr seine Wange überließ, sie leckte die Stelle ab, fand eine neue Stelle zum Beißen und Küssen. Sie wand sich unter seinem Körper, als sie ihre Arme wieder befreit hatte, hängte sie sich mit dem rechten an seinen Hals, riss mit dem linken an seinem Hosenbund, von dem ein Knopf absprang. Johnny teilte ihre Beine, er zog an Lily und drückte gegen sie, suchte mit seinen Knochen nach Lilys Knochen, bis die Häute dazwischen keine Rolle mehr spielten. Lily verzog keine Miene. Sie hatte die Augen geschlossen, hangelte sich mit den Armen an seinem Rücken und an seinem Hals. Er spürte ihre Brust an seiner Brust, sie küsste immer wieder den Rand seines Ohrs von der Seite, unterbrochen von den Erschütterungen, die er ihr zufügte, er hörte ihre unwillkürlichen Geräusche, ein rhythmischer Schrecken.

Als Lily erwachte, wurde es draußen langsam dunkel. Ihr Kopf schnellte hoch, sie realisierte nach und nach, wo sie war. In ihrem neuen Zuhause zusammen mit Johnny, auf dessen Bauch sie ihren Kopf gebettet hatte. Sie musste sehr tief geschlafen haben.

Eine Stunde später wurde es Nacht. Sie lagen still beieinander unterm Tisch, die Lache Champagner hatte das eine von Johnnys Hosenbeinen getränkt, nass und kühl, sie würde bleibende Spuren auf dem Parkett hinterlassen. Johnny streichelte Lilys Stirn. Wann immer er kurz einnickte und damit aufhörte, stupste Lily an seinen Bauch und er streichelte weiter.

»Ich werde damit aufhören«, sagte Johnny auf einmal. Lily stützte sich auf den Ellbogen.

»Aufhören?«, fragte sie.

»Es geht in der Kunst um feinere Seelengefilde.«

»Aufhören mit der Kunst?«

»Kunst war es nie.«

Lily ließ ihre flache Hand auf seinem nackten Schenkel ruhen, sie war sehr warm. Auch die Wange, die beinahe glühte, legte sie wieder auf seinen Bauch.

»Bist du wahnsinnig?«, fragte sie in aller Ruhe.

Die Fotografie, die Lily vor einigen Tagen von der Tür ihres Garderobenschrankes abgelöst hatte, war damals von einem

Profi angefertigt worden. Der hatte Johnnys Schuppen mit einem kleinen Lieferwagen voller technischem Zubehör besucht. Anlässlich der Ausstellung bei Vogt wurden *Selbstporträt* und ein paar andere Werke für die Broschüre und einige hundert Postkartenabzüge abgebildet.

Es war ihr so selbstverständlich vorgekommen, das Bild abzuhängen, Jahre überfällig.

Nicht erst seit der Urteilsnacht, als die Krankheit in ihrem Kopf ausgebrochen sein musste. Nicht erst seit ein paar Tagen, seit der unseligen Inquisition, als Johnny im englischen Heckenlabyrinth eines steinreichen Söhnchens an der Goldküste einen verwegenen Versuch unternommen hatte, reinen Tisch zu machen, sie endlich richtig auszufragen wegen Ignaz Zunder. Es gab nichts, was sie ihm hätte sagen können. Vielleicht hätte Séverine ihm etwas sagen können. Aber Johnny hatte keine Ahnung von Séverine, wie von so vielen anderen Dingen auch nicht.

Seither lag *Selbstporträt* im Schrankfach unter Lilys Stationsnotizen, die sie jetzt für den Röntgenrapport herausholte.

Der Tag, an dem Lily und Johnny sich trennten, war der zweite Donnerstag im April 2016. Auf dem Weg ins Institut fiel Johnny die *Wochen-Zeitung* ein, heute mit *Le Monde diplomatique* als Beilage. Er bremste gerade rechtzeitig vor dem Reformhaus Vier Linden und bog links in die Hottingerstrasse Richtung Kunsthaus ein.

Alles fair aufgeteilt. Das ganze Leben. Johnny war zuständig für alle Besorgungen und das Abendessen, Lily für Frau Saepha, Buchhaltung und Steuererklärung, Ansatz für Alleinstehende.

Evelyns Interesse an Johnny war rasch geschwunden, dachte Lily, doch das hatte nichts damit zu tun, dass sie nicht heirateten. Immerhin hatte die Mutter anfangs in Johnny den vielversprechenden Künstler entdecken dürfen. Noch jetzt nahm Lily es ihm übel, seine kindsköpfige Begeisterung über Evelyns Begeisterung für sein Talent, ihr Lob für sein junges, reifes Werk und auch gleich für seinen jungen, reifen Charakter. Hätte Lily damals gewusst, wie einfach er um den Finger zu wickeln war, sie wäre wohl vorsichtiger gewesen, ihn ihrer Mutter anzupreisen. Blind und taub und blöd war Johnny, sobald ihm jemand auch nur mit einem Pinselhärchen den Bauch kitzelte. Gerade war es wieder eindrücklich zutage getreten auf den Krippenpartys und den Hermès-Abenden. Übrigens hatte Evelyn das damals sofort gemerkt, in solchen Dingen war sie aufgeweckter als Lily.

Johnny ahnte heute noch nicht, dass Evelyn ihn von Anfang an für einen Langweiler gehalten hatte, dass sie nur eben alles, was zu Lily gehörte, gerne in ihrer Reichweite wusste. Nachdem Evelyn den Streit mit Vogt angefangen hatte und für Johnny nichts mehr tun konnte, hatte sich ihre kontrollierte

Euphorie rasch gelegt. Und seit Johnnys Karriere ins Stocken geraten war und er die Stelle im archäologischen Institut angetreten hatte, fragte sie Lily kaum noch nach ihm.

Johnny klemmte die *Wochen-Zeitung* in den Gepäckträger. Abends auf dem Rückweg würde er noch Gemüse und Brot einkaufen müssen. Die Kocherei war ihm längst verleidet. Früher hatte es ihn gefreut und beruhigt, mit einem kühlen Glas Weißwein gemütlich in der Küche den Tag ausklingen zu lassen. Als die halbe Welt dem Jamie-Oliver-Taumel verfiel, war für Johnny der Ofen bald aus. Man kam sich in der Küche vor wie der letzte Trottel. Alle hatten sie die bunten Bücher von diesem Kolonialisten-Wicht in der Küche stehen, einige zimmerten sich wohl eigens ein kleines Regal für die postmodernen Giftmischer-Bibeln. Keiner, den Johnny kannte, entblödete sich, dem britischen Baby-Face nachzueifern, was bei Jamie Oliver überhaupt nichts mit Eifer zu tun hatte, cool in der Küche herumstehen im offenen Flanell-Hemd und mit aufwändig ungekämmten Haaren die aufwändig lässig geputzten rohen Randen dünsten, am Ende den nackten Finger von der Sauce in den Mund, *absolutely amazin', brillant, fantastic* … zum Kotzen.

Lily rannte wieder durch den Korridor, jetzt in die andere Richtung. Sie schaute auf die Uhr, 08:02, schon wieder zu spät. Erst jetzt fiel ihr ein, dass Frau Professor Heri sie gebeten hatte, eine Viertelstunde eher im Rapportraum zu erscheinen, sie wolle mit ihr sprechen.

Professor Heri war von ihrem Titel und ihrer Charge dergestalt bewegt, dass sie auf direkten Blickkontakt empfindlich reagierte. Sie sagte meistens nichts, schon ihr eigenes Sprechen schien sie zu derangieren. Ihre Gesten und Fingerzeige aber taten stets ihre volle Wirkung in der Truppe der Ober- und Assistenzärzte, die unter Heri dienten.

Kretschmar kam Lily entgegen, der Viszeral-Chirurg, ein reserviertes Grinsen im Gesicht. Er schob neben sich ein Skelett, aufgerichtet an einer dünnen Stange, mit den Knochenfüßen auf vier Rollen stehend. »Tod auf Rädern«, rief er den Neuen jeweils zu, und Lily fragte sich, wie oft der Spruch wohl heute noch durch die Korridore hallen würde.

Um die nächste Ecke war ein Bettentransport mit einem Küchenwagen zusammengeknallt, die Karambolage versperrte Lily den Weg. Sie musste zum Treppenhaus zurück, eine Etage hoch, im B-Geschoss zum Ost-Trakt hinüber.

»Aha, Frau Damiani, stets die Letzte im Kino, ein Jahrzehnt in Diensten bei uns und kennt immer noch nicht den Weg zum Morgenrapport«, sagte Frau Professor Heri, leises kurzes Kichern unter den Kollegen, als Lily sich im abgedunkelten Rapportraum geräuschlos auf einen Stuhl außen in der zweiten Reihe setzte. Sie entschuldigte sich, schaute über die Schulter zurück zur Chefärztin, in deren ovalen Brillengläsern der Strahl des Projektors blinkte.

»Dann sehen wir zwei uns direkt nach dem Kaffee in meinem Büro«, sagte Heri und hatte sich schon dem nächsten Röntgenbild zugewandt, ordnete in schneidigem Singsang an, aus der Blutentnahme vom Morgen Schilddrüsenwerte nachzubestellen.

»Irgendwoher muss das ja kommen. Nächster Patient«, sagte Heri.

»Marx, Leonard«, sagte Melanie Zizek, »Angiografie Becken.«

»Schon wieder?«, rief Heri.

»Das letzte Mal war es nur die Femoralis rechts«, sagte Lily.

»Das weiß ich«, sagte Heri, »aber das letzte Mal war vor einem Monat, wieso ist der Patient internistisch?«

»Marx, Leonard, da haben wir ihn«, sagte Melanie Zizek, »PTA, Femoralis rechts, vom 4. Februar 2016.«

»Zwei Monate, sag ich ja. Scrollen Sie mal durch«, sagte Heri, »wieso hat man den damals denn nicht gleich durchgestentet?«

»Herr Marx hatte abgelehnt«, sagte Lily, »es war eine Tournee mit seinem Musik-Trio geplant.«

»Und jetzt hat der Herr seine Meinung also geändert?«

»Die Symptomatik hat sich verschlimmert. Und die Tournee ist vorbei. Darum hat ihn der Hausarzt nochmals zur Angio angemeldet.«

»Fragestellung? Proximale Verschlüsse? Iliakal?«

»Genau.«

»Wer ist der Hausarzt?«

»Dr. Gnehm.«

Professor Heri nickte.

»Überweisungsweltmeister. Ein Fall fürs Guinness-Buch. Nächstes Bild bitte. Ach, Frau Damiani, seien Sie so gut und machen Sie mit diesem Marx-Fall irgendetwas, soll der etwa ins Universitätsspital einziehen?«

Beim Kaffee in der Kantine war Melanie Zizek noch aufgekratzter als sonst. Zwischendurch schielte sie immer wieder auf ihr Handy. Sie seien am Wochenende wandern gegangen, sie selber hätte das noch nie in ihrem Leben gemacht, außer auf der Schulreise, aber Ozan sei ein richtiger Schweizer Wandersmann geworden, schön, die Natur, die Berge, die frische Luft. Im Calfeisental seien sie gewesen, davon hätte sie zuvor noch nie gehört.

»Aber was die Leute in den Bergen so tragen!«, sagte Melanie Zizek, und Silke Hennings nickte eifrig, »vor allem die Männer. Manche tragen rote Strümpfe bis zum Knie!«

Calfeisental.

Johnny wollte nicht verreisen. Niemals. Nirgendwohin. Solange er noch nicht im Weisstannental gewesen sei, sehe er keinen Grund, die Schweiz zwecks Urlaubs zu verlassen, hatte er immer gesagt. Eines Samstags waren sie schließlich durchs Weisstannental spaziert, entlang dem Gufelbach und der Seez nach Mels. Als sie im Zug zurück nach Zürich saßen und an der mobilen Bar kühlen Weißwein in Bechern bestellten, schaute Lily ihn erwartungsfroh an.

»Was?«, hatte Johnny gefragt.

»Wohin darf die Reise also gehen, Berlin? Wir schauen uns spaßeshalber den Brachiosaurus an im Naturhistorischen Museum. Und dann spazieren wir entlang der Spree.«

»Du scheinst dich auszukennen.«

»Oder endlich an den Comersee, Bellagio?«, sagte Lily.

»Bellagio liegt in Italien.«

»Wir waren soeben im Weisstannental, von oben bis unten!« Johnny war vorbereitet und hob sein Glas:

»Calfeisental. Solange wir noch nicht im Calfeisental waren, gibt es keinen Grund …«

»… die Schweiz zwecks Urlaubs zu verlassen, alles klar, du stubensesshafter Hocker.«

Consuelo José fragte, ob etwas nicht stimme mit Lily, sie sehe ein bisschen blass aus. Eine Bahn kräftiger Morgensonne lag über dem Tisch in der Cafeteria. Lily sagte, sie schlafe im Moment nicht besonders gut, und Consuelo sagte, sie nehme manchmal eine halbe Tablette Dormicum, das sei zuverlässig, vor allem im Frühling, und im Nachtdienst nehme sie es am Morgen, sobald sie nach Hause komme.

»Vielleicht solltest du ja einfach nicht zum Kaffee bleiben«, sagte Lily.

»Dann würde ich überhaupt keinen gesunden Menschen mehr sehen«, sagte Consuelo.

Sprüche. Nichts als Sprüche hast du drauf, Johnny.

Das hatte Lily eigentlich immer gefallen. Aber ein Spruch war am Ende nur so gut, wie der Charakter, hinter dem er zurückblieb. Johnnys Sprüche aber waren Johnny weit voraus.

»Weisstannental!«, damals hatte Lily ihm den Gefallen noch getan, Stichworte zu geben um der Stichworte willen, immer in Vorfreude, was er daraus wohl machte. Damals schien es ihr, als reichte Johnny eine Nussschalenhälfte, um das ganze Brimborium eines rauschend festlichen Fünfdeck-Ozeandampfer zu veranstalten, ein übermütiges, überbordendes, farbenfrohes, selbstvergessenes Gewühl. Johnny war ein ins Kraut schießender Regenwald, der jedes kleinste Korn einer Beobachtung, einer Idee im fruchtbaren Morast seiner Biosphäre austreiben und wachsen ließ.

»Weißtannental hast du gesagt!«

Johnny nahm einen guten Schluck aus dem Weißweinbecher.

»Calfeisen, hab ich gesagt.«

»Ganz und gar nicht!«

»Ach Lily, es gehört zu meinen unangenehmsten Eigenschaften, dass ich immer Recht habe.«

Sprüche. Sprüche.

Johnny überquerte den Heimplatz hinter dem Kiosk, steuerte seinen Ordonanzesel über die Hottingerstrasse zwischen Resten des Morgenverkehrs hindurch. Das Gefährt fühlte sich gut an. Er hatte es gerade erst aus der Reparatur abgeholt bei Dr. Bike, dem Nachfolger des alten Quentin Reifler unten beim Kreuzplatz. Erleichtert trat er in die Pedale die Kantonsschulstrasse hinauf und musste zugeben, dass sich der Esel schon seit Jahren nicht mehr so kompakt und reibungslos gefahren hatte. Dr. Bike, ein junger Mechaniker mit einer Wollmütze und einem sorglosen Lächeln, hatte ganze Arbeit geleistet.

Er passierte das riesige Loch für den neuen Kunsthausbau, aus dem drei Krane in den Himmel ragten. Lily und Zunder versuchte er bis auf Weiteres abzuschütteln, gab sich alle Mühe, zu seiner Routine zurückzukehren, sich morgens auf dem Weg zum Institut mit der Entwicklung und den Formen der Arten zu beschäftigen, eine Art Aufwärmen für seine Tätigkeit als paläontologischer Plastiker.

Das Wichtigste blieb sich immer gleich, er musste auf das Denken verzichten. Er benutzte nichts als seinen geistigen Tastsinn, auf den er sich früher in der Kunst hatte verlassen können. Die Hände hatte Johnny am Lenkrad, mit dem inneren Sensorium seiner Finger erkundete er die Organismen. Er wollte das Geheimnis der Entstehung lüften, manchmal befürchtete er, dazu seien seine Finger noch zu jung.

Alles begann mit der Haut. Johnny spürte den tausend Texturen nach, Panzer, Schuppen, Daunen, Borsten, Stacheln. Er bewegte sorgsam Gelenkscharniere, Schädel, Schwänze, Flügel, fuhr vorsichtig am Blatt der Schultern lang, der Wölbung der Rippen, Mulden und Wulste der Knochen, die er zwischen Muskelspindeln spannte, dicht verschloss unter Faszien. Er tastete sich am Nacken vor, Leisten, Schenkeln, Läufen, Fühlern, Armen, Achseln, er fand oder vermisste Schlüsselbeine, begriff den Gral des Brustbeins und immer wieder die Achse der Wirbelsäule, jene Zeugin der Chordatiere, die sich vor Jahrmillionen in einem ersten bindenden Urteil der Genesis für eine Richtung entschieden hatten, Vorne und Hinten, Oben und Unten.

»Pass doch auf, Schafseckel!«, ans Rotlichter-Überfahren hatte er sich gewöhnt. Auch an das Gefluche der Autofahrer.

Er tastete sich weiter in die Tiefe, an Sehnenzügen entlang, durch Bindegewebe, Knorpelast, Knochengebälk. Er erkundete die Rücken von Menschenaffe und Braunbär, von Taschenmaus und Rüsselhund, die Flanken von Moschusochse und Indusdelfin, den Bauch des Äthiopischen Igels und der Nacktmulle. Johnnys Finger fragten nach den Fersen des Elefanten, den Ellbogen der Fledermaus, den Brauen des Maulwurfs, den Fingern des Esels ... vor allem aber nach dem

Fuß des Hasen, dachte Johnny, der Hasenfuß, der er war, hatte Lily mit ihrer Lüge über Zunder davonkommen lassen, der Hasenfuß traf keine Entscheidung, der Hasenfuß gestand sich nicht ein, dass es womöglich gar nicht um Zunder ging, dass der vielleicht nur ein Vorwand war, um abzulenken von dem erbärmlichen Projekt, zu dem sein Leben inzwischen geworden war.

Jetzt lass es schon bleiben, Johnny, es hat keinen Sinn, konzentrier dich auf deine endlose Aufgabe. Du hast alle Hände voll zu tun, gelingt es dir, die Säugetiere als einen zusammenhängenden Modellversuch zu begreifen – aber niemals kann das geschehen –, dann kommen ja erst die anderen Vertebraten an die Reihe, Vögel, Fische, Reptilien, Amphibien, jede Klasse ein Fall für sich, und jeder Fall unterteilt in unzählige Reihen und Ordnungen, Familien und Gattungen, und selbst jede Gattung besteht am Ende aus Abertausenden und Abermillionen Einzelfällen von Wesen, um die es dir ja geht, die gemeinsam die Gattung, die Familie, die Ordnung und die Klasse, der sie angehören, durch ihr Dasein überhaupt erst erschaffen, nicht wahr?

Johnny hörte schon den Einwand dieser blöden *Grundprinzipisten*, letztlich basierten doch die Wirbeltiere alle auf ein und demselben *Grundprinzip*. So einen Schwachsinn behaupteten Leute, die mit dem Hirn dachten! Das mochte ja naheliegen, aber ebenso konnte es naheliegen, Gedichte mit dem Arschloch aufzusagen.

Jede einzelne Kreatur in ihrer Wesensart zeichnete sich durch Besonderheiten aus. Dadurch unterschieden sie sich von den anderen, und alleine dieser Unterschied machte es überhaupt möglich, auf den blöden Gedanken eines gemeinsamen Grundprinzips zu verfallen. Das Skelett eines Frosches sei im Prinzip das gleiche wie das Skelett eines Menschen. Diese verbohrten Ähnlichkeitsfanatiker mit ihren Analogien!

Überall das gleiche, Naturwissenschaft, Philosophie, Psychologie. Natürlich ist ein Frosch im selben Schema aufgebaut wie alle Wirbeltiere. Damit war aber noch gar nichts gewonnen! Am Ende verdankte sich das Froschskelett alleine seinem Anderssein, eigen, einzigartig, sonderbar. Zu sagen, das Skelett eines Frosches sei im Prinzip wie das Skelett eines Menschen, war dasselbe wie festzustellen, der Leib Christi und eine Gurke seien im Prinzip ein und dasselbe, nämlich etwas mit hohem Wassergehalt. *Im Prinzip*, das hieß für Johnny so viel wie *im Grunde überhaupt nichts*. Ein Prinzip war ein Denkgift, wenn ein Mensch auf ein Prinzip stieß und sein Heureka stammelte, wusste man ihn zuverlässig auf seinem angestammten Pfad, dem Holzweg, den er mit seinen platten Füßen und seinem ulkig aufrechten Rücken zu beschreiten pflegt.

»He, du Trottel, Fußgängervortritt! Auch vor Fahrrädern!«

Woher nur diese törichte Sehnsucht des Menschen nach Modellen? Nach den Bildern hinter den Abbildern? Nach Formeln für Sachlagen? Wieso musste man Faktisches mit Matrizen belästigen, mit Ordnungen, Systemen, *Grundprinzipien*? Wieso lieferte man sich nicht einfach der Sache aus, chaotisch, spontan, kreativ, naiv? Was ging nicht alles verloren, wenn man sich am Anderen mit dem Gleichen verging?

Ist ein Frosch etwa nicht ein Frosch?

Johnnys Finger spürten genau diesem Frosch nach, der da am Ufer genau dieses Weihers seiner Vorstellung saß, dessen dreifach gefaltete Gliedmaßen Johnny sich in seiner imaginierten Pantomime erinnerlich machte – Froschoberschenkel auf Froschunterschenkel auf Froschfuß – drei Glieder, im sitzenden Tier aneinanderklebend wie eine verschlossene Ziehorgel, bevor sie, wenn das Froschbein plötzlich lossprang, *zack:* vier bis fünfmal ihre Ausdehnung erreichten – ein Spektakel von einem Bein, ein Glied wie ein Sinnesorgan zur Erkundung des blitzartig durchmessenen Raums –, und dann kam irgend so ein Idiot von Biologe wie Reichmuth, der Direktor des Instituts, dieser elende *Biolokrat* – und wies darauf hin, heiser vor bekümmerter Versonnenheit, *im Grunde sei das Froschbein dasselbe wie das Menschbein.* Und Johnny dachte, der Ort, wo alle Erkenntnis versumpfte, war eben gerade jener: *im Grunde.*

Ein Frosch ist ein Frosch.

Johnny bog ein in die Karl-Schmid-Strasse und hielt vor dem Institut. Es hatte leicht zu regnen begonnen, ein gutmütiges Tröpfeln, bereits ein sommerliches Nieseln, Grüße aus einem Himmel, der ausrichten ließ, im Lauf des Tags ein makelloses Frühlingsazur zu erlangen. Johnny stieg ab, steckte sich die Zeitung in die Brusttasche und stellte das Fahrrad ins Gestänge. Er warf einen kurzen Blick hinüber zum Universitätsspital auf der anderen Straßenseite.

»Sei kein Frosch!«, hatte Lily manchmal zu ihm gesagt.

5 – STEINE

Professor Heri trug eine Brille mit kreisrunden Gläsern und einem sehr feinen Goldrand. Sie bat Lily, sich zu setzen, ohne von den Akten aufzublicken. Alle zehn fein lackierten Finger spielten mit einer silbernen Füllfeder. Sie seufzte und blickte Lily schräg von der Seite an, teilte großzügig den Überdruss, den die Krankheiten der Patienten ihr bescherten. Lily lächelte sie freundlich an und faltete die Arme vor dem Bauch.

»Frau – Da – mia – ni, die Karriere! Verzeihen Sie meine Direktheit, ich habe heute keine Zeit, um den heißen Brei herumzureden. Sie verplempern hier Ihr Leben, das ist ein offenes Geheimnis, jetzt sind sie schon bei uns ...«, Heri zögerte, und Lily sagte, sie habe 2007 angefangen.

»2007! Neun Jahre?«

Lily nickte.

»Nicht ihr ernst, das ist doch nicht normal«, die Professorin rutschte etwas tiefer in ihren Stuhl, wieder spiegelten ihre Brillengläser das Licht, und es sah aus, als hätte sie ein Paar riesiger milchweißer Augen.

»Was ist denn mit ihrem Facharzt?«, lächelte sie.

»Der steht noch aus.«

»Klar, sie müssten ja mindestens einmal das Spital gewechselt haben. Gefällt es Ihnen denn so gut bei uns?«

»Es liegt nur daran«, sagte Lily, »es hat sich immer so ergeben, dass man froh war, wenn ich noch ein Jahr verlängert habe, da waren Engpässe, Schwierigkeiten mit den Dienststunden seit dem Wechsel auf die Fünfzigstundenwoche ...«

»Nein, nein!«, sagte Frau Heri und saß auf einmal wieder kerzengrade, ihre Haare schaukelten um ihr kühles Gesicht, »das ist genau das Problem, das ich mit Ihnen habe, Frau Damiani, Sie sind *everybody's darling*, immer nett zu allen,

Patienten lieben Ärztinnen wie Sie. Aber wissen Sie, ich nehme Ihnen das nicht ab. Sie sind ja gar nicht so viel jünger als ich, wie alt sind Sie?«

»36.«

»Mit 36 müssten Sie zwei bis drei Kinder jonglieren und ihren Mann so hingekriegt haben, dass er Ihnen für jede Kaderstelle auf der Welt hinterherreist.«

Lily hielt den Blick gesenkt. Unter dem Schreibtisch sah sie die nackten Füße der Chefärztin neben den weißen Spitalpantoffeln. Sie hatte schlanke Füße, die Zehennägel ebenso frisch lackiert.

»Haben Sie wenigstens die Facharzt-*Prüfung* schon abgelegt?«

»Ja.«

»Wann?«

»Letzten Sommer.«

»Bravo.«

Professor Heri stand auf und trat ans Fenster. Sie nahm ihre Brille ab, die richtigen Augen waren klein und trübe, aber lebendig.

»Wir sind ein Ausbildungsbetrieb«, fuhr sie fort, »wir können hier keine ewigen Assistenzärzte gebrauchen. Oh ja, den Oberen passt das natürlich, je erfahrener die Subalternen, desto leichter das Leben in den höheren Chargen. Ich muss es mir selber ankreiden, dass ich nicht früher eingegriffen habe. Aber offen gestanden wäre ich im Traum nicht auf die Idee gekommen, dass es überhaupt eine Kollegin wie Sie gibt! Ich gehe von einem minimalen Ehrgeiz aus. Wir lassen den jetzigen Vertrag auslaufen, einverstanden? Bis Jahresende. Fangen Sie an, sich zu bewerben, nennen Sie unbedingt meine Referenz, wir wissen beide, dass sie fähig sind. Aber, mit Verlaub, nehmen Sie sich den Finger raus, Herrgott, wollen Sie als graue Maus sterben?«

Pack!

Etwas war gegen das Fenster geknallt. Professor Heri erschrak nicht.

»Diese Kinder im Park, das dritte Mal heute!«, rief sie, war im Nu am Fenster, riss es auf und lehnte sich weit hinaus »fort mit euch! Gleich rufe ich die Polizei!«

Pack … pack … pack.

Lise brauchte nicht zu erwachen. Manchmal schlummerte sie eine halbe Stunde vor sich hin, Schlaf konnte man das nicht nennen. Jetzt lag sie hellwach auf ihrem großen Kopfkissen und erkannte wie immer in den vielen Astknorren der rustikalen Decke ihres Kinderzimmers gespenstische Gesichter, aufgerissene schwarze Augen, zu einem starren Schrei geöffnete, schwarze Mäuler.

Pack … vor dem Fenster stand die Birke, dicht von Efeu umrankt, nachts sah sie aus wie eine groß gewachsene Frau mit einer enormen Boa um Brust und Hals. Auf dem glatten Schirm des Nachttischlämpchens schimmerte das bleiche Mondlicht.

Pack.

Kieselsteinchen gegen das Fenster. Ihr Zeichen.

Lise schob die Decke beiseite, stand auf. Als sie das Fenster öffnete, traf sie der nächste Stein an der rechten Wange. Lise hielt die Hand ans Gesicht, auf ihrem Finger glänzte ein kleiner warmer Fleck Blut.

»Flo?«, rief sie leise hinab.

»Hier unten«, sagte Florence, eine Flüsterstimme, dem Verstummen abgetrotzt. Lise stieg in ein paar Turnschuhe, kletterte auf das Sims. Sie sprang hinüber auf den Ast der Birke, krallte sich an den Efeuranken fest und kletterte flink hinab zu ihrer Freundin. Sie landete im hohen Gras neben dem Rhododendron und umarmte Florence.

Die beiden Mädchen gingen durch die mondblauen Straßen. Sie sprachen nicht und ihre Schritte waren rasch. Keine Menschenseele, eine milde Nacht, in einer Woche begannen die Sommerferien und Florence wollte nicht mit ihren Eltern zum Zeltplatz in die Bretagne fahren, sie wollte nachts mit Lise unterwegs sein.

Herr Germann, Florences Vater, war der großzügigste Mensch, den Lise kannte. Einer, der fast jeden Abend Gäste nach Hause brachte. Alle liebten ihn, Männer, Kinder, die Frauen erst recht. Wegen Herrn Germann hatte Lise zum ersten Mal verstanden, weshalb man sich für einen Mann interessieren konnte. Wegen Herrn Germann hatte sie etwas später auch zum ersten Mal verstanden, dass Männer gerade die Dinge am besten konnten, die ihnen niemand zutraute.

Lise wusste das, Florence nicht.

Herr Germann hatte eine sehr hohe Stirn. Sparsam bewegte er seinen dünnen Mund beim Sprechen und Lächeln, sein Blick war herzlich, gelassen, tiefgründig. Da war eine Seelenruhe, er konnte die Menschen *nehmen*, wie man so sagte. Er kam aus der Westschweiz und sprach ein merkwürdiges, französisch zischelndes Deutsch. Er war Rechtsanwalt, aber bei Germanns zu Hause trafen sich die unterschiedlichsten Leute, Musiker, Bankdirektoren, Nationalräte, aber auch die Fußballer des *SK Bratsvo*, jener Mannschaft, die auf Germanns Initiative aus serbischen und kroatischen Flüchtlingen zusammengestellt worden war, oder Bewohner des Behindertenheims, in dessen Stiftungsrat er saß. Auch Evelyn war manchmal unter den Gästen. Mit den meisten Familien von Lises Kameradinnen pflegte sie nicht zu verkehren, aber mit Herrn Germann und seiner Frau Anna verstand sie sich gut. Die Mutter von Florence war eine zurückhaltende, milde Frau. Sie liebte die Oper und das Theater und arbeitete als Steuerbeamtin bei der Gemeinde. Manchmal lieferte sie ihrem Mann Stichworte und wusste immer, welches Wort ihm fehlte, wenn er in einem Satz hängen blieb.

In jener Nacht war Florence noch schweigsamer als sonst. Lise traute sich nicht, sie zu fragen. Florence würde sowieso nur ausweichen.

Die beiden Mädchen kamen auf einen Kiesweg, der sah aus als habe er sich gerade im Schlaf gewendet in seiner ganzen geschlängelten Länge, sodass einige Kiesel links und rechts in die Grasbüschel geschüttelt lagen. Florence hielt Lise am Arm zurück. Eine verspätete Heuschrecke trödelte vor ihnen über den Weg.

Unter den Sohlen der Mädchen knackte der Splitt. Sie kamen an eine Baustelle, die ganz alleine auf einem Hügel lag. Lise sagte, hier baue doch der Vontobel, dieser Kunsthändler, der auch schon bei Germanns zu Besuch war und den Erwerb eines der begehrtesten Grundstücke herunterspielte, er hätte sich von seiner Frau überreden lassen.

Die Mädchen rutschten die Böschung hinab, kletterten durch die rot-weiß gestreiften Absperrbretter. Das Gebäude hatte vier oder fünf Flügel, die sich nach dem See hin ausrichteten, nackter Beton, vom Dach erst ein leeres Raster aus dicken Holzbalken, rundherum das Baugerüst, verkleidet mit einer weißen Netzhaut und allerlei Firmenplakaten. Noch war das Tor in der Mitte ein weites, unversperrtes Gewölbe, und Lise und Florence konnten auf den Dreckspuren von Schubkarrenrädern, Stiefelprofilen und Zigarettenstummeln direkt in den Rohbau der Villa hineinspazieren. Lise hob eine der Kippen auf, steckte sie sich in den Mundwinkel, setzte sich dazu den orangen Helm auf, der auf einem Stapel Ziegeln lag und ihr viel zu groß war. Florence lachte. Lise zeigte nach drinnen:

»Schau mal«, sagte sie, »das muss das Wohnzimmer sein.«

Die Mädchen betraten eine große Halle, es roch nach feuchtem Stein. Zwei Klappleitern standen herum, die sahen in dem riesigen Saal aus wie Playmobil-Zubehör. An den Mauern lehnten lange Fenster, Rechtecke von mindestens drei mal fünf Metern. Auf der anderen Seite traten lauter gekringelte Rohre aus Löchern in der Wand, gelb-schwarz gestreifte Schläuche und Kabel.

»Das wird die Küche«, sagte Lise.

Sie begannen ein Spiel, das hier sei ihr künftiges Haus, und sie berieten, wie die riesige Wohnhalle eingerichtet werden sollte, wo der Esstisch hinkam, Diwan, Bücherregale, Stehlampen, Zimmerpflanzen.

Die Treppe ins obere Stockwerk wand sich grau und nackt in die Höhe und endete mit einer letzten Stufe in der Luft. Lise ging voraus, Florence folgte. Am Ende der Treppe fiel durch eine leere Fensterleibung in der Fassade das Mondlicht. Man sah hinab in den Garten voller Baugerümpel, Betonmischer, Spaten und Pickel, ein Raupenbagger, dessen Rüssel sich auf einem Erdhaufen ausruhte.

»Das lange Loch da unten«, sagte Lise, und Florence nickte: »Das wird ein Swimmingpool.«

Hinter den Silhouetten der Tannen und Föhren sahen sie über die Felder hinweg ein kleines schwarzes Wäldchen am Rand der nächsten Siedlung, links und rechts davon je ein Bauernhof, dahinter der graue See – und mitten durch die nächtliche Aussicht, dicht vor ihren Augen, die roten Streben des Krans.

Florence setzte zum Sprung an, Lise fehlte die Zeit zu erschrecken, da flog die Freundin von der Treppe hinüber in die leere Fensterleibung.

»Flo!«, rief Lise und wäre selber beinah über das Ende des Tritts hinabgefallen. Unter Florence Füßen rieselte feines Geröll außen die Hausfassade hinab. Sie blickte sich um nach Lise, ihre Miene entspannt, überlegen.

»Hab ich von dir gelernt«, sagte Florence, drehte sich wieder um und sprang gleich nochmals in die Luft nach draußen, breitete die Arme aus und landete sicher auf den Sprossen der Kranleiter, die wie ein verstimmtes Xylophon klangen. Lise zögerte nicht und folgte in zwei Sätzen ihrer Freundin, die bereits die Leiter zu erklimmen begann.

Zuoberst auf dem Kran ging ein leichter, warmer Wind, der Florence die Haare anhob wie ein Magnetfeld. Über der Kabine setzten sich die beiden Mädchen auf eine der Stangen und schauten eine Weile über den See.

Dann stand Florence plötzlich auf. Sie breitete ihre Arme aus, schüttelte die Turnschuhe ab, die nacheinander recht weit unten am Boden leise aufkamen. Rasch ging sie vorwärts über den Kran, setzte einen Fuß vor den anderen, die Hände waagrecht ausgestreckt. Lise wollte nach ihr rufen, sie brachte keinen Ton heraus. Also tat sie es Florence gleich, ebenso den Kran entlang mit balancierenden Armen und flugs voreinander aufs Metall gelegten Füßen, gab Acht auf faustgroße Muttern, Kerben und Nuten. Die Strecke kam Lise ungeheuer lang vor, viel länger, als man es vom Boden aus hätte abschätzen können, und gerade als sich ihr Blick gefährlich lockerte, sich vom Bann der Tiefe angezogen hinabrichten wollte, wurde Lise von der traumwandlerischen Florence in die Arme geschlossen und begeistert angelacht.

Noch dreimal stiegen Lily und Florence diesen Sommer hoch auf den Kran. Sie waren vorsichtiger. Sie setzten sich zuvorderst nebeneinander aufs Gestänge und sahen von den Lichtern der Stadt bis zu den klaren grau-weißen Gebirgszacken über den See. Vom schlafenden Kiesweglein nahmen sie jedesmal eine Handvoll kleiner Schottersteine mit und zielten auf die Fenster des Hauses, in die noch immer keine Scheiben eingesetzt worden waren.

Das Büro der Assistenzärzte war ein kleiner, fensterloser Raum im Stockwerk C. In den Rümpfen des alten grauen Spannteppichs blieb man mit den Bürostühlen stecken. Kürzlich hatte der technische Dienst die Glühbirne an der Decke durch LED-Funzeln ersetzt, Energie-Strategie des USZ.

»Man sieht die eigene Hand vor den Augen nicht mehr«, hatte Consuelo gesagt. Die Assistenzärzte behalfen sich mit Nachttischlampen, die standen neben den Bildschirmen und waren eingestöpselt in einer Stromschiene mit zwölf Anschlüssen.

Jahreszeiten gab es hier nur auf dem Kalender von Novartis. Unten rechts im Eck von jedem Foto las man den Schriftzug in kerngesunden Großbuchstaben, das dreifarbige Firmenlogo. Lily fragte sich immer, ob es nun eine Flamme darstellen sollte oder eine Harfe. »Einen Arsch natürlich«, meinte Johnny, »einen prächtigen runden Arsch.«

Man traf im Spital da und dort auf das aktuelle Monatsfoto 2016, im März war es das Bild eines länglichen Hügelrückens gewesen, der zuoberst auf seinem zartgrünen Scheitel eine noch kahle Linde trug. Der Schatten der Baumkrone war im späten Frühlingsnachmittag über die Leeflanke geworfen und um den Stamm hielten sich letzte Schneeschollen. Seit ein paar Tagen war nun auf dem Aprilbild über dem hellbraunen Schimmer eines Ackerfelds ein Alpenpanorama zu sehen, ein Paar dicke, blendend weiße Wolken dicht an den verschneiten Gipfelzacken vor einem stahlblauen Himmel.

Wie man sich in Bildern verliert, das hatte Lily von Johnny gelernt. Beim Abendessen holte er manchmal einen dicken Band an den Tisch, rückte die Kerze zur Seite und blätterte die richtige Stelle auf, »schau dir das an«, sagte er immer, »wie ist das nur möglich«, Johnnys Begeisterung hatte etwas ofenwarmes, seliges, ein sorgsam geflochtenes Seelennest für Lily und Johnny, Picasso, Piero della Francesca und immer wieder sein Liebling Caravaggio, was für ein Raubein, was für ein Feingeist, gradliniger Querdenker, Hellseher und Schwarzmaler, der die Menschen mit seinen Fingern verstand, der sie liebte und verachtete und ihnen mit seinem Pinsel das hauchfeine Häutchen ihrer heuchlerischen Würde abstreifte, ohne dasjenige, was darunter zum Vorschein kam, das eigentlich Wertvolle, zu touchieren.

»Er sieht die Menschen klar«, sagte er, »er stellt sie dar wie sie sind in ihrer wunderlichen Niedertracht. Diese verzweifelte Größe.«

Das Licht sei bei Caravaggio etwas Tastbares, er zeigte Lily die schwebende Schwere von Jesus beim Abendmahl in Emmaus, zeigte ihr, wie das Spiegelbild des Narziss noch viel entzückter von der Schönheit des wirklichen Gesichts in Bann geschlagen war, zeigte ihr auch Judith und das vornehme Missvergnügen, mit dem sie Holofernes ermordete, leicht irritiert, nicht jedoch wegen ihrer Tat, sondern wegen der Mühseligkeit der handwerklichen Verrichtung.

Auch das war lange her und vorbei. Genauso wie Tischtuch und Kerze. Meistens holte Johnny jetzt Falafel beim scheuen Israeli um die Ecke oder schob eine Pizza in den Ofen. Lily hatte mal gedankenlos von einer Studie erzählt, die in Abrede stellte, dass mäßiger Weingenuss gesund sei. Da war in Johnnys Gesicht etwas erloschen, und er sagte, bestens. Anstelle der dicken Monografien, die Johnny vorsichtig umgeblättert hatte, lag jetzt das Kreuzworträtsel auf dem Tisch. Da gab es für Johnny nichts mehr zu erklären.

Lilys Kopf war schneller als Johnnys. Deswegen verstand sie sich mit dem Roten so ohne Weiteres.

Das Verstehen des Roten war voller Abkürzungen. Jeden Gedanken trug er im Keim, jeden Satz, für gewöhnlich in Mühsal an den andern geknüpft, von ihm subtrahiert oder durch ihn geteilt, war in der Seele des Roten in die Tat

219

umgesetzt. Er wusste, woher der Wind weht, wie der Hase läuft, kein Zaudern, jede Regung seines Geistes eine gegenstandslose Verinnerlichung, eine unmittelbare, beiläufige Einsicht. Klugheit, die sich in ihre Zuständigkeiten eingewöhnt hatte, die sich unter seinem Rostpelz verwandelte in jedwede Tugend, die nichts kannte als den Modus der Lösung.

Da hing im Büro der Assistenzärzte noch ein zweiter Kalender an der Wand neben dem Whiteboard, wo Notizen und Hinweise aufgeschrieben waren, dazu ein paar blöde Späße der Unterassistenten. *Siemens Health Care – Oncology*, monatliche Tumoren, abgebildet auf Magnetresonanz-Schnittbildern, 3-D-Modellen und Ultraschall-Nebeln, Lungen-Karzinome wie entstehende Sonnen in der bronchialen Galaxis, unscheinbare, aschgrau verdichtete Lebermaßen, entartete, von fleischfarben digitalisierten Kugeln durchsetzte Ovarialzysten, jetzt im April, das Szintigramm eines Skeletts bei Melanom-Erkrankung, »Gruselkabinett der Tumor-Bildgebung«, wie ein Radiologie-Professor während Lilys Studium einmal mit einem flinken Grinsen über die Metastase-Verwüstungen gesagt hatte, die sich auf der schimmelgrauen Schablone des menschlichen Knochengerüsts schwärzlich zusammenballten. Als Silke Henning das Ovarialgewächs vom März umblätterte und die April-Szintigrafie betrachtete, hatte sie gesagt, »hoppla, *dead man walking*«, beugte sich dann aber nochmals vor, um genauer hinzusehen, »nein, sorry, das ist eine Frau, das Becken ist ja riesig, zumindest was noch davon übrig ist«, sie hängte den Kalender zurück an die Wand, schaute sich nach Lily um.

Da sprang die Bürotür auf und schlug gegen die Wand. Melanie Zizek kam aufgebracht hereingestürzt, sie sprach schnell, fuchtelte mit den Händen und streifte immer wieder ihre blonden Haare hinter die Ohren.

»Lily, du wohnst doch beim Hegiplatz?«

»Hegibachplatz«, sagte Lily.

»Bist du mit dem Fahrrad hier?«, fragte Melanie.

»Nein …«

»So eine Scheiße!«

»Was ist denn los?«

»Silke, hast du ein Fahrrad?« Silke war am Telefon und winkte unwirsch ab.

»Ich muss sofort dahin, Lily!«, rief Melanie, sie hatte Tränen in den Augen, »Was soll ich tun? Gott, bis ich hier ein Taxi bekomme!«

»Mit dem Tram dauert es zwanzig Minuten.«

»Das ist viel zu lang! Ich kann dir jetzt nichts erklären, Lily, ich muss sofort dahin!«

»Weißt du, wo das paläontologische Museum ist?«, fragte Lily.

»Das was?«

Lily schaute auf die Uhr, kurz nach zehn.

»Gleich gegenüber, zwischen Universität und ETH, das schwarze Fahrrad, links neben dem Eingang, es sieht uralt aus, du kannst es nicht verfehlen, die Nummer am Zahlenschloss ist 2-0-0-5.«

»2005, alles klar.«

»Es gehört meinem Freund.«

Melanie Zizek warf ihren weißen Mantel auf den Schreibtisch.

»Übernimmst du meine Patienten für den Vormittag?«, fragte sie, »einfache Fälle.«

»Klar«, sagte Lily.

Melanie Zizek riss die Tür auf und rannte los.

»Kein Problem«, sagte Lily zu sich selber.

Silke Henning hatte inzwischen ihr Telefonat beendet. Sie stand von ihrem Bürostuhl auf und schaute Lily vielsagend an.

»Wieder der Jugo?«

»Ozan kommt aus Mazedonien«, sagte Lily.

»Wird wohl nichts mit Mittagessen bei dir?«

»Sieht so aus«, sagte Lily und setzte sich an Melanies PC, um die Liste ihrer Patienten durchzusehen.

Gedankenverloren schloss Johnny sein Fahrrad ans Gestänge, seine Finger rotierten die Zähnchen am Zahlenschloss, 2-0-0-5, Johnny prüfte nach, ob es festsaß, die Kette rasselte zwischen den Speichen, denen man den Schaden von damals nicht mehr ansah, als Johnny im Irchelpark mit dem Esel gestürzt war, direkt vor Lilys Füße.

Hätte er sich nicht so kleinmütig angestellt, damals schon als Hasenfuß, hätte er sich mit ein bisschen mehr Verve an Lily herangemacht, wäre der Code am Schloss jetzt vielleicht 2-0-0-2, dann hätten sie jetzt drei Jahre Vorsprung und vielleicht hätten sie es längst hinter sich, hätten längst eingesehen, sich eingestanden und mit ihrem Leben vorwärts gemacht – und er hätte sich ein Fahrradschloss mit Schlüssel gekauft.

Johnny ging die Treppe hoch zum Eingang des Instituts. Zwei Bauarbeiter saßen auf einem der Tritte und rauchten, einer trommelte mit dem Spachtel auf dem Asphalt. Auf der Straße stand ihr Fahrzeug geparkt, ein kleiner Betonmischer, entlang des Gehsteigs waren hölzerne Schalungen angebracht für eine kleine Mauer oder Balustrade, die vor dem Gelände erneuert wurde. Der Beton war flüssig in der Schalung, dachte Johnny, die Arbeiter hatten Pause, es dauerte eine Weile, bis er fest wurde und rundherum die Stützbretter abgenommen werden konnten.

Auch Knochen brauchen eine Schalung. Nicht aus Holz, sondern aus Knorpel. Jedes Schulterblatt, jedes Schienbein, jedes Becken wird zuerst als Knorpelmasse ausgebildet, bevor es verknöchert im Lauf des frühen Wirbeltierlebens. In den Lehrbüchern der Physiologie liest man unter dem Kapitel

Ossifikation, der Knochen brauche den Knorpel als organische Blaupause, um sich darin zu härten. Das war aber nicht der eigentliche Grund, dachte Johnny, in Wirklichkeit benutzte der Knochen den Knorpel nämlich als Deckmantel, sozusagen als Trojanisches Pferd, worin er sich insgeheim entwickeln konnte, ohne dass die eifersüchtigen Kräfte der Sterblichkeit Verdacht schöpften in ihrem Jähzorn und ihrer Vernichtungslust.

Eigentlich ja ein abseitiger Gedanke, so ein Knochen. Steine im eigenen Körper, eine wunderliche Errungenschaft der Wirbeltiere. Was die Schnecken getan hatten war naheliegend, sich den Kalk aufzulagern, eine mineralische Haut, Panzerung zu besserem Schutz. Wirbeltiere aber begnügten sich nicht mit der Härtung ihrer Hülle, sie versteiften sich von innen, sind sich unter die eigene Haut gegangen.

Was steckte dahinter? Wer hatte den Kalk ins Leben gerufen? Johnny spürte mit den äußersten Spitzen seiner Finger ein Geheimnis, an dessen glatter Härte er immerfort abglitt, an den kalkweißen Würfeln und Röhren, Platten und Kalotten, die vom Leben übrig blieben, nachdem der Zahn der Zeit sein flinkes Werk beendet hatte. Harte Denkmäler vergangenen Lebens.

War es das? Hatten die Wirbellosen etwas unternehmen wollen gegen das ewige Vergehen, dem ihre gallertige Hinfälligkeit nichts entgegenzusetzen hatte? Waren die weichen Seelen es leid, im Kreislauf von Leben und Tod mir nichts, dir nichts aufgeworfen und aufgezehrt zu werden, schnell aufzuflackern, schnell zu erlöschen? War es ein desperater Versuch, dem Vorbeirauschen der Zeit etwas Fortdauerndes abzuringen, eine Aneignung der eigenen Gestalt, die über das Ableben hinaus wenigstens an denjenigen erinnern sollte, den sie getragen und der sie sich einverleibt hatte? Ein Stein, in den sich ihr Sein meißelte, erratisches Zeichen ihrer selbst im gleichgültigen Taumel von Werden und Sterben, ein Trick, ein Durchschlag des Wesens, ein über die Lebensspanne hinausgeschmuggeltes Souvenir der Form … Das Skelett eine Humoreske des Daseins? Eine einstweilige Ewigkeit, die sich unauffällig inmitten des hinfälligen Fleischs verdichtete, hinterrücks erworben, einzigartig und ehern, eingemacht in einem unzerstörbaren Kern?

Jetzt stand einer der Bauarbeiter auf, prüfte die Konsistenz des Betons. Er wackelte mit dem Kopf, noch war es wohl nicht soweit, dachte Johnny, noch herrschte Vergessen.

Er schob die Tür des Haupteingangs auf. Jolanda kam ihm entgegen, sie saß am Empfang im Museum, verteilte Broschüren und wusste über die Ausstellungsstücke Bescheid. Die gute Seele des Museums, sagte Reichmuth, weil er das irgendwo aufgeschnappt hatte, ungelernte Mitarbeiter *gute Seele* zu nennen, um sie über ihre Austauschbarkeit hinwegzutrösten.

»Wir sind mal wieder am Träumen, was?«, lachte Jolanda, denn Johnny wäre beinahe in sie hineingestolpert. Sie war der diszipliniert bescheidene Typ, sie stellte ihr Licht schon so lange unter den Scheffel, dass es auch ohne Scheffel nur ein Glimmen war. Johnny schmerzte kurz die Einsicht, dass Jolanda die Sorte Frau war, mit der er gerade noch charmant sein und ungefährdet schäkern konnte:

»Jolanda, schon Feierabend?«

»Ha-ha, sehr witzig. Kaffeepause. Uni-Spital Cafeteria.«

»Ärzte angeln.«

»Eine Kollegin von mir arbeitet da«, sagte Jolanda müde lächelnd.

Im Vestibül machte ein Plakat auf die aktuelle Ausstellung, *Biodiversität und Evolution*, aufmerksam. Da war ein Baum drauf mit vielen Zweigen, und auf den Zweigen standen Begriffe, natürlich auf Englisch, *adapt, modify, specialize, evolve*, ein Beispiel stümperhaften Marketings, dachte Johnny, wie es in der Branche üblich war, Achtziger-Jahre-Murks, unbeholfen, ohne jeden Pfiff. Reichmuth hatte für die Ausstellung mit einem Paläontologen der Technischen Universität Darmstadt zusammengespannt, Dr. Hans Kohlmeyer – *Hans ohne Dampf,* sagte Johnny zu Lily. Der Direktor behandelte den deutschen Kollegen wie einen begehrten Schwiegersohn und schanzte ihm schließlich sogar die außerordentliche Professur für das kommende Jahr zu. Köpfe wie Kohlmeyer oder Reichmuth interessierten sich nicht für die entscheidenden Fragen, es war ihnen egal, wie die Lebewesen auf den Knochen gekommen waren, solange man sie nur ausgraben, putzen, pinseln, systematisieren, zusammenpuzzeln und schließlich in einem *Paper* publizieren konnte.

Die Wiege der Knochen ist also der Knorpel, so weit, so gut, Johnny. Das gilt für die embryonale Entwicklung ebenso wie für die Entwicklungsgeschichte des Lebens. Damals im frühesten kambrischen Erdaltertum, als die Wesen noch wussten, wo sie hingehörten, nämlich ins Wasser, und demnach auch noch wussten, dass man im Leben immer Fisch sein muss, damals, als es noch keine Knochen gab und noch keine Kiefer, nur mürbe, knorpelige Fischgerüste und vielleicht die eine oder andere verschämt angekalkte Schuppe, mussten unter den Schleiern des Knorpelskeletts die Umbauarbeiten begonnen haben, die sich schließlich als jenes brillante, unerbittliche Kristallin entpuppen sollten, den Triumph der ersten Knochenfische. Und da sie gerade dabei waren, entwickelten diese Pionierwesen aus dem ersten Kiemenbogen auch noch einen Kiefer, um Maul und Hintern endgültig auseinanderzuhalten und um dem Tod trotzig ins Gesicht lachen zu können.

Dr. Kohlmeyer wurde mit Meriten überschüttet, durfte eine aufwändige Ausstellung entwerfen und wurde promoviert, aber für Moby hatten die Mittel gefehlt.

Das erste, was man von Moby gefunden hatte, waren seine Zähne, die waren so groß wie ein ausgewachsener Mensch. Kein Wunder, hatten die Archäologen zunächst geglaubt, die Stoßzähne eines Mammuts zu bergen.

Was hast du dir von der Modellierung des prähistorischen Riesenwals erhofft, Johnny? Etwa die Lösung deiner mystischen Erörterungen zur Phylogenie des Lebens?

Die Knochenteile des Urjägers waren vor einigen Jahren in einer peruanischen Wüste gefunden worden. Offiziell auf den Namen *Leviathan melvillei* getauft, sprachen Sedran und Johnny nur von Moby. Sie zerbrachen sich den Kopf, wie man Direktor Reichmuth davon überzeugen konnte, den Giganten zum Zentrum der permanenten Museumsausstellung zu machen. Gut, Moby stammte nicht vom Monte San Giorgio und auch nicht aus der Mitteltrias. Aber was spielte das für eine Rolle? Er wäre endlich eine Attraktion in diesem muffigen Laden gewesen, ein Hingucker in diesem Antiquariat akademischer Verbiesterung. Moby war gigantisch und unheimlich, und doch in seiner Verwandtschaft zu den Walen ein sympathischer Kumpel. Ein paläontologisches Museum brauchte solche Akzente, aktuelle Entdeckungen, die auch mal in der Presse Aufmerksamkeit erregten.

Aber der eigentliche Grund für deinen Wunsch, Moby zu modellieren, ging nur dich und deine Finger etwas an, nicht wahr, Johnny?

Er war überzeugt, der riesige Meeressäuger würde in seiner schieren Größe alle übrig gebliebenen Fragen beantworten, von der Entwicklung der Arten über die Idee der Knochen bis hin zum wahren Darwin, dem eigentlichen Platon, dem göttlichen Vorhaben, das scheinbar mühelos ohne die Hand des Schöpfers fertig wurde und doch nicht darum herumkam, über sich selbst hinaus auf ihn zu verweisen.

Darüber sprach Johnny nicht einmal mit Sedran. Mit Lily hatte er es versucht und bereute es noch heute.

»Was hat denn die Größe damit zu tun?«, fragte Lily, und Johnny musste feststellen, dass sie ihr Interesse mühsam aufbrachte. Solche Dinge konnte man niemals erklären. War das nicht Lilys Kernkompetenz?

Was hatte Lily damit zu tun? Unselige Routine, einander alles zu erzählen. Immerhin, Moby war in Johnnys Erinnerung das letzte Beispiel dieser absurd wahllosen Diffusion von Gedanken und Gefühlen gewesen. Auch Lily war zurückhaltender geworden. Noch vor wenigen Jahren hatten sie unbekümmert über alles Mögliche gesprochen, wie in einem zufällig leckgeschlagenen Selbstgespräch, von alltäglichen Nichtigkeiten über die Zeitungslektüre bis hin zum Eingemachten, zu den Herzensangelegenheiten, den Intimitäten, dem Geld. Inzwischen verhedderten sich Johnnys Gedanken nur noch aus lauter Gewohnheit in Lily und wandelten sich zu einem dieser unbefriedigenden inneren Dialoge, die womöglich auch sie mit ihm in ihrem Kopf tagtäglich auszutragen gewohnt war.

Für Johnny stand es fest, mit Moby wäre er dem großen Plan auf die Schliche gekommen, Schritt um Schritt, Spur um Spur hätte er die Schliche nachgebildet und nachvollzogen, Flossenschliche, Flossenspuren, Flossenschläge.

»Was hat denn die Größe damit zu tun?«, ja Lily, so ist das nun mal mit dem *Begreifen*, im Unterschied zum *Verstehen* hilft eine gewisse Größe. Wie beim Einüben einer Bewegung, die man übertreibt. Übertrieben langsam, übertrieben ausholend und ausladend, um ein besseres Gefühl, einen besseren Begriff dafür zu erlangen, was später zu einer automatischen Praxis wird. Moby hätte ihn mit seinen gelassenen Flossenschlägen durch die Tiefen der Wirrnis geführt, Johnny hätte sich nur an seine Flosse zu hängen brauchen, um neben dem derb-glatten Grau seiner gewaltigen Körperflanke ohne Hast und ohne Absicht auf das Licht der Klarheit zuzutreiben, das er sich in seiner Kunst kläglich schuldig geblieben war.

Im Grunde war Lily erleichtert, als sie das Chefarztsekretariat verließ. Wäre nicht ihre Schwäche, sie hätte vor langer Zeit das Weite gesucht. Eine Weile hatte sie sogar mit dem Gedanken gespielt, das Weite so weit entfernt es nur ging zu suchen.

Sie hatte das Inserat im Uni-Magazin gelesen, das viermal jährlich erschien. Dr. Rahman Wisser hieß der Arzt, deutsch-irakischer Doppelbürger. Er führte eine Praxis für Orthopädie in Stuttgart und suchte Assistenten für seine Arbeit in Syrien, wo er mit einer chirurgischen Ambulanz durch den beginnenden Bürgerkrieg fuhr. *Small team, hands-on medicine, no administration,* hieß es im Inserat.

Hast du es am Ende wegen Johnny nicht gemacht, Lily? Wegen deiner Mutlosigkeit? Warst du mutlos wegen Johnny? Aber Johnny hatte dich ja ermutigt.

Lily hatte es ihm nicht abgekauft.

Johnny. Immer Johnny.

Sie war es, die entlassen wurde, und den ganzen Morgen über dachte sie an nichts als an seine elenden Zipperlein. An sein Gerstenkorn, an Ferds Fahrrad, das sie Melanie anvertraut hatte. An Zunder, Johnnys liebgewonnenen Strohmann. Wäre Johnny ein gefeierter Künstler, es wäre ihm vollkommen egal, wenn sie in jener Nacht mit Zunder etwas angestellt hätte. So einfach war das.

Strohhalmmann.

Johnny baute sich die Kulissen seines Argwohns, schusterte sich die Serie seiner Fehlschläge und Tragödien zusammen wie ein Sitcom-Drehbuchautor ohne Humor.

Lily machte sich Notizen zu Melanies Patienten, viel Asthma, ein paar Herzkreislauf-Probleme. Schon elf Uhr, es war langsam Zeit, sie musste Johnny rechtzeitig Bescheid geben wegen Melanie und dem Fahrrad. In den letzten Wochen hatte er manchmal sehr früh Feierabend gemacht. Wie enttäuscht er doch war wegen dieses Riesenwals. Es strengte sie an, ihn zu verstehen, ein elendes Gefühl, diese seltsame Resignation, es passte alles zusammen: Es passte gar nichts mehr.

Er hatte ja diesen Vogel mit dem Namen, den sie sich nicht merken konnte. Sie konnte sich doch sonst immer alles merken. Der älteste Vogel der Welt oder so, der älteste, der in der Mongolei gefunden wurde, während alle anderen Vögel dieser Gattung in Pakistan gefunden worden waren. Oder war es umgekehrt? Sie verwechselte nie etwas. Nein, es musste genauso sein. Johnny war ja in der Mongolei gewesen.

Irgendein wohlhabender Dinosaurier-Liebhaber war dem Vogel seit Jahren auf der Spur. Als sein Team ihn endlich in der zentralasiatischen Wüste aufgespürt hatte und auszugraben begann, schrieb er einen Wettbewerb zur Gestaltung der Rekonstruktion aus. Johnnys Entwurf, den Sedran eingesandt hatte, wurde unter den Vorschlägen aus über hundert Fakultäten ausgewählt. Der Reichwanst flog Johnny und Sedran zu den Grabungen ein, *Businessclass* und Kempinski Hotel Khan Palace in Ulan-Bator, ein viel beachtetes Ereignis in der Branche.

Wie einfach alles war, während der zwei Wochen, als Johnny auf seine erste und einzige Geschäftsreise ging. Jeden Tag war Lily alleine, jeden Tag Stille, ihr eigener Puls, ihr eigenes Leben, schwer und langsam, den eigenen Gedanken nachhängend, wenn sie schwer und langsam waren, federleicht und blitzschnell, wenn es sein musste. Sie konnte sich aufs Sofa vor den Fernseher werfen. Sie konnte eine Pizza kommen lassen und dazu ein kühles Bier trinken, früh zu Bett, ein Buch lesen, in der Dunkelheit liegen, keine Fragen und kein Schweigen auf der anderen Bettseite, kein schwarzes Loch, das mit seiner ungerührten Anziehungskraft alles in sich hineinriss und nichts davon behalten wollte, Hannes im leeren, schwarzen Schneckenloch.

Es gab Leute, soviel wusste Lily, die reisten eigens nach Zürich, um sich Johnnys Werke im Museum anzusehen. Das reichte ihm natürlich nicht. Eine dieser Deformationen, die offensichtlich das männliche Geschlecht in einer Seele über die Jahre anrichtete: nicht nur ums Verrecken anerkannt werden wollen, sondern auch noch auswählen dürfen, wofür. Was er im Institut machte, war keine Kunst, das war Johnny wichtig.

Klar doch, *Shuvuuia* hieß der Vogel.

Was hinderte Johnny, sich in die Arbeit zu stürzen? Als er von dem Gewinn des Wettbewerbs erfahren hatte, führte er sie immerhin zum Essen aus. Das hatte er seit Jahren nicht mehr getan.

Wie du dich geschämt hast, Johnny, als du Lily davon erzähltest.

Alle Mühe gab er sich, es als Erfolg hinzustellen, auch sich selbst gegenüber. Ja, der älteste Vogel, der je in der Wüste Gobi ausgegraben wurde. Ein Sensationsfund. Die ersten Federn der Entwicklungsgeschichte, und als ob das nicht spannend genug wäre, trug Shuvuuia in seinem gefiederten Vogelgesicht auch noch den ersten nachgewiesenen Knickschnabel. Daran hatte Sedran seine besondere Freude, und auch Reichmuth kriegte sich nicht mehr ein. Für die Reise in die Mongolei gab er Sedran und Johnny zwei Wochen zusätzlichen Urlaub. Er plante, Johnnys Urvogel-Modell zentral in Kohlmeyers Ausstellung einzubauen.

Daraus wurde nichts. Johnny verstand es, sich in seinen Skizzen festzubeißen. Da konnte Reichmuth auf den Knien herumrutschen. Sedran hatte schon die kleinen Modelle aus Plastilin fertig, doch Johnny fand immer wieder ein Haar in der Suppe. Er wälzte Bildbände verwandter Vogelarten,

Albatros, Tordalk, Papageientaucher, sammelte zwei oder drei Dutzend Bleistiftstudien pro Tag, die er feierabends samt und sonders gut gelaunt in den Müll warf.

Anfangs aber, an jenem Abend, als er sich selbst dazu überredet hatte, Lily feierlich zum Essen ins Restaurant Bindella einzuladen, den besten Italiener der Stadt, wenn man Lilys Mutter glaubte, da hatte er sich alle erdenkliche Mühe gegeben, sich auf Shuvuuia zu freuen, die spannende Aufgabe darin zu sehen, die Herausforderung, die Moby vergessen machen würde.

Lily strahlte, während sie ihre gegrillten Antipasti mit Olivenöl übergoss, »*Sapristi!*«, rief sie, »das ist aber mal ein Abenteuer für einen Stubenhocker. Du musst aber noch ins Calfeisental, bevor du nach Ulan-Bator fliegst«, Johnny lächelte, Lily benutzte den Slang, ihr kleines jüdisches Viertel, damals schon Monate, Jahre außer Gebrauch. Lily glaubte es ihm, sie kaufte ihm tatsächlich ab, Shuvuuia sei dafür die passende Gelegenheit. Sie nahm Johnny seine Freude einfach ab, anstatt den Braten zu riechen: Moment mal, Johnny, Moby war dein Herzensprojekt, und jetzt freust du dich auf diesen kleinen Fasan?

Wie dankbar wärst du ihr für ein stilles Misstrauen gewesen, Johnny, über alles dankbar. Aber im Gegenteil. Lilys Augen funkelten, sie nahm die Weinkarte und schien nach einer besonderen Flasche zu suchen. Johnny wurde ein bisschen übel. Er überlegte sich einen Augenblick, einfach aufzustehen, Tisch, Lokal und Stadt zu verlassen. Er wollte nicht aufschauen von seinem Teller. Sie fragte nicht einmal, was los sei.

»Was machst du denn da mit der Karte?«, fragte er.

»Wie wärs mit einem Barolo, Lisa e Giovanni Quaglia, 2005, was meinst du?«

»Lass uns mal nicht übertreiben«, sagte Johnny. Dann stand er auf, sagte, »Entschuldigung«. Auf der Toilette schloss er sich in ein Abteil. Er stellte einen Schuh auf die Schüssel, stützte sich mit der flachen Hand gegen die Wand und brach in Tränen aus. Er weinte fast fünf Minuten lang. Als er wieder zurückkam und sich an den Tisch setzte, hustete er ein paarmal so heftig er konnte, um das gerötete Gesicht, die feuchten, rot geäderten Augen zu erklären.

Auf dem Weg zurück an den Tisch war ihm plötzlich in den Sinn gekommen, dass er Lily noch nie hatte weinen sehen. Er konnte es sich nicht vorstellen. Er wollte es sich nicht vorstellen. Er brauchte jetzt unbedingt ein bisschen Nähe, Wärme, Trost. Aber nicht von Lily.

Er spürte den dringlichen Wunsch, dort hinten diese südländische, dunkelhaarige Kellnerin mit der treuherzigen Brille und den ziemlich großzügigen Verwerfungen im Blusenverlauf, der schmalen Taille und dem Schwung in den Hüften unter seinen Gliedern zu begraben und ihr zwischen den Schenkeln herumzurumoren, bis sie beide zusammen weinen würden, nichtssagende Tränen des Sextrosts. Die Kellnerin servierte an einem anderen Tisch und brachte gerade wunderbar schokobraunes Soufflé mit einem langen Lavendelzweig.

Den ganzen Abend über trug Lily dieses vertrauensselige Lächeln in ihrem Gesicht, das Johnny noch nie so platt, so breit, so falsch vorgekommen war. Den ganzen langen, mühsam ausgelassenen Abend wuchs Johnnys Verachtung gegen sich selber, und klar, Lilys Lächeln konnte nur eine Verhöhnung sein.

Auf dem Weg nach Stuttgart hatte Lily in *Le Monde diplomatique* eine Reportage über die Ereignisse gelesen, die zum syrischen Bürgerkrieg geführt hatten. Das blutige Verwirrspiel versammelte ein unüberblickbares Dramatis Personae um den Diktator al-Assad und eine vielgestaltige Oppositionsbewegung, die syrischen Streitkräfte, die al-Nusra-Front als

Kampfverband des IS-Kalifats in Syrien, die Saudis und die Türkei, dazu die USA und Russland im Stellvertreterkrieg, der Iran und Israel, sowie Dutzende obskure Kleinstmilizen und bewaffnete Dorfgemeinschaften.

Lily hatte es Johnny verschwiegen. Es war ihr nicht vorgekommen wie ein Verschweigen. Sie wäre gar nicht auf die Idee gekommen, ihm etwas von ihrem beabsichtigten Einsatz in Syrien zu sagen. Oder auch nur vom Ausflug nach Stuttgart.

Wie immer war sie frühmorgens vor ihm aufgestanden. Sie ging ins Bad, machte Kaffee, rauchte auf dem Balkon ihre Zigaretten, wartete auf den Roten. Als sie die Wohnungstür hinter sich schloss, tat sie es leise, als müsste sie gerade heute fürchten, dass er sie gehen hören und das Schlafzimmerfenster gegen das Trottoir hin öffnen würde.

Früher hatte er das manchmal getan. Wenn sie am Fenster vorbeiging, schepperte auf einmal die Jalousie und begann sich zu heben. Dahinter kam Johnny zum Vorschein. Er stand einfach im Fenster und schaute sie an mit seinen dunkelblauen Augen, die morgens manchmal sehr lieb sein konnten. Wenn sie dann stehen blieb und durch die Zweige der Lorbeerhecke lächelte, machte er ein Gesicht wie Buster Keaton als Revolverheld, öffnete seelenruhig die Knöpfte seiner blauen Pyjamahose, nahm seinen Penis hervor und ließ ihn Lily zu Ehren am helllichten Fenster aus dem Hosenlatz baumeln. Lily schreckte entsetzt und belustigt zurück, schaute sich mit geducktem Kopf auf der Straße um, während sie schnell und fröhlich davonklackte.

An jenem Morgen klackte nichts. Lily behielt das Fenster mit der geschlossenen Jalousie im Auge und achtete darauf, dass ihre Schritte kein Geräusch machten. Die Jalousie machte keinen Wank. Johnny konnte erstaunlich begriffsstutzig sein, vor allem wenn er seine Glückskeks-Philosophie wälzte. Manchmal aber war er ein Bluthund, ein Nano-Instrument, das die leiseste

Regung registrierte, vor allem wenn es Lilys Regung war und wenn die Regung etwas von Angst an sich hatte.

Wovor fürchtest du dich denn, Lily? Angenommen, es käme noch heute mit Dr. Rahman Wisser zu einer Einigung und du würdest tatsächlich für eine Weile in den Nahen Osten reisen, wäre das ein Anlass für ein schlechtes Gewissen? Lily, du denkst doch sonst nicht um den heißen Brei. Lieber verbrennst du dir die Gedanken.

Es war der Mantel. Ganz einfach. Lily hatte Angst, Johnny würde es missverstehen, wenn er sie in ihrem schwarzen Max-Mara-Mantel sah. Oder vielmehr: sie hatte Angst, er würde es richtig verstehen.

Lily hatte sich nie viel aus Kleidern gemacht. Zweimal im Jahr traf sie sich mit Florence und sie hatten Spaß, ließen sich durch die Kaufhäuser treiben in der Flut der Sachen an Bügeln und Puppenkörpern, die allesamt ihnen gehörten für die launigen Momente des Gefallens und der Anprobe. Florence und Lily berieten sich, empfahlen, verwarfen, halb im Ernst, halb in Spott über jene Frauen, die im Shoppen ihr süßes Fatum zu erkennen meinten und zu denen sie sich nur einen Nachmittag lang zählten. Nach zwei, drei Stunden setzten sie sich in ein Café.

»Wir kippen um«, sagte Lily.

»Zuerst hinter die Binde«, sagte Florence.

Florence hatte ein silbernes, leicht gewölbtes Fläschchen dabei, mit einem Drehverschluss, das nahm sie gar nicht so verstohlen aus der Handtasche, schenkte flugs Lily und sich selbst einen guten Schuss Baileys in die Kaffeetasse ein. Lily musste immer lachen, was Florence für ein Gesicht dabei machte.

Ein bisschen fahrig fuhren sie Rolltreppe hinauf und hinunter, probierten Kleider, die so teuer oder verrückt oder sexy waren, dass sie sie niemals gekauft hätten. Manchmal eben doch, das war der Trick. Lilys Mantel zum Beispiel.

Er war aus schwarzem Tweed mit einem aufgeworfenen, weißen Samtkragen, dazu einem weißen Pierrotkragen untergenäht, über der Brust doppelreihig geknöpft und auslaufend in frei um die Beine fliegende Schöße. Florences Augen hatten aufgeblitzt als Lily aus der Kabine trat. Lily sah aus wie eine dieser Rokoko-Matronen, die sich auf einer Chaiselongue räkeln, samtweich, sinnlich, wunderbar weiblich, zugleich aber schloss der Mantel akkurat knapp um Bauch und Hüften, und da war in ihren Bewegungen so etwas wie ein schauriges Signal, wie das Züngeln einer sich im Hals wiegenden Schlange. Florence hielt die Hand vor den Mund:

»Ich bring dich um, wenn du den nicht nimmst.«

»Er kostet über 1.000 Franken.«

Lily strich mit gekreuzten Armen über den Stoff. Im Kopf ging sie die Rubriken der Buchhaltung durch, manipulierte bereits die Excel-Kolonnen, damit genügend Mantelgeld in der Spalte *Kleidung* übrig blieb.

Jahr für Jahr besprachen Lily und Johnny Bilanz und Budget. Das musste an einem Sonntag im frühen Januar erledigt werden, für Johnny ein Tag voll nervlicher Anspannung, vorauseilender Enttäuschung, obwohl ein finanzieller Engpass nie ein Thema gewesen war. Niemals versäumte er, Lily am Neujahrstag zu fragen, ob sie mit der Abrechnung schon so weit sei.

Sie setzten sich dann an den leer geräumten Esstisch, Lily legte Steuerschlussrechnungen, Kontoauszüge und Notizen aus, klappte den Laptop auf. Johnny stützte einen Arm auf den Tisch und vergrub die untere Hälfte seines bekümmerten Gesichts in der Hand. Meistens sprang er dann nochmals auf, hantierte in der Küche und fragte Lily, ob sie auch einen Kaffee wolle.

Lily referierte die Zahlen, die Schwarzen und die Roten, die Kursiven, Doppeltunterstrichenen, Fettgedruckten. Johnny schwieg. Am Ende verglichen sie die Kontoauszüge mit den Ergebnissen in Lilys Tabelle. Johnny kritzelte mit einem Druckbleistift, rechnete nach, eine überflüssige Lesebrille auf der Nasenspitze, die Kordel der Brille schaukelnd links und rechts der Ohren. Er radierte, wischte übers Papier, platzierte die Finger wieder auf der Stirn, sonderte Grafitkrümel auf die gerötete Haut ab.

Lily schwankte zwischen Belustigung und Entsetzen. Jahr für Jahr wurde es schlimmer. Es war so einfach, sich über den anderen aufzuregen, der übliche Überdruss zwischen Paaren. Lily wollte das nicht. Sie wollte sich über niemanden aufregen, schon gar nicht über ihn, mit dem sie zusammenwohnte, das Leben teilte, wie man so banal sagte – oder auch wieder nicht so banal.

Irgendwann winkte Johnny ab, stand kopfschüttelnd auf. Er holte Zigaretten und setzte sich auf den Balkon. Schließlich kam er lächelnd zurück, klappte milde den Laptop zu und erklärte die Buchprüfung für erfolg- und folgenlos.

Dann machte Lily Ordnung und nahm das Blatt mit der leeren Tabelle hervor, in der oben die kommende Jahreszahl, die Monate und die Rubriken eingetragen waren und es begann die zweite Runde der Sitzung.

Die Posten wurden diskutiert. Essen, Telefon, Haushalt, öffentlicher Verkehr, Freizeit, Kleidung, Krankenversicherung. Spätestens bei der Rubrik *Materialen*, wo ehedem die Utensilien für Johnnys Kunst veranschlagt waren, winkte er von Neuem ab.

»Lassen wir es wie letztes Jahr«, sagte er und ging in die Küche, um Wasser aufzusetzen, Zwiebeln und Knoblauch zu hacken. Wenn Lily dann Ordnung machte und das Budget, *copy-paste*, vom letzten Jahr für das kommende übertrug, erschien er meist nochmals am Tisch und erkundigte sich nach dem Betrag, den er zum Jahresende auf sein Sparbuch legen konnte, und auch nach dem Betrag, der dieses Jahr dafür vorgesehen war, und weil dieser Betrag stets derselbe war, ansehnlich, einen guten Teil der Einkünfte ausmachend, war Johnny schließlich auf bekümmerte Art zufrieden.

Als Lily sich mit dem Mantel im Spiegel sah, scheinbar eigens ihren Gliedern nachgeschnitten, eine Lily-Haut aus Lily-Tweed, fragte sie sich, ob sie auch so vernünftig gewirtschaftet hätte, wenn es nicht Johnny zuliebe geschehen wäre, dieser neurotischen Verkrampfung wegen, in die er sich immer mehr hineinsteigerte. Lily fragte sich, als sie sich vor dem Spiegel hin und her wendete und dabei die Arme lässig baumeln ließ, dann in die Hüfte stemmte, ob sie sich vielleicht nur deshalb nichts aus Kleidern machte, weil Kleider etwas waren, was man sich gönnen musste, und weil sie sich nichts gönnen wollte, weil sie mit Johnny zusammen eine Kasse hatte, für die sie verantwortlich war und für deren ordentlichen Überschuss sie sorgen wollte, ob sie also, wäre nicht die verschrobene Buchhaltung nach Johnnys Maßstäben, ob sie sich dann womöglich sehr wohl etwas aus Kleidern gemacht hätte, sich nicht sehr wohl Kleider gegönnt hätte, statt sie im Ausverkauf für den Gebrauch zu kaufen, Jeans und Blusen und Shirts und so fort, vielleicht wäre sie *Dizzy und Gillespie* nach Kleidern gewesen, nein, nicht *Dizzy und Gillespie* sondern etwas wie *Dizzy und Gillespie*, von dem Johnny nichts wusste, in einer Sprache, die er nicht verstand – wegen Johnny machte sie sich nichts aus Kleidern.

Außer aus diesem Mantel.

»Verruchte Tat«, hauchte Florence und hakte sich, als sie die Boutique verließen, in Lilys teuer bemanteltem Arm unter.

Johnny stand in der Küche und putzte Bohnen für ein italienisches Gericht mit Basilikum, als er Lily damals in ihrem

Mantel den Helios-Steig heraufkommen sah. Er schaute zu, wie sie auf dem Trottoir am Küchenfenster vorbeiging, langsamer als sonst, verträumt, irgendwie glücklich. Johnny stand auf die Zehen, Lily schlenderte am schmiedeeisernen Gitter vorüber. Der Rote kam flugs hinter ihr her, schmiegte sich zwischen den Schößen an Lilys Unterschenkel, hisste seinen Schwanz, Übermut, Freude.

Sie musste den Mantel eben erst gekauft haben, mit Florence natürlich, überlegte Johnny. Florence war talentiert, wenn es um diese Art von Ermutigung ging. Der Mantel war chic, extravagant. Normalerweise trug Lily keine solchen Kleider. Es passte nicht zu ihr. Wobei – … eigentlich, dachte er, war es nicht der Mantel, der Lily anders aussehen, lässig und stolz daherkommen ließ. Es war Lily selbst. Sie trug den Mantel. Er stand ihr, und Johnny dachte, er konnte niemandem stehen außer Lily. Lily wusste es und ließ sich sehen und dadurch passte der Mantel noch besser, als greife er mit seinem Futter behände in Lily hinein und kriege leicht und treffsicher jenen Saum in ihr zu fassen, den es sorgfältig umzustülpen galt, um den Zauber einer zerknüllten Schönheit sichtbar zu machen.

Johnny ging zur Tür. Er wollte es Lily sagen. Auf halbem Weg blieb er stehen und kehrte zurück zu den Bohnen.

Mit Schwung öffnete Lily die Wohnungstür, ließ Einkaufstüten und Handtasche zu Boden gleiten, betrat die Küche immer noch im Mantel, Temperament in ihren Schritten, dann zögerte sie, wartete darauf, dass Johnny sich nach ihr umsah, ihr Gesicht blieb fröhlich, die Augen etwas größer und grüner als sonst, geweitet und gefärbt von einer Vorfreude, die in sich zusammensank, während sie darauf wartete, dass er sich endlich umdrehte. Stattdessen blickte Johnny nur kurz über die Schulter und sagte:

»Das ist ein Scheiß mit diesem Messer, nicht einmal Bohnen kann man damit schneiden.«

Eine Weile war Lily stehen geblieben vor dem Schlafzimmerfenster. Sie hörte einige seiner fein geschnarchten Atemzüge.

Als sie eine halbe Stunde später auf dem Bahnsteig stand und der ICE aus Hamburg im Zürcher Hauptbahnhof einrollte, nahm sie ihr Telefon aus der Manteltasche und begann eine Mitteilung zu tippen.

Es kam ihr jetzt absurd vor, dass Johnny im gemeinsamen Bett lag, abends wieder in ihre gemeinsame Wohnung nach Hause kam, dass er das Abendessen für sie beide vorbereiten und auf Lily warten würde. Auch, dass sie seine Nummer gespeichert hatte unter *Favoriten* und dass es über ein unsichtbares Funkwellennetz eine Verbindung zwischen ihr und ihm gab, zwischen ihrem Zeigefinger und seinem Handy, dem surrenden Holz des Nachttisches, wenn ihr Finger es zum Vibrieren brachte. Absurd. Sie nahm den Finger vom Bildschirm. Obwohl sie wusste, dass sie früher oder später ein Lebenszeichen würde geben müssen, ließ sie ihr Handy vorerst in die geräumige Manteltasche zurückgleiten.

Ihr Blick fiel aus dem Zugfenster über die Felder des späten Herbsts, abgemäht allesamt, sie wurden im Süden Deutschlands bald weit und weiter. Der Blick in diese ausgeglättete Landschaft hätte sich geeignet für den Schwindel, den sie damals noch nicht hatte, dafür aber diese Trägheit, das Gefühl, stillzustehen und doch zügig auf dem falschen Weg zu sein.

Rahman Wisser war ein ernster Mann mit dunkler Haut, dunklen Augen und einem schwarzen Bart aus dichten, glänzenden Borsten. Er kam aus dem vierten Stockwerk die Treppe herunter, weil die automatische Türöffnung nicht funktionierte. Das Haus war schon älter, der Fahrstuhl umgeben von einem grünen Gitterschacht mit wunderlichen Verzierungen.

Dr. Wisser trug ein Polo-Shirt und Jeans. Er führte Lily in sein karges Arbeitszimmer, Schreibtisch, Untersuchungsliege, Aktenschrank und zwei Stühle. Keine Bilder an der Wand, keine chirurgischen Modelle, keine Garderobe. Der Arzt sprach langsam, seine Hände waren wuchtig, zugleich subtil. Er hatte eine solch freundliche Zurückhaltung, dass es Lily schien, als sei sie es, die ihn empfange. Aus seinen Worten und seiner tiefen Stimme sprach eine menschliche Unermüdlichkeit, ein tiefes Pflichtbewusstsein, jugendlich arglos, zugleich dickhäutig, von ernsthaftem Leben gegerbt. Beim Sprechen machte er lange Pausen, was keinerlei Unwohlsein bewirkte. Er schaute Lily unverwandt ins Gesicht, seine Augen von müder Gleichmut, an der Lily auszumachen meinte, was er an Schrecken ertragen gelernt hatte. Daneben kindliche Freude, als wäre ihm gerade ein sonnengewärmter, reifer Pfirsich von selbst in die Hand gefallen, da er ihn eben vom Baum hatte pflücken wollen. Lily dachte, wie schnell man sich doch aus Enttäuschung verlieben konnte.

Sie war natürlich alle Zweifel los. Sie wollte mit Rahman Wisser nach Damaskus fliegen. Und sie würde es nicht tun. Damaskus lag 3500 Kilometer vom paläontologischen Institut entfernt, 3500 Kilometer von der Helios-, Ecke Lunastrasse, 3500 Kilometer von Johnny. Als sie die Praxis verließ, wusste sie, wie sich alles abspielen würde. Alle nur denkbaren Vorkehrungen würde sie treffen, Papiere organisieren, sich impfen lassen, Hepatitis, Bauchtyphus und was die Reiseempfehlungen sonst noch nahelegten, den Vertrag würde sie von Wisser mit der Post zugestellt erhalten, sie würde ihn unterschreiben und das Antwortcouvert beschriften. Sie würde vorerst unbezahlten Urlaub nehmen, schließlich mit ihrer Mutter sprechen, alles wäre in die Wege geleitet und am Ende würde sie in Zürich bleiben.

Am Universitätsspital. Und bei Johnny.

Immerhin, dachte Lily, als sie damals die Praxis Dr. Wissers an der Schöne-Straße verließ, immerhin blieb die Hoffnung auf etwas Unvorhergesehenes, eine jähe Kraft.

Auf der anderen Straßenseite sah Lily eine kleine Parkanlage am Neckarufer. Die erinnerte sie an das King-Edward-VII-Memorial in London. Zwischen den Grasflächen waren künstliche Sandbänke angelegt. Das Wetter war unentschlossen, wolkig und trüb, keine Menschenseele weit und breit. Zwischen den Stapeln der Liegestühle standen rostige Mülltonnen mit abgeblätterter Werbung für *Desperados Tequila flavoured beer*. Die zugeklappten Sonnenschirme machten eine beleidigte Figur. Auf dem Weg zur Flusspromenade kam Lily an einem Spielplatz vorbei. Eine junge Mutter wiegte mit dem Fuß einen Kinderwagen und wischte über ihr Handy. Ihr älteres Mädchen wurde nicht müde, nach ihr zu rufen. Das Kind saß auf dem Ast einer Ulme, »schau, wo ich bin, schau, wie hoch!«

Auf einmal hatte Lily große Lust, am Fluss mit seinem trübgrünen Wasser entlangzugehen als wäre es die Limmat, die irgendwann nach Zürich führen musste. So wäre sichergestellt, dass es sehr, sehr lange dauern würde, bis sie ankam. Zugleich würde das Heimweh gemildert. Der über die kahlen Felder fliegende Zug, den sie bald besteigen würde, kam ihr vor wie ein skrupelloser Scherge.

Und doch vermisste sie Johnny.

Und doch wollte sie ihn nicht wiedersehen.

Und sie wünschte sich seine Schritte neben ihren eigenen, die wie von alleine dem Lauf des Neckars zu folgen begannen.

Störung 8, dachte sie.

Eine eilige Dunkelheit in Violafarbe senkte sich bereits über den ruhigen Fluss, als Lily in Neckarweihingen anlangte und sich nach dem Weg vom Vorort zurück in die Stadt erkundigte. Eine Frau mit einem gepunkteten Kopftuch und einem Einkaufskorb auf Rädern begleitete sie zur Haltestelle Lechtstraße. Gleich daneben ragte der Kirchturm in den abendlichen Himmel. Das Schindeldach saß darauf wie eine hübsche Zwergenmütze und das Zifferblatt war unter einem gotischen Fenster ein gutes Stück weg von der Mitte wie von ungeschickter Kinderhand platziert.

Mit dem Bus fuhr Lily nach Ludwigsburg und von da mit der S-Bahn Richtung Stuttgart Hauptbahnhof. Ein Herr betrat mit ihr zusammen das Abteil. Er zögerte einen Augenblick. Dann grinste er direkt in ihr Gesicht und setzte sich mit leichtfertigem Schwung auf die Bank Lily gegenüber. Ungezwungen begann er ein Gespräch, als handle es sich bei seinen Worten um milde Gaben an eine Bedürftige. Er hatte ziemlich lange braune Haare, die er hinter seine großen, fleischrosa Ohren gestrichen trug, und in der Mitte seiner Wangen links und rechts ein halbmondförmiges Grübchen vom immerwährenden Lächeln eines breiten, beweglichen Munds. Er zwinkerte zweimal und fragte Lily, was sie nach Stuttgart führe. Er erzählte, er selber sei aus Kassel, Literaturwissenschaftler, Professor an der Universität, er forsche über die Brüder Grimm. Der Einladung des Stuttgarter Märchenkreises folgend habe er heute den Nachmittag lang erzählt, wie die Brüder vor zweihundert Jahren ihre Geschichten gesammelt hätten.

»Märchen über Märchen?«, sagte Lily.

Der Mann verpasste es zu zögern, sein schallendes Lachen brannte durch, und jetzt musste er eine leichte Verlegenheit, die er nicht gewohnt zu sein schien, irgendwie in seinem lachenden, zu ihr vorgeneigten Gesicht unterbringen.

»Was gibt es zu den Grimms noch zu forschen?«, fragte Lily, »jeder weiß, wie Rumpelstilzchen heißt.«

»Nun…«, begann der Mann, dessen feuchte schwarze Augen sich in Lilys gelassenem Blick wanden.

»Darf ich mich erst, gestatten Sie, ich bin Ludwig.«

»Ludwig?«, Lily hob eine Braue.

»Baumgart«, sagte der Mann.

Lily ließ ihre Augen seitlich aus dem Fenster gleiten.

»Mit Ludwig Baumgart von Ludwigsburg nach Stuttgart.«

Ludwig Baumgart lachte wieder, leiser diesmal. Seine Mimik geriet ins Stocken. Er schluckte zum zweiten Mal. Lily schlug langsam die Beine übereinander, verfehlte knapp sein Knie. Er richtete sich auf und strich die längeren schwarzen Strähnen hinterm Ohr fest, die Grübchen in seinen Wangen glätteten sich.

»Das wählt man sich nicht aus«, sagte er.

»Nein«, sagte Lily und beugte sich vor, sie gab ihm ihre Hand, »Ich bin Séverine.«

Die Kaffeemaschine gab ungesunde Ächzer von sich, knirschte, knallte, setzte aus, das Mahlwerk mörserte und würgte, setzte wieder aus, nahm wieder Anlauf, scheiterte wieder, würgte und murkste von Neuem los, bis die Maschine endgültig Ruhe gab, stillstand wie ein Dia-Projektor mit einem verkeilten Bild in der Lade.

Störung 8 stand auf dem Display der Kaffeemaschine.

Wieso hast du immer noch das Gefühl, schuld daran zu sein, Lily?

Lange hatte es danach ausgesehen, als würde es mit Johnny einzigartig bleiben. Es hatte sich zögerlich eingestellt. Aber dann schien es unendlich. Gänsehaut im Bauchfell, wenn sie Johnnys Schritte hörte.

Chante avec moi, je veux un mec like you
Pour m'emmener au bout du monde
Un mec, like you

Sie hatten ein paar gemeinsame Lieder. Die sang Lily insgeheim für Johnny. Das fühlte sich immer noch an wie beim ersten Mal nach dem Kino im Café Odeon, sie saßen immer noch am winzigen Tisch vor ihrem Irish Coffee, während Fergie in den Lautsprechern sang:

Y'all knaw, we the stars
Now he be Johnny from the crew
Come and take heed, as Lily takes the lead

Im Tram, im Traum, beim Abwaschen und beim Baden, beim Rauchen, zum Einschlafen, zum Aufwachen, immer wieder begann es in ihr zu singen. Lily wusste, welche Musik ihm gefiel, obwohl er nicht wollte, dass sie es wusste, nie mit dem Fuß einen Takt mitschlug oder auch nur mit dem Kopf zur Musik nickte, Lily spürte, was sich in ihm regte, wenn es ihn betraf, wenn es ihn begeisterte, verwunderte, erschreckte, wenn ihm etwas gefiel wie Beyoncé:

Can you keep up Johnny boy?
I'm startin' to believe that I'm way too much for you

An einem besonders sonnigen Juninachmittag, als Lily gerade den Telefonhörer nach einem Gespräch mit ihrer Mutter aufgehängt hatte, wandte sie den Blick zum Fenster hinaus und dachte: *Gleich ist alles vorbei.* Sie ging auf den Balkon und sah eine Gruppe von Eichenblättern in einer leichten Luft gewiegt, dazwischen in der Ferne die Ahnung von Wasserglitzern des Sees. Das Licht war herrlich, mittagfrisch und warm. Der Kater kam und schaukelte auf seiner Katzentreppe. Auf einmal blieb er stehen, duckte sich, legte die Ohren an. Aus der Küche plötzlich das Knarren und Schlagen der Kaffeemaschine. Das hätte den Roten allerdings niemals erschreckt. Er konnte neben einem Presslufthammer sitzen und sich in aller Ruhe den Rücken putzen. Lily schaute in sein breites, rostrotes Gesicht. Seine großen Augen blickten über sie hinweg, als wüchse über ihrem Scheitel eine Art Marienerscheinung, die ihm Botschaft brachte von der *Störung 8*.

Als Lily vor das Gerät in der Küche trat, unternahm der abgekämpfte Apparat gerade seinen letzten Versuch, Würgen, Pochen, Knirschen. Dann war es still.

Störung 8.

Defektes Gerät pflegte Johnny auf dem Gepäckträger ins Institut zu bringen, um es Sedran zu übergeben, Bastelfreak, Tüfteltalent, ein Schraubenzieherheiliger, sagte Johnny. Sedran hatte noch jedem verkeilten Aggregat das Handwerk gelegt, für jedes unlösbare Problem kannte er Trick 77.

Aber an der *Störung 8* hatte er sich die Zähne ausgebissen.

Eine gekränkte Verwunderung stand ihm ins Gesicht geschrieben, als er die Maschine an einem Sonntag wieder zurückbrachte. Er übergab den Apparat wie ein verteufeltes Kind, das jetzt in Johnnys Armen schlief und seinen schwarzen Kabelschwanz zu Boden baumeln ließ. Sedran schüttelt den Kopf, »nichts zu machen«, sagte er, seine Augen stachen aus den länglichen Brillengläsern. Die Tradition hätte es verlangt, dass er auf einen Kaffee blieb, um eine Siegespfeife zu rauchen, hatte Lily immer gesagt, den Triumph über die Technik zu begehen. Das schien diesmal natürlich unpassend, Sedran blieb vor der Tür im Treppenhaus stehen und rieb sich den Nacken.

»Es muss ein Teilchen verloren gegangen sein«, sagte er.

»Wie soll denn das gehen?«, fragte Johnny, »die Maschine stand die ganze Zeit in der Küche neben dem Herd.«

Sedran schüttelte den Kopf.

»Man meint, man könne es vernachlässigen, es sieht aus wie jedes andere unerhebliche Teil. Aber sobald es fehlt, geht gar nichts mehr. Es war gerade das zentrale Teilchen, worauf die Arbeit der Maschine beruhte.«

Hinter Johnny erschien Lily und sagte Hallo.

»Sedran«, sagte Johnny, »muss ich mir Sorgen um dich machen?«

»Eine winzige Nabe«, fuhr Sedran fort, »eine Schraube, eine Fassung, was es auch sein mag, ohne sie steht alles still.«

Als Sedran gegangen war und Johnny das Gerät zurück in die Küche brachte, steckte er das Kabel mehr aus Gedankenlosigkeit wieder in die Dose. Auf dem Display leuchtete *heizt auf* und dann *bereit* und von der *Störung 8* fehlte jede Spur. Die Kaffeemaschine funktionierte.

Lily aber sah es von da an in den Augen des Katers.

Sie war aus der Küche mit der *Störung 8* geflohen. Sie hatte Zigaretten aus der Jacke geholt. Sie rauchte eine nach der anderen. Lily hatte immer gedacht, es würde nach und nach geschehen, wenn es denn geschehen sollte. Es wäre sehr leicht für sie beide, hatte sie immer gedacht, sie würden in eine unaufgeregte Liebe finden, kein Problem für Lily und Johnny, Primarschulaufgabe der Empfindungsmathematik, sie würden Partner sein, sie würden sich Tag für Tag weiter kennenlernen, noch im höchsten Alter jene Greisenzuneigung füreinander empfinden, die an Innigkeit manche Jugendpassion übersteigt – jetzt sah sie ein, eher wäre es gelungen, ein Kraut in die blanke Luft zu pflanzen, als von der Liebe zu Johnny Wurzeln zu erwarten.

In den folgenden Wochen rauchte sie zehnmal so viel wie sonst. Neuerdings machte es sie nervös, wenn Johnny in der Küche Melodiestücke vor sich hin pfiff, diese nichtssagende Munterkeit. Jeder Ton ließ sie zusammenzucken, von Neuem den Moment erleben, als sie sich entliebte, ein Augenblick, ein zeitgeraffter Prozess, wie eine Jalousie, die zusammenschnurrt.

Lily schämte sich. Sie verlor doch nicht einfach eine Empfindung, genauso wenig, wie sie eine Empfindung einfach so erwarb. Eine leichtfertige Seele hatte sie nie gehabt, eine zerstreute erst recht nicht. Wenn sie nur ahnte, dass er ein Lied von Ella Fitzgerald pfiff, wollte sie aus der Wohnung stürzen, aus der Eidmatt, aus der Stadt, unter Vermeidung aller Flussuferwege.

Sie konnte es nicht leiden, impulsiv zu sein, es war eine furchtbare Strapaze, sie konnte sich nicht mehr ausstehen. Kein Mann auf der Welt sollte Ella pfeifen. Schon gar nicht ... – auf einmal fielen ihr an Johnny diese vielen kleinen Dinge auf, Ticks, Gewohnheiten, lauter Lappalien, die bedeutungsschwer wurden und unausstehlich, sobald sie ihr auffielen, kleine Gemeinheiten, Schwächen, Macken, die vor Kurzem noch im gesamten Johnny niedliche Flicken waren, wie absichtlich unvollkommene, grob gestaltete Spachtelzüge einer kraftvollen Skulptur. Was eben noch Johnnys schrulliger Umgang mit Geld war: Knauserei. Sein Leiden an der gescheiterten Kunst: Feigheit. Seine Liebe zu ihr: das zufällige Resultat seines merkwürdigen Selbstwertgefühls.

Leicht konnte man es verpassen, sich in Johnny zu verlieben. Von Weitem war er unscheinbar, unaufdringlich, schmal. In seinem Auftreten zurückhaltend, abwartend, freundlich. Sein Humor war plötzlich, man musste sich davon überraschen lassen. Die Ideen hinter seiner unbeweglichen Stirn schienen einer aufmüpfigen Zentrifuge zu entspringen, und von seinem zauberhaften Schleudergut an Gedanken behielt er das meiste für sich.

Sie hatte es ja auch lange verpasst, sich in Johnny zu verlieben. Als sie vor dem Sumo-Ringer gestanden hatte, als sie zwei Wochen miteinander hinter den Anatomie-Büchern gesessen waren, selbst als sie schon mit ihm ins Bett ging und dabei etwas Neues empfand, eine unerwartete Leichtigkeit und einen Spaß, ein Erstaunen über den eigenen Körper, noch mehr als über den unplausiblen männlichen Körper, über ihr Verlangen, dass er ihr weh tat, manchmal nur ein bisschen, manchmal ein bisschen mehr. Das Versprechen eines erotischen Schicksals, einer liebevollen, haltlosen Intimität, selbst da war sie noch nicht in ihn verliebt gewesen, war nicht erregt, eher beruhigt und friedvoll, wie sie bei ihm lag. Allmählich aber war es geschehen und es begann sich anzufühlen wie Liebe auf den ersten Blick, jedes Mal, wenn sie ihn sah, und jedes Mal ein bisschen mehr.

So blieb es bis kürzlich. Jetzt sog Lily haltlos an ihren Zigaretten. Ganze Abende saß sie auf dem Balkon, fühlte sich auf ihrem Sessel wie in einem maroden Rumpf ihres Lebens, ihre Gefühle ein morsches Gefüge voller Löcher, durch die der Unmut eindrang wie eine ungerührte Flüssigkeit, sie hatte auf einmal alle Hände voll zu tun, die einsickernde Brühe abzuschöpfen, und während sie müde davon wurde, merkte sie, dass Johnny neben ihr stand und genau dasselbe tat – wer weiß, vielleicht warf er ja gerade jene Handvoll, die Lily ausgelöffelt hatte, wieder zurück in ihre lecke Barke, und sie zahlte es ihm mit barer Brühe zurück.

Du hast gemerkt, dass Johnny dir nicht würde folgen können, ist es nicht so, Lily? Du hast auf einmal ein undeutliches Verlangen verspürt, ein tiefe, dunkle Kraft, ein schlummerndes Vermögen, von dem du weiter nichts wusstest, als dass Johnny davon heillos überfordert sein würde.

Störung 8, dachte Lily, in der Betriebsanleitung würde man lesen: *Die Störung 8 ist eine unendliche Störung. Es gibt keine Möglichkeit, sie je zu beheben. Die Störung 8 ist irreparabel. Sehen Sie zu, dass Sie sich ein neues Gerät kaufen.*

Ludwig Baumgart führte Séverine aus, in ein Lokal in der Nähe des Bahnhofs. Er bleibe die Nacht über in der Stadt, sagte Baumgart. Sie auch, sagte Séverine. *Zirbelstube* hieß das Restaurant, Wände und Säulen waren mit hellem Holz verkleidet, alles Übrige war lässig smart, in der Mitte des

Saals schwebte auf hauchdünnen Eisenbeinen eine Granitplatte, die drei knallbunte Vasen trug. Der Wein kam auf einem schmalen Rollwagen an den weiß gedeckten Tisch, die Gerichte unter einer Silberglocke. Mit dem Sommelier gab sich Baumgart sehr vertraut, und der großgewachsene Herr mit der blatternarbigen Wange, ein Süditaliener – *Ambrosio Mezzasalma* stand auf dem Namensschild – mit einer Fliege um den Hals und einer übergroßen, weinrot eingeschlagenen Weinkarte unterm Arm, gab sich Mühe, ein Stück weit in den jovialen Ton Baumgarts einzustimmen und seine Galanterie Séverine gegenüber als übliches Gehabe seines Metiers auszugeben.

Während des Essens erzählte Baumgart voll diebischer Freude von einer Publikation, die er in den nächsten Wochen fertigstellen würde. Es ging um das Geheimnis von Aschenputtel, sagte er und verbarg seinen Mund verschwörerisch hinter der Serviette.

»Verrat es mir«, sagte Séverine und Baumgart machte große Augen.

»Das – kann ich nicht!«, sagte der Mund hinter der Serviette.

»Ich verrate dir auch ein Geheimnis, wenn du es mir verrätst«, sagte Séverine und senkte leicht die Stirn, sodass ihre grünen Augen knapp unter den Brauen hervorglänzten.

»Es ist – eine kleine Sensation«, drückte sich Baumgart und setzte sich mühsam zurecht.

»Unter einer Sensation fangen wir doch gar nicht an.«

Baumgart hielt beim Kauen inne.

»Das Aschenputtelmärchen …«, gab Séverine ihm den Einsatz. Der Rotweinfilm schimmerte auf Baumgarts Lächeln. Seine angedunkelten Lippen zuckten in Vorfreude auf die verbotene Enthüllung und er faltete feierlich die Serviette, dann über dem Teller seine Hände:

»Also gut. Das Aschenputtelmärchen war bis anhin, zusammen mit dem weniger bekannten Stück vom *Goldenen Vogel*, das einzige der Grimmschen Sammlung, dessen Quelle im Dunkeln lag. Die Gebrüder haben sich ihre Geschichten ja allesamt erzählen lassen, meistens von alten Frauen, die in jenen Zeiten noch aus unergründlichen Märchenbrunnen schöpften. Eine solche Frau war auch Elisabeth Schellenberg, eine verarmte Jungfer, die im Siechenhaus zu Marburg wohnte. Als Wilhelm Grimm davon hörte, welch gehörigen Schatz sie offenbar hütete, suchte er sie auf und bat sie, ihm ihre Märchen zu erzählen …«

Séverine stützte ihr Kinn auf die Hand und schaute Baumgart tiefer in seine begeisterten Augen. Er trank ziemlich rasch, wurde ein wenig mutiger, und Lily sah ihm an, dass er sich im Selbstvertrauen der Angetrunkenheit allmählich einen Reim machte auf die unverblümte Zuwendung seiner Zugbekanntschaft. Baumgart gebrauchte jetzt seine Hände, gab seinem Vortrag Lebendigkeit, legte zwischendurch einmal seine sehr warmen, gepflegten Finger auf Séverines Hand, während ihm die Strähnen über der Schläfe schaukelten.

»Elisabeth Schellenberg äugte misstrauisch in das Gesicht des Fremden. Ein erwachsener Herr, der sie bat, ihm Märchen zu erzählen? Der sie anzuflehen begann, als sie stumm blieb? Sie glaubte ihm nicht und scheuchte ihn schließlich davon. Als Wilhelm den Bruder Jacob von seinem Fehlschlag brieflich unterrichtete, schlug jener vor, sich einer List zu bedienen, und das ging so: Wilhelm sollte sich nach einer mittellosen Witwe umschauen, die eine möglichst ansehnliche Kinderschar großzuziehen hatte. Als er eine geeignete Person ausfindig gemacht hatte, zeigte er ihr ein pralles Säckle, in dem ein schöner Haufen westphälischer Doppeltaler klimperte. Das Geld wollte er der armen Frau gerne überlassen, so sie sich bereit erklärte, zusammen mit ihren Kindern bei der widerspenstigen Marburger Märchenfrau vorzusprechen. Sie sollte sich ihre Geschichten genau anhören und im Kopf behalten. Dabei, mahnte Wilhelm, seien gerade die Einzelheiten von allergrößter Wichtigkeit …«

Baumgart schloss das Hotelzimmer auf und machte Licht. Er half Séverine aus ihrem Mantel und hängte ihn an einen Bügel. Er brauchte zwei Versuche, ehe er mit dem Haken die Stange erwischte. Nunmehr fast ohne Ungläubigkeit folgte er Séverine mit seinem Blick bis zum Bett, wo sie sich hinsetzte. Er legte den Zimmerschlüssel auf die Kommode.

»So etwas wie du ist mir noch nie passiert«, erklärte er und legte sein Jackett ab. Séverine schaute ihn an ohne zu lächeln, sie hatte ihre Handtasche auf den Knien und kramte darin.

»Ich reserviere zwar immer ein Zimmer mit Doppelbett«, sagte Baumgart, »aber nur, weil ich selber den ganzen Platz brauche«, er tätschelte sich auf den Bauch und ging hinüber zu den Fenstern. Eines öffnete er einen Spalt breit und zog die Vorhänge zu.

»Du schuldest mir ein Geheimnis«, sagte er.

Als Lily eine knappe halbe Stunde später das Zimmer verließ, saß Baumgart stumm im Sessel neben dem Fernseher im Eck. Er atmete immer noch etwas zu schnell, als hätte er sich verausgabt. Als wäre er nicht einfach dort gesessen, als diese Frau auf dem Bett zu atmen und zu wimmern begonnen hatte, als hätte er ihr nicht bloß wie gelähmt dabei zugesehen, was da mit ihr wieder und wieder geschah, während seine scheue Erektion, die ihm bereits der Anblick der unverhofften Eroberung beim Abnehmen des Mantels beschert hatte, längst in sich zusammengesackt war, wie sie sich mit gestreckten und verschlossenen gespannten Beinen geräuschvoll auf dem Bett wand, zusammenkrampfte, löste, von Neuem wand wie eine

Schlange, die Beute um Beute, zu neuem Leben erweckt, aus sich herauswürgte. Wie ein kleiner Bub hatte sich Baumgart die ganze Zeit gewünscht, mit einem Knopf der Fernbedienung diesen Kanal zu wechseln, dieses Hotelzimmer verlassen zu können, ohne sich bewegen zu müssen.

Séverine hatte anschließend das Bett wieder ordentlich hergerichtet, die Kissen und die Decke glattgestrichen. In der Tür blieb sie, während sie den Mantel zuknöpfte, kurz stehen, schaute zu ihm zurück und blies dem Häuflein Mann, das ihr vorsichtig nachschielte, eine Kusshand zu. Den türkisen Konus des Vibrators ließ sie in ihrer Handtasche verschwinden und schloss die Zimmertür.

Wie fühlst du dich, Lily? Zumindest siehst du gut aus.

Im Fahrstuhl ordnete sie ihre Haare vor der Spiegelwand. Sie nahm aus der Brusttasche des Mantels eine Visitenkarte.

Ambrosio Mezzasalma
Master of Wine

Hintendrauf stand mit schwarzem Filzschreiber eine Telefonnummer und eine Stuttgarter Adresse geschrieben, dazu eine lustige Zeichnung, der Hals einer Flasche, ein losgeschossener Korken mit drei spritzigen Strichen.

»Guten Tag, Herr Direktor.«

Reichmuth, der Johnny auf dem Korridor des Instituts entgegenkam, hob eine Braue und blieb stehen.

»Der Name reicht, Herr Zinn. Direktor ist ein alter Hut.«

»Gewisse Dinge lohnt es sich zu konservieren«, meinte Johnny.

»Man muss bei den Einsichten eine Auswahl treffen. Das gehört ebenso zu unserem Metier.«

Johnny nickte aufgeräumt, für Reichmuths Verhältnisse war das ziemlich schlagfertig.

»Professor Reichmuth heißt der neue Chef«, hatte Johnny damals Lily erzählt. Da hatte ausnahmsweise sie gekocht, Spaghetti, weich gegart.

»Der reichmüthige Professor Armseel?«, fragte Lily vergnügt, und Johnny nickte.

»Professor Kleinmuth«, meinte Johnny, »gemäß erstem Eindruck.«

Lily lachte leise, fast wäre ihr dabei ein Tropfen Rotwein aus dem Mund gelaufen, sie hielt den Handrücken davor. Darüber hatten ihre grünen Augen ihn angelacht. Sie saßen zusammen in der Dämmerung auf dem Balkon der Wohnung, Helios-, Ecke Lunastrasse, die sie eben bezogen hatten, überall standen noch Kartonkisten. Die beiden Stühle hatte Johnny als Erste ausgepackt und auf den Balkon gebracht, Ferds Ohrensessel, den Lehnstuhl von Lilys Mutter.

Der Direktor mit seinem kleinen Mut hatte das Projekt Moby scheitern lassen. Kleinmuth scheute Aufwand, Widerstand, den Mut selbst, dachte Johnny. Wieso hätte die Kommission die Mittel für Moby auch bewilligen sollen, wenn der

Direktor nicht Feuer und Flamme war? Kleinmuth versteckte sich hinter dem Entscheid des Gremiums und besaß die Frechheit, Johnny und Sedran sein Bedauern auszudrücken. Ein entschlossenes Wort von ihm und die Sache wäre zustande gekommen, Sedran wusste es, Johnny wusste es, natürlich auch Kohlmeyer. Der Wal passe halt eben nicht so wirklich ins Sammlungskonzept, hatte Reichmuth sich beschwichtigend Sedran und Johnny gegenüber gewunden, »ein bombastischer Bordeaux in einem Keller voll gefälligem Beaujolais …«

»Eine Auswahl muss man treffen«, sagte Johnny jetzt zum Direktor auf dem Flur, »aber es darf höchstens Beaujolais sein, nicht wahr?«

Jetzt hob der Direktor seine schmalen Hände, mit denen er viele tänzerische Gesten zu machen pflegte.

»Fangen Sie bitte nicht schon wieder an! Machen sie lieber vorwärts mit Shuvuuia. Wenn sie sich ranhalten, können wir ihn wenigstens noch eine Zeitlang in Dr. Kohlmeyers Ausstellung bringen.«

Johnny ging durchs große Foyer, das sich die Paläontologen mit den Zoologen teilten. Hier wäre Moby durch die Höhe des Raums geschwebt, dachte Johnny, wie in seiner urzeitlichen Meeresheimat. Gut, die Vitrine mit den Gämsen, den Steinböcken und Antilopen hätte weichen müssen, aber für die Paarhufer hätte sich im Sammlungsteil schon Platz gefunden. Moby wäre der faszinierende Gralshüter untergegangener Welten gewesen. Johnnys Moby hätte die riesigen Zähne nicht gefletscht, Johnnys Moby hätte keinen armen kleinen Fischsaurier-Winzling im Mundwinkel getragen, um den Besuchern die Blutrünstigkeit auf die Nase zu binden, nach der es sie verlangte. Johnnys Moby hätte sich im Gegenteil den Anschein von Sanftmut gegeben, ganz wie es im Varieté der Natur die unheimliche Angewohnheit der wirklich leidenschaftlichen und liebevollen Prädatoren ist.

Thalheimer hätte es verstanden. Aber Thalheimer war so gut wie tot.

Johnny hatte sich um die Stelle am Paläontologischen Institut beworben, weil er Geld verdienen musste. Insgeheim aber hatte er sich versprochen, seine Kunst wiederzufinden. Thalheimer hatte seinen Teil dazu beigetragen. Es kam anders. Am Ende absorbierte das Institut seine letzten dumpfen Einfälle, verstrickte seine Hände in einen leeren Perfektionismus, der sie vereinnahmte und um die Reste genuiner Kreativität brachte.

Die Konkurrenz sei groß, bekam Johnny vor dem Vorstellungsgespräch gesagt, es gebe 35 weitere Anwärter auf den Posten. Keiner von denen konnte Cartoon-Skelette als Referenz vorweisen.

Alain Thalheimer war Reichmuths Vorgänger im Direktorenamt gewesen, ein sehr dicker Herr Mitte fünfzig, er trug zottiges, graugeflecktes Haar und in den Büscheln auf seinem Hinterkopf hing an einer kleinen rosa Haarspange kaum sichtbar eine Kippa. Auf seinen Wangen und seinem Kinn blieben Male der fahrig geführten Rasierklinge, versäumte Flicken gräulichen Barts, an den Rändern seiner schiefen Ohren stieben feine graue Zotten auf. Seine Nase tröpfelte so vor sich hin, mit dem weißen Taschentuch deutete er ab und zu an, sie abzuwischen. Vom Hals an abwärts aber war er gekleidet und zurechtgemacht wie der Verwaltungsratspräsident einer Bank, teure Anzüge, teure Krawatten, teure Schuhe, eine hübsche, schlanke Longines. Seine Finger waren filigran, seine Nägel blitzsauber, mit einem gesunden Perlmuttglanz bis vorne in ihre schneeweiße Rundung. Am kleinen Finger trug er einen dicken silbernen Ring mit einer gravierten Menora.

Johnny wartete zwei Stunden im Büro der Sekretärin. Sie schepperte auf einer Schreibmaschine, gleichzeitig bediente sie lautlos eine Computer-Tastatur. Mit der Gumminoppe des

Bleistifts kratzte sie sich dezent am Ansatz ihres Haargestecks, als Johnny sich schließlich freundlich erkundigte, was es mit der Schreibmaschine auf sich habe.

»Direktor Thalheimer«, sagte die Frau, kaute breit auf einem Kaugummi, »will alles in Schreibmaschine, er sagt, es gibt im Kopf einen anderen Gedanken, ob das Wort von der Maschine gehauen oder vom Drucker *gepisst* wurde, entschuldigen Sie, aber so drückt er sich aus.«

Johnny wurde schließlich durch zwei kleine unordentliche Büros geführt, und im dritten, noch unordentlicheren, saßen zwei Herren, die sich als Gustave Sedran und Gaël Schumacher vorstellten, Assistenten am Institut. An den Wänden hingen Familienfotos von Hochzeiten, Bar Mitzwas und Geburtstagsfeiern. Dann ein Porträt von Darwin und darüber, nicht etwa daneben, oder gar darunter, ein Bild von Moses, und noch eins höher ein Bild der berühmten Steinbüste Platons. Über dem immensen Schreibtisch am Fenster hing ein riesiger, staubiger Leuchter, dessen Karussell von Armen nur gerade acht Glühbirnen enthielt, von denen eine einzige ihr melancholisches Licht aussandte. Schritte im oberen Geschoss ließen den Leuchter unmerklich vor und zurück schaukeln. Auf dem Schreibtisch türmten sich Bücher und Bildbände, aber auch mehrere Stapel von vielleicht zweitausend Pendler-Zeitungen. In der Mitte des Zimmers stand ein uralter, sehr niedriger Stuhl, die Holzlehne verziert mit linkischen Schnitzereien. Sedran und Schumacher hatten auf dem Sims an der Wand bereits Platz genommen, vertieften sich gleich wieder in ihre Unterlagen, jeder einen Stoß Bewerbungsmappen auf den Knien. Hinterm Schreibtisch wiederum stand ein eindrücklicher Stuhl wie der Thron eines Zirkusdirektors.

Johnny wollte gerade Platz nehmen auf dem niedrigen Stuhl, als Thalheimer ins Büro stolperte, der, wie Johnny bald herausfand, kaum zwanzig Meter weit gehen konnte, ohne mit der Schuhspitze im Hosenbein hängen zu bleiben. Der Professor stellte sich wortlos vor Johnny und gab ihm die Hand. Er trug einen Missmut in der Miene, der dort augenscheinlich heimisch war, im Gemüt Thalheimers jedoch nichts zu melden hatte, wie ein altgedienter, bärbeißiger Hotelportier, der vom Rest der Belegschaft liebevoll übergangen wurde. Weil der Professor immer noch nichts sagte, setzte sich Johnny wieder auf den kleinen Holzstuhl, der unter seinem Gewicht knarrte.

»Ihr Platz ist da drüben«, sagte Thalheimer und zeigte auf den Thron. Zögerlich erhob sich Johnny und ging um den Schreibtisch herum. Noch einmal wies er fragend auf das opulente Möbel, setzte sich schließlich, da Thalheimer ungeduldig nickte und sich selber auf dem Holzstühlchen niederließ.

Es folgte das übliche Hin und Her, Fragen, Antworten, Nicken, Seitenblicke tauschen, Brauen hochziehen, abgebrauchte Routine der Vorstellungsgespräche, Maskerade, leicht nervös, leicht daneben. Thalheimer war offensichtlich kein Freund von Vorstellungsgesprächen. Johnny saß so aufrecht es ging, um über die Kontur der gestapelten Unterlagen hinweg den beinahe am Boden sitzenden Professor zu sehen, der lustlos im Dossier blätterte.

»Was ist denn das, Herrgottstern!«, rief er auf einmal, als er auf die Fotografie des Skeletts von Scrat stieß.

»Das ist Scrat«, sagte Gaël Schumacher, »eine Komikfigur aus ...«

»... Ice Age?«, fragte Thalheimer, den Mund beinahe zu einer Hasenscharte verzogen.

Johnny nickte vorsichtig. Die Augen der Assistenten sprangen hin und her. Thalheimer heftete seinen Blick ins Dossier, vertiefte sich, sein Gesicht drängte sich hinter die dicken runden Brillengläser. Sedran fasste sich schließlich ein Herz, dieser bescheidene, aber grundsolide Anstand, den Johnny später an seinem Kollegen schätzen lernen sollte:

»Vielleicht handelt es sich nur um einen Irrtum, Herr Professor«, sagte Sedran, »diese Bilder waren in einem separaten PDF-Dossier angefügt, und ich habe sie so ausgedruckt und zusammengeheftet«, Sedran wandte sich an Johnny, »vielleicht haben Sie dieses … Attachement ja nur versehentlich mitgesandt?«

Thalheimer hob das Bild gegen das spärliche Licht der Glühbirne und studierte es weiter.

»Nun ja«, begann Johnny, doch da nahm Thalheimer sein weißes Taschentuch, flappte es auf, hob es in die Nähe der Nase, und als er es wieder in der hinteren Hosentasche verstaute, zog an seinem Gesicht ein breites Grinsen, das bald zu einem begeisterten Lachen wurde, und seine braunen, plötzlich strahlenden Augen staunten Johnny an.

Thalheimer sagte nicht, es gehe ihm einer ab, aber irgendetwas in der Richtung gurgelte und feixte auch er vor sich hin und begann, Johnny auszufragen, was es mit Scrat auf sich habe, welche Materialien er verwendete und welche Vorbilder. Johnny erzählte ihm von den Skeletten und den Rekonstruktionen, die Begeisterung des Direktors wuchs, nickend und kopfschüttelnd schaute er sich nach seinen Assistenten um, die inzwischen in ihren Dossiers die Bilder der Cartoon-Rekonstruktionen mit anderen Augen zu sehen begannen.

Bald ging es zu und her wie an einem launigen Fachstammtisch, man amüsierte sich angesichts der morphologischen Komik-Defizite Karls des Kojoten, »prächtig«, sagte der Direktor, »schaut euch den fliehenden Unterkiefer an, der reicht nicht einmal in die Hälfte der Maxilla. Der arme Kerl rammt sich ja die Zähne in den Gaumen, sobald er nur das Maul schließt …«, auf einmal hielt der Direktor inne und wies auf das Dreigestirn von Darwin, Moses und Platon: »Man kann nicht alles haben«, meinte er mit persiflierter Bedeutungsschwere und fuhr im selben Ton fort, »der ist Herrgottstern ein armer Kerl, den das furchtbare Schicksal ereilt, ein wirkliches Lebewesen zu sein.«

Und jetzt lachte Johnny, mit seinem ganzen Gesicht, mit seinem Mund, mit seinen Wangen, die sich auseinanderzogen.

Du musst dir vorgekommen sein, Johnny, wie Hamlet ohne Hemmungen, hin und weg warst du, kriegtest dich kaum ein über diesen Mann, der nun dein Vorgesetzter werden sollte, den du so schnell als zukünftigen Freund ins Herz geschlossen hast.

In den zwei Wochen bis zu seinem Infarkt schmiedete Thalheimer allerlei Pläne mit Johnny. Die beiden verbrachten Stunden im düsteren Direktionsbüro, dachten zusammen über die Entstehung der Arten nach, über die Genesis, über die Ideenlehre. Thalheimer vertrat die Theorie, in der biblischen Schöpfungsgeschichte sei ein Prozess beschrieben, der sich in der realen Entwicklung des Homo-Stammes vor etwa 40.000 Jahren abgespielt habe, als in einer noch nie dagewesenen Geschwindigkeit – was einen tatsächlich an einen außerweltlichen Schöpfungsakt denken lasse – die menschliche Sprache entstanden sei. Platons Metaphysik verortete er im selben Schema. Seiner Ansicht nach war die Menschwerdung unauflöslich verknüpft mit der Schau der Prinzipien. »Die Pointe der Entwicklungsbiologie ist der Moment, als die Menschen die Begriffe nicht mehr verstanden haben, sondern sie begreifen mussten – die Vertreibung aus dem Paradies.«

Thalheimer wollte alles über Johnnys Werke wissen, interessierte sich für jede Kleinigkeit. Johnny erzählte ihm, dass er, um überhaupt etwas schaffen zu können, alle sprachlichen und gedanklichen Begriffe preisgeben, alles zurück-, ja entbuchstabieren müsse, um sich ganz auf den dummen, unmittelbaren, leiblichen Verstand seiner Hände zu verlassen, seismische Pfoten, die an der Reliefseele des Bodens die gesamte Erde als Prinzip begreifen, alles in allem ein Vorgang, der ihn bisweilen – oder vielmehr permanent – in einen Zustand der vollkommenen Erschöpfung gebracht habe …

Eine Art Liebesgeschichte sei es, erzählte Johnny später Lily auf ihren Spaziergängen, zwischen Thalheimer und ihm, ein blindes Verständnis, ein hoffnungsfrohes Vertrauen, eine Lust aneinander, als wäre die letzte Idee des einen immer der Steigbügel für die nächste des anderen, ohne dass sie einander ganz verstanden, ohne dass sie einander vorwegnahmen.

So wie während dieser ersten zwei Wochen am Institut hast du ihn nie wieder erlebt, Lily, zufrieden, voller Zuversicht und – fürsorglich.

Es war Thalheimers Frau, die die Mitarbeiter informierte. Sie glich ihrem Mann ein wenig. Wo aber Thalheimer ein wüster alter Professorenkopf war, brachte sie den Typus elegant zum Erstrahlen. Sie hatte dichtes braunes Haar, seitlich gescheitelt und über ihrem aristokratischen Gesicht arrangiert, sie sprach mit Würde und Wärme, ihre Augen waren von einem sanftmütigen Dunkelbraun, drei oder vier Kettchen machten an ihrem rechten Handgelenk Krach, ihre lebhaften Gesten verrieten unbändiges Temperament, das sie jedoch mühelos beherrschte.

An jenem Morgen, da alle dreiundzwanzig Mitarbeiter des Instituts ins Direktionsbüro gerufen wurden, sprach Frau Thalheimer mit Gefühl und ohne jede Feierlichkeit. Sie kam für ihren Mann, als schalte sie für diese kurze Mitteilung ihr Herz in seinen unglücklichen Kreislauf ein. Ohne Worte drückte sie die Wertschätzung ihres Mannes für die Anwesenden aus und gewahrte deren Verehrung für ihn. Sie stand unter den Porträts von Darwin, Moses, Platon:

»Ich habe Ihnen die Mitteilung zu machen, dass mein Mann schwer erkrankt ist. Er befindet sich in Spitalpflege und außer Lebensgefahr. Im Augenblick ist vieles unklar, es ist durchaus möglich, dass mein Mann seinen Posten im Institut nicht wird weiter innehaben können. Vorläufig wird Herr Dr. Gustave Sedran die Leitung übernehmen. Alle weiteren Informationen werden Sie zur gegebenen Zeit von den Zuständigen der Universität erhalten.«

Johnny wunderte sich kein bisschen, seit Thalheimers Verschwinden waren seine Hände wieder die alten Nichtsnutze. Die Kraft seiner Glieder schien er an die Ausgestorbenen in seinen Modellen zu verlieren. Lily sah ihn schweigsam werden.

Manchmal, wenn er seine Eltern besuchte, machte er eine Runde durchs alte Atelier, den Gartenschuppen, die Hände in den Taschen, wie ein Kriegsveteran auf einem Soldatenfriedhof. Im kleinen Lagerabteil waren die paar Kubikmeter Skulpturen in Bronze, Kunststoff, Wachs, Aluminium und Ton untergebracht, dazu stapelweise Skizzen, Studien und Entwürfe, unzählige vollgemalte Bögen, aufgerollt und versorgt in katalogisierten Regalen, harrend der Fortsetzung ihrer einst hoffnungsvoll und übermütig begonnenen Evolution. Vorerst, sagte sich Johnny Mal für Mal, würden sie hier zwischengelagert, bis er sich genügend eingelebt hatte in die neuen Umstände. Bald hatte er beschlossen, die Stelle im paläontologischen Institut nächstens wieder aufzugeben.

Was wusste Lily davon? Und was hatte Lily mit Moby am Hut? Was sollte sie schon davon begreifen? Lily konnte überhaupt nichts begreifen, schon gar nicht Dinge, die ihn betrafen.

Verstehen konnte Lily.

Aber man verstand immer nur, was man schon wusste. Beim Begreifen versuchte man sich an fremden und neuen Dingen. Was gab es für einen Grund, dass ihm Lily jetzt durch den Kopf ging? Es war, als säße sie hinter seinen Gedanken wie ein Schachspieler, die Arme vor dem Brett verschränkt, über jede Figur orientiert, für die gesamte Stellung verantwortlich und vollkommen ratlos.

Johnny betrat das Atelier, Büro II-2c stand neben der Tür auf einem Schild. Sedran war wahrscheinlich noch unten im Archiv. Ihre beiden Schreibtische, ein und dasselbe Modell, standen Kante an Kante gegenüber, bildeten eine einzige Fläche.

Sedran sagte immer, er liebe diese Arbeit, weil er das Leben liebe und all jene, die es über sich ergehen lassen mussten. Man sah es Sedran zwar nicht an, aber er war ein pingeliger Fanatiker, wenn es um die Ordnung auf seinem Schreibtisch ging. Er ordnete jeden Gegenstand gemäß einer Geometrie der Nützlichkeit und Übersicht. Ein vollkommen sinnloses Unterfangen, ihm nacheifern zu wollen, Johnny versuchte es gar nicht erst. Seine Hälfte der Arbeitsfläche war Chaos. Nackt hätte er sich gefühlt, ohne den zerklüfteten Gebirgsring von Bildbänden, Zeitschriften und Entwurfsmappen, die seine Zeichnungsunterlage eingekesselt hielten. Auch auf den Regalen des Werkzeug- und Materialgestells an der Wand und auf der Ablage am Fenster herrschte ein gestapeltes Gewirr, dessen Schichten, Höhlen und Ablagerungen Johnny aber ebenso mühelos überblickte und durchschaute, wie das Gesteins- und Erdprofil des Monte San Giorgio.

Johnny setzte sich hin und knipste die Lampen an, die wie drei dürre Arme über das aufgetürmte Papiergebirge hinausgriffen und für einen fast schattenlosen Lichtschlag sorgten. In der Mitte des Tisches lagen unzählige Studien von bekrallten Zehenfüßen, kräftigen Hinterläufen, Schnäbeln, Gefiederstrukturen, schwarzen, blitzenden Vogelaugen. Rebhuhnzubehör eben.

Es war der Tag, an dem sie sich trennten, und bevor Johnny einen Bleistift zur Hand nahm, berührte er wieder sein Gesicht, tastete nach dem Lid. Er hätte Lily nie im Leben davon erzählt, von seinem Gerstenkorn. Er hätte sich gewünscht, sie hätte nichts davon mitbekommen, er hätte im Badezimmer bleiben sollen, bis Lily die Wohnung verlassen hatte. Weshalb schaute sie ihm so direkt ins Gesicht? Wenn es wirklich eine Kleinigkeit war, wie sie sagte, wieso suchte sie seine Miene ab, noch vor dem Frühstück, und fand prompt etwas darin, was sie für bedeutungslos erklären konnte?

Johnny nahm die beiden Skizzen vom Vorabend in die Hand, zerknüllte sie und warf sie in den Eimer. Er weidete sich an den Signaturen des Stillstands, den Papierbällen auf dem Boden, den Abdrücken, die seine Faust auf Wangen und Schläfen hinterließ, wenn er seinen Kopf eine halbe Stunde lang in einer nutzlosen Kontemplation darauf abgestützt hielt, seinen versonnenen Blick direkt gegenüber in Sedrans Regal auf eine Miniatur von Scrat gerichtet, die er seinerzeit für Thalheimer angefertigt hatte, ohne sie dem unglücklichen Professor übergeben zu können und auch ohne sie ihm, wie er es eigentlich vorgehabt hatte, nachzusenden. Er hatte sich nicht überwinden können, *Prof. Dr. A. Thalheimer* c/o *Reha-Zentrum Knospe* oder *Pflegeheim Abendruh* oder *Kurhaus Maien* auf ein Postpaket zu schreiben, deren Adresse ehrlicherweise hätte lauten sollen: *Zur Baldigen Sterberei.*

Johnny stand auf, ging um die Schreibtische herum zum Regal. Scrat stand auf einem winzigen Gipspodest, aufgerichtet mit Kupferdraht. Er fletschte sein überdimensioniertes Nagergebiss, schielte mit dem Kiefer, starrte mit irren Eichhörnchenrattenaugen in Johnnys Gesicht.

Feinere Seelengefilde. Ist auch die Scham ein Gefühl, das einem verleiden kann, Johnny?

Sedran trat ein, wünschte Guten Tag. Er hatte zwei Pappbecher mit Kaffee dabei, eine wässrige Brühe im Vergleich zum starken Schwarzen, Johnny hatte sich daran gewöhnt. Er gab Sedran einen Klaps auf die Schulter und ging zurück an seinen Platz.

Gustave Sedran war ein untersetzter Mann Mitte vierzig, er trug weder Hosenträger noch Gurt. Breitbeinig trottete er durchs Institut, bemüht, den Hosenbund nicht bis zu den Knien abrutschen zu lassen. Dasselbe tat sein Kinn im Gesicht, hielt die wabernden Backen an Ort und Stelle. Auf seiner glänzenden Nase kroch Sedrans längliche Brille nach und nach zur Spitze vor, bis er sie im allerletzten Moment mit der flachen Hand zurück ins Gesicht patschte. Aus den tiefen Taschen seiner Manchesterhose kramte er ein kariertes Taschentuch, machte sich umständlich an den Brillengläsern zu schaffen. Wenn er sie wieder aufsetzte, hatten die Schlieren auf den Gläsern nach seiner geduldigen Reinigung bloß die Richtung gewechselt. Er trug Hemden mit fadenscheinigen Kragen und ärmellose Strickpullis in der Mode der Siebziger, unruhig gefärbte Rhombusmuster.

Goldig war sein Herz, nicht wahr, Johnny? Passgenau sein Schalk. Sedrans zielloses Werkeln, das sich am Ende jedes Tages in einer rätselhaften Effizienz selbst widerlegte, hatte für Johnny etwas Beruhigendes, Tröstliches. Auch wenn sie wenig miteinander sprachen, und, bis zu jenem Augenblick, kaum je über persönliche Dinge, war Sedran Johnnys einziger Freund, wie er in den vergangenen Tagen festgestellt hatte. Sedran hantierte und tüftelte unter einer Hundertschaft milde gemurmelter Flüche, schlurfte von der Werkstatt zum Labor, vom Labor zum Archiv, vom Archiv zu den Vitrinen und wieder zurück und füllte um Johnny herum das Büro II-2c mit der minimalen Geräuschkulisse ehernen Gleichmuts. Sedran hatte ein geduldiges und genaues Auge, solide biologische Fachkenntnisse, Kunstsinn und Geschmack. Johnny verließ sich auf sein Urteil, die Meinung der Weltkoryphäen auf den Kongressen war ihm nicht die Hälfte wert, ganz zu schweigen von Hanswurst Kohlmeyers Einschätzung. Es hätte für Johnny nicht erst Mobys Verlust bedurft, um zu verstehen, dass das Geschäft der Geowissenschaften nicht weniger schmutzig war als jedes andere.

»In der Regel sind es die Podeste, auf denen sich die hochkarätigsten Stümper einfinden«, meinte Sedran. Er sah einen Stegosaurier vor sich, als hätte er ihn eigenhändig aus seinem prähistorischen Ei gepellt und ein Leben lang die Steppe mit ihm geteilt. Manchmal gab er aus heiterem Himmel Ratschläge, aus denen niemand schlau wurde, zu Johnny sagte er neulich *tais-toi et sois charmant!*, das habe schon Baudelaire gewusst.

»Es gibt wenige Menschen«, führte Sedran aus, auf einmal bedächtig, fast priesterlich, »die kommen mit dem Scheitel an der Decke an. Die meisten müssen sich danach strecken.«

»Wie geht's Lily?«, fragte Sedran jetzt und setzte sich auch an seinen Schreibtisch.

»Gut, gut«, sagte Johnny.

Lily, klar, ja, Lily ging es gut.

Lily und ihre Genügsamkeit. Es waren gerade die Tugenden des Partners, die einen verärgerten. Lily war nicht nur genügsam, sie hatte nicht nur Humor, war nicht nur anständig, gescheit und so fort, sie war auch feinfühlig und voller Mitgefühl. Johnny hatte früher gesagt, Lily habe kein Herz, Lily habe ein *Zuherzen*. Jedes kleinste Elend, jedes winzige Unrecht. Dieses selbstverständliche Zubehör, dieses Organ, das sie nirgendwoher hatte, sicher nicht von Evelyn, so viel stand fest. Lilys Zuherzen war ein Eigengewächs, es gehörte ihr alleine, ein Wesensmerkmal, eine seltenste physiologische Variante. Wie sah ein Zuherzen im anatomischen Lehrbuch aus?

Lily hatte Moral, unaufgeregt und prompt. Eine moralische Lily war Lily. *Moralinsauer*, dieses dämliche Wort, dachte Johnny, eine Erfindung liberaler Heuchler, alles ist gut genug für eine Apologetik der Selbstsucht, *päpstlicher als der Papst*, *Gutmenschentum* und so fort, Ablenkungsmanöver, um die eigene Gesinnungskorruption zu verbrämen – Lily war vielleicht *moralinbitter*, aber wer wollte ihr das übel nehmen? Wer die

Moral hat, braucht nicht nur für den Spott nicht zu sorgen; auch nicht für den Spaß, dachte Johnny, Lily ließ sich den Spaß nicht verderben, gerade von der Moral nicht. Auch wenn sie bitter war, um den Spaß war sie nicht verlegen, und Johnny dachte an die Liebe und an Lily, wie er es früher getan hatte, als keine Fragen mehr übrig blieben, als alles ohne Rest aufging.

Jetzt streunte Lily.

Sie wusste nicht, dass er es wusste.

War es aus Spaß? War es aus der Not? Hatten Streuner vor lauter Not und lauter Spaß noch Zeit, sich um die Moral zu kümmern? Vielleicht verstand er es nicht. Vielleicht hätte er es begriffen, wenn Lily es ihm erklärt hätte, wenn sie noch miteinander geredet hätten auf den Spazierwegen. Früher hatte er alles begriffen, wenn sie es erklärte. Und auch jetzt noch, kürzlich, auf diesen idiotischen Krippenpartys, den knüllen Hermès-Abenden: Man musste Lily nur ein Glas Portwein servieren, temperiert, nicht zu kühl, und schon ging es los, und jeder, der in Hörweite stand, konnte sein blaues Wunder erleben, denn Lily verstand mehr als die anderen und sie las milde Leviten, und jeder begriff die Leviten, weil Lily alles verstand, weil sie noch die abgründigste Ungeheuerlichkeit mit ihrem Verstand milderte, aber nicht veräußerte.

Aber das Streunen? Keine Chance. Johnny hatte begriffen. Sie streunte irgendwo durch die Stadt und wahrscheinlich hätte es sie gar nicht mehr gekümmert, dass er es wusste, denn wenn es sie gekümmert hätte, wieso hätte sie streunen sollen?

»Und wie geht es Shuvuuia?«, fragte Sedran.

Johnny sandte einen bösen Blick über beide Schreibtische. Sedran grinste.

»Johnny, mach doch wenigstens mal eine Plastik, dann können wir Reichmuth was vorweisen.«

»Sedran«, sagte Johnny und blickt zum Fenster hinaus in den wieder fast wolkenlosen Himmel, »wenn du deine

Freundin an einem Ort siehst, wo sie nicht hingehört, was tust du?«

Sedran schwieg einen Moment.

»Mich freuen, dass ich eine Freundin hab.«

Sedran wischte sich den Schalk von den Wangen und räusperte sich:

»Was ist denn los?«

Johnny stand auf, schob die Hände in die Hosentaschen und begann, vor dem Regal auf und ab zu gehen:

»Erinnerst du dich an den letzten Institutsausflug?«

»Letzten Oktober, Italien, klar, aber du hattest es vergessen.«

»Genau, ich hatte geglaubt, wir gehen zum San Giorgio, wie jedes Jahr. Morgens früh los, spätabends zurück mit dem Reisecar.«

»Ich habe immer doppelt gepackt. Ich weiß doch, wie vergesslich du bist.«

»Da warteten wir auf den Zug nach Genua, standen also am Hauptbahnhof, wo ich nicht wusste, dass wir stehen würden. Sodass auch Lily nicht wusste, dass wir da stehen würden. Es war vielleicht zehn oder elf Uhr. Wir standen am Perron, da sah ich drüben Lily übers Sihlquai gehen.«

Sedran nippte am Kaffeebecher, die Brillengläser beschlugen.

»Na und?«

»Am Abend haben wir telefoniert. Ich habe ihr gesagt, dass wir in Savona seien, dass ich es vergessen hätte, ihr zu sagen. Sie erzählte mir, sie sei den ganzen Tag auf der faulen Haut gelegen.«

Sedran setzte den Becher ab und hob sehr mühsam die Schulter, als wolle er am liebsten mit dem ganzen Körper zucken:

»Vielleicht hat sie nur etwas besorgt. Vielleicht war es nicht der Rede wert.«

»Doch.«

»Woher willst du … – ich meine.«

»Sie trug den Mantel.«

Sedran schüttelte den Kopf:

»Es war eine Eiseskälte, ich weiß noch, dass ich zwei Kappen übereinander trug.«

»Daran erinnern sich alle, es sah wirklich scheiße aus. Aber deine Wollmützen, Sedran, wieviel sind die wert?«

»Was tut das jetzt wieder zur Sache?«

»Sag schon. Wie viel?«

»Meine Tante hat sie mir gestrickt. Auf dem Basar könnte ich sie vermutlich für fünfzehn Franken das Stück loswerden.«

»Bravo. Lilys Mantel hat mehr als tausend Franken gekostet.«

»Na ja.«

»Na ja?«

»Na ja, brauche ich dir ja nicht zu erklären. Lily ist aus gutem Haus, sie muss nicht jeden Rappen umdrehen …«

»Tut sie aber. Den Mantel trägt sie nur zu speziellen Gelegenheiten. Also so gut wie gar nicht.«

Sedran patschte seine Brille zurück ins Gesicht.

»Mach dich nicht verrückt. Herrgott, wer weiß, vielleicht trägt sie den Mantel gern, führt ihn spazieren. Sieh lieber zu, dass Shuvuuia mal einen Körper bekommt. Willst du ewig weiterkritzeln?«

8 – NACHTDIENST

Lily war auf dem Weg zu Leonard Marx, Bettenstation Ost, Etage D. Zwischen zwei Schwindelanfällen, die sie im Lauf der Wochen beim Gehen auszugleichen gelernt hatte, kam ihr wieder das Fahrrad in den Sinn und Melanie Zizek. Es war schon früher Nachmittag. Sie hatte ihr Handy in der Garderobe vergessen. Einer dieser Tage. Der Ordonanzesel musste immer mit dem rechten Pedal nach oben, dem linken nach unten abgestellt sein, genau im Lot, senkrecht, so und nicht anders.

Leonard Marx' Akte war wirklich bemerkenswert, immer wieder musste Lily um das Konvolut nachfassen. Sie hätte die Krankengeschichte eigentlich im Büro lassen können, das meiste wusste sie auswendig. In seinem Vierer-Zimmer war der Patient nicht, der Bettnachbar sagte, er sei im Aufenthaltsraum.

»Sonst würde es Abwesenheitsraum heißen«, sagte Marx, und Lily musste ein bisschen lachen.

Leonard Marx war eher klein und schien sich immer ein wenig zu ducken. Er weigerte sich, das Spitalnachthemd zu tragen, er schlief in seinem abgewetzten Sakko und den zu weit geschnittenen, grasgrünen Anzugshosen. Mit den beiden Löchern in seinen Schuhsohlen blieb er manchmal im Klavierpedal hängen. Er trug einen Tirolerhut auf einigen Büscheln dunkelbrauner, leicht angegrauter Locken. Auf ihren eiligen Wegen vorbei an den Fenstern des Aufenthaltsraums merkte Lily, dass Leonard Marx sie aufmuntern wollte mit seinen Späßen am Klavier, indem er aus Zeigefinger und Daumen eine Pistole formte und nach den Tasten schoss oder auf dem Sessel herumrumpelte, als führte ihn sein Spiel über einen Weg voller Buckel und Schlaglöcher.

Der verglaste Aufenthaltsraum befand sich gleich neben dem lila bemalten Block mit den fünf Aufzügen, und meist war der Arteriosklerose-Patient Leonard Marx hier anzutreffen, am einzigen Piano im Universitätsspital. Eigentlich brauchte er ja keine Angst zu haben, dachte Lily, aus der Übung zu geraten, es schien ihr, als verlerne er eher den Herzschlag als das Klavierspiel. Er spielte mit traumwandlerischer Fingerfertigkeit, den schalkhaften Blick in eine nicht allzu weite Ferne gerichtet, ein sachtes Lächeln, den Kopf leicht schräg, die Hände unaufgeregt auf den Tasten wie ein Zauberer, der die Hammerköpfe im Innern des Instruments mit seinen vegetativen Gedanken bedient.

»Nirgends tröstet die Musik des alten Herrn wie in diesen Gängen«, sagte er zu Lily.

»Alten Herrn?«, fragte Lily.

»Haydn«, sagte Marx, »oder?«

Lily nickte.

»Wie geht es Ihnen, Herr Marx?«

»Danke, gut.«

»Die Röhrchen haben wir gut platzieren können. In Ihren Beckengefässen.«

Herr Marx spielte einen kleinen Triumph-Akkord, mezzoforte, ta-da!

»Ich werde ein Konzert geben, Frau Damiani, für Sie alleine, und zwar mit meinem Trio.«

»Wenn Sie wüssten, welche Freude Sie mir machen. Aber Sie müssen leider noch einige Tage bleiben.«

Leonard Marx breitete die Arme aus.

»Machen wir das Konzert hier. Dann haben alle etwas davon.«

»Was für eine schöne Idee. Wissen Sie, das Blutungsrisiko ist bei Ihnen halt besonders hoch, wegen der blutverdünnenden Tabletten. Und eben hat mich Dr. Gnehm angerufen, er meint, man müsste auch die Kopf- und Herzgefäße überprüfen, wären Sie damit einverstanden?«

»Krank darf man ruhig sein, man muss sich nur zu helfen wissen«, meinte Leonard Marx.

Zurück im Büro versuchte Lily den restlichen Aufwand abzuschätzen. Was war bloß mit Melanie los? Da war diese Umtriebigkeit, schon morgens beim Kaffee. Silke hatte immer gesagt, die Sache mit Ozan klinge nach Desaster.

Lily stützte die Ellbogen auf den Tisch und rieb sich das Gesicht, die Haut um ihre Augen knitterte unter ihren Fingern wie Zeitungspapier. Manchmal wurde es besser mit geschlossenen Augen. Manchmal aber drehten sich die Bilder in ihrem Kopf noch schneller, wenn sie draußen nirgends befestigt werden konnten. Manchmal stürzten sie, die Vorstellungen taumelten durch ihren Kopf, fielen durch Hals und Brust, wurden kleiner, je tiefer sie fielen, bis sie nicht mehr sichtbar waren. Ferds Fahrrad fiel unter Melanie, Frau Heris Brille fiel ihr vom Gesicht, ein Tirolerhut fiel von Locken, der Tod fiel von den Rädern.

Was erwartest du, Lily, bei dem Schlaf, den du nicht schläfst?

Wachliegen, Stunde um Stunde, wie früher in deinem Kinderzimmer. Die nächtliche Kirchenglocke, damals ferner und leiser, als sie drunten vom Dorf heraufklang. An der Helios-, Ecke Lunastrasse waren die Glocken dicht und laut, drei Stück aus verschiedenen Richtungen machten sich die Viertelstunden streitig, achteten sorgfältig darauf, nicht gleichzeitig loszulegen, das Geläut für sich alleine zu haben.

Dazwischen war es still im Zimmer, nur Johnnys Atem schnarrte fein und gleichmäßig. Sie bewunderte seinen Schlaf und beneidete ihn darum. Der Schlaf des Erfrechten, Johnny hatte wie immer keine Ahnung. Wie tief sein Schlaf war, das gehörte zu den Dingen, von denen er nichts wusste, da war er so blöde wie unbeirrbar, seine siamesischen Zwillingseigenschaften, er macht sich keine Vorstellung, dachte Lily, wie krankhaft unweckbar er war.

Leicht war Lilys Schlaf, seit sie vier Jahre alt war und sich vorwarf, den Abschied des Vaters verschlafen zu haben. Eine feine Antenne blieb immer gereckt, ein Augenwinkel offen, ein halber Sinn. Über Jahre war es ihr gelungen, auf dem Grat zwischen Wachsein und Schlafen wenigstens in einen flachen Schlummer zu kippen. Seit einigen Wochen aber blieb sie wach, und inzwischen kam es ihr vor wie eine physiologische Unmöglichkeit, die Lider zu schließen, gleich den Ohrmuscheln, die sich nicht über dem Gehörgang zusammenfalten ließen.

Nicht bloß von seinem robusten Kleinkindschlaf machte sich Johnny keine Vorstellung, auch von den sonstigen Merkwürdigkeiten seines nächtlichen Verhaltens hatte er keinen Schimmer. Manchmal, wenn sie ihm ihre Hand auf den Arm legte, schüttelte er sie ab und rutschte an den äußersten Rand des Betts. Dann wieder ließ er sich an einem gemeinsamen freien Morgen stundenlang von ihr mit dem Finger über die höckerige Linie seiner Wirbelsäule streicheln, und wann immer sie einen Augenblick innehielt, buckelte er nach ihr, um sie zum Weitermachen aufzufordern.

Nächtlicher Johnny, feindseliger Schläfer, zarter Geliebter, mal so, mal so, umnachtet, schlaftaub.

Manchmal richtete er sich blitzartig auf, im Widerschein der blassen Straßenlaterne, die in einem Streifen durch die Jalousie auf Johnnys bewusstlos waches Gesicht fiel. Lily sah in ein dunkles, unblaues Augenpaar, verstört von einer Boshaftigkeit, hart, zugleich hinfällig und komatös. Sie versuchte dann, wie sie es sich den Tag hindurch angewöhnt hatte, belustigt zu sein. Belustigung über ihn selber bewirkte im wachen Johnny zuverlässig eine Beißhemmung und er wandte sich ab. Diese nächtlich hasstauben Augen aber, die Lily aus seinem schlafenden Gesicht fixierten, konnten ihre Belustigung gar nicht sehen.

Womöglich aber hatte der Schwindel mit der Müdigkeit gar nichts zu tun. Flüchtig streifte Lily ein Schauer, der Gedanke an den Schweiß, den sie diese Nacht entlang ihres Rückens gespürt hatte. Diese ratlose Traurigkeit. Da kam er wieder, änderte nachmittags die Laufrichtung, wurde diagonal, der Schwindel. Auf dem Aprilbild des Novartis-Kalenders glitten Bäume und Berge und Wolken aus dem Foto. Lily drehte den Kopf, was sie sah, blieb stehen, folgte mit Verzögerung nach, als wäre die Welt mit einer losen Schnur an ihren Blick gebunden.

Sie lehnte sich zurück in den alten Bürostuhl, schloss wieder die Augen. Eine Woche noch, Lily, dann hast du endlich Nachtdienst.

Früher hatte sich Lily darauf nicht gefreut, im Gegenteil, wie alle Assistenzärzte hatte sie die Nachtdienste als Mühsal empfunden. Seit einigen Monaten aber freute sie sich lange im Voraus. Erst recht seit den Krippenpartys, deren Sog sie entkam, wenn sie abends zur Arbeit musste. Noch war zum Glück niemand auf die Idee gekommen, einen Krippen-Brunch zu veranstalten. Das wichtigste aber war, wenn sie nachts arbeitete, traf sie Johnny zu Hause nicht an.

Ist das neuerdings ein leichtes Gefühl, Lily?

Lily ließ den Kopf auf die Polsterstütze fallen, die es an diesen alten, abgenutzten Stühlen nicht gab und ihr war, als fliege ihr der Kopf vom Hals, purzle in einen endlosen schwarzen Schacht, Fahrrad, Brille, Hut und Tod hinterher. Sie klammerte sich an die Armlehnen, richtete sich mühsam wieder auf.

Eine Woche noch, nur noch eine Woche bis zum Nachtdienst.

Am schönsten fand Lily den Heimweg am Morgen, zu Fuß, wenn alle andern zur Arbeit gingen. Meistens machte sie einen

Umweg, unten herum über Pfauen, Bellevue, Stadelhofen, oder ein Stück bergan durch den Dolder-Wald. Das waren ganz andere Spaziergänge. Ihre Füße machten keine schnellen Schritte, ihre Füße versäumten sich, Lily wollte sichergehen, nicht vor halb zehn zu Hause zu sein.

Sie steckte den Schlüssel ins Schloss, drehte ihn um, das Klicken der Tür, ihre Absätze auf dem Parkett, die Stille. Sie ließ ihre Handtasche von der Schulter gleiten, sie fiel mit einem dumpfen Rasseln zu Boden. Nichts machte ein Geräusch, das sie nicht selber machte, die Jacke, die sie schon fünf Winter lang trug und jetzt an die Garderobe hing, neben den Mantel. Johnny wusste genau, dachte Lily, was er tat, wenn er den Mantel keines Blickes würdigte, nicht einmal, als sie ihn gekauft hatte und das erste Mal damit vor ihm gestanden war. Es gefiel Johnny, zu ignorieren, was ihr etwas bedeutete, dachte Lily, wahrscheinlich heimste er den Schatten der Freude ein, um die er sie brachte.

Klar, Johnny konnte sehr feindselig sein. Er konnte auch blöde vor lauter Liebe sein. Mal so, mal so.

Jetzt machte es nichts, der Morgen nach dem Nachtdienst hatte seine eigenen Gesetze. Sieben Nächte, sieben Morgen, die ihr gehörten. Kein Pfeifen aus seinem Zimmer, kein Fernseher, kein Fluchgemurmel.

Hättest du Johnny vor seinen ewigen Sinnkrisen bewahren können, Lily? Vor seinem Missmut?

So sehr sie es genoss, die Wohnung für sich alleine zu haben, manchmal musste sie raus. Und sei es für einen Besuch in der Grossmünsterkirche, im Landesmuseum, im Kunsthaus. Eine Fremde in der eigenen Stadt sein. Dann fuhr sie mit der Polybahn und hörte zu, wie der Akkordeonist die kleine Nachtmusik spielte. Sie saß zuhinterst auf der Holzbank, der Waggon rumpelte über die Schienen, die Fahrgäste rüttelten mit. Nur der Akkordeonist hatte seinen eigenen Takt, wiegte sein Gesicht über den Rümpfen seines zähen Instruments. Er zwinkerte Lily zu. Er meinte es nicht so, dachte Lily, und lächelte ihm zu. Musiker waren übermütig. Der Schaffner hingegen runzelte die Stirn, weil sie niemals ausstieg. Bald würde er sagen, Fräulein, das ist kein Karussell! Das sagte er aber nicht, stattdessen zwinkerte auch er. Lily war klar, was er dachte, was sollte eine Frau sonst vorhaben, wenn sie den halben Morgen Polybahn fuhr? Schaffner waren nicht übermütig. Sie waren aber auch nicht dreist. Sie waren nur zu lange Schaffner gewesen.

Lily schaute hinauf zur Decke. Die Henkel baumelten vor und zurück. Alle miteinander spielten die zweite Stimme der kleinen Nachtmusik. Schön musste es oben sein, auf dem Dach des Waggons, auf dem Rücken liegen, die Mantelschöße links und rechts als ruhende Flügel, die Beine ausgestreckt wie zu Hause unter der Bettdecke, den Kopf gemütlich auf den doppelten Kragen gebettet, für sich alleine, am helllichten Tag mitten in der Stadt unter freiem Himmel, mitten unter allen Leuten, und niemand, der einen sah. Hin- und herfahren, vom Central zur Hochschule und wieder zurück, hoch und runter, über den wechselnden Fahrgästen, die von nichts wussten, dazu das Akkordeon, das jetzt übermütige Balkan-Akkorde zog und knautschte – zwischendurch einen unverhofften f-moll-Akkord.

Manchmal fuhr Lily auch mit der Üetliberg-Bahn den Rücken des Stadtbergs hinauf. Von der Aussichtsterrasse schaute sie hinab in die Stadt, die sich auf der anderen Seite aus der Mulde von See und Limmat wieder in die Hügel erhob. Im niedlichen Zürcher Häusergeflick machte sie die kleine rote Polybahn-Raupe aus, direkt daneben die Hochschulen und das Universitätsspital.

Lily lehnte gegen das Geländer, spürte einen der großen Mantelknöpfe gegen ihren Bauch. Sie nahm das Universitätsspital zwischen Daumen und Zeigefinger, kniff ein Auge zusammen. Sie fragte sich, wie die überwältigende Menge von Hoffnung und Verzweiflung, die unter diesem Dach jeden Tag großzügig ausgegeben und empfangen wurde, auf die Größe eines Konfetti gezwängt werden konnte, war man nur genügend weit weg.

Bist du eine Ärztin, Lily?

Johnny? Klar! Johnny! Wer sollte ihr denn sonst einfallen als Johnny und immer nur Johnny? Johnny hatte manchmal ein Näschen, weit häufiger hatte er den Rotz direkt im Kopf, und den behielt er nicht für sich, wenn ihm jemand vertraut war wie Lily. Männer wie Johnny verlernten rasch ihre galante Seite, wenn sie Vertrauen fassten, es erfassten und dann im Griff hatten, das Vertrauen, vor allem, wenn ihre Frau ihnen nicht das Fürchten lehrte. Lily konnte Johnny kein Fürchten lehren, Johnny war ihr immer nur vertraut gewesen, seit der Sumoringer sie das Fürchten gelehrt hatte.

Lily drückte Daumen und Zeigefinger langsam zu, spürte den Widerstand des denkmalgeschützten Spitalgemäuers. Wenn sie das Gebäude jeweils betrat, wollte sie am liebsten rechtsumkehrt machen, sehnte Stunde um Stunde den Abend herbei, hoffte auf einen glimpflichen Tagesverlauf, keine Bösartigkeiten den Patienten gegenüber, keine allzu schäbigen Kommentare, wohlfeile Zynismen, unmerkliche Feindseligkeiten – sie konnte Ärzte nicht mehr ertragen. Wie sie daherkamen mit ihren indignierten Visagen. Von den Kollegen Assistenzärzten hatte Lily den Eindruck, als verbüßten sie allesamt ihr obligatorisches Jahr in der Poliklinik, um danach endlich, endlich in ihre wahre Berufung zu wechseln, zur Rechtsmedizin, wo die Patienten nicht nur versehrt und entstellt, sondern auch tot waren. Der Umgang mit kranken, aber lebendigen Leuten war für Ärzte doch eine lästige Propädeutik, die sie bloß unter großzügigem Einsatz einer geistlosen Herablassung zu erdulden gewillt waren.

Gut, Lily, du bist wütend, wieso aber bist du so ungeheuer enttäuscht? Was hattest du denn erwartet?

Genau. So etwas in der Art hätte Johnny zu ihr gesagt, hätte sie gefragt, Lily, bist du wirklich so naiv? Hast du etwa gedacht, Menschen neigten zur Lauterkeit? Hast du geglaubt, Menschen würden sich veredeln, wenn man ihnen ein Stethoskop umhängt und ihnen sagt: Pass mal auf, Freundchen, zu dir kommen jetzt lauter Leute, die sich in einer misslichen Lage befinden und dir mit einem fast sakralen Respekt begegnen und obendrein alle ihre Hoffnungen in dich legen, viel Spaß beim Anständigsein, viel Spaß beim Bewahren deiner Werte.

Als Lily das winzige, widerspenstige Spital aus ihren Fingern entließ und das zusammengekniffene Auge wieder öffnete, stand ein Mann neben ihr, ein großer Herr mit grau melierten, in gelierten Wellengräten über seinen großen, fleischrunden Kopf gekämmten Haaren. Er trug Anzug und Hemd, zartrosa und weiß gestreift, er roch nach Marseille-Seife, er neigte sich zu ihr.

»Die Uetliberg-Bahn galt lange Zeit als die steilste Eisenbahn von Europa.«

»Ja?«, sagte Lily, »interessant.«

»Dann aber«, fuhr der Herr fort, »wurde in Stuttgart die U 15 eingeweiht. Die Stadtbahn. Man kommt sich dort fast vor wie in San Francisco.«

»Sind Sie beruflich mit Straßenbahnen beschäftigt?«

»Ich beschäftige mich sehr ungern beruflich.«

»Ah ja?«

»Solange man sich auf der Welt noch unterhalten kann mit Frauen wie ihnen«, lachte er. »Bedauernswerte Kreaturen, die sich das nicht leisten können.«

Jetzt erst merkte Lily, als er noch etwas näher kam, dass der Mann ein kleines Tablett hielt, darauf lagen mehrere sorgfältig sortierte Reihen von Pralinen. Er war sehr gepflegt, dieser

Ausdruck des Mannes von Welt, den nichts aus der Fassung bringt. Er hatte etwas Mildes an sich, trotz seiner Aufdringlichkeit, ein Kavaliersmakel, mit dem er zu leben gelernt hatte.

»Ich mag lieber salzige Aperitifs«, sagte Lily, ihre Stimme fein und klein, »und lieber abends, danke.«

»Das kommt als nächstes«, sagte der Mann, er hatte eine tiefe, balsamweiche Stimme, »wie heißen Sie?«, fragte er.

»Séverine«, sagte Lily, legte eine Hand aufs Geländer und drehte dem Mann langsam, und wie aus überwundener Scheu, ihren Körper zu.

Seit einiger Zeit blieb Lily während des Nachtdienstes tagsüber zu Hause. Seit der Urteilsnacht, seit sie sich sicher war, dass in ihrem Kopf die Zelle und ihre Töchter waren, die sich verselbstständigten, tauchte Séverine immer seltener auf, inzwischen gar nicht mehr.

Langweilte sich Séverine mit dir, Lily? Du dich mit ihr? Schien es euch, als müsstet ihr einen Schritt weiter gehen, andernfalls die Finger voneinander lassen?

Lily freute sich. Der ganze Tag lag vor ihr. Sie ging in die Küche, ins Esszimmer, ins Bad, ohne Absicht, nur um einen Moment alleine in jedem Zimmer zu sein. Sie nahm ein Bad, trocknete sich die Haare, band sie mit dem Frottiertuch über den Kopf, zog bequeme Jeans an und den weiten alten Pullover von ihrem Vater, schwarz mit einem dicken Rollkragen. Sie nahm die Winterjacke vom Haken und setze sich auf den Balkon, zündete eine Zigarette an.

Die Neumünsterkirche schlug halb elf, für den roten Kater war es jetzt zu spät, sein Tag begann schließlich um halb sieben, so wie Lilys im Frühdienst. Und doch konnte sie sich darauf verlassen. Sobald sie sich hingesetzt hatte, ließ er sich auf der Holzlatte blicken. Er war ganz schön stattlich. Er marschierte hinab in den Garten, gab sich den Anschein größter

Selbstverständlichkeit, als wüsste er gar nichts davon, dass er seinen Tagesablauf eigens für Lily durcheinandergebracht hatte, beiläufig wie immer war sein inniger Gruß. Ungelegen kam es ihm da, dachte Lily, dass er jetzt vom oberen Balkon gerufen wurde.

Zlatan, dachte Lily, Zlatan mit seiner monotonen Stimme. Man sah ihn nur selten im Treppenhaus. Wahrscheinlich verließ er seine Wohnung im Monat nicht mal eine Handvoll der Tage. Darüber, wie er seinen Lebensunterhalt bestritt, gab es Gerüchte in der Nachbarschaft. Wenn er auftauchte, war er nicht zu übersehen, schlank und groß gewachsen, irgendwie stramm, irgendwie ulkig, eine weit übers Gesicht gebogene Nase, ein abrahamitisches Profil, sagte Johnny, und Johnny war es auch, der ihn überhaupt Zlatan nannte, denn eigentlich hatten sie keine Ahnung, wie der Nachbar hieß. Das Namensschild auf seinem Briefkasten war leer, genauso wie das neben dem Klingelknopf. Wenn er die langen braunen Haare straff nach hinten gezogen und zu einem Knoten gebunden trage, sehe er aus wie Zlatan Ibrahimovic ohne Biss, meinte Johnny, und wenn er die Haare offen trage, sehe er aus wie Jesus von Nazareth ohne Überzeugung.

Johnny bringt dich immer noch zum Lachen, Lily, ist das etwa nichts?

Wenn die fast weiße Spitze des rostrot und apricot geringelten Katerschwanzes unterm Balkongeländer verschwunden war, wartete Lily, bis er drunten im Hof wieder auftauchte. Seine Pfoten lautlos auf den Kieseln. Sein gelassener Körper schlängelte sich zwischen den Stuhl- und Tischbeinen auf dem Sitzplatz.

Lily freute sich für den Roten.

Sie freute sich auch für sich selber.

Noch würde sie zögern, es zu holen.

Sie wartete den Moment ab, bis von selber etwas losging,

wie eine Lasche, die lautlos aufsprang, einen schmalen Hals befreite, den Weg frei machte für die Lust, der Tropfen einer herrlichen Essenz, dessen Fallen man in einem harten, durchsichtigen Gefäß einen langen Augenblick verfolgen konnte, bevor er auftraf und überall hin zersprang und alles von innen her benetzte. Dann würde sie nochmals einen Augenblick warten, das Auftreffen nachwirken lassen, noch einen Augenblick, noch einen …

Johnny hätte es niemals gefunden. Und wenn er die ganze Wohnung danach durchsucht hätte. Lily war selber immer wieder überrascht, denn dort, wo sie es aufbewahrte, schien es wie vom Erdboden verschluckt. Dabei versteckte sie es ja gar nicht, es lag in der obersten Schublade im linken Teil des kleinen Sekretärs neben dem Kleiderschrank. Die oberste war die einzige der drei Schubladen, an der kein Schlüsselchen mit Kordel hing, die einzige, die sich nicht verschließen ließ. Die Schublade war voll mit lauter Zeugs, wie alle ihre Schubladen, alles durcheinander, und alles trug dazu bei, dass man nichts unterscheiden konnte, wenn man nicht genau wusste, wonach man suchte. Es hatte eine türkise Farbe und unten einen schwarzen runden Regler. CHF 49.90. Lily hatte es damals in der Rubrik Haushalt verbucht. Der Regler war zugleich ein Schraubverschluss, es brauchte eine Micro-AAA-Batterie.

Lily schloss die Augen. Süßes Abwarten, *pitsch*, der Tropfen, der Vorbote.

Sie ging ins Schlafzimmer. Sie zog die Jacke aus, den Pullover, das Leibchen. Ganz nebenbei öffnete sie die Schublade und nahm es mit. Sie legte sich ins Bett, wartete, bis das dünne Laken, das sie aufwarf, auf sie niederschwebte, den frischen Duft eines Hauchs von Javel verströmend, bis es auf ihr landete, aufkam an verschiedenen nackten Stellen, auf ihrem Gesicht, ihren Brüsten, ihrem Bauch, Lily schauerte, die Haut zog sich zusammen, wurde fest und rau und durchlässig wie ein Schleier. Sie spürte die aufgerichteten Härchen auf ihrer Hand. Sie machte die Knöpfe der Jeans auf, mit der anderen Hand drehte sie am Regler, sie glitt damit durch die Haare zwischen ihre Leisten.

Lily ging sich verloren. Sie löste sich auf in einem Gefühl von Nichts, übrig blieben Knochen. Das Knochenmark, das kein Blut mehr machte, das Knochenmark war jetzt ein Sinnesorgan.

Lily konnte es alleine machen, ganz für sich. Oder Lily konnte es machen, um den Männern das Fürchten zu lehren. Es konnte ihr alles bedeuten und nichts. Sie konnte es heilig halten, entsorgen, es konnte sie begeistern, zu Tode langweilen.

Am Ende fehlte ein Mann.

Bis er da war.

Dann war er umso überflüssiger oder fehlte umso mehr.

Und die Ausnahme unter allen Männern der Welt hörte sich an wie das süßeste Versprechen. Und war doch nichts als ein fauler Zauber, ein Märchen ohne Geheimnis und ohne Wahrheit.

Hattest du ihn in Johnny vermutet? Wenn es so war, dann blieb er sich schuldig. Du musst ihn dir eben vorstellen, Lily, in deinem Kopf, neben dem Gewächs hat es Platz für eine kleine Vorstellung, oder nicht?

»Lass mal sehen, was das in deinem Nuttenfleisch so anrichtet«, hörte sie Johnny sagen. Johnnys ruhige Stimme. Diesseits ihres Trommelfells, in ihrem inneren Ohr, wo sie noch wie früher klang, ein unverhoffter f-moll-Akkord.

Der Johnny, den es nicht mehr gab.

Konnte es ihn überhaupt geben, Lily?

Den Johnny diesseits von ihrer Netzhaut sah sie gegenüber vom Bett stehen, er lehnte mit dem Rücken an der Wand, er trug eine schwarze Jacke und seine Züge waren glatt und gesammelt.

Auserwählt wärst du gewesen, Johnny, weißt du es denn nicht? Der einzige Mann auf der Welt, der keine Angst hat vor Lilys Lust, ihrer haltlosen Liebe, dieser Kraft, als bündle sich der Erdmagnet in ihrer Mitte, die Wucht, ein Vertrag zwischen Gott und Teufel, mit dem beide einander über den Tisch gezogen wussten.

Lily spürte Johnnys Worte zwischen den Beinen, die Berührung von Geflüster.

Johnny war dabei. Johnny tat nichts.

Johnny sah ihr zu. So, wie die anderen Männer Séverine zusahen, bevor sie sich abwandten, Reißaus nahmen, blöd und stumm in ihrer Scham und Ratlosigkeit. Nicht Johnny. Er verhielt sich still. Ein *lachloses* Gesicht, die Augen ernst und mineralisch vor Innigkeit. Ein Wächterblick dachte Lily, die jetzt ihre Beine streckte, die Hüfte reckte, den Kopf ins Kissen drückte mit aller Kraft und losließ, sodass es anbrandete und durchbrach. Die Sache war in Lilys Obhut, und Lily wusste, wie man damit umgehen musste, in Lilys Hand war es keine rohe Kostbarkeit, sondern ein ehernes Agens, das sie nach Belieben beherrschte, das Seil der Trapezkünstler, das Netz der Spinne. Johnnys Blick wusste darum, er verstand, dazu genügte ihm eine Ahnung, ein Konzentrat von ahnenden, einwärts gewandten, warmen Augen, die wärmer und wärmer eindrangen in Lilys Körper.

Übernächste Woche erst. Lily öffnete die Augen. Sie wechselte erst übernächste Woche in den Nachtdienst. Nicht einmal dieser eine unglückliche Tag verging. Sie musste endlich ihr Handy holen.

»Was ist mit deinem Auge?«, fragte Sedran, ohne von seiner Skizze aufzuschauen, »etwa ein Gerstenkorn?«

Johnny ließ den Bleistift fallen, realisierte, wie fest er ihn umklammert hatte. Sedrans Frage hätte er an jedem anderen Tag lustig gefunden. Jetzt vergrub er sein Gesicht in den Händen, machte erst einen ganzen, dann noch einen Viertelkreis auf dem Drehstuhl in Richtung Fenster. Die Zweige einer Linde bewegten sich leicht in einem dieser unruhigen Aprilwinde.

Sedran stand auf, sammelte einige Papiere ein und befüllte sorgfältig eine Mappe.

»Mit Gerstenkörnern ist nicht zu spaßen«, meinte er, »ich habe gehört, die können verhornen.«

»Was hast du vor?«, fragte Johnny, als Sedran die Mappe schloss.

»Wir sind spät dran«, sagte Sedran.

»Spät wofür?«

»15:30 Uhr. Sitzung mit Reichmuth und Kohlmeyer.«

Johnny wischte unwirsch über die Tischplatte, der Bleistift fiel zu Boden und rollte vor Sedrans Wintergaloschen.

»Vertrittst du mich?«, fragte Johnny.

»Auf keinen Fall. Ich habe dich das letzte Mal vertreten.«

»Dann weißt du ja, wie man das macht. Los, spiel dich nicht auf!«

Sedrans Verwunderung brauchte einen Moment, um sich in seiner Miene einzufinden. Dann bückte er sich, machte zwei Schritte auf Johnnys Schreibtisch zu, legte den Bleistift hin.

»O.K., Johnny. Klasse. Große Klasse.«

Johnny sagte nichts, schnappte sich den Bleistift und kritzelte weiter an einem Federbausch, dem Sedran mit einem Blick ansah, dass er nur zu Johnnys Gespött dienen konnte.

»Wirklich klasse«, nickte er, »sich lustig machen über einen kleinen Saurier, der seit Jahrmillionen ausgestorben ist.«

Als Sedran das Büro verlassen hatte, drehte sich Johnny auf dem Stuhl wieder dem Fenster zu. Die Nachmittagssonne warf heitere Lichtflecke zwischen das Blätterwerk der Linde, nervöse Flimmerszenen auf Rasen und Fußweg.

Lindenrinde, dachte Johnny.

Ahorn. Eibe. Buche. Birke. Welche gefiel dir am besten, Lily?

Damals, nachts, in jenem schneelosen Januar, ihrem ersten gemeinsamen Winter. In jener Zeit, als sie noch ununterbrochen miteinander geredet hatten auf ihren Spaziergängen. Sie kamen in ein kleines Wäldchen. Die Krähen waren im Gespräch, und Lily fragte, was sie wohl sagten.

»Sie fragen nach den Fröschen«, sagte Johnny.

»Vermissen sie die Frösche?«, fragte Lily.

»Sie singen ihr Lied.«

»Die Krähen haben Mitleid mit den kalten Fröschen im Winterschlaf.«

»Sie quaken an ihrer Stelle, die Krähen.«

»Und die Frösche schweigen unterm Laub.«

Lily nahm Johnnys Hand und küsste den kleinen Finger auf den Fingernagel. Eine Anwandlung.

Sie blieb auf einmal stehen, dann verließ sie den Gehweg, zog Johnny bei der Hand hinter sich mit. Sie sprangen übers Gestrüpp, es ging einige Schritte einen Hügel hinauf voller Brombeerranken und Sauerklee, Johnny sah auf einmal Lilys Jacke ins Krautgeflecht fallen, die dunkelgrüne Blätterschicht zitterte kurz, verschluckte die Jacke, schloss sich wieder, dann auch Lilys Oberteil, Lilys Unterleibchen. Johnny stolperte in ihre nackten Arme. Sie wich zurück, sie lächelte zwischen ihren Haaren hindurch, die in einem fahlen Sonnenstrahl aufhellten, sie wehrte seine nach ihr ausgreifenden Hände ab, blies sich, der Atem kondensierend, die Strähnen aus dem Gesicht. Sie lachte, leise pfiff es zwischen ihren Lippen, sie atmete schneller und lächelte mit ihrem starken, unheimlichen Gesicht. Sie zuckte und warf den Kopf zur Seite, die rosa Kinderspange, die seitlich über der Stirn ihr Haar befestigte, baumelte jetzt am Ende einer Strähne.

Mit dem nackten Rücken stieß Lily gegen einen Buchenstamm. Johnny war in zwei Schritten bei ihr, er stolperte über den Strang eines Strauchs, stieß ungebremst in sie hinein, drückte sie gegen den Baum, Lily gab einen dumpfen Laut von sich. Sie konnte nicht mehr weg zwischen Johnny und Baum. Die Buche war kalt, glatt und hart.

Von da an schaute sich Lily auf den Spazierwegen aufmerksam um. An den Stämmen der Föhren musste es noch schöner sein, dachte sie, an der groben Rinde konnte man sich bestimmt wüste Schrammen holen. So war es aber nicht. Als sie vom keuchenden Johnny rücklings gegen die Rindenschwielen der Föhren gepresst wurde, spürte sie fast gar nichts. Die hölzernen Schollen, so grob und derb sie aussahen, passten sich geschmeidig ihrem Rücken an. Es fühlte sich an wie eine Matratze. Von da an wurden Föhrenstämme vermieden. Ausgerechnet Birken waren es, die den schönsten Schaden anrichteten. Der Stamm sah harmlos aus mit seiner blanken weißen Folie. Doch die vereinzelten Reste abgebrochener Ästchen und die scharf aufgeworfenen Ränder der Risse entfalteten ihre volle Wirkung.

Lily ließ Johnny ihren Rücken an den Stämmen aufschinden, ohne dass er merkte, was er tat. Sobald es vorbei war, sobald er Lilys Kniekehlen, die er in seinen Händen hielt, wieder freigab, sammelte sie ihre Kleidung auf dem Waldboden zusammen, klopfte mit einem Hieb Laub, Nadeln und Staub heraus und zog sie im Flug wieder an. Wenn sie dann weitergingen und Johnny seinen Arm um sie legte, dessen Gewicht auf ihrem Buckel so schön brannte, ließ sie sich nichts anmerken.

Obwohl Lily in jener Zeit darauf achtete, bei der Arbeit über dem weißen Spitalleibchen immer ihren Mantel mit dem Kragen wie aus Nachlässigkeit hochgeklappt zu tragen, wurde sie einmal, ohne dass ihr so rasch eine Antwort eingefallen wäre, vom Kollegen Kretschmar aus der chirurgischen Abteilung nach den beiden scharlachroten Kratzern gefragt, die ihr offenbar den Nacken hinauf bis zu den zusammengeknoteten Haaren liefen und die sie sich tagszuvor gegen einen uralten, wunderbar harsch gefurchten Ahorn von Johnny hatte zufügen lassen. Halb anzüglich, halb mitfühlend war Kretschmar unvermittelt zu ihr herangetreten, hatte ihr in den Rückenausschnitt geguckt.

Knochenharte Liebe, Bein auf Bein, war es anfangs gewesen.

Bevor Lily damals nach London ging, waren ihnen eine Handvoll Tage geblieben. Vor Lilys Abreise verzagten sie an der Frage, ohne sie sich zu stellen, ob sie miteinander ins Bett gehen sollten. Johnny traute sich immer noch nicht, Lilys Hand zu berühren. Der Kuss im Café Odeon erschien wie ein Versehen, ein übermütiger Kurzschluss, der ihre langsame Annäherung unterbrochen, vielleicht bis auf Weiteres verunmöglicht hatte. So kurz vor der langen Trennung während Lilys Auslandaufenthalt hätte dieses erste Mal etwas von Abschied an sich gehabt oder, noch schlimmer, von einer nüchternen Besiegelung. Also verbrachten die beiden in ihrer zaghaften Ratlosigkeit jede bedrückende Minute miteinander, und wenn es dunkel wurde, sagten sie sich endlos Adieu.

Als Johnny damals zum zweiten Mal vor der Türe ihrer Londoner Kammer gestanden hatte, ließ sie sich gegen seine Brust fallen, es gab einen dumpfen, schönen Schlag. Sie sagte in seine Brust hinein, sodass kein Wort zu verstehen war, er solle doch nicht schon wieder wegfliegen. Sie spürte seine Küsse auf ihrem Scheitel, sie hörte ihn auf ihren Kopf murmeln, nein, er würde nicht gleich wieder fliegen, und sie sagte weiter in seine Brust, er solle mit ihr machen, was er wolle, nur machen soll er, machen.

Seine Finger rührten sich kaum, zugleich waren sie überall. Warme Fänge um ihren Hals, man sah es ihnen nicht an, Johnnys Finger, wie kräftig sie waren, stark und langsam. Im Nebenzimmer liefen die Pointer Sisters und sie hatten Recht:

I need a lover with a slow hand

Sie griffen nicht zu, Johnnys langsame Hände, sie hielten fest. Lily kam es vor, als zerfiele sie in ihre bleischweren Glieder, wie eine Marionette, die in einem vergessenen Estrich als ein armseliges Knäuel herumgelegen hatte, bevor sich ihrer endlich jemand annahm, mit Geduld und mit Geschick. Sie überließ sich Johnnys Händen, sie war ein Stück Substanz.

Da baumelte ihr Schildchen herab. *Lise-Catherine Damiani – Medical Subintern*, Lily baumelte in seinen Armen und spürte das wohlige Kriechen, einen Druck in ihren Knochen, von innen, das Knacken im Becken, in den Wirbeln, im Genick unter Johnnys Gliedern, die sie festhielten, sich zwischen sie zwängten, mitten durch Bauch und Brust und Kopf, und überall verdickte es ihre Haut wie eine fühlende Rinde, die Haut unter ihren Haaren zwischen den Beinen und auf dem Kopf zog sich zusammen zu einer dicken Schwarte wie ein Schneckenleib. Lily fühlte, dass er die Geduld verlor und dass er sie doch mit aller Kraft behielt, und Lily konnte weiter betteln, er solle ihr wehtun, sie wusste, Johnny würde nicht mehr loskommen, und es war langsam und hart und zart und … – es fehlte etwas.

Seine Besuche waren schnell vorbei. Lily und Johnny kamen in den paar Wochenendstunden nicht weit. Sie umarmten sich, weil die Zeit den anderen davontrug. Sie schliefen miteinander, um sich des andern zu versichern, die Erinnerung vorzubereiten für die kommende Woche, damit ihnen das Wasser im Mund tagelang zusammenlief. Lilys Kammer war eine flüchtige Kulisse. Sie sahen einander an aus der Ferne der vergangenen Tage und aus der Ferne der kommenden. Diese plötzliche, unplausible Nähe ohne Telefon und ohne Stimme, einander ins Gesicht zu sehen, es wirklich berühren zu können. In den ersten Stunden ihres Beieinanderseins genügte bereits die Wärme, die sich spüren ließ, wenn sie sich mit den Fingerkuppen nahe kamen. Es schien ihnen, als gäbe es an einem Menschen überhaupt nichts Tieferes, Unergründlicheres als seine Haut.

Sie trafen sich auf dem Perron unter den leuchtblauen Stahlträgern des Whitechapel-Bahnhofs, küssten sich heftiger und länger, als es ihnen in der Öffentlichkeit wohl war, gingen von der Metro Hand in Hand zum John-Harrison-Wohnheim, warfen sich gespielt geduldige Blicke zu.

Damals hatte Lily noch nicht *O Nein* geraunt während der Liebe, *Hilfe* gewimmert schon gar nicht. Johnny aber sah Lily an und war sich sicher, von den Stößen seines Takts erschüttert konnte es keine lustvollere Erfüllung geben für eine Frau, als was Lily gerade fühlen musste, wenn sie ihn spürte.

Als Lily aus London zurück war, um ihr Staatsexamen abzulegen und beide wieder in ein und derselben Stadt lebten, brachte sich das Schlafzimmer auf einen Schlag um die Attraktion der Seltenheit. Ihre Berührungen wurden eindringlicher. Sie mühten sich, ihre Becken ineinander zu verkeilen, als hofften sie auf den Trick des Magiers, der plötzlich zwei Ringe mit einem Stups ineinanderfügt. Mit seiner harten, langen Stirne fuhr Johnny Lilys Knochen entlang, ihren Knien, ihren

Schenkeln, ihren Schultern, ihren Wirbeln, stieß gegen die Kämme, Hörner, Schaufeln, drückte und rieb sich nach unten vor, seine Jochbeine, seine Wangen, erst wenn der Schmerz zurückdrückte, nahm er die Zunge zu Hilfe, die glitt entlang der Haut und fand die weichen Teile zwischen den Harten, das Verschwinden des Widerstands, die Senken und die Nischen.

Endlich, dachte Lily. Da saß er, der Rote, auf einem Arm der uralten Eiche, deren Blätter man vom Balkon der vierten Etage im Ost-Trakt berühren konnte. Lily blieb vor dem Fenster stehen. Sie war unterwegs zur Station für die Pflegevisite. Gleich gegenüber hatte man mit dem Bau eines mehrjährigen Provisoriums für ein Bettenhaus begonnen. Das gesamte Universitätsspital sollte komplett renoviert werden.

Längst war es Zeit, weiterzuziehen.

Die Balkontür war angelehnt. Als Lily hinaustrat, das Bündel der Krankenakten mit verschränkten Armen vor dem Bauch, kam mit einem leichten Wind der Schwindel. Sie hielt sich am Geländer des Balkons, der Ring ihrer Mutter klackte gegen den Lauf des Geländers, glitt kratzend entlang. Sie spürte in der rechten Hand ein Kribbeln, beinahe hätte sie die Mappen fallen lassen. Sie schloss die Augen, holte tief Luft. Ihr Mund war plötzlich staubtrocken. Seine Sorgen ließ sich der Rote nicht anmerken. Er streckte und krümmte im Sitzen abwechselnd alle Krallen seiner Pfoten auf dem Ast. Kleine Rindenkrümel rieselten unter ihm nieder.

Auch Eichenrinde sah schlimmer aus, als sie war.

Im Winter fiel der Schnee hinab auf Johnnys Kopf, auf seine harte Stirn, Lily küsste den weißen Schnee auf seinen braunen Haaren, das kalte Pulver zerfloss in seinen Strähnen.

Inzwischen mieden sie auf ihren Spaziergängen diese Stellen. Die Linde, die ihre Krone über die Ziegel einer einsamen Scheune erhob; die Birke in den Brennnesseln einer verborgenen

Waldlichtung; die Kiefer im Abstieg zur Bahnstation Sihlwald. Und wenn es ihnen doch einmal passierte, wenn Lily um eine Kurve unversehens diese von Flechten überwachsene Tanne erkannte, hoffte sie, Johnny würde sich inzwischen nicht mehr daran erinnern, und wusste, dass es ihm umgekehrt genauso erging.

Wie hätte er es vergessen können? Hier, zu Füßen dieser Tanne, hatte er am Ende über ihr gelegen, auf den Tannzapfen und Wurzelknorren, und als er aufstand und Lily sich auf den Bauch umdrehte, ließ sie ihn zum ersten Mal ihren geschundenen Rücken sehen. Er streichelte vorsichtig über die Schrammen, die Schürfungen, die Krusten kreuz und quer.

»Mein Gott, Lily«, sagte er und ließ zögerlich ab. Lily aber schaute ihn nur mit ihren verträumten, geschmeidigen Augen an, grün und leicht blutunterlaufen.

»Was weißt du schon, Johnny.«

Siehst du, Lily, schon viel besser.

Sie öffnete die Augen wieder. Der Rote war fort, sie sah gerade noch seinen Apricot-Schwanz in den Rabatten unter der Eiche verschwinden, zwischen den Gerüststangen der Baustelle.

Sie musste Johnny endlich schreiben. Aber nicht jetzt, zur Pflegevisite durfte sie nicht zu spät sein. Auf keinen Fall wollte sie eine dieser Ärztinnen sein, die überpünktlich zur Chefarztvisite antanzte, die Pflege hingegen warten ließ.

»Wie nennt man eigentlich dieses Möbel?«, fragte Marianne Waser, die Stationsleiterin. Sie stand mit Lily im Korridor um ein Gefährt, ein Schubladenschrank auf Rädern, den die Pflegenden und die Ärzte zur Visite mitnahmen, da waren Pflegeprotokolle drin, einiges an Verbandsmaterial, Sets zur Wundbehandlung, Tupfer, Klammern und so fort.

»Das weiß ich jetzt gar nicht«, sagte Lily, und sie dachte, Johnny würde das Ding wohl *Automorbid* nennen oder so. Das Lächeln trat nicht mehr auf ihr Gesicht. Es blieb irgendwo dahinter, im Hals, im Kiefer, zwischen den Zähnen.

»Geht's dir gut?«, fragte Marianne. Sie hielt die Spitze ihres blauen Kugelschreibers auf eine Fieberkurve, die um 37,5 Grad herumpendelte.

»Es geht so«, sagte Lily.

»Nervös wirkst du. Morgens schon. Ich hab dir gewinkt. Du hast mich gar nicht gesehen.«

»Entschuldige.«

»Alles in Ordnung?«

»Ja, ja. Mir ist ein bisschen schwindlig. Das Dümmste ist, ich hab mein Handy in der Kabine und muss dringend meinem Freund schreiben.«

»Geh's holen, ich warte hier.«

»Sicher?«

»Kein Problem.«

Als Lily sich umdrehte und loslaufen wollte, erschien eine Frau in der Tür des ersten Patientenzimmers. Sie trug einen verwaschenen grünen Morgenrock und eine Badehaube, sie hatte eine frische Zigarette im Mund, die noch nicht angezündet war.

»Frau Doktor?«, sagte die Dame mit dünnen, steifen Lippen.

»Guten Tag Frau Jahnke, wie geht es?«, sagte Lily.

Frau Jahnke streckte ihre Hand aus, die am Ende eines ungewöhnlich langen Arms dürr und kraftlos aus dem weiten Ärmel hing, Lilys Hand aber plötzlich erwischte.

»Wo ist Frau Doktor Zizek?«, fragte Frau Jahnke.

»Ich vertrete heute Frau Zizek«, sagte Lily.

»Frau Jahnke«, rief Marianne und trat lächelnd zu den beiden heran, während sie mit den Armen fuchtelte, »es dauert noch fünf Minuten, Frau Doktor Damiani muss noch kurz etwas erledigen.«

Frau Jahnkes Züge verkrümmten sich, schlossen ihren Mund kräftig um die Zigarette, die sie jetzt mit ihren dürren Fingern schnappte. Sie blies unsichtbaren Rauch aus dem Mundwinkel und ihre Augen blitzten auf Schwester Mariannes Hand nieder, die im Versuch der Beschwichtigung auf Frau Jahnkes Ellbogen lag.

»Nach Ihnen«, sagte Lily schnell und folgte Frau Jahnke ins Zimmer. Sie winkte Marianne zu und schüttelte energisch den Kopf. Marianne verdrehte die Augen und wollte Lily mit dem Visitenkarren ins Zimmer folgen. Da kam Kretschmar mit seiner Studentenschar. Er klopfte kokett an die offene Tür und beorderte seine sechs Studenten vor Marianne ins Zimmer hinein.

Eine Stunde zuvor war Kretschmar mit seinem Skelett zur Tür des Büros hereingetanzt. »Tod auf Rädern«, schon wieder. Silke Henning ergriff sogleich die Flucht.

Du kannst keine Flucht ergreifen, Lily. Selbst wenn sie noch da wäre, deine tollkühne Kinderkraft, die Flucht würdest du nicht ergreifen. Manchmal überkommt dich nur die Lust, Männern wie Kretschmar in ihr Bübchengesicht zu schauen mit klaren Augen, unverschämt, in einem seelenruhigen Trotz, und dann, sobald es diesem Bübchen Kretschmar die Sprache verschlagen hätte und auch das Grinsen und das Brauenzucken, wenn es ihm vergangen wäre, das ganze Bubengesicht, sodass nichts übrig bliebe außer einem betretenen Zaudern, dann würdest du mit dem ausgestreckten Zeigefinger deine verschlossenen Lippen kreuzen, die sich leicht schürzten wie zu einem Kuss: *Still, sei still.*

»Madame Damiani, bonjour!«, rief Kretschmar, Wange an Wange mit dem Skelettkopf, »hast du was dagegen, wenn ich das Fräulein hier deponiere bis zum Kurs?«

»Kein Problem«, meinte Lily. Es reichte, wenn sie Kretschmar anständig Antwort gab. Sie fuhr fort, das Überweisungsschreiben von Herrn Grauwiler zu überfliegen, bei dem vor zwei Tagen in einer CT-Untersuchung ein Tumor der Bauchspeicheldrüse gefunden worden war und dem sie, wie sie gerade herausgefunden hatte, diesen Befund heute Nachmittag anstelle von Melanie Zizek mitzuteilen hatte.

Lothar Kretschmar. Oberarzt Viszeral-Chirurgie, Favorit der Chefs, Tausendsassa, Poker-Ass, Sportwetten-Fanatiker. Mindestens einmal am Tag schaute er im Büro der Assistenzärzte vorbei, die Zeremonie brüsken Hereinplatzens.

»Du, ich bin heute im D-Trakt mit den Kleinen. Ihnen schön was beibringen, gell. Nur damit du es weißt, hast ja noch Visite.«

»Zu wem wollt ihr?«, fragte Lily und hoffte, dass der arme Leonard Marx von der Plagerei verschont blieb, die ein von Kretschmar geleiteter Studentenkurs in Chirurgie für die Patienten bedeutete. Der Oberarzt rollte das Skelett in die Ecke und packte einen Kaugummi aus.

»Leberpatient«, sagte er, »wie heißt er noch? Müller? Müllhaupt?«

»Konrad Müller?«

»Richtig«, sagte Kretschmar und bot Lily einen Kaugummi an, den sie ablehnte.

»Herr Müller wird morgen operiert«, sagte Lily, »wenn sich ein anderer Patient finden würde …«

»Echt jetzt? Kriegt der Schluckspecht eine Wedge-Resection?«

»Wenn es nach Professor Küster geht.«

»Küster«, rief Kretschmar, »und wieso weiß ich nichts davon?«

Lily tat dergleichen, ein Dossier zu durchstöbern, und Kretschmar warf sich einen zweiten Kaugummi in den Mund.

»Sag mal, Mademoiselle Lise, man munkelt, da läuft heute Abend etwas zwischen dir und einem Oberarzt, ist da was dran?«

Lise schaute nicht vom Dossier auf.

»Soll ein ganz schneidiges Kerlchen sein, Viszeral-Chirurg.«

Lily wollte ihm etwas sagen. Etwas schwer Verdauliches, einen Bissen zu groß für seinen kleinen Mund, etwas Unerwartetes, das ihr leicht vom Mund ging, in Kretschmars Kopf aber querwegs steckenblieb, dass seine Gedanken sich daran festbissen und entzündeten und abszedierten, dass ihm seine Fresse vom Hirnfieber abfaulte. Stattdessen war es Lily, in der es stecken blieb, nicht in ihrem Kopf, nicht in ihrem Hals, tiefer unten in ihrem Körper, wo Scham und Hemmung zu Hause sind.

»Das einzige, wovon ich munkeln höre«, sagte sie, »sind meine zwanzig Fallberichte.«

Als die Tür sich hinter Kretschmar geschlossen hatte, schaute Lily hinauf zur Uhr an der Wand über den Kalendern. Die Zeiger hatten etwas vor. Es war nicht das übliche Kreiseln. Sie schoben eine Sache an.

Heute war es eine Diagnose.

Sie würde nicht dazu kommen, Johnny zu schreiben. Die Verhängnisse schienen sich mit den schwarzen Zeigern verbündet zu haben, eine sinistere Partnerschaft. Lily schaute am Bildschirm vorbei hinüber zum Knochenmenschen. Das starre, hohle Gesicht, das verbissene Lachen, das blanke Entsetzen über die eigene Ausdruckslosigkeit.

Woran lag es damals, dass du die *Liebe der Skelette* so abscheulich gefunden hattest, Lily? Warst du nicht die letzte Verehrerin von Johnnys Schaffen? War es nicht deine Begeisterung, durch die er damals für kurze Zeit zurückgefunden hatte in sein Atelier?

Lily brauchte sich nicht zu verstellen. Sie hätte gar nicht gewusst, wie das geht. Sie fand Johnnys Sachen gut, voller gestalterischer Treffsicherheit und Tiefsinn. Seit sie damals im Foyer der Kantonsschule diesen ersten Blick auf den Sumoringer geworfen hatte, wurde sie nicht müde, Johnnys Arbeit zu lieben. Insgeheim war sie sich sicher, seine Werke unter allen je erschaffenen erkennen zu können. Sie wollte sorgfältig Acht geben, keine unkritische Anhimmlerin zu sein. Sie wusste, es bedeutete Johnny etwas, das Leuchten in ihren Augen, ihre Neugier, ihre Vorfreude.

Nach Thalheimers Erkrankung hatte Johnny zu Hause Jahre lang nichts mehr gemacht. Stunde um Stunde hielt er sich im Zimmer auf, das ursprünglich sein Atelier hätte werden sollen. Wenn er nicht zu Hause war, warf Lily manchmal einen Blick hinein. Das Zimmer war vollkommen leer. Es war unheimlich, Tisch und Stuhl, nichts weiter. Auch die Schubladen waren leer. Nicht einmal ein Bleistift oder ein Blatt Papier.

Eines Tages wurden Tintenpatronen geliefert, *Solid Ink*, Firma Xerox. Lily hatte das Paket vom Postboten entgegengenommen und fragte Johnny abends, ob er von der Bestellung wisse.

»Da muss ein Fehler passiert sein«, meinte sie, »die passen gar nicht in den Drucker.«

Johnnys Antwort war kaum zu verstehen, er nuschelte irgendetwas, er würde den Karton ins Atelier räumen. In den folgenden Tagen und Wochen hatte Johnny immerzu schwarze Finger. Kaum waren sie einigermaßen sauber, beschmutzte er sie sich von Neuem. Etwa zwei Monate später verhielt er sich beim Abendessen sehr seltsam, aufgekratzt und fröhlich, zugleich maulfaul wie ein verbitterter Greis. Lily musste ihm alles aus der Nase ziehen, schließlich gestand er, am frühen Abend ein Werk vollendet zu haben, und fragte mit einem verquälten Schmunzeln, ob sie es sehen wolle.

Acht Musiknoten.

Sie schwebten im fünflinigen Notenstrang wie kleine schwarze Fäuste aus geronnener Tinte mit ihren feinen, in die Höhe gereckten Fähnchen. Vier Takte: eine Tri-o-le, eine Ganze, eine Tri-o-le, eine Ganze, darüber wachte jeweils eine Fermate, eine schwebende Braue, ein Auge, das in die Stille starrte:

»Beethoven«, rief Lily, und Johnny klatschte einmal in die Hand, »fünfte Symphonie!«

Tatsächlich war es, als sehe man die Musik, als höre man sie mit dem Auge vor sich. Die c-Moll-Symphonie machte den Auftakt zu einer ganzen Serie. Berühmte Anfänge von Musikstücken. Johnny besorgte sich eine Kopie der Handschrift des Komponisten, dann ließ er seine Finger damit spielen. Nach und nach fertigte er Skizzen der räumlichen Darstellung, neun Noten Mozarts *Kleine Nachtmusik*, sieben Noten Brahms' *Wiegenlied*, acht Noten Händels *Halleluja*. Die Taktstriche wurden zu Wänden, Mauern und Türen, die Zeichen zu seltsamen Gestalten, die Noten zu Klumpen, Bällen, schuh- oder nierenförmigen Ellipsen, verfangen im Zaun der Notenlinien. Johnny übertrug einerseits exakt die Eigenheiten und Macken der Handschrift des Komponisten, andererseits auch das Temperament, die Färbung, das gestalterische Verhängnis, das in dem kleinen Stückchen Musik zum Ausdruck kam.

Wenn er fertig war, rief er Lily ins Atelier – da stand inzwischen eine Chaiselongue, lindgrün samtbezogen, der Schreibtisch war übersät mit Büchern, Skizzen, Schnipseln, Entwürfen und Rohlingen, Kartonfiguren, Styroporversuchen, Spraydosen, Leim- und Farbtuben – und in der Mitte, auf dem Tisch, in einem kleinen, ausgesparten Rund stand wie auf einer kleinen Bühne das neue Stück Musikplastik, verborgen noch von einem Laken, das Johnny jedes Mal schwungvoll und ein bisschen dramatisch lüftete.

Manchmal rief Lily *ein Wahn von Sinn! Eine Wucht!* Johnny stand daneben, als habe er sie bloß aus Gewohnheit hergeholt, als habe er die Enthüllung der Sache nur deshalb ein wenig inszeniert, um Lily einzubeziehen in den Künstlerglanz, den gerade einen erfolglosen Maler und Bildhauer umgab, wenn er nur ernsthaft bei der Sache war, wenn er nur um sein Leben malte und bildhaute. Johnny hielt seine rechte Hand in den Rücken gestützt, schaute mit gesammeltem Gesicht in sein Fabrikat, oder schaute hindurch, weil er fand, man könne etwas Erschaffenes so unmittelbar nach dem Erschaffen nicht anschauen, weil man nur an die Erinnerung der Mühsal und Verzweiflung des Schaffensprozesses heranstarrte.

Lily blieb dann lange stehen. Sie machte ein paar Schritte, beugte sich etwas vor, schaute von allen Seiten, wagte eine erste Vertiefung, eine erste Interpretation, nur für sich im Stillen.

Dann ging sie und deckte den Tisch schön und wartete mit dem Anzünden der roten Kerze, bis Johnny fertig gekocht hatte, und auch mit dem Entkorken des Weins, den sie aus dem Keller holte, was sonst immer er besorgte, und dann strahlte sie, und ihr strahlendes Gesicht während des Essens war für Johnny zeitweilig wie eine schöne, alte knisternde Schallplatte, auf der jemand etwas Unverbrauchtes, Volksliedhaftes sang mit einer einzigartigen, dunklen und schönen Stimme, eine Ballade auf sein eben fertig gestelltes Werk, dessen Makel in der Feierlichkeit, die es an diesem einen Abend veranlasste, verblassten oder ganz verschwanden. Ab und zu erwischte sich Johnny beim Eingeständnis, dass es herbeigesehnte Augenblicke waren.

Nein, Lily, du konntest einfach nicht anders. Da war eine unmittelbare Übelkeit. Du musstest den Blick abwenden von der *Liebe der Skelette*, seinem neuesten Werk, so schnell wie möglich.

Lilys Schuhe, um die Schuld da hineinzuschieben, nicht wahr, Johnny? Der Todesstoß für dein Schaffen.

Lily war wie immer ehrlich, sie fand das Werk schlecht und billig, sie war richtig erschrocken. Wäre der erste Impuls vermeidbar gewesen? Wäre es möglich gewesen, ihn zu unterdrücken, wenigstens hinauszuzögern? Und dann? Hätte sie später einen Zugang gefunden? Sie hatte ja einen Zugang! Das Werk blieb schuldig, was alles Tote versprach: Hoffnung. Noch jetzt, wenn sie an die küssenden Knochenkiefer zurückdachte, bekam sie es mit der Übelkeit zu tun.

Konzentriert wie immer war sie an jenem Abend ins Atelier-Zimmer getreten, leichtherzig und neugierig. Da hing etwas von der Decke. Er hatte offenbar eigens einen Haken hineingeschraubt, ein gutes Stück Putz war abgebröckelt. Das spielte jetzt keine Rolle, dachte Lily. Was da unter dem Leintuch verborgen von der Decke hing, war wesentlich größer als die Notenskulpturen, und Lily warf Johnny einen fragenden Blick zu, wie ein Kind an der Schwelle zum Erwachsensein, das an Weihnachten gelernt hatte, Haltung zu wahren. An einem Aluminiumbügel und unsichtbaren Nylonfäden baumelte sachte das verborgene Gebilde vor und zurück, das Johnny jetzt mit einem raschen Zug am weißen Laken enthüllte:

Die Liebe der Skelette

Zwei dürre Gestalten aus Gebeinen, Knochenmenschen, skelettierte Liebende. Die weißen Kahlschädel einander zugewandt, die bloßgelegten, blassen Glieder umeinander geschlungen, einer vereinnahmt von der Nichtigkeit des anderen. Das Skelett-Paar umschmiegte sich mit weißen Fingerteilchen gegenseitig um Hinterkopf, Schulterblatt und Halswirbel, zart, fast berührungslos, die beiden Becken ineinander verhängt wie Glieder einer Kette. Die rundumlaufenden Zahnreihen in einem lippenlosen Kuss, der knapp vor ihrem harten Aufeinandertreffen innehielt und ausblieb.

Zuerst sah es so aus, als würde Lily beginnen zu weinen.

Johnny schaute sie genau an. Er wollte dieses erschreckte Gesicht so lange schon einmal weinen sehen, ein einziges Mal, wie ihr die Tränen in den Augen anschwollen und aus den Wimpern sprangen.

»Es gefällt mir nicht«, sagte Lily tonlos, und Johnny sah ihr an, dass sie am liebsten davongelaufen wäre. Im letzten Moment gelang es ihm, sein Erstaunen, das er mit Lily hätte teilen können, hinüber zu retten in Ungehaltenheit, die er für sich alleine hatte.

Seit der *Liebe der Skelette* waren vielleicht vier Jahre vergangen und Johnny hatte das Zimmer kein einziges Mal mehr betreten. Die Tür aber durfte niemals geschlossen werden, musste angelehnt bleiben, Johnny brauchte den Spalt breit beim Vorbeigehen durch die Diele, um sich Tag für Tag zu erinnern.

Wenn es schlecht wird, verflüssigt sich ein Gewissen, nicht wahr, Lily? Es steigt an, brandet sachte bis zum Hals.

Wenn sie alleine zu Hause war, schaute Lily von Zeit zu Zeit nach. Sie hatte Frau Saepha verbieten müssen, das Zimmer zu betreten. Das Durcheinander war unberührt. Die Farben auf den dutzenden Paletten waren zu rissigen Schichten getrocknet. Pinselstapel, verkrümmte Tuben, Büchsen ohne Deckel, harter Leim, harter Lack, Metallgerümpel mit feinen Staubhäubchen, bröcklige Styroporreste, Kartonentwürfe, für immer im Werden erstarrt wie fossile Embryos. Diagonal durch das ganze Zimmer lag auf dem Boden die ausgerollte Bahn von Müllsäcken, ein breiter Strich aus schwarzem Plastik, der alles in diesem Zimmer für ungültig zu erklären schien.

Einen der Abfallsäcke hatte Johnny damals abgetrennt, hatte die *Liebe der Skelette* vom Bügel herabgerissen, der heute noch verkrümmt von der beschädigten Decke hing, hatte sie hineingestopft in den Sack. Einige Glieder lösten sich, gingen daneben, klapperten auf den Boden, Johnny sammelte sie alle rasch ein und steckte sie zu den beiden zusammengestürzten Liebenden in den Müllsack.

Als er damit aus dem Zimmer kam, gab er sich den Anschein größter Beiläufigkeit, als sei die souveräne Entsorgung eines missratenen Versuchs seine leichteste Übung, während Lily sich im Korridor auf die Kommode gesetzt hatte, ihn anschaute und gar nicht mitzubekommen schien, was er tat.

Wie hat es sich angefühlt, eine Leidenschaft aufzugeben, Johnny?

Kann man denn eine Leidenschaft aufgeben? Ist das nicht ein Widerspruch in sich? Wenn man sie aufgibt, kann es sich nicht um eine Leidenschaft gehandelt haben. Ihre Preisgabe entblößt sie als das, was sie in Wirklichkeit war, vielleicht ein Widerstand gegen das Eingeständnis der eigenen Bedeutungslosigkeit, vielleicht auch nur ein Zeitvertreib. Jahrelang in seinem Innersten ein Phantomgesicht getragen zu haben, ohne selber Verdacht zu schöpfen. Eine Enthüllung dieses Kalibers bleibt nicht für sich, lockt Fragen an: Welche anderen Unumstößlichkeiten sind umstößlich? Welche Garantien wertlos? Welche Gewissheiten nichts als eine List?

Johnny meinte manchmal, Lily anzusehen, dass sie ihm etwas sagen wollte. Keine Entschuldigung, wofür auch? Wahrscheinlich wollte sie ihm einen Kompromiss vorschlagen, dass sie schuld war am Widerwillen, ihre Überempfindlichkeit etwa, eine *déformation professionelle*, ihre Assoziation mit bloßen Knochen oder etwas in der Art. Ja, aber Lily, hätte er dann zu ihr gesagt, das war ja gerade der Witz an der Sache! Habe ich sie denn nicht mit dir zusammen, diese Assoziationen?

Verstehst du es denn nicht?

Oder verstehst du es selber nicht, Johnny? Ist es nicht wie immer? Du musst dir keine Sorgen darum machen, dass Lily etwas nicht spürt, sondern darum, dass Lily es zu deutlich spürt, diese verdammte Prinzessin auf der Erbse.

Im Lauf der Zeit hatte Johnny ihr schlechtes Gewissen schließlich angenommen. Bald kaufte er es sich selber ab und machte Lily insgeheim dafür verantwortlich, dass er seine Leidenschaft aufgegeben hatte, oder dafür, dass es niemals eine war. Noch insgeheimer war er ihr dafür dankbar. Lilys schlechtes Gewissen war ein Pfand, damit er stillhielt, nichts Schlimmeres aus dem elenden Scheitern machte, keine Depression, keine Selbstmordgedanken, Zustände, von denen er genau wusste, dass er nie von ihnen ereilt würde, deren Androhung er Lily gegenüber aber stumm aufrechtzuerhalten wusste. Alles war besser als dazustehen in den Lumpen einer losgelassenen Leidenschaft.

Als Sedran von der Sitzung zurückkam, hatte er schon seine dicke blaurote Winterjacke an. Johnny stand auf und schob sich die Hände in die hinteren Hosentaschen.

»Es tut mir leid«, sagte er zu Sedran, »ich hätte die Sitzung heute einfach nicht hingekriegt.«

»Vergiss es«, meinte Sedran, wurde einen tiefen Seufzer los und schob sich die Brille auf der Nase hoch, obwohl sie schon bündig an der Stirn saß, »du weißt, meiner Mutter geht es nicht gut. Gestern hatte sie einen Schwächenfall. Meine Schwester ist bei ihr. Ich gehe jetzt nach Hause.«

Johnny wusste nicht, was er hätte sagen sollen. Er wollte einen Schritt auf Sedran zu machen, doch der Freund wandte sich ab und sagte *bis morgen*. Als die Türe langsam hinter ihm zuschwang, hielt Johnny die Klinke fest und folgte Sedran die Treppe hinab. Sie gingen einige Schritte nebeneinander.

»Lou ist gestorben«, sagte Johnny.

Sedran blieb sofort stehen und ließ die Mappe fallen. Die beiden standen vor den Vitrinen zwischen einem Ganoidfisch und der schlängelnden Knochengestalt eines Ceresiosaurus. Sedran stellte sich auf die Zehen und packte Johnny mit seinen beiden Armen. Johnny spürte den kleinen dicken Körper in der winterlichen Jacke in seinen Armen zucken, sah hinab auf das schüttere hellbraune Haar.

»Wann?«, brachte Sedran schließlich unter Tränen heraus.

»Vor einem halben Jahr«, sagte Johnny.

Sedran löste sich aus der Umarmung, ordnete Jacke und Brille und hob seine Mappe auf.

»Es tut mir leid«, sagte er, als er sich gesammelt hatte. Auf seinen rosa Wangen glänzten Tränenbahnen. Das Mitgefühl in seinem Gesicht wich wieder dem Befremden, schließlich einer Verstörung, die ihm von Neuem die Tränen hinter die Brillengläser trieb. Als Sedran fast schon am Ende des Korridors angekommen war, drehte er sich nochmals um zu Johnny und sagte:

»*Du* tust mir leid.«

Ein halbes Jahr vor dem Tag, an dem Lily und Johnny sich trennten, hatte Johnny einen Umweg zur Arbeit gemacht. Er wusste anfangs nicht, wozu das gut sein sollte.

Er tat sich selber leid, mit dem Fahrrad hinter ihr her zu sein, wie auf den Spuren eines Gespenstes, von dessen Spuren er nichts wissen sollte. Er war sich gewohnt, dass Lilys Spuren neben seinen verliefen.

Worauf hofftest du denn, Johnny?

Johnny brauchte keine Hinweise.

Johnny brauchte nur eine Ahnung.

Er fuhr über den Car-Parkplatz am Sihlquai. Hier starteten mühselige Busreisen nach Serbien, Kroatien, Rumänien. Einmal im Jahr kam Attila hierher, wenn er seine Mutter in Hegyhátszentbalázs besuchen ging über Weihnachten und Neujahr. Johnny zählte jeweils die Tage, solange das Café geschlossen war, fühlte er sich als Obdachloser, ertrug kaum den Anblick der vor den Fenstern heruntergelassenen, dunkelbraun gestrichenen Blechjalousie.

Busse, Balkanreisende? Lilys Weg passierte den Parkplatz, von hier aus die Josefstrasse entlang, wo sie eine Weile während des Studiums gewohnt hatte. Hier, leuchtete es Johnny plötzlich ein, würde sie angezogen sein von der Welt um diesen nächsten Häuserblock. Johnny lenkte den Esel in die Langstrasse, und schon war Zürich eine fremde Stadt.

Ein italienisches Viertel mit südamerikanischen Ecken, türkischen Imbissbuden, kreolischen Cafés, pakistanischen Gemüseauslagen, maghrebinischen Shisha-Lounges und thailändischen Massage-Salons. In diesem Zürich roch es nach Kampfer, Bratfett und süßem Rauch. In diesem Zürich spazierten etliche Frauen mit Schleiern um das ganze Gesicht, und es gab Männer, die mit nichts als einem Schleier um die Hüfte und einem Bikini-Oberteil unterwegs waren. Durch dieses Zürich waren Lily und Johnny nie spaziert, es gab hier keinen Fluss, keinen Bach, keinen Kanal. In diesem Zürich kam die Provinzialität daher wie Internationalismus, der Ruch des Rotlichts wie eine Niedlichkeit, der Rassismus wie ein mildes, gegenseitiges Einverständnis. In diesem Zürich hießen die Bars *Piranha*, *Calypso* und *Olé-Olé* und die Bordells *Gonzo* und *Red-Rose*.

Wie heißt du in diesem Zürich, Lily?

In diesem Zürich saßen vormittags die Pensionäre an den Tischen auf dem Gehsteig vor dem Restaurant Gotthard. Sie rauchten Villiger, hatten die Ellbogen aufgestützt auf den Tischen mit den rot-weiß gewürfelten Tischtüchern. Sie erzählten keine Witze, und wenn doch, brüllten alle vor der Pointe los. Sie sagten, dieses Zürich sei nicht mehr ihr Zürich, der *Chreis Cheib* habe sich verändert, die Straße sei nicht mehr die Straße. Angepasst, mondän, bürgerlich alles. In diesem Zürich gälten nicht mehr die Regeln dieses Zürichs. Die Polizisten korrekt wie Primarschullehrer, die Ausländer allenfalls ein wenig frech hie und da, alles irgendwie familiengerecht. Man könne den Helvetia-Platz kaum mehr vom Parade-Platz unterscheiden …

Als Johnny eben den Esel an einem Baum abstellte, sah er an einem der Tische Ignaz Zunder sitzen, der gerade unwirsch vom Wirt angegangen wurde.

»Bestellen oder verschwinden!«, rief der Wirt und stieß mit ärgerlichem Nachdruck einen Kugelschreiber in seine Hemdtasche, »verdammter Penner!«

Johnny erstarrte.

Ignaz Zunder hob beschwichtigend seine knochigen Hände, vom linken Ringfinger fehlte das obere Drittel. Zunder packte eine Gratis-Zeitung in seine Umhängetasche und hob umständlich den abgetragenen Gurt um seine Schulter. Johnny kam einige vorsichtige Schritte näher. Ignaz trug immer noch das schüttere Ziegenbärtchen. Dazu hatte er Akne im Gesicht, seine Wangen waren eingefallen, sein Kinn ein schmaler Knochenbügel, die Nase rot und narbig. Er half mit beiden Armen, sein linkes Bein über die Sitzbank zu heben, und schlug mit dem Knie gegen das Tischbein, *pock*, als er sich erhob, was ihm einen nächsten bösen Wirteblick eintrug. Zunder schob den wuchtigen Hürlimann-Aschenbecher vom Tischrand zurück in die Mitte und machte sich auf den Weg über die Straße.

Zunder zog das linke Bein nach. Sein langes Haar war schütter geworden. Sein Faserpelz-Pullover war verfleckt, unter den zu kurzen Hosenbeinen lugten Rümpfe dunkelblauer Wollsocken hervor. Die Schnallen seiner Sandalen klapperten im unregelmäßigen Takt der kurzen Schritte.

Auf dem Helvetia-Platz war Markt, die Stände reihten sich einer nach dem anderen. Zunder hielt auf einen davon zu. *Benvenuti* stand da, und darunter *Gualtieri Frutta Verdura*. Er trat unter das grün-weiß gestreifte Stoffdach hinter die Auslage, wurde von allen Mitarbeitern freundlich gegrüßt, die ihren Vornamen in rot-grünen Buchstaben vorne auf dem T-Shirt geschrieben trugen. Carlo, ein kleiner, wirbliger Verkäufer zupfte eine Plastiktüte von der Rolle, sobald er Zunder erblickte, und begann, in der Auslage nach weniger ebenmäßigen Tomaten, Karotten und Bohnen zu wühlen. Als die Tüte zur Hälfte voll war, klopfte er Zunder beiläufig auf die Schulter, *mi raccomando*, und wandte sich wieder der Kundschaft zu.

Johnny wollte Zunder den Weg abschneiden, ihn ansprechen, ihn auf einen Kaffee einladen, seinetwegen auf ein Bier, ihn erinnern an den Sumoringer, an Jack O'Metty, und wer weiß, je nachdem wie das Gespräch lief, an Lily.

Dann aber, als sich Zunder am anderen Ende des Platzes auf eine Bank setzte, aus der Tüte die Gaben eine nach der anderen in die Hand nahm, als wären es Christbaumkugeln, wurde Johnny langsamer und bremste schließlich in sicherer Entfernung. Aus irgendeinem Grund kam ihm Shuvuuia in den Sinn. Der tat ihm plötzlich leid, wie er einsam und ratlos seines Schicksals harrte, und zugleich wurde Johnny beinahe übel vor Elend um Zunder.

Johnny wendete sein Fahrrad, fuhr zurück zum Bahnhof. Auf dem Weg die Rämistrasse hoch zum Institut tat ihm inzwischen von allen Lily am allermeisten leid und er beschloss, Lou und Ferd anzurufen.

Lily ging den Korridor der D-Etage im Ost-Trakt hinab, sie schaute auf die Uhr, schon halb sechs, Johnny stand wohl längst ratlos vor dem Fahrradständer.

Lily, das blöde Fahrrad, ist es denn so schlimm? Du bist auf dem Weg zu einem Krebspatienten, der noch nicht weiß, dass er ein Krebspatient ist, und sowieso nicht, was es bedeutet, in den fürsorglichen Fängen onkologischer Abteilungen ein Krebspatient zu sein.

Melanie war nicht wieder aufgetaucht. Unter ihren leichten Fällen gab es den einen oder anderen schweren. Herr Grauwiler hatte einen Termin, zusammen mit seiner Frau im Untersuchungszimmer Ost-274. Lily hatte Herrn Grauwiler noch nie gesehen, hatte sich soeben zehn Minuten genommen, um sich in die bisherigen Berichte einzulesen.

Lily glaubte bei jedem Patienten an Wunder. Das Ärztedasein hätte sonst für sie noch den letzten Sinn verloren. Waren ihre Kollegen geübt in der Vorwegnahme des zu erwartenden Krankheitsverlaufs und der Zwangsläufigkeit des Todes, ließ Lily sich nicht von den Lehrjahren der Medizin beirren. Jeder Tod ist ein Mord, hatte sie bei einem französischen Philosophen gelesen. Krankheiten waren dazu da, mit der Gesundung zu enden. Zumindest war es die Aufgabe des Arztes, jederzeit damit zu rechnen, auch wenn die Lage aussichtslos erschien. Insgeheim war es die verborgene Lust am drohenden Tod, der vorderhand nicht der eigene war, dachte sie, die ihre Kollegen so leichtfüßig durch die Gänge der Krankenhäuser schweben ließ.

Es gab herrliche englische Ausdrücke für Totenzahlen, *hazard ratio, failure rate, median survival,* wie Titel eines Bruce-Willis-Films ohne Schalk. Mit diesen schönen englischen Totenzahlen versorgten die Kollegen ihre todgeweihten Patienten, die sie selber todweihen durften, indem sie mit den filigranen Spitzen ihrer Druckbleistifte sorgsam den Kurven nachfuhren, Graphen versehrter Lebern, Lungen, Bauchspeicheldrüsen.

Seltsam übrigens, obwohl Evelyn niemals müde geworden war, mit Brustkrebs zu drohen, war Lily stets überzeugt gewesen, davon nie betroffen zu sein. Irgendwie hatte sie immer das Gefühl gehabt, durch ihr Manöver, sich der Medizin zu verschreiben, auch dem vorprogrammierten Fluch der Krebsneurose ihrer Mutter entgangen zu sein und die Drüsen nicht wie zwei scharfe Zeitbomben an sich angewachsen zu empfinden, sie zu fürchten, schließlich zu hassen, wie es ihr die Mutter vormachte.

Nein, Lily, dieser Angst hast du nicht erlaubt, sich festzusetzen. Diese Angst hast du durch dich hindurchbegleitet, fest umschlossen von einer Immunmembran, um sie abzusondern, ohne aber bemerkt zu haben, wie dabei eine heimtückische Hysterie unbehelligt in dir heranwuchs.

Lilys Denken an Johnnys Seite hatte irgendwann begonnen, sich um sich selbst zu sorgen, und diese Sorgen ihres Denkens sanken immer tiefer in ihren Kopf. Sie dachte an die gräulich glänzenden, hochspezialisierten Zellen, die weit um sich griffen und sich ineinander verschlangen, tausendfach um die Fortsätze der Nachbarneuronen spiralisierten wie ein Heer von Abermillionen Spinnen. Ganz gewiss trugen alle eine Art Schild, in dem sie etwas führten, das nur zu leicht entarten konnte.

Lily schaute kurz im Stationszimmer vorbei. Sie erkundigte sich bei einer der Pflegerinnen, ob Herr Grauwiler bereits hier sei. Eine Pflegerin namens Susanne schaute nach auf dem Magnetbrett. Lily sah auf ihrem Pager einen verpassten Anruf aus dem Chefarzt-Sekretariat und fragte Susanne, ob sie das Telefon im Stationszimmer benutzen dürfe. Die Sekretärin erinnerte Lily an einen Termin mit Herrn Dr. Seifert, dem Oberarzt, der bis anhin die Dienstpläne für die Poliklinik gemacht hatte und den Lily eigentlich in dieser Funktion hätte beerben sollen.

»Gott, das war heute«, erschrak sich Lily.

»Ja«, sagte die Sekretärin, »um 16 Uhr, wie gesagt.«

»Es tut mir leid, ich …«

»Das muss Ihnen nicht leidtun – gegenüber mir«, sagte die Sekretärin mit einem smarten Zwitschern.

Lily erschrak. Die Ordnung ihres vegetativen Organismus, der Strom ihres Denkens und Empfindens, die Selbstverständlichkeit ihres Daseins, alles gestört von querschießenden Kurzschlüssen. Der Schwindel, der Nachtschweiß, die Schlaflosigkeit und diese kuriosen Gedächtnislücken.

Im Schädel, dachte Lily, ist für das Hirngewebe kein Spielraum. Jedes Extra ist zu viel. Bereits harmlosere Dinge wie eine Zyste oder eine leichte Schwellung nach einem Schlag auf den Kopf konnten verheerende Folgen haben in diesem Knochenkäfig, dessen eigentlicher Bewohner, das Denken, sofort in lebensbedrohliche Gefahr geriet, sobald es sich auch nur um einen kleinsten Teil vermindern sollte, um ein kleines bisschen Platz zu machen für die eigene prekäre Durchblutung.

Eindeutig, dachte Lily, wo sich die Erinnerungen der letzten Stunden verloren, tauchten solche lang vergangener Tage auf, ordentlich und klar, scheinbar folgerichtig, scheinbar ausgelöst von einem zwingenden Zusammenhang.

Die Frösche und die Krähen. Die Rinden und die Wunden. Elisabeth Schellenberger. Der abgewiesene Bruder Grimm. Ein Hotelzimmer, eine surrende Minibar. Zwei Pralinen. Ein riesiger Findlingsstein, Stellen, wo etwas Moos wuchs auf dem Fels, leichte Vibrationen in der harten Gesteinshaut. Der junge rote Kater und seine schnelle, scharfe Tatze, Remo Rebers Hand über seinem halben, verdutzten Gesicht. Das wissende Bernsteinauge des Katers. Das wissende Schnurren in seiner Brust, Sphärengebrumm, das alle Frequenzen der Welt in Ordnung brachte. Die weißen Lilien in der Nähe des Gesichts der Mutter, als Lily mit ihrem wackelnden Milchzahn spielte. Das Gesicht des Vaters, als er sie anschaute, wenn er dachte, sie schlafe. Das Mercedes SL 300 Cabrio, Baujahr 1958, und seine gestauchte Nase, an der Rotbuchenrinde, glatt und kalt, aufgefaltet wie die Ziehharmonika des Musikanten in der Polybahn, die Rümpfe im Tirolerhut von Herrn Marx.

Susanne hängte das andere Telefon auf.

»Herr Grauwiler«, sagte sie »er lässt sich entschuldigen.«

»Geht es ihm recht?«, fragte Lily.

Susanne nahm das Band aus ihren Haaren, ordnete ihren Pferdeschwanz neu.

»Ja«, meinte sie, »jetzt vermutlich schon noch. Er sagt, er hat vergessen, dass er heute sein Auto aus der Werkstatt holen muss.«

Einen Tag musste sich das Schicksal also noch gedulden, bis es Herrn Grauwiler mitgeteilt wurde. Einen Tag noch blieb das Schicksal das Geheimnis seiner Eingeweide. Morgen würde Melanie wieder hier sein.

Wieso, dachte Lily auf dem Rückweg ins Büro, wieso hatte Johnny sie seinen Großeltern ausgerechnet an jenem Abend vorgestellt? Mehr als zehn Jahre hatte er davon nichts wissen wollen, stellte sich an wie ein trotziges Kind. Dann auf einmal sagte er zu Lily eines Abends, lass uns losspazieren hinauf zur Wirtschaft Riedhof, ich stelle dich meinen Eltern vor.

Manchmal waren es sentimentale Anwandlungen. Manchmal hielten sie sich einige Stunden, manchmal einen ganzen Tag. Dann schien doch alles ganz in Ordnung in seinem Leben. Dann schien es ihm auf einmal doch auszureichen, mit Lily zusammen zu sein, sie war Freund genug, Partner genug, Frau genug, und sein Beruf schien am Ende gar nicht so verkehrt. Die Fehlschläge kamen ihm dann vor wie Kleinkram, unvermeidliches Zubehör am Rand eines gelungenen Daseins. Er konnte überschwänglich werden, zum Beispiel, als er mit den Notenkreationen begonnen hatte, er wollte mit ihr durch die Nacht spazieren und fiel im nächtlichen Wald über sie her. Eines Abends kam sie von der Arbeit, und vor der Wohnung stand eine abgedunkelte Limousine des Dolder Grand Hotels bereit und brachte die beiden die wenigen hundert Meter den Zürichberg hinauf bis zum Hotel, wo Johnny ein Tisch im *Signature Restaurant* reserviert hatte. Zurück gingen sie dann zu Fuß, Lily nahm ihre Stöckelschuhe in die Hand, während Johnny nach und nach verstummte und sich ärgerte über die achthundert verprassten Franken.

Johnny, hast du Lily den Eltern vorgestellt, weil es dir nichts mehr bedeutete?

Es war ein schöner milder Abend im Spätsommer. Johnny war flott unterwegs, und Lily merkte ihm an, dass er sich vorgenommen hatte, nicht nervös zu sein.

»Es ist fürchterlich«, sagte Johnny.

»So schlimm?«, fragte Lily vergnügt.

»Das Restaurant Riedhof, ja, einfach entsetzlich«, sagte Johnny gleichmütig.

»Was denn? Wie denn?«, fragte Lily.

Johnny ließ ihre Hand los, damit er alle zehn Finger in seinen Haaren verkrallen konnte.

»Ein Aus-flugs-lokal, du verstehst! Die Einrichtung, die künstlichen Pflanzen, die Gartenzwerge in den Töpfen! Und dann das Personal … und das Essen!«, jammerte Johnny.

»Wieso treffen wir denn deine Eltern ausgerechnet dort?«

»Ja, weil Lou und Ferd, die sind bald neunzig und sind noch nie in ihrem Leben in einem anderen Lokal gewesen.«

Johnny ging voraus, hielt Lily sogar die massive Holztüre auf, breit wie die der Spitalzimmer. Gleich gegenüber der Garderobe stand ein uralter Zigarettenautomat, das Plexiglas vergilbt und zerkratzt, man erriet die Marken. Johnny nahm Lily die Jacke ab. Es roch nach brauner Sauce, manchmal drang ein Schwall Fritteusenfett durch.

Lou war von Lily begeistert. Ferd war scheu. Seinen Grünen Veltliner trank er rasch und sagte wenig. Sein Blick aber erkundete in aller Ruhe Lilys Gesicht und ihren Hals. Als Johnny das bemerkte, war ihm, als bekomme er seine Freundin heute zum ersten Mal zu Gesicht. Die Härchen an ihrer Schläfe, die Rundung der dichten schwarzen Brauen, die tannenschößling-farbenen Augen. Es hatte sich nichts geändert. Alles an ihr war eher breit für ihre schmale Statur, Wangen, Schultern, Hüften, und es war unklar, wieso man sie überhaupt als schlanke Frau wahrnahm. Urwuchs, Erdmaße, satt, überreich, die üppigen Lippenbetten gepresst, das Kinn geschrumpft, den Hals verengt, die Taille eingeschnürt, die Haut gerafft. Kraft als Körper.

Papa Ferd hatte sich immer schon unwohl gefühlt, wenn er den gesetzten Herrn geben musste, oder glaubte, es tun zu müssen.

»Nennen Sie mich Louise«, sagte Lou.

»Ich bin Lise-Catherine, es freut mich wirklich sehr.«

312

»Ach was, *Lily* ist das,«, sagte Johnny, »Das ist Lou und das ist Lily.«

»Lise-Catherine,« sagte Lou, »ein sehr schöner Name.«

»Ist Louise ihr richtiger Name?«, fragte Lily.

»Ist Lou denn kein richtiger Name?«, sagte Ferd. Lou hob eine Braue nach ihrem Mann und sagte:

»Marie-Louise.«

»Lily und Lou«, sagte Johnny.

»Lise-Catherine und Marie-Louise«, sagte Lou, »passt!«

»Passt!«, lachte Lily.

Ferd nahm die Weinkarte zur Hand.

»Du wirst ja doch den Clevner bestellen«, sagte Johnny.

»Ich dachte, heute trinken wir einen Franzosen«, meinte Ferd.

»Um anzustoßen auf Lise-Catherine«, sagte Lou.

»Und auf Marie-Louise«, sagte Lily.

»Jesses,« sagte Ferd nachdenklich, »so nennt dich ewig niemand mehr.«

»Onkel Balz war, glaube ich, der Letzte«, sagte Johnny, »der mit dem furchtbaren Parfum.«

Sie unterhielten sich übers Kreuz, diagonal, wie verbissene Kartenspieler, die sich immer nur an den Partner wenden. Lou und Lily waren das übermütige Paar, das gewann und sich amüsierte. Sie unterbrachen sich gegenseitig mit Gelächter. Ferd und Johnny schwiegen irgendwann in ihren gemischten Salat und warteten vor den leeren Tellern, weil die Frauen viel länger brauchten. Schließlich begann Ferd zögerlich ein Gespräch, das er und Johnny tags zuvor am Telefon begonnen hatten. Sie hörten einander halbherzig zu.

»Was erzählst du da«, sagte Ferd stirnrunzelnd, »Finanzhaie? Hedge-Fonds? Es ist der Kleinsparer, beim Kleinsparer muss die Schuld gesucht werden.«

»Beim Kleinsparer?«, sagte Johnny und schielte nach Lily.

»Es sind doch die Pensionskassen und die Kleinanlagen«, entgegnete Ferd, »die wollen auch für den kleinen Mann Rendite. Und der kleine Mann will wohnen. Und zwar für sich allein. In einem Haus, das ihm gehört. Also der Bank.«

»Wer soll das sein, der kleine Mann? Das ist neoliberales Vokabular, Ferd.«

»Mir egal. Deshalb ist das alles so aufgebläht und explodiert. Wegen dem kleinen Mann. Punkt.«

»Das ist aber ein kleiner Punkt. Dass irgendein armer Schlucker am Ende gerne sein läppisches Vermögen mehren möchte, auf den zeigst du mit dem Finger?«

Lou und Lily, dachte Johnny, sieh an, Freundinnen auf den ersten Blick. Sollte er sich jetzt darüber freuen? Vorerst konnte er das getrost Lily und Lou überlassen, die schienen sich gar nicht mehr einzukriegen.

Wie unangebracht doch das Wort *junggeblieben* manchmal war, dachte Lily, im Angesicht dieser lebendigen Frau von über achtzig Jahren. Es klang so, als habe sich jemand seines Alters erwehrt. *Junggeworden* sah Lou aus.

Vor dem Dessert sah Johnny, dass Ferds Augen glasig waren, die Mundwinkel geschwärzt vom Bordeaux. Er lockerte seine Krawatte und erzählte, der Wirt des Riedhof sei erst vor ein paar Tagen wieder aus dem Gefängnis entlassen worden. Er hätte einem seiner Köche das Bein gebrochen mit einer Suppenkelle. Lily runzelte die Stirn.

»Das Bein gebrochen? Mit einer Suppenkelle?«

»Ganz genau so«, meinte Ferd.

Der Wirt, von dem die Rede war, kam jetzt auf einen Augenblick an den Tisch und begrüßte seine langjährigen Stammgäste mit getragenem Charme. Seiner grimmigen Visage war die zwischenzeitliche Abwesenheit von Jähzorn abzulesen.

»Aber wieso hat er den Koch geschlagen?«, fragte Lily Papa Ferd leise, als der Wirt wieder in der Klapptüre der Küche verschwunden war. Ferd räusperte sich und führt die rote Papierserviette vor die Lippen.

»Eine Affäre«, zischte er.

»Das ist vielleicht eine Geschichte!«, sagte Lou und freute sich über ihren Einsatz, »der arme Kerl hat seinen Koch erwischt, zusammen mit seiner Freundin! Zwischen Küche und Speisesaal. In der Telefonnische.«

»Telefonnische!«, sagte Johnny. Wie Lou und Ferd auf einmal redeten, es war, als hätten sie gerade auf diesen Augenblick gewartet, um eine aufgestaute, blöde Schlüpfrigkeit mit sich durchgehen zu lassen, jetzt, da ein »junges Fräulein« mit am Tisch saß. Johnny wunderte sich über seine elterlichen Großeltern angesichts der Spannweite ihrer gelegentlichen Eigentümlichkeiten.

»Telefonnischen gibt es ja heute überhaupt nicht mehr, oder?«, sagte Papa Ferd.

»Nein«, sagte Johnny.

»Handy-Telefone«, sagte Ferd.

»Telefonzellen«, meinte Johnny, »sind das Plumpsklo des 21. Jahrhunderts.«

Am Ende saß Ferd zufrieden in seinem Stuhl, hatte unter dem losen Krawattenknopf auch die Kragenklammer abgenommen und den obersten Knopf geöffnet. Er erzählte allerlei von früheren Zeiten, als er und Lou sich kennengelernt hatten, vom Grafen Nikolai, dem schwulen Dissidenten aus Petersburg, und vom Café Neumarkt.

Vor dem Lokal wartete schon das Taxi, das der Wirt wie üblich für Lou und Ferd bestellt hatte. Beim Abschied wurde Johnny klar, dass Ferd den Alkohol viel schlechter vertrug, als noch vor einigen Wochen an seinem Geburtstag. Mehr als einen halben Liter hatte er nicht getrunken, doch jetzt stützte er sich wackelig auf seinen Schirm und als er ihn sich umständlich unter den Arm klemmte, um Lily die Wange zu küssen, wankte er zur Seite weg. Lily musste ihn an beiden Schultern festhalten, Ferd griff nach ihren Handgelenken. Als er wieder gerade vor ihr stand, schaute er Lily ins Gesicht, zog sie zu sich heran und küsste jede Wange dicht an ihrem Mund.

»Gute Nacht, Ferd«, sagte Johnny schließlich, trat heran und berührte Lilys Rücken. Ferd löste allmählich seinen Griff um ihre Hände und streichelte ihr nochmals über die Wange.

»Es wird regnen«, sagte Lou, »wollt ihr nicht doch mit uns ins Taxi?«

»Nein«, sagte Johnny rasch, »nein, wir gehen gern zu Fuß.«

»Nimm, nimm wenigstens meinen Schirm«, sagte Ferd, sein dünnes Gesicht mit den Längsrunzeln gesenkt, als er Johnny den Schirm wie ein Präsent überreichte. Johnny nahm ihn an sich, hob ihn zum Abschied und zog leicht an Lilys Arm.

Was hat dich nur geritten, Johnny?

War es der arme Zunder? Du hast es doch immer für bourgeois gehalten, Leute, die der Familie ihre Liebespartner unter die Nase rieben. Wozu verdammt nochmal?

Das eine war nun mal die Familie. Das andere war nun mal der Sex. Das ging nicht zusammen, vollkommen klar.

Sozial gesehen wurde beides nur deshalb verknüpft, weil es bis vor einigen Jahrzehnten dieses elende Problem der Fortpflanzung gegeben hatte. Natürlich musste es in einer Gesellschaft Regeln geben, wer die Verantwortung übernahm, wenn aus jedem nichtssagenden Körperkontakt ein Kind entspringen konnte, das in dieser einzigartigen Unbeholfenheit, auf die sich die menschliche Gattung spezialisiert hatte, mindestens die ersten fünfzehn Jahre auf Hilfe angewiesen war. Deshalb hatte man sich jahrhundertelang den Kopf zerbrochen, wie man Religion, Sitte und Familiensinn am unentwirrbarsten miteinander verquicken konnte, damit die jungen Mädchen sich Sorge trugen und die wildernden

Burschen in die Pflicht genommen wurden. Heute aber gab es Hormon-Tabletten. Keine Frau wurde schwanger, wenn sie es nicht darauf anlegte. Es gab Sozialwerke, die waren dazu da, dass jeder sein eigenes Los verfolgen konnte, ohne auf eine Familie angewiesen zu sein, wenn er seine Schnürsenkel nicht mehr selber binden konnte.

Was also hatte ihn getrieben, Lily seinen Eltern vorzustellen? Er mochte kein Künstler mehr sein, sagte er sich, doch einen bescheidenen Stolz hätte er sich doch behalten sollen.

Am andern Morgen hatte Johnny den Schirm zurückgebracht. Er öffnete die Haustüre. Am Ende des Korridors saß Ferd auf der Treppe. Seine Hosenbeine waren nass bis zu den Knien. Es brannte kein Licht. Als der Großvater aufschaute, sah Johnny in zwei große, gerötete Augen. Viel später erst erzählte er seinem Enkel, was an diesem Morgen geschehen war.

Ferd hatte Mama Lou gefunden.

Er war gerade mit dem Frühstückstablett die Treppe hochgekommen ins erste Stockwerk. Lou lag leblos auf dem Teppich zwischen Bad und Schlafzimmer, ihr Kopf eine Spur zu weit verdreht, Ferd wusste gleich Bescheid. Rückwärts ging er die Treppe wieder hinunter. In der Küche deponierte er das Tablett, Orangensaft, zwei Scheiben Toast, Margarine, Pflaumenkonfitüre. Er hielt sich mit der Hand am Griff des Kühlschranks fest. Nachdem er einen Schluck Wasser getrunken hatte, vergaß er den Hahn zuzudrehen und fand sich eine Weile später in seinem Arbeitszimmer wieder.

Er setzte sich an den Schreibtisch. Er rief nicht den Krankenwagen, er rief auch nicht Johnny. Stattdessen gelang es ihm, auf seinem Pult die Stirn in alle zehn Finger gestützt, zu vergessen, dass er von nun an auf der Welt alleine war.

Nach einer Weile schaute er sich den Korrekturbogen an, den er bearbeitete. Der sah aus wie immer, die kleingeschriebenen Bleistift-Korrekturen. Doch es war alles falsch, es ergab keinen Sinn. Ihm wurde bewusst, wie hübsch Lou ihm das ganze Leben vorgekommen war. Er hatte sich nicht zu ihr hinabgekniet, er war nicht in Tränen ausgebrochen. Er spürte, wie ihm die Füße rasch kälter wurden und er hoffte, es sei der eigene Tod. Schließlich ging Ferd wieder hinauf, um sich auf die durchnässte Treppe zu setzen.

Johnny sprang an ihm vorbei, patschte in zwei Sätzen die Stufen hinauf, glitt aus, hielt sich gerade noch am Geländer, stürzte in die überschwemmte Küche, um das Wasser abzustellen. Ein Putzschwamm lag im Spülbecken und verstopfte den Abfluss. Johnny rannte die nächste Treppe hoch. Diese Stufen waren trocken, der Teppich unversehrt, im Obergeschoss war alles intakt, außer Mama Lou. Johnny kniete sich hin, berührte ihre Wange, wusste, dass sie nicht mehr am Leben war, während er mit der anderen Hand das Telefon aus der Hosentasche klaubte und die Nummer der Ambulanz wählte.

»Hinterrainstrasse«, sagte er, »Nummer 15! Es geht um meinen Vater. Er ist vollkommen unterkühlt. Er ist blau. Er zittert nicht mal mehr. Er sitzt seit Stunden in kaltem Wasser!«

Als Lily das Krankenzimmer von Ferd betrat, war Johnny eben eingenickt in seinem Stuhl neben dem Bett. Er erwachte, als die Tür hinter Lily zuklickte. Er richtete sich auf und sah, wie der Großvater schon senkrecht im Bett stand, neben ihm segelte das Laken nieder. Ferd wandte sich um, mit dem Rücken zu Lily, er starrte mit frostgrauen Augen zum Fenster hinaus und biss die Zähne zusammen. Jetzt erst sah Johnny, dass Lily in der Türe stand. Ferd schluchzte los. Lily blieb wie angewurzelt stehen. In Ferds runzligem Gesicht, glatt vor Zorn und Trauer, entblößten sich nach und nach beide Eckzähne, glänzten unter den aufgezogenen Lippen.

»Jetzt geh schon«, fauchte Johnny Lily zu. Sie ging sofort rückwärts, erwischte die Klinke nicht beim ersten Mal. Johnny hielt Ferd um die Hüften und winkte ihr unwirsch mit dem Handrücken zu, sie solle raus aus dem Zimmer, beeilen solle sie sich.

Lily wartete im Korridor. Sie war sich sicher gewesen, Johnny würde bald zu ihr herauskommen, ihr alles erzählen, ihr alles erklären, sobald sich Ferd etwas beruhigt hatte. Aber Johnny kam nicht.

Sie trank einen Kaffee, dann einen zweiten, dieses wässrige Gebräu aus dem Automaten im Wartesaal, das einen daran erinnerte, wie das so war mit dem Menschenleben, bestimmt dazu, an Orten zu Ende zu gehen, wo der Kaffee nach Putzmittel und künstlicher Vanille schmeckte.

Die Uhr zeigte 15 Uhr. Den Zeigern sah man ihr schweres Werk an, die prekären Minuten für die Hoffnungsvollsten und Hoffnungslosesten anzuzeigen, für die Leute in Hospitalwartesälen. Lily kam sich vor, als sei sie durch eine Tapetentür auf diese andere Seite eines Spitals geraten, wo man noch ohnmächtiger war.

Nochmals eine Stunde später nahm sie ihre Tasche und verließ das Krankenhaus.

Als Johnny spätabends nach Hause kam, verschwand er sofort in seinem Atelier. Lily öffnete die Tür einen Spalt. Wie es Ferd gehe, fragte sie.

»Das interessiert dich jetzt?«, sagte Johnny, »Wo bist du gewesen? Was gab es Wichtiges?«

Lily war fassungslos, konnte gar nicht antworten.

»Ich bin rausgekommen, sobald ich konnte«, sagte Johnny.

»Johnny, ich habe mindestens vier Stunden gewartet. Wie geht es ihm denn?«

»Wie denkst du, dass es ihm geht? Es geht ihm blendend. Er hat gerade seine Frau verloren!«

»Was sagen die Ärzte?«

»Was sollen sie sagen. Die sagen, er sei kerngesund.«

Lily nickte. Johnny schüttelte den Kopf.

»Ich meine …«, Lily wusste nicht weiter. Johnny kam auf sie zu, schob die Tür auf, ging an ihr vorbei. In der Küche holte er ein Bier aus dem Kühlschrank, drückte den Deckel der Büchse ein.

»Er verliert den Verstand«, sagte Johnny und nahm einen Schluck, »er war immer abergläubisch, aber jetzt ist er sich sicher, dass du Schuld bist an Lous Tod.«

Lily nickte wieder. Sie wollte zu Johnny, sie wollte ihren Kopf an seine Brust legen, ihn umarmen, ihn trösten wegen Lou. Sobald sie den ersten Schritt auf ihn zu machte, setzte er die Bierdose an und legte den Kopf in den Nacken. Er schaute sie an mit diesen tauben Augen, als schöbe er Ferd nur vor, um seinen eigenen Verdacht äußern zu können. Also setzte sich Lily auf die Kommode neben der Haustür. Sie wickelte einen losen Faden ihres weißen Wollpullovers um ihren Finger, ließ ihn wieder springen, wand ihn von Neuem auf.

»Und du?«, fragte sie.

»Und ich?«, fragte Johnny. Er faltete geräuschvoll die Bierdose in der Hand zusammen.

»Glaubst du es auch?«

Johnny entließ ein ungläubiges Lachen durch die Nase und schüttelte den Kopf.

»Bist du jetzt auch übergeschnappt?«, rief er mit der hohen Stimme.

Lily aber schloss die Augen:

»Ich möchte es wissen«, sagte sie leise.

»Ich antworte aber nicht. Weißt du was, Lily? Vergiss es! Ich gehe jetzt ins Bett. Vielleicht erinnerst du dich morgen daran, dass ich es bin, der einen Verlust erlitten hat.«

Lily wollte sagen, *man kann niemand trösten, der es nicht will,* aber sie brachte den Mund nicht auf, und Johnny sagte laut Gute Nacht.

In den ersten Wochen nach Lous Tod gab sich Johnny alle Mühe, Ferd zu umsorgen. Nachdem der Großvater das Krankenhaus verlassen hatte, übernachtete Johnny eine Woche lang bei ihm, organisierte eine Pflegefachfrau, die jeden Tag nach ihm schaute und das Mittagessen zubereitete.

»Und auf einmal bist du ein Greis«, lächelte Ferd, als Johnny ihm zwei Wolldecken für den Winter brachte, eine fürs Bett, eine für den Arbeitsplatz. Für die Wäsche und den Haushalt organisierte er Frau Saepha, die zwei Tage in der Woche bei Ferd nach dem Rechten schaute. Er rief rundherum die Nachbarn an, damit sie ihn besuchten, trommelte schließlich erfolgreich eine kleine Jass-Runde von älteren Männern aus der Redaktion der NZZ zusammen, die sich von da an wöchentlich bei Ferd zum Spielen traf.

Als Lily zurück ins Arztbüro kam, waren alle anderen weg. Feierabend, es hörte sich so leicht an, so selbstverständlich. Lily suchte sich die Teile ihres Feierabends mühselig zusammen, erwischte doch nur kleinere Stücke schlechten Gewissens, ungetreuer Pflichterfüllung. Sie hängte ihren Mantel über die Stuhllehne und gleich musste sie sich daran festhalten. Heute bisher der schwerste Anfall, als sei der Drehstuhl fest verwurzelt und die ganze Welt rundherum an einem lockeren Scharnier.

Berichte, Anmeldungen in der Radiologie, Bestellungen beim Labor, ein paar Telefonate, der Rahmen ihres Bildschirms voller post-it-Zettel, Ausrufezeichen, Leuchtstift-Markierungen. Früher war sie auf so etwas nicht angewiesen, ja, sie hatte ihre Kolleginnen bedauert, dass sie dazu nicht einfach ihren

Kopf gebrauchen konnten. Wer Notizen macht, denkt nicht mit, dachte Lily damals. Inzwischen wäre sie in kürzester Zeit verloren gewesen, ohne dass sie sich alles aufschrieb, jeden Termin, jede Abgabe, Dosierungen, auch die gebräuchlichsten, Antiarhythmika, Diuretika, Entzündungshemmer.

18 Uhr, jetzt war es auf jeden Fall zu spät, Johnny anzurufen, bestimmt war er schon zu Hause. Vielleicht hatte Melanie das Fahrrad ja einfach wieder zurückgebracht.

Johnnys Verluste, Johnnys Rückschläge, Moby, dann Mama Lou, daraufhin beinahe Ferd. Und diese unseligen Krippenpartys hatten nicht geholfen.

Fast ein halbes Jahr lang hatten sie diese Ablenkung gesucht, dachte Lily. Nicht nur die Ablenkung, auch die Bauchpinselei. Johnny hatte einen empfindlichen Bauch. Aber Lily, du hast die Krippen auch gebraucht, nicht wegen der Pinseleien, sondern weil du so froh warst, nicht mehr mit Johnny alleine unterwegs zu sein, oder wenigstens nur bis zur Adresse, wo der nächste Abend stattfand.

Während der Woche, in der Johnny bei Ferd zu Hause übernachtete, hatte er nichts von sich hören lassen. Er rief nicht an, schrieb nicht einmal zwei Worte, um Lily wissen zu lassen, wie es ihm ging. Ferds Verdacht ließ sich nicht ausräumen. Manchmal erwischte sich Lily dabei, wie sie selber daran zu glauben begann, ein Bannspruch des Zufalls. Als Johnny dann nach Hause kam, fragte Lily, ob sie etwas helfen könne, eine Traueranzeige, Freunde informieren, eine Feier organisieren. Doch Johnny meinte, Ferd und er hätten alles erledigt, Ferd und er hätten beschlossen, das ginge nur Ferd und ihn etwas an, Ferd und er seien der engste Familienkreis.

Johnny aß kaum etwas, und zu Hause saß er ununterbrochen vor dem Fernseher. Er schlief auf der Couch, manchmal in seinem Atelier auf der Chaiselongue. Dann sah ihn Lily morgens mit gekrümmtem Rücken und schmerzverzerrtem

Gesicht durch den Flur schlurfen. Er rasierte sich nicht, und samstags und sonntags trank er den ganzen Tag hindurch, zuerst Bier, dann Weißwein. Zunächst hatte er noch auf dem Balkon geraucht, schließlich verzog sich der Nebel gar nicht mehr aus der Wohnung. Lily fragte ihn jeden Abend, ob er nicht mitkomme auf einen Spaziergang, frische Luft, Bewegung, Abstand. Johnny sagte nein, er bleibe hier. Er schaute sie mit traurigen, höflichen Augen an.

Du hattest dir nicht allzu große Hoffnungen gemacht, nicht wahr Lily, als du Johnny fragtest, ob er mitkomme zu dieser Lesung. Wieder war es Florences Idee gewesen. Sie wohnte inzwischen alleine in der Josefstrasse und veranstaltete von Zeit zu Zeit ihre Abende, da ging es immer um ein kulturelles Thema. Zu Lilys Überraschung hatte Johnny ja gesagt, ohne zu zögern. Er hatte ein Bad genommen und sich zurechtgemacht. In seinem blassen Gesicht leuchteten die Lippen auf. Dann hatte er sogar vorgeschlagen, zu Fuß zu gehen.

Es dauerte nicht lange und man sah Lily und Johnny überhaupt niemals mehr von einem Spaziergang nach Hause kommen. Zwar trafen sie immer noch fast jeden Abend an der Helios-, Ecke Lunastrasse ein, oft auch zusammen und zu Fuß wie gewohnt. Meist aber war es bereits tiefe Nacht, und in ihrem Nach-Hause-Kommen lag nichts mehr von dieser Frische, dieser aufgeräumten Rückkehr, zwei gesunde, von der hinter sich gelassenen Strecke belebte Körper, von der leichten Zugluft ihres Fortkommens befriedigte Gesichter. Lily und Johnny schienen, wenn sie um ein, zwei Uhr früh durchs Gartentor traten, trotz ihrer Erschöpfung enttäuscht, schon zu Hause anzukommen.

Der Rote erwartete sie jede Nacht, saß vor dem Tor auf dem Trottoir und ging ins Haus, wenn er sie von Weitem um die Ecke kommen sah.

Das hatte zu tun mit den Krippenpartys, über die in den Lifestyle-Dossiers als Phänomen berichtet wurde. Da fand man sich in irgendeiner Wohnung wieder, Fremde luden Fremde ein, kein doodle, kein Facebook, gute alte schriftliche Einladung, per SMS. Als sei es eine Art Diffusionsgesetz, wechselten die Handy-Nummern, ohne dass man sich die Mühe machte, einen Kontakt zu speichern. Abend für Abend surrte das Handy von Lily, von Johnny, eine Nummer ohne Namen, eine Adresse, Interpunktions-Smileys, geplatzte Wundertüten, Tischbomben, Champagnerkorken. Man kam in eine Wohnung voller Leute, die von den Bars und Clubs der Stadt die Schnauze voll hatten. Aus der Not wurde eine Tugend und die brüderliche Zwanglosigkeit zum Code dieser Abende, ein legerer Gegenentwurf zum Happy-Hour-Murks in stocksteif designten In-Lokalen, wo Secondo-Parvenüs ihr Unwesen trieben mit ihrem unerträglichen Tonfall, vermengt mit selbsternannten Selfmade-Männern, Callgirls und Touristen aus den USA, Indien und China. In den Krippen verkehrten Leute wie Lily, wie Johnny, Mittzwanziger, Mittdreißiger, studiert, mit einem mehr oder weniger ausgeprägten Überschuss an Intellekt gesegnet oder verflucht, einem Talent, das sich im neuen Jahrtausend kaum anständig nutzen ließ, weil die Zeiten, krieg- und krisenlos, sich selbst genügten, die Jobs letztlich fade, die Liebe nicht das, was sie mal war oder mal versprochen hatte zu sein. Immerhin, statt an ihren Flüssen und Bächen entlang, gingen sie doch wenigstens weiterhin zu Fuß den Weg bis zur Krippe und zurück. Dazwischen ließen sie sich in diesen fremden Wohnungen von Grüppchen zu Grüppchen treiben, tranken ausreichend Bier und Prosecco und lernten eine Menge Leute kennen.

»Ist dir vorher jemals aufgefallen«, sagte Johnny einmal auf dem Nachhausweg zu Lily, »dass wir gar keine Freunde hatten?«

»Und jetzt?«, fragte Lily, und Johnny schaute sie an.

Angefangen hatte es drei oder vier soziale Schichten unter Hermès. Der Anlass in Florences Wohnung war eher H & M-Standard. Es wurde aus dem Roman *Fight Club* gelesen, und die Lesung hatte ein Vorspiel. Johnny merkte das sofort, die Mischung von Leuten, die einander unbehaglich sind, die ihre Verbundenheit darin finden, nichts mit der Situation anfangen zu können. Florence war mit einem Typen im Gespräch, der an einer elektrischen Zigarette zog, es roch nach Trockeneisnebel. So, wie sich der Kerl aufführte, wie er die Finger um seine Stromzigarette gewunden hielt, von einem Bein aufs andere wippte, hatte er wohl mit Marketing zu tun und wusste genau, woran es Florence zum musikalischen Durchbruch fehlte.

»Krippenparty«, sagte Johnny.

»Was?«, lachte Lily.

»Erwachsene Kleinkinder«, flüsterte er ihr zu.

»Genau!«

Ein junger schlanker Mann trug einen Pullover mit ungenau abgeschnittenen Ärmeln und hatte lange blonde Haare, er ging einer Gruppe von drei oder vier Leuten voran, munter erklärend.

»Da, der Pädagoge, der weiß, wo man Essen holt und wo man Pipi macht«, sagte Johnny.

»Eben, Krippenparty«, lachte Lily und nickte.

»Der Pädagoge hat uns entdeckt, wir trennen uns, so entkommt ihm wenigstens einer.«

Der Kreis dieser Lesung hatte sich eine stillschweigende Satzung gegeben, an die man sich zu halten hatte, dass es eigentlich verboten gehörte, wie brillant der Vortragende, ein gewisser Jörg Schneider, ein rundlicher kleiner Herr mit regsamem Gesicht und fröhlichen Augen, die schizophrene Partie des Protagonisten von *Fight Club* performte, dass man es mit der Angst zu tun bekam, wenn Schneider vom unbedarften Gesicht des Erzählers wechselte in die dämonische Fratze des gefährlich gescheiten Schlägers Tyler Durden – und alles mit diesem schweizerdeutschen Sound, jener unbedarft biedere Akzent, der gerne psychotische Abgründe verbergen wollte, meist aber nur die eine oder andere seichte Charakterschwäche verhehlte.

Johnny fand es gar nicht mal schlecht. Das sagte er auch, als ihn der Pädagoge mit den blonden Haaren nach der Lesung ausfragte. Der Bursche war tatsächlich Sekundarlehrer, und natürlich ging ihm Johnnys Zustimmung nicht weit genug.

»Du wirst schon noch auf den Geschmack kommen!«, rief der blonde Lehrer und schielte vor Aufregung, »Jörg Schneider kitzelt so viel aus dieser Figur!«

In den Krippen, von denen sie über Wochen nicht mehr loskommen sollten, die sie vereinnahmten, ohne dass sie ihnen etwas bedeuteten, verloren sich Lily und Johnny jedes Mal schon ganz am Anfang des Abends aus den Augen, trieben irgendwann wieder aus verschiedenen Richtungen überraschend aufeinander zu, häufig aneinander vorbei, und in diesem Verlieren und Treiben begriffen sie beide nach und nach, dass es zu spät war, dass es bloß noch eine Weile dauern würde, bis sich ihr besiegeltes Schicksal in die Tat umsetzte.

Die Krippenpartys waren wie Werbespots für ein Produkt, das nie jemand erfinden würde, von Leuten gekauft, die es nicht gab, die ein Leben führten, wie es sich nicht führen ließ. Leute, die sich die Nacht ohne 100-Dezibel-Bässe um die Ohren schlagen wollten und ohne zehn Franken für ein Bier zu bezahlen.

Getrunken wurden Heineken und Corona, Hugo-Drinks und fröhliche alkoholfreie Kreationen, zu denen Johnny *Shirley Tempelhure* sagte. Draußen auf dem Balkon stand man um eine Kaffeetasse, die zum Aschenbecher erklärt und auf die Geländerbrüstung gestellt wurde von einem jungen Mann, heute früh aus Berlin zurückgekommen, oder von seinem jungen Freund, heute früh aus Bukarest zurückgekommen, oder Sofia oder Tiflis. Der erklärte dann, während er sich ausnahmsweise eine Zigarette ansteckte, dass Bukarest oder Sofia oder Tiflis das neue Paris sei, der Fluss die reinste Brühe zwar und die Polizisten korrupt, die jungen Leute aber inspiriert und cool und kreativ.

Lily und Johnny fanden nie heraus wieso, aber im Hintergrund dieser Wohnungen lief irgendwie immer *losing my religion*, die Originalversion von R.E.M., auch die Version von den Preluders, den Intruders, den Ruders und Mooders, und sicher hatte auch Ry Cooder eine eingespielt, mit gebrochenem

Rumba-Rhythmus, und darüber wurde dann gesprochen, dieses Melancholische, und auch über die unplugged-Version von *Maroon 5* oder sonst irgend einer infantilen Gaukler-Kombo – rundherum wurde versonnen genickt, und ein Sturzbetrunkener war in der Lage zu fragen, ob denn nicht das Original sowieso akustisch sei?

Klar, Lily, klar Johnny, die Krippen waren bescheuert, aber sie bestrickten euch, nicht wahr?

Manchmal ertappte sich Lily dabei, wie sie ihr Telefon kontrollierte, ob nicht die nächste *invitation* hereingeflattert war. Wie die amorphe *community* sie vereinnahmte, obwohl es so gar nicht ihr Ding war, diese *get-togethers*, *chill-togethers*, mal *farewell*-Feten, mal Tag der offenen Tür für ein Geburtstagskind, mal Wohnungseinweihung, mal Wohnungsdernière, mal beides zusammen von Vor- und Nachmieter. Irgendeinen Grund gab es immer, und sei es nur der Vollrausch, in dem ein Dichterkreis einberufen wurde. Lily gefiel vor allem das eine Gedicht, vorgetragen von einem jungen Mann, dessen Stimme zitterte, und der vor Verkrampfung knorrig aussah wie ein Kirschbaum, das Gedicht hieß *Fürst der Heiternis* und es ging so:

> *Vom Leben zehren und nagen*
> *Am Tuch dem Hunger*
> *Sei Dank.*
> *Auf Geierschwingen*
> *Pleiten einfliegen*
> *Und liegen*
> *Auf dem Boden des Tatlachens.*

Manchmal war da der plötzliche Zwang, ein gesellschaftliches Interesse zu zeigen, Fähigkeit zum Tiefgang, intellektuelle Übersicht und alles, was sonst noch jenseits der Selbstbefriedigung lag, jenseits von Karriere, Berufsalltag, Börsenkursen und Flughafenkomfort. Dann strengte man sich an, über ein kontroverses Thema zu diskutieren, mit Wortmeldungen aufzutrumpfen, die umso engagierter ausfielen, je weniger man von der Sache verstand: Palästina und die Juden, Saatgut-Konzerne und die geknebelten Bauern in der Dritten Welt, Landwirtschaftszölle, die Schimäre der Europäischen Union, Klimapolitik, Arbeitsbedingungen der Textilindustrie in Bangladesch, die Ermächtigung von Schlepperbanden der libyschen Küstenwache durch die Internationale Gemeinschaft, Asylrecht, Personenfreizügigkeit, Prostitutionsverbot, bedingungsloses Grundeinkommen, Zwangsgebühren für TV und Rundfunk – Gespräche mit Ausredenlassen, aber ohne Zuhören.

Auch dafür wussten Lily und Johnny den Grund nicht, aber die Leute in den Krippen waren zunehmend Besserverdienende, die man tagsüber krawattiert und geliert oder im strammen Hosenanzug durch die Innenstadt tänzeln sah. Lauter Menschen, die Johnny zu verachten gewohnt war, was ihm jedoch nicht mehr so recht gelingen wollte, wenn sie ihm ein Bier in die Hand drückten und sich ziemlich für seinen Beruf interessierten – paläontologischer Plastiker? –, den ja sonst nur Nerds ausübten, wogegen sie in Johnny einen der ihren sahen. Auch das hätte Johnny gerne verachten wollen, ihre Billigung dessen, was er darstellte, wenn er mit einem Jackett, dem T-Shirt aus den Hosen, Jeans und Sneakers daherkam.

»Was zum Geier ist ein paläontologischer Bildhauer?«, meldete sich da ein Gast, der mit seiner unverschämt gewandten Art eine Runde von etwa acht Leuten in Beschlag genommen hatte, ein deutscher Arzt, Neurologe, eingebildeter Abstinenzler, der sein Wasserglas wie den Heiligen Gral vor sich hertrug.

»Ich, meine«, fuhr er fort, »bastelst du Dinosaurier oder so?« Ein Gelächter entfuhr Lilys Hals, dass sie den Handrücken gegen den Mund hielt.

»Na ja«, näselte sie zum Neurologen, sie hatte sich tatsächlich angewöhnt, dachte Johnny, zu näseln, wenn sie hochdeutsch sprach, »vielleicht ist dir *geowissenschaftlicher Präparator* ein Begriff.«

Und nicht faul der Dr. Neurologe:

»Ausstopfer?«

Kichern. Man stand auf einem großzügigen Balkon beisammen, der Blick ging über die halbe Stadt. Johnny nickte Lily zu, halb erstaunt, halb drohend.

»Aus deinem Mund, Lily«, sagte er leichthin, »tönt es ja geradezu aufregend.«

Der deutsche Kollege gab sich integrativ, europäisch, friedlich und locker. Doch er verriet sich in seinem Sprechen, dachte Johnny sich allmählich in Rage, wie der Typ den Hals leicht überreckte, um selbst als menschliches Kleinkaliber noch von oben herab reden zu können. Ausgerechnet diesem Exemplar schmeichelte Lily also jetzt um die Beine, machte sich mit ihm über Johnny lustig.

Souveränität ist gefragt, Johnny, Gelassenheit.

Er fragte in die Runde, ob noch jemand etwas trinken wolle, und ging in die Küche.

Als er zurückkam, beklagte gerade eine Frau, die noch deutscher war als der Neurologe, sie verdiene in einer mittelgroßen Bank gerademal achtzig Prozent von dem, was ihr Abteilungskollege garniere. Johnny überreichte ihr eines der beiden Gläser Champagner, die er aus der Küche gebracht hatte.

»Ja«, nickte Johnny böse, »wieso gibt es eigentlich keine Firma, die ausschließlich Frauen anstellt? Jedes Unternehmen, das noch Männer beschäftigt, muss ja bescheuert sein, freiwillig einen Fünftel mehr Salärkosten?«

Alle in der Runde nickten zögerlich, man war gewohnt, zu nicken. Johnny aber fuhr fort:

»Zürich ist voll von Frauen zwischen vierzig und fünfzig, denen sieht man von Weitem die Unzufriedenheit an. Die Kinderlosigkeit wird ebenso erbittert bedauert, wie die Kinder, wenn man sie hat. Egal, was das Leben bringt, die Unzufriedenheit ist ein süßes Elixier, die Schuld zu verteilen wie Spielkarten. Die Mütter sind unzufrieden wegen ihrer Mutterschaft, die Karrieristinnen sind unzufrieden, weil sie keine Kinder haben oder weil sie keine Zeit für die Kinder haben. Später ist es schlimm, wenn aus den Kindern nichts wird. Noch schlimmer, wenn sie erfolgreich sind und ihre Mutter überflügeln, ist es nicht so?«

Man schaute sich jetzt betreten um, Lily warf Johnny einen Blick zu. Gab es nicht einen naheliegenden Anlass, dieses Gespräch zu unterbrechen?

»Keine Angst«, fuhr er fort, »die unzufriedene Frau ist ein Auslaufmodell. Wir haben hier im Westen jetzt fast ein Jahrhundert Prosperität hinter uns, alles wurde mit Geld geschwemmt, jeder hat was abbekommen. Was glaubt ihr, für wen die Mutter in Bangladesch zwölf Stunden am Tag Kleider näht?«

Der Neurologe schaute sich in der Runde um, wischte sich das Haar aus der Stirn:

»Ich nehme an, du willst uns sagen, für die unzufriedene Mutter in Zürich?«, sagte er, und es wurde gelächelt.

»Bravo. Doch die Zeiten ändern sich. Als Ausstopfer bin ich es gewohnt, in Epochen zu denken. Die Verhältnisse werden es auch in West-Europa einer Frau sehr bald nicht mehr erlauben, sich über den Sinn des Lebens Gedanken zu machen. Sie wird alle Hände voll damit zu tun haben, Haus und Familie durch Hunger und Nöte zu bringen. Die Arbeitsteilung zwischen Mann und Frau wird schneller zurück sein, als das Eidgenössische Büro für Gleichstellung die Buchstaben von seinen Bürotüren kratzen kann. Ganz automatisch werden alle ihren Platz haben, man braucht sich keine Gedanken mehr zu machen über Lebensentwürfe und Selbstverwirklichung.«

Du wusstest ja, Lily, das alles hier musste sein, weil selbst das Spazieren unmöglich geworden war, eine Ablenkung vom Verdruss, vom ewigen Flüsterecho des Streits, dem nervlichen Knistern unter jeder erzwungenen Freundlichkeit. Waren dir gerade deshalb die braven Festivitäten bald ebenso lieb und teuer wie Johnny? Weil es dir so wichtig war, unter Leuten zu sein, für die ein Spital nur ein virtueller Ort war, wie eine Brandwache oder ein Fernsehstudio oder ein Asylwohnheim, weil du unter Leuten sein wolltest, nicht unter Ärzten und nicht mit Johnny alleine?

Allmählich änderten sich die Krippenplätze, die Wohnungen, in die Lily und Johnny eingeladen wurden, vergrößerten sich, waren besser eingerichtet, weniger IKEA-Konfektion, weniger Schnickschnack, keine kleinbürgerlichen Devotionalien auf dem Bücherregal, keine Foto-Collagen von Ferienreisen, keine Kleinkind-Basteleien. Die Garderobe ein eigenes Zimmer zwischen der Wohnungstür und dem Vestibül, filigrane Arme von Designer-Lampen bogen sich über das halbe Wohnzimmer, und die Bilder an der Wand waren frühe Werke hoch gehandelter Künstler oder doch verheißungsvoller Talente.

Einmal stand Johnny plötzlich vor einem seiner Brotgesichter. Zu spät wollte er den roten Kopf in seinen Hemdkragen ducken und das Weite suchen. Schon hatte ihn der Besitzer dieser atemberaubenden Eigentumswohnung in einem alten Industrie-Bau am Escher-Wyss-Platz entdeckt als Hannes Zinn, Schöpfer des Werks.

Johnny bemühte sich, den Ball flachzuhalten, doch der Besitzer ließ ihn nicht davonkommen ohne zwei Kelche gegeneinander zu bimmeln und die gesamte Gesellschaft wissen zu lassen, welch hoher Besuch die exklusive Krippe an diesem Abend mit seiner Anwesenheit weihte. Johnny wand sich, hob den auf ihn gerichteten Blicken in der Weite des Lofts verschämt seine Corona-Flasche entgegen, das Bier schäumte an der Limette vorbei durch den Flaschenhals und tropfte über seine Finger.

Er heiße Ernst, meinte der Dandy. Neben dem bunten Foulard in seinem Hemdkragen trug er eine Jade-Brosche am Revers und schwarz-weiße Chicago-Schuhe. Johnny rief Lily, um die beiden miteinander bekannt zu machen. Der Dandy war entzückt und brachte ihr alten Portwein aus der Küche, ein Getränk, dass fortan Lilys Abende inspirieren sollte.

Dann musste man sich in Acht nehmen.

Lily war vielleicht beim dritten Glas, als Johnny ihr ansah, dass sie langsam in Fahrt kam. Als sich dann die Freundin des Neurologen dazugesellte und von ihm zur Begrüßung mit großer Geste ihren angerundeten Bauch gestreichelt bekam, was ihr ein seliges Lächeln entlockte, sodass die Rede aufs Kinderkriegen kam:

»Ein Mann und eine Frau haben sich bitte schön fortzupflanzen«, sagte Lily, »ich will euch nicht zu nahe treten, aber ein schwangerer Bauch als Pokal? Und der Freund hält auf Facebook daneben den Daumen hoch?«

»Lily«, räusperte sich jemand lautstark, »es liegt in der Natur des Menschen, sich über Nachwuchs zu freuen.«

»Was wächst denn da nach?«, Lily kniff die Augen zusammen, der Spiegel ihres Portweins tanzte am Glasrand, »wem wächst es nach?«

Mehrstimmiges Raunen, leicht empörtes Bedauern.

»Ich möchte es nur wissen. Worüber freut man sich? Die Mutter wird unter Höllenqualen ein Kind zur Welt bringen, bloß um es in die Arme gelegt zu bekommen und einen vollkommen fremden Menschen zu sehen. Könnte das Wunder des mütterlichen Bandes zu ihrem Kind ein Wunder der Autosuggestion sein? Alle Welt erwartet den Kitsch der Maternité: die Grimasse der vom Glück überwältigten Mutter, schweißgebadet, erschöpft, der vorschriftsgemäß glückseligste Moment ihres Lebens. Sie aber fragt sich, was denn nur werden soll mit dem Bündel in ihrem Arm, dessen Schreie sie ratlos machen.«

Lily nahm einen Schluck Portwein. Dann sagte der Neurologe in die betroffene Stille:

»Sag mal, Lily ... du kannst wohl keine Kinder bekommen?«

Immerhin, Dandy Ernst war bei Weitem nicht der Einzige, es gab genügend Exzentriker in den Krippen. Da war der besagte Jörg Schneider, der begnadete Schauspieler und Leser, dessen Repertoire von Sophokles über Elfriede Jelinek bis zum Pumuckl reichte. Da war Ivo, ein stadtweit gefeierter Pizzaiolo mit zwei schwarzen Augen und ein paar Haaren in Schellackglanz über den langen Schädel gekämmt, der unter einer schlimmen Form von Narkolepsie litt. Sobald er seinen Ofen dicht machte nach 23 Uhr war er überall anzutreffen, weil er kaum jemals schlief. In seiner Gesellschaft war es fast unmöglich, sich zu verabschieden. »Gehen wir eins weiter?«, lautete seine unausweichliche Frage in den kleinen Morgenstunden. Er lehnte sich ungeniert zu Johnny, verkrallte sich mit der Hand in seinem Ärmel und sagte, »komm schon, Tierbildhauer, wie zwei gehen noch eins weiter.«

Da war der Mann, der aussah wie der Dichter Gottfried Keller, und Johnny nannte ihn *Göpf*. Er sprach von nichts anderem als von missglückten Ehen und gescheiterten Paaren. Er sagte, es gebe zwei Sorten von Liebesbeziehungen, kaputte und noch nicht kaputte. Deshalb sei das einzige – er saugte vergnügt an einer geschwungenen Pfeife –, was noch schlimmer sei als eine gescheiterte Beziehung, eine intakte Beziehung, weil sie eine bald gescheiterte sei.

»Der Regelfall«, sagte Göpf, »ist eine kaputte Beziehung, die man nicht kaputt sein lässt, ein Leben verleugneten Scheiterns.«

Er sprach von duldsamen Gatten, die sich ihre Leber von ihrem Weib aufhacken ließen, und von armen Frauengestalten, die den verdrossenen Zornmut ihres Mannes mit dem Kleister bigotter Gutherzigkeit Tag um Tag unkenntlich zu machen versuchten, um eines schönen Tages vielleicht doch genügend Batzen Grolls zusammengespart zu haben, um den Tunichtgut endlich abzumurksen. Das gefiel Lily und Johnny, wenn Göpf so dahersprach.

Da war Dani Griffin, ein Mann, der Duschvorhangringe verkaufte. Er war nett und sprach sehr umständlich über allerlei Einzelheiten, und man musste sich anstrengen, um seinen Ausführungen zu folgen, einer Fülle von verbohrtem Fachkram, dass es nicht auszuhalten gewesen wäre, hätte Griffin nicht zwischendurch wirklich aufmerksam zuhören und verstehen können.

Da war schließlich Verona Elemosina, eine immense Frauengestalt, die Lily an den Sumoringer erinnerte, wann immer sie auftauchte, stets in geblümten weißen Kleidern. Alle nannten sie nur *die Elemosina,* und sie war auf eine fast verstörende Weise hübsch. Rothaarig, hochgebildet, der Typ der italienisch mütterlichen Emanze, der gar nicht vorgesehen ist, schon gar nicht an solch bescheuerten, bestrickenden Anlässen wie den Krippenpartys, der Typ Mensch, den es, so schien es Lily und Johnny, auf der ganzen Welt nicht gab, außer eben in der Figur Verona Elemosinas, *la Rossa, la Grassa, la Dotta*, meinte Dandy Ernst in Anspielung an Bologna, woher sie stammte.

Nur etwa ein Jahr später sollte sie zur Matrone werden in Veronas Bettlerschaft, so würden Lily und Johnny die kleine Familie nennen, die ihnen unverhofft aus den einsam übrig gebliebenen Krippengästen erwuchs, als die Krippen seltener wurden und schließlich verschwanden.

12 – HERMÈS

Am Abend des Tags, an dem sie sich trennten, verließ Johnny das Institut gegen 18 Uhr. Für die Jahreszeit war es ungewöhnlich warm, obwohl es schon zu dämmern begonnen hatte, eine drückende Föhnlage, ganz ohne Wind. Johnny schaute auf. Ein leichtes Wolkenfeld lag breit über der Hälfte des blaugrauen Himmels, wie eine riesige Buchseite, die man aufschlug.

»Sapristi!«, flüsterte Johnny, »Sapristi!«, fast tonlos, als er vor der Stelle stand, wo er am Morgen den Esel angeschlossen hatte. Er schritt die Zeile der anderen Fahrräder ab, kam wieder zurück, schaute sich nach allen Richtungen um. Der Esel war nirgends zu finden. Er dachte an seinen Großvater und an die arme Lou. Vielleicht hatte Ferd doch recht, vielleicht brachte Lily Unglück.

Sag schon, was hat dich geritten, Johnny, Lily den Großeltern vorzustellen? Genau an diesem Abend?

Es wurde ihm übel von der Vorstellung, Ferds alten Esel nie mehr wiederzusehen. Er nahm sein Telefon aus der Jacke und rief die Polizei an.

»Kein Bike«, sagte Johnny, »ein einfaches Fahrrad.«

»Welche Marke, Herr Zinn?«, fragte der offenbar junge Polizist am Telefon, er hatte diese aufgeräumt forsche Stimme, die klar machte, dass sie bloß zeitweilig freundlich war. Johnny ging den Gehsteig vor dem Museum auf und ab, mit der einen Hand hielt er das Telefon, mit der anderen schlug er den Takt seiner Empörung in die Luft.

»Aber schicken Sie denn niemanden her? Ich muss doch zeigen können, wo es gestanden hat!«

»Sie haben gesagt, ihr Fahrrad sei fort, oder?«

»Ja!«

»Ganz ruhig, Herr Zinn. Sie haben gesagt, es sei fort.«

»Ja.«

»Der Täter hat kaum eine Visitenkarte am Tatort gelassen, oder?«

»Sie müssen doch Spuren sichern oder so etwas.«

»Wie im Fernseher meinen Sie?«

»Ich schaue kein Fernsehen.«

»Meine Aufgabe ist es, die Meldung aufzunehmen. Ich habe das Formular, Sie haben die Angaben: Wie ist ihr voller Name?«

Jetzt verzog Johnny sein Maul und lachte einige stumme Stöße wie ein Pantomime.

»Sie nehmen jetzt dieses Formular«, rief Johnny, »und basteln einen Papierflieger!«

Er steckte das Telefon in die Hosentasche und schaute auf die Uhr. Lily würde noch nicht so weit sein. Er wollte nicht mit Lily zusammen aufs Tram.

Lily, kein Entrinnen, diese Wohnung, die nicht aufhörte, am Wegrand ihres Lebens zu liegen und ihnen eine Nachtstatt zu sein, dieser Fluchtpunkt ihres zwanghaften Gemeinsamseins. In letzter Zeit war Lily kaum je vor 20 Uhr zu Hause.

Johnny dachte an den tapferen Ferd, der einsam seine Witwerstage zubrachte, und an den armen Ordonanzesel, der seinen störrischen Dienst jetzt in seiner wehrlosen Fahrradnatur unterm Arsch von irgendeinem dreisten Idioten verrichtete, und als er – *giiip, giiip* – ans treue Eselsgeräusch dachte, wurde ihm richtig elend. Wenn man nicht wusste, wie man es zu fahren hatte, nahm es Schaden, man brauchte ein gewisses Gefühl, musste die Kette spüren, wie sie in den Zahnrädern lag, man musste den Zahn fühlen, bevor man ihn zulegte, man durfte den Esel nicht treiben, musste ihn kommen lassen. Johnny gab dem Idioten keine zwei Kilometer. Er dachte an die 200 Franken, die er Dr. Bike bezahlt hatte, und wurde noch wütender.

Vielleicht brauchte der Dieb gar keine zwei Kilometer, vielleicht war es ein Schüler der Kantonsschule, der mit seinem sinnlosen jungen Leben nichts anzufangen wusste, weil man schon alles für ihn damit angefangen hatte, weil das Geld in diesem Land immer noch auf der Straße lag, und wer es nicht mit den eigenen Händen einsammelte, dem steckte man es unter Zwang in die Taschen. Kein Wunder, dass davon alle jungen Burschen satt und blöde wurden, sich in der Delinquenz umtaten aus purer Langeweile; stahlen ein seltsames, altes Fahrrad, ratterten mit weit abgespreizten Beinen johlend durch die Gassen des Niederdorfs, führten das Fahrrad den Kollegen vor, ein kurzes, hohles Vergnügen, das sie noch am selben Abend im Haschischnebel oder Pilzchenrausch vergessen haben würden.

Vielleicht aber hatte der Dieb ja auch das Füßchen für den armen Ordonanzesel und er würde ihn als flüchtige Attraktion mitbringen zu einer Hermès-Party, auf den Weiten eines englischen Rasens würde er sich natürlich einwandfrei fahren lassen, und der neureiche Jungspund von Dieb würde auf dieser wohlgetrimmten Unterlage sogar ohne jedes Risiko ein paar Kunststückchen ausprobieren können, mit den Füßen lenken oder einen Handstand auf dem Sattel versuchen, denn wenn es missglückte, würde er auf dem gepflegten Rasen eine weiche Landung hinlegen, solange er nicht auf eine der eingelassenen Lampen oder Sprinkleranlagen stürzte.

Nein, dachte Johnny, Hermès-Partys waren Geschichte. Aus und vorbei, wie die Krippen. Trotz allem stellte sich auf seinem Gesicht ein Lächeln ein. Dass sie am Ende auch noch in diese Sorte von Gesellschaft geraten waren …

In den zwei, drei Wochen von Lilys und Johnnys Teilnahme an den Hermès-Krippen war Hermès gerade die führende Marke im flüchtigen Urteil der Erwachsenenkinder, jedes Shirt, jede Sonnenbrille, jeder Duft, alles Vintage-Chic, Rennfahrer-Handschuhe, Reitstiefel, Polo-Accessoires. Einige der

Jugendlichen trugen sogar eine Weile lang Knickerbocker, die ließen sie sich zu ihrer Hermès-Garderobe von einem Schneider anfertigen. Lily und Johnny hatten gelernt, in der Regel folgte die Marke en vogue einem einfachen Gesetz, nämlich einem vorgreifenden Antizyklus gegenüber Shanghai, Peking und Hong-Kong, die Erwachsenenkinder in Zürich hatten eine heilige Angst davor, dasselbe zu tragen wie die asiatischen Erwachsenenkinder. Zog China nach mit Chanel, wechselte Europa zu Gucci. Mailand, Paris, London, dann der Rest. Zog wiederum China nach, sprang man eins weiter zu Armani, Dior oder Luis Vuitton.

»Scheint als bumsten wir uns immer weiter nach oben«, sagte Johnny einmal auf dem Heimweg, da waren sie gerade bis tief in die Nacht in einer Dachwohnung im Niederdorf zu Besuch gewesen. Der Krippenabend hatte harmlos begonnen, Jörg Schneider las aus Melvilles Bartleby-Geschichte, kultiviert, mit Inhalten und Ansprüchen und so fort, dann leierte die Gesellschaft ziemlich rasch aus, es wurden Häppchen serviert und viel teurer Champagner, am Ende Haschischküchlein mit Safran und Vanille.

Inzwischen standen kleine gewundene Pilzchen in Plastiktüten und farbige Tabletten auf der Tagesordnung. Die Abende liefen jedes Mal auf irgendeine Eskalation hinaus. Irgendjemand sprang oder fiel immer irgendwo herunter, die breit gewundene Treppe von der Galerie hinab in die Wohnhalle, zusammen mit einem Gummi-Sitzball, den er immer wieder hüpfend mit dem purzelnden Körper traf. Jemand rasierte allen Barträgern nur das halbe Gesicht, jemand rief die Polizei und wünschte, als sie vor der Tür stand, fröhliche Weihnachten mitten im März, jemand hackte sich mit einem Beil den kleinen Finger ab, weil das der Einsatz war für die Wette, wer ohne Fehler rückwärts von zehn bis null zählen konnte, wozu selbstverständlich keiner mehr in der Lage war, und jemand brachte den armen Kerl und sein Stück Finger zur Notaufnahme.

In diesen Häusern gab es keine Lautsprecher mehr, Amy Winehouse schien aus feinsten, kaum sichtbaren Perforationen in den Wänden zu dringen:

You go back to her
And I go back to us

Es kam ihnen vor, als gerieten sie von einem immensen Wohnzimmer ins nächste, froh um Abwechslung, obwohl es immer und überall das gleiche war, die Adressen änderten sich, die Wohnzimmer blieben dieselben, riesig, unbelebt, lieblos und aufwändig gepflegt.

Die Sorte Anwesen von Reichwänsten hatte Johnny zuvor nur von der Villa Evelyn gekannt und von Ignaz Zunders Feierlichkeiten anlässlich seines Schulabbruchs. Jetzt, da sie in solchen Anwesen ein- und ausgingen, bestätigte sich für ihn insgeheim sein Verdacht, dass Lily das Leben mit ihm doch immer als sozialen Abstieg empfunden hatte und zuinnerst bedauerte. Natürlich würde sie es niemals eingestehen.

Irgendwie waren sie unter diesen hohlen, reichen Erwachsenenkindern beliebt geworden, nach und nach, ohne ihr Zutun und ohne dass sie es zunächst bemerkt hätten. Vielleicht einfach nur, weil sie immer noch eine gute Erscheinung zusammen waren, wie de Beauvoir und Sartre ohne wütende Illusionen oder wie Angelina Jolie und Brad Pitt ohne Doofheit. In diese Penthouse-Wohnungen kam man meistens über einen privaten Aufzug, direkt von der mit 200.000-Franken-Autos vollgeparkten Tiefgarage ins Foyer.

Manchmal wurden sie an der Einfahrt abgeholt und durch einen kunstvoll beleuchteten Garten geführt, vorbei an orientalischen und afrikanischen Statuen und Freiluftaquarien mit getigerten Fischen und gefiederten Tropenpflanzen in transparenten Gewächshäusern, schließlich entlang eines Swimming Pools, dessen Rand mit dem Zürichsee in einen panoramischen Horizont verschmolz. Die Kinder von Galleristen, Managern, Dotcom-Millionären standen verstreut auf der Terrasse, auf dem Rasen, an der Lounge beim Pool. Sie waren alle schon frühabends dermaßen hackedicht, dass sie nicht hätten sagen können, ob sie hier wohnten oder zu Gast waren.

Lily hatte unterwegs zu Johnny gesagt, vor lauter Langeweile würden sich die reichen Kinder inzwischen sogar schichtfremde Mittelständler einladen. Johnny nahm ihr das übel, wie alles andere auch. Schließlich aber war es ihm egal. Er wunderte sich nicht einmal mehr, wie leicht man großzügig und ironisch gegenüber seinen eigenen Grundsätzen wurde.

Dieser Landsitz bei Erlenbach hoch über dem Zürichsee war nun auch an Hèrmes-Maßstäben gemessen außergewöhnlich, und Lily erkannte auf dem Weg über den Rasen und vorbei an der äußeren Heckenwand eines Gartenlabyrinths die Villa Vontobel wieder, wo sie vor so vielen Jahren zusammen mit Florence auf den Kran geklettert war.

Die Wohnhalle allerdings war nicht so eingerichtet, wie sich das die beiden Mädchen damals vorgestellt hatten. Auf dem hellen Parkett des riesigen Raums standen wie in einem Hangar ein paar blitzende Oldtimer, Porsches, Bentleys, Cisitalias zwischen einer nicht enden wollenden Couch und einem Flachbildfernseher, groß wie das Segel eines Dreimasts.

Lily bekam ein Glas Champagner von dem Typen, der sie an der Einfahrt abgeholt hatte. Sie ging zwischen den Autos hindurch. Dann blieb sie stehen.

Ein rotes Mercedes SL 300 Cabrio, Baujahr 1958.

Wie der Wagen ihres Vaters. Lily leerte ihr Glas und stellte es daneben ab, auf einem der Möbelblöcke aus Beton. Sie hielt sich am Rand der Windschutzscheibe fest.

»Nicht berühren«, sagte der Junge, der ihr das Champagner-Glas gegeben hatte. Lily ließ das Auto los. Johnny trat hinzu, nahm ihre Hand und legte sie wieder auf die Windschutz-scheibe zurück. Seine Finger blieben auf Lilys ruhen.

»Sie wird die Kiste schon nicht kaputtmachen, Kleiner«, sagte er, und der Junge verzog sich murrend.

Johnny wandte sich Lily zu, schaute ihr seit Langem wieder einmal direkt ins Gesicht.

»Bist du damals mit Zunder im Bett gewesen?«, fragte er.

»Was?«, fragte Lily zurück.

»Warst du mit ihm im Bett?«

»Nein.«

Johnny schaute Lily weiter in die Augen, jetzt würde sie ihm ausweichen wollen, sich irgendeine Strategie zurechtlegen. Johnny nickte. Er nahm seine Hand weg, steckte sie in die Hosentasche und ging weiter. Lily machte zwei lange Schritte und hielt ihn am Arm.

»Johnny, mir ist nicht gut«, sagte sie. Johnny nahm seine andere Hand, löste ihre Finger und ging weiter. Lily folgte ihm zwischen den Autos und den Leuten hindurch. Sie ergriff seine Hand und sagte, ihr sei schwindlig. Johnny zog mit einem Ruck von Neuem seine Hand zurück.

»Lily«, sagte er, »wenn dir nicht gut ist, geh nach Hause«, er schaute über sie hinweg und lächelte, »mir gefällts hier.«

Als er sich wieder umdrehte, kreuzte eine Gruppe stolpernder, grölender Gäste seinen Weg. Die Erwachsenenkinder kamen daher wie Trunkenbolde auf einem mittelalterlichen Gemälde, in irgendeinem Polka-Tanz oder Ringelreihen durch eine Schenke strauchelnd. Johnny blieb stehen, Lily stieß gegen seinen Rücken und machte einen Schritt zurück. Sie sah, wie sie alle übereinander fielen, langsam, Glied um Glied, wie ein großes Untier mit unzähligen Armen und Beinen und Köpfen, dazwischen Bierflaschen und Zigaretten, unter

Grölen und Schreien lagen die sechs oder sieben Menschen vor Lilys und Johnnys Füßen. Eine braungebrannte junge Frau war am Ende der Gruppe alleine stehen geblieben, hatte ihre Hand rechtzeitig gelöst aus der hopsenden Verkettung. Sie hatte schwarze lange Haare und schwarze, fast bis über die Schläfen ausgezogene Lidstriche, ihre maßlose Besoffenheit rief an ihr eine scheinbare Grazie hervor, tänzelnd blieb sie stehen. Sie trug einen Hosenanzug, sehr eng, aber doch klassisch geschnitten, sie hatte eine sehr gute Figur und die oberen beiden Knöpfe des zweireihigen Blazers waren offen und setzten ihre straff zu einem lebhaften Dekolleté aneinander gedrückten Brüste in Szene. Es war, als mache ein sarkastischer Himmelsstrahl aus diesem hübschen Geschöpf – Lichteinfall, Kostüm, Haltung, Mimik – inmitten der sie umgebenden Staffage am Boden kriechender Artgenossen, eine Göttin überlegener Wesensart.

Die Frau schwebte jetzt ohne Zögern auf Johnny zu, schlang ihre Finger um seinen Hals, fuhr durch seine Haare. Lily wich zurück. Die Frau schloss ihre Augen, öffnete leicht den Mund, sie küsste Johnny, ließ sich in seine Arme gleiten. Lily sah, wie Johnny sein Gesicht auf ihres gedrückt hielt, wie seine Hand den Rücken der Frau hochkroch, wie ihre Zunge aus den aufeinander liegenden Lippen ausscherte und über Johnnys Oberlippe fuhr, während eines seiner Augen sich im Lidwinkel nach Lily umsah.

Dann war es vorbei. Die schwarzhaarige Frau sackte zusammen, ein kleines Rinnsal wässrigen Erbrechens lief ihr aus dem Mund auf den Converse-Schuh eines Buben, in dessen Schoß sie sich nun schlafröchelnd bettete.

»Komm mit mir in den Garten«, sagte Lily.

»Um mir weitere Lügen anzuhören?«

»Du wolltest Bescheid wissen.«

»Ja!«, rief Johnny und ging an Lily vorbei durch die breite

Fenstertür auf die Terrasse, »seit zwanzig Jahren will ich Bescheid wissen!«

Lily folgte ihm nach draußen, ging wiederum an Johnny vorbei über den Rasen hinunter in Richtung des Heckenlabyrinths.

»Du denkst, du weißt nicht Bescheid?«, fragte sie.

»Woher?«, rief Johnny und folgte Lily in die Hecken, »vom heiligen Geist? Ich weiß, dass du mit ihm die Treppe hochgegangen bist. Wahrscheinlich wollte er dir seine Briefmarken zeigen. Ich verdammter Idiot, all die Jahre. Aber weißt du was? Dein Zunder ist ein Wrack, Zunder kann sich kaum auf den Beinen halten!«

Der Mond stand nah und voll am Himmel wie ein Kindergesicht, das einen Gegenstand sehr genau betrachtet. Das bleiche Licht ließ den Schweiß auf Johnnys Stirn glänzen. Lily schwieg einige Schritte lang.

»Ich weiß, wie es Ignaz geht,« sagte sie, »er kommt zweimal die Woche zur Dialyse. Er ist nach einer Überdosis so lange bewusstlos auf seinem Bein liegen geblieben, bis ihm der Muskel abgestorben ist und die Nieren versagt haben.«

»Wieso hast du mir nichts davon erzählt?«, Johnny stapfte um die nächste Ecke, »wieso frag ich überhaupt, alles ist längst klar. Du kannst es einfach nicht zugeben. Ich werde wahnsinnig, Lily! Ich frage nichts mehr. Da folge ich dir Abend für Abend in diese stinkreichen, dekadenten Drecksvillen, damit du dich besser fühlst, damit du nicht den Abstieg bedauern musst in die Liga meiner Herkunft! Und alles was dir einfällt, sind Lügen! Wie sieht es aus Lily, schiebt ihr eine Nummer auf der Dialyse-Pritsche? Reicht zweimal die Woche, reicht dir das?«, schrie Johnny.

Lily blieb stehen. Johnny wollte nicht, dass das Gespräch hier schon zu Ende war, es fühlte sich gut an, ihr die Vorwürfe endlich zu machen, zu denen sie ihn seit einem halben Leben zwang. Als er aber um die nächste Hecke bog, sah er, dass Lily umgekehrt war. Sofort rannte er ihr hinterher.

»So einfach kommst du nicht davon, Lily«, sagte er schnaufend, als er sie eingeholt hatte.

»Du wirst dir wünschen, ich wäre so einfach davongekommen«, das Mondlicht fiel auf Lilys Gesicht und ihre Augen glänzten schwärzlich, keine Spur mehr von Grün, von Tannschößlingen schon gar nicht. Ihre Stimme zitterte vor angestauter Kraft.

»Hör mir gut zu, Johnny«, sagte Lily, »ich habe nicht mit Ignaz Zunder geschlafen. Hör gut zu. Zunder hat mich mit auf sein Zimmer genommen. Dort hat er mir sein Handy gezeigt, das war damals brandneu, Neo benutzt es in *Matrix*, das Nokia 8110. Zunder hat mir gezeigt, dass er eine Vibrationsfunktion eingebaut hat, und er hat gesagt, dass er dafür das Patent erwerbe. Als er mich küssen wollte, habe ich mich von ihm abgewandt, er ist mir gefolgt bis zum Fenster, das offen stand. Ich habe seine Aufmerksamkeit genossen, er hat mich begehrt und es gefiel mir, aber ich wollte nicht mit ihm schlafen. Ich bin durch das Fenster gestiegen, hinaus aufs Dach. Es war steil und die Ziegel rutschig. Ich wusste, dass Ignaz der Schrecken von seinem Sprung aus dem Fenster noch in den Knochen saß, ich wusste, er würde mir nicht nach draußen folgen. Er stützte sich mit den Ellbogen aufs Fenstersims. Er genoss es, nicht mutig sein zu müssen. Ein Stück unter dem Fenster flachte das Dach ab, ich habe mich hingelegt, habe meine Socke ausgezogen und um das Telefon gestülpt, verstehst du? Ich habe es mir für eine Sekunde zwischen die Beine gehalten und zum Scherz einmal gestöhnt. Dann habe ich ihm das surrende Ding zu geworfen und wir haben beide losgelacht.«

Lilys Augen schienen wieder aufzutauen, sich wieder zu färben. Johnny schloss den Mund.

Eine Weile gingen sie beide auf getrennten Wegen durch die verworrenen Heckengänge. Schließlich trafen sie wieder zusammen, und das Labyrinth gab sie frei, als seien Lily und Johnny allzu unheimliche Besucher, die man sich besser nicht im eigenen Innern verirren ließ. Auf der Terrasse griff Johnny nach dem frischen Glas Champagner in der Hand eines am langen Gartentisch schlafenden Gastes, lebhaft stieg die Säure durch den Kelch, er leerte es in einem Schluck, stellte es wieder ab. »Such dir einen Dümmeren, der dir das glaubt«, sagte er, ließ Lily stehen und ging durch die weite Glastür ins Haus. Er stieg über die Rüpelgruppe, die immer noch vor der Tür übereinander lag.

Es war still geworden, alle schliefen irgendwo. Der dösende Gast am Gartentisch wandte das Gesicht, legte seine andere Wange auf die Tischplatte, er streckte einen Arm aus und erwischte den leeren Kelch, der wie ein Spielzeugkreisel wackelnd rotierte und schließlich umfiel. Ein schaumiger Tropfen sammelte sich am unteren Rand, zögerte einen Moment, tropfte schließlich auf die helle Granitplatte.

Lily nahm ihr Telefon und rief ein Taxi.

Das 9er-Tram hielt an der Haltestelle Universitätsspital, Johnny stieg ein. Der Waggon war kaum besetzt, trotz Hauptverkehrszeit, Frühlingsferien vielleicht, dachte Johnny. Als sich die Straßenbahn in Bewegung setzte, schaute Johnny zum Fenster hinaus, die Fassade des Universitätsspitals. Er sah einen weißen Mantel, rücklings an eine Fensterscheibe gelehnt, eine Ärztin, dachte Johnny, eine Ärztin wie Lily. Wie konnte jemand so verlogen sein?

Sein Blick fiel auf die Zigarettenschachtel, die auf dem Nachbarsitz lag, leer und zerknautscht, alle Zigaretten geraucht, das Päckchen war gelb, Mary Long.

Seit dem letzten Hermès-Abend hatte er nicht mehr geraucht. Das kam ihm jetzt idiotisch vor. Eine Woche war es her. Nur Idioten hörten mit dem Rauchen auf. Gesundheit ist schließlich kein Selbstzweck, dachte Johnny, gesund sollte nur jemand sein, der etwas mit seinem Leben anfängt. Er hatte auch aufgehört, mit Lily zu sprechen. Das war angebracht, fand er. Johnny berührte sein Augenlid. Es kam ihm vor, als sei die Schwellung etwas zurückgegangen.

Johnny nahm die Zigarettenschachtel, faltete sie auseinander, roch an den Tabakkrümeln. Mary Long schenkte ihm ihren verführerischen Blick. Mary Long, eine dieser Hausfrauen des amerikanischen Fünfzigerjahre-Typs, die keinen anderen Gemütszustand kannte als jenen vorbehaltloser Zufriedenheit, genügsam, putzig, energetisch, adrett, nur manchmal etwas aufmüpfig, die mäßige Erotik artig aufbewahrt hinter Schloss und Riegel eines niedlichen Sinns fürs Praktische, einer herzlichen, heimeligen Hingabe zu Heim und Garten, Kind und Küche. Zudem diese strammen Indianerwangen, satt aufgewölbt, von einer herrlichen rosa Farbe. Johnny stellte sich vor, wie er ihr die blaue, weiß gepunktete Masche von ihrem schmalen Hals ablöste, und er dachte an all die anderen Zigarettenmarken, hinter denen sich eine Frau verbergen konnte, Gauloise, Parisienne, Brunette, Marrocaine, Kim, Gitane.

Johnny stieg am Bellevue aus und kaufte sich eine Stange am Kiosk.

Als Lily den Schrank schloss und die Umkleidekabine verließ, waren seit Johnnys Feierabend etwa zweieinhalb Stunden vergangen, die drei Waggons des 9er-Trams waren einmal durch die Stadt hin- und hergefahren, Triemli, Stettbach, wieder Haltestelle Universitätsspital. Lily nahm ihr Handy aus der Tasche. Keine Nachrichten. Keine Anrufe. Zuerst wollte sie mit Johnny telefonieren, um ihm wenigstens jetzt Bescheid zu geben wegen dem Fahrrad. Sobald aber JOHNNY aufleuchtete, tippte sie schnell hintereinander auf den roten Hörer. Was hatte es für einen Sinn? Vielleicht hatte ja Melanie den Esel wirklich wieder an seinen Platz zurückgebracht. Wie dem auch sei, wenn sie heute Abend mit ihm würde gesprochen haben, wäre auch das Fahrrad nicht mehr so wichtig.

Im Tram war kaum mehr ein Mensch unterwegs, es war fast 21 Uhr. Sie schaute zum Fenster hinaus die Fassade des Spitals entlang in die Höhe, sie sah auch einen weißen Mantel gegen ein Fenster gelehnt, Professor Heris Büro.

Lilys Augen verblieben auf der Schachtel Zigaretten auf dem Nebensitz, ihr Blick wurde glasig, sie überließ sich dem Schwindel, der sich gegen Abend jeweils deutlich abschwächte, dafür aber gar nicht mehr aufhörte, ihre müden Gedanken erfasste, wie ein beschauliches Karussell im Kreis gehen ließ. Die zerknautschten Kanten der Mary-Long-Schachtel, die matt spiegelnde Folie, der schwarze Schopf von toupiertem Frauenhaar. Zerknittert, erübrigt, zu Ende, die Schachtel, dieser Schopf, dieser Tag.

Kollege Kretschmar war mit sechs Studenten im Schlepptau ins Zimmer gekommen, als sich Lily gerade auf dem letzten Rundgang bei Konrad Müllers Zimmernachbar nach dessen Appetit erkundigt hatte. Kretschmar in Front, die Medizin-Kinder in den weißen Schößen flankierend, machten sie sich über den liegenden Mann her, den Trinker Konrad Müller, der sich leutselig zur Verfügung gestellt hatte, ohne zu wissen, was das bedeutete, *Studentenkurs*, harmlos wie es klang.

Kretschmar zupfte die Bettdecke weg, Müller bedurfte nur einer beiläufigen Vorstellung, dann das Hemd Müllers des Trinkers ebenfalls weggezupft, sodass der nackte Bauch sichtbar wurde. Kretschmar wies mit flacher, weit von sich gestreckter Hand über den ausladenden Bauch, deutete auf die rot geäderten Male, die die Leberkrankheit darauf hinterlassen hatte. Ein Student ließ sich vernehmen, *Spider Naevi*, ganz genau, sehr gut, lobte Kretschmar und setzte mit seiner breiten kräftigen Hand eine unsichtbare Flasche an seinem Mund, sein Kehlkopf hüpfte und er grinste in die Runde. In aller Ruhe musterte er Müller von oben bis unten, schließlich widmete er sich dem Gesicht, deutete mit dem kleinen abgespreizten Finger auf die Nase, rot, leicht violett unterlaufen, derb und höckerig, *Rhynophym*, sagte eine Studentin, genau, rief Kretschmar, nicht ganz exakt zwar, aber gut gewusst, dass sei kein ausgewachsenes Rhynophym, diese Nase sei eher *rhynophymatös*, so könne man es nennen, jawoll.

Fast, fast hättest du etwas gesagt, Lily.

Weiter!, sagte Kretschmar, zog am Hosenbund des Mannes, der locker um dessen Hüfte lag, bis zum Ansatz des Geschlechts, mit seiner kräftigen flachen Hand, den Kopf etwas zurückgeneigt, wie um sich vor dem, was er zu sehen bekam, zu schonen, deutete er vom Bauchnabel zur Scham und zurück, *Allapezie*, sagte ein Student, nicht ganz, lachte

Kretschmar, mit Allah hat das nichts zu tun, *Alopezie*, mit einem o schreibt man das. Im Zweifelsfall auch: *Bauchglatze!* Fast, Lily, fast hättest du den Mund aufgemacht.

Mit einem Zupfen war die Unterhose wieder oben, mit einem zweiten das Hemd gerichtet, mit einem dritten andeutungsweise die Decke hochgeschlagen, manchmal, grinste Kretschmar, indem er die Schüler hinter sich her winkte und zum Patientenzimmer hinausschlurfte, manchmal, sei die Medizin eben ganz einfach, die bevorzugte abdominale Frisur der Schluckspechte, die Geschmäcker seien verschieden. Bevor die Türe ins Schloss fiel, hörte man aus den Hälsen der Studenten kurze, devote Lachgluckser.

Lily, warum stellst du dich nicht auf die Hinterbeine? Was ist nur aus deinen Hinterbeinen geworden?

Sie schämte sich jetzt noch, als das Tram sich in Bewegung setzte. Hinterm Fenster brauten sich die Wolken zusammen, die aber für Regen zu hell schienen. Eine dieser abendlichen Formationen im April, ein bizarrer Theaterhintergrund, silbrige Wolkengruppen, zügig unterwegs, bespiegelt vom vielfarbigen Abendlicht. Auf die Hinterbeine stellen, sie hatte es längst verlernt, und doch schien es so einfach, sie hätte ja wenigstens ihre Notizen auf den Visitenkarren klatschen und sagen können, jetzt reicht's!

Alltag, überall Kretschmars, Studenten, Schürzen, die Wonne der Überlegenheit, das tägliche Brot, das Lily kaute. Johnny hatte Bescheid gewusst, früher als Lily selber. Das war einmal. Inzwischen hatte Johnny keinen blassen Schimmer mehr. Wie war das möglich? Wahrscheinlich hatte er sehr wohl einen Schimmer. Das machte alles noch schlimmer, er scherte sich einen Dreck. Anfangs hatte sie seiner Fürsorglichkeit gar nicht so richtig über den Weg getraut, als sie in London war und er, tausend Kilometer entfernt, zusammen mit ihr Nachtdienst machte. Zu schön um wahr zu sein, wie er sich kümmerte, wie er sich sorgte. Im Nachhinein hatte sie recht, dachte Lily, allzu lange hatte es nicht angehalten. Sie war froh, dass Johnny nichts davon wusste, es war nutzlos, mit ihm etwas zu teilen, sie versuchte es schon lange nicht mehr.

Hätte sie ihm von Kretschmar erzählt und von ihren Hinterbeinen, seine Stimme wäre sogleich in die Höhe gestiegen, diese fistelige Stimme, wenn er nervös wurde. Sie hätte eben Kindergärtnerin werden sollen, würde er inzwischen zu ihr sagen. Es fiel Lily schwer, aber sie musste sich eingestehen, dass Johnny Jahr für Jahr leerer geworden war. Seine Kunst war in ihren Augen nach wie vor das einzige, worin er nicht gescheitert war.

Hinter den Häuserdächern des Innenhofs an der Helios-, Ecke Lunastrasse wurde spätabends ein Baukran aufgestellt. Johnny saß auf dem Balkon und schaute zu, die Luft war mild und süßlich. Er steckte sich eine Mary Long an der anderen an, neben ihm auf dem kleinen Tisch standen zwei leere Bierflaschen, eine dritte halbvoll. Auf einem Balkon gegenüber rief jemand den Arbeitern zu, es sei verdammt nochmal Feierabend, und einer der Arbeiter schrie hoch zu ihm, er solle das Maul halten.

»Kann das nicht zu christlicher Zeit gemacht werden?«, rief der Nachbar.

»Der Transport ist im Stau stecken geblieben!«, sagte der Arbeiter.

»Kümmert mich aber einen Scheißdreck!«

»Trottel wie du machen Stau in der Stadt mit ihren Autos!«

»Ich fahre öffentlich!«

»Auch dein Haus ist mit einem Kran gebaut!«

»Der wurde aber bei Tag aufgestellt!«

»Der Kran muss morgen stehen, in der Früh kommt allerlei Material. Wenn du dich herunterbemühst, zeige ich dir meine Sonderbewilligung«, rief der Arbeiter und schwang seinen Arm durch die Luft mit Faust und Handschuh.

Als Lily die Wohnung betrat, roch es nicht nach Abendessen, sondern nach Rauch. Draußen sah sie Johnny sitzen, mit einem Bier und einer Zigarette im Mundwinkel. Er lehnte im Ohrensessel und schaute über den Garten in die Stadt, rund um ihn die Glyzinen, ein blumiger Rahmen.

Er wollte mit ihr reden, klar. Offensichtlich war ihm entgangen, dass eine verlorene gemeinsame Sprache nicht im Schweigen wiedergefunden werden kann, ihre geheime Sprache, die niemand außer ihnen verstand, ihr eigenes jüdisches Viertel, nunmehr Slang dessen, was sie nicht sagten.

Besser so, sagte sich Lily. Wäre schade um den Schall.

Lily ließ ihre Handtasche, die abgewetzte, samtene, von der Schulter zu Boden gleiten, vorsichtig, ließ sie geräuschlos aufkommen und ging hinaus zu ihm.

Ein halbes Jahr nach der Trennung hatten Lily und Johnny an ein und demselben heißen Augustabend ihr erstes Rendezvous.

Wenig hatte sich in den Wochen und Monaten seit ihrer Trennung verändert. Sie wohnten immer noch zusammen, Johnny kam immer noch drei Stunden vor Lily nach Hause und kochte auch immer noch für zwei. Dann aber setzte er sich mit seinem Teller an den kleinen Rüsttisch in der Küchenecke, und wenn er fertig gegessen hatte, richtete er Lilys Teil in der Pfanne ordentlich an, den Auflauf hielt er im Ofen warm, die Suppe zugedeckt auf dem Herd. Lily hatte abgenommen, zumindest kam es ihm in letzter Zeit so vor.

Wenn Lily aber nach 20 Uhr nach Hause kam, hatte sie meistens schon etwas Kleines gegessen, in der Cafeteria oder unterwegs. Das frühe Abendessen kam ihrem Schlaf zugute, seit einer Weile fühlte sie sich morgens wieder frischer. Sogar der Schwindel ließ etwas nach. Die Spitalmensa hatte sie immer für den traurigsten Ort der Welt gehalten und ging vielleicht gerade deshalb in der ersten Zeit nach der Trennung häufig dort Abendessen.

Du warst doch auch traurig Lily, nicht wahr? Das hast du dir zumindest gesagt.

Wenigstens einer von beiden musste traurig sein, wenn eine Beziehung in die Brüche ging. Johnny schien kaum Anstalten zu machen. Ihm ging es eigentlich ganz gut, dachte Lily, ohne darüber ungut zu empfinden.

Und dir, Lily? Jedenfalls kam es dir auf einmal ganz selbstverständlich vor, dich untersuchen zu lassen.

Es würde alles auf ein Magnetresonanzbild ihres Kopfes hinauslaufen, Lily hatte es von Anfang an gewusst. Ohnehin hatte sie ihr Leben schon länger als eine enge, laute Röhre empfunden, in der man sich kaum rühren konnte. Monatelang hatte sie gezögert. Das hatte nichts mit Angst zu tun, sie war überzeugt, das Resultat schon im Vorhinein zu kennen, schließlich ging es um ihren eigenen Kopf. Aber eine gewisse Scham hat jede Ärztin zu überwinden, dachte Lily, sich den Kollegen zu überlassen, und sei es nur für einen Hörtest. Auch wenn sie sich in der neurologischen Abteilung des Triemli-Spitals am anderen Ende der Stadt angemeldet hatte, ausgeschlossen war es deshalb keineswegs, auf ein bekanntes Gesicht zu treffen. Lily wusste, was sie alles über sich ergehen lassen musste – Anamnese, klinische Untersuchung, ergänzende Abklärungen, Konsilium dieses und jenes Spezialisten –, und sie wusste auch, dass es immerzu heißen würde: *ergebnislos, altersentsprechend, unauffällig, ohne Befund.* Bis schließlich, da war sich Lily sicher, die schimmelgrauen Schnittbildchen über den Schirm des Radiologen flimmern würden, der das Kontrastmittel irgendwo in der gedrängten Maße ihres Hirngewebes aufblitzen sehen würde, indem er die Aufnahmen hoch und runter, vor und zurück laufen ließ, den Radiologenruf von sich gebend, ein beschwingt lang gezogener, unfroher Jubellaut in f-moll, *ooouuuu*, Verlautbarung eines längst verbrauchten Staunens. Der Röntgenarzt würde etwas mit dem Bildkontrast spielen, das Gebiet der Läsion vergrößern, ohne dass Lily es in ihrem Kopf würde spüren können, die leuchtendsilberne Geschwulst in verschiedenen Schnittebenen beurteilen, mit dem Diameterwerkzeug ausmessen, von einer Begrenzung zur nächsten, frontal, transversal, sagital. Den Rapport würde er wahrscheinlich nicht abwarten, den Fall gleich mit dem Neuro-Radiologen besprechen wollen. Am Ende würde es einen Bericht geben mit einer Verdachtsdiagnose, die Lily bereits jetzt als so gut wie gesichert ansah.

Der Rote begleitete Lily bis zum Kreuzplatz. Der Straßenverkehr war noch nie ein Problem gewesen für ihn, er bewegte sich traumwandlerisch sicher. Als Lily das 15er-Tram bestieg, setzte er sich beim Kiosk auf den Gehsteig und putzte seinen Rücken.

Auf dem Weg von der Haltestelle bis zum Spitaleingang fiel ihr auf, dass der Holunder begonnen hatte, mit seinem Duft den Storchenschnäbeln den Rang abzulaufen. Es war ein schöner Junitag. Lily trug eine große Sonnenbrille mit ovalen Gläsern und einen schwarzen Hut. Sie eilte durch den Wartesaal und holte am Schalter für die Untersuchung Etiketten, da stand ihr Name drauf, Geburtsdatum, Fallnummer. Danach öffnete sie auf dem Telefon die pdf-Anleitung *Wie finde ich das Institut für Radiologie und Nuklearmedizin im Stockwerk X?*

Im Wartesaal hing der Kalender von Siemens, der Juni war einem grauen Herzen gewidmet, dessen rechte Kammer eine vom Herzbeutel im Zaum gehaltene Aussackung zeigte. Ein freundlicher Herr in dunkelblauer Pflegemontur rief ihren Namen auf. Er trug einen schwarzen Bart und einen gelben Turban, Bhao Singh stand auf seinem Namensschildchen.

In einem kleinen Umkleideraum konnte Lily das bereithängende Spitalhemd anziehen. In einen der Plastikbeutel packte sie die Goldkette und die beiden Ringe, ein kleiner Teil des Schmucks, den ihr ihre Mutter jährlich zu Geburtstag und Weihnachten schenkte.

In der Röhre musste sie sich nochmals eine Weile gedulden. Schließlich bekam sie von Bhao Singh vorsichtig ein Paar Kopfhörer aufgesetzt. *Bitte für zwanzig Minuten vollkommen still verhalten*, ertönte die Anweisung, *bitte nicht beunruhigen lassen vom lauten Geräusch, bitte im Falle jeglicher Form von Unwohlsein den Notfallknopf bedienen.*

Störung 8, schoss es dir durch den Kopf. Die Störung 8 hatte ganz ähnlich geklungen, ungesundes Knirschen, Knallen,

Murksen, ganz als habe sich das Gerät an ihrem Kopf ein Bild eingefangen, mit dem es nicht fertig wurde, sodass es sich in seinem Gewinde verkeilte. Du warst dir sicher, welches Bild es war, du warst dir ganz sicher, Lily.

Gleich nach der Untersuchung bat Lily am Empfang darum, das Ergebnis per Post zugesandt zu erhalten, anstatt darauf zu warten, bis man ihr seitens der Neurologie einen Besprechungstermin gab. Gerne werde sie Lily bei Gelegenheit informieren, hatte die Dame im Sekretariat gesagt, ob dieses Prozedere vom Chef gutgeheißen würde. Als Lily ihren Arztausweis vorzeigte und auf ihr Recht hinwies, jegliche Untersuchungsergebnisse unverzüglich einsehen zu dürfen, murrte die Dame ihr Einverständnis in sich hinein, kritzelte den entsprechenden Vermerk.

Drei Tage später erhielt Lily den Brief mit der Aufschrift *Stadtspital* und dem blauweißen Zürichwappen. Es waren zwei Sätze. Das reichte. Lily las sie wieder und wieder. Bis jetzt hatte sie in ihrem Leben noch nie etwas vor dem Feierabend getrunken und noch nie alleine. Der Befund war kursiv und fettgedruckt. Lily stürzte einen guten Schluck Rum in ein Glas und leerte es in einem Zug.

Die beiden Sätze waren eine Frechheit. Lily stand reglos in der Küche vor dem leeren Glas. Sie spürte ihr Herz im Hinterkopf schlagen. Im Hinterkopf. Wo es hätte gefunden werden müssen. Nach dem dritten Glas beruhigte sie sich. Ihre Fassungslosigkeit wich jetzt einer Wut auf sich selber. War sie unterdessen auch jenem blinden Vertrauen in die Medizin verfallen, um das sie ihre Patienten so häufig bemitleidet hatte? Wo blieb ihre Überzeugung, dass ein Arzt nicht besser Bescheid wissen konnte über Vorgänge in einem Körper als derjenige, der drinsteckte? Wieso sollte sich auf einmal ihre Intuition auf den Kopf stellen, nur weil sie selber betroffen war? Ganz abgesehen von der Verantwortung, die jeder Patient für seinen eigenen Körper und dessen Krankheit innehaben sollte, wurden in Spitälern auch Fehler gemacht, und zwar nicht zu knapp. Wohl nicht mehr als in anderen Berufsfeldern.

Lily schaute auf ihre Hände. Sie zitterten leicht. Vorläufig alles auf sich zukommen lassen, darüber schlafen, nun, da sie dazu schon einmal leidlich in der Lage war. Das vierte Glas war halb getrunken. Ihr wurde übel, aber der Schwindel war weg. Lily hob den Brief auf, zerriss ihn, in den Müll damit. Vonseiten der Ärzte würde sie bis auf Weiteres nicht behelligt werden. Wie naiv sie gewesen war. Alles hatte sie ausgeblendet, um der süßen Illusion von Gewissheit aufzusitzen. Jetzt meldete sich allmählich Erleichterung. Sie rief sich in Erinnerung, wen die Fürsorge der Onkologen ereilte, der brauchte den Teufel nicht mehr zu fürchten. Steckte man auch nur den Zeh in ihre Abteilung, packten sie zu, zogen einen tiefer und tiefer hinein bis zum letzten Zellzipfel.

Nein, Lily. Den Zerfall kannst du auch selber besorgen. Dazu brauchst du kein Gift und keine Strahlen, nicht wahr? Deine leichteste Übung: kein Appetit, keine Bewegung, keine frische Luft, viele, viele Zigaretten. Gewichtsverlust. Im bleichen Gesicht ein Schimmer von Veränderung, bläulich unter den Augen, porzellanweiß in den Bindehäuten und nur der Ton einer gelblichen Ahnung auf der Haut.

Hundertfach gesehen, Lily, hilflos bekämpft, aufrichtig bedauert.

Länger als eine Viertelstunde brauchte Lily nicht für ihren Selleriesalat, ihr Vierkorn-Brötchen, ihren Brombeer-Kiwi-Smoothie, ihr Abendessen in der Mensa.

Wenn Johnny am anderen Morgen sah, dass vom vorbereiteten Essen nichts fehlte, packte er Folie drum herum und stellte es für sich in den Kühlschrank, so brauchte er abends nur die Pfanne zu wärmen. Für Lily kochte er frisch. Nein, dachte er, sein Eindruck täuschte nicht, sie hatte abgenommen. Er machte ihr ein Sandwich mit Avocado oder einen Teller Spaghetti. Wenn Lily dann heimkam und merkte, dass er die Reste vom Vorabend gegessen und eigens für sie etwas Neues zubereitet hatte, richtete sie es auf dem kleinen Rüsttisch in der Ecke der Küche an. Das beeinträchtigte zwar ihren wiedergefundenen Schlaf und die morgendliche Frische, doch es hätte ein falsches Licht auf alles geworfen, das Essen ein zweites Mal stehen zu lassen.

Nur weil die Beschwerden zeitweilig etwas nachgelassen hatten, fühlte sich Lily längst nicht sicher. War es nicht die Natur dieser Erkrankung, eine Periode des Wohlbefindens mit einem umso heftigeren Ausbruch zu vergelten? Lily wartete darauf, dass es jeden Augenblick wirklich losging. Der Schwindel war ein unspezifisches Symptom, ein Vorstadium. Bald würden Teile des Gesichtsfelds ausfallen. Das merkte man anfangs gar nicht, bis einen Passanten erschreckten, die von hinten auf dem Gehsteig überholten. Man verfolgte einen Drachen durch die Lüfte, der sich im Himmelblau auf einmal in Nichts auflöste. Dazu ein drückender Kopfschmerz, vorwiegend nachts, reißend, so tief innen, dass er sich wie Bauchkrämpfe anfühlte. Gleichgewichtsstörungen, Missempfindungen, Ameisenlaufen entlang Armen und Beinen, Salz, das wie Zucker schmeckte, und Wasser, sauer wie Essig.

Aussehen würde es noch schlimmer als es sich anfühlte, und Lily wünschte sich zum ersten Mal, sie würden sich bis dahin endgültig voneinander verabschiedet haben, damit Johnny sie in diesem Zustand nicht mehr zu sehen bekam.

Noch war ihm nichts aufgefallen, da war sie sich sicher. Trotz seiner sensiblen und neugierigen Augen. Bald aber würde er sehen, dass sich ihre rechte Braue nicht mehr auf der Höhe hielt, eine kleine Lähmung, vorläufig nur, *intermittierend, transient.* Genauso der Mundwinkel, der sich unter der Wange eine Idee zu tief ins Kinn hinabzog, der unwillkürliche Ansatz einer Grimasse. Mit einem seiner unterbeschäftigten Künstlerblicke würde Johnny in ihr Gesicht greifen, so wie früher, als er sie gegen die Bäume gedrückt hatte, nur eben jetzt lieb- und lustlos. Lily würde erstarren in der tastenden Gewalt seines Blicks. Sie würde sich nicht einmal trauen, zurück in sein Gesicht zu blicken. Sie waren sich wortlos einig geworden, einander nicht mehr in die Augen zu schauen. Ohnehin wäre es nurmehr ein halbes Gesicht, das sie zu bieten hatte, halb wach, hoffnungsfroh, halb schläfrig, verzagt.

Lilys ganze Gestalt würde unter seinem Blick erstarren, wieder und wieder, und sei es mitten in einem Krampfanfall, der sie in einem winzigen Kreis zucken ließ, die Lippen zusammengepresst, die Lider von einem livide gespannten Glanz, die Arme asymmetrisch vom Leib abgewinkelt, gezwungen in eine furchtbare Oszillation, während Beine und Füße in Ruhe harrten, sich zugleich krümmen und strecken wollten. Mitten im schwindligen Taumel würde Johnny sie mit seinem Blick erwischen. Sie wäre vollkommen wehrlos, würde augenblicklich stillstehen, ein wilder Kreisel, auf den er einfach den Fuß stellte.

Alles, was es in einer Trennung zu regeln gab, war ja schon zu ihren guten Zeiten aufgeteilt, Wohnungsmiete, Möbel, Bücher, das ganze Hab und Gut, Kreditkarten, Bankkonten, Spareinlagen. Verhandlungen überflüssig. Wenn Lily und Johnny doch immerhin miteinander gesprochen hatten, damals im April auf dem Balkon, so nur, um sich der verblüffenden Selbstverständlichkeit ihres Einverständnisses zu entledigen, es wenigstens so aussehen zu lassen, als träfen sie eine Abmachung, die nicht vorher schon bestanden hatte.

Johnny konnte vorläufig im Atelier schlafen auf der Chaise-longue, was er in der letzten Zeit ja ohnehin öfters getan hatte. Jeder würde eine Hälfte des kleinen gemeinsamen Freundes-kreises anrufen, um zu informieren. Jeder würde seinen Teil der Aufgaben im Haushalt beibehalten, solange sie zusammen wohnten.

»Wieso?«, fragte Florence.

Ja, wieso, Lily?

Sie drehte das Glas mit dem Red-Bull-Orangensaft in Vier-telkreisen auf Florences Küchentisch und sagte nichts.

»Wieso trennt ihr euch nicht, wenn ihr euch getrennt habt?«, fragte Florence nochmals.

»Wenn man es so hört«, sagte Lily.

Florence stand auf und kramte eine Packung Salznüsse aus dem obersten Schrankregal.

»Das ist wie bei einem Song, ein Schluss ohne Schluss, das wird nichts.«

Lily nickte, doch es fühlte sich an, als ob nur der Herzschlag ihren Kopf leicht vor und zurück pulsieren ließe.

»Wir reden hier nur von mir«, sagte Lily, »und ich habe noch nicht einmal gefragt, wie es deiner Mutter geht.«

»Im Moment ganz ordentlich. Wird aber wohl nicht mehr wie vorher.«

»Flo, es fühlt sich furchtbar an, von dir geschont zu werden, sag mir doch, was ich helfen kann.«

Florence stellte eine getöpferte Schale auf den Tisch und ließ die Nüsse hineinbimmeln.

»Du kannst doch hier einziehen. Vorübergehend«, sagte sie.

Lily nahm eine Erdnuss. Tatsächlich. Das Salz schmeckte süß. Symptome gaben sich nicht damit zufrieden, eine Vorstellung zu sein.

»Es ist mir bis jetzt gar nicht in den Sinn gekommen, auszuziehen«, sagte Lily.

»Ich komm gut zurecht. Aber du?«

»Im Moment geht es mir besser als auch schon, Flo.«

»Lily! War's das? Seit Jahren das Licht unterm Scheffel! Was
ist aus der Lily geworden, mit der ich über den Kran gelaufen
bin?«

Lily langte nach den Nüssen, rollte eine gedankenverloren
zwischen Zeigefinger und Daumen. Florences Augen wurden
von Jahr zu Jahr stärker, das gefiel Lily, auch wenn sie den
Blick ihrer Freundin jetzt gerade zu meiden versuchte. Wahrscheinlich hielt man es immer für den falschen Augenblick,
dachte Lily, wenn einen die beste Freundin zur Brust nehmen
wollte.

»Wie in alten Zeiten«, sagte Florence, »überleg es dir wenigstens. Die Kerle sind doch alle gleich. Wir gehen zusammen
auf Wohnungsjagd.«

Vielleicht war der Rote schuld, Lily. Was hättest du nur ohne
ihn gemacht? Florence wohnte immer noch an der Josefstrasse
am anderen Ende der Innenstadt. Lily traute dem Kater einiges
zu, aber ein solcher Umzug war wohl zu viel verlangt.

So schlecht es ihr auch ging mit ihren Zigaretten auf dem
Balkon bis es Nacht wurde, er schaffte es, sie zu trösten. Aus
dem Atelier durchs angelehnte Fenster drangen Johnnys leise
Schnarcher, die ihr jetzt nicht mehr auf die Nerven gingen.
Der Rote war ein inniger Tröster, ohne einen Blick an Lily zu
verlieren. Wie er vorüberschritt, die Rampe hinab. Die anima-
lische, weise Beiläufigkeit, das Zucken der Schulter, wird schon
werden, Lily, seine Prophezeiung, die noch den leichtsinnig-
sten Optimismus in den Schatten stellte. Wird schon, Lily, im
Moment sieht es nicht gut aus, also rauch du nur vorerst mal
in aller Ruhe deine Zigaretten und lass werden.

Wenigstens war es aus mit der Streiterei. All die Unaussprechlichkeiten, die sich über die Jahre aussprechlich gemacht hatten. Bemerkungen, Nörgeleien, boshafte Kleinigkeiten, nicht selten als Wohlwollen getarnt.

Kühle Schultern, kühle Blicke.

Brauchte es dafür wirklich immer zwei?

Was sagte der Heilige Joseph?

Auch zu einer unbefleckten Empfängnis braucht es immer zwei.

Stille. Niemand lachte, niemand sagte ein Wort. Leonard Marx war wieder zur Runde im Café Attila gestoßen. Schon immer hatte er von allen die besten Witze erzählt. Das Quintett war vollzählig. Der Rote lag Morgen für Morgen im Eck auf der Bank und schnurrte.

Johnny trank seine zwei Starkschwarzen ohne ein Wort. Der Ungar schielte nach ihm, statt ihn nicht zu beachten, wie es sich für einen Barista gegenüber seinem liebsten Stammgast ziemte. Er war seit geraumer Zeit ratlos, was Johnny anging. Er wusste nichts zu sagen, nichts zu schimpfen, nichts zu schweigen. Johnny aber war froh darüber. Überhaupt hatte er begonnen, seine Besuche bei Attila in Frage zu stellen. Es war wohl all die Jahre nicht der Ort gewesen, an dem jemand wie er ein halbwegs passabler Mann hätte werden können, sagte er sich. Johnny holte sein Handy hervor, schaute sich unauffällig um und öffnete die App mit dem Flämmchen, die er vor einer Woche heruntergeladen hatte.

Ja, natürlich.

Wie konnte man sich dafür nicht schämen? Fast mehr noch schämte er sich dafür, dass er nun einen Facebook-Account besaß, der für die Registrierung empfohlen wurde, er hatte keine Ahnung, weshalb. Klar hatte er versucht, sein Tinder-Profil nach Selbstironie aussehen zu lassen. Geworden war daraus das Konto eines offensichtlich Verzweifelten. Johnny wischte sich durch die vier hochgeladenen Fotos, da trug dieser Kerl, der er war und der sich Jean nannte, eine Sonnenbrille und hatte den Kragen seines hellblauen Hemds hochgeklappt. Sein interessanter Blick ging scharf an der Kamera vorbei, er machte diese Sache mit dem Mund, wie Daniel Craig als Bond, die Lippen einen Hauch geschürzt, den Kiefer auf den Stockzähnen breitgebissen, die Wangen leicht angesogen. Sogar Attilas Rat hatte er eingeholt, ihm die Aufnahmen gezeigt, bevor er sie hochlud.

»Jugo«, hatte der Barista gesagt und verächtlich sein Kinn gekräuselt.

Seither schämte er sich vor Attila. Am allermeisten aber schämte er sich vor Sedran. Diese treue Seele hatte sich anfangs zur Verfügung gestellt, mit in die Bars und Clubs zu kommen, *um die Häuser zu ziehen*, wie er es tapfer genannt hatte, und schoss mit seiner Minolta Digital die Aufnahmen vom aus dem Ei gepellten Jean.

»Jean?«, hatte er kleinlaut gefragt und sich gleich wieder hinterm Fotoapparat versteckt.

Johnny? Was war nur passiert? In den ersten Tagen nach dem Gespräch mit Lily auf dem Balkon warst du dir deiner Sache doch sicher gewesen, nicht? Jetzt würde sich alles ganz von alleine ergeben, hast du gedacht, jetzt würden die Frauen angelockt von deiner Freiheit und dem genussvollen Gebrauch, den du davon zu machen gewillt warst. Etwa so, wie damals an der letzten Hermès-Party.

Wer konnte einem Mann widerstehen, der so vieles aufzuholen hatte? All die verschwendeten Jahre, die armselige erotische Bilanz seiner besten Zeit. Jeder entwischte Blick, jede nicht geküsste Lippe, jedes nicht erkundete, einzigartige Kurvengefüge von Frauengestalt, verkannte Vielfalt, bedeckte Details, Härchen, Fältchen, Höschen, Rüschen, Rümpfe, Strümpfe, Warzen, Lefzen, Brüste, Bäuche, Beine, Füße,

Schöße, zartrosa, zartbraun, zartbeige, zartfarben, Lippchen und Rippchen und über allen Frauenteilen fremde Frauenhaut. Eine einzelne verpasste Gelegenheit mit einer verpassten Frau blieb ja nicht einfach für sich alleine verloren. In ihrer Natur, verpasst worden zu sein, wurde sie vervielfältigt wie in einem Spiegelkabinett, aus jeder verpassten Gelegenheit entstanden unzählige fehlende Souvenirs! Jedes Mal, wenn Johnny mit seiner hungrigen Erinnerung ins Leere griff, wurde das verlustige Abenteuer aufs Neue vermisst. Der Mangel häufte sich an und ließ sein sexuelles Charisma schwinden. Jede verkniffene Begegnung tausendfach erahnt, die Überwältigung, die Wonne, in fremden Gliedern fremde Schauer, die von Lily nicht zu erwarten waren, weil Lily nicht fremd war, sondern vertraut, gewohnt, wiederholt und erinnert, erinnert, erinnert.

»Du Idiot«, hatte sie zu ihm auf dem Balkon gesagt. Sein Nicken büßte an Souveränität ein, war auf einmal betroffen.

»Was?«, fragte er.

»Idiot. Habe ich gesagt.«

Jetzt hatte Lily sich ihm zugewandt, stützte sich auf die Lehne des Sessels, schon schien es ihr, als überschreite sie einen Abstand, der bei einem gewesenen Paar eingehalten werden wollte. Nicht nur das, mit ihren hellgrünen Augen schaute Lily ihn an, wie es schon lange nicht mehr geschehen war und wie es lange nicht mehr geschehen würde, wie sie es nur im bitteren Ernst und im ausgelassenen Übermut tat – oder bevor sie ihn küsste –, wie kurz vorm Lachkasper.

Johnny aber fiel es auf einmal leicht, seine Stimme in Zaum zu halten, gelassen, entspannt, tief. Selbst als sie auf Moby zu sprechen kam.

»Du hast es niemals verstanden«, begann er leise, »es ging nicht um Prestige. Ich weiß, wer Moby war. Ich hätte diesem Tier seine Persönlichkeit zurückgeben können. Davon verstehst du nichts, aber das ist manchmal wichtig in der Erdgeschichte, wo alles immerzu stirbt und stirbt und stirbt.«

Da hatte Lily einen Augenblick innegehalten. Beinahe wäre sie darauf eingegangen. Schließlich verzog sie den Mund:

»… das Pathos immer prompt zur Hand.«

Johnny lächelte beim Ziehen an der Zigarette.

»Hab doch mal den Schneid und schau dich an«, sagte Lily leise, »wie du da auf dem Stuhl sitzt und glühst, weil du denkst, jetzt geht der große Auftritt los, jetzt kommt Johnny, Vorhang auf, du solltest dich wirklich sehen, dieses dümmliche Grinsen, das du dir vor mir verkneifst. Hab doch mal den Schneid! Nicht, wenn es drum geht, Sumoringer im Krematorium zu brennen. Sondern wenn du dastehst mit all dem, was zu dir gehört, inklusive Hosen auf Halbmast.«

Anfangs hatte Johnny das nicht ernst genommen. Schließlich war es Lily gewesen, die es ausgesprochen hatte. Sie war es, die gesagt hatte, es habe keinen Sinn mehr zu zweit. Wahrscheinlich war sie getroffen von seiner Reaktion, davon, dass der Schreck ausblieb, dass er nur genickt und ihr Recht gegeben hatte. Er wollte durchblicken lassen, dass sie ihm nur gerade zuvorgekommen war. Das verletzte sie. Also musste sie es ihn spüren lassen. Sie wollte ihn nicht hoffnungsfroh in eine Zukunft ziehen lassen, die er ganz für sich alleine haben würde, dachte Johnny. Er wollte es ihr nicht übel nehmen, er wollte darüberstehen, ihr Zeit geben. Es würde ihr nicht gelingen, ihm einen Strich durch die Rechnung zu machen, er würde es zu verhindern wissen.

Alleine sein gestautes Begehren würde ohne Weiteres ausreichen. Er spürte sofort, wie seine neue Ungebundenheit eingemottete Kräfte frei machte, ein gewinnendes Glänzen in den Augen, ein verwegenes, ungezwungenes Lächeln, Feingeist gepaart mit Entschlossenheit. Das kam alles locker, diese unbeschwerte Absicht, ganz und gar frei vom üblichen Bierernst männlicher Triebe, jawohl.

Spielerische Bereitschaft, entspannte Balz.

Irgendeine Frau, wegen irgendetwas. Leichthin begehrend, leichthin begehrenswert, so kam er sich vor, und diese Leichtigkeit musste man ihm zweifellos ansehen, an der Seepromenade spazierend, an der Bar bei einem Vodka Martini, einbeinig sein Fahrrad direkt in die Halterung ausrollen lassend, locker, wie absichtslos in einem Club mit dem Fuß wippend.

Zu diesen optimalen Voraussetzungen kam hinzu, dass Johnny über Frauen Bescheid wusste. Über all die Jahre der Tatenlosigkeit hatte er sie aus der Ferne beobachtet und schließlich durchschaut. Er war im Bild über die Enttäuschung, die jede einzelne Frau wie ein heimliches Amulett unter ihrer Brust trug.

Die Enttäuschung, dass sie von den Männern nicht um ihrer selbst willen geliebt wurde. Mit der herrlichsten Begeisterung, der billigsten Anmache, dem innigsten Liebeszeugnis, nie war damit *gerade sie* gemeint, sondern nur *auch sie*. Je verheißungsvoller ein Bewerber, je süßer die Vorstellung, selber der Anlass für sein sehnsüchtiges Werben zu sein – nicht Corinne, nicht Aline, nicht Lise-Catherine, sondern nur *gerade sie* –, desto beliebiger die Wahl in Wahrheit. Johnny wusste, die meisten Kerle des charmanten Schlags würden es kaum bemerken, wenn ihre Favoritin mit einer Freundin in einem unbeobachteten Moment den Platz tauschte – mit Melanie, mit Antonie, mit Valerie –, solange nur die getuschten Wimpern weiterhin beim Blinzeln aufglänzten und die Haarfarbe in etwa dieselbe blieb.

Diese Kränkung allerdings hinderte die Frauen seltsamerweise nicht, sich weiterhin diesen einen Typen herbeizuwünschen, der sich eben doch von allen anderen dadurch unterschied, dass er es gerade auf sie abgesehen hatte, weil gerade sie gerade so war, dass der Typ mit dem einen Schuh suchend durch die Welt stolperte, zu dem gerade sie den passenden Fuß hatte. In jener Besessenheit, wusste Johnny, in der die Frauen ihre blinde Ausschau hielten nach dem Allereinzigen, waren sie letztlich ebenso wahllos wie die Männer.

Und genau das hattest du ja zu bieten, nicht wahr, Johnny? Du würdest sie um ihrer selbst willen lieben.

Jede beliebige Frau.

Nach einigen Wochen jedoch kam Johnny zu einem anderen Schluss, nämlich dass Frauen einer eigenen Spezies angehörten und dass es ein anthropologisches Verhängnis war, sich zwischen den beiden Geschlechtern in irgendeiner Weise unter seinesgleichen zu wähnen.

Johnny lud die Tinder-App auf sein Telefon, schoss mit Sedran die Fotos, erstellte sein Profil. Auf seinen Trotz war Verlass, auf die Beharrlichkeit, das Behagen im Scheitern, das er sich in seiner Laufbahn als Künstler erworben hatte.

Anfangs funktionierte nicht einmal *Digital Dating*. Die Frauen an der Wischscheibe waren routiniert, Johnny wurde immerzu nach links gewischt, kam ins Kröpfchen, Spreu zu Spreu, sagte er sich:

Souveränität, Johnny, Gelassenheit.

Wenn doch einmal eine Frau den Chatkanal öffnete, dann augenscheinlich, weil sie den Typus des geduldigen Zuhörers in ihm auszumachen meinte:

»Ich bin Sylvia, suche etwas Längerfristiges.«

»Schlampe«, murmelte Johnny und wischte.

»Ich brauche eine Schulter zum Anlehnen«, schrieb Kathy.

»Ausgekugelt«, schrieb Johnny, wischte.

»Nur so zum Kaffee«, schrieb Charlotte.

»Ich trink Tee«, schrieb er, wischte.

»Chic siehst du aus mit der Brille«, die Mitteilung kam, als

Johnny nach zwei Wochen schließlich unter *Einstellungen* nach Mitteln suchte, das Konto zu deaktivieren.

»Wann treffen wir uns?«, ging es weiter, »Und wo? Gruß *Venus*.«

Du hast nicht nach einer Verabredung gesucht, Lily. Der Mann, der Kohlmeyer hieß, ohne Kohlmeyer zu sein, hatte dich in der Spital-Mensa angesprochen. Zu diesem Zeitpunkt warst du gerade mit deinen Erörterungen zum Schluss gekommen. Es war sinnlos, sich für Männer zu interessieren.

Eine Frau, so hieß es, brauche einen Mann so sehr wie ein Fisch ein Fahrrad.

Lily wäre von sich aus vielleicht gar nie auf die Idee gekommen, in einem anderen Menschen einen Mann zu sehen. Es waren die Männer in ihrem Selbstverständnis, die einen darauf brachten. Nach der Trennung von Johnny hatte sie sich sachte zu fragen begonnen, was Männer überhaupt waren.

Allerdings, hat ein Fisch sein Fahrrad einmal gefunden, bedeutet es ihm die ganze Welt.

Du hast dich gezwungen, Lily, du hast dich gezwungen, dich umzusehen, als wäre es eine Welt voller Fahrräder. Es war anstrengend, Menschen zu beobachten. Um wieviel anstrengender, wenn es sich um Männer handelte.

Sven Keller? Der unbeschwerte Oberarzt? Immerhin ein ganz anderer Typ als Lothar Kretschmar, zurückhaltend, kein Großmaul. Er hielt sich an die Unterassistenten, gab sein Wissen kameradschaftlich weiter, witzelte mit ihnen über Röntgenbilder und ausgefallene Befunde. Sobald er aber zu einem internistischen Problem seine Meinung vortrug, im Morgenrapport oder im Plenum eines Tumorboards, verfiel er in ein Zeremoniell, das tief in einem unergründlichen Fachwissen wurzelte und mit verschränkten Armen und verschlossenen Augen in schlüssigen Sätzen abgesetzt wurde.

War Sven Keller ein Mann?

Zoran Kusmanovic von der Logistik? Er fuhr auf seinem Gefährt durch die Kellergänge des Spitals, sein breites Gesicht blieb reglos, er hatte silberne Haare, auf denen spiegelten sich die vorüberflimmernden Deckenlampen. Das Lenkrad bediente er mit einer Hand, der andere Arm war gelähmt und baumelte an der Seite seines Körpers. Er hatte ein Brandmal über der einen Hälfte des Gesichts, von Stirn bis Hals. Wenn man ihn nach Dienstschluss zur Tramstation gehen sah, drückte er sein Kinn in den Jackenkragen, raffte die Schultern, nagte am Reißverschluss.

War Zoran Kusmanovic ein Mann?

Zeno Nannini? Der bärtige Italiener an der Mensakasse? Wenn er gerade nicht kassierte, vertrieb er sich die Zeit mit allerlei Spielereien, jonglierte mit drei Münzen, band aus seinem Küchentuch einen Turban, den er der Salatwaage aufsetzte, oder stibitzte einer Ärztin das Stethoskop aus der Manteltasche, machte eine kleine Grimasse, runzelte angestrengt die Stirn. Er tat so, als interessiere es ihn nicht, wer ihm alles bei seinen Späßen zuschaute, er war beliebt.

War Zeno Nannini ein Mann?

Du hast dir weiß Gott alle Mühe gegeben, Lily. Im Grunde wusstest du von Anfang an, dass du dich nur zu Tode langweilen würdest.

»Sagen Sie, ist das normal, Frau Doktor?«, fragte Zeno, als Lily ihren Selleriesalat auf die Waage stellte. Er hielt das Stethoskop an die Brust der Kasse und pochte mit dem Zeigefinger einen klimpernden Herzschlag gegen das Geldfach. Lily lächelte. Da war die Chirurgin zurück an der Kasse, schnappte nach ihrem Instrument und zupfte es Zeno von den Ohren.

»Aua«, sagte Zeno, »primum nihil nocere …«

»Sehr witzig«, sagte die Chirurgin und gebrauchte ihren bösen Blick, um ihn auch der lächelnden Lily zuzuwerfen.

»Also, ich habe es auch lustig gefunden«, sagte der Herr, der nach Lily an die Reihe kam. Er trug einen zweireihigen Anzug und ein Foulard im Hemdkragen und fragte, ob er sich mit zu Lily an den Tisch setzen dürfe. Tatsächlich war alles besetzt und Lily sagte ja, gerne. Der Herr aß ebenfalls Selleriesalat und sagte zu Lily, als sie sich setzten, wie man höre, seien einige Leute furchtbar allergisch auf Sellerie.

»Aber so etwas wissen Sie natürlich!«, rief er sogleich aus.

Er war gelernter Elektroingenieur, selbstständig, geschäftsleitend, von Welt, wie man so sagt, vor einer Weile geschieden, also praktisch in derselben Lage wie Lily, dachte Lily, bestimmt anständig, vielleicht ein bisschen witzig, vielleicht ein bisschen intelligent.

In der widerwilligen Routine, die sich ihr Blick für Männer inzwischen erworben hatte, fielen ihr sein gepflegter Scheitel auf, seine farblosen, aufgeräumten Augen, seine Manieren. Sie sah die breiten Schultern und sah ihnen an, dass sie sich an sie richteten wie ein Gesicht. Und die breite Hand, die er ihr entgegenhielt, als er sich vorstellte – angenehm Abstand wahrend, er heiße Gregor –, erinnerte sie nicht an die forsch-sehnigen Chirurgenhände, sondern an polierten Marmor.

»Lise-Catherine«, sagte Lily.

»Ich sag jetzt nicht *enchanté*, sonst hältst du mich für einen Snob.«

»Bist du es denn?«

»Bezaubert?«

»Ein Snob?«

Wie auf einem Hochseil, Lily, einen Fuß vor den anderen, bereits schien der Beginn weiter entfernt als das Ende.

»Beschlagen bist du also auch«, sagte Kohlmeyer.

»Aber das Gegenteil von eitel, ich muss dich enttäuschen.«

»Ich dich auch, ich bin ganz und gar nicht enttäuscht.«

Am nächsten Tag war Kohlmeyer wieder in der Cafeteria.

Er schien auf sie gewartet zu haben und machte keinen Hehl daraus. Er war eine Spur ernster. Selbst sein Anzug, dunkler und etwas satter um die Schultern getragen, unterstützte seine Entschlossenheit.

»Diese Woche ist es schwierig«, meinte Lily zögerlich.

»Nächste Woche bin ich bis Donnerstag in den Staaten«, sagte er.

»In den Staaten?«, Lily fragte sich, wieso sie das fragte.

»Ich habe dir ja von diesen Systemen erzählt«, sagte er, »Kreditkartenzahlungen für Parkhäuser. Wir sollen in Dallas die halbe Stadt damit ausrüsten. Aber damit werde ich dich dann bei unserem Dinner langweilen.«

»Ich bin wirklich sehr leicht zu langweilen«, entfuhr es Lily.

»Sieht man dir schon von Weitem an. Freitag nächste Woche?«

2 – RENDEZVOUS

An jenem schwülen Freitagabend im späten August traf auch Lily ausnahmsweise vor 17 Uhr zu Hause ein, gleichzeitig mit Johnny. Er kam auf dem Fahrrad angerollt, stellte es ans Gitter, die beiden trafen sich am Schmiedeeisentor. Johnny wischte sich die verschwitzten Haare aus dem Gesicht, warf seine Zigarette fort und bemühte sich umständlich, eine Rose in Zellophanpapier vor ihr zu verbergen.

»Hallo. Johnny.«

»Hallo. Lily.«

»Die musst du auspacken und ins Wasser stellen«, meinte Lily, »die Blüte welkt sonst in dieser Hitze.«

Johnny zögerte einen Augenblick, Lily wurde flau, bevor er lächelte und ihr die Gartentüre aufhielt.

»Wird wohl nicht der einzige Tipp bleiben, den ich heute Abend brauche.«

Das zähe Spätsommerlicht, Malven mannshoch, gelb und lila, unter tiefhängenden Lindenzweigen, süße, drückende Abendluft, der Himmel dunkelblau und voll blankweißer Wolkenwulste. Lily trug ein weißes Kleid mit großen roten Blumenmustern. Von einem der anderen Balkone des Hauses ließ sich Etta James hören. Lily schwindelte mit den trägen Rauchkreiseln ihrer Zigarette in die Luft hinauf, sie hatte sich inzwischen daran gewöhnt, dass die Welt nicht immer befestigt war. Die dicke, schmiegsame Stimme von Etta wuchs in die warme Luft hinaus:

At last
My love has come around

Im oberen Stock war Zlatans Balkontüre zu hören. Es roch wunderbar nach Steinpilzen, die er auf dem Grillrost briet. Kurz darauf floss von oben der rotgetigerte Schwanz des Katers, zeichnete einige schwebende Schlaufen in die Luft. In den letzten schwierigen Sommermonaten hatte er sein Ritual ausgedehnt. Er kam nicht nur morgens, sondern jedes Mal, wenn Lily auf dem Balkon rauchte. Lange hatte sie manchmal draußen gesessen und hatte an Johnny gedacht, mehr denn je, wie sie sich eingestehen musste.

Wie lebt es sich ohne solide Seele, Johnny? Wenn sie dauernd schimmert, oszilliert, rast, glitzert, posiert? Eine gasförmige Seele, und du bildest dir auch noch etwas darauf ein. Lily hätte dich danach fragen können, so viel sie wollte, du hättest nur den Ahnungslosen gespielt, alle Seelen seien schließlich gasförmig, hättest du gesagt, vielleicht wäre dir noch etwas Geistreicheres eingefallen, ohne dass es einen Unterschied gemacht hätte. Lily gelangte zur Einsicht, dass es für Johnny der Liebesbeweis einer Frau war, wenn sie ihn in Ruhe ließ. Wenn sie ihm noch sein wertloses Gut für bare Münze abkaufte, wenn sie so tat, als seien seine größten Schwächen nichts als ein vernachlässigtes Talent, verkappte Meisterschaft. Das traf auch zu, wenn es um Sex ging, dachte Lily.

I found a dream that I could speak to
A dream that I can call my own

Ja, es traf besonders zu, wenn es um Sex ging, dachte Lily. Insgeheim hatte Johnny sie vielleicht aus Rührung darüber geliebt, dass sie ihm seine Dürftigkeit verzieh. Als ihm das nicht mehr genügt hatte, dachte Lily, glitt er in die Überzeugung ab, seiner erotischen Natur könne eine Frau alleine gar nicht gerecht werden, diesem Heißblüter. Lily war er immer recht gewesen, von vornherein, was immer er zu bieten hatte. Als sei es allein Lust genug, dass er es war, Johnny, der vertraute Mensch, an dessen Nacktheit und Schamlosigkeit sie sich gewöhnt hatte.

Sie hatte Johnny für eine Zaubertruhe gehalten, die so schnell nicht die letzte ihrer Überraschungen preisgeben würde. Und trotz allem hatte ihn Lily immer für verwegen gehalten. Wie leichtherzig man doch war in der unwillentlichen, sprunghaften Entschlussbereitschaft einer Liebe, dieser illusionären Begeisterung.

Legten denn die Künstler in ihre Werke nicht gerade alles, was ihnen abging? Waren die Bildhauer nicht von allen die Schlimmsten? Getrieben davon, die Konturen ihres Mangels zu erschaffen? Eine erbärmliche Masche. Künstler vereinigten alle ihre Makel und Achillesfersen und Blößen und so fort, machten daraus eine Gussform und bewerkstelligten so die Plastik ihres verkehrten Armutszeugnisses, für jede Idiotin offenkundig, sonnenklar, fraglos – außer für Lily. Hinter der Sumoringer-Plastik hatte sich ein schwächlicher Wicht verborgen, und Lily hatte fast zwanzig Jahre gebraucht, um es zu merken.

Inzwischen war vor diesen Gedanken der Vorhang gefallen, inzwischen dachte Lily manchmal einen ganzen Tag lang nicht ein einziges Mal an ihn. Und wenn ihr Johnny einfiel, hatte sie Verständnis für ihn. Es hatte ihr nichts ausgemacht, die Rose für ihn anzuschneiden und möglichst tief ins Wasser zu stellen. Sie fragte sich nicht, für wen die Blume war. Sie fragte sich nicht, wieso er ihr nie eine Rose geschenkt hatte. Sie fragte sich nur, ob er wirklich nicht merkte, dass die Blume schon den Kopf hängen ließ und dass er sie so doch nicht überreichen konnte. Es stimmte sie wehmütig, obwohl sie sich geschworen hatte, diesen Abend zu genießen, und war die Sache mit Kohlmeyer auch noch so überflüssig.

Sie war froh, als der Rote schließlich die Rampe hinabkam und ihr einen kurzen Bernsteinblick voll Ermunterung zuwarf.

Doch nach einigen Schritten hielt er inne, sein Blick sprang zur Balkontür, in der stand Johnny und hatte zwei Drinks in der Hand. Ein langes Glas voll mit Eis und ein kleines Martini-Glas, in dem eine Olive schwamm. Johnny hatte seine Haare mit Gel gekämmt, jetzt glänzten sie rötlich im Licht des frühen Abends. Seinen Bart hatte er nur über Lippe und Kinn stehen gelassen, dazu kurzgeschnittene Backenbärte. Er sah aus wie frühlingsgeputzt, dachte Lily, und er roch nach einem furchtbar süßlichen Eau-de-Cologne, das ihr bekannt vorkam.

Vor einer Stunde hatten sie einander eingestehen müssen, viel zu früh zu sein, als jeder dem anderen vor der Badezimmertür den Vortritt lassen wollte. Johnny setzte sich schließlich durch, er müsse sowieso noch seine Kleider vorbereiten, die in Wahrheit allesamt schon seit vorgestern sorgsam über einen Bügel gehängt im Schrank seines Ateliers bereithingen, Hose, Hemd und Weste. Sogar die Socken und Unterhosen waren ausgewählt und eine schmale graue Krawatte, die er mit einem lockeren Knoten binden wollte.

»Aperitif«, sagte Johnny und überreichte Lily das lange Glas, »Bourbon, Cynar, Ginger Ale, Eis.«

Lily nickte anerkennend. Die Tatsache, ihn bis zum Überdruss zu kennen, schien nun aus der Entfernung eines halben Jahres ein geheimnisvolles Licht auf ihn zu werfen. Lily setzte sich zurecht, dankte höflich für den Drink. Beide hoben ihr Glas, keiner sagte ein Wort. Lily sah im Laubbraun ihres Getränks eine sorgfältig geschnittene Orangenspirale zwischen den Eiswürfeln vom Boden des kühlen Glases nach oben wachsen.

Eine Weile saßen sie still beieinander, ein wenig kamen sie sich vor wie ein uraltes Paar, das sich in ein ungemütliches Einvernehmen hineinmanövriert hatte. In der Ferne über dem kleinen Seezipfel, den sie zwischen den Dächern sahen, waren die schroffen Glarner Alpen halb von Dunst verborgen. Gegenüber hatte der Üetliberg ein fast oberitalienisch weiches

Angesicht in diesem späten Licht, das direkt aus der Comersee-Region hierher zu leuchten schien. Lily zeigte unauffällig hinauf zur Rampe, wo der Rote immer noch stillstand. Als er sich entdeckt sah, schritt er weiter. In der Mitte, auf Höhe ihres Balkons, blieb er wieder stehen und sprang auf die Balkonbrüstung zwischen die Blumen.

Lily und Johnny gelang es gerade noch, ihr Erstaunen für sich zu behalten. Dann musste sich Johnny räuspern, um die Stille zu brechen:

»Wie geht's den Kindern?«, fragte er, ohne eine Miene zu verziehen, und Lily gurgelte einen Schluck ihres Drinks in die Nase, hustete und holte lachend Luft.

»Weißt du, was ich dir übelnehme?«, fragte Lily nach einer Weile, »dass wir nicht einmal bis nach Bellagio gekommen sind.«

»Solange man noch nicht im Maderanertal war …«

»… hätten wir dennoch die Schweiz zwecks Urlaub verlassen können.«

»Nicht einmal zur Hochzeitsreise«, sagte Johnny.

»Wir waren nicht verheiratet«, sagte Lily.

»Du hast recht. Dann hatten wir auch keine Kinder, nehme ich an?«

Lily errötete ein wenig über seine forcierte Witzigkeit und netzte ihre Wange mit dem kühlen Beschlag des Cocktailglases. Sie hatte vergessen, wie sich alles verflüssigte, leichthin abzurinnen begann, wenn sie so dahinplauderten, wie sich alles in wunderbaren Blödsinn verwandelte. Johnny nahm ihr das Glas aus der Hand.

»Ich fülle Eis nach.«

Als er aus der Küche zurückkam, lag der Rote ausgestreckt auf den Polsterohren von Ferds Sessel. Johnny überwand ein kurzes Zögern, mit Lily seinen fragenden Blick zu teilen. Der Kater ließ sich nicht stören, als Johnny wieder im Sessel Platz nahm. Das Gebrumm seines Schnurrens übertrug sich durch die Rückenlehne in seine Schultern. Lily sah Johnny von rotgetigertem Pelz gekränzt, und Johnny schaute sie unverwandt an. Auf ihrem Hals tanzte der Schatten eines Astes. Ihre Augen hatten sich verändert, etwas stimmte nicht mit ihr. Johnny meinte sich zu erinnern an all die Blicke, die er in den vergangenen Jahren auf sie zu werfen versäumt hatte, Blicke, die von einer Not niemals Notiz genommen hätten. Nichts hätten sie gesehen, außer Zunder und Lilys Mantel.

Das geblümte Kleid gefiel ihm. Es fiel leicht über ihre Gestalt, umschmiegte fein ihre Schenkel. Die eleganten schwarzen Schuhe saßen etwas zu locker. Unter dem Rocksaum fiel ihm das Schienbein auf, die Sehnen am Fußgelenk. Doch, da waren sie wieder, für einen Moment, die hellgrünen Funkelaugen.

»Du trägst nie Absätze«, sagte er.

»Du trägst nie Krawatte«, sagte sie.

»Das bisschen Krawatte. Hast du abgenommen?«

Lily richtete sich auf.

»Nicht dass ich wüsste.«

Johnny öffnete die Balkontür und ließ Lily den Vortritt. Als er nachfolgte, sah er im Augenwinkel den rötlichen Schatten heranfliegen. Er hatte keine Zeit sich zu ducken. Da hatte es sich der Rote schon auf seinen Schultern der ganzen Länge nach gemütlich gemacht, ließ seinen Schwanz über den rechten Oberarm nach untern fließen, die Augen zufrieden halb geschlossen, während sich Johnny vorsichtig mit der kostbaren Fracht aufrichtete. Lily lachte und hielt zugleich den Atem an.

»Traut, Haglich & Anwälte«, sagte sie.

Die rosa Katerzunge lugte ein gutes Stück zwischen den kleinen Zähnen vor, Heiterkeit eines sorglosen Orakels. Johnny schielte auf seinen Buckel nach dem Kater.

»Wir dürfen ihn nicht herunternehmen, er entscheidet«, sagte Lily, »wann musst du denn los?«

Johnny machte einige vorsichtige Schritte und stellte erleichtert fest, dass der Kater geschmeidig zu balancieren wusste.

»Ich sag dir, was wir machen«, meinte Lily, »wir bringen ihn Zlatan hoch.«

Johnny blieb abrupt stehen, der Kater fuhr mit seinen Krallen durchs weiße Hemd.

»Zu Zlatan?«, ächzte Johnny.

Es blieb vollkommen still, als Lily die Klingel drückte. Über dem Knopf war ein kleines Schild angebracht, da stand statt eines Namens:

»E-dur. F-moll«, flüsterte Johnny.

»Er ist nicht da«, sagte Lily.

»Ich muss los.«

»Man kann den Roten nicht absetzen.«

Lily packte Johnny am Handgelenk und drückte zu. Sie hörten Schritte in der Wohnung. Johnny schielte nach ihrem mageren Arm. Die Türe öffnete sich. Zlatan.

Er war noch größer, als es von Weitem den Anschein machte. Lily und Johnny kamen sich vor wie zwei Kinder, die beim Hauswart Klingelstreich spielten und das Fortlaufen vergessen hatten. Zlatans Gesicht war Granitgestein, geboren im Widerstand tektonischer Gewalten. Seine Brauen liefen wie Felskanten abwärts, die Wangen stark und hochknochig, der mineralische Zinken, die grauen Augen. Zlatan sagte nichts, sein Blick ging langsam von Johnny zu Lily und wieder zurück. Der Rote aber streckte sich der Länge nach auf Johnnys Schulter, gähnte ausgiebig und erhob sich schließlich in aller Ruhe mit einem kräftigen Katzenbuckel, der die gelierten Haare auf Johnnys Kopf anhob und über seinem Scheitel aufwölbte wie der Kamm eines Gockels. Als er das sah, brach Zlatans steinernes Gesicht in ein strahlendes Lachen, ein jäh aufklaffender Schlund, aus dem ein glücklicher Magmanebel in die Freiheit aufstieg. Lily schaute sich nach Johnny um, sah das zause Gewölbe auf seinem Kopf, schloss sich Zlatans Lachen an. Johnnys Lippe zuckte, er war drauf und dran, sich mit Lily und Zlatan über seinen eigenen Anblick, der ihm vorenthalten blieb, lustig zu machen.

Zlatan aber trat heraus und stellte sich zwischen Lily und Johnny. Er ging in die Knie, Schulter an Schulter mit Johnny, Schulter an Schulter mit Lily. Der Tiger machte die zwei Schritte zu Zlatan und ließ sich dort von Neuem nieder. Zlatan richtete sich auf, ging mit dem Roten zurück in die Wohnung und schloss freundlich grüßend die Tür.

Sie hatten den gleichen Weg, die breite Forchstrasse hinab stadteinwärts in Richtung Bahnhof Stadelhofen. Links und rechts schienen sich die Häuser im leichten Gefälle nach der Stadt zu neigen. Der Himmel hatte inzwischen eine Ahnung von Abendrot.

Lily und Johnny, miteinander unterwegs, zur Unzeit natürlich, wann denn sonst? Jede Kreuzung eine verpasste Gelegenheit, getrennte Wege zu gehen, jede Tramstation ein verschenktes Adieu.

»Wann musst du wo sein?«, fragte Johnny schließlich und Lily nahm ihr Telefon aus der Tasche.

»Urania, in einer Stunde. Du?«

»Am Bahnhof, in einer Stunde.«

Sie gingen über die Quai-Brücke, stellten sich mal an dieses, mal an jenes Geländer, blickten den jungen Fluss hinab. Der Abend schien von der Hitze des Tages kein Grad preisgeben zu wollen. Sie bummelten über den Bürkliplatz, dann über die Kreuzung zur Talstrasse. Aus der Einfahrt des altehrwürdigen Grand Hotels Baur au Lac brauste eine forsche BMW-Limousine und schnitt ihnen den Weg ab. Der Portier in knöchellanger Livrée und Schirmmütze machte zwei schnelle Schritte hinter dem lauten Wagen her, um den beiden Fußgängern diskret sein Bedauern auszudrücken und sich für seinen unachtsamen Gast zu entschuldigen. Jetzt trat er zur Seite, um Lily und Johnny die nunmehr gesicherte Passage auf dem Trottoir anzubieten. Da aber spürte Johnny wieder Lilys zupackende Hand an seinem Ellbogen:

»Wir wollten sowieso kommen«, lachte Johnny zum Portier, während er Lily in die Einfahrt des Hotels zog.

Unter den großen Ahornbäumen im Garten des Hotels war der Auftakt zu einer aufwändigen Hochzeitsfeier im Gange, Korken schossen in die Luft, und die meisten Gäste hatten offenbar den Nachmittag genutzt, eine angemessene Heiterkeit zu erlangen, woben ein lebendiges, frivoles Stimmengewirr, aus dem sich nun eine altbekannte Stimme hob, um Lily und Johnny zu begrüßen.

»Was für eine laue Gesellschaft!«, rief Ivo, der Nimmersatt von den Krippen, der abends niemals ein Ende fand, »los, gehen wir eins weiter!«

Johnny blieb zunächst nichts übrig, als sich von Ivo um den Hals fallen zu lassen. Der trinkfeste Star-Pizzaiolo trug einen eng geschnittenen Frack und eine weiße Nelke im Revers, die er nun auch an Lily in einer überschwänglichen Umarmung plattdrückte. Ivos Gesicht war entstellt von der betörenden Aussicht, mit zwei alten Freunden in diese Nacht zu ziehen.

»Hör mal, Ivo ...«, begann Johnny einen Abschiedsversuch, gerade als aus der Tiefe des Getümmels ein zweiter Freund auftauchte, Ernst, der Dandy, mit einem Kellner im Gefolge.

»Lily! Johnny!«, rief er.

Ernst trug einen Hauch von Rouge und einen rubinroten Ohrenring. Auch er glühte vor Erregung und ließ jetzt den Arm des Kellners los, um sich an der Champagnerflasche zu schaffen zu machen, die er am Hals festhielt.

Der letzte Augenblick, Johnny, um die Sache in den Griff zu bekommen!

Da trat Johnny schon einen entschlossenen Schritt auf Ernst zu, packte den kühlen Bauch der Flasche und übergab sie dem strapazierten Kellner.

»Lily und ich, wir sind heute verbredet. Mit jemandem«, sagte Johnny und wartete nicht, bis das kindliche Erstaunen in den Gesichtern aufzog.

»Wisst ihr was?«, fuhr er fort und verteilte die Gläser, die der Kellner inzwischen gefüllt hatte, »wir laden euch morgen zum Abendessen ein. Bei uns zu Hause. Was haltet ihr davon?«

Die vier Gläser klimperten gegeneinander, Ivos Finger krallten sich in Johnnys Hemdärmel und im Todernst des Angesäuselten hauchte er:

»Bis morgen, ihr beiden Schätze.«

Gegen Ende des Aufstiegs zum Lindenhof wurde es Lily wieder schwindlig, den ein oder anderen Pflasterstein unter ihren Füßen sah sie doppelt.

»Na los, sag schon«, begann Johnny, »wie heißt dein Rendezvous?«

Lily schwieg.

»Heißt er Johnny?«, fragte er.

»Ich mag ihn«, sagte Lily.

»Ok.«

»Er heißt nicht Johnny.«

»Schon klar.«

»Er heißt Kohlmeyer.«

Johnnys Lachen drohte ihm wie eine fauchende Flamme aus dem Gesicht zu schießen, doch ergab sich nur gerade ein Zucken über seinen Brauen. Bei Lily zeigten der Drink und das Glas Champagner allmählich Wirkung, in den vergangenen Monaten hatte sie kaum getrunken aus Furcht, sich gehen zu lassen.

»Nicht dein Kohlmeyer«, sagte Lily und versuchte sich zu sammeln.

»Klar«

»Was ist mit mir?«

»Mit dir?«

»Ich wollte sagen: was ist mit *dir*?«

»Mit mir?«

»Heut Abend stellen wir uns nicht blöd, abgemacht?«

Lily streckte ihm die Hand hin und Johnny fasste burschikos danach, schüttelte sie wie bei einer Diplomübergabe.

»Abgemacht«, sagte Johnny, »aber es wird nicht besser, als bei deinem Namen. Sie heißt Venus.«

Lily hob eine Braue.

»Oh.«

»Was?«

»Ich habe den Nachnamen gesagt«, meinte Lily, »du den Vornamen.«

»Was sagt uns das?«

»Mangel an Stil.«

»Einverstanden.«

»Also?«

Johnny räusperte sich.

»Ich weiß es nicht«, sagte er.

»Du weißt ihren Nachnamen nicht?«

»Manche Leute heißen eben … Venus«, sagte Johnny.

»Bist du sicher, dass du nichts bezahlen musst?«

»Ja, Lily.«

»Vielleicht heißt sie *von Milo*«, fuhr sie fort.

»Wir werden es nie wissen.«

»Du kannst sie ja fragen.«

»Nein, Lily, kann ich nicht.«

»Wieso denn nicht?«, sagte Lily und merkte im selben Augenblick, dass es zum Bremsen zu spät war. Johnny war stehen geblieben:

»Weil ich Venus nicht treffen werde heute Abend. Und du nicht Kohlmeyer.«

Aus Lilys Gesicht verschwand der Schalk. Sie drehte sich rasch um und ging über den Platz bis zur niedrigen Mauer, die ihn umgab. Johnny folgte und trat hinter sie. Unter ihnen lag die Altstadt, die Limmat trieb in der Dämmerung dahin zwischen den Quais, den grünlich grauen Gemäuern, den niedlichen Dachschindeln. Sie spürte seine Hand auf ihrer Schulter und hörte, wie er leise ihren Namen sagte. Sie schloss die Augen, fürchtete, er würde zurückschrecken, wie sich ihre Schulter durch das dünne Kleid anfühlte, nackter, knochiger als während der gemeinsamen Zeit. Stattdessen gewann seine Hand an Gewicht und Lily wusste, was zu tun war.

Sie griff nach seiner Hand auf ihrer Schulter und lief los, Johnny hinter sich herziehend, unter einen der großen Bäume in der Mitte des Platzes. Dort schob sie Johnny gegen den Stamm.

»Mach die Leiter, Johnny«, sagte sie und ihre Augen funkelten fast im rosagrauen Zwielicht.

Der Ast knarrte bedenklich. Bis zum Boden waren es mindestens drei Meter. Wie behände Lily durch die Zweige geklettert war, wunderte sich Johnny. Er selber hätte es ohne ihre Hilfe nicht einmal den Stamm hinauf geschafft, und dann war er beinahe wie ein überfetter Apfel aus der Krone gefallen, hätte sie ihn nicht an seinem weißen, aufgeklappten Kragen gepackt.

Dabei war ihm die schwarze Sonnenbrille aus der Brusttasche gefallen, egal, dachte Johnny, sie wäre sowieso in die Brüche gegangen, jetzt, da er bäuchlings im Geäst lag, umgeben vom dichten, dunkelgrünen Blätterwerk. Lily lag halb auf seinem Rücken. Sein blütenweißes Hemd zierten auf der Schulter einige Tupfer Blut, und drei lange Kratzer liefen seinen Nacken hinauf.

»Knarrende Äste brechen nicht«, sagte Lily, und Johnny schielte zu ihr nach hinten.

Ein paar Besucher des Lindenhofs, die ihre Kletterei in die Baumkrone amüsiert mitverfolgt hatten, waren inzwischen gegangen. Auch die Boule-Spieler räumten das eindunkelnde Feld, der Platz war fast leer. Einige Bäume weiter hielt ein tapferer Flötist die Stellung. Beherzt pustete er ein Volksliedchen nach dem anderen in sein Instrument.

»Hör auf damit!«, zischte Johnny, als Lily zur Musik zu schaukeln begann und der Ast im Takt mitknarrte.

»Tschuldigung. Scheiße.«

»Willst du uns umbringen?«

Ihre Tarnung im dichten Blätterwerk um die Astgabel war perfekt. Jetzt hieß es Warten. Eine Blaumeise besuchte sie einige Äste entfernt, und Johnny sagte, schau mal, eine Sumpfralle.

»Bereit?«, fragte Lily schließlich, Johnny nickte und sie nahmen ihre Handys hervor: 19.50 Uhr. Lily machte den Anfang.

> Lieber Gregor, entschuldige, ich bin aufgehalten worden, können wir uns beim Lindenhof treffen? Lise-Catherine

> Gar kein Problem. Bin selber knapp. Wann kannst Du dort sein? Es freut sich riesig: Dein Gregor

hey venus, sorry, bin dummerweise aufgehalten worden. können wir uns beim lindenhof treffen? lg jean

Lindenhof!?!? Wo soll das sein?!?!?

Danke, bin sehr froh; 20.15 sollte ich schaffen, bis dann! Findest Du den Lindenhof?

Ich wende mich an mein smartes Telefon!

Tut mir echt leid, venus. gleich beim parkhaus urania, die kleine treppe hoch und über die straße

Nicht so toll…, warte hier schon 1/4h

 Lise-Catherine hat ihren Standort mit dir geteilt!

Ich bin sicher, dieser Standort steht Dir genauso wie jeder andere.

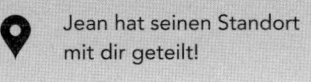

Jean hat seinen Standort mit dir geteilt!

Hoffe ich finde es!!!

Eine halbe Stunde später standen Lily und Johnny wieder an der Mauer. Sie stützten sich vorsichtig auf die Steinblöcke und beugten sich vor, um hinabzuspähen in die Fortunagasse. Unbemerkt konnten sie beobachten, wie die beiden versetzten Dates zusammen die Gasse vom Lindenhof langsam hinab zum Quai gingen. Kohlmeyer, ganz Gentleman, benutzte beim Reden bereits beide Hände.

Es hatte einen Augenblick gedauert, bevor die beiden unter der Linde den ersten Blick wechselten. Als sie schließlich zusammen losgingen, hatte Kohlmeyer sich nochmals diskret auf dem ganzen Platz umgeschaut.

Inzwischen aber gehörte seine Aufmerksamkeit der hübschen Venus. Sie rückte ihre Handtasche zurecht, schüttelte ihren struppigen Lockenkopf. Die beiden wandelten allmählich zwischen den uralten Häusern des Schipfenquais außer Sichtweite, bereits in jenem zweisamen Gang, der zäh vorankam, eigentlich aus lauter Stehenbleiben bestand, um einander ins Gesicht zu schauen, ein wenig verwundert, ein wenig neugierig.

Auch Lily und Johnny brachen auf mit ihren saumseligen Füßen, in die entgegengesetzte Himmelsrichtung natürlich. Im Morgengrau des nächsten Tages sollten sie versuchen – während im Hintergrund das Adagio des Schubertquintetts E-Dur nach f-moll auf der spotify-Anlage in Endlosschlaufe lief – die Reihenfolge der Lokale, Bars, Bierstuben und Spelunken zusammenzubringen, die sie die Nacht hindurch abgeklappert hatten.

Sternwarte, Rheinfelder Bierhalle, Johanniter, Gräbli Bar, Bodega Española, 1001, Oliver Twist, Bluetige Duume, Odeon, Kronenhalle, James Joyce.

Um fünf Uhr früh halfen sie einander die acht Tritte hoch zur Wohnungstür und Johnny brauchte fast fünf Minuten, bis er den richtigen Schlüssel am Bund gefunden und die Tür geöffnet hatte.

Lily und Johnny wankten in die Wohnung, stießen leicht mit den Schultern gegeneinander. Johnny verzog das Gesicht und fasste sich an den Nacken.

»Soll ich es desinfizieren?«, fragte Lily, doch Johnny schüttelte den Kopf:

»Nein, ich sorge für erste Hilfe«, rief er und verschwand in der Küche, »du für den Soundtrack.«

Lily hörte Eis in Gläser stürzen. Auf dem Weg ins Wohnzimmer gab sie ein leises Stöhnen von sich. Sie hielt sich am Türrahmen, machte mit dem Zeigefinger Schwindelzeichen überm Kopf, dudelte eine Schwindelmelodie. Sie stellte ihr Handy auf die Gabel der Anlage, damit hatte sie nicht weniger Mühe als Johnny zuvor mit dem Hausschlüssel. Pizzicati von Cello und Viola, fragende Geigen.

Wie wunderschön doch Lily ihre Hand bewegen konnte, wie eine Tänzerin, wenn sie eine solche Schwindel-Geste machte. Sie schaute über die Schulter zu ihm, als er mit den beiden Gläsern kam, Lilys Zeigefinger blieb hoch und grazil erhoben und deutete weiterhin nach oben zur Decke in Richtung ihrer Ideen.

Als sie sah, dass in Johnnys Gläsern nur Wasser war, nahm Lily sie ihm zügig aus den Fingern, sagte: *Pflanzengießen* und ging auf den Balkon hinaus, wo sie jedem Topf einen Schluck einflößte.

»Lass dir was Besseres einfallen«, sagte Lily, gab ihm die leeren Gläser.

»Aber Lily, ich …«, lachte Johnny.

»Shirley Tempel, ohne alles, aber mit Rum, los, los!«

Johnny wollte die Absätze zusammenschlagen wie der Diener in *Dinner for One*, traf aber seine Ferse nicht, stolperte und fiel beinahe hin. Also drehte er sich mit Schwung auf dem Absatz, ließ seine Hände auffliegen, stieß mit dem Schienbein gegen die Aluminiumfassung des weißen Sofas. Er drehte sich nochmals um:

»Soll ich wirklich nochmal was zu trinken holen?«

Doch Lily kreuzte nur ihren Mund mit dem gestreckten Zeigefinger. Als er wiederkam mit zwei Rum-Colas, war aus Lilys Taumeln und Schlingern ein Tanz geworden, traumwandlerisch und zart, wie eine sperrige Oboe, die von einem ungelenken Anfänger in die Hände eines Virtuosen gelangt, auf einmal elegant und schwerelos wiegte sich Lily im Kreis, und Johnny stieß zu ihr in den Kreis, federleicht, trittsicher – vertraut.

Lily kam auf Johnny zu, legte Zwischenschritte ein, das verwegene Mädchen mit dem geröteten Gesicht.

»Groß bist du geworden«, sagte Johnny, »tanzen hast du gelernt.«

Dann wurde nicht mehr gelacht, obwohl ihnen immer noch danach zumute war, sich ineinander krummzulachen, in den Lachpausen einen Schluck Rum-Cola. Der Schabernack war vorbei.

Johnny wusste es so ungefähr, mehr als ein halbes Jahr musste es her sein, Lily wusste es auf den Tag genau: acht Monate und 17 Tage war es her. Zeit für einen langen, vielleicht unaufhörlichen Kuss, wie jener Kuss, von dem man träumt, solange man noch nie geküsst hat, und wenn man lange nicht mehr geküsst hat, oder die falschen Leute auf den falschen Mund.

War es eine Überraschung, den andern endlich wieder zu wollen? Wolltet ihr die wohlige Marter bevorstehender Liebe hinauszuzögern?

Sie küssten sich nicht. Stattdessen tanzten sie weiter durch den Flur ins Schlafzimmer, und Johnny fragte, indem sich seine Worte ineinander verschmierten, ob er denn hereinkommen dürfe, und Lily sagte, er solle sich unterstehen, nicht hereinzukommen.

Im Morgenlicht, dem zaghaften, zogen sie sich halbwegs aus, eins ums andere halfen sie einander, das Nötigste an Kleidern loszuwerden, und als sie ihre Köpfe auf die Kissen betteten und ihre Hände miteinander verschränkten, war Lily nach Beten, *gegrüßet seist du, Maria, voll der Gnade*, die Stimme des anderen zu hören, vom Rum beruhigt, geölt, zugleich heiser – dann doch wieder ein Lachanfall.

Die Sleep-Funktion machte im Wohnzimmer dem Quintett den Garaus. Ruhe. Im Schlafzimmer war es ganz dunkel, Lily hatte die Jalousie geschlossen, dass sie das noch hinkriegte, darüber staunten beide, und das Staunen blieb ihnen im Dunkeln erhalten, die beiden Gesichter staunten einander an, ohne sich zu sehen. Bis sie einschliefen, hörten sie einander beim Atmen zu.

Als Lily am späten Vormittag zu sich kam, war es immer noch morgengrau im Zimmer. Draußen lag in der Schwüle ein hartnäckiger Dunst wie winterlicher Nebel, der die Sonne kaum bis in die Straßen und die Häuser hinabdringen ließ. Sie fragte sich, wieso die Jalousie offen war und der Vorhang zugezogen.

Lily fragte sich auch, wo ihr Hangover blieb. Wenn sie überhaupt einen hatte, war er mild und gutmütig, ein leichter Schwindel, nicht vergleichbar mit ihren Symptomen. Keinerlei Kopfschmerzen, die Gedanken gerade um so viel verlangsamt, dass es nicht quälend war, eher vielversprechend. In ihrer Haut war ihr wohl und warm, und ihr war danach, sich katzenhaft zu recken beim Gedanken, erst morgen das Bett zu verlassen, wenn überhaupt.

Im schummrigen Zimmer machte sie Johnnys Silhouette aus, seine Gestalt, er stand mit dem Rücken zu ihr. Sie hielt den Atem an, als sie sah, dass er sich vor dem Sekretär bückte, dass er eine Schublade öffnete und zwar die oberste, die einzige, die kein Schloss hatte, dass er nicht zögerte, dass er nicht suchte, sondern mir nichts, dir nichts hineingriff und – es herausnahm.

Lily wartete auf ihren Schrecken, das Erstarren. Vergeblich. Was Johnny da tat, schien selbstverständlich, nicht der Rede wert, als hätte er einen Bleistift aus ihrem Schreibtisch genommen.

Johnnys drehte sich zu ihr um, kam ans Bett heran. Als er vor ihr am Fußende stand, ging er langsam in die Knie, legte das Gerät zu Lilys Füßen unter die Decke. Dann trat er geräuschlos zurück bis zur Zimmerwand, lehnte sich mit dem Rücken an.

Der Johnny, der Ruhe gab.

Der Johnny, den es gab.

Da stand er.

Johnny, der einzige Mann auf der Welt, der keine Angst haben würde vor Lilys Lust, ihrer haltlosen Liebe, ihrer Kraft, dem Magnet ihrer Mitte, ihrem Vertrag mit Gott und Teufel, in dem sich beide über den Tisch gezogen sahen.

Lily spürte Johnnys Worte, die er nicht sprach, zwischen ihren Beinen, Berührung von Geflüster. Der Johnny, der nichts tat, sah ihr zu.

So, wie die anderen Männer Séverine zugesehen hatten, bevor sie sich abwandten, Reißaus nahmen, platt und stumm in ihrer Scham und Ratlosigkeit. Johnnys Augen blieben auf ihr ruhen, ernst und schwer und innig blind. Ein Wächterblick dachte Lily, die jetzt ihre Beine streckte, die Hüfte reckte, den Kopf ins Kissen zu drücken begann, noch nicht mit aller Kraft, sie hatte Zeit, sie würde lange, lange nicht mehr aufstehen müssen von diesem Lager. Lily ließ los, ließ es anbranden und durchbrechen, spürte die Nässe wie dem Gezeitenbefehl folgend, sie ließ es zu und ließ sich gehen für Johnny, nur für Johnny, in der Gravitation seines horchenden Blicks, seiner tatenlosen Hände.

3 – CHÂTEAU PÉTRUS

Als Johnny die Augen öffnete, stand Lily vor ihm am Bettrand. An ihre aufrechte Gestalt musste er sich erst wieder gewöhnen, wenn sie so dastand.

Am Vorabend war ihnen plötzlich in den Sinn gekommen, dass sie ja Besuch erwarteten, und im selben Moment klingelte es auch schon an der Tür. Dandy Ernst und Ivo Star-Pizzaiolo hatten von Hause aus nichts gegen Improvisation, krempelten die Ärmel hoch und halfen Johnny in der Küche. Außerdem hatten sie auf dem Weg zur Helios-, Ecke Lunastrasse Verona Elemosina angetroffen und kurzerhand mitgebracht.

Die Elemosina hatte gerade ihre Schwester verloren, sie war in Italien an einer Lungenembolie gestorben. Die Trauer allerdings vertiefte nur Elemosinas unergründlichen Übermut, und natürlich gelang es ihr mit Ivo zusammen spielend, aus dem Abend für Lily und Johnny die zweite Freinacht an diesem Wochenende zu machen. Immerhin, Lily bezog ihre freien Tage für den Nachtdienst der Vorwoche, und Johnny hatte eine Woche Ferien eingegeben, als er endlich sein Rendezvous hatte, um Zeit für Venus zu haben.

»Du gehst raus?«, fragte Johnny und hob den Kopf vom Kissen, auf seinem Handy war es Montag, kurz nach acht Uhr.

Über Nacht war es kühler geworden. Lily war zurechtgemacht, neue Farben, Bordeaux-Lippenstift, Lidschatten, Pferdeschwanz, die Fransen adrett, die kleine Handtasche über der Schulter, einen grauen Strickpullover mit V-Ausschnitt und einer kleinen schwarzen Masche an der Borte, die schwarzen Hosen mit den Bügelfalten.

Johnny sah, wie sich Tränen in ihren Augen sammelten, sie blinzelte, da waren sie verschwunden.

»Ich bin krank, Johnny«, sagte sie.

Johnny richtete sich auf, warf die Decke weg. Ein sehr schmaler weißer Sonnenstreif fiel über Lilys Wange, ließ eines ihrer Augen matt aufblinken. Jetzt senkte sie den Kopf.

»Ich bin krank.«

»Lily«, flüsterte Johnny, »Lily.«

Sie schaute auf die Uhr, dann ging sie in die Küche und Johnny hörte sie ihre Teetasse spülen. Er stieg in Hose und Hemd, bändigte vor dem Spiegel seine Haare. Er begleitete sie zur Tür hinaus, legte sich hastig eine Jacke um. Draußen vor dem Schmiedeeisentor blieb Lily stehen.

»Diesen Spaziergang muss ich alleine machen, Johnny.«

Sie hob ihren schmalen Blick nach seinem Gesicht. Es war so wunderbar leer, ohne Fragen, ohne Kümmernis, eine Selbstverständlichkeit, endlich.

Lily hätte ihn jetzt stundenlang betrachten können, gerade als ob er schliefe.

Seit zwei Tagen gehörten seine Augen ihr.

Lily lehnte sich gegen das Schmiedeeisen, holte Luft.

»Ich muss halt wissen, welche Möglichkeiten es gibt. Zur Therapie. Diesen einen Termin noch. In zwei Stunden bin ich zurück. Bis dahin hast du in der Stadt die teuerste Flasche Bordeaux aufgestöbert. Gekauft und dekantiert. Und du kochst, was ich am liebsten mag.«

Als Lily am Ende der Lunastrasse um die Ecke bog, kam ihr Frau Saepha entgegen. Johnny sah die beiden in der Ferne einige Worte wechseln und sich schließlich zuwinken. Er wartete auf die Putzfrau und ließ sie in die Wohnung.

»Entschuldigen Sie, es ist ein schlimmes Durcheinander«, sagte Johnny.

»Ach was«, meinte Frau Saepha, hatte in der Küche schon ihre Schürze umgebunden und sich an die Arbeit gemacht.

»Sagen Sie«, begann sie zögerlich und faltete über der Brust die Hände, »Frau Damiani fühlt sich nicht wohl?«

Johnny senkte den Kopf und nickte. Da begann zu seinem Erstaunen Frau Saepha über ihre beiden Backen zu strahlen und ein paar Mal schnell und leise in die Hände zu klatschen.

»Oh, ho! Que alegria! Eu sempre soube disso!«, rief sie und legte verschwörerisch ihren Zeigefinger auf den Mund, »ich gratuliere, ich gratuliere! Meine Großmutter hat immer gesagt, Kinder, im Sommer gezeugt, werden die allerstärksten!«

Johnny brachte ein gequältes Lächeln zustande und wandte sich ab. Er packte den Abfallsack, den Frau Saepha gerade unterm Spülbecken hervorgenommen hatte, und duckte sich damit aus der Wohnung. Vor der Haustür hielt er inne. Er stellte den Sack auf den Boden, ging zurück in die Wohnung, durchquerte rasch den Flur, Frau Saephas glückseliges Summen so gut es ging überhörend, öffnete die Balkontüre und packte Ferds englischen Ohrensessel bei den Armlehnen. Dann kam er ein zweites Mal, holte auch den Sessel von Lilys Mutter und deponierte ihn draußen vor dem Container neben dem Ohrensessel. Die Lehnen der beiden Stühle pflasterte er mit Gebührenmarken voll.

Als er von seiner kleinen Expedition zur ersten Weinhandlung am Platz und dem italienischen Comestibles-Geschäft zurückkam, eine Flasche Château Pétrus 2005, CHF 4.359,- auf dem Gepäckträger und einen Bund Brennnesseln in einer kleinen Tasche für Lilys Lieblings-Risotto, schob er das Fahrrad langsam in den Ständer und war froh, dass der Müllwagen schon da gewesen war. Er hoffte, auch Frau Saepha und ihre Glückseligkeit wären schon wieder weg, doch im Treppenhaus hörte er den Staubsauger.

Es fühlte sich an, als sei Lily schon Wochen fort. In der einsamen Wohnung lief zum Dröhnen des Staubsaugers der Trailer seiner Trauer. Eine Weile lang verzog er sich ins Atelier. Neben dem Schreibtisch fand er einen verbeulten

Ping-Pong-Ball. Er setzte sich auf den Diwan, wo immer noch frische Bettwäsche über der Lehne bereitgelegt war. Er begann den Ball gegen die Wand zu werfen. *Tack-tack, tack-tack.*

Nachdem Frau Saepha sich endlich verabschiedet hatte, ging er auf den Balkon, der ohne die beiden Sessel leer und groß aussah. Er setzte sich auf den Boden und betrachtete die Pflanzen in den Töpfen, die Hortensien, Fuchsia, Tausendschönchen. Wie lange wussten es die Blumen schon? Länger als er jedenfalls. Wahrscheinlich war er immer der letzte, dem ein Licht aufging. Glückskeksphilosoph. Blumen waren tapfer. Man hörte von Tieren, die mit ihren Liebsten krank wurden. Würden die Pflanzen ihre Wurzeln zusammen mit Lily verschließen? Eindorren und aus dem Leben scheiden? Wo saß ihr Mitgefühl? Wo litt ihr Herz? Wo drückte ihr Schuh? Ohne es zu merken, streichelte Johnny über die Blüte einer der Malven.

Johnny stand in der Küche und mörserte die Brennnesseln, als die Haustür ging und Lilys Schritte im Treppenhaus zu hören waren. Er wusch und trocknete sich rasch die Hände, trat in die Küchentür. Lily kam herein, drehte zweimal den Schlüssel. Die Handtasche fiel von der Schulter in ihren Ellbogen. Sie fing die Kordel mit der anderen Hand und legte die Tasche auf die Garderobe.

Der dunkle Wein tanzte beim Anstoßen in den großen Kelchen.

»Ich werde das nicht machen«, sagte Lily, »gar nichts werde ich machen.«

Johnny nickte, sie nahmen beide einen Schluck, hielten inne, genossen, ihre Gaumen fühlten sich an, als würden sie schnurren.

»Gar nichts wirst du machen«, sagte Johnny, »du bist keine Ärztin, Lily. Und keine Patientin.«

Inzwischen war Lily heilfroh, dass Frau Heri damals die Initiative ergriffen hatte. Sie musste niemandem erklären, weshalb sie das Spital verließ. Es war längst fällig und alle wussten Bescheid. Einige der geschulten Blicke erkundeten etwas eindringlicher ihr schmales Gesicht, während sie sich verabschiedete, aber niemand, weder Melanie noch Consuelo José noch Marianne, die Oberschwester, stellte ihr eine Frage.

In der Garderobe räumte Lily ihren Schrank, mistete die Blätterstapel aus, Patientenlisten, Anmeldeformulare für Röntgenuntersuchungen, Stationsnotizen, Rezeptblöcke, Dosierungstabellen, ausgedruckte Mails. Unter all den Blättern fand sie das *Selbstporträt*. Sie schob die Postkarte ins gestärkte Abteil ihres alten Rucksacks, der kreuz und quer durch die Wanderwege der Schweiz mit ihr und Johnny unterwegs gewesen war.

Nach Bellagio würde es der Rucksack nicht mehr schaffen, dachte Lily, obwohl Johnny jetzt mitkommen würde.

Als sie schließlich ihre Schranktür zum letzten Mal abschloss und den Stoss Papier beim Ausgang entsorgen wollte, sah sie Melanies Bild mit Ozan Strumica zerknittert am Boden des Eimers liegen. Ozan würde bald seine Cousine heiraten, die *sein* Kind erwartete. Das hatte ihr Silke gerade vorhin im Assistentenbüro zugeflüstert, als Melanie einen Moment außer Hörweite war. Lily konnte sich nicht helfen, sie musste lachen. Sie dachte an Johnny, wie er Attila nachahmen, die Schulter zucken und *Balkan* sagen würde.

Sie ging an der Zentrale des Technischen Dienstes vorbei, übergab ihre Schlüssel und ihr treues Spital-Telefon, das sie etliche Male mit Isolierband über die Runden gerettet hatte. Zoran nahm die Sachen mit seinem gesunden Arm entgegen und deutete zum Abschied wortlos einen Handkuss an.

Sie ging durch den Korridor des C-Geschosses im Osttrakt. Es schien, als würde ein Urteil, das längst gefällt war, erst in Kraft treten, sobald sie das Spital verlassen hatte. Es fühlte sich seltsam an, jeder Schritt, ohne Kittel, ohne Telefon, ohne Krankenakten unterm Arm.

Als sie sich bei allen Pflegerinnen verabschiedet hatte, ging sie den Gang der Station D-Ost entlang, zum letzten Mal, wie sie sich sagte, und es machte ihr gar nichts aus, sie spürte vereinzelte, schwerfällige Gefühle, die sich kaum regten.

Als sie zum Fahrstuhl kam, hörte sie aus dem Aufenthaltsraum ein Klimpern, gestrichene Saiten, die sich aufeinander einstimmten. Lily ging an den Fahrstuhltüren vorbei, schaute um die Ecke durchs Glas. Leonard Marx saß am Klavier, flankiert von seinen Trio-Kollegen, einem Geiger und einem Cellisten, die stimmten ihre Instrumente. Als er Lily hinterm Glas mit ihrem Rucksack entdeckte, federte er schwungvoll zur Türe, winkte Lily fröhlich herbei. Mit seinem Taschentuch polierte er die Sitzfläche eines Stuhls neben dem Pianino und sagte:

»Haydn hat auch Klavier-Trios geschrieben, 45 Stück! Wir spielen das f-moll«, sagte er zu ihr und entblößte seine ebenmäßigen Zahnreihen. Er wolle sie nicht aufhalten, meinte er, er wolle nur, dass Musik erklang, wenn Lily zum letzten Mal aus dem Spital ging. Er wolle sie von Haydns leichtfüßigem Genie begleitet wissen. Ein verspieltes, verzweifeltes Stück, düster, aufmüpfig, desolat, dazu das Ruckeln seines krausen Kopfs, sein Schelmenlächeln, das mehr wusste, als es zugab, das Lily tröstete. Es tat ihr jetzt weh, dass Johnny nicht neben ihr saß, eine Empfindung, an die sie sich bis vor wenigen Tagen kaum noch hatte erinnern können. Eine kleine Freude, ihn endlich zu vermissen.

Auf einmal schossen ihr von irgendwoher die Medikamente mit den hässlichen Namen durch den Kopf, *Keppra*, *Carmustin*, *Temozolomid*, die Trennfräse der Chirurgen, gleißendes Licht, Bestrahlungsprotokoll, Bleischürze, Strahlenkanone. Lily hatte alle Mühe, die Gedanken abzuschütteln.

Sie warf einen letzten Blick zurück auf Leonard Marx' zur Musik wippenden Rücken, den grasgrünen Tiroler Hut. Sie öffnete still die Glastür, ging zum Fahrstuhl, drückte *Parterre*. Auf dem Weg den Fahrstuhlschacht hinab wurde die Musik leiser. Tempo di Minuetto.

Johnny hatte im Institut darum ersucht, sein Pensum auf fünfzig Prozent zu reduzieren. Er nannte keinen Grund, sorgte aber dafür, dass die Nachricht von Lilys Erkrankung über Sedran und Jolanda die Runde machte. Seit geraumer Zeit lief die Kommunikation zwischen Johnny und Direktor Reichmuth ausschließlich über Sedran, der sich Tag für Tag um einen dürftigen Burgfrieden bemühte. Johnnys Schicksalsschlag machte seine Aufgabe um einiges einfacher, obwohl Johnny gerade die beinahe vollendete Rekonstruktion von Shuvuuia kürzlich wieder Feder um Feder und Glied um Glied auseinandergenommen hatte, um nochmals mit Skizzen zu beginnen. Was jedoch vormals aus Trotz, bisweilen aus reiner Schikane gegenüber seinem Vorgesetzten geschah, kam jetzt aus dem Ehrgeiz des Ergriffenen: Johnny hatte sich geschworen, aus Shuvuuia sein Kunstwerk zu machen.

Er vertiefte sich in die Studien und Modelle, die er im Lauf des vergangenen Jahres angefertigt hatte. Sie schienen ihm aus einer vorkalendarischen Zeit zu stammen, einem Abschnitt, der gleich einer erodierten Erdschicht aus dem Sediment seiner Erinnerung getilgt war.

Da stand dieser Vogel.

Mutterseelenalleine auf seiner vorgeschichtlichen Lichtung. Kein Unterschlupf weit und breit, kein Nest, einsam und verloren auf platten Zehen, stumm und ratlos im sonnengewärmten Sand. Seine gesamte Ehrfurcht hatte Johnny auf den riesigen Raubwal verwendet, den kleinen Vogel, dessen schwarzes kugelrundes Auge ihn fragend und ohne jeden Vorwurf anschaute, hatte er verachtet. Shuvuuia wartete geduldig auf seine Gestaltung, sein armes Vogelgesicht.

»Dein Perfektionismus in Ehren«, berichtete Sedran.

»Das hat Reichmuth gesagt?«

»Ja.«

»Und weiter?«

»Weiter nichts. Seinen Kopf hat er geschüttelt und, ja, die Glühbirnen des Leuchters haben sich darauf gespiegelt.«

Seit er wusste, wie es um Lily stand, versuchte Sedran Johnny ab und zu aufzuheitern.

»Und sonst?«

»Du seist eben detailversessen, hat Kohlmeyer gesagt.«

»Kohlmeyer?«

»Ja?«

»Was hast du gesagt?«

»Du seist nicht detailversessen, du seist inspirationslabil.«

»Das hast du gesagt?«

»Aber am Ende komme es aufs Ergebnis an, habe ich gesagt.«

»Und Reichmuth?«

»Nicht, wenn es erst zur nächsten Kreidezeit fertig sei.«

Johnny lebte zwischen federleichtem Dahinlieben und dem Abgrund seiner Angst um Lily, seiner Schuldgefühle, seiner vorgreifenden Trauer. Die halben Arbeitstage nahm er noch eine gute Stunde später in Angriff als früher, die Wohnung verließ er kaum je vor halb elf, der Morgen gehörte ihnen.

Auf dem Weg zur Arbeit hatte er auf dem Fahrrad Zeit nachzudenken. Sein ewiger Ärger, seine jahrelangen Zweifel waren der Stoff, aus dem Lilys Krankheit wuchs, dachte er. Lilys Körper war bescheiden, bloß auf ein wenig Versöhnlichkeit war er angewiesen, Lilys Zellen brauchten ein wenig Freude und Leichtigkeit, die er über Jahre verweigert hatte, zunächst verbittert, allmählich genüsslich. Er sah durch Lilys

Vereinsamung, ihre Sturheit, ihr Elend, ihre Rache hindurch. Johnny kniff ein Auge zu, stellte schärfer, sah tiefer hinab in Lilys Kopf hinein, bis er jene Zelle im Fokus hatte. Die einsame Zelle, drauf und dran zu entarten. Sah, wie ihre Membran sich auszustülpen begann, Fortsätze bildete wie kleine Ärmchen, die um Hilfe fuchtelten. Er war es, sah Johnny, an den sich die Zelle richtete, sie flehte ihn an um Hilfe, obwohl er es war, der sie bedrohte. Ihre Verselbstständigung war nichts als eine gesunde Reaktion, dachte er, auf seine kranke Feindseligkeit, mit der Lily nichts anzufangen wusste. Jahrelang hatte Johnny sich gesagt, die Spannungen zwischen Lily und ihm seien ein Tauziehen zu gleichen Teilen, wie es unter Paaren eben üblich ist. Jetzt aber musste er sich eingestehen, dass Lily damit gar nichts zu tun hatte. Sie hätte ihr Ende des Taus gar nie in die Finger genommen, hätte er es ihr nicht aufgezwungen. Und auch dann hatte sie es nur in die Hand genommen, um ihm beim Tragen zu helfen. Er hatte es fertiggebracht, ihr die Mühsal und die Ärgernisse des kleinen und großen Zorns einzuverleiben. Er hatte sie entmutigt, er hatte ihr verbissen den Schneid abgekauft. Jetzt war es zu spät, ihn ihr wieder zu schenken.

Nachdem er beim Pfauen am Kiosk war und die *Wochen-Zeitung* in den Gepäckträger geklemmt hatte, gelang es ihm, die Gedanken loszuwerden, der Zorn auf sich selbst beruhigte sich. Eine Liebe, dachte er dann, die erst nach zwanzig Jahren wirklich begann, konnte immerhin unaufhörlich dauern, war es nicht so?

Er trat in die Pedale die Kantonsschulstrasse hinauf. Er stellte sich vor, Lily und er, im Pensionsalter, dreißig, vierzig Jahre später. Voll triebhafter Vorfreude würde er auf seinem Fahrrad nach Hause fahren, vielleicht gerade diese steile Straße in die andere Richtung hinabsausen, sein schon etwas schwächeres Herz auf die Probe stellend, die paar Fäden seiner grau melierten Kranzglatze flatternd im Fahrtwind. Er würde gehörig Lust in den Lenden gesammelt haben beim Wandern oder Schifffahren oder Männerchortreffen oder sonst einem pensionierten Zeitvertreib, dann würde er zu Hause ankommen, immer noch lässig sein Rad auslaufen lassen, es ans Gitter schließen. So rasch ihn seine alten Glieder trugen, würde er die acht Stufen zur Wohnungstür hochspringen, zwei Tritte auf einmal, mit ausgreifenden Schritten übers Parkett, den Rucksack in die Ecke vor dem Mücheneingang geschmissen, voll unbändiger Vorfreude auf die alte Lily und ihren Dörrofen, wo auch sie ihn – nicht erwarten konnte, aber nicht, weil sie es *kaum erwarten* konnte, sondern weil sie schon lange tot war.

Inzwischen hatte Johnny das Gefühl, ihre Gestalt von innen her sehen zu können mit seinen reglosen Fingern. Ihm war, als könne Lily gar nicht krank sein. Und wenn sie es doch war, könnte ihr die Krankheit nichts anhaben. Wie sollte sie sonst diese Gewalt in sich bergen können? Diese unbändige Kraft! Dann wieder schien sie ihm gerade dann am gebrechlichsten, sobald sie unter der Decke hervorgekrochen kam und sich auf ihre mageren Füße stellte.

Johnny ließ Lily sein, behelligte sie nicht mit seiner Liebe.

Er war dabei. Ein Einmachglas, das man selbst gefüllt und verschlossen hatte, wissend um den dereinstigen Genuss, der einem nur dann beschieden sein würde, wenn man es zuvor lange genug im Keller auf einem Regal sein ließ.

Manchmal legte er sich zu ihr aufs Bett.

Kein Wort war nötig, nur die süßen Hilferufe, gegen die sie nicht ankam, Lily war *all-in*, Lily ging nirgendwohin, *Fersenpleite*, nur unter die Decke, der Rest war Sache des türkisen Knisterns, zwischen den Zehen, zwischen den Lippen, zwischen den Hüften.

Johnny war in ihr drin, weil er nicht mit ihr schlief, weil er um sie wusste und es bleiben ließ. Sie brauchte sich nicht zu offenbaren, sich nicht mitzuteilen, sie brauchte sich nicht einmal zu zeigen. Kein Wort, kein Zeichen. Ihr Sein, sein Sehen. Er sah in Lilys Gesicht den Blick des baren Teufels, sie schaute hoch zu ihm, wenn er sich dann doch einmal annäherte, dann stand Johnny über ihr, schaute hinab zu Lily mit dem halb geöffneten Mund, aus dem ein tiefes Knurren drang, während er Johnnys flüssiges Mahl in Empfang nahm, ohne Miene, ohne Ausdruck, die Augen taube Zeugen der Aufruhr ihrer Eingeweide, links und rechts gurgelten zwischen ihren Lippen die Spritzer wieder aus den Mundwinkeln hervor, liefen ihr über Wangen, Kinn und Hals, ihn erleben lassen, was sie fühlte.

Ihre Wünsche. Die Traumplausibilität ihrer streunenden Gedanken.

Ihre Fantasien …

Am Ende, wenn Johnny ihr das Gerät aus den leblosen Fingern nahm, es ausmachte, reinigte und an seinen Platz zurückbrachte, fühlte sich Lilys Haut an wie Ofenkacheln, warmgedörrt kam sie sich vor, neu geboren und uralt, einge-schrumpelt von einer herrlichen Hitze.

Er lag daneben und wärmte sich.

Die Vormittage verbrachten sie im Bett miteinander, gegen Abend füllte sich die Wohnung und mit der Zweisamkeit war es vorbei. Es kam Lily und Johnny vor, als hätten Ernst, Ivo und die Elemosina seit jenem ersten Mal das Haus gar nicht mehr verlassen. Ja, anstandshalber gingen sie alle drei spät nachts zur Wohnungstür hinaus. Dann aber lungerten sie womöglich einfach einige Stunden im Quartier herum.

»Vielleicht verlassen sie nicht einmal das Treppenhaus«, mutmaßte Johnny, Lily musste sich langsam wieder daran gewöhnen, dass er sie zum Lachen brachte.

»Lily ist krank«, sagte Johnny, als er ihnen das nächste Mal die Türe öffnete. Er war überrascht, dass Ivo und Ernst, die beiden Geschöpfe der Nacht, sich immerhin zu einem Moment kindlicher Pietät entschlossen, eine Art Schweigeminute von zwei Sekunden.

»Braucht ihr jetzt unsere Hilfe?«, knurrte Ernst voller Zuversicht.

»Nein«, sagte Johnny.

»Wofür sind Freunde da!«, rief Ivo.

Verona Elemosina, die hinter den beiden gestanden hatte, drängte sich jetzt unwirsch dazwischen und schob Johnny in die Wohnung, wo sie ihn umarmte, dass sein Gesicht in den bunten Falten ihres nach Lavendel-Waschmittel duftenden Kleides verschwand.

»Wo ist sie?«, fragte die Elemosina und flappte ein Taschentuch auf, mit dem sie sich zwei Tränen abwischte.

»Im Spital«, sagte Johnny.

»Sie darf doch nicht arbeiten, wo sie doch krank ist!«, meinte leise die Elemosina.

»Nein«, sagte Johnny, »Lily hört auf. Sie ist dort, um ihre Sachen zu holen.«

»Was ... ist es denn?«, fragte die Elemosina, doch da kam Ivo und krallte sich an ihrem weiten Ärmel fest.

»Wir müssen stark sein, ja, Elemosina?«, sagte er, »Lass uns alle zusammen stark sein. Und hier bleiben.«

»Ihr braucht euch um nichts mehr zu kümmern«, nickte Ernst.

»Wofür hat man Freunde«, sagte Ivo nochmals und ließ sein bisschen Zartgefühl auf verlorenem Posten gegen die aufkommende Freude ankämpfen, unter diesen Umständen hier bei Lily und Johnny vielleicht das Zuhause zu finden, das er sein Leben lang gesucht hatte.

Alle kamen sie im Lauf des Winters, Sedran, Florence, Dani Griffin, Göpf, Pino Rizzo.

»Darf ich auch anklopfen, wenn ich nichts Repariertes dabeihabe?«, fragte Sedran. Seit einer Woche trauerte er um seine Mutter. Mit leeren Händen stand er vor der Tür, mitgenommen, brillenlos. Sedran war sich nicht sicher, ob es Johnny war, der ihm die Wohnungstür öffnete.

»Wofür hat man Freunde?«, meinte Ivo, legte Sedran seinen haarigen Arm um die Schulter und begleitete ihn herein.

Einige Tage später verlor auch Florence überraschend ihre Mutter und wollte ein paar Tage mit Lily verbringen. Sie schloss sich schließlich ebenso der Runde an der Helios-, Ecke Lunastrasse an und verließ die Wohnung fortan nur für einen gelegentlichen Auftritt mit ihrer Band. Manchmal besuchte sie ihren Vater im Haldenhof, ebenfalls eine *Baldige Sterberei*, wie Johnny sagte, und der einsame Dani Griffin meinte:

»Seid froh, dass ihr überhaupt jemanden zum Verlieren gehabt habt.«

Verona Elemosina übernahm die mütterliche Führung, bezog Stellung in der Küche, dirigierte mit sparsamer Anweisung, verstand mit einem Nicken, tröstete mit einem Blick. Sie schien manchmal unscheinbar, zurückhaltend, trotz der Kraft ihrer Präsenz. Ließ sie aber ihrer Geselligkeit freien Lauf, konnte sich niemand entziehen. Der Typ italienisch-herzlicher Ur-Mutter, zugleich promovierte Dottoressa magistrale, weltgewandt, leidend unter ihrer Italianità. Mit ein und demselben Raubtiermaul konnte sie loslachen oder losschimpfen, nicht selten tat sie beides zugleich. Zweimal war es vorgekommen, dass sie plötzlich Danis Kopf im Schwitzkasten hatte und ihm in die Wange kniff, weil sie ihm aufgetragen hatte, Thymian zu zupfen und er nicht bei der Sache war. Als er aus ihrem herzlichen Würgegriff entlassen wurde, ordnete er sich die Haare, zog den Pullover zurecht:

»Elemosina«, keuchte er, »so kann man jemanden umbringen.«

Diese seltsame Trauerfamilie improvisierte sich unter Lily und Johnnys Dach, elend, prekär, instabil, warmherzig. Allzu bald begann sie zwar allen anderen Familien zu gleichen, man war öfters mal grob, warf einander Kleinigkeiten vor, anderes verzieh man vorläufig. Es blieb vorderhand die Gemeinschaft, die sich offenbar alle immer gewünscht hatten.

Außer Lily und Johnny.

Auch wenn sie in der Wohnung tatsächlich keinen Finger mehr rühren mussten. Ernst und Ivo hatten Wort gehalten, kümmerten sich um den Haushalt, die Wäsche, die Pflanzen, die chemische Reinigung, sorgten dafür, dass alles immer schön ordentlich und sauber war. Sie brachten den Müll an die Straße, entsorgten Altglas und Karton, putzten täglich die Kaffeemaschine und sogar die Fenster. Sie waren so rücksichtsvoll, wie es ihnen nur möglich war. Sie halfen Lily aus der Jacke, brachten ihr Tee und Johnny ein Bier, wenn die beiden nach Hause kamen, sie rückten ihnen die Stühle zurecht und öffneten das Fenster, damit der Rauch der zahlreichen Zigaretten und Göpfs endlos glimmender Pfeife abziehen konnte.

Morgens blieben Lily und Johnny einige stille Stunden. Schon bald nach Mittag klingelte es und nach und nach trafen alle ein, brachten Einkäufe, frisches Gemüse, Brot, Wein, manchmal einen Blumenstrauß. Johnny knauserte nicht mit dem Haushaltsgeld, das er einfach auf dem Bücherregal im Entrée neben den Hausschlüsseln bereitlegte. »Fürs Ärgste«, nickte Ivo.

»Fürs Ärgste«, stimme Johnny zu.

In der Küche gingen Ernst und Dani der Elemosina zur Hand, die trauermunteren Überschwangs die deftigsten

Fressmyriaden zubereitete. Sie stand neben dem Herd, gab Zeichen und Hinweise und rief die Heilige Muttergottes an, wenn wieder mal einer etwas verkehrt machte. Sie sorgte dafür, dass der Knoblauch hauchdünn in der Bratpfanne zerging, dass nur die frischesten Merinda-Tomaten in den Salat kamen, dass der Safran-Risotto suppig und kernig gelang, und tatsächlich schloss Ivo bei jedem ersten Bissen, den er von ihren Gerichten versuchte, die Augen:

»Da werd ich religiös.«

Eines Abends standen Lily und Johnny gemeinsam im Durchgang zum Wohnzimmer beieinander, sahen sich die um den Esstisch versammelte Runde an, Teller und Besteck wurden zurechtgerückt, drei rote Kerzen angezündet, während die Elemosina eine Schüssel Orecchiette mit Cima di Rapa auftischte. Johnny nahm Lily in den Arm:

»Veronas Bettlerschaft«, flüsterte er ihr zu, »und jetzt?«

Da wart ihr jahrelang alleine miteinander. Und jetzt, da ihr kaum eine andere Menschenseele in der Nähe ertragen konntet, weil euch jedes andere Angesicht, das nicht Lilys oder Johnnys war, ein bisschen schmerzte, findet ihr euch inmitten dieser WG.

Johnny gab Lily einen Kuss. Dann ließ er sie los mit einem Seufzer und wollte sich zur Bettlerschaft an den Tisch der brüchigen Geborgenheit setzen. Doch Lily sah ihm an, was er vorhatte, legte ihm ihre Hand auf die Schulter:

»Lass sie«, flüsterte sie.

»Aber Lily«, begann Johnny, doch sie schüttelte den Kopf.

»Das bringen wir nicht übers Herz. Du und ich. Wir können sie nicht rausschmeißen.«

Schließlich stieß auch noch Attila hinzu und wie sich herausstellte, war er von allen der Untröstlichste. Bestürzt vermeldete er, dass ihm der Pachtvertrag gekündigt worden sei.

»Swiss Property«, knurrte Ivo.

Nach und nach aber erfuhr sogar Attilas Verzweiflung Linderung, wich seinem hochroutinierten Beleidigtsein, weil die Elemosina ihn in der Küche mit seinen Anregungen für ungarische Kulinarik keinesfalls zu dulden gewillt war.

So fand man sich Abend für Abend zusammen, wie um einen Abschied zu feiern, der sich wieder und wieder um einen Tag verzögerte. Es wurde Karten gespielt, Pinokel und Poker. Und seit Pino Rizzo dazustieß, Florences Ex-Freund, erfolgreicher Wirtschaftsanwalt ohne Privatleben, von seinem Kanzleipartner betrogen, verleumdet und in Richtung Bahamas verlassen, begann man über Politik zu streiten. Dani Griffin war ein erstaunlicher Libertär, der sich nicht selten selbst über die verblüffende Stringenz seiner Argumentation wunderte, umso mehr über das Unverständnis seiner Diskussionspartner. Pino Rizzo hingegen hielt sich für einen progressiven Geist, der seit geraumer Weile am geplatzten Blinddarm des Europäischen Traums zu leiden hatte, wie er erklärte, *samt Bauchfellentzündung*, wie Dani ergänzte. Die beiden beharkten sich unaufhörlich, Florence fragte nach, Johnny versuchte hin und wieder zu vermitteln. Es wurde debattiert über islamistischen Terror, die US-Demokratie unter dem soeben gewählten Präsidenten Trump, den Niedergang der Sozialdemokratie, den Zerfall des Freisinns. Göpf, der immer noch als Stadtschreiber amtierte und seit einigen Wochen um seinen geliebten Vater, den alten Drechslermeister trauerte, wies in bedächtiger Wut darauf hin, dass sich vor 150 Jahren niemand hätte träumen lassen, was aus der stolzen Partei der Freiheit für eine korrupte, hirnweiche Nachlassverwaltungstruppe werden würde.

Eines frühen Nachmittags lagen Lily und Johnny immer noch im Bett, als es an der Tür klingelte und die fröhlichen Stimmen der Bettlerschaft sich draußen im Treppenhaus vernehmen ließen. Lily lächelte und ächzte, doch Johnny legte seinen Zeigefinger kreuzweise vor seinen Mund, *schschsch*. Er stand auf und öffnete leise die Fensterläden. Lily stützte sich im Bett auf die Ellbogen und runzelte die Stirn, Johnny aber bedeutete ihr stumm, sie solle sich beeilen. Er warf ihr rasch ein paar Sachen zum Anziehen aufs Bett, stellte ihr die Wanderschuhe vor die Füße, in deren Profil die Erdschollen fast ein Jahr lang vor sich hin getrocknet waren und jetzt als Staubhäufchen auf dem Parkett liegen blieben, als Lily zum offenen Fenster huschte und ohne Federlesens hinter die kleine Dornenhecke in den Garten sprang. Johnny stieg in ein paar Hosen, hangelte sich hinter Lily her. Vor dem Schmiedeeisentor schauten sie sich nochmals um, durchs Milchglas der Haustür versicherten sie sich, dass die Bettlerschaft sich selber in die Wohnung eingelassen hatte.

»Meinst du, die merken überhaupt, dass wir weg sind?«, fragte Johnny, als sie sich im Laufschritt den Lunasteig hinabduckten.

Sie begannen von Neuem zu wandern. Sie hielten sich weiterhin an Flüsse und Bäche, an der Limmat und der Sihl entlang, der Töss und der Glatt, dem Wiesenbach, Wehrenbach und Riedbach, dem Katzenbach, Elefantenbach und Vogelbach, den Waldbächen des Adlisbergs, des Zürichbergs, des Hönggerbergs und des Üetlibergs, Hornbach, Wildbach, Stöckentobelbach, dem Meilener-Tobel, Küsnachter-Tobel, Felsenegg-Tobel, dem Schwamendinger Dorfbach, entlang dem schmalen Gerinne des Nebelbachs, dem Biotop des Albisrieder Dorfbachs, den Treppen, Traversen und Holzbrücklein am wilden Lauf des Erlenbacher-Tobelbachs. Um die Geheimnisse ihrer Wege wussten sie nach wie vor. Bis hin zu den Geheimnissen der Wasseramseln, ihre Verstecke, die Nischen ihrer Nester, den Halbschatten, der ihnen zum Gesehenwerden diente.

In seiner Hand spürte Johnny die Knöchelchen von Lilys dünnen Fingern. Er hatte längst verstanden, sie wollte sich keine Zeit geben, sie wollte sich zuvorkommen. Sie wollte sich nicht zeichnen lassen, schon gar nicht von einer Krankheit, wenn schon, dann besorgte sie das selbst. Fast schien es kunstvoll, wie sie diesen kränklichen lila Lidschatten verwendete, eine Art Abendrot mit bläulichem Schimmer um Brauen und Wangen, wo sie früher dezente Erdtöne aufgetragen hatte, so sie überhaupt Make-up benutzte. Die Haut ihres Gesichts hatte inzwischen etwas von Gipslaken, der Lippenstift war von tiefdunklem Violett, verriet die Konturen ihres Munds. Sie hatte sich angewöhnt, die Wangen bei geschlossenem Mund leicht einzusaugen, sodass sich die Schatten in ihrem Gesicht vermehrten.

Damit wolltest du sie nicht alleine lassen, Johnny.

Er aß genauso wenig wie Lily, vielleicht verlor man mit dem Hunger die Angst. Wie der Frühling kam und ihre Spaziergänge länger wurden, verlor auch er an Gewicht. Seine Züge aber wurden umso sanfter, geschwungener, sein Gesicht glich dem einer alten Frau, ohne dass sein verspielter, männlicher Elan daraus wich.

Wenn sie spät nachts von ihren Wanderungen nach Hause kamen, schickten sich ihre ewigen Gäste allmählich zum Aufbruch an. Es gab hie und da eine Bemerkung vonseiten der Bettlerschaft.

»Und du bist sicher, dass ihr das guttut?«, versuchte es Dani Griffin.

»Was wem guttut?«, fragte Johnny.

»Na, Lily. Dieses Spazieren. Wo sie doch krank ist. Die ewige frische Luft? So viel Bewegung?«

Johnny lächelte und tätschelte Griffins Schulter.

»Haben Sie sich das alles auch gut überlegt, Herr Zinn?«, fragte Ozan Strumica, Kundenberater der Credit Suisse, der Attila und Johnny in seinem Büro empfangen hatte zusammen mit einem Notar namens Zollinger. Strumica trug wie damals im Café ein gestreiftes Hemd mit kleinen silbernen Manschettenknöpfen, die gegelte Haartolle über seiner Stirn war etwas abgeflacht, er versuchte sich in Dezenz.

»Ich meine, ich habe mich da mal schlau gemacht. Das hat mit Banking erstmal gar nichts zu tun. Dazu braucht es nicht mehr als einen Mausklick. Wissen Sie, wie viele Cafés es in der Stadt Zürich laut *trip advisor* gibt?«

Johnny warf einen kurzen Seitenblick in Attilas Gesicht. Der Ungar saß neben ihm vor dem riesigen Bankerschreibtisch. Zusammen mit Stirn und Brauen runzelten sich auch seine Wangen und sein Kinn.

»Na, so genau weiß ich das nicht«, meinte Johnny, der Übermut zuckte in seinem Gesicht, »vielleicht zwei?«

»Zwei Cafés?«, rief Strumica. Nicht zum ersten Mal wandte er sich kurz Herrn Zollinger zu, tauschte mit ihm ein ungläubiges Mitleid gegenüber diesem Kunden aus.

»Es sind über tausend«, nickte Zollinger bedeutungsschwer und Strumica stimmte ins Nicken ein, um gleich wieder zum Kopfschütteln überzuwechseln:

»Herr Zinn, Gastronomie in Zürich, da reden wir von einem Haifischbecken. Jeder gegen jeden. Ich möchte Herrn Lángolcs nicht zu nahe treten, aber sein Konzept ist, wie soll ich sagen, … nicht gerade gefragt. Als Ihr Kundenberater kann ich Ihnen auf keinen Fall zu diesem Vorhaben raten. Sie sind mir über Ihre sonstigen Besitztümer natürlich keine Auskunft schuldig, aber ich gehe davon aus, diese 400.000 Schweizer Franken, die Sie in den Gastrobetrieb Herrn Lángolcs' investieren wollen, entsprechen ungefähr ihren Ersparnissen.«

»Ungefähr liegen Sie da richtig«, meinte Johnny.

Attilas Hände krampften sich fester um die Armpolster des Stuhls, er versuchte, geräuschlos auszuatmen.

»Ich tue das nicht gerne«, hob Strumica wieder an, »aber ich muss Sie darauf aufmerksam machen, dass diese Investition in ihrer ganzen, sagen wir, Risikofreudigkeit, auch Auswirkungen haben würde auf ein allfälliges … auf ein vielleicht eines Tages aktuell werdendes … Bau- oder Kaufvorhaben eines Eigenheims und den dannzumal auf jeden Fall angezeigten Abschluss eines Hypothekarvertrags zwischen Ihnen und der Credit Suisse.«

»Kein Problem, Herr Strumica«, sagte Johnny, »wissen Sie, ich habe seit fast zwanzig Jahren eine Freundin. Sie ist begütert. Wir vertrauen einander.« Strumicas Banker-Wesen ließ ihn eine kurze Stille erzeugen, in welcher dem Leichtsinn des Unterfangens ein Moment professioneller Pietät gewidmet wurde, untermalt von einem leisen, notariellen Seufzer Zollingers auf dem Nebenstuhl und einem gequälten Räuspern, das Attila nun nicht mehr unterdrücken konnte. Schließlich hob Strumica mit seinen blitzsauber manikürierten Fingern die Vertragsbögen vom Schreibtisch ab, ließ sie in der Luft gekonnt eine halbe Drehung machen, sodass sie für Johnny und für Attila zur Unterschrift bereitlagen.

Am Karfreitag hatte die Elemosina ein Einsehen und überließ Attila ausnahmsweise einen Abend lang die Küche. Natürlich hatte der Ungar schon am frühen Morgen Haufen von verschiedenen Paprikapulvern neben dem Herd bereitgestellt, ein Kilo Zwiebeln gehackt und eine halbe Staude Knoblauchzehen zerdrückt. Aus Mehl und Fett schwitzte er eine dunkle Maße an, mit der er später seine Eszterházy-Sauce binden wollte. Als er drei randvolle Einkaufstüten auspackte, vor Fröhlichkeit lauter wurde und schließlich in brustfestem Tenor ein Liedchen seiner sentimentalen Heimat zu singen begann, rang er der Elemosina immerhin ein Lächeln österlichen Mitgefühls ab.

»Jemand sollte die letale Dosis für Knoblauch googlen«, meinte Ivo, und Göpf schnalzte ein Motiv aus der Czárdásfürstin in die Küche hinein. Doch nicht einmal mit Sarkasmus, auf den er ansonsten empfindlich zu reagieren pflegte, war Attilas Bombenstimmung an jenem Abend beizukommen.

»Also meiner Familie konnte Ostern gestohlen bleiben«, meinte die Elemosina.

»Ja?«, sagte Florence, »was tut man an Ostern in Italien, wenn man nicht Ostern feiert?«

»Ach, wir haben stattdessen einfach Unbeflecktes Herz Mariä gefeiert.«

»Unbeflecktes Herz Mariä?«, sagte Pino, »findet das nicht im Juni irgendwann statt?«

»Nach Pfingsten, wenn ich mich nicht irre«, meinte Dani.

»Ostern!«, rief die Elemosina, »der Mord am Kreuz, das Fest der Folterknechte. Mein Vater hat immer gesagt, da zeige die Welt ihr wahres Gesicht. Ihm war nicht danach, einen Lynchmord zu feiern. Stattdessen haben wir zweimal die Liebe Mariens hochleben lassen.«

Lily fragte Johnny, als sie die Wohnung in einem unbemerkten Moment verließen, ob Attila nicht schrecklich beleidigt sein würde, wenn sie nicht rechtzeitig zu seinem großen Dinner zurück wären.

»Momentan«, meinte Johnny, »hält sich mein schlechtes Gewissen ihm gegenüber einigermaßen in Grenzen. Erklär ich dir später.«

Johnny hielt Lily bei der Hand, sie passierten das geschlossene Café Attila. Die verwitterten Läden der drei Fenster waren heruntergelassen, in der Eingangstüre war eine große Spanplatte eingekeilt. Sie bogen links in die Eidmattstrasse und dann rechts in die Minervastrasse ein. Als sie vor der St. Antonius Kirche standen, wurde soeben die Gemeinde aus dem abendlichen Gottesdienst zum Karfest entlassen.

In der Kirche waren noch Leute. Vorne in der zweiten Reihe saß ein Paar in sportlicher Montur, asiatische Touristen, die wohl zufällig in die Feier gestolpert waren und geknickt vom Gewicht der Foto- und Videokameras in der Bank sitzen blieben. Eine blonde Beterin, eine Reihe weiter hinten, und drei leise miteinander tuschelnde Menschen rechts ganz am Rand. Vorne am Altar verrichtete der Küster diskret seine Obliegenheit, den Blick zu Boden gerichtet, umringt von den Fresken in der Kuppel des Chorraums, einer bunten Apostelschar, in deren Mitte der Gottessohn vorderhand noch gelassen thronte.

Sie schritten den Gang zwischen den Reihen der Holzbänke hinab. Johnny spürte Lilys Hand nach seiner tasten und ergriff sie. Er wurde traurig, ließ sich aber nichts anmerken. Lilys schmale Finger würden nie Gelegenheit haben, von Rheuma oder Gicht verkrümmt und verknotet zu werden, ging es ihm durch den Kopf, er würde sich als Pensionär nicht mehr auf die alte Lily freuen können.

Als sie vorne zu Füßen der Maria vor dem Chorraum standen, war der Küster soeben mit seinem Dienst zu Ende gekommen, blieb stehen und ließ seinen von pausbäckiger Güte wattierten, stutzenden Blick einen Moment länger auf ihnen ruhen, als es ihm seine vornehme Routine nahelegte. Schließlich aber schien er seinem eigenen vagen Argwohn nichts abgewinnen zu können.

»Die Kirche hat ein automatisches Schloss«, raunte er ihnen zu, während er sich umdrehte, »es aktiviert sich in einer Viertelstunde.« Geübt senkte er den Blick vor dem ungekreuzigten Herrn, berührte mit dem rechten Knie beinahe den Boden und ging.

Sie setzten sich links in die zweite Reihe. Lily nahm das Gesangsbuch hervor, ihre andere Hand lag immer noch in Johnnys. Er ließ sein Knie gegen ihren Schenkel. Lily öffnete das Gesangsbuch, blätterte eine Weile, ihre Finger buckelten

Seite um Seite, hielten einen Moment inne, ließen sie umgleiten. Lily begann zu summen, einige Melodien hatte sie in der Schule mit Blockflöte und Klavier radebrechen gelernt. 295, *Wohl denen, die da wandern*, Johnny summte leise mit, 411, *Erde singe.*

Als die Kirche leer war und es ganz still wurde, legte Lily das Buch zurück ins Fach der Vorderbank und stand auf. Johnny folgte.

Der Beichtstuhl war ein dunkles Holzmöbel voll ausschweifend geschnitzter Verzierungen. Goldene Ränder rahmten die beiden niedrigen Türen, in die je ein kleines matt gemasertes Glas eingelassen war. Da entfernte sie sich mit einigen raschen Schritten von ihm, öffnete leise die Tür zum rechten Abteil und verschwand darin. Johnny sah sich um. Seine zögerlichen Schritte hallten durch die Kirche. Er stand vor dem linken Tor, drückte die kleine Messingklinke, spürte Widerstand, verschlossen. Wieder schaute er sich um.

»Lily«, flüsterte er, »Lily …«

Im Abteil des Beichtkindes blieb es still.

»Lily, es ist verschlossen, ich komm da nicht rein«, sagte er.

Feiner Schweiß schoss ihm auf die Stirn, als er von Neuem die Klinke in die Hand nahm, er spürte sein Herz im Hals. Ein letztes Mal schaute er sich um, stieß ein laut gehustetes Räuspern aus und schlug zugleich mit Faust und Knie so stark er konnte gegen das Schloss, dessen schwarzer Metallriegel sofort zwischen einigen helleren Holzsplittern wie ein bloßliegender Knochen zum Vorschein kam. Rasch duckte sich Johnny ins Abteil des Bußvaters, zog die Tür ins kaputte Schloss, keilte sie so leise wie möglich darin fest.

»Johnny, ich muss dir etwas sagen«, begann Lily gleich. Undeutlich sah sie ihn hinterm dichten Holzgitter erscheinen, das ihr Abteil von seinem trennte, vom Schatten, der Johnny war, kam keine Regung, ein stummer Priester. Sie konnte ihm nicht in die Augen schauen, die sie nicht sah, es fühlte sich gut an, als sei er überall, also los, Lily, sag es ihm, sag ihm alles, bis es nichts mehr zu sagen gibt, fahr einfach fort und unterbreche dich nicht, bis alles gesagt ist. Hab keine Angst, er ist es ja, Johnny.

Doch als sie zu sprechen beginnen wollte, fuhr sie zusammen, das hölzerne Gitter, das die Abteile trennte, barst mit einem Knall, die dünnen Streben splitterten und durch den Spalt fiel ein schmaler Schimmer, worin ein kleiner Qualm Holzfasern aufstäubte, der sich nur langsam wieder verzog. Zwischen den Splittern tauchte jetzt etwas im länglichen Loch auf, wurde zu Lily hindurchgeschoben. Sie zögerte, das Ding war im ersten Augenblick nicht genau zu erkennen, bis sie es im fahlen Lichtstreif türkis aufschimmern sah. Da empfing Lily das Sakrament und tat wie ihr geheißen. Sie lehnte sich zurück in ihrer Bußfertigkeit und streckte so gut es ging die Beine. Sie wusste ja, der Priester hatte mehr Zeit als es gab auf der Welt, Johnny, der da war, Johnny, der sie unterbrach, indem er nur zuhörte, sprach sie frei von all ihren Sünden, wiegte sie in der Gewissheit ihrer verdorbenen Absolution.

Einige Tage vor dem Treffen mit Strumica in der Bank hatte Johnny den Plattenladen gegenüber vom Café Attila aufgesucht. *Rock In*, stand weiß auf schwarz über der Eingangstür, deren Gebimmel kurz eine drogenbedröhnte Live-Version eines Sonic-Youth-Lieds unterstützte:

> *Works best when it's lost*
> *Diggin' under the ground*
> *Never mind it now*
> *We can bring it back*

Im Kellergeschoss stöberte Johnny den Besitzer des Ladens auf. Er sortierte gerade einen Stapel Platten ein, schwärzlich kringelte sich ein Stück abgelöster Folie auf dem Register-karton des Buchstabens K. Der Mann hatte längst aufgehört, sich irgendwem vorzustellen, im Eidmattquartier kannten alle Urs, der seit Jahren in seinem Vinylbunker der digitalen Verfügbarkeit trotzte. Urs war um die sechzig, trug nur eine ärmellose schwarze Jacke, Jeans und einen Pferdeschwanz. Sein Lächeln war immer noch verschmitzt, bedingungslos, herzlich jedem gegenüber, der von Jimmy Hendrix auch nur schon mal gehört hatte. Johnny gab Urs die Hand und sagte, er sei Johnny, *Yeah!*, antwortete Urs. Wie die Geschäfte liefen, kam Johnny gleich zur Sache.

»Du musst halt mit der Zeit gehen, haben mir immer alle gesagt«, erklärte Urs, »aber weißt du, die Zeit, die ich verkaufe, endet in den Neunzigern, alles klar, Balthasar?«

»Alles klar«, sagte Johnny und machte einige Schritte zwischen den Plattenregalen, »aber kannst du leben?«

»Klar! Essen kann ich natürlich nicht. Aber leben kann ich wie ein Fürst«, grinste Urs und trommelte einen Wirbel mit den Fingern auf seinen Bauch.

»Pass auf«, sagte Johnny, »ich mach dir einen Vorschlag. Du kennst doch Attila von gegenüber.«

»Jugo?«

»Ungar.«

»Nämlich?«

Johnny drehte sich um, zeigte zur steilen Treppe hinüber:

»Swiss Property hat den Block auf der anderen Straßenseite gekauft. Die schmeißen ihn raus.«

»Swiss Property«, gluckste Urs, sein Lächeln trocknete.

»Denen gehört halb Zürich.«

»Ich weiß. Das hinterletzte Makler-Pack.«

»Jetzt hör zu, Urs. Ich stell mir ein Joint Venture vor. Wir erringen hier am Kreuzplatz unseren kleinen Sieg, ja?«

»Und das geht wie?«

»Und das geht so: Wir renovieren deine Bude hier. Im Parterre macht Attila sein Café. Im Keller kannst du deinen Laden weiterführen. Ich komme für alles auf. Was sagst du?«

Urs lachte und biss sich auf die Unterlippe.

»Der Macher, was?«, seufzte er, »Weißt du, das Problem hier ist nicht die lottrige Bude. Das Problem sind die Schallplatten, die niemand kauft. Du musst die Hirne der Leute renovieren, vor allem den Teil, wo die Musik über die Ohren da hineinkommt«, sagte Urs und zeigte mit dem Finger auf seine Stirn.

»Du verstehst nicht«, sagte Johnny, »ich trage alle Kosten.«

»Alle Kosten.«

»Defizit-Garantie.«

»Das Defizit ist garantiert, soviel kann ich dir sagen.«

»Du musst mir morgen Bescheid geben.«

Urs richtete sich jetzt auf und rückte seine Rockerweste zurecht wie einen feinen Anzug.

»Willst du hier ein Puff aufziehen?«

»Urs, alles seriös. Ich habe mir sogar einen Business-Plan machen lassen. Bei den Behörden habe ich mich über die Umnutzung haargenau erkundigt. Alles kein Thema.«

Urs ließ die letzte Platte hinter dem K fallen und stemmte eine Faust in seinen Rücken, während er Johnny genau anschaute.

Manchmal schien es dir für einen Augenblick, Lily, als gäbe es eine Möglichkeit der Rettung, eine Möglichkeit, der Krankheit zu entkommen. Eine Therapie, die man bislang nicht in klinischen Versuchen ausgetestet hatte, die bislang in keinem *Review Journal* publiziert wurde.

Ein Orgasmus. Ein Hirnkrampf. Quid pro quo.

War es möglich?

Vielleicht war es möglich, vielleicht verdarben ja ihre guten Konvulsionen den Symptomen das Spiel, vielleicht kamen sie der Epilepsie zuvor, standen den Anfällen irgendwie im Weg.

Ja, dachte Lily, anschließend wich schließlich alle Körperspannung. Genau wie bei einem Anfall. Vielleicht würde ihre Krankheit ungehalten, würde sich hintersinnen, ob sie in Lilys Körper wohl am richtigen Ort war. Möglicherweise bekam es dem Gewächs in ihrem Kopf schlecht, ein unspektakuläres Dasein zu fristen, nicht zum Zug zu kommen in einem Hirn, das von einem furchtbar ähnlichen Aufruhr heimgesucht war, der nichts als gesunde Anfälle hervorrief und allen verfügbaren Strom für sich in Anspruch nahm.

Refraktärzeit, dachte Lily.

Die Phase, da ein Nerv nach einer Erregung für eine Weile unempfindlich bleibt gegenüber einem neuen Reiz, und sei er noch so stark.

Refraktärzeit:

Das Herz nach jedem Schlag.

Das arme männliche Geschlecht nach jedem Mal.

Trauer.

Dann wieder war Lily vom Gegenteil überzeugt, und es fühlte sich an, als würde die Schwelle für die lauernde Epilepsie Mal für Mal verringert. Sie fürchtete, das Anbranden und Abklingen würde hinterrücks von einer bösen Kraft ergriffen, durch ihren Körper in den Kopf aufsteigen, die Rhythmik einbüßen, länger und länger anhalten, die Ruhe verlieren.

Status epilepticus.

Manchmal war ihr, als hätte dieser Zustand längst eingesetzt, als beträfe die Krankheit präzis denjenigen Teil ihres Bewusstseins, der dafür zuständig gewesen wäre, es zu merken. Manchmal schaute sie sich auch einfach nur verwundert um in diesem neuen, warmen Leben mit Johnny, als rase sie mit einem in der Vergangenheit verzweifelt angehäuften Schwung hindurch, sodass kein Bremsen mehr möglich schien, so sehr sie es sich jetzt gewünscht hätte, und vom Verweilen in dieser wundervollen Welt nur geträumt werden konnte.

Als es Frühling wurde, fragte sich Lily, ob sie sich auf den Sommer freuen durfte. Auf den Spaziergängen wurde sie bisweilen von Schweißausbrüchen heimgesucht, so hatte sie wirklich bereits das Gefühl, in einer hochsommerlichen Mittagshitze unterwegs zu sein.

Als türmten sich Quellwolken weiß in einer harmlosen Ferne, als wäre der Himmel ein offenes Tor ohne Hüben und Drüben, ein einziges unerlebtes Wunder, wie Johnny sie bei der Hand hielt und ihr in ihre Sommerhitze folgte, als wären die Maisfelder bereits ausgewachsen. Auf den Spazierwegen beobachteten sie die Hunde, die den Schatten der übermannshohen Stängel suchten, deren staubiger Vanillegeruch vom Sonnenrösten in die Luft abhob und sich wie eine aromatische Wolke um das Feld legte. Die Äcker, die Wälder, das gift- und lindgrüne Durcheinander der Bäume, das Azurwasser des Sees, alles wurde unscharf durch einen von Schweiß und zerlassener Sonnencreme überzogenen Blick. In der Ferne das Geräusch des Mähdreschers, der durch die Stängel der Maispflanzen fuhr.

Lily und Johnny waren ganz alleine unterwegs, als sie ihn auf einmal vom Spazierweg weg hinein ins Maisfeld zog. Im Dickicht der Halme war es sofort kühler. Johnny folgte Lily tiefer hinein, sah links und rechts neben ihr die dunkelgrünen Blätter nicken. Nach einer Weile blieb sie stehen, mitten im Feld, drehte sich zu ihm um, lächelte ihn an. Johnny senkte sein Gesicht, küsste ihre Nase, ihr salziges Kinn, das ihm immer weiter entwischte, bis sich Lily in seinen Armen auf den Rücken zwischen die Maiszeilen bettete, die vor einigen Wochen gesät worden waren.

Was konnte euch zwei schon geschehen?

Der Motorenlärm des Mähdreschers kam näher. Es hörte sich an, als seien Lily und Johnny schon mitten im Bauch zwischen den Raspelzähnen der Maschine und würden durch das gekrümmte grüne Metallrohr auf der anderen Seite als konzentrierter Regen von Knochenstückchen zwischen Maiskörnern in den Auffangbottich geschleudert.

Der Umbau dauerte keine zwei Monate. Johnny war doch überrascht gewesen, Remo Reber noch unter seiner uralten Handy-Nummer zu erreichen. Der Kumpan freute sich über den Anruf und war sofort bereit, einen kleinen Trupp zusammenzutrommeln, einen Gipser, einen Maler, einen Elektriker, einen zweiten Maurer. Über die Großzügigkeit von Stundenlohn und Sozialzulagen, die Johnny bereit war zu zahlen, staunte Reber nicht schlecht. Doch der Bauarbeiter stellte eine Bedingung, die Johnny erstmal leer schlucken ließ.

»Arschloch«, sagte Johnny und hörte Rebers Gelächter im Hörer schallen.

»Du hast die Wahl, Johnny. Wenn du nicht willst, findest du bestimmt sofort ein paar andere Kumpel, die dir in dieser Zeit deine Renovation zaubern«, meinte Reber.

»Einverstanden, verdammt nochmal«, sagte schließlich Johnny, »aber du besorgst mir ein paar Tonnen Ton!«

»Klar doch!«, rief Reber.

Auf ihren langen Spaziergängen war die gemeinsame Stille wieder ein süßes, verschworenes Verschweigen geworden. Mit Fantasien würde sich Lily nicht für immer zufriedengeben, bangte sich Johnny. Sie würde allmählich Kopf und Kragen riskieren, und er würde Acht geben müssen, dass sie sich nicht darum brachte. Sie hatte diese Empfindung von Unversehrbarkeit, und ihm war, als sei alleine er der Grund dafür. Sie war aufgehoben im Kokon aus seinem beharrlichen Faden, ein vertraut verspieltes Gespinst rund um sie herum, sein zutrauliches Wegschauen, sein verlässliches Dasein, seine langsame Hand, die nicht nach ihr griff.

Ja, doch, es war auffällig, wie häufig Johnny seit einer Weile unterwegs war. Meistens ging er frühmorgens oder dann abends, bevor sie zum Spazieren aufbrachen. Aber Lily dachte sich nichts dabei, keine Sekunde. Er entfernte sich manchmal, um zu telefonieren, erklärte, er müsse noch da oder dorthin, um dieses oder jenes zu erledigen. Er führte etwas im Schild, wovon sie nichts wissen durfte.

Du musstest nicht neugierig sein, Lily. Johnny würde tun, was Johnny tun musste. Du konntest ihm vertrauen wie ein sehr dummer Mensch oder wie ein sehr gescheiter Mensch.

Und das Vertrauen zu Johnny tilgte alle Gefahr. Der Verlass, der auf ihn war, wurde zum sanftesten und lustvollsten aller Orte, mitten im Becken, mitten in der Brust, mitten im Hals, mitten in der Mitte, mitten in allem, mitten zwischen ihrer Stimme, dort, wo bei ihr die Luft zu wimmern und zu keuchen begann, durch die Berührung seiner langsamen Hand, die ausblieb und sie vor Absturz und Entdeckung, vor Verletzung und Befremden behütete.

Lily schaute Johnny an, wenn er schlief, und las seinem schlafenden, tapferen Rücken die Träume ab, die von ihr handelten.

Auf dem blanken Stahl der Gleise glomm noch das späte Sonnenlicht. Bald würde es dunkel sein. Weit und breit niemand zu sehen, wie üblich. Johnny küsste Lily, sie glitt ihm aus den Händen und legte sich lachend auf den groben Schutt zwischen die Gleise. Johnny warf einen Blick in die Ferne, wo die beiden Linien in einem silbern blinkenden Guss hinter kahlem Gestrüpp und Buschwerk verschwanden. Die Sonne ging unter und mit ihr die goldene Farbe, die Luft war grau und mild.

Vereinzelt begannen die Steine unter Lilys Beinen zu klacken. Sie hob ihr Kinn, Johnny hörte ihr Ausatmen stocken.

Das Surren wurde leiser, wenn Lily es dichter anpresste. Johnny spürte einen feinen Strom in seinen eigenen Leisten. Er horchte hin, inzwischen war ein zweites Surren hinzugekommen, tiefer, allmählich lauter werdend ging es über in ein Rauschen, dann in ein ehernes Dröhnen, übertönte das milde Geräusch zwischen Lilys Beinen und Johnny wusste, es war Zeit, sich neben sie auf das harte Lager zu legen.

Der lauter werdende Zug tat seine Wirkung, Lily drehte ihm ihr Gesicht zu. Er schaute in die verzerrte Miene, noch waren die Augen zu, bald würden sie sich öffnen und nichts mehr sehen. Die eisernen Lokomotiv-Räder schrien in der Kurve. Lily sperrte ihren Mund auf. Die Lokomotive, das stählerne Schleifen, die Rädersequenz, *ta-dam, ta-dam,* der schwarze Eisenbahnbauch, der sie überkam, Lily hielt mit aller Kraft seinen Arm umklammert, *ta-dam, ta-dam,* und Johnny staunte, welche Zärtlichkeit in den zusammengekrampften Fingern steckte, während die Serie der Wagons und der Kupplungen wegzog, der rußig-ölige Zugwind, der stehen zu bleiben und sich zwischen Waggonboden und Trasse zusammenzupressen schien, ihnen den Atem raubte, während die Waggonschatten und Lichtschläge über sie hinwegzuckten. In Lilys Mundwinkel sammelte sich der Speichel. Johnny spürte ihre harten, zarten Finger, mit denen sie seine Hand gegen ihren zuckenden Bauch gedrückt hielt. Jetzt lief der Speichel aus ihrem Mund über die Wange nieder und als der letzte Waggon eine Böe frischen Winds zum Schluss hinter sich her zog, röchelte Johnny dem langgezogenen Genuss seines Orgasmus hinterher, und ihm schien, dass Lily kurz davor war, ihn bei der Hand mitzunehmen in ihr Zauberreich der beliebigen Wiederholungen, dass er nur noch ein wenig leichter hätte sein müssen, ein kleines Stück mutiger, um eine kleine Idee feiner gestrickt, um an ihr Wunder zu gelangen.

Die Wege ihrer abendlichen Spaziergänge, die sich immer weiter in die Nächte fortzusetzen begannen, führten entlang der vertrautesten Pfade, die ihnen allesamt abenteuerlich neu erschienen. Als hätten sich Flora und Fauna in einem Maß verändert, wie es in einer Million Jahre geschehen konnte. Als gebe es keine Spatzen mehr und keine Finken. Als hätten die Haubenmeisen die Führung in der Vogelwelt übernommen, gefolgt von den früher selten anzutreffenden Grünspechten und dem fröhlichen Neuntöter, der sich fast wie eine Plage in den Ästen der Bäume sammelte. Wo Nadelgehölz war, wuchs jetzt ein junger Buchenwald in den späten März hinein, und jede ihrer einstmaligen Landmarken – alte Scheunen am Rand der Felder, Brunnen an Rastplätzen, das Wiesenbächlein, das hartnäckig seinen Weg über den Spazierweg behauptete, der von Linden umstandene, riesige Pflugstein mit dem Kranz aus Brombeergestrüpp zu seinen Füßen, die Baumrinden ihrer alten Liebe, die weichen Föhrenschollen, die glatten Buchen, die herrlichen Birken, das Brennnesselgebüsch, wo Johnny behandschuht die scharfen Blätter für das Risotto gesammelt hatte, die Fundorte von Eierschwämmen, Schopftintlingen, vereinzelt Steinpilzen – während der kurzen Dauer ihrer Abwesenheit schienen sich diese Orte allesamt auf lockerem Terrain verschoben und neu zusammengesetzt zu haben, wie in einem Wunderland, das sie miteinander durchstreiften und das sie, statt es zu entdecken und sich darin zurechtzufinden, unaufhörlich bestaunten.

Als sie sich auf jenem Panoramaweg über dem östlichen Zürichseeufer befanden, der sich nach und nach abfallend durch Waldstücke und über weite Kreten hinab nach der Stadt zog, standen sie auf einmal vor einem herrlich freistehenden Landvorsprung, der den Ausblick über den gesamten See freigab. Es dauerte eine Weile, bis Lily und Johnny das Grundstück der alten Vontobel-Villa erkannten. Sie war offenbar kürzlich abgerissen worden, wie es damals der eine Hèrmes-Zögling angekündigt hatte, um einem neuen, noch großzügigeren Bauwerk Platz zu machen.

Offensichtlich beendete man gerade die Arbeiten, die einer Verbreiterung des Terrains gegolten hatten, bezeugt von einem etwa zwei Meter breiten Saum hellbrauner Erdmassen rund um die vormalige Grundstücksgrenze herum, die da und dort von Resten der eingerissenen Mauer angedeutet blieb. Vom Spazierweg aus sahen sie das gewaltige Loch, in dem das Kellerfundament gelegt war, sowie ein noch tiefer im weiten Betonsockel liegender Ausschnitt, der einer unterirdischen Squash- oder sogar Tennishallenanlage dienen mochte. Neben dem Graben türmte sich ein riesiger Berg Erdmasse und Geröll. Daneben, heraufwachsend aus einem separat eingegossenen Betonquadrat, erhob sich aus dem ausgehobenen Loch der Baukran, dessen Nase nord-westwärts in Richtung Stadt wies.

Vor einigen Tagen hatte Lily es schon mal vorgeschlagen. Zu allem hatte Johnny in der letzten Zeit Ja gesagt, aber dazu nicht.

Als sie am nächsten Tag wieder an der Baustelle vorbeikamen, wo jetzt, wie Johnny sagte, irgendein dreister Reichwanst und Steuerflüchtling seinen herrschaftlichen Wohnsitz auf dem alten Vontobel-Grundstück errichten ließ, da hatte Lily fast gebettelt, legte ihren mageren Arm um Johnnys Hals, küsste den Rand seines Ohrs:

»Lass es uns dort oben machen«, sagte Lily, »komm.«

»Lily«, sagte Johnny, »auf keinen Fall.«

Doch Lily ließ nicht locker, sie sprang zwei Hüpfer vor Johnny, duckte sich leicht, lachende Kobold-Augen, die dämmrige Gestalt des Krans hinter und über sich. Sie zeigte hoch hinauf, legte den Kopf übertrieben in den Nacken, dass sie bald nach hinten taumelte mit ihrem zum Himmel gerichteten Gesicht. Johnny fühlte einen Schauer, zugleich hatte er ein Schmunzeln auf den Lippen.

Abend für Abend machten sie jetzt diesen einen Spaziergang und mehr und mehr begann Johnny, den Moment zu fürchten, da sie aus dem kleinen Waldstück traten, die kurvige Landstraße überquerten und schließlich nach etwa hundert Schritten auf dem Kiesweg die einsame Baustelle erreichten. Immer zeigte Lily hinauf, in derselben Munterkeit. Johnny hatte dieses warme Schwelen in seinem Bauch, er wusste nicht, ob es Angst war oder Kitzel, der sich ihm aus Lilys Eingeweiden übertrug, der ihn zur Bereitschaft zu allem und jedem neigen ließ.

Noch schüttelte er den Kopf.

Ihnen beiden war nicht mehr zu trauen, sagte er sich.

Eine Föhre ragte einsam aus dem schwarzen Horizont der Tannenreihe unten in Richtung See. Über dem Wald floss der Himmel ins dunklere Grau des Abends.

»Jetzt komm!«, sagte Lily zu ihm.

»Nein, Lily.«

Sie nahm seine Hand.

»Nein«, sagte er.

»Dann geh ich allein.«

»Nein.«

»Du kannst nicht einfach immer nein sagen.«

»Immer? Lily.«

»Johnny.«

»Also, Lily. Wenn du das nächste Mal da hinauf willst …«

»Wenn ich das nächste Mal will?«

»Komme ich mit.«

Als sie am anderen Abend den Weg hinauf zur Anhöhe schritten, beschlich ihn wieder das seltsame Gefühl, das diese Abwesenheit aller Bangigkeit hervorrief. Sie gingen mit festen gleichtaktigen Schritten, Lily eine Schulter voraus. Als sie oben ankamen, blieb Johnny stehen, aber Lily ging einfach weiter.

»Freunde«, rief Johnny, »heute ist der große Tag!«

Die Wohnungstür war aufgeflogen und Johnny war mitten ins Entrée gesprungen, die Arme ausgebreitet, eine Haarsträhne flog ihm über die Stirn, seine blauen Augen funkelten. Er winkte Lily heran, nahm sie in den Arm und sagte, sie solle sich was Schönes anziehen, heute hätten sie etwas zu feiern.

»Eins weiter?«, fragte Ivo unsicher.

Wie Welpen auf ihrem ersten Rundgang außerhalb des Nestes folgte die Bettlerschaft Johnny zögerlich den Heliossteig hinab. Über dem neuen Café Attila prangte das alte Schild. Darüber dasjenige des Plattenladens:

Rock In
Café Attila

Der Ungar strahlte über seine hohlen Wangen und über seinen blanken langen Zähnen schimmerte das pechschwarz gewichste Schnurrbärtchen. Im Fond neben dem Tresen spielte das Marx-Trio auf, und Leonard winkte Lily hinterm Pianino hervor. Neben den Musikanten stand Urs, die tätowierten Arme auf dem Rücken verschränkt, ein scheues Lächeln im Gesicht. Am Ecktisch hatten sich bereits wie gewohnt die Pensionäre eingefunden:

»Treffen sich zwei Jäger: beide tot.«

Jeder aus Veronas Bettlerschaft begriff sofort, dass hier nicht gelacht wurde. Außer Lily natürlich. Ihr schmales Gesicht verschwand fast ganz in Johnnys Hand, der sie umarmt hielt und am Lachen zu hindern versuchte.

Ernst und Dani äugten neugierig umher, machten einige vorsichtige Schritte im neuen Gehege. Pino hielt sich hinter Ivo versteckt, Sedran hinter Pino.

»'Na cannonata«, hörte man auf einmal die Elemosina sagen. Sie war zwischen den Tischen an den Musikern vorbei in den hinteren Teil des Cafés gewandelt, wo man sie jetzt stehen sah. Die anderen folgten zögerlich, auch Lily löste sich aus Johnnys Arm und ging hinter ihnen her. Johnny stellte sich an den Tresen und nickte dem Ungarn zu, der bereits den Aprikosenschnaps geöffnet hatte und jedem einen Schluck in den Espresso einschenkte. Johnny sah, wie sich alle um die Elemosina versammelten und in Richtung der hinteren Wand staunten. Er beobachtete, wie Lily neben Florence trat, wie sie stehen blieb. Sie war dabei, ihre Jacke auszuziehen, doch jetzt hielt sie inne, den Kragen hinterm Rücken, die Arme noch halb in den Ärmeln. Da stand die Skulptur, duckte sich auf ihrem Sockel Veronas Bettlerschaft entgegen. Johnny kam es vor, als wolle Lily näher heran, als wolle sie ihn berühren. Johnny sah, wie ihre schmalen Lippen sich bewegten, und er wusste, was sie sagen wollte.

Göpf erreichte das neue Zuhause der Bettlerschaft mit einiger Verspätung, und Ivo hieß ihn überschwänglich willkommen:

»Hier hat man sich sofort eingelebt!«, rief er und nahm ihn bei der Hand. Als der alte Stadtschreiber den Sumoringer sah, fiel ihm die Pfeife aus dem Mundwinkel, er fing sie im Flug und ließ sie wieder im Bart verschwinden. Er betrachtete die Skulptur eine ganze Weile.

»Zeit für ein Selfie«, meinte er schließlich zu den Kumpanen, die allesamt um die zusammengeschobenen Tische vor dem Ringer saßen.

Er watschelte hinaus zu seinem uralten Abarth 595ss, der auf dem Gehsteig parkte. Als er wieder in der Türe auftauchte, trug er das erstaunliche Gerät wie einen Schiffsmast über der Schulter.

»Eine Runde aufs Haus!«, rief Attila inzwischen bestimmt zum fünften Mal, während er Göpf zu Hilfe eilte. Auch Urs ging ihnen zur Hand, und zu dritt gelang es ihnen, das

Ungetüm, bei dem es sich offenbar um einen Fotoapparat handelte, auf den drei gichtigen Stativbeinen abzustellen, deren Gelenke Göpf stolz und umständlich vor der Gesellschaft in Position brachte. Auf dem platten Eisenrund zuoberst auf dem Stativ aber fixierte er nun die Holzkiste, indem er einige Schrauben anzog. Dann richtete er an der Vorderseite das Objektiv sorgfältig an den Enden des Esstisches aus, während sich die Bettlerschaft am Tisch für das Foto zurechtmachte. Schließlich fügte Göpf eine silberglänzende Platte am hinteren Teil der Kamera ein.

»Also«, nuschelte er in seinen Bart, »wir müssen mindestens eine Viertelstunde ausharren, bis das Silbernitrat beleuchtet ist … bereit?«

Als sich niemand mehr rührte und alle gebannt ins schwarze Glubschauge des Objektivs starrten, zog Göpf eine zweite Platte aus dem Gehäuse, ging so rasch es ihm möglich war rund um den Tisch an seinen Platz, wo er sich ebenso reglos einfügte, wie die anderen:

In der Mitte des Bilds stand die Elemosina, direkt vor dem Sumoringer, der ihr eine tönerne Aura war, zur Rechten und Linken standen Pino Rizzo und Dani Griffin, es folgten Florence, Attila, Ernst, Sedran – Veronas Bettlerschaft, zusammen mit Leonard Marx und seinen Stammtischkumpanen und Triofreunden, aber ohne Lily und Johnny, deren Stühle auf dem Bild leer belichtet wurden.

5 – WITWER

Giiip, giiip – giiip, giiip – giiip, giiip

Johnny horchte erstarrt zwischen dem metallenen Quietschen des Kranseils hinab in die Stille, suchte da unten im reglosen Nebel nach einem Lebenszeichen. Doch alles, was sich zu ihm hoch erhob aus dem mattgrauen, zähen Dunst war das stumme Echo seiner Erinnerung, das grobe Grunzen des Risses von Lilys Jeans, ihr gemeinsames Leben, das wohl vor ihrem Auge vorbeizog und deshalb auch vor seinem. Er wusste, wonach er horchte, nach diesem dumpfen, endgültigen Schlag, auf den am Ende alles hinauslief. Lilys lieber Körper. Die Erde. Von hier oben aus würde es harmlos klingen, ein Kopfkissen, energisch aufgeklopft von einem Zimmermädchen des Hotel *Le Terrazze* in Bellagio, wo sie nun tatsächlich, und für Johnny in diesem Moment unfassbarerweise, nicht mehr zusammen hinfahren würden.

Giiip, giiip – giiip, giiip – giiip, giiip

War Lilys Film schon zu Ende?

War Lilys Leben vorbei?

Brauchte sie noch eine Weile länger? Gut möglich, dass sie mehr Material für ihren Film hatte als Johnny. Seine Erinnerung war schon wieder im Hier und Jetzt seines vergeblichen Horchens angelangt. Die Stille zerdehnte sich weiter in diesem zeitlosen Augenblick des Wartens auf den Aufprall, der ausblieb und ausblieb. Was blieb Johnnys Erinnerung übrig als weiterzulaufen? Voraus, in die Vision seines Alleinseins, eine furchtbar reale Vorschau seiner Trauer, seines elenden Witwerdaseins. Was würde übrigbleiben, dachte er, als schließlich doch noch nach Bellagio zu reisen? Alleine …

Schon am nächsten Morgen würde Johnny auf dem Weg zur Arbeit wieder beim Espresso im *Rock In Café Attila* sitzen. Und drüben am Stammtisch säße wortkarg wie immer die Pensionärsrunde.

»Was ist der Unterschied zwischen einer Bassgeige und einem Cello? Die Bassgeige brennt länger.«

Von Veronas Bettlerschaft wäre um diese Zeit noch niemand zugegen. Johnnys Tag hätte sich um zwei bis drei Stunden in den früheren Morgen verschoben, seit er fast die ganze Nacht lang wach lag. Den Espresso tränke er trotzdem immer noch doppelt und zweimal, wie ehedem, eilig hätte er es erst recht nicht mehr.

Nur der Rote war nicht mehr am Stammtisch anzutreffen, wo er sich morgens jeweils in der Ecke der Bank inmitten der alten Herren wohlig eine Weile aufgehalten hatte. Kurz nach Lilys Tod würde Zlatan Johnny erzählen, der Kater sei verschwunden.

Im Institut geriet Johnny bei Sedran an den Falschen.

»Herrgott, Johnny«, rief er, »es ist gerade mal zwei Tage her!«

Der Freund erhob sich entsetzt von seinem Stuhl, die Brille ins Gesicht patschend. Johnnys Erscheinen schien den ersten Wutausbruch in Sedrans Leben zu hervorzurufen. Von diesem fremden Gefühl gepackt, ergriff er Johnny bei beiden Schultern und starrte ihm ins Gesicht.

»Mach, dass du hier wegkommst!«

Johnny gehorchte in aller Ruhe. In diesem Moment tat es ihm wohl, dass Sedran ihn kannte, über ihn Bescheid wusste, eine Vorstellung hatte von den bizarren Formen der Verleugnungskünste, zu denen Johnny fähig war. Ohne mit der Wimper zu zucken mutete sich Johnny das Verderben zu, und Sedran wusste es. Ohne Weiteres konnte Johnny zur Arbeit erscheinen, als wäre es eine willkommene Ablenkung angesichts des Schicksalsschlags, einen munter-ahnungslosen Blick aufgesetzt, um sich allfällige Beileidsbezeugungen zu verbitten. Sedran begleitete ihn hinaus vor die Tore der Universität, bis er sich versichert hatte, dass der Freund in seinem befremdlich stoischen Trauerkrampf auch ganz sicher mit dem Fahrrad die Karl-Schmid-Strasse hinabgefahren und um die Ecke gebogen war.

Es geschah ihm recht, dachte Johnny, alles, was er dachte, tagaus, tagein, geschah ihm recht. Da gab es nichts, worüber er hinwegzukommen hatte. Man kann nicht über sich hinwegkommen. Der Verlust war sein tägliches Brot und er würde es bleiben.

Johnny würde damit leben. Er würde nicht ausweichen. Er würde sich nichts vormachen, er würde sich nicht schonen, er würde Lily lieben, wie er sie niemals zu ihren Lebzeiten geliebt hatte, er würde sie noch mehr lieben, als er sie in ihren letzten Wochen geliebt hatte, er würde sich nicht schonen, das hätte er nicht verdient. Nichts würde er auslassen, was ihn an sie erinnerte. Wo er nur konnte, würde er auf ihren gemeinsamen Spuren unterwegs sein. Natürlich war ihm nicht danach, an Gewässern entlangzuwandern. Keine Seeufer, keine Flüsse, keine Bächlein. Umso mehr zwang er sich, es doch zu tun. Er hielt sich an ihre gemeinsamen Wege, weil es ihm recht geschah. Da spazierte er gerade auf jener Strecke der Sihl entlang, wo die *Latzlachse* wohnten. Zwei Männer standen am Wegrand mit einem Vogelführer, der eine zeigte hinab auf einen der Vögel, braun mit weißer Federnschürze, der behäbig über einem Stein im Flussbett schwebte und schließlich wie ein Fisch unter Wasser tauchte.

»Wasseramseln«, sagte einer der beiden, und Johnny verfluchte seine Angewohnheit, fremden Leuten bei ihren Gesprächen zuzuhören.

Wenn er nach Hause kam, kochte er für zwei, weil es umso trauriger war. Auf dem Tisch lagen zwei Gedecke. Die rote Kerze in der Mitte. Er gönnte sich keinen Trost. Er wollte sich antun, was er sich nur antun konnte.

Nach dem Essen setzte er sich auf den Balkon, wartete, bis die abweisende Aprilsonne unterging, blieb länger sitzen, als es ihm wohl war in der Kälte. Er sehnte sich nach einer starken Erkältung, die ihn ordentlich versorgt hätte mit Kopfschmerzen und Krankheitsgefühl. Er hatte Lust zu rauchen und ließ es deshalb bleiben.

Am schlimmsten war es alleine im Bett in der Dunkelheit. Wenn es rundherum still wurde. Also legte er sich hin, sobald es dunkel war. Stundenlang ließ er sich von seinen Gedanken am Einschlafen hindern. Zum ersten Mal erlebte er die Nächte von ihrer abgewandten Seite, so, wie Lily sie mit ihm erlebt haben musste.

Die Zeit würde die Wunden heilen.

Er wollte Lily fragen, wie eine Wunde heilt. In allen Einzelheiten, die Pathophysiologie der Wundheilung, er wünschte sich, dass sie es ihm erzählen würde, ein biochemisches Märchen, nur damit er wenigstens eine blasse Ahnung davon haben könnte, wie die Zeit eine Wunde heilen sollte. Vielleicht hätte Lily das auch nicht mehr so genau gewusst. Lily musste die Dosierungen der Entzündungshemmer beherrschen und sie musste wissen, wie man verdünntes Jod auf eine Verletzung pinselte und wie man einen Verband anbrachte. Der Verband konnte machen, was er wollte, ohne Zeit richtete er nichts aus. Johnny aber konnte sich auch nicht vorstellen, was die Zeit denn ausrichten sollte, und schon gar nicht konnte er sich vorstellen, dass sie Wunden heilte. Die Zeit verletzte alles, was heil war, soviel stand fest. Für den Rest brauchte es Entzündungshemmer, Desinfektion und Verbände. Was die Wunden anging, so konnten sie sich am Ende von der Zeit nichts weiter versprechen, als zu dicken, störenden Narben zu werden, Reparaturgewebe, schlimmer als die Wunde, deren Heilung sie steif und fest behaupteten. Die Heilung von Wunden war eine Sache, von der die Zeit keinen blassen Schimmer hatte.

Johnny würde sich die Zeit und ihre angeblichen Heilungskräfte nicht vertreiben. Er würde an Lily denken.

Wenn er den Kopf langsam auf seinem Kissen drehte, sah er ihr Gesicht in den blassen Schimmerstreifen der Jalousie. Sie hatte die Augen geschlossen. Er würde heranrutschen, sich dicht an sie legen, sie umfangen mit seinem Arm um den Bauch, den sie nicht mehr hatte. Er würde sie sein Geflüster an ihrem Ohr spüren lassen, das nicht mehr zwischen ihren Haaren an ihrem Kopf saß:

Einmal komm ich zu Dir in der Abendstunde
Else Lasker-Schüler, geiles Nuttenstück
Dreh ich dir den Schwanz im Munde
Aus Deinem Lieblingssterne weich entrückt ...

Lily würde sich an ihn kuscheln, mit einem ganz sanften Lachkasper.

»Einmal komm ich zu dir, in der Morgenstunde«, flüsterte Johnny auf die Bettseite, in der Lily nicht lag, »gerade geht die Sonne auf, ich bin schon wach, du schläfst. Noch ist es nicht hell, du schläfst in den frühen Morgenstunden am tiefsten, da könnte man draußen vor dem Fenster Gleise aus der Straße reißen, du würdest friedlich weiterschlafen, während dich nachts das Hüsteln der Stubenfliegen weckt. Ich spüre, wie du an mir liegst, in deinen Gliedern ist noch alles voller Schlaf, weich und schwer und schlaff. Ich sehe, dass du die Stirne runzelst und mit hellwachen Augen in mein Gesicht siehst, als hätte ich dir eben einen Löffel ekliger Arznei verabreicht. Ich erschrecke. Nur für einen Moment, denn schon zeichnet sich etwas Glasiges ab in deinen Augen, und ich sehe, es war eine optische Täuschung, es hat sich in deinen Augen nur die Erwartung der eigenen Wachheit gespiegelt, eigentlich war es der Tiefschlaf, der für gewöhnlich hinter verschlossenen Lidern versteckt bleibt …

… es kann losgehen, Lily …

Es ist ja nur ein sehr feines Summen, alles muss von alleine gehen. Das wird es, keine Sorge. Und wenn es dann ganz von alleine geht, dann kannst du aufwachen, Lily.«

Johnny hörte ihren tonlosen Atem gehen, sehr langsam, jedes dritte oder vierte Mal erklang ein Ton wie von einer Basssaite.

Er würde Lily nochmals einen Kuss auf ihre Schulter geben. Dann würde er sich umdrehen, die Augen schließen. Er wusste, er würde nicht einschlafen. Auch Lily würde sich umdrehen, dicht an ihn heranrücken.

Sie schlang ihren Arm um seinen Bauch, er fasste ihr Handgelenk und gürtete Lilys Arm, den es nicht mehr gab, eng um sich.

Einmal die Woche machte Johnny den Einkauf, für zwei, wie gewohnt. Im Ravioli-Laden um die Ecke stand er eines Tages vor dem Kühlregal und packte italienisches Bier in seinen Einkaufskorb, als er einige Schritte entfernt zwei Frauen miteinander reden hörte, die in den Auslagen nach schönem Rhabarber suchten. Die beiden sprachen gleichzeitig, ohne ein Problem damit zu haben, sie schienen einander bestens zu verstehen. Manchmal wechselten sie in einen etwas leiseren Ton, der noch den langweiligsten Alltagsklatsch bedeutungsvoll klingen ließ. Die eine Frau neigte sich schließlich vor und berührte die andere am Arm. Ob sie denn die Sache von diesem Kater schon gehört habe, der im ganzen Quartier bekannt gewesen sei.

»Nein«, rief die andere Frau laut, »ich habe es nicht nur gehört, ich habe es gesehen!«

»Gesehen?«

»Grad hier aus dem Laden bin ich gekommen.«

»Hier?«

»Ja, und dann … ich hatte gerade die Spargelravioli gekauft, diese himmlischen, auf die ich mich den ganzen Winter freue, und kaum trete ich aus dem Laden …«

»Was?«

»Es war ein klarer Abend wie selten. Das Auto hat noch zu bremsen versucht.«

»Oh!«

»Eine Vollbremsung, furchtbar. Aber seltsam.«

»Wie?«

»Ja, es war seltsam. Und zwar … abgesehen davon, dass das furchtbar ist und man sich ja …«

»Ja?«

»War es seltsam, weil ich den Eindruck hatte, dass …«

»Wie?«

»… dass der Kater da mit voller Absicht auf die Straße gelaufen ist.«

»Sie meinen …?«

Die Frau nickte entschieden und mit fest verschlossenen Augen.

»Ich würde es nicht sagen, wenn ich es nicht genau gesehen hätte: Dieses Tier hat am Trottoir seelenruhig auf einen herannahenden Wagen gewartet, um sich dann mit voller Absicht unter das Rad zu werfen!«

Die beiden Frauen schraken herum. Ein lauter Knall. Sie sahen Johnny vor dem Kühlregal. Am Boden vor seinen Füßen eine weiß schäumende Lache, grüne Scherben verstreut auf dem Steinboden, auf der trüben Flüssigkeit schwamm ein Etikett, *Nastro Azzuro*.

»Nastr'Azzuro?«, fragte der Kellner.

»Si, grazie«, sagte Johnny.

Weißwein nach der Wanderung, das hättest du dann doch nicht übers Herz gebracht, nicht war Johnny? Selbst das hättest du dir wahrscheinlich angetan, aber du warst einfach zu froh um das kühle italienische Bier, das der Kellner vorschlug. Für die Momente einiger Schlucke würdest du nicht an sie denken.

Johnny saß draußen unter den Platanen. Lungo Lago. Auf einem kleinen Platz nahe der Fähranlegestelle waren einige Tischchen der *Bar Splendide* aufgestellt. Es musste Mai sein, früh in der Saison, noch waren nicht viele Leute unterwegs. Einige wenige standen gegen die Reling gelehnt, warteten, bis das Schiff vertäut war und sie ihre Familien, Bekannten und Lieben über die Rampe in Empfang nehmen konnten.

War Lily unter ihnen? Sie hatte ja einen eigenartigen Gang, schwer zu beschreiben, sie hüpfte leicht aus den Zehen, aber nur ein ganz kleines bisschen bei jedem Schritt, und die Ferse kam überhaupt nicht auf dem Boden auf, selbst wenn sie Absätze trug, was selten der Fall war.

Zum tausendsten Mal versuchte Johnny sich vorzustellen, wie Lily ihren Sturz hätte überleben können.

Auf einer Baustelle, dachte er, dort stand natürlich allerhand Gerät herum. Außerdem war es neblig gewesen. Da hätte irgendetwas stehen können, ein Bagger zum Beispiel, eine dieser riesigen Maschinen …

Würde ihr Gelächter über den leichten Wellengang hinweg zu hören sein? Ein unverwechselbares Gelächter, anfangs wie das kurze Knistern einer staubtrockenen Zündschnur, dann sofort die Resonanz, tief wie ein Orgelbauch, als wäre die ganze Erde nichts als ein Blasebalg, der sich für einen Moment durch ihre Brust belüftete.

Die Rampe war aus Metall und schepperte gehörig unter den Schritten der Passagiere, die an Land marschierten, bevor die Autos das Signal zur freien Fahrt erhielten. Nein, ihre Schritte nicht. Nun gut. Wenn sie nicht mit der Fähre kam, konnte sie immer noch im Hotel auf ihn warten.

Das Hotel *Le Terrazze*, Johnny hatte es frühmorgens verlassen, nachdem er die laue Nacht auf einem der beiden Liegestühle des weitläufigen Balkons seines Doppelzimmers verbracht und geduldig vor sich hin rauchend auf das Aufhellen des Himmels über den Gebirgsscheiteln der Bergamasker Alpen gewartet hatte.

Ein Bagger hätte dort stehen können oder einer dieser Container, wo die Bauarbeiter Bilder von nackten Frauen an die Wand klebten. Es war so neblig gewesen, Lily hätte eine Handbreit über dem Bagger oder Container hängen können, ohne es zu merken.

Ein Hinterbliebener stieß von selber immer wieder auf lauter Kleinigkeiten, worüber er vor Elend in sich zusammensinken konnte. Lily hatte Lust gehabt, die Welt zu entdecken, und die verlor sie nicht einmal mit diesem Klotz am Bein, der er gewesen war! Seinen zur Schau gestellten Widerwillen hatte Lily immer wieder hingenommen und heruntergeschluckt, ihre Enttäuschung hatte sie immer wieder in aufmunternde Trotzigkeit verwandelt. Jetzt blieb ihm nichts, als seine Einsamkeit an diesen Orten mit sich selbst zu teilen.

Wo wolltest du überall hin, Lily?

Istanbul. Paris. Indien.

Wie hätte es dir gefallen?

Oman. Odessa. Prag. Berlin.

Vor allem aber:

Bellagio.

Weil es so klingt, wie es aussieht?

Woher soll Lily das wissen? Du bist alleine hier, Johnny.

Im kleinen Frühstückssaal trank er zwei Kaffee im Stehen und machte sich auf den Weg. Es war gerade hell geworden, er wanderte auf den Pfaden, auf denen sie gemeinsam losgezogen wären, und rasch gelangte er mitten in einen schönen Wald. Er stieg einen steilen, kleinen Pfad empor, daneben ein vor langer Zeit ausgetrocknetes Bachbett. Wenn Johnny an einem kleinen Grüppchen Blumen vorbeikam, sah er Lily zu, wie sie sich an den Wegrand zu ihnen hinabgekniet hätte. Er fragte sich, wie sie hießen, diese violetten kleinen Tupfer auf dem grasgrünen Kraut, er erinnerte sich nicht, was sie geantwortet hatte, er hatte sie nie gefragt. Stattdessen hatte er ihr seine Ungeduld gezeigt, indem er mit dem Schuh einen Stein im Gras bewegte und bald weiterschritt. Alpenanemone? Wie ihre Hand um die weißen Blüten geschmiegt war, ohne sie zu berühren, Johnny hatte sie nie eine Blüte berühren sehen, sie fürchtete, ihnen ein Leid zu tun.

Johnny kam vorbei an einem alten Gemäuer, verwachsenen Gittertoren, die nirgendwohin führten, nichts verschlossen. Der Weg wurde steiler. Es roch nach einem Nebel, der nachts durch diese Höhe gestiegen sein musste. Als ihn der Pfad schließlich aus dem Wald führte, empfing ihn ringsum das italienische Frühlingslicht. Der Weg lag jetzt als längliche Mulde im dunklen Grün, das sich in den Hügeln langsam erhob zu jenem platten Berggipfel, den man ihm tags zuvor an der Rezeption auf einer lustig bunten Touristen-Karte angepriesen hatte. Die Madonnina zuoberst auf der Domkuppel von Mailand sei an klaren Tagen von dort aus zu sehen, wurde ihm gesagt.

Je länger man unterwegs sei, hatte Lily immer gemeint, desto schöner hätte man ihn sich abends verdient, den kühlen Weißwein zum Aperitif, und Johnny hatte vielleicht *m-hm* zu ihr gesagt, später überhaupt nichts mehr. Er hatte durch sein Schweigen Missfallen ausgedrückt, zu denselben Anlässen immer wieder dasselbe von ihr aus Freude zu hören. Es war wohl im Weißtannental, als sie es an ihm bemerkt und ihn gefragt hatte, ob denn etwas nicht stimme, und er hatte gesagt, nein, alles bestens, wie immer. Von da an hatte sie es vermieden, von kühlem Weißwein zu sprechen und auch von anderen verheißungsvollen Dingen.

Links und rechts waren die Büsche noch kahl. Ab und zu lag eine kleine Scholle Schnee in einer Mulde. Die Luft wurde frischer und das Gras verlor an Farbe. Dieser seltsam flache Berg, wie eine weite Prärie irgendwo in der Mitte Amerikas, durch eine Laune der Tektonik zu einem länglichen Hügel aufgeworfen. Johnny ging jetzt rascher und doch schien ihm, der braune Berggipfel rücke ferner, als verschiebe er mit seinen Schritten den Wanderweg wie einen rutschigen Teppich. Das gefiel ihm.

Dann kam er doch oben an. Der Gipfel selber war kaum ein erkennbarer Scheitel, der öde Pfad führte mir nichts, dir nichts weiter. Johnny war schon darüber hinausgewandert, als er es bemerkte.

Eine Sitzbank, von der die olivgrüne Farbe abblätterte, bezeichnete das Ereignis des höchsten Punkts. Johnny setzte sich hin. Nach einer Weile sah er die Stange mit dem Gipfelschild im Gras liegen, Monte San Primo, 1682m, rot-weiße Wegweiser zeigten in lauter sinnlose Richtungen. Er dachte daran, wie er ihr damals wieder begegnet war, im Irchelpark auf dem Fahrrad, wie er damals Nase voran vom Fahrrad gefallen war, wie er im Rasen des Parks gelegen hatte und wie Lily sich zu ihm niedergekniet hatte, ohne ihn zu berühren, weil sie fürchtete, etwas an ihm kaputt zu machen.

Wenn sie wirklich nur eine Handbreit über einem Bagger oder einem Container gehangen hätte, ihre Landung wäre so leise gewesen, dass er nichts davon gehört hätte.

Und jetzt brach Johnnys Lachen aus ihm heraus wie ein mürbes Stück Gletscher. Er erhob sich und begann, in alle vier

Himmelsrichtungen zu lachen, nach Süden Richtung Mailand zur Madonnina auf der Domkuppel, nach Osten Richtung Dolomiten, nach Norden Bellagio zu, zuletzt nach Westen über den See hin, er sandte eine frohe Botschaft, so kam es ihm vor, wie die jenes Herolds, der auf jeden Fall überhört wurde, weil er sich selber nicht verstand.

Auf dem Rückweg rastete er eine längere Weile unter einem Kampferbaum neben einer alten Bogenbrücke. Er strich sich über seinen Bauch, der immer noch wehtat von seinem Gelächter. Die Brücke führte nicht über einen Bach, nicht über einen Abgrund, nicht über eine Mulde. Sie lag im Waldgelände wie ein verloren gegangener Bauklotz. An den runden Steinen ihrer Mauer klebte Moos. Ein Vogel krabbelte daran, vielleicht ein Mauerrenner, wie Lily gesagt hätte, ein Steilwandfasan, ein Fassadenkleiber. Wie er auch heißen mochte, er hörte sich schön an mit seiner Glasstimme, und seine karminroten Flügel irrlichterten vor dem dunklen Gestein. Schließlich verschwand er in einer Ritze.

Auf dem letzten Teil des Abstiegs durch den Wald gelang es Johnny, wie oft in letzter Zeit, an nichts zu denken, und es tat ihm wohl.

Der Weg führte weiter und weiter, die Berührung seiner Sohlen kostete keine Anstrengung. Kein Baum weckte eine Erinnerung, kein Stein gab einen Anstoß. Alles behielt die Natur für sich, zeichenlos, friedlich.

Vor einer Wegkapelle bewunderte er einen Moment lang die undeutlichen Fresken. Zum ersten Mal in seinem Leben schaute er Maria an. Um den Rahmen ihrer braunen Locken lief das übliche hellblaue Tuch, ihre gefalteten Hände beinahe aufgelöst von einem weißen Licht, das aus ihrem Leib zu strömen schien. Sie war alleine, ohne ihr Kind, den Herrn des Lichts mit dem altklugen Gesicht. Sie selber hatte kein kluges Gesicht. Alle Absicht, jegliche Entschlossenheit außer

Reichweite, selbst die Tränen. Maria, widerspenstig in ihrer Ergebenheit. Ihre Miene zeigte kein Lächeln, aber Bereitschaft dazu, sobald aller Kummer endlich ganz erduldet sein würde – … in vielen, vielen Jahren würde dieses Gesicht ganz ohne Mühe in Gelächter verfallen, gerade so wie er selber eben. Es wäre nur gerade die überfällige Rückkehr Mariens in ihre eigentliche Natur. Dieses Gesicht war in lachender Form geschöpft und gegenwärtig bloß etwas gehemmt, seiner Neigung nachzukommen. Am Augenlid blitzte ein Tränenrand und der Blick ging durch die Horizonte.

Der Kellner brachte das Bier, schenkte ein, sagte *Salute*.
    Wie hätte sie überleben können?
    Wirklich, auf einer Baustelle stand allerhand herum. Es war neblig gewesen. Wenn Lily nur ein kleines Stück gestürzt ist? Gnädig aufgekommen auf dem Baggerdach oder auf dem Container? Wenn sie sich nur gerade ein Bein gebrochen oder sonst eine Lappalie zugezogen hätte?

Die länger werdenden, milden Frühlingsabende auf dem Platz am See, ausgeleuchtet vom italienischen Zauberlicht, der einzige Ort, wo sein Schmerz ein Widerlager fand. Wie trotzig diese alten Bauten ihre Schönheit behaupteten. Johnny spazierte weiter durch die lichten Wälder, bewanderte die Hügel im helleren Grün, beobachtete Neunkönig und Zauntöter, Morddrossel und Mistelfink.
    Ihm schien, als könne er nur darüber nachdenken, was passiert war, indem er darüber nachdachte, wie es hätte nicht passieren können. Nachdem Lily die kurze Strecke vom Kranhaken herabgestürzt wäre, würde er die Ambulanz gerufen haben. Er stellte sich vor, wie er sich dafür ins Zeug gelegt hätte, dass Lily nicht ins Universitätsspital gebracht wurde, sondern in irgendein anderes Spital. Doch bestimmt war mit Rettungs-

sanitätern im Einsatz nicht gut Kirschen essen, wenn man sie dazu überreden wollte, gegen ihre Weisungen zu verstoßen.

Er dachte an jene weit entfernten Nächte vor mehr als zehn Jahren, in denen er Lilys Spuren durch die Spitalgänge mitgegangen war. Er dachte an die Klavierklänge aus dem verglasten Wartesaal. Er dachte an Lily auf der anderen Seite der Bettkante – als Patientin mit ihrem Beinbruch, ihrer Lappalienverletzung.

Johnny bestellte nochmals Bier, nahm Zigaretten hervor und zündete sich eine an.

Unter solchen Umständen würden die Karten neu gemischt, dachte er. Unter solchen Umständen wäre Lily vielleicht bereit gewesen, einen Onkologen zu empfangen, der vielleicht Professor Jakobi geheißen hätte oder Professor Zumthor, der sie an ihrem Bett besucht hätte, um mit ihr in Ruhe doch alle Optionen noch einmal zu besprechen. Nebst Chirurgie, Bestrahlung, Chemotherapie, dem Trio Ratlos der Krebstherapie, wie Lily einmal gesagt hatte, würde sie der Professor vielleicht hingewiesen haben auf eine ganz andere Möglichkeit, einen *Wild shot* von einer Therapie, wie er es vielleicht genannt haben würde, einen Versuch, den zu unternehmen es sich doch auf alle Fälle lohnte. Ein neuer Ansatz, von dem Johnny auch schon gelesen hatte, von dem es hieß, es seien damit in den Vereinigten Staaten einige fulminante Erfolge erzielt worden, beim Ex-Präsidenten Carter unter anderem, der hatte auch an einem Tumor gelitten, und zwar an einem, der noch weiter fortgeschritten war.

Anfangs hätte Lily abgewinkt. Sie wusste ja, mit einer solchen Diagnose hörte man allerhand wohlmeinende Vorschläge, chinesische Kräuter, Ayurveda, Cannabis, Homöopathie, Vitamininfusionen. Und doch hoffte Johnny, das ganze Unterfangen würde Lily vielleicht kühn genug erscheinen, um es zu versuchen.

Professor Jakobi-Zumthor hätte ihr von einer klinischen Studie erzählt, die am Simmons Cancer Center an der Southwestern Universität in Dallas durchgeführt werde. Der Arzt würde sich dicht an Lilys Bett stellen, zwei Finger auf die Bettdecke neben sie legen, um ihr die Einzelheiten der biochemischen Abläufe der Immunotherapie zu erläutern, an den zellbiologischen Begriffen lutschend.

»Es sprechen nur etwa ein Drittel der Patienten darauf an«, schloss der Professor. Als er ihr die Hand gab, behielt Lily diese während eines Sekundenbruchteils in ihren Fingern, und, wenn Johnny sich nicht irrte, zog sie Jakobi-Zumthor sogar etwas zu sich heran.

»Aber so ganz ausgemacht ist es noch nicht, wer von uns beiden zuerst das Zeitliche segnet, mit dieser Einschätzung sind Sie sicher einverstanden, Herr Professor?«

Jakobi-Zumthor wollte sein Nicken nicht eifrig aussehen lassen.

»Nochmals«, brachte der Arzt schließlich hervor und löste seine Hand vorsichtig heraus, »ich wünsche Ihnen von Herzen, dass es gut geht.«

»Ich glaube Ihnen«, sagte Lily, »dass Sie das glauben möchten.«

Jetzt bezog Jakobi-Zumthor seinen ganzen Rücken mit in sein Nicken ein, richtete sich gleichzeitig auf. Er wandte sich um nach Johnny, schüttelte auch ihm die Hand, kämpfte gegen das Kleinlautsein und räusperte sich, statt nochmals Auf Wiedersehen zu sagen.

Im Flugzeug nach Dallas würde Johnny im Augenwinkel und mit halber Aufmerksamkeit sehen, wie Lily im Netz des Vordersitzes ihre kleine Handtasche vorkramte und aus dem ungeheuren Gewirr etwas heraussuchte, die Schnalle des Gurts löste, aufstand und den Korridor hinunterging.

Johnny schaute ihr nach. Da war nur noch ein leichtes Hinken. Sie hielt sich kurz an der Kopflehne jeder Reihe, gab Acht, keinen Passagier zu berühren. Als sie vor der Toilettentür stand, schaute sie nochmals zu Johnny zurück, sie fand nicht gleich seine Reihe, also hob er sein Gesicht über die vorderen Stühle. Ihr kühner, grüner Blick fand ihn und sie hob eine Braue.

Verwegenheit, Bereitschaft, Lust, Vorfreude. Ist es nicht so, Johnny?

Lily verschwand in der Tür der Toilette. Johnny beschloss, einen Moment abzuwarten. Er lehnte sich wieder zurück und schaute sich nach Beobachtern auf den benachbarten Sitzen um. Er schob die Klappe seines Fensters nach oben. Über den silbernen Wolken kam die Sonne mit ihrem Untergang zu keinem Ende, blütenrotes, gleißendes Licht über dem Atlantik.

Johnny ging langsam den Korridor hinab wie Lily. Auf dem Weg musste er in eine Sitzreihe treten, um die Flight Attendant mit ihrem Servicewagen durchzulassen, sie bedankte sich lächelnd in holländisch gefärbtem Englisch, und dann entschuldigte sich Johnny beim finster dreinblickenden Passagier, der seine Füße zur Seite rücken musste, um Platz zu machen.

Auf dem Weg fielen Johnny die niedergeklappten Tabletts der Economy-Class-Sitze auf. Darauf verstreut die Brosamen des Mittelklasselebens, gepferchtes Glück. Das historische Privileg, Urlaub zu haben. Um die Hälfte der Erde zu reisen in einigen Stunden. Zivile Langstreckenfliegerei, zweihunderttausend Pferde, vier Rolls-Royce Trents, zweihundert Passagier-Stühle, zweihundert Klapptabletts voller Kram, säumige Flight Attendants meinten milde, sie hätten auch nur zwei Hände.

Johnny trat vor die Toilettentür. Da stand am Schieber: VACANT. Er dachte, während er vorsichtig die Tür öffnete, eine kurze Offenbarung waren sie gewesen, Lily und Johnny, Leitfossil für einen Wimpernschlag.

Nach seiner Rückkehr aus Bellagio erstand Johnny elf alte Flugzeugsitze. Er stellte sie in seinem Atelier dicht bei dicht hintereinander, sodass die heruntergeklappten Tabletts die Sitzlehne des jeweils dahinter angebrachten Stuhls bündig berührten. Er arbeitete Tag und Nacht, er hatte seine Hände wieder, seine Finger, sein Kopfweh.

Er modellierte die Tabletts, gestaltete sie samt Kram und samt Zeug, dem von Brosamen und klebrigen Flecken unterlegten Durcheinander, für das sie eine kleine, hinfällige Bühne waren mit armseligen Lotterscharnieren, Embleme der billigen Großartigkeit bescheidenen Wohlstands, ein desolates Arrangement im Anflug auf Lanzarote, Sharm el Sheik, die Südtürkei, reine, wahre, herrliche Kunst durch die unpolitische und nachsichtige Reflexion der Künstlerhand, die tat, was der Verstand nicht denken konnte.

Nur ein Stuhl alleine, der letzte im Flieger, hatte ein hochgeklapptes Tablett und im mit Gummizügen befestigten Netz waren aufbewahrt, blitzsauber und nigelnagelneu: Palette, Pinsel und Farbe.

Eine Wucht, die wohlige Rastlosigkeit, Kitzel unschuldiger Kreativität, die süßesten Stunden, wenn der Geschmack der Idee auf der Zunge des Hirns zerging und alles ahnen ließ und nichts vorwegnahm. Dann ein neuer Gedanke. Er hatte kein Recht darauf, etwas zu erschaffen, er hatte kein Recht auf den Genuss einer Idee. Schließlich aber sagte er sich, dass er auch auf jeden seiner Atemzüge kein Recht hatte und dennoch nicht gegen das Heben und Senken seiner Rippen ankam. Und im Übrigen blieb selbst die Euphorie des Schaffens schmerzlich.

Er würde ihr sein Werk nicht zeigen können.

Abends saß er auf dem Balkon, dachte an Lily und an den Roten. Längst waren beide Verluste zu einem verschmolzen. Er trank weiter das italienische Bier, zündete sich die Mary Longs aneinander an.

Die Rampe unbeweglich und leer. Vor einigen Tagen war Zlatan aus der Wohnung ausgezogen. Im ganzen Quartier hatte der Rote den Ruf gehabt, ein Meister im Umgang mit dem Straßenverkehr zu sein. Lily und er hatten ihn nicht selten beobachtet, wie er gelassen zwischen den dahinfließenden Autos hindurchgeschlüpft war, mühelos, traumwandlerisch.

Wie er den Kater nun vermisste. Es wurde Tag um Tag schlimmer, so wie mit Lily. Es wunderte ihn nicht. Johnny kam sich vor wie eine Figur in einem Puppenheim, die nach und nach durch kindliche Unachtsamkeit und verschleißendes Spiel das gesamte Inventar ihrer kleinen Welt verliert, alleine in einer verwaisten und leer geräumten Stube sitzt, durch den offenen Aufriss stets dem beliebigen Zugriff einer kindlich seelenlosen, göttlichen Macht ausgesetzt.

Johnny richtete sich auf. Horchte.

Hier und jetzt, in Johnnys richtigem Ohr, auf den kalten Streben des Baukrans, wo seine verkrampften Finger allmählich auf dem eiskalten Stahl festzufrieren begannen – kam Johnny zu sich. Als hätten seine Lider ein festsitzendes Diabild endlich weitergeschoben, *pack*, sodass er wieder sah, was sich jetzt abspielte und auf einmal merkte, dass der Augenblick, in dem er den Aufprall erwartete, sich gar nicht lange anfühlte, sondern lange war. Es gab nichts zu hören, weil nichts ertönte.

Lily konnte nicht am Boden aufgeschlagen sein.

Eine Krähe flog ganz dicht an ihm vorbei, oder war es eine Elster? Eine Feder schien türkis aufzuschimmern im feinen Morgengrau. Der Vogel kam zurück und kläpperte ein paar Schritte auf der Metallstange, bevor er weiterflog.

Da unten im weißlichen Dunst noch immer kein Lebenszeichen von Lily. Aber auch kein Todeszeichen. Am Horizont dämmerte der Morgen. Johnny drehte sich um auf den Kranstangen, die Glieder schmerzten vom Sitzen, es fühlte sich an, als bliebe die Haut der Finger am kalten Stahl haften. Konnte die Identität der Fingerabdrücke nachwachsen? Jetzt packte ihn auf einmal die Angst vor der Höhe, die er vorher nicht hatte. Was war mit Lily? Er wollte mit sich schimpfen. Wie viel Zeit hatte er verplempert mit der idiotischen Vision seines künftigen Witwerlebens?

Augenblicke?

Minuten?

Stunden?

Er kroch auf allen Vieren, klammerte sich an Bügeln und Streben, das Gesicht dicht über dem Metall, er roch den Rost im Lack. Er begann zu schwitzen, obwohl er vor Kälte zitterte.

Lang kam es ihm vor, bis er endlich zur Führerkabine kam und seine Füße nach der Leiter ausstreckte, was ihm kaum gelang, seine Zehen waren taub vor Kälte.

Als er endlich unten ankam und von der Leiter sprang, atmete er hastig mit aufgesperrtem Mund. Er beeilte sich, wankte weiter, versuchte sich zu orientieren, stolperte über ein Paar Backsteine. Er stürzte vornüber, stieß mit der linken Hälfte des Gesichts auf etwas Hartes, das klang wie ein Tamburin. Er fasste sich an die Lippe, schmeckte sein Blut. Es war ein Spaten, der gegen einen Garderobencontainer gelehnt stand.

Nach Lily rufen? Mit gedämpfter Stimme? So laut er konnte?

Ein Stück weiter musste die Baugrube sein. Er sah die Umrisse eines riesigen Gefährts, ertastete die kalte, höckerige Baggerraupe. Er warf eine Reihe Pickel um, biss sich auf die wunde Lippe.

Jetzt sah er es, vor Johnny erhob sich der Hügel. Es war der Aushub, klar, schoss es ihm durch den Kopf, wer einem eine Grube gräbt, macht einen Haufen. Auf Händen und Knien kroch er aufwärts, so schnell er konnte, unter seinen Füßen gingen Erdbrocken und Steine nieder. Johnnys Nägel brannten, er begann, Lilys Namen zu rufen. Das Fiepen des Kranseils wurde lauter.

Und dann hatte er es auf einmal in der Hand. Es vibrierte immer noch. Er blickte ungläubig auf das Gerät hinab, und als er aufschaute, berührte er mit seinem Kopf den Kranhaken.

»Ich bin hier«, hörte er Lilys schwache Stimme.

Als sie erwachte, sah sie Johnny am Boden neben ihrem Spitalbett schlafen. Sie erkannte eine dunkle Kruste um seinen halben Mund bis zum Kinn. Seine Hosen waren von oben bis unten dreckverschmiert. Den Kopf hatte er auf seine Schuhe gebettet, Kieselsteinchen staken im Profil, eingetrockneter Schlamm. Als er die Augen öffnete und sich erschrocken aufrichtete, sah er in Lilys Gesicht, darüber piepste der Monitor mit ihren Herzschlägen, deren Zackenrelief soeben verflachte und wie ein humorloser Strich schnurgerade davonzog.

Als Johnny aber auffuhr, erhob sich gleichzeitig Lily, entwirrte ihre Hand aus dem Spitalnachthemd und zog mit der anderen Hand das Kabel nach, das sich im Bettgestell verheddert hatte und an dessen Ende der Clip hing, der an ihrer Fingerspitze hätte Sauerstoff und Pulsschlag messen sollen. Lily lächelte. Ihren gestreckten Zeigefinger führte sie langsam über ihren Mund. Johnny erhob sich ungestüm, schob mit Nase und Kinn ihren Finger beiseite und küsste sie.

Er hatte kaum Zeit, sich in der wohltuenden Realität einzufinden, sich einen Moment darin zu erholen, da klopfte es an die Tür. Der Oberarzt, der Lily vor einigen Stunden operiert hatte, trat ein ins Halbdunkel des Zimmers. Er sprach rasch und locker, immerhin kein Heuchler, dachte Johnny und erinnerte sich, wie Lily einmal gesagt hatte, das Gute an den Orthopäden sei, sie würden sich einen Dreck darum scheren, dass sie sich einen Dreck scherten. Der Arzt stellte sich vor, er heiße *Müller*. Er begrüßte die Kollegin, ließ Lily die Decke wegschlagen und das Nachthemd beiseite schieben, um ihren Bauch abzuhören. Dann stellte er sich ans Bettende und packte Lilys Füße aus der Decke. Der linke steckte in einem dicken Verband, die Zehen ragten alle fünf hervor, eingebettet in einen Wattestrauß. Mit zwei langgestreckten Büroklammern prüfte Dr. Müller das Gespür in den Zehenspitzen.

Nachdem er sich verabschiedet hatte, wurde der Chirurg einige Schritte den Korridor hinab von Johnny aufgehalten.

»Hören Sie, Herr Müller«, begann er, »ich habe da von dieser Therapie gehört. Vor einiger Zeit war davon zu lesen.«

Das von Johnny erhoffte Aufklaren im Gesicht seines Gegenübers blieb aus. Stattdessen deutete Müller ein Stirnrunzeln an, das wohl die Eile verraten sollte, in der er sich befand.

»Sie wissen schon«, fuhr Johnny fort und nahm seine Hände zu Hilfe, als könnte er so eine Art handwerklicher Verbindlichkeit zwischen Kunstschaffenden und Chirurgen herstellen, »diese Immuntherapie. Sie kennen ja den ehemaligen Präsidenten Carter? Carter hat sich einer solchen Therapie unterzogen. Er hat auch unter einem Tumor gelitten.«

Müller begann jetzt doch zögerlich zu nicken. Johnny aber wurde langsam ungeduldig.

»Das war bei Carter alles noch weiter fortgeschritten, das wissen Sie bestimmt besser als ich. Ich bin nicht vom Fach, aber Carter war Stadium IIIb, und jetzt ist er in der Remission.«

»Herr Zinn«, unterbrach Müller, »Sie sollten mir sagen, wovon Sie sprechen. Der Beinbruch war nicht kompliziert, was es brauchte, war ein kleines Kirschner-Drähtchen, wie ich es Ihnen vorher erklärt habe.«

Ein bitteres Lächeln ergab sich auf Johnnys Mund. Wusste der Orthopäde tatsächlich nichts von seiner Patientin, was über ihren gebrochenen Knochen hinausging?

»Herr Müller, sie hat doch Krebs, haben Sie dieses Detail übersehen?«

»Das wäre mir … tatsächlich neu«, meinte jetzt Müller und nahm Lilys Akte unter seinem Arm hervor. Johnny stellte sich neben den Arzt, um zu sehen, wie er durch die farbigen Register und die Dokumente blätterte.

»Also«, sagte Müller schleppend, »da wurde heute Morgen diese radiologische Untersuchung erwähnt. Im Rapport.«

»Natürlich!«, sagte Johnny.

»Da wurden einige Abklärungen gemacht, vor einer Weile.«

»Vor einer Weile schon, ja.«

»Diese Untersuchungen waren allesamt unauffällig, soviel ich weiß.«

»Unauffällig?«

»Ja.«

Johnny stierte dem Arzt ins Gesicht, er merkte, wie seine Stimme zitterte:

»Hören Sie, versuchen Sie einen Moment lang mit einem normalen Menschen zu reden. Unauffällig. Was soll das heißen? Man kann auch unauffällig todkrank sein. Sie meinen in Ordnung?«, sagte er.

»Entschuldigen Sie, Herr Zinn, natürlich, Sie haben Recht, *unauffällig* im Sinn von normal, ohne jeden Befund. Auch die neurologischen Abklärungen, wie uns berichtet wurde, waren allesamt negativ. Also gut. Gesund. Unkrank.«

Johnnys Augen lösten sich ab vom Gesicht des Arztes, verloren sich irgendwo über dessen Schultern in der Ferne des Korridors.

»Zeigen Sie mir den Befund«, hörte er sich schließlich sagen.

»Herr Zinn, ich … uns liegt leider der Bericht nicht direkt vor. Er wurde im Triemli Spital gemacht.«

»Triemli? Ach ja! Am anderen Ende der Stadt! Das ist natürlich eine unüberwindbare Distanz im digitalen Zeitalter … kommen Sie bitte mit!«, sagte Johnny und winkte den zögernden Arzt hinter sich her, »Sie kommen mit!«, rief er und machte Anstalten, Müller am Kragen zu packen.

Im Stationsbüro duckte sich Johnny vor einen der Computer, bewegte die Maus, sodass der Bildschirm ansprang.

»Los«, sagte er zu Müller, »sagen Sie, was ich tun muss! Ich habe am archäologischen Institut auf eine europaweite Datenbank Zugriff. Noch auf das blödeste Fossil! Sie wollen mir nicht weismachen, sie könnten den Bericht hier nicht ausdrucken, ich bitte Sie!«

Müller gab einer der Krankenschwestern ein Zeichen, es sei soweit alles im grünen Bereich, und setzte sich an den Computer.

Als das Papier zur Hälfte aus dem Bauch des Druckers hervorlugte, riss es Johnny heraus, überflog einige Zeilen kursiv geschriebener Fachausdrücke, *Thalamus, Gyri, Circulus Willisi*, und so fort und las schließlich unter *Beurteilung* die fettgedruckten Zeilen:

Altersentsprechender Normalbefund der zentral-neurologischen Strukturen. Insbesondere keine Hinweise auf neoplastisches Wachstum.

Im Rasen lag ein tauweißer Schimmer. Zwei Bachstelzen untersuchten den Boden zwischen den riesigen Bäumen. Johnny schob Lily im Rollstuhl über den geschlängelten Weg durch den Spitalpark.

»Siehst du?«, fragte Lily und zeigte hinüber zu den Vögeln im Gras.

Johnny blieb stehen, die Sonne schien zwischen den Blutbuchen hindurch. Lily hatte beide Arme weit über dem Kopf ausgestreckt, das Sonnenlicht mit den verschränkten Händen kreuzend. Sie schaute Johnny kurz mit einem zerknitterten Lächeln an, wie im Augenblick eines vergnüglichen Erwachens, dann erhob sie sich, nahm Johnny die Griffe des Rollstuhls aus den Händen und ließ das leere Gefährt eine kleine Böschung hinabscheppern, bis es mit einem sanften Krach gegen die Fassade des Spitalgebäudes prallte.

Wohin jetzt, Lily?

Johnny wusste es längst.

Und Lily wusste, wohin sie auch humpelte, er würde ihr folgen. Sie verließen den Park, überquerten die Winterthurerstrasse, die Tram-Gleise, bogen rechts in die Karl-Schmid-Strasse ein, stiegen langsam die Treppen hoch zum Nordportal der Universität, wo sich die automatische Tür zum Paläontologischen Museum öffnete. Die gute Jolanda saß auf ihrem Hocker neben dem Absperrgurt, von Pfosten zu Pfosten gespannt. Bevor sie Johnny hinter Lily herkommen sah, hob sie kurz ihre

Hand, ließ Lily aber dann gleich passieren. Johnny griff nach seinem Portemonnaie und steckte ihr fix zwanzig Franken Eintrittsgeld zu.

Adapt, Modify, Specialize, Evolve
Wegen großem Publikumsinteresse den Sommer über verlängert!

Vor Shuvuuia blieb Lily stehen. Der Vogel stand auf einem hohen Podestquader, vierfach mit warmem Licht beleuchtet, die Flügel angelegt, den Rumpf aufgerichtet und leicht vorgeneigt, verloren in der Weite seiner aseptischen Umgebung, einsam in der Ratlosigkeit seiner Wiedererweckung, als einziges Exemplar seiner ausgestorbenen Gattung, in eine Welt schauend, die sich seit seiner letzten Inspektion zur Unkenntlichkeit verändert hatte. Den Knickschnabel ohne Aufhebens im Anschlag, die scharf geschnittenen Kanten der Brauenleiste schräg, der vermeintlich harte Blick, der im Vogelwesen Mitgefühl und Herzensgüte bedeutete.

Das feine Gefieder war rot und es war getigert. Die Augen des Shuvuuia warm und bernsteinfarben. Am unteren Lid glänzte eine Art Träne, und Johnny, du hast Lily angeschaut, und Lily, du hast Johnnys Shuvuuia angeschaut, und wirklich, auch in deinen Wimpern, Lily, haben sich die Tränen gesammelt, und Johnny, jetzt hast du es gesehen, es konnte nur noch Sekunden dauern, bis sie wirklich durch Lilys Wimpern hindurchtreten und über ihre Wangen rollen würden.

INHALT

© Foto: The Fotostudio, Zürich

Stefan Györke, geboren 1980, studierte Medizin
in Zürich und Kalkutta. Er ist Schriftsteller und
Arzt und lebt in Erlenbach bei Zürich.

Alexander Pechmann
Sieben Lichter

Roman
168 Seiten
Bezogener Pappband

Im Juni 1828 erreicht ein Schiff die irische Hafenstadt Cove
– an Bord sieben brutal ermordete Crewmitglieder und Passagiere. Drei Lehrlinge, zwei Matrosen und der elfjährige Sohn
des Reeders haben das Massaker überlebt, der Kapitän ist verschwunden. Noch vor der offiziellen Untersuchung bekommt
der berühmte Arktisforscher und Theologe William Scoresby
die Gelegenheit, mit allen Überlebenden und Zeugen zu sprechen. Aus den Aussagen ergibt sich nach und nach ein lücken-
loses Bild der grauenvollen Ereignisse, und doch bleibt der
unheimliche Fall rätselhaft: Wer lügt? Wer sagt die Wahrheit?
War die Besatzung der Mary Russell in einen mörderischen
Plan verwickelt oder wurden die sieben Männer Opfer eines
Wahnsinnigen? Die Ermittlungen führen Scoresby in einen
Abgrund aus Zweifeln, Aberglauben und mitternächtlichen
Trugbildern.

Sieben Lichter beruht auf einer wahren Geschichte, einem
der sonderbarsten Kriminalfälle des 19. Jahrhunderts.

»Der Autor verwebt gelungen Fakten und Fiktion zu einem
mystisch flirrenden Roman.« *P.M. History*

Steidl Verlag • Düstere Straße 4, 37073 Göttingen
steidl.de

Richard Fariña
Been down so long it looks like up to me

Roman
Aus dem Amerikanischen von Dirk van Gunsteren
Mit einem Vorwort von Thomas Pynchon
392 Seiten
Leineneinband

So anarchisch amüsant wie der junge Gnossos Pappadopoulis
hat noch niemand eine Verbindungsparty ruiniert, seinen
Universitätsdekan um den Finger gewickelt oder einen Pries-
ter dazu gebracht, ihm gegen die Folgen einer durchzechten
Nacht die Füße zu salben. Mit Gnossos hat Richard Fariña
einen widerborstigen Antihelden geschaffen, der auf seiner
Suche nach Selbstbefreiung und der einzig wahren Liebe die
Asphaltmeere und Campuslandschaften der amerikanischen
Sixties durchstreift. Seine Reisebegleiter sind vielerlei Dro-
gen, manche Frauen über seinem Niveau, Möchtegernmafiosi,
New-Age-Scharlatane und eiskalte Politstrategen. Mal fährt
er sein Leben im sechsten Gang, mal schlurft er vom Morgen
in den Abend, mal nimmt er ganz nebenbei an Studenten-
protesten teil und mal an der kubanischen Revolution.
   Been down so long it looks like up to me zählte zu den Lieb-
lingsbüchern des legendären DOORS-Sängers Jim Morrison
und erscheint nun zum ersten Mal auf Deutsch, in einer
Übersetzung von Dirk van Gunsteren, die dem Original in
Sprachwitz und Dynamik in nichts nachsteht.

»Ein immergrüner counter-culture-Klassiker der Sechziger-
jahre, der die Gegenwartsliteratur ziemlich blass aussehen
lässt.« *Buchkultur*

Steidl Verlag • Düstere Straße 4, 37073 Göttingen
steidl.de

Erste Auflage 2018

Lektorat: Daniel Frisch
Illustrationen: Paloma Tarrío Alves
Buchgestaltung: Holger Feroudj / Steidl Design
Scans: Steidl image department
Gesetzt aus der Garamond
Gesamtherstellung und Druck: Steidl, Göttingen

Steidl
Düstere Str. 4 / 37073 Göttingen
Tel. +49 551 49 60 60 / Fax +49 551 49 60 649
mail@steidl.de
steidl.de

ISBN 978-3-95829-519-3
Printed in Germany by Steidl

Auch als eBook erhältlich